Floortje Zwigtman
Ich, Adrian Mayfield

Floortje Zwigtman

Ich, Adrian Mayfield

Aus dem Niederländischen
von Rolf Erdorf

Gerstenberg Verlag

Meiner Mutter gewidmet,
die die ersten Sterne für mich
an den Himmel malte.

Die Masern

Love is like the measles;
we all have to go through it.

JEROME K. JEROME

1

Das traurige Leben eines Ladendieners – Das Ereignis des Tages –
Ein ganz bestimmtes Grün – Mary Ann macht ihr Entree – Große Pläne

O ... *hell!*

Trotz Bettdecke und Kissen, unter denen ich den Kopf versteckt hatte, drang die hohe Stimme von Herrn Procopius zu mir und der Tag begann wie alle anderen: mit dem Gefühl: »O ... *hell!*«.

Ich hasste diesen Moment, den Moment, an dem ich mit Bestimmtheit wusste, dass das hier nicht mein Leben war und dass irgendwo ein Irrtum vorgefallen sein musste. Als wäre es ein purer Zufall, der mich in einem muffigen Dachbodenzimmer oberhalb von Victor Procopius' Herrenmodepalais als Ladendiener aufwachen ließ. Ich, ein *Ladendiener!* Was war geschehen? Vor einem halben Jahr hatte ich, hol's der Kuckuck, noch so gut wie allein eine Kneipe in Schwung gehalten. Jetzt stand ich jeden Tag von sieben Uhr in der Frühe bis um neun Uhr am Abend da und sagte »Ja, Sir!« und »Nein, Sir!« zu einem Griechen mit schadhaften Zähnen.

Um das elende Aufstehen möglichst schnell hinter mich zu bringen, beförderte ich die Bettdecke mit einem Tritt beiseite und stellte meine Füße auf den Teppich aus schmutziger Unterwäsche, Witzblättern und Krümeln, der sich in den vergangenen Monaten rund um mein Bett angesammelt hatte. Ich war schon immer ein Schwein gewesen und jetzt erst recht – seitdem ich mir ein Zimmer mit zwei vergleichbaren Schmutzfinken teilte.

In dem Bett unter dem Dachfenster war Paddy gähnend und sich am Hintern kratzend mit dem Aufwachen beschäftigt. Weil er frühmorgens immer am allerunappetitlichsten war, drehte ich mich rasch zu Marcel um, der schon an der Tür stand und hüpfend versuchte, sich das Nachthemd in die Hose zu stopfen. Er war von uns dreien der einzige Morgenmensch, und ihn anzuschauen hatte die gleiche Wirkung wie ein Guss kalten Wassers ins Gesicht: Man *musste* einfach aufstehen.

»Morgen auch«, sagte ich.

»Ah, Adrian, *bien dormi*?«, fragte er, denn er war Franzose und hatte sich nie die Mühe gemacht, ein anständiges Cockney-Englisch zu lernen. Nicht, dass das in diesem Teil von London irgendeine Rolle spielte. In Soho kam fast jeder aus dem Ausland.

Nachdem auch Paddy sich mehr oder weniger angezogen hatte, rannten wir die drei steilen Treppen hinunter. Inzwischen war es schon zehn nach sieben, und zehn Minuten waren für Herrn Procopius so viel wie für einen normalen Menschen eine ganze Stunde. Um neun Uhr würden die Kunden kommen, und Gott verhüte, dass sie sein Geschäft in Unordnung anträfen!

»Fenster zuerst ... fürchterlicher Anblick ... gestern der viele Regen ...«, begann er und zeigte dabei auf zwei Eimer zu seinen Füßen. Im Gegensatz zu Marcel sprach er ein akzentfreies Englisch, war aber meist zu gehetzt, um ganze Sätze zu sagen. Daraus war eine Art Telegrammstil entstanden, den wir hinter seinem Rücken gemein nachäfften. Denn was Paddy, Marcel und mich miteinander verband, war die abgrundtiefe Verachtung gegenüber unserem Arbeitgeber.

In Victor Procopius' Herrenmodepalais war die Regel »Der Kunde ist König« verkommen zu »Das Ladenpersonal ist Sklave«. Herr Procopius hatte sich in fünfzehn Jahren harter und nervöser Arbeit ein Geschäft mit einem ganz annehmbaren Kundenstamm aufgebaut, aber dennoch fürchtete er, jeder Herr, der die Ladenglocke zum Klingeln brachte, habe es auf seinen Untergang abgesehen. Und so wurde die Kundschaft mit mehr Verbeugungen empfangen, als einem japanischen Kaiser zugestanden hätten, wurden mit kriecherischen Gesten viel zu teure Zigarren präsentiert und Bügelfalten bis auf den Millimeter nachgemessen; alles, um zu verhindern, dass es irgendwann eine einzige miese, mickrige Beschwerde gäbe.

Und so standen wir ganze Tage da und lauschten den Wünschen halb arrivierter Künstler und Kontoristen, denen das Geld fehlte, sich im besseren Teil der Stadt einen Anzug anfertigen zu lassen.

Victor Procopius war billig. Ach ja, gewiss war er das. Jeden Abend wanderte eine neue Liste mit Maßangaben mitsamt einem Ballen Cord, Tweed oder Flanell zur Tür hinaus in eine jüdische Werkstatt in den

Armenvierteln, wo daraus mit Nadel und Faden sowie Blut, Schweiß und Tränen innerhalb einer Woche ein mustergültiger Anzug entstand.

Es war tröstlich zu wissen, dass es tatsächlich Leute gab, die noch schlechter dran waren als wir.

Marcel und ich waren auf die Straße getreten, um die Läden vor den Fenstern wegzuholen und den »fürchterlichen Anblick« zu beheben, den ein fünfminütiger Regenschauer hinterlassen hatte. Paddy machte sich derweil in der Auslage zu schaffen, den Mund voller Stecknadeln. Er musste etwas an den in sommerliche Freizeitanzüge gesteckten Schaufensterpuppen neu arrangieren, die unseren Hass gegenüber Victor Procopius zu teilen schienen, indem sie einfach so, ohne jeglichen Anlass, umstürzten oder aus den Nähten platzen.

Sobald Paddy uns entdeckte, beschloss er, das Ganze zu einer schauspielerischen Darbietung zu machen. Er drückte seine dicken Lippen gegen das Glas, blies die Wangen auf und ließ die Augen hervorquellen, bis er haargenau aussah wie ein Kabeljau oder was man sonst so auf dem Karren eines fahrenden Fischhändlers liegen sah. Es war eine derart lebensechte Imitation, dass Marcel und ich hell auflachten – was genügte, um Herrn Procopius vor die Tür zu locken. Weil er in der stillen Straße nicht zu schreien wagte, warf er uns lediglich einen entsetzten Blick zu und versprach, noch etwas zusätzliche Arbeit für uns zu suchen, denn offenbar seien wir nicht genug ausgelastet.

Ich wechselte einen schnellen Blick des Einvernehmens mit Marcel und Paddy, der immer noch mit dem Mund an die Scheibe geklebt dastand. Irgendwann würden wir es ihm schon heimzahlen; wann allerdings, wusste nur Gott allein.

Nach einer eiligen Säuberung, wobei ich leider mit Paddys schmutzigem Waschwasser vorliebnehmen musste, frühstückten wir. Wie jeden Morgen gab es Brot, Butter und kräftigen Tee, und mit einer Art poetischer Verzweiflung überlegte ich, dass mein Leben ebenso dürftig und eintönig war wie dieses Frühstück. Lieber Himmel, in solchen Augenblicken kam ich mir beinahe selbst wie so ein gottverdammter Dichter vor!

Um Punkt neun Uhr öffneten wir, als würde dann schon eine ganze Kundenschlange wartend vor der Tür stehen. Procopius hatte Marcel und mich an den Ladentisch postiert, und Paddy stand mit seinem Sonntagslächeln neben dem Eingang, während der Besitzer selbst die Porträts der Varietékünstler und sonstigen Lokalberühmtheiten, die in seine Anzüge gekleidet waren, nochmals umordnete. Ich betrachtete ihn mit Abscheu: ein kleiner Mann, emsig wie ein Spatz hin und her hüpfend und stets bereit, sich den Ausdruck ekelerregendster Beflissenheit aufs Gesicht zu zaubern, kaum dass ein Kunde über seine Schwelle getreten war.

Ehe ich irgendwann so werde wie du, dachte ich, ehe ich irgendwann am Ende so werde wie du ...

Es war ein ruhiger Morgen. Einige Männer auf dem Weg zu ihrer Arbeit in Wo-auch-immer kamen vorbei, ein paar Dienstmädchen, ein junger Bursche auf Krücken und ein italienischer Eisverkäufer, jedoch keiner von Procopius' so gefürchteten und vergötterten Kunden. Mich hatte der Chef zum Stecknadelzählen verdonnert, einer vollkommen nutzlosen Arbeit, bei der man dafür Sorge zu tragen hatte, jedes Nadelkissen mit exakt fünfunddreißig Stecknadeln zu bestücken, und die keinem anderen Ziel diente als dem, einen zu beschäftigen. Ich hatte gerade mit Nadelkissen Nummer vier angefangen, als ich an Paddys Atem hörte, dass ein Ereignis bevorstand. Paddy war ein geräuschvoller Mundatmer, was besonders nachts ziemlich irritierend war, und immer, wenn etwas eintrat, das Ablenkung in unser todlangweiliges Ladendasein bringen konnte, gab er eine Art Schlürfen von sich, wodurch wir sogleich parat standen.

Ich hob den Kopf und sah den dicksten Mann, den ich je erblickt hatte, in unseren Laden treten. Es war ein Wunder, dass er durch die Tür passte, doch er schaffte es und watschelte jetzt, ein einziger schwabbelnder Fleischklumpen, zur Ladentheke. Bevor Marcel oder ich auch nur »guten Morgen« hatten sagen können, hatte Procopius sich ihm bereits entgegengeworfen, als erwartete er, das Erste, was aus unseren Mündern käme, könnte womöglich eine grobe Beleidigung sein.

Der wandelnde Fleischberg wusste durch rechtzeitiges Abbremsen einen Zusammenstoß zu verhindern und schaute einigermaßen erstaunt auf das Häuflein griechischer Dienstbeflissenheit zu seinen Füßen.

»Guten Morgen, Sir. WillkommeninVictorProcopius'Herrenmode-palais, womitkönnenwirIhnenzuDienstensein?«

Procopius spulte sein übliches Verkaufsgespräch noch schneller ab als sonst. Dabei, das sah ich, maß er den Mann schon von Kopf bis Fuß auf und überschlug aufgeregt, wie viel ein Anzug für diesen Riesen ihm wohl einbrächte. Das hier war ein guter Kunde! Ein sehr guter Kunde!

Während Procopius in ermunternder Haltung bereitstand, auf jedes Ersuchen des Kunden einzugehen, warf der dicke Mann einen eher acht-losen Blick über den Ladentisch, die Kasse, die Nadelkissen, Marcel und mich.

»Falls es keine zu große Mühe macht«, begann er mit einer tiefen Stimme, der ich sowohl einen französischen Akzent als auch einen gewis-sen Sarkasmus entnahm, »würde ich mir gern einen Anzug anfertigen lassen. Bleibt die Frage, ob das hier denn möglich ist.«

Marcel schmunzelte. Alles hier im Laden, angefangen bei den Schnei-derpuppen bis hin zu den Modezeichnungen an der Wand, zeugte davon, dass das hier kein Kolonialwarengeschäft war. Procopius allerdings ent-ging das Humorvolle der Bemerkung.

»Natürlich ist das hier möglich! Gewiss doch, alles ist möglich: Anzüge für tagsüber, Freizeitanzüge, Abendkleidung. Mäntel machen wir auch, Ausgehmäntel mit Seidenfutter ... Letzteres natürlich gegen Aufpreis.«

»Aha!«, sagte der Mann, der jetzt den Verputz der Ladendecke betrachtete, »aber ich suche etwas Besonderes.«

Procopius wurde zunehmend nervös. Das hier war kein gewöhnlicher Kunde, das hier war ein Kunde mit Ansprüchen, ein Kunde, der wahr-scheinlich sehr schwierig werden konnte! Marcel, Paddy und ich sahen schadenfroh zu, wie er sich drehte und wand. Gern hätten wir dem fetten Kerl mit seinem achtlosen Blick die Hand gedrückt, doch die Regeln des Geschäfts geboten uns, so lange auf unserem Platz auszuharren, bis uns Herr Procopius mit einem Fingerschnippen einen Auftrag erteilte.

Inzwischen musterte ich den Fremden ausführlich. Er musste ein Franzmann sein. Kein Engländer würde sich in einer Weste wie der sei-nen auf der Straße zeigen. Sie spannte sich grün und hellrosa über seinen riesigen Bauch und hatte eine Knopfreihe, die abwechselnd aus roten und blauen Edelsteinen bestand. Es war, wie man sagt, eine schreiend bunte Weste. Sie übertönte gewissermaßen den Ernst des unauffälligen schwar-

zen Anzugs und schien hinausposaunen zu wollen, dass ihr Besitzer kein
gewöhnlicher Sterblicher sei, sondern ein Künstler oder doch zumindest
ein Bohemien. Ich war neugierig auf das »Besondere«, das dieser Kunde
suchte. Spezieller als diese Weste konnte es schwerlich sein.

»Etwas Besonderes ...«, wiederholte Procopius und trat ehrfürchtig
einen Schritt zurück, »das dürfte keinerlei Problem sein. Woran hatten
der Herr denn gedacht?«

Der Kunde schmatzte mit den Lippen, als wolle er ein delikates Mahl
beschreiben. »Nun, es ist ein Anzug, schlicht und geschmackvoll im
Schnitt, so wie der hier.« Er deutete achtlos auf die Aufnahme eines
Schauspielers, der mit seinen breiten Schultern und schlanken Hüften
aussah wie der Traum einer jeden Frau. »Vielleicht in der Taille etwas
weiter. Recht schlankmachend, mit einer schönen Falte. Aber ... und jetzt
kommt es: Der Anzug muss eine bestimmte Farbe haben.«

Procopius, der bei jedem einzelnen Wort genickt hatte, stand jetzt
stocksteif da. Fast hörte ich ihn in Gedanken überschlagen, welche Farben wir vorrätig hatten.

»Grün«, fuhr der dicke Mann fort, »und zwar nicht einfach irgendein Grün. Um Gottes willen nicht das scheußliche graugelbe Grün dieser
Jägeranzüge, in denen manche Leute herumlaufen. Solch vegetarische
Salonsozialisten wie Bernard Shaw. *Mon dieu!* Mein Herr, halten Sie
mich für eine derartige Person?«

Procopius beeilte sich, verneinend den Kopf zu schütteln.

»Und auch nicht das Grün, das man an diesen Bäumen hier in London sieht. Platanen. Pah! Banale Bäume, finden Sie nicht auch? Es ist
ohnehin selten, dass die Natur etwas Originelles hervorbringt. Apfel-
grün. Grasgrün. Moosgrün, wie vorhersagbar! Nein, an das Genie des
Blumenzüchters mit seinen Farbbädern reicht sie nicht heran ... Seht einmal her ...«

Er holte eine kleine Schachtel hervor, die das Markenzeichen von
Good Years trug, einem Blumenzüchter in der Royal Arcade. Sie enthielt
eine einzige Blüte. Eine grüne Blüte.

»Sehen Sie, das meine ich. Eine grüne Blüte, das wird sich die Natur
von sich aus nie einfallen lassen. Ihre Blüten sind rot oder gelb oder rosa.
Aufgedonnert wie ein Straßenmädchen, wenn Sie mir diesen banalen
Vergleich vergeben wollen. Eine grüne Blüte, das übersteigt ihre Phanta-

sie. *Et voilà*: Die Farben des Züchters kreieren eine solche! Und genau *das*, mein Herr, meine ich!«

Procopius nickte mit dem Kopf und schüttelte ihn zugleich und verstand nicht das Geringste. Wir übrigens auch nicht, aber das war uns gleich. Dieser tonnenrunde, irrsinnige Ausländer hatte uns schon jetzt einen schönen Vormittag besorgt.

»Ein solches Grün, haargenau ein solches Grün«, fuhr er fort, während er verliebt auf die Blüte in seiner Hand starrte, »haben Sie das?«

Procopius hatte bereits mit Ja geantwortet, ehe er über die Frage nachgedacht hatte. »Ja ... das heißt ... nicht vorrätig, aber wir können es bestellen. Wir können es gewiss bestellen. Haargenau dieses Grün. Ja, gewiss wird das gehen. Ja ... ja ...«

Auf dem runden Gesicht des Kunden erschien ein breites, beinahe kindlich überraschtes Lächeln. »Ist das Ihr Ernst? Ich hätte nie gedacht ... Hier, in irgendeinem Laden in Soho ... Ich komme hier herein und ... Sie müssen ein berühmter Schneider sein, in diesem Teil der Stadt. Ein wahrer Meister!«

Procopius wuchs sichtlich durch dieses Kompliment. »Ach, Sir, wir geben uns alle Mühe. Wir geben uns Mühe, ich und meine Jungs. Vielleicht können wir uns im Anprobezimmer weiter unterhalten. Wir haben ein großes Anprobezimmer, sehr komfortabel ... Lehnsessel, Zigarren ... Marcel wird ihnen dort maßnehmen. Marcel!«

Sein Fingerschnippen dirigierte Marcel in die Anprobe. Die Vorstellung war zu Ende. Procopius schloss mit einer letzten Verbeugung die Tür hinter ihnen, und ich widmete mich wieder meinen Nadelkissen. Besuch von einem dicken Kerl; wahrscheinlich blieb das das einzige Ereignis des heutigen Tages.

Von Marcel bekamen wir nichts mehr über diesen merkwürdigen Kunden zu hören. Er war den gesamten restlichen Tag unglaublich mürrisch, obwohl heute Mittwoch war und wir schon um fünf Uhr schlossen. Meine Stimmung wurde im Verlauf des Nachmittags immer besser. Mir war etwas eingefallen, das ich durch meine schlechte Morgenlaune so gut wie vergessen hatte. Gegen halb fünf begann ich zur Tür zu schielen. Weil es ein ruhiger Nachmittag war, machten wir uns schon mal ans Aufräumen. Paddy schlenderte nach hinten, um die Besen und die Eimer mit nassem Sägemehl bereitzustellen, mit dem wir nachher den Boden sauberfegen würden. Marcel hantierte mit einem dicken Buch voller Doppel und Rechnungen herum, das er abwechselnd wütend aufschlug und wieder zuknallte.

»Augustus Trops ... aber ja doch: Gussy!«, hörte ich ihn grimmig murmeln.

Gerade als ich ihn fragen wollte, wer oder was denn »Gussy« sei, sah ich sie ankommen. Um ehrlich zu sein: Ich hatte sie zuerst nicht erkannt. Sie rannte direkt vor einer Pferdedroschke über die Straße, was wirklich typisch für Mary Ann war, aber ihre Kleidung war ganz und gar nicht Mary Ann. Anstelle ihres kindlichen Schürzenkleidchens trug sie jetzt ein weißes Mittagskleid voller Bänder und Kinkerlitzchen und dabei so lang, dass sie fast darüber stolperte. Auf dem Kopf hatte sie einen riesigen Hut mit einer breiten Krempe und nicht weniger als vier Straußenvogelfedern. Die Ladenglocke schien extra laut zu klingeln, als sie die Tür aufstieß, als wolle sie der ganzen Welt mitteilen, dass es Mary Ann Mayfield war, die hier hereintrat, *die* Mary Ann Mayfield, von der London noch viel zu hören bekäme.

Noch bevor Procopius »Vorsichtig, junges Fräulein, vorsichtig!« hatte rufen können, hing sie schon an seinem Arm und schaute ihn mit ihrem sonnigsten Lächeln an. »Guten Tag, Herr Procopius! Ich komme mein kleines Brüderchen abholen.«

Ich sah meinem Chef an, dass er sagen wollte, es sei erst Viertel vor fünf, aber gegen Mary Anns Lächeln war er wehrlos. Es seien die Grübchen, hatte er mir einmal gestanden, die Grübchen in ihren Wangen. Wäre er nicht mein Chef gewesen, ich hätte ihm die Nase poliert! Aber eine Viertelstunde vor Ladenschluss passte mir diese Grübchenbesessenheit gut in den Kram.

»Mein Brüderchen führt mich heute Abend aus, Sir. Darf er etwas früher gehen?«

Ein seltenes, aufrichtiges Lachen brach sich Bahn auf Procopius' nervösem Gesicht. »Ja ... nu ja ... na denn ... für dieses eine Mal!«

»Dieser alte Grieche ist ganz verrückt nach dir«, sagte ich zu Mary Ann, als wir das Geschäft verließen.

»Ach, geh mir weg!« Sie hakte sich anhänglich bei mir unter. »Du musst nicht so den Wachhund spielen, Ady. Ich weiß Bescheid über den Bartel und den Most und die Blümchen und Bienchen.«

»Gerade deshalb. Und außerdem heiße ich Adrian.«

»Ist ja schon gut. Fühl dich doch nicht so schnell auf den Schlips getreten! Es gibt was zu feiern!«

Ich zeigte auf ihre neue Kleidung. »Den albernen Hut und dieses Sackkleid vielleicht?«

»Ja, aber nicht nur das. Wollen wir da reingehen? Dann erzähle ich dir alles.« Sie deutete auf ein kleines Speiselokal, das LAMMKOTELETTS, SAFTIG UND SPOTTBILLIG! auf seiner Fensterscheibe versprach.

Besorgt tastete ich meine Hosentaschen ab. »Ich habe meinen Wochenlohn noch nicht erhalten.«

»Und alles natürlich schon am Wochenende verprasst. Keine Sorge, ich habe Geld.«

»Ich lasse nicht zu, dass ein Mädchen für mich bezahlt!«

Mary Ann blieb auf der Schwelle zum Speiselokal stehen. »Aber genau das passiert dir, wenn du ein Loch in den Hosentaschen hast, kleiner Bruder. Kein Wunder, dass du noch kein Mädchen gefunden hast, das mit dir ausgehen will!«

»Dann leih mir eben ein paar Shilling. Du bekommst sie zurück, Ehrenwort!«

»Nichts da. Ich lade dich ein. Das soll dir eine Lektion sein!«

Das Elend war, dass ich, seit die Kneipe verkauft war, nicht einen Halfpenny mehr sparen konnte. Als ich selbst noch die Buchhaltung für das The King's Arms gemacht hatte, hatte es mich keinerlei Mühe gekostet, sparsam zu sein. Aber jetzt schmachtete ich am Wochenende so sehr nach Ablenkung, dass ich ohne nachzudenken meinen letzten Cent ausgab; alles, um zu vergessen, dass nach diesem Wochenende wieder ein Montag kam, ebenso tödlich langweilig wie alle anderen Montage zuvor.

Nach einigem Gezänk beschlossen wir, dass *ich* mit Mary Anns Geld bezahlen würde, sodass es schien, als würde ich sie einladen. Über eine Rückzahlung wurde nicht gesprochen.

Das Lokal war einer dieser unklaren Fälle, weder schick noch schäbig, mit schmuddeligen Tischdecken, aber einem Ober in vornehmem Schwarz, der sogleich neben uns stand und aufzählte, was wir bestellen konnten:

»Lammkoteletts, geröstetes Rindfleisch, gekochtes Rindfleisch, Schinken, Lachs mit Krabbensauce, Schweinepastete.«

Wir entschieden uns für eine Scheibe Schinken mit Kartoffeln und Pickles und warteten mit einem Glas Himbeerbrause auf unser Essen.

»Und jetzt musst du mir von deiner Überraschung erzählen«, sagte ich zu Mary Ann.

Sie schüttelte ihren Kopf, was auch die Federn auf ihrem Hut in Bewegung setzte. »Siehst du es nicht? Das Kleid, die Frisur, den Hut? *The girl who is naughty but nice?* Ich bin ein Gaiety Girl!«

Es dauerte etwas, ehe es mir bewusst wurde. Die Gaiety Girls vom Prince-of-Wales-Theater. Göttlich lange Feen mit Rougebäckchen und schalkhaftem Augenzwinkern, die jeden Abend auf der Bühne sangen und tanzten und anschließend mit Millionären ausgingen, und meine Schwester Mary Ann. Diese Kombination, das ging gar nicht zusammen.

»Wie bitte?«, fragte ich.

»Gai-e-ty Girl«, wiederholte Mary Ann mit Nachdruck, als müsste sie es einem Kleinkind erklären, »Gaiety-Girl-Hut. Erhältlich in jedem Geschäft. Die große Mode von heute. Du kommst wohl nicht viel vor die Tür, was?«

»Aber wie bist du …?«

»Tja, kleiner Bruder, heutzutage geht das so: Du tanzt und singst erst einmal vor. Und wenn du ein hübsches Gesicht hast und gut singen und tanzen kannst, wirst du genommen. Ich fange erst mal im Korps an, aber Herr Edwardes – das ist der Chef des Theaters, Adrian –, Herr Edwardes sagt, er kann sich vorstellen, dass ich es irgendwann noch weiter bringe. Und deshalb bekomme ich jetzt Schauspiel- und Gesangs- und Sprechunterricht. Er meint, ich hätte noch einen zu auffälligen Ost-Londoner Akzent. Und heute Nachmittag war ich mit einer Garderobiere einkaufen. Ich habe mir noch drei Kleider zugelegt … Ach ja, und wir haben auch noch maßgenommen für ein Korsett. Meine Taille muss noch was schlanker sein, sagen sie.«

Mary Ann hatte sich inzwischen derart in Erregung geredet, dass ich Gelegenheit fand, jetzt umgekehrt sie zu hänseln. Sie strampelte wie ein kleines Kind mit den Füßen und klatschte zu alledem auch noch in die Hände.

»Weiß deine Mutter es schon, Aschenputtel?«, fragte ich.

Unsere Ma hatte früher auch im Theater gearbeitet, aber ihren Kindern hatte sie immer ein »besseres Leben« gewünscht, wie sie es nannte. Dieses »bessere Leben« beinhaltete eine anständige bürgerliche Existenz, was bedeutete, dass man in einem ordentlich geharkten Vorort wohnte und am Sonntag nicht seinen Rausch ausschlief, sondern zur Kirche ging. Ma hatte es nicht geschafft. Aber daran war sie noch am wenigsten schuld.

Mary Ann wurde rot und nahm schuldbewusst ein Schlückchen von ihrer Himbeerbrause. »Noch nicht. Du bist der Erste, Ady. Aber sie wird doch wohl nichts dagegen haben? Ich werde viel mehr verdienen als jetzt als Garderobiere. Davon bekommt sie natürlich auch ihren Teil. Dann kann sie sich auch einen neuen Hut kaufen, und vielleicht können wir dann auch umziehen. Sie beklagt sich ständig darüber, dass unser Zimmer so eng ist ...«

Ich musste grinsen, weil meine große Schwester sich solche Sorgen machte, dass sie Ma mit Geschenken zu ködern versuchte. »Und erzähl ihr am besten auch gleich von dem amerikanischen Millionär, den du demnächst an Land ziehen wirst«, sagte ich.

Mary Ann lachte Grübchen in ihre Wangen. »Es ist ein Traum, Ady, ein schöner roter Luftballon. Und den lasse ich nicht mehr los, nachdem ich ihn eingefangen habe. Es langt mir, arm zu sein. Arm zu sein ist doof. Ich *brauche* nicht arm zu sein!«

Zwei Teller mit fettigem, dampfendem Schinken wurden vor uns auf den Tisch gestellt.

»Im nächsten Jahr ist es Kaviar!«, sagte Mary Ann.

2

*Ich bekomme einen dicken Kerl geschenkt – Gussy – Grenzen
der Kundenfreundlichkeit – Ein Philister reinsten Wassers – Trinkgeld!*

Nach diesem Abend mit Mary Ann widerstrebte mir meine tägliche
Arbeit noch mehr als sonst. Wahrscheinlich war ich eifersüchtig, weil ihr
Traum Wirklichkeit geworden war und ich keinerlei Aussicht auf wel-
chen Traum auch immer hatte. Ich war derart übelgelaunt, dass es sogar
Marcel allmählich auffiel, der in diesen Tagen auch nicht sein gewohntes
fröhliches Selbst war.

Eines Morgens erwachte ich ungewöhnlich früh aus einem Traum,
und alles, woran ich mich erinnern konnte, war, dass ein Zooelefant
eine Runde auf meinem Rücken hatte reiten wollen. Ich kämpfte mich
unter der Bettdecke hervor und blieb eine Zeitlang so liegen, um auszu-
schnaufen, während sich das »O ... *hell!*«-Gefühl stärker denn je bemerk-
bar machte. In dem anderen Bett hörte ich Marcel wühlen und nach
ungefähr einer Minute flüstern: »Adrian, bist du wach?«

Ich grunzte nur. Ich hatte keine Lust zu reden. Nicht um sechs Uhr
morgens.

»Dieser Dicke kommt morgen zur Anprobe.«

Verärgert drehte ich mit dem Hintern eine Kuhle in die Matratze.
»Was geht mich das an?«

»Also, *ich* bediene den nicht mehr!«

»Wieso?«, fragte ich. »Stinkt er unter den Achseln?«

»Unter den Achseln? Pah! Volle dreihundert Pfund Schweinerei, das
ist er!«

»Dann komme ich eben mit Schwamm und Schüssel und schrubbe
ihn ab, bevor er in den Anzug steigt. Zufrieden?« Mir langte dieses viel
zu frühe Gespräch längst, und ich tauchte wieder unter die Bettdecke.

»Also, du kannst ihn haben«, war das Letzte, was ich hörte.

Am nächsten Morgen »bekam« ich ihn auch. Augustus Trops, wie der dicke Kunde offenbar hieß, kam strahlend gut gelaunt ins Geschäft gewatschelt, wie der Kaiser aus dem Märchen, der seine neuen Kleider bestaunen will. Er ging auf Procopius zu, legte seine zwei Riesenhände auf dessen Schultern und schaute ihn an, als wäre er sein bester Freund. »Meister«, fragte er, »ist er fertig?«

»Er ist fertig«, antwortete Procopius feierlich. »Gut geschnitten, grün und mit einer schönen Falte. Ganz wie der Herr es gewünscht hat.«

»So zeigt ihn mir!« rief Trops, mit einer dramatischen Geste seines Arms eine Schneiderpuppe zu Boden schmetternd.

Während Procopius sich beeilte, das Unglück herunterzuspielen, begann Marcel mit einem für ihn unbekannten Eifer, den Schaden aufzuräumen. Und weil er beschäftigt war, dirigierte Procopius' Fingerschnippen mich ins Anprobezimmer. Ich kramte Maßband, Kreide, Stecknadeln und mein freundlichstes Lächeln hervor und hielt unserem eigentümlichen Kunden die Tür auf.

Das Ankleidezimmer von Victor Procopius' Herrenmodepalais war ein mit sämtlichen Bequemlichkeiten ausgestatteter Raum, unserem Chef zufolge das Geheimnis seines geschäftlichen Erfolgs. In ihm standen zwei mit Leder bezogene Fauteuils, einer für den Kunden und einer zur Zierde, denn der Ladendiener durfte sich im Beisein eines Kunden niemals hinsetzen. Weiter gab es einen Kamin mit dem üblichen Nippes – Schäferinnen aus Porzellan, eine Uhr, einige Fotos von Frau und Kindern Procopius' sowie zwei Vasen mit quasi-künstlerischen Rohrrispen –, sodass es schien, als befände man sich in einem Wohnzimmer. Um den Kunden noch mehr auf Rosen zu betten, stand neben dem Kamin ein kleiner Tisch mit Zigarren, Schokolade und einer Karaffe Whisky. Auf die praktischere Ebene bezogen sich ein großer Spiegel, eine Schneiderpuppe sowie verschiedene Bügeleisen. Über der Schneiderpuppe hing jetzt der bestellte blütengrüne Anzug.

Trops blieb in ehrerbietiger Entfernung stehen, um ihn vom Hosensaum bis zum Kragen zu betrachten. »Vollkommen«, flüsterte er, »welche Farbe, sublim! Facharbeit. Herrlich ...«

»Gefällt er Ihnen?«, fragte ich vollkommen überflüssigerweise.

»Ob er mir gefällt? Ach, Junge ...«

Ich sah zu meiner Verwunderung, dass in seinen Augen Tränen schimmerten.

»Hast du jemals eine so vollkommene Farbe gesehen? Ach, wer ein solches Grün zu schätzen weiß, für den gibt es keine schönere! Sag mal, Junge, magst du sie auch?«

Weil es bei Procopius die Regel war, dem Kunden immer und in allem recht zu geben, entblößte ich mein Gebiss zu dem ekelhaftesten Lächeln, dessen ich fähig war, und sagte: »Es ist, wie Sie sagen: eine sublime Farbe, Sir.«

»Ja, das ist es, nicht wahr?« Trops ließ seinen feuchten Blick jetzt auf meinem Alltagsanzug ruhen. »Erfreut, dass du das auch findest. Sehr erfreut ... Hm, ja ... Ich würde ihn gern anprobieren.«

»Dann werde ich ihn für den Herrn von der Puppe nehmen.«

Während ich damit beschäftigt war, presste Trops seinen fetten Leib in einen der beiden Fauteuils. Aus dem Augenwinkel sah ich ihn mit einer eleganten Geste ein Schokoladebonbon zum Mund führen. Dabei ließ er seinen grünen Anzug keinen Moment aus dem Auge. Oder war es etwas anderes? Ich schaute durch die schwere Fenstergardine hinter der Schneiderpuppe, entdeckte jedoch nichts als den Zigarrenladen gegenüber, der genauso still und staubig dalag wie immer.

Mit dem Anzug über dem Arm ging ich auf den Kunden zu, wobei ich mir bei dem Gedanken, diesen gigantischen Fleischberg gleich in Hemd und Unterhosen zu sehen, auf die Innenseiten der Wangen biss. Bestimmt ließ sich daraus eine schöne Geschichte für Marcel und Paddy machen.

Augustus Trops erwies sich als schwieriger Kunde. So zufrieden er über die Farbe seines Anzugs war, so viele Einwände hatte er bezüglich der Nähte, Säume und Falten. Ich war fortwährend mit Kreide und Stecknadeln zugange, und gerade als ich dachte, ich hätte es richtig gemacht, änderte Trops wieder seine Meinung und beschloss, er wolle doch etwas weitere Hosenbeine haben. Nachdem ich so ungefähr jeden Zentimeter seines fetten Körpers nachgemessen hatte, kostete es mich Mühe, dem Mann gegenüber länger höflich zu bleiben. *Dann mach es doch selber und besser, du dicke Kröte,* lag mir auf der Zungenspitze, und nur der Gedanke an den am Samstag auszuzahlenden Arbeitslohn sorgte dafür, dass ich mich zu beherrschen wusste. Eine angenehme Enttäuschung allerdings gab es auch: Mein Kunde stank nicht. Er hatte sich reichlich mit einem Riechwasser besprengt, das einen schweren, orientalischen Duft verströmte. Marcel hätte sich keine Sorgen zu machen brauchen.

Trops stand da und betrachtete sich zum soundsovielten Mal kritisch im Spiegel. Ich hatte mich aus Protest auf die Armlehne eines der Sessel gesetzt und sah mich im Spiegel hinter ihm. Ein langer, fast aus seinen Kleidern herausgewachsener Sechzehnjähriger mit zerzaustem Straßenköterhaar und einem unzufriedenen Gesicht. Eine Visage zum Davonlaufen. Und während ich mich so selbst betrachtete, wurde mir bewusst, dass Trops längst nicht mehr auf seine Hosenbeine starrte, sondern im Spiegel mich beobachtete. Irgendwie besorgte mir das ein unangenehmes Gefühl, und ich federte von meinem Sitz hoch, heraus aus seinem Blickfeld.

»Ist es jetzt nach Wunsch, Sir?«, fragte ich.

Trops' Augen schossen zurück zu seinem eigenen Spiegelbild. »Mmmh ... vielleicht noch etwas eng in der Taille. Ich habe in letzter Zeit etwas zugenommen.«

»Wir werden sehen, ob wir in der Taille noch etwas zugeben können, Sir.« Ich begann wieder an seinem Hosenbund herumzubasteln, doch dann spürte ich, wie meine Hand von seiner aufgehalten wurde. Ganz verstört vor Verwunderung ließ ich mich zu ihm heranziehen, bis ich vor ihm stand. *Sorry?,* dachte ich, *wie bitte?*

Trops schaute mich mit einem verschwörerischen Blick an, als bräuchte er mir weiter nichts mehr zu erklären. »Los«, sagte er, »ganz schnell ...«

Gut, vielleicht war ich wirklich doof, vielleicht stand mein Gehirn einen Moment lang still, aber ich begriff es nicht. Ich schaute mitten in Trops' rundes, aufmunternd nickendes Gesicht, und ich begriff es nicht. »Sir, soll ich weitermachen mit ...«

»Lieber Junge, wenn du als Erstes damit anfangen möchtest, mich Gussy zu nennen ...«

»Wie bitte?« Ich sagte es jetzt laut, mit einer merkwürdigen Piepsstimme.

»Nein, nein, du darfst mich jetzt nicht zum Narren halten. Du hast mich lange genug mit deinen Maßbändern gequält, jetzt musst du mich auch mal kräftiger kitzeln.«

Und falls ich es bis dahin immer noch nicht kapiert hatte, dann in jedem Fall kurz darauf. Meine Hand verschwand in seiner Riesenpranke und wurde ohne jedes Zögern in den Schritt des grünen Anzugs gepresst. Das war deutlich. Das war überdeutlich. Und das ging zu weit! Selbst Victor Procopius würde einräumen, dass das nicht zum Dienst am Kunden gehörte! Ohne darüber nachzudenken, was das für unseren guten Namen bedeutete, hatte ich der alten Trine einen Tritt ins Schienbein verpasst. Er fluchte – auf Französisch, glaube ich – und vollführte auf einem Bein einen schönen Reigentanz, der mir die Gelegenheit bot, ihm zu entkommen. Auf der anderen Seite des Anprobezimmers, mit dem Spiegel zwischen ihm und mir, blieb ich stehen. Dreihundert Pfund Schweinerei, Marcel hatte recht gehabt!

Trops hatte sich inzwischen in einen Sessel fallen lassen und stammelte, wobei er sich mit schmerzlicher Miene das Bein massierte: »T-tut mir leid, Junge. Ich dachte, du würdest es verstehen. Ich dachte wirklich ...« Er war ebenso erstaunt wie ich.

»Also wirklich, das langt jetzt!« Da hatte dieser überhitzte Fleischklops mich doch tatsächlich für einen warmen Bruder gehalten! Paddy und Marcel würden sich nicht mehr einkriegen, wenn ich ihnen das erzählte! Aber das würde ich schön bleiben lassen.

»Es tut mir leid«, sagte Trops abermals. »Ich hätte nicht so schnell sein dürfen ... Sollen wir einen neuen Anfang machen? Ich bin Augustus Trops. Und du bist ...«

Er streckte mir seine Hand hin, die ich mit Misstrauen betrachtete. Ich würde schon dafür sorgen, außer Reichweite dieser Greifklaue zu bleiben! Aber antworten konnte ich ihm natürlich schon.

»Adrian Mayfield«, sagte ich so unwirsch ich nur konnte.

»Hallo Adrian. Findest du es schlimm, wenn ich sage, dass mir dein Name gefällt? Er hat Ähnlichkeit mit Dorian. *Das Bildnis des Dorian Gray*, so heißt ein Roman. Kennst du ihn?«

Ich zuckte teilnahmslos mit den Achseln. Dachte der Verrückte wirklich, ich würde Romane lesen? Was hatte dieser Mann bloß für eine miserable Menschenkenntnis!

»Ach, das Buch musst du aber unbedingt mal lesen! Es beginnt damit, dass ein Maler ein Porträt von einem schönen jungen Mann malt. Habe ich dir übrigens schon erzählt, dass ich selbst Kunstmaler bin?«

Ich schüttelte vorsichtig den Kopf. Dieses freundliche Gerede kam mir viel zu absichtsvoll vor. Er sollte hier bloß nicht den netten Onkel markieren!

»Kunstmaler? Von was?« Von nackten Hintern wahrscheinlich!

»Was ich male? Lieber Himmel, Junge, wie erkläre ich dir das? Bist du schon einmal in einer Gemäldeausstellung gewesen?«

»Nein«, sagte ich. Ich konnte ihm natürlich erzählen, dass ich ein paar Kunstreproduktionen unter meinem Bett aufbewahrte: Die *Lady von Shalott* von Holman Hunt und die *Ophelia* von Millais, aber was hatte er damit zu schaffen? Marcel und Paddy wussten schon nichts davon, und bestimmt würden sie mich auslachen.

»Hast du schon mal von Beardsley, Moreau, Baudelaire gehört? Nein? Ihr großen Götter, wie soll ich es dir da erklären, Junge? Du bist ein Philister reinsten Wassers! Also, da hilft nur eins: Du wirst einmal bei mir vorbeischauen müssen!«

Na also, da hatten wir es. Um so zu tun, als hätte ich das Letzte nicht gehört, fragte ich: »Was war noch mal ein Philister?«

»Das ist jemand, der keine Ahnung von Kunst hat, sentimentale Romane liest, sich bei jedem Gemälde, das er sieht, die Frage stellt, ob es auch sauber und anständig ist, und der *The Last Rose of Summer* für das schönste Lied hält, das jemals komponiert wurde. Kurz: der Durchschnittsengländer. Aber bei dir besteht noch Hoffnung, Adrian. Du weißt immerhin die richtigen Farben zu schätzen.«

Er kramte in der Innentasche seines schwarzen Anzugs und holte eine Geldbörse und ein Mäppchen mit Visitenkarten daraus hervor. Eine dieser Karten legte er auf den Beistelltisch mit Schokolade und Zigarren.

»Fühle dich zu nichts verpflichtet, aber wenn du einmal vorbeischauen möchtest, bist du willkommen. Dann können wir uns zusammen meine Bilder ansehen, und wenn du einverstanden bist, würde ich dich auch einmal zeichnen wollen. Nicht aus irgendeinem besonderen Grund, aber du hast ein interessantes Gesicht. Ich wohne hier in Soho. Die Adresse steht auf der Karte.«

Ich nickte. Trops stand auf und wandte sich zu meiner Erleichterung zur Tür. Als Letztes nahm er etwas Geld aus seiner Börse. Wie viel es war, konnte ich nicht sehen.

»Das ist dein Trinkgeld, Adrian. Es ist vielleicht etwas großzügig bemessen, aber ich finde es angenehm, dich kennengelernt zu haben.« Er klopfte die Kreidestreifen von seiner Hose. »Und was den Anzug angeht, so sag deinem Chef, dass ich sehr zufrieden bin und ihn gleich anbehalte. Er sitzt wie angegossen.« Und damit watschelte er aus dem Anprobezimmer.

Ich starrte auf das Geld, das neben der Visitenkarte lag. Es war ein ganzes Pfund!

Wie durch einen Nebel ging ich zurück ins Geschäft, um abzurechnen und Trops seinen alten Anzug einzupacken. Ich begriff jetzt, in welchem Spiel ich während der letzten halben Stunde eine Rolle gespielt hatte, aber ich wollte es nicht glauben. Nichts hatte ich durchschaut, nichts! Und immer war ich eifrig mit Stecknadeln und Kreide zugange gewesen! Gott, wie dumm! Angewidert von mir selbst wünschte ich unserem werten Kunden einen guten Tag, ging zurück ins Ankleidezimmer und steckte das Geld in meine Tasche. Denn trotz allem war das doch ein hübsches Zubrot.

3

Vorteile des Wochenendes – Das Empire – Die Pomadenheinis –
Harte Schläge – Ein obrigkeitstreuer Polizeibeamter – Eine Gratis-
vorstellung von Frau Procopius

Woran es genau lag, wollte ich nicht wissen, aber seit jenem Morgen
dauerte das »O ... *hell!*«-Gefühl den ganzen Tag hindurch fort. Nicht,
dass mich diese Fummelei im Anprobezimmer aus dem Konzept gebracht hätte. Ich fühlte mich einfach nicht gut. Übelkeit. Kopfschmerzen. Dünnschiss. Eine Darmgrippe, das musste es sein. Ich besorgte mir
eine Schachtel Tabletten aus der Drogerie, doch die halfen nicht. Das
Schlimme war, dass wir uns am Vorabend der Saison befanden, der Zeit
des Jahres, in der sich die ganze Welt in London befand: wegen der großen Kunstausstellung in der Royal Academy, den Pferderennen in Ascot
und dem wichtigen Kricketspiel zwischen Eton und Harrow. Wir waren
von früh bis spät voll damit beschäftigt, Schauspieler und Künstler, die
dieses Jahr auf ihren Durchbruch hofften, mit Kleidung auszustatten, die
sie nach mehr aussehen lassen sollte, als sie waren. Ihre Stimmen lagen
mir den ganzen Tag im Ohr, fragend nach diesem, sich beklagend über
jenes. Einen mageren Landschaftsmaler mit einer Stimme wie eine sin-
gende Säge hätte ich dabei am liebsten mit einer Stoffschere durchbohrt.

Nachts war es auch nicht besser. Weil ich immer wieder auf den Abort
im Hinterhof rennen musste, schlief ich fast nicht, und wenn ich schlief,
dann träumte ich von dem Elefanten aus dem London Zoo, der Nacht für
Nacht mehr Ähnlichkeit mit Augustus Trops annahm. Als dann endlich
das Wochenende nahte, war das ein doppeltes Aufatmen. Erstens gab es
von Samstagabend bis Montag früh keine Kunden zu bedienen. Zweitens
brauchte ich mich in der Nacht von Samstag auf Sonntag nicht im Bett
hin und her zu wälzen, denn das war die Nacht, in der wir ausgingen.

Marcel, Paddy und ich beschlossen, dieses Wochenende richtig einen
draufzumachen und ins Empire zu gehen.

Das Empire war ein Trumm von einem Varietétheater am Rand von Soho, wo man auf rotem Plüsch sitzen und sich bis zum Kragen mit Schampus volllaufen lassen konnte. Zumindest sofern man das Geld dazu hatte. Meistens hatten wir das nicht und mussten uns mit einer Holzbank hoch oben im Juchhe begnügen, wodurch wir dann wieder etwas mehr Geld zum Saufen übrig behielten. Wir tranken hauptsächlich Bier und ab und zu eine Flasche Stachelbeersekt, eine billige Imitation des echten Zeugs. Aber das Empire war das Empire, und man hatte immer einen netten Abend, ob man sich jetzt schlapplachte über die französischen Clowns, bei einem Varietéklassiker mitbrüllte, den alle kannten, oder nur die Mädchen vom Ballett angaffte.

An diesem Abend waren wir früh dran. Wir fanden gute Plätze vorn im Juchhe, sodass wir die Bühne gut im Blick hatten und Paddy sich über die Brüstung lehnen konnte, um die teuren Huren zu sehen, welche unten neben den Herren Platz nahmen, die sie zuvor auf der Promenade des Theaters aufgegabelt hatten.

»Dagegen müsste mal vorgegangen werden«, sagte er befriedigt. »Es ist ein Skandal!« Und er hängte sich noch weiter nach vorn.

»Gucken, gucken, nicht kaufen, Pad! Das können wir eh nicht bezahlen«, sagte Marcel, der eine Tüte Erdnüsse auf dem Schoß hatte und sich daranmachte, sie zu verteilen. Ich nahm mir eine Handvoll, während ich mich zufrieden umschaute. Das hier war genau das, was ich brauchte. Alles im Empire schien dafür geschaffen zu sein, einen aufzuheitern: angefangen bei der indigoblauen, rosenroten und goldfarbenen Saaldekoration bis hin zu den hellen elektrischen Lampen. Ich bereitete mich auf einen spaßigen Abend vor.

Und spaßig wurde es! Schon bald hatten wir unsere ersten Getränke geleert. Marcel und ich hatten Durst auf mehr bekommen und beschlossen, zu zweit an einer der Bars auf der Promenade etwas zu trinken. Paddy sollte so lange unsere Plätze hier oben im Olymp besetzt halten.

Eine üppige Bardame war zwar spendierfreudig, was ihr Lächeln anging, aber nicht mit Rabatten, und so bezahlte ich meinen Likör mit dem von Trops erhaltenen Geld. Marcel machte große Augen, doch er sagte nichts. Auch nicht, als ich fast ein Kilogramm Wechselgeld in die Tasche steckte. Was in ihm vorging, war nicht schwer zu erraten.

»Nicht was du denkst«, sagte ich, als wir die Treppe in unseren Olymp hinaufstiegen.

»'türlich nicht«, murmelte er.

Oben angekommen entdeckten wir, dass Paddy seinen Job nicht gut erledigt hatte. Auf unseren Plätzen saßen jetzt drei andere Kerle, und Paddy stand daneben und gestikulierte wütend, sein rote irische Visage noch röter als sonst. Um die Gruppe hatte sich schon ein weiterer Haufen Jungs versammelt und in die Diskussion eingemischt.

»Wenn du einen reservierten Platz willst, musst du eine Karte für die Sperrsitze unten kaufen«, sagte ein junger Mann, der mit seinem glattrasierten Gesicht und dem pomadisierten Haar wie die lebende Reklame eines Frisiersalons aussah. »Hier darf jeder sitzen, wo er will!«

»Ja, und meine Kumpels und ich waren als Erste da!«, brüllte Paddy, der in solchen Momenten nie leise bleiben konnte.

Hier und da zischte es »Pst!«, und auf den höheren Reihen beugten sich einige Leute vor, hoffend auf eine Prügelei.

»Und? Wo stecken sie denn, deine ... Kumpels?«, fragte ein anderer Bursche, noch tadelloser zurechtgemacht als der Typ mit dem Pomadenkopf. Er sprach sehr gewählt, ungefähr wie ein Hausdiener, der gern befördert werden will, und das Wort »Kumpels« klang aus seinem Mund wie ein schmutziger Ausdruck. Ich empfand auf der Stelle einen heftigen Widerwillen gegen ihn.

»Hier sind wir«, sagte ich. »Und wenn ihr nicht aufpasst, dann seid ihr gleich da.« Ich deutete ins Parterre, etwa zehn Meter unter uns. »Ich an eurer Stelle würde jetzt einpacken und gehen!«

»Und wer bist du, dass du meinst, hier Plätze reservieren zu können?« Der Kerl, der auf meinem Platz saß, mischte sich jetzt auch ein. Das war ziemlich mutig, denn so schmächtig wie er war, würde er mit Sicherheit als Erster über die Balustrade fliegen.

»Ja, wer bist du überhaupt?«, pflichteten die andern ihm bei.

Ihre Ähnlichkeit untereinander war auffallend. Alle trugen sie Anzüge, die für das Juchhe hier oben viel zu fein waren, und alle kamen frisch vom Frisör. Ich hatte nicht das geringste Bedürfnis, einem von ihnen zu erzählen, wie ich hieß.

»Lord Rosebery«, sagte ich. Es war der erste Name, der mir einfiel, zufällig der des neuen Premierministers.

»Jaja, und ich bin die Königin Victoria!« Das Gerippe auf meinem Platz hatte einen Scherz gemacht, über den der Rest seiner Truppe so schallend lachte, als wäre es der Witz des Jahrhunderts.

Das langte. Von so einer Schar geschniegelter Junghähne ließ ich mich nicht auslachen! Du gehst über Bord, Kumpel!, dachte ich.

Ich hatte, als wir noch die Kneipe besaßen, jede Menge betrunkener Störenfriede vor die Tür gesetzt. Das Bürschchen hier war für mich kein Problem. Ich ließ ihn mal schön in die Tiefe gucken, während ich ihn an seinem Hosenbund festhielt. Er trat um sich und schimpfte, konnte in seiner Lage aber nichts ausrichten, und fast hätte ich laut losgelacht und den ganzen Streit vergessen, wenn sich der Pomadenheini nicht eingemischt hätte.

»He, vergreif dich an einem von deiner Sorte!«, sagte er in einem ungemein irritierenden »Dich-mögen-wir-nicht«-Tonfall und versuchte, mich und das strampelnde Kerlchen von der Brüstung wegzuziehen. Das hätte er besser bleiben lassen. Er hätte mich nicht anfassen dürfen. Wie eine Bombe, die schon seit Tagen entsichert war, explodierte ich plötzlich.

»Nimm die Finger weg, du Milchbart!«, schrie ich. »Verdammter *Faygeleh*!« Ich hatte gar nicht mehr gewusst, dass ich das Wort kannte. Unsere jüdischen Nachbarskinder hatten es früher benutzt, und obwohl es ein Weilchen gedauert hatte, ehe ich kapiert hatte, dass es dasselbe bedeutete wie Sodomiter, hatte ich rasch bemerkt, dass es eine effektive Beleidigung war. Den Antiquitätenhändler von gegenüber jedenfalls hatte es immer in Raserei versetzt.

Auch hier kam es gut an. Ich hatte auf einmal nicht nur den Pomadenfritzen, sondern auch den Rest der Truppe am Hals, und innerhalb von zwei, drei Sekunden hatten auch Paddy und Marcel sich in den Kampf geworfen.

»Schlägerei! Eine Schlägerei!« erklang es überall auf dem Juchhe, und die Darbietung auf der Bühne schien vergessen. Was hier passierte, war noch besser! Der Pomadenheini war ein stärkerer Gegner, als ich geglaubt hatte. Ich hatte ihm sofort die Nase blutig geschlagen, dafür aber selbst ein zugeschwollenes Auge kassiert. Nicht dass ich ihn mit nur einem Auge nicht doch noch getroffen hätte! Gott, ich hatte noch nie einen solchen Scheißhass auf jemand wie auf dieses Bürschchen! Wenn ich ihm die wohlfrisierte Visage zu Mus schlagen konnte, war mir das einiges wert, selbst das ganze Trinkgeld von diesem Trops. Ich schaffte es, ihn im Bauch und an den Schläfen und an noch einigen gemeinen Stellen zu treffen, und vergaß alles, was um mich herum geschah. Natürlich war unser Kampf auch unten nicht unbemerkt geblieben. Sofort wurde eine kleine Armee stämmiger Kellner und Barmänner heraufgeschickt, um dem Aufruhr ein Ende zu bereiten, aber das war mir entgangen. Als ich wie ein kämpfender Straßenköter am Nacken gepackt wurde, reagierte ich mit einem tüchtigen Ellenbogenstoß.

»Na na, ruhig Blut! Sind ja richtig beißwütig heute Abend! Jetzt gib schon Ruhe, Herzchen!«

Ich drehte den Kopf und schaute in das rote Gesicht eines Kellners, der mich festhielt wie etwas, das Schmutzflecken auf seinem Anzug hinterlassen konnte. »Die Leute da saßen auf unserem Platz!«, stieß ich hervor. »Die verdammten ..., verdammten ... *Sodomiter*!« Und ich versuchte, mich loszureißen und noch eine Runde draufzuhauen. Es brauchte schließlich drei Männer, um mich zum Ausgang und die Treppe hinunter zu schaffen. Ich war am Ende grün und blau, sah aber zu meiner Befriedigung, dass unsere Platzräuber die härteren Schläge einstecken mussten. Besonders ein Mann mit einer dicken Zigarre zwischen den Lippen, der aussah, als sei er hier der Besitzer, haute mit sichtlichem Vergnügen drauflos.

»Ist es wieder so weit? Konnten wir unsere Finger mal wieder nicht zu Hause lassen? Ich hab euch doch schon mal gesagt, ihr sollt das irgendwo anders tun. Nicht hier! Das war doch deutlich? Was? Was?!«

Unter Schlägen und Tritten landeten wir auf der Straße, wo, wie es sich gehört für einen Tag, an dem alles schiefgeht, gerade ein Polizist vorbeiging. Natürlich kam der gleich angerannt, auf seiner Pfeife nach Verstärkung blasend. Ich wusste, dass es jetzt Zeit war, Ruhe zu geben, aber die Pomadenbrigade begann sich jetzt erst so richtig zu wehren. Fäuste, Knie, Füße und Fingernägel, alles wurde eingesetzt, um freizukommen. Dem schmalen Kerlchen, das ich über die Balustrade gehalten hatte, gelang als Erstem die Flucht, und in der darauf folgenden Verwirrung kamen auch die anderen davon. Sie verschwanden, indem sie sich geschickt zwischen dem Freitagabendpublikum hindurchwanden. Zwei Polizisten, die aus einer Seitenstraße angerannt kamen, hatten das Nachsehen und kamen deshalb auf uns zu.

»Probleme, Herr Ahern?«, fragten sie.

Intelligente Leute, diese Polizisten!

»Nur das Übliche mit der leichten Kavallerie«, antwortete der Kerl mit der Zigarre. »Wir wollten sie gerade von unserem Olymp fegen, aber die Leute hier waren schneller.«

Die Polizisten sahen uns an und wir die Polizisten. Einen von ihnen erkannte ich wieder. Es war Harry Balcomb, der meistens in unserer Gegend seine Runde machte. Ich hatte ihm manchmal eine Zigarette geschenkt. Vielleicht war alles ja nur halb so schlimm.

»Hm, wohl betrunken und übermütig«, sagte ein anderer Beamter. Einer von der Sorte, die einen gern für eine Nacht in die Zelle wirft.

»Gesunde englische Jungs mit einem gesunden Durst und einem gesunden Geist, falls Sie mich fragen«, sagte der Mann, der Ahern hieß. »Ich an Ihrer Stelle wäre nicht zu streng zu ihnen, Sir. Wir müssen schonend mit unseren Kerls umgehen dieser Tage.«

Paddy und Marcel standen dabei und nickten eifrig, als könnten sie jeden Moment die Nationalhymne anstimmen. Mir war warm, schwindelig und übel. Ich musste mich anstrengen, damit ich mich nicht übergab oder auf den Gehsteig knallte. Es ging mir nicht gut, und ich war mir nicht sicher, ob das von dem Dünnschiss, dem Alkohol oder der Schlägerei herrührte.

»Sie wollen nicht, dass ich sie festnehme?«, fragte der Polizist. Er klang enttäuscht.

Ahern wedelte leichthin mit seiner Zigarre. »Nein, solche kleinen Scherereien haben wir hier öfters, Sir. Ein paar angetrunkene Jugendliche, wenn es nichts Schlimmeres ist! Mir ist diese Art lieber als … na ja, diese andern. Ich verpasse ihnen Abend für Abend eine tüchtige Abreibung, aber sie kommen immer wieder. Vielleicht gefällt es ihnen ja, was weiß ich …«

Die Beamten grinsten verstohlen.

»Will sagen, Sir, Sie sind sich sicher?«

»Wenn Sie dafür sorgen, dass die da sicher nach Hause kommen, ist die Sache für mich in Ordnung.«

Wieder hörte ich ein Pfeifen, aber diesmal von Paddy, dem vor Erleichterung die Luft entwich.

»Ich kann sie fortbringen«, schlug Harry Balcomb vor. »Ich weiß, wo sie wohnen.«

»Nein, nicht nötig …«, begann ich schnell, denn ich wusste, was für ein Drama es uns einbrächte, wenn das Ehepaar Procopius sah, dass ein Polizist uns vor der Tür ablieferte. Victor Procopius' Herrenmodepalais würde ruiniert sein, der gute Name auf ewig geschändet!

»Ach was, Adrian«, sagte Harry, uns wie eine brave Schulklasse von seinen Kollegen fortdirigierend. »In einem solchen Zustand kann ich euch nicht unbegleitet nach Hause gehen lassen. Wenn ihr vor eine Droschke lauft oder in die Themse fallt, halst mein Boss mir die Sache auf!«

Ich schnaubte. »Die Themse ist Meilen von hier entfernt!«

Er schüttelte boshaft lächelnd den Kopf und sagte: »Nein, nein, Adrian, die ist näher, als du denkst. Jungs, die nicht taugen wollen, landen früher oder später immer dort. Außerdem: Wenn ihr nicht mitkommt, stecke ich euch doch noch in die Zelle. Ich bin ein sehr obrigkeitstreuer Polizeibeamter!«

»Du bist ein alter Quatschkopf«, sagte ich und ergab mich in die griechische Tragödie, die mich erwartete. Manche Dinge im Leben scheinen nun mal geschehen zu müssen.

Einmal auf der Schwelle zu Victor Procopius' Herrenmodepalais angekommen, waren wir von der kalten Londoner Nachtluft inzwischen so weit ausgenüchtert, dass wir uns ernste Sorgen machten. Harry Balcomb zog zweimal lang und alarmierend an der Türglocke. Es dauerte ein Weilchen, ehe es eine Reaktion gab. Mir fiel auf einmal ein, dass Procopius am Abend einen Vetter in Battersea besucht hatte. Offenbar hatte er es genau wie wir spät werden lassen. Nicht, dass uns das erleichtert hätte ... Im ersten Stock wurde ein Fenster aufgeschoben. Frau Procopius, die sich mit einem Umschlagetuch und einigen weiteren Kleidungsstücken über ihrem Nachthemd vorzeigbar gemacht hatte, streckte den Kopf heraus. Sie war eine schöne Griechin mit dramatisch dunklen Augen, die immer das Schlimmste zu erwarten schienen. Als sie den Polizisten unten auf der Straße sah, bekreuzigte sie sich mit weit ausholenden Gesten.

»Gott bewahre uns! Was wollen Sie?«

»Ich bringe drei verlorene Söhne nach Hause«, sagte Harry und deutete dabei über seine Schulter. »Falls Sie sie überhaupt noch ins Haus lassen wollen.«

»Ach!«

Frau Procopius schien uns erst jetzt zu bemerken. Sie brauchte einige Zeit, um von der Gewissheit, dass ihrem Ehegatten ein schreckliches Unglück zugestoßen sei, auf die Vermutung umzuschalten, wir hätten uns eines Kapitalverbrechens schuldig gemacht.

»Was haben sie angestellt?«

Ich hatte noch gehofft, Harry würde eingedenk aller Zigaretten, die er von mir bekommen hatte, unseretwegen zu einer Lüge bereit sein, aber leider war er genauso ein obrigkeitstreuer Polizist, wie er immer behauptete, und erzählte die Wahrheit.

»Sie waren in eine Schlägerei im Empire verwickelt. Der Geschäftsführer hat sie vor die Tür gesetzt. Aber weil dabei kein Schaden entstanden ist, will er auf eine Anzeige verzichten.«

Für jeden normalen Menschen wäre Letzteres eine Erleichterung gewesen, nicht aber für Frau Procopius. Sie schlug die Hände vors Gesicht.

»Nein, wie furchtbar!«, hörte ich sie hinter ihren Fingern murmeln. »Nein, wie schrecklich! Nein, die Schande! Mein Mann wird seinen Ohren nicht glauben, wenn er *das* erfährt!«

Dann behalt es doch für dich, dachte ich, aber dass ein solcher Vorschlag bei ihr höchstwahrscheinlich auf taube Ohren stieß, war mir klar. Also hielt ich den Mund und versuchte, möglichst reumütig dreinzublicken. Auch Harry stand bloß betreten da, offenbar beeindruckt von so viel Melodrama.

Frau Procopius hängte sich etwas weiter aus dem Fenster und spähte nach rechts und links, um zu sehen, ob bei den Nachbarn womöglich noch Licht brannte. »Bringen Sie sie schnell herein!«, zischte sie. »Rasch, bevor jemand sie sieht! Paddy Hannigan hat den Schlüssel.«

Und so huschten wir hinter Paddy ins Haus, während Harry fröhlich pfeifend seine Runde fortsetzte. Seine Probleme, sofern es überhaupt welche gewesen waren, hatten sich erledigt. Unsere fingen erst an.

Frau Procopius gab uns eine hübsche Privatvorstellung, in der Riechsalz eine kaum geringere Rolle spielte als die Drohung, ihr Mann werde
hiervon hören. Nachdem sie ein letztes Mal ums Haar in Ohnmacht
gefallen war, schickte sie uns nach oben. Schweigend zogen wir uns
aus und krochen ohne gegenseitigen Gutenachtgruß in unsere Betten.
Morgen erwartete uns nämlich noch der zweite Akt dieser griechischen
Tragödie.

4

*»EinSkandalerstenRanges!« – Freiheit – Die Liebe und die Masern –
Der italienische Radfahrer – Ein Sonnenstich – Schottische Medizin –
Richtung Themse*

Das Erste, was ich am nächsten Morgen hörte, waren die wütenden
Schritte des Herrn Procopius, der die drei Treppen heraufpolterte. Weil
er sonst nie zu uns herauf kam, vermutete ich, dass etwas Besonderes vor-
lag. Schon bald erinnerte ich mich, *was* es war, und das »O ... *hell!*«-
Gefühl überspülte mich mit voller Kraft. Viel Zeit, mich in meinem
Elend zu wälzen, hatte ich allerdings nicht. Victor Procopius platzte in
unsere Dachkammer, meinem Empfinden nach mitten durch die Tür
hindurch.

»Soetwashabeichjanochnieerlebt! EinSkandalerstenRanges!«, stieß
er in einem Atemzug hervor. »NiegeglaubtdassmeinguterRufeinmal-
somitFüßengetretenwerdenwürde! Skandalös! Skandalös! Aus den Betten!«

Marcel und Paddy schossen sogleich unter ihren Decken hervor, aber
ich beschloss, diesmal nicht Männchen zu machen und Pfötchen zu
geben. Die Woche hatte mir vollkommen gereicht. Ein geiler Franzose
hatte sich an mich herangemacht, ich hatte mehr Zeit auf dem Scheiß-
haus verbracht als in meinem ganzen bisherigen Leben und mir von
einem Typen, der wie ein schlechter Matineeschauspieler aussah, ein
blaues Auge schlagen lassen. Und jetzt wollte mich auch noch dieser griechische Hitzkopf zur Schnecke machen? Aufreizend langsam setzte ich
mich auf und streckte mich erst einmal ausgiebig.

Das genügte, um Procopius in noch größere Raserei zu versetzen.
»Hastdunichtgehörtwasichsage? AusdemBett, faulerLümmel! Raus!«
Und um seinen Worten Nachdruck zu verleihen, rüttelte er mich kräf-
tig durch.

Ich schlug seine Hände von mir weg. »Bleib mir vom Hals, Mann! Du
stinkst aus dem Maul!«

In der darauffolgenden Stille war lediglich das Pfeifen von Paddys Atem zu vernehmen. Ich hörte ihn denken: Wie mannhaft von dir, dass du dich das traust, und wie unglaublich dumm!

Procopius war wie versteinert stehen geblieben und blies mir, ruckweise Luft holend, seinen Faule-Zähne-Mundgeruch ins Gesicht. »Du ... du ...«, sagte er bei jedem Atemstoß.

»Ja?«, fragte ich herausfordernd. Mir kam es vor, als sei das alles hier ein Traum. Ein wunderbarer Traum, in dem ich Victor Procopius ungestraft zur Sau machte und ihn unsanft zu seiner eigenen Ladentür hinausbeförderte. Nur war ich am Ende derjenige, der auf der Straße landete.

»Du bist entlassen!«, brüllte Procopius. »Jemanden wie dich wünsche ich nicht in meinem Geschäft zu haben! Du packst deine Sachen! Auf der Stelle!«

Es war nicht wie ein Schock, sondern wie ein Triumph. Ich spürte Marcels und Paddys stumme Bewunderung, als ich ruhig aufstand und meine Siebensachen zusammenklaubte. Wenn sie diesen Mut doch auch eines Tages hätten ...

Mit einem Koffer voller Witzblätter und schmutziger Unterwäsche stand ich keine Viertelstunde später auf der Straße, ohne Gelegenheit gehabt zu haben, mich recht von Paddy und Marcel zu verabschieden. Ich hatte es geschafft, entlassen zu werden. Es war dumm, aber anfühlen tat es sich gut. Ach, wie gut es sich anfühlte! Ich war frei, und vor mir lagen die Straßen Londons, und ich konnte gehen, wohin ich wollte. Ich beschloss, mir keine Sorgen zu machen, sondern es mir gutgehen zu lassen. Ich hatte etwas zu feiern: meine Freiheit!

Weil es Sonntagmorgen war, war Soho stiller als sonst, aber das war mir gleich. Ich wusste, später am Tag würde mehr zu erleben sein, und woher ich mein Frühstück nehmen sollte, wusste ich auch. Schön laut vor mich hin pfeifend – das klang so gut in den leeren Straßen – machte ich mich auf ins Judenviertel rings um die Bedwick Street. Zwischen den mit Fensterläden verschlossenen koscheren Metzgereien, Fischgeschäften und Bäckereien hatten einige Speiselokale bereits geöffnet. Ich setzte mich in einen leeren Laden an einen leeren Tisch und bestellte mir ein echt jüdisches Frühstück mit Bagels und Rahmkäse. Während ich mich mit weichen Brötchen und weichem Käse vollstopfte, plauderte ich ein wenig mit dem Besitzer und griff dabei auf das bisschen Jiddisch zurück, das ich von unseren Nachbarskindern gelernt hatte. Ich mochte die Juden, obwohl sie nicht die besten Kunden waren, wenn man eine Kneipe hatte. Es waren ehrliche, hart arbeitende Leute, die niemals Ärger erregten und doch immer zur Zielscheibe anderer wurden. Ich hatte nun mal eine Schwäche für Außenseiter.

»Ich bin heute früh entlassen worden«, bedeutete ich dem Chef mit den entsprechenden Gesten. »Ich. Schlemihl.«

Er drohte mir lachend mit dem Zeigefinger.

»Nein, nein, Schlemihl, ach was! Wird schon wieder. Ordentlichen Anzug trägst du da.«

Ja, das stimmte. Nach wie vor besaß ich meinen gepflegten Ladendieneranzug, den Procopius mir gewissermaßen zur Eigenwerbung hatte schneidern lassen. Ein gepflegtes Äußeres verschaffte einem bei der Suche nach einer Arbeit einen gewissen Vorteil. Aber daran wollte ich jetzt noch nicht denken. Ich hatte verdammt noch mal gerade erst meine Freiheit wieder!

»Erst werde ich in diesem Anzug mal so richtig auf den Putz hauen«, fuhr ich fort. »*Kvell:* feiern, verstehst du?«

»Hast du doch schon, oder?«, fragte er und zeigte grinsend auf mein blaues Auge.

Hinten aus dem Laden kam Gekicher. Um die Ecke der Tür, die das Speiselokal mit dem Wohnraum verband, sah ich zwei Mädchen in Kleidern aus bedrucktem Blümchenstoff zu uns herüberschielen. Ich zwinkerte ihnen hinter dem Rücken ihres Vaters zu, und rasch schlossen sie die Tür.

Im selben Augenblick kam ein Gast herein, mit seiner tragbaren Drehorgel um den Hals mehr als offensichtlich einer von Sohos Dutzenden Straßenmusikanten. Ansonsten hatte er sich mit Erfolg als Seeräuber ausstaffiert: Er trug eine bunte Jacke und um den Kopf ein rotes Taschentuch, und durch die Ohren hatte er sich zusätzlich zwei goldfarbene Ringe schlagen lassen. Zur Abrundung des Ganzen hockte auf seiner Schulter auch noch ein Papagei. Aber der Akzent des Mannes verriet mir, dass er genau wie ich ein waschechter Ost-Londoner war.

»Morgen zusamm'«, sagte er, wobei er den Tragriemen seiner Drehorgel löste und den Papagei der Einfachheit halber kurz auf meinem Tisch absetzte. »Nichts dagegen, dass ich mich kurz dazusetz? Prima.« Und schon saß er. Nicht, dass ich irgendwelche Einwände dagegen gehabt hätte. Mir stand der Sinn nach fröhlicher Gesellschaft. Und er schien mir ein lustiger Vogel zu sein.

»Tee und 'n Ei«, bestellte er, das Armeleutefrühstück. »Und tu ruhig was Senf dazu. Ich hab gestern 'n Glückstreffer gehabt.«

Ich beobachtete seinen Papagei, der auf dem Tisch die Krümel meines Bagels zusammensuchte, und beschloss, großzügig zu sein. Ich zog den Rest von Trops' Pfund hervor. Es war immer noch eine fürstliche Summe. »Und ein paar Bagels und Käse«, ergänzte ich. »Auf meine Kosten.«

Er schaute mich an. »Ach je, das kann ich doch nicht annehmen! Also gut: danke!«

Ich musste lachen, weil er so schnell einverstanden war. Greifen, was man greifen kann, darum geht es, wenn man auf der Straße lebt. »Schöner Papagei«, sagte ich.

Er strahlte. »Ja. Is 'n gelehrtes Vieh. Heißt Käpt'n Flint.«

»Wie der Papagei von Long John Silver.« Ich hatte *Treasure Island* verschlungen, ebenso die Abenteuerbücher *She* und *Alan Quatermain* von H. Rider Haggard und alles Vergleichbare, was mir unter die Finger gekommen war.

»Wie der Papagei von Long John Silver«, wiederholte er.

»Dann ruft er sicher auch ›Dublonen! Dublonen!‹?«, fragte ich.

»Nee, das nich. Aber dafür kann er was anderes. Komm mal her, Flint!«

Seelenruhig spazierte der Papagei vom Tisch auf den Arm des Musikanten. Der holte aus einer seiner Jackentaschen eine Schachtel hervor. Sie war mit buntem Schokoladen- und Zigarettenpapier beklebt.

»Soll ich den Käpt'n mal bitten, dass er Euch die Zukunft vorhersagt?«, fragte er den Wirt, der gerade einen Teller mit Bagels und Käse vor ihn hinstellte.

Der lachte und schüttelte abwehrend die Hände. »Nein, nein, aber meine Töchter würden ihren Spaß haben.«

Kaum eine Sekunde später standen die Mädchen an unserem Tisch und hüpften und gackerten vor Aufregung. Es waren hübsche kleine Jüdinnen mit Augen wie schwarze Murmeln und dunklem Kraushaar.

Mir fiel ein, dass ich doch einmal Mary Anns Rat befolgen und so ein schnuckeliges Schwarzköpfchen ausführen musste, solange ich Geld hatte. Aber ihr Vater würde es bestimmt nicht erlauben, hielt ich mir entgegen. Ich war nun einmal nicht jüdisch. Die ältere der beiden schaffte es mit Schubsen und Zerren, als Erste an der Reihe zu sein.

»Was meinst du, Flint?« fragte der Leierkastenmann. »Was hat diese schöne junge Dame von ihrem Leben zu erwarten? Geld? Liebe? Einen reichen Verehrer vielleicht?«

Die Mädchen krümmten und wanden sich kichernd, als würden sie sich am liebsten unter den Tisch verkriechen.

Der Papagei ließ sich dadurch nicht aus dem Takt bringen und pickte ein zusammengefaltetes Stück Papier aus der Schachtel, die sein Herrchen ihm vorhielt.

»Dieses? Bist du dir sicher?«

Der Papagei nickte ernst mit dem Kopf. Genau wie sein Herr hatte er ein Gespür für Theater.

»Dann ist das hier für die junge Dame.«

Der Papagei spazierte feierlich auf das Mädchen zu, wie ein Postbote, der einen Brief überbringt. Sie nahm den Zettel mit raschen, ängstlichen Fingern aus seinem Schnabel. Danach entfaltete sie ihn sogleich, und zwar direkt unter ihrer Nase, damit ihre Schwester nicht mitlesen konnte. Sie prustete und schlug dabei die Hände vors Gesicht.

»Was? Was steht da?«, wollte die andere wissen.

Als sie das Papier nach einigem Gerangel zu fassen bekam, las sie laut vor: »*Der verschlungene Pfad aus Rosen und Dornen wird Euer sein, voll himmlischer Freuden und süßer Liebespein.*«

Als sie ausgelacht hatte, wollte die Jüngere natürlich auch. Ihre Zukunft war nicht weniger romantisch: »*Über stürmische Wogen zieht das Schiff der Leidenschaft daher, doch am Ende der Reise glättet sich das Meer.*«

Und danach war natürlich ich an der Reihe. Denn, so neckten mich die Mädchen, ich könnte ja der Strauchdieb am Saum ihres verschlungenen Pfads aus Rosen und Dornen oder der Kapitän auf ihrem Schiff der Leidenschaft sein. Nach einigem kernigen Knurren, das alles sei doch nur weibischer Unsinn, nahm auch ich einen Zettel von dem Papagei entgegen. Ich hatte mit demselben süßlichen Reimmüll gerechnet, aber kaum hatte ich das Papier aufgefaltet, musste ich losprusten.

»Ach, du hast das. Ich war schon neugierig, wer den Spruch bekommen würde«, sagte der Leiermann mit einem staubtrockenen Lachen.

»Zeig her! Zeig her!«, riefen die Mädchen.

Ich legte den Zettel auf den Tisch. Auf ihm stand so nüchtern und platt, wie es nüchterner und platter nicht ging: *Die Liebe ist wie die Masern. Irgendwann muss jeder mal hindurch.*

»Der ist gut, was?«, meinte der Musikant und grinste. »Hab ihn mal von jemand gehört, und der hatte ihn aus – weiß nicht mehr, 'nem Buch oder 'ner Zeitschrift.«

»Und was bedeutet das?«, fragte ich. »Die Masern hatte ich schon. Fehlt nur noch die Liebe meines Lebens?«

Er betrachtete mich mit gespieltem Ernst. »Wer weiß? Wer weiß? Die Zukunft steckt voller Geheimnisse. Kennen nur die Papageien!«

Ich ließ Flint meinen Arm hinaufspazieren. Sich die Zukunft von einem derartig bunt gefiederten Schreihals vorhersagen zu lassen, das hatte was.

Weil wir beide nichts Rechtes zu tun hatten, zogen der Leiermann und ich gemeinsam ein Stück durch die Straßen von Soho. Hier und da, wo sich die großen französischen und italienischen Familien gemächlich zur Messe begaben, wurde es schon recht voll, doch wir wählten die stilleren Straßen, in denen nachts sehr viel mehr los war als tagsüber. In den Bordellen hängten die Huren ihre Bettwäsche zum Auslüften aus den Fenstern oder kämmten ihr Haar aus, das wie dünner Golddraht zu uns herabwirbelte, während die Kirchenglocken läuteten. Soho kann in solchen Momenten märchenhaft sein. Wir gingen ziellos umher und redeten über alles und nichts, bis die Kirchentüren abermals aufgingen und der Leierkastenmann sagte, er wolle zum Soho Square, noch etwas Geld verdienen.

»Da ist immer irgendwas los«, sagte er. »Letzte Woche gab es eine Truppe italienischer Kellner mit einer Show auf Fahrrädern. Also, das hättest du sehen müssen!«

Das hätte ich tatsächlich gern gesehen. Schon immer hatte ich mir ein Fahrrad gewünscht, und in meinen Träumen sah ich mich wie wild durch Londons Straßen strampeln. Ebendies einen Haufen italienische Kellner mit wehenden Rockschößen tun zu sehen musste ein Erlebnis sein.

Während mir der Leiermann erzählte, ihn hätten sie auch auf ein solches »Veloziped« gesetzt, und es sei ihm bereits wie eine große Kunst vorgekommen, damit nicht umzukippen, erreichten wir Soho Square. Und der Menge nach zu urteilen, die sich hier versammelt hatte, war hier tatsächlich etwas los. Zu meiner Erregung sah ich hinter dem dichten Zaun von Zuschauern schnelle, dunkle Blitze hin und her schießen. Der Leiermann fasste mich am Arm. »Das da sind sie!«

Wir rannten los und drängten uns mithilfe von vier Ellbogen und einer tragbaren Drehorgel bis in die vordere Reihe.

Vor einem jener verfallenen Stadtpaläste, an denen Soho reich ist, fuhren fünf Italiener auf klapprigen Fahrrädern wie besessen ihre Runden. Sie trugen keinen Cutaway, wie ich gehofft hatte, sondern waren in Hemdsärmeln, weil es so ein heißer Frühlingstag war, und einer fuhr sogar im Unterhemd. Während ich mit halbem Ohr einer Diskussion folgte, ob dies nicht unschicklich sei, entdeckte ich, dass er der Draufgänger der Truppe war. In der einen Hand hielt er eine Flasche, und die andere benutzte er, anstatt den Lenker zu berühren, nur dafür, das Publikum aufzustacheln. Mit den Fingern zählte er immer wieder von fünf bis eins und vollführte bei jeder Null irgendein haarsträubendes Kunststück. So ließ er sich ein paarmal einfach so auf die Straße knallen oder trat mit beiden Beinen gleichzeitig in die Luft, als wollte er einen Salto rückwärts vollführen. Und während wir applaudierten, goss er sich zielsicher einen Strahl Rotwein in den Hals. Ich fand ihn phantastisch. Seine funkelnden Augen und das freche, breite Grinsen erzählten mir, dass er sich von nichts und niemandem beeindrucken ließ. Wenn wir hier herumstehen und klatschen wollten, war das in Ordnung, aber genauso gut konnten wir auch gehen. Wenn er mit seinen Faxen der Held des Tages sein konnte, dann sagte er nicht nein, aber wenn er sich stattdessen selbst ins Krankenhaus beförderte, würde auch das wieder werden.

Ich will sein wie du, dachte ich, Gott, ich will genauso sein wie du! Und dann drehte ich plötzlich die Augen weg, als hätte ich zu lange in die Sonne geschaut. Das Bild eines hübschen Italieners mit nackten Armen und einem aufgeknöpften Unterhemd tanzte boshaft vor mir auf und ab. Ein Sonnenstich, ich musste einen Sonnenstich abbekommen haben!

Der Leierkastenmann neben mir hatte inzwischen eine Lochkarte mit passender Musik gefunden. Kurz darauf donnerte die *Tritsch-*

Tratsch-Polka von Strauß quer durch meinen Kopf. Na großartig. Genau das hatte mir noch gefehlt. Ich versuchte, mich auf die anderen Radfahrer zu konzentrieren, die in dem blindwütigen Tempo der Polka ihre Geschwindigkeit noch etwas steigerten. Aus den Augenwinkeln sah ich den Idioten mit der Weinflasche einen Versuch unternehmen, sich auf seinen Sattel zu stellen und damit die Aufmerksamkeit aller wieder auf sich zu ziehen. Verdammt, lass das! Ich drehte mich um und beschloss, lieber nach hübschen Lärvchen unter den Zuschauerinnen zu suchen. Es gab eine Menge Straßenhändler, die mit ihren Mädchen einen Sonntagsspaziergang machten. Die Mädels hatten festtägliche Blumenhütchen auf und girrten in die Ohren ihrer Liebhaber: »Ach, 'arry, wollen wir mal ein Tänzchen wagen?«

Schon bald hatte sich der Platz in einen Tanzboden voll wirbelnder Glockenröcke und Halstücher in allen auf dem Markt nur erhältlichen Farben verwandelt. Falls man nicht schon von der Musik Kopfschmerzen bekam, dann spätestens von diesem bunten Gewirbel. Ich drehte mich zu dem Leiermann, um ihm zu sagen, dass ich mich aus dem Staub machte, doch der musste seine Sammelbüchse zu sehr im Auge behalten, als dass er mich noch hätte dastehen sehen. Dann eben nicht, dachte ich. Einen Morgen lang war er eine nette Gesellschaft gewesen, aber jetzt reichte es. Ich bekam immer mehr Lust, allein zu sein und mir einen anzusaufen.

Ich betrat die erstbeste Kneipe, die geöffnet hatte. Es war ein urenglischer Saufladen mitten im exotischen Teil von Soho, mit dreißig Jahre alten Gin-Reklamen auf den Fenstern. Ich legte genügend von Trops' Geld auf den Tresen, um eines anständigen Rauschs sicher zu sein, und begann Whisky einzunehmen, als sei es eine Medizin.

Zuerst funktionierte es gut. In weniger als einer Stunde fluchte und schweinigelte ich mit den härtestgesottenen Stammgästen um die Wette. Aber am Spätnachmittag ließ die Wirkung des erprobten schottischen Wunderwasser nach, und ich fühlte einen Prachtkater ankommen. Wenn ich nicht schnell machte, dass ich nach draußen kam, konnte der Barmann mich und meine Kotze gleich zusammen aufwischen. Ich stolperte durch den Dunst aus Zigarrenrauch und Körperschweiß ins Freie. Und wieder sah ich sämtliche Straßen Londons vor mir liegen. Aber jetzt führten sie alle nur zu einem Punkt: der unvermeidlichen Themse.

5

Der siebente Himmel für Saufbrüder – Stanley und Livingstone –
Die Wahrheit über Trunkenbolde – Eröffne eine eigene Kneipe! –
Ich trete ein armseliges Hündchen

Eine der Brücken, die über die Themse führen, ist die Westminster Bridge.
Eine breite Steinbrücke, über die tagsüber unaufhörlich Pferdedroschken,
Omnibusse, Kutschen und Wagen hinwegrattern, während unter ihr
Fracht- und Dampfschiffe passieren. Aber nachts ist sie leer, eine Prome-
nade für die Stadtstreicher und Huren vom Südufer, die von hier aus die
Lichter auf der anderen Seite des Flusses anstarren und manchmal von
der Brücke ins Wasser springen.

Als ich dort ankam, war der Abend noch jung und die Zeit für dergleichen noch nicht reif. Die letzten Fahrzeuge der abendlichen Rushhour fuhren in Richtung Waterloo. Büroschreiber und Verkäuferinnen
aus Lambeth spazierten mit dem Mantel über dem Arm nach Hause. Ich
blieb mitten auf der Brücke stehen und betrachtete die hohen Gebäude
am Flussufer, die Houses of Parliament mit dem Victoria Tower, die
Regierungsbüros und die hohe, weiße Fassade des Savoy Hotel; ein strah-
lendes Märchenschloss mit dem festlichen Feuerwerk des Abendhimmels
als Hintergrund. Dass mir deutlich weniger feierlich zumute war, schien
der Sonne zum Glück wenig auszumachen.

Ich überlegte, dass ich heute auch im Freien schlafen könnte. Sehr
kalt würde es bestimmt nicht werden. Ich brauchte eine stille Londoner
Nacht, um mir diesen italienischen Fahrradfanatiker aus dem Kopf zu
schlagen, und noch einige weitere Sachen. Und weil ich wenig Vertrauen
hatte, dass mir das gelingen würde, begann ich an die Zeit zurückzu-
denken, als mein Leben sehr viel sorgloser gewesen war. Oder jedenfalls
so ausgesehen hatte.

Ich war zwölf, als Pa die Kneipe kaufte. In den Jahren, als er noch auf den
Brettern der Varietébühnen stand, hatte er jede Woche Geld dafür bei-

seite gelegt, quasi als Altersvorsorge. Aber dann gewann er in der Lotterie und meinte, *jetzt* sei der richtige Zeitpunkt gekommen.

Die Kneipe hieß The King's Arms, genau wie noch ungefähr hundert andere Kneipen in London, und war nicht mehr als eine schummrige, schimmelige Saufhöhle, vollkommen veraltet, mit solchen riesigen Alkoholfässern hinter dem Tresen, Sägemehl auf dem Fußboden und nur einigen Holzbänken, auf denen man sitzen konnte. Doch Pa hatte große Pläne damit. Das The King's Arms sollte *der* Trinkpalast der ganzen Gegend werden, ein Luftschloss aus Spiegeln und Lampen, eine Art siebenter Himmel für Saufbrüder. Wochenlang kam jeden Tag mindestens ein Wagen von Gaskell and Chamber, Lieferanten von Schanktischen, Zinnkannen und Wirtshausmobiliar, vorgefahren. Als die Kneipe unter Mitwirkung des örtlichen Musikvereins feierlich eröffnet wurde, konnte sich das Ergebnis wirklich sehen lassen. Der Bartresen war ein Prunkstück aus echtem Mahagoni, und den eingebauten Schanktisch zierten Zapfhebel aus Elfenbein. Pa hatte sie vor der Eröffnung mindestens zwanzig Mal blank poliert, damit sie teuer glänzten, wenn die ersten Gäste kamen. Draußen an der Fassade hing eine gigantische Lampe aus verschnörkeltem Schmiedeeisen und geschliffenem Glas, die so groß war, dass ich zusammengekrümmt und mit dem Kopf zwischen den Knien genau hineingepasst hätte. Und nachdem man sich von dieser Lampe hatte anlocken lassen, konnte man drinnen auf rotem Plüsch sitzen und trinken, und in den großen Spiegeln, die an allen vier Wänden glänzten, sah man, ob einem der Hut auf dem Kopf noch gerade saß, oder auch heimlich die Frau seines Nachbarn angaffen.

Wir hatten schon bald einen festen Kundenstamm: Männer, die am Samstagabend hier ihren Wochenlohn vertranken, Frauen, die am Montag dasselbe mit ihrem Haushaltsgeld taten, und Kinder, die abends das Bier zum Essen holen kamen. Mary Ann und ich kannten dadurch schon bald alle Kinder aus der Nachbarschaft und hatten mehr Freunde, als wir zu unseren Kindergeburtstagen einladen konnten.

Mein bester Freund aber war Gloria. In Wirklichkeit hieß er Peter Durmond, aber alle nannten ihn Gloria, weil seine Eltern eine Zeitlang den Halleluja-Weibern der Heilsarmee hinterhergelaufen waren. Er war schon mit dreizehn nahezu einen Meter achtzig groß und hatte Arme ebenso lang und muskulös wie die eines Gorillas, und alle erwarteten, er

43

würde Profiboxer werden. Dank seines Spitznamens hatte er viele Straßenkämpfe bestehen müssen und dabei eine berüchtigte Rechte und eine gemeine Linke entwickelt.

Gloria arbeitete bei uns als Mädchen für alles, was beinhaltete, dass er schmutzige Bierhumpen einsammelte und abwusch, den Boden fegte, die Alkoholvorräte ins Haus schleppte sowie unangenehme Gäste vor die Tür setzte. Aber wenn er frei hatte und ich nicht zur Schule musste, streiften wir beide durch London. Wir waren Abenteurer, Entdeckungsreisende wie Stanley und Livingstone. Nur brauchten wir für unsere Abenteuer kein dunkles Afrika. Uns genügte das dunkle London.

Es zog uns in die Armenviertel von Ost-London, die unsere Eltern um nichts in der Welt am späten Abend noch durchquert hätten und in die sich auch Polizisten nicht wagten. Hier saugten wir den Geruch von Kohl und faulem Fisch und auch von Streichholzschachteln in uns hinein, die auf den Fensterbänken der Heimarbeiter-Behausungen vor sich hin trockneten. Wir schielten in die Kellerwohnungen, in denen verdreckte Familien wohnten, die in einem früheren Leben aus Irland herübergesegelt waren, auf der Suche nach einem besseren Dasein. Wir wetteten auf Hunde, die in baufälligen, abseits gelegenen Kneipen um die Wette Ratten totbissen, und kauften aus Schuldgefühl einem kleinen Mädchen, das damit sein Geld verdiente, ein Sträußchen Brunnenkresse für unsere Mütter ab. Und manchmal zahlten wir einer Hure an einer Straßenecke einen Halfpenny, damit sie uns eine ihrer leichenblassen, welken Brüste zeigte. Und im Schatten einer rußgeschwärzten Rosskastanie hatte Gloria mir erzählt, wozu ein Steifer gut ist.

Manchmal hatten wir das Bedürfnis nach einer anderen Dunkelheit. Dann gingen wir zu dem Eisenbahntunnel unter der Themse, wo es ewig dumpf und muffig war, als würden alle Tränen der Stadt früher oder später bis hierher durchsickern. Der Tunnel atmete die Atmosphäre einer unsichtbaren, unerklärbaren Gefahr, was noch verstärkt wurde durch die alle paar Meter angebrachten Schilder mit der Aufschrift NICHT STEHEN BLEIBEN. Ich bildete mir ein, dass, falls jemand es je wagen würde, in diesem Tunnel stehen zu bleiben, sich eine Katastrophe alttestamentarischen Ausmaßes ereignete: Die Tunneldecke würde einstürzen, und alle würden ertrinken, oder ein uraltes Themsemonster würde durch die Steinwände brechen. Was auch geschah, nicht stehen bleiben!

Aber genau wie im afrikanischen Dschungel schimmerten mitunter grelle Lichter in der Dunkelheit. Auf dem großen Frischwarenmarkt in Covent Garden lagen schreiend gelbe Bananen, Ananasfrüchte mit ihrem übermäßigen Kopfputz aus harten, grünen Blättern, Apfelsinen wie orangegelbe Springbälle oder auch braune Kokosnüsse, die aussahen wie die haarige Beute von Kopfjägern. Gern hätten wir einmal eine solche Tropenfrucht unter unserer Jacke mitgehen lassen, aber aus Ehrfurcht vor dem Obst, das eine so lange Reise gemacht hatte, sowie vor dem Kaufmann, der uns nicht aus den Augen ließ, beherrschten wir uns. Dafür schlenderten wir weiter zur Blumenabteilung und stibitzten uns Rosen, Veilchen und Narzissen als schöne Entschuldigung dafür zusammen, dass wir zu spät nach Hause kamen.

Wenn wir sie heimbrachten, hatte Ma oft zu viel zu tun, um sie in eine Vase zu stellen. Meine Eltern mussten schwer arbeiten. Die Kneipe hatte viel Geld gekostet; viel mehr, als sie je einbringen würde. Pa steckte fortwährend mit dem Kopf in den Kassenbüchern und nahm dabei immer öfter zum Trost einen Schnaps.

Leute, die behaupten, es sehr genau zu wissen, sagen, Männer würden das Trinken anfangen, weil sie keine Selbstbeherrschung hätten oder den falschen Freunden begegneten. Solche Leute haben noch niemals ein Wort mit einem Saufbold gewechselt. Männer fangen an zu trinken, weil sie Sorgen haben.

Es dauerte etwas, bevor Mary Ann und ich dahinterkamen, dass etwas nicht stimmte. Pa trank abends ein Gläschen mit seinen Stammkunden, er gab ein paar Runden mehr aus als sonst. Und wenn er ordentlich einen über den Durst getrunken hatte, legte er seine Arme um uns und wurde ekelhaft sentimental. »Mein tüchtiger Sohn und mein schönes Mädchen! Prächtige Kinder«, greinte er. »Ich werde sie nicht lange halten können, so was spürt ein Vater.«

Mary Ann und ich lachten darüber und nutzten die Gelegenheit, ihm etwas zusätzliches Taschengeld abzuluchsen.

Es war Gloria, der begriff, dass wirklich etwas nicht stimmte. Wenn er abends das Geld in der Kasse zählte, weil Pa dazu zu angeschlagen war, stellte er fest, dass sie weniger enthielt als noch vor fünf oder sechs Monaten. »Dein Pa hat ja einen Haufen Freunde, die umsonst mittrinken«, sagte er zu mir. »Außerdem geht zu viel für den eigenen Gebrauch drauf.«

Ich zuckte mit den Schultern. Das Kneipengeschäft ging mich noch nichts an.

»Dein Pa ist ein Trinker, Adrian«, sagte Gloria.

In den darauffolgenden Monaten begriff ich zunehmend, was er meinte. Pa war nicht mehr nur merkwürdig oder lustig oder sentimental, sobald er ein Gläschen intus hatte, sondern ohne dieses Gläschen war er nichts. Frühmorgens schaffte er es nicht aus dem Bett, bevor ihn Ma nicht mit heißem Zitronenwasser und Whisky aufgepäppelt hatte, obwohl sie die Flasche lieber weit von ihm fernhielt. Aber die Arbeit musste getan werden. Gloria, Mary Ann und ich übernahmen immer mehr davon. Mary Ann stand hinter dem Zapfhahn, als hätte sie nie etwas anderes getan. Sie machte hier ein Schwätzchen, warf dorthin ein Augenzwinkern und achtete währenddessen scharf darauf, dass alle auch bezahlten. Ich sprang ihr zur Seite, wenn es abends voller wurde, und regelte zusammen mit Gloria die tausendundein Dinge, die eine Kneipe am Laufen halten. Ich bestellte Bierkrüge nach, wischte den Fußboden und wienerte die Spiegel, briet einem Gast in der Küche ein Omelette, entzündete die Gaslampen, schleppte Flaschen und war nach Geschäftsschluss so müde, dass es mir schon völlig gleich war, ob morgen noch ein Tag sein würde oder nicht. Inzwischen regelte Ma die Finanzen und versuchte, die Gläubiger von uns und Pa von der Flasche fernzuhalten. Im Ersten war sie erfolgreicher als im Letzteren. Säufer sind geschickt. Sie haben so ihre Tricks, um an ein Gläschen zu kommen. Sie betteln, gehen einem aufs Gemüt oder fangen an zu drohen und schlagen den Laden kurz und klein.

Einen aggressiven Rausch hatte Pa nie. Stattdessen war er einfach ungreifbar. Wenn er hereinkam und sich ein Glas Bier zapfte und Mary Ann ihn wegschob, dann setzte er sich geduldig wie ein beliebiger Gast an einen Tisch. Aber kaum war sie auch nur einen Moment abgelenkt, dann stand er wieder da und hatte sein Glas schon leer, bevor man »Pa, nicht!« rufen konnte. Und wenn er bei uns nichts ergattern konnte, zog er einfach seine Jacke über und ging in eine andere Kneipe. Es kostete Unmengen von Geld. Geld, das er aus der Kasse stahl oder sich von zwielichtigen Freunden lieh, die wir dann auszahlen mussten.

Doch dabei blieb es nicht. Wir bekamen einen schlechten Ruf. Als Pa noch selbst hinter dem Tresen stand, da kamen die Gäste, um »den verrückten alten Mayfield« wegen seiner Kinder greinen zu sehen oder wegen des Durcheinanders in der Welt. Oder um von seinen Runden zu profitieren. Aber seit seine Kinder selbst den Laden schmissen, war es mit dem Freibier vorbei. Wir wussten sehr wohl, dass wir jeden Halfpenny benötigten, und wer uns kannte, wusste das auch. Aber man bezeichnete uns als knauserige, ungemütliche Pfennigfuchser. Im Viertel wurden weitere Trinkpaläste mit glänzenden Spiegeln und Schanktischen aus Mahagoni eröffnet, und die Leute gingen lieber dorthin. Wir merkten, wie das Geschäft allmählich nachließ.

Wirkliche Armut hatten wir nie gekannt. Pa war zwar kein großer Star im Varietétheater gewesen, aber wenn Mary Ann und ich neue Schuhe brauchten, dann bekamen wir neue Schuhe. Jetzt aßen wir nur noch sonntags Fleisch und trockneten die benutzten Teeblätter, um noch eine zweite Kanne aus ihnen herauszuholen.

Von uns allen war Ma von der »Armutei«, wie sie es nannte, noch am meisten angewidert. Es sei eine Schande. Weniger die Tatsache, dass wir arm *waren*, sondern der Gedanke daran, dass die ganze Nachbarschaft es wusste, angefangen beim Gemüsehändler, bei dem wir schon seit Wochen auf Pump kauften, bis hin zum Bäcker, der uns nur dann noch Brot gab, wenn wir es bar in die Hand bezahlten. Wenn Pa ansprechbar war, tat sie nichts anderes, als ihm diese Schande um die Ohren zu hauen. Was mussten die Nachbarn wohl von uns denken? Was die Gäste, was die Verwandtschaft? Was sollten seine Kinder wohl denken?

Ganze Tage konnte sie so mit Worten auf ihn eindreschen, in der Hoffnung, ihn irgendwo zu treffen, wo es wehtat. Manchmal erblickt man irgendwo einen Karrenlenker, der sein vor Elend auf der Straße zusammengebrochenes Pferd mit der Peitsche wieder aufzurichten versucht. Genauso war auch Ma zugange, mit genau demselben Effekt. Pa wird ihre Peitsche durchaus gespürt haben, doch aufstehen konnte er nicht mehr. Es blieb bei Versuchen, einem halben Tag ganz ohne Alkohol, einem Abend lediglich mit Bier, um dann nach einigem Gescharre wieder aufs Straßenpflaster zu knallen. Und von Mal zu Mal tat das Fallen mehr weh. Und es kommt der Moment, an dem man aufgibt. Bei einem Pferd zieht man den Tierarzt mit seinem Gewehr hinzu, bei einem alkoholsüchtigen Ehemann droht man ein paarmal, ihn zu verlassen, und eines Tages verlässt man ihn wirklich.

Bei uns vollzog sich das mit auffallend wenig Getöse. Kein Geschrei, keine Schläge, keine zuknallenden Türen. Ich glaube, auch Pa verstand sehr gut, dass es so nicht weitergehen konnte. Ma ging für eine Weile fort und nahm Mary Ann mit, denn ein ungeordnetes Haus wie das unsere war »keine Umgebung, in der ein junges Mädchen aufwachsen sollte«. Sie würden sich ein Zimmer in Soho mieten, und Ma würde genau wie früher als Garderobiere in einem der dortigen Theater arbeiten. Bis wir hier den Laden wieder im Griff hatten. Bis die Schulden abbezahlt waren. Bis Pa keinen Alkohol mehr anrührte. Bis zu dem Tag also, an dem die Schweine das Fliegen lernten. Aber zu diesem Zeitpunkt klang das alles sehr vernünftig. Ma würde uns einen Teil ihres Lohns schicken, damit wir die Gläubiger schneller abbezahlen konnten. Und wenn Mary Ann auch eine Arbeit fände, würde es gleich doppelt so schnell gehen. Und inzwischen konnte Pa einmal darüber nachdenken, weshalb er die Hälfte seiner Familie verloren hatte. Wir würden sehen, es würde schon wieder werden. In einem halben Jahr wäre alles wieder in Ordnung.

Am Anfang gelang es mir sogar, daran zu glauben. Gloria und ich hatten jetzt freie Hand in der Führung der Kneipe und entdeckten, dass wir Geschäftsinstinkt besaßen. Gut, wir mussten mit wenig Geld auskommen, aber es gelang uns mit fast nichts, wieder Leute ins The King's Arms zu locken. Wir organisierten ein Boxturnier für Männer und Frauen und spickten unsere Kasse mit der Ankündigung: HEUTE ABEND UM ACHT UHR: DER GROSSE KAMPF ZWISCHEN DER RUNDEN RITA VON NEBENAN UND MARY TREPIN, DER RIESIN VON WHITECHAPEL. EINTRITT: EIN HALBER SHILLING.

Und wir hatten noch mehr Ideen. Nachbarskinder liefen für eine große Tüte Süßes als Sandwichmänner mit Reklameschildern für das The King's Arms durch die Straße. Der örtliche Anglerverein versammelte sich gegen Entgelt in dem, was einmal Mary Anns Schlafzimmer gewesen war, während auf dem Dachboden eine Gruppe aus der Heimat verbannter Russen Pläne für die Revolution schmiedete. Das alles brachte Beträge ein, die ich zufrieden ins Kassenbuch notierte.

Es war ein gutes Gefühl, Herr über sein eigenes Geld zu sein, seine eigene Zeit, sein eigenes Leben. Welcher Vierzehnjährige wäre wohl verrückt genug, in die Schule zu gehen, wenn er seine eigene Kneipe haben konnte? Aber vielleicht hätte ich sehr viel weniger Spaß daran gehabt, wenn ich wirklich gewusst hätte, was es heißt, bankrott zu gehen, mitsamt einem betrunkenen Vater auf der Straße zu landen und zuzusehen, wie alles liebgewonnene Geld in den Händen der Gläubiger landet.

Wir hatten anderthalb Jahre durchgehalten, und jeder, der sagt, das sei keine Leistung, kann von mir eins auf die Nase bekommen. Wir arbeiteten zu dritt, Gloria und ich und ein Junge aus unserer Straße, dem wir einen Sklavenlohn bezahlten, und wir schufteten von frühmorgens um sechs bis nachts um zwei, was wir allmählich normal fanden. Pa half ebenfalls mit, auf seine Weise, jedoch war es besser, ihn vom Zapfhahn und den Vorräten fernzuhalten, worin ich ein ziemliches Geschick entwickelte. Aber das Geld, das wir verdienten, reichte niemals so ganz. Als wir mit all unseren Plänen fast durch waren, verfielen wir auf eine Idee, die wir besser nicht gehabt hätten.

Pferdewetten in Kneipen abzuschließen war schon seit Jahren verboten. Aber über den Freund eines Freundes erfuhren wir, was für ein Geld sich damit verdienen ließ. Und daraus ergeben sich dann Gespräche wie: »Na ja, wann kommt hier schon mal ein Polizist vorbei?« – »Wir machen es einfach beim Bezahlen. 'n Kreuzchen hier, 'n Kreuzchen da, ein Klacks das Ganze. Sieht niemand.« – »Und wenn jemand was von dem Geld sagt, sagen wir einfach, es wäre Trinkgeld.«

Man meint, man wäre so schlau, nicht anders als hunderte gleicher Idioten vor einem. Natürlich wurden wir erwischt. Es dauerte keine zwei Wochen, da kam ein Polizist in Zivil hereinspaziert und setzte Sixpence auf »Flagranti«. Als ich sagte, »Flagranti« sei kein Pferd, sagte er: »Nein, das Pferd bist *du*: in flagranti erwischt!« Ein Witz, über den außer ihm keiner lachen konnte.

Wir hatten Pech. Manchmal kommt eine Kneipe, die bei irgendwelchen Gaunereien erwischt wird, mit einer Abmahnung davon. Aber
das The King's Arms hatte einen schlechten Ruf. Der Wirt ein Säufer,
drei junge Bengel unter zwanzig, die den Laden am Laufen hielten, und
unter dem Dach zehn russische Revoluzzer, die, wie ein jeder wusste,
nichts anderes vorhatten, als Bomben zu werfen und gekrönte Häupter
über den Haufen zu schießen ... Davon ausgehend war es eigentlich schon
fast ein Dienst an der Allgemeinheit, uns die Konzession zu entziehen.

Nun, ich hoffe, die Allgemeinheit hat sich gefreut; wir jedenfalls taten
es nicht. Eine Kneipe, die ihre Konzession verliert, muss schließen. Und
dann bleibt einem nichts, als den Laden zu verscherbeln. Das The King's
Arms wurde versteigert. So eine öffentliche Versteigerung wünscht man
noch nicht mal seinem ärgsten Feind. An alles, was »Zuhause« heißt,
wird ein Preisschild gehängt, von den Vorhängen bis hin zur eigenen
Bettdecke. Alles, um die Gläubiger bis zum letzten Penny zu befriedigen. Und man selbst darf nur hoffen, dass sie das Hemd, das man am Leib
trägt, nicht auch noch haben wollen.

Als das The King's Arms mit allem Drum und Dran verkauft war, behielten wir genau fünf Pfund für uns selbst übrig. Diese allerletzten Geld-
scheine legten wir am letzten Abend auf den letzten verbliebenen Kneipentisch. Fünf Pfund, um ein neues Leben zu beginnen. Fünf Pfund, mit
denen wir nichts anzufangen wussten. Gloria und ich blieben die Nacht
über wach, Kapitän und Steuermann, die als Letzte das sinkende Schiff
verlassen würden. Ich hatte wenig Lust, ins Rettungsboot zu steigen.
Ma hatte mir eine Anstellung in einem Herrenmodegeschäft vermittelt,
wofür ich sehr dankbar sein musste. Wer in London auf der Straße landete, musste für alles dankbar sein. »Ein halber Penny? Oh, vielen Dank,
der Herr. Zu gütig von Ihnen!«

Ich hatte mehr Lust, mich in die Wogen zu stürzen oder mitsamt dem
Schiff unterzugehen; in jedem Fall etwas unverzeihlich Dummes zu tun.

Wieso ließen wir uns unsere Freiheit nehmen? Weshalb türmten wir
nicht einfach? Die Tür stand offen. Die Straßen waren dunkel. Wir konnten gehen, Stanley und Livingstone auf der Suche nach den Quellen des
Nils. Reisegefährten, Kameraden im Urwald, von aller Welt vergessen.

Aber ich habe nichts getan. Nichts gefragt. Nichts gesagt. Zu feige. Zu sehr angewidert von mir selbst. Zu wenig ich selbst mit all diesen seltsamen Gedanken im Kopf.

Am Ende dieser letzten Wache standen wir auf und gaben uns die Hand. Die Hand!

»Bestimmt sehen wir uns noch mal, Livingstone«, sagte ich.

»Klar doch, Stanley«, sagte er.

»Dann sage ich: ›Doktor Livingstone, nehme ich an?‹ Und dann sagst du: ›Ganz recht!‹«

Ich hörte, dass meine Stimme nicht mehr so klang, wie ich sie klingen lassen wollte. Gloria ließ meine Hand sanft aus der seinen gleiten.

»Fang jetzt nicht an zu heulen, Stanley«, sagte er.

»He, junger Mann ... junger Mann ... ein paar Pennys für 'ne kleine Stärkung? Ein paar Pennys?«

Ich hob ruckartig den Kopf und schaute in das Gesicht eines Stadtstreichers, der eine vom Alter und Alkohol zittrig gewordene Hand vor mir aufhielt.

»Jimmy bittet um nicht mehr als ein paar Pennys, junger Herr ...«

Ich musste mich erst wieder daran erinnern, wo ich war: Westminster Bridge, Sonntagabend gegen acht. Vor mir stand eines der tristeren Exemplare von Londons Obdachlosenpopulation: ein grauer Mann in einem drei- oder viermal weitervererbten Mantel, der durch die Jahre jegliche Form und Farbe verloren hatte. Hinter ihm stand bibbernd ein nicht weniger form- und farbloses Hündchen. Erbärmlich. Armselig. Aber ich war jetzt nicht mehr in der Stimmung, der ganzen Welt einen auszugeben.

»Zieh Leine, Opa!«, sagte ich.

»Fr... fr... fr...«, begann er, offenbar in dem Versuch, »frecher Lümmel« zu sagen, aber ich ließ ihn nicht aussprechen. Mein Fuß schoss nach vorn und traf nicht ganz unbeabsichtigt das Hündchen, das erbärmlich jaulend davonlief. Sein Herrchen hatte offenbar auch schon genug Tritte abbekommen, um zu wissen, dass es jetzt an der Zeit war, das Weite zu suchen. Ich blieb mit einem Ekel mir selbst gegenüber zurück, der ebenso groß war wie der gegenüber der restlichen Welt.

An früher zu denken war offenbar keine gute Idee gewesen. Mein Kopf war ein Irrgarten, und der führte mich immer wieder zu der Stelle, an der ich nicht sein wollte. Ich tauchte in den Kragen meines Mantels und versuchte, mich irgendwie abzulenken. Praktisch nachdenken: Von Trops' Pfund konnte ich zwar noch eine Weile leben, aber irgendwann würde das Geld alle sein, und dagegen, in der nächsten Nacht wieder ein Dach über dem Kopf zu haben, hatte ich ohnehin nichts einzuwenden. Bei Ma und Mary Ann sah ich mich nicht anklopfen. Ich hatte keine Lust auf Vorwürfe wegen der guten Zukunft, die ich einfach so weggeworfen hatte. Mas Erwartungen an ihre Kinder waren dermaßen hochgesteckt, dass wir sie immerfort enttäuschen mussten. Der hundertmal wiederholte Vorwurf, ich sei »ganz das Kind meines Vaters«, hatte mir abgewöhnt, sie um Hilfe zu bitten.

Und was, wenn ich mich auf die Suche nach Pa machte? Seit die Kneipe verkauft war, stand er wieder auf den Brettern, und zwar in jedem drittklassigen Theater, das einen schlechten, versoffenen Komiker anstellte. Das letzte Mal, als ich von ihm gehört hatte, wohnte er mit einigen anderen Schauspielern in einem Zimmer in Southwark zur Miete, am Südufer der Themse. Vielleicht konnte ich morgen mal bei ihm vorbeisehen. Große Vorwürfe brauchte ich nicht zu befürchten, denn Pa selbst hatte Ma viel tiefer enttäuscht, als ich sie jetzt enttäuschen würde. Und ein kleiner Schluck wäre allemal drin ...

6

Mayfield und Sohn – Wie viele Schauspieler passen in ein Wartezimmer? –
Unangenehme Begegnungen – Armutei – Ein Nachteil beim Schlafen

Süd-London stinkt. Es gibt keine feinere Art, es auszudrücken. Es ist einfach so. Und wenn man um halb zehn Uhr morgens durch die Straßen geht und nichts im Magen hat außer einem schalen Rest Whisky, ist der Gestank schlicht ekelerregend. In der einen Straße steht eine Marmeladefabrik und umwogt einen mit warmen, widerlich süßen, nach eingekochten Erdbeeren riechenden Schwaden, in der anderen Straße streichelt eine Gerberei einem die Nasenlöcher mit einem hinreißenden Duftbouquet aus Urin, Exkrementen und Tierhäuten. Und hat man sie schnell durchquert und ist diesem Gestank entronnen, dann versetzen einem die Ausdünstungen einer Leimfabrik den Gnadenstoß.

Ich habe mitten auf der Straße gestanden und mich übergeben. Ich wusste gar nicht, dass man auch Magensäure erbrechen kann. Es ist kein schönes Gefühl.

Nachdem ich mich an der Pumpe auf einem Hinterhof ein wenig erfrischt hatte, begab ich mich auf die Suche nach Pas Bleibe. Wie sich herausstellte, war es ein Zimmer in einem Haus, das vor zehn Jahren noch etagenweise vermietet wurde und inzwischen pro Quadratmeter. Es war vollgepfropft mit Schauspielern, die bis auf ihre guten Anziehsachen, mit denen sie beim Vorsprechen Eindruck schinden wollten, nichts besaßen. Nach einigem Nachfragen kam ich zu einer Tür, auf der tatsächlich ein Namensschild prangte: J. MAYFIELD, W. GREGORY UND L. WILKINS, SCHAUSPIELER. Soso, dachte ich, der Schein wird jedenfalls noch gewahrt.

Ich klopfte an, und nach einigem Gepolter und dem Ruf: »Gehst du, Jack?«, öffnete mein Vater. An seinem guten Anzug und den gekämmten Haaren sah ich, dass er dabei war, seine Toilette zu machen. Er wirkte nüchterner, als ich ihn in früheren Zeiten gesehen hatte, aber auch magerer.

»Mein Junge!«, rief er und zog mich zu sich herein, als wäre ich der verlorene Sohn aus der Bibel, der nach Jahren wieder den Weg nach Hause gefunden hat. »Walter, Leo, das hier ist mein Sohn Adrian, von dem ich euch erzählt habe. Ist ein tüchtiger Kerl, hab ich's nicht gesagt?«

Zwei ältere Männer, die nichts als Schauspieler sein konnten, starrten mich an. Der eine, Leo, hatte sich offenbar auf Charakterrollen spezialisiert. Es war die einzige normale Erklärung für seinen aus unterschiedlichen Bühnenaccessoires bestehenden Aufzug, von denen jedes zu einer jeweils anderen Rolle passte: ein buntes Halstuch für »alte Männer« und »Hausierer«, ein teures, aber viel zu eng sitzendes Jackett für den »Mann von Welt« und ein Strohhut mit Straußenfedern für eventuelle Frauenrollen. Sein Kollege Walter wirkte stilvoller in seinem Abendanzug mit Einstecktuch, hatte dabei aber eine derart theatralische Art und Weise, dass er wohl ein heruntergekommener melodramatischer Held sein musste, der in seinen jungen Jahren sehr viele Damen-in-Not aus den Klauen des Todes gerettet hatte.

»Ah, der junge Mayfield«, sagte er, »viel von Ihnen gehört. Sehr geehrt, einmal Ihre Bekanntschaft zu machen.«

»He, wie geht's?«, fragte Leo.

Ich sagte »gleichfalls« und »gut« und schielte währenddessen ausgehungert nach dem Frühstück, das zwischen drei zerwühlten Betten auf dem Tisch stand. Wässriger Haferbrei mit einer Kanne Tee und daneben eine halbe Flasche Bier.

»Hau rein. Es reicht auch für uns vier«, sagte Leo mit unbegründetem Optimismus.

Ich zog eilig einen Stuhl herbei und begann mir aufzutun, während Pa mich mit väterlichem Stolz beobachtete.

»Ein baumlanger Kerl isser geworden, was, mein Junge? Ich wage zu wetten, dass er mich schon um einen Kopf überragt. Ladendiener isser, in Soho.«

»Tut mir leid, Pa, da arbeite ich nicht mehr«, murmelte ich mit dem Mund voll Brei. »Ich bin entlassen.«

Pa reagierte, wie ich es erwartet hatte: »Das wundert mich gar nicht. Der Junge ist ein Freibeuter, genau wie ich. Kann keinen Chef über sich ertragen. Das freie Leben, das ist doch das Allerbeste, was, Ady?«

Ich nickte und spülte den Brei mit einem ordentlichen Schluck Bier herunter. In der Flasche blieb nur ein Rest zurück. Mir wurde klar, dass ich mich wie ein Flegel benommen hatte. Aber gute Manieren spielen erst dann wieder eine Rolle, wenn man einen gefüllten Magen besitzt.

»Und, wie geht's dir, Pa?«, fragte ich.

Er nahm ebenfalls auf einem Stuhl Platz und bemächtigte sich des letzten Restchens Bier. Sein Frühstück.

»Gut. Längst nicht so übel, Ady. Wieder auf den Brettern. Gefällt mir ausgezeichnet. Ich hätte mich nie an die Kette legen lassen dürfen mit dieser Kneipe, ab da ist es danebengegangen. Ich bin kein Mann für immer dieselbe alte Leier. Freiheit muss ich haben.«

»Und was genau machst du jetzt?«, fragte ich, denn seine Antwort klang mir zu himmelhochjauchzend optimistisch, um nicht misstrauisch zu werden.

»Im Augenblick stecke ich so'n bisschen zwischen zwei Rollen. Aber heute wollte ich gerade zu meinem Impresario gehen, und der besorgt mir dann was.«

»Wir gehen zu dritt«, sagte Leo, »Walter und ich suchen etwas in einem Historiendrama. Haben wir lange nicht mehr gespielt.«

»Nicht mehr, seit wir im Lyceum standen«, ergänzte Walter, scheinbar achtlos den Namen eines der bekanntesten Theater in London erwähnend. Ich wagte zu wetten, dass sie dort irgendwo hinten auf der Bühne als Statisten figuriert hatten.

»Er könnte übrigens auch gut ein Schauspieler sein«, sagte Leo, wobei er mit seinem Löffel auf mich zeigte.

»Die richtige Statur dazu hat er«, befand Walter. »Mit etwas dunkler gefärbten Haaren würde er einen entschieden guten Eindruck machen.«

»Ach was«, murmelte ich wütend. Ich konnte es gar nicht leiden, angegafft und gemustert zu werden.

»Früher hat er auch schon auf der Bühne gestanden«, sagte Pa stolz, »und zwar mit Erfolg!«

»Pa, das war ein Weihnachtsmusical!«, erinnerte ich ihn. »Jeder kann dabei mitmachen, wenn er will.«

»'nen Piraten hatter gespielt«, fügte Pa, der eindeutig nicht auf mich hören wollte, hinzu. »Das war im Drury Lane, aber ja, und da weiß man, was ein gutes Weihnachtsmusical ist. Und im Jahr darauf war er einer der vierzig Räuber aus *Ali Baba*, mit 'nem Solo und allem.«

55

»Drei Sätze musste ich singen«, seufzte ich und wusste, er würde ja doch nicht hören.

»Ja, er hat mein Schauspielertalent geerbt, genau wie Mary Ann. Ist jetzt ein Gaiety Girl, Gott segne sie.« Und na klar, da kam das Taschentuch zum Vorschein.

»Verdienen Unsummen, diese Gaiety Girls, habe ich gehört«, sagte Leo, der weniger sentimental, aber dafür praktischer veranlagt war.

Walter rümpfte die Nase. Gaiety Girls deckten sich offenbar nicht mit seiner Vorstellung von Kunst. Aber mich hatte Leos Bemerkung zum Denken gebracht. Wenn Mary Ann mit einem breiten Lächeln und einer guten Figur Geld verdienen konnte, dann konnte ich es auch. Dann hätte ich schon mal eins meiner Probleme gelöst.

»Wie geht das bei so einem Impresario?«, fragte ich wie von ungefähr. Früher war Pa immer über Freunde und Bekannte an Arbeit gekommen. Zu einem Impresario ging man nur als Anfänger oder wenn man alt und ausrangiert war.

»Komm doch heute mal mit!«, schlug Pa vor. »Ja genau, das machen wir, Adrian, wieder für einen Tag zurück in die Theaterwelt! Was hältst du davon?«

»Ich hatte eigentlich an mehr als nur einen Tag gedacht ...«, begann ich vorsichtig, ohne damit zu verhindern, dass Pa vor Freude so ungefähr explodierte.

»Junge, dass ich das noch erleben darf! Mein Sohn tritt in meine Fußstapfen! Mayfield und Sohn zusammen auf den Brettern! Das wird großartig, ach, du wirst sehen! Komm her!«

Ich konnte einer bärenfesten Umarmung nicht mehr ausweichen und ließ sie grinsend über mich ergehen. Pa war Pa und würde sich nie ändern. Vielleicht wäre es ganz schön, sich eine Zeitlang mit ihm abzugeben. Für ein paar Tage zumindest.

Das Büro des Impresarios befand sich im Zentrum Londons; dem Teil, in dem sich auf dem Gebiet von Geld, Handel und Schauspiel alles abspielte. Wir gingen zu Fuß dorthin, weil die Herren Schauspieler kein Geld für den Bus besaßen.

In einem Hauseingang bürsteten wir uns den Londoner Straßenstaub von den Kleidern, bevor wir voll sorgfältig einstudiertem Selbstvertrauen die Straße zum Büro überquerten. Drinnen war es so voll, dass man kaum Platz zum Stehen hatte. Von Sitzen war schon gar nicht die Rede, denn alle Stühle und Bänke waren von Schauspielerinnen besetzt, deren gelangweilte Gesichter verrieten, dass sie hier schon seit Tagesanbruch saßen. Der ganze Warteraum war angefüllt mit Leuten, die vergeblich versuchten, so zu tun, als könnten sie jeden Moment hereingerufen werden. Ich fühlte, wie mir der Mut in die Schuhe sank, aber Pa, Leo und Walter waren fest entschlossen, das Spiel mit den übrigen mitzuspielen.

»Ein ruhiger Morgen«, sagte Leo, »vielleicht haben sie ja was für uns.«

Ganz offenbar gab es eine Verabredung, weshalb ihn niemand für verrückt erklärte. Mit den Ellbogen bahnten wir uns einen Weg durch die Menschenmenge hin zu einem Schalter, hinter dem ein pickliger junger Mann saß, der aussah, als lebte er mit der ganzen Welt auf Kriegsfuß. So ungefähr wie ich.

»Ach, *Sie* schon wieder!«, sagte er gedehnt.

Pa drehte sich zu mir um und lächelte mir zu, wie um zu sagen: »Das wird alles schon.«

»Mayfield, Jack Mayfield«, stellte er sich vollkommen überflüssigerweise vor. »Und das hier ist mein Sohn Adrian.«

»Und?«, fragte der picklige Bursche.

»Er will auf die Bühne!«, rief Pa, als sei das vollkommen klar. »Sag Herrn Peacock nur rasch, dass wir da sind, ja?«

»Termin?«

»Pardon?«

»Ein Termin! Haben Sie einen Termin?«

Ich sah Pa ein paar Zentimeter kleiner werden. »Einen Termin? Nun, nicht wirklich ein Termin, aber … Aber Herr Peacock kennt mich! Er muss mit Sicherheit …«

»Sie können dort warten«, sagte der junge Mann und deutete vage in den überfüllten Warteraum. »Ich gehe davon aus, dass Herr Peacock innerhalb der nächsten Stunde zurückkommt.«

Na großartig! Meine Theaterkarriere sollte also in einem mit schwitzenden Schauspielern vollgepackten Flur beginnen, in dem man nicht einatmen konnte, ohne gleich Bauch an Bauch mit jemandem dazustehen! Ich begann zu ahnen, dass Gott mich nicht allzu sehr mochte und er mich Victor Procopius nur hatte entkommen lassen, um mich neuen Qualen zu unterwerfen. Nach anderthalb Stunden, in denen ich an jeder erdenklichen Stelle meines Körpers Juckreiz bekommen hatte, kam Herr Peacock hereingeschneit. Jedenfalls musste ich annehmen, dass er es war, denn er verschwand sogleich in einer Traube von Schauspielern und Schauspielerinnen, die »Haben Sie einen Augenblick Zeit? Ich bin ...« und »Beim letzten Mal, als ich Sie sprach, haben Sie versprochen ...« riefen. Pa, Leo und Walter stürzten sich auch ins Getümmel, aber Herr Peacock war in eine Ecke gedrängt und nicht zu erreichen. Pa kehrte mit schief sitzendem Hut vom Schlachtfeld zurück. Er sah aus wie ein Mann, der jetzt *wirklich* einen Kurzen gebrauchen konnte.

»Keine Chance hier, heute«, sagte er. »Wir gehen in die Bodega.«

»Und was machen wir da? Trinken?«, fragte ich.

Entrüstet warf er sich in die Brust: »Nein, mein Junge, an deiner Zukunft arbeiten!«

Ich seufzte. Trinken, das würde es werden.

Die Bodega war eine Bar voll arbeitsloser Schauspieler, die eine Art rituellen Tanz um die Schälchen mit kostenlosen Crackern und Käsewürfeln aufführten und spontane, joviale Gespräche miteinander führten, die immer auf eine einzige Frage hinausliefen: »Weißt du Arbeit für mich?«

Es waren alte, wirklich armselige Exemplare darunter, so wie Pa, Walter und Leo, aber auch Schauspieler, die wie ich erst am Beginn ihrer Bettelreise standen. Gutaussehende Burschen, die noch von ihrem Talent überzeugt waren. Ich saß auf einem Hocker und aß Cracker, während Pa mich ihnen vorstellte. Lauter Namen, die ich sofort wieder vergaß und von denen auch nie jemand hören würde. Stück für Stück tischten sie auf, was sie schon alles gemacht hatten. Eine Nebenrolle an der Seite von Herbert Beerbohm Tree, eine Beinahe-Hauptrolle in einem Stück, das keiner kannte. Ich nickte »ja«, sagte »uff« und »alle Achtung« und ließ derweil meinen Blick über die sonstigen Barbesucher schweifen. Wie uninteressant sie waren und wie anödend! Nicht weniger schlimm als die Ladendiener, die in Geschäften wie Victor Procopius' Herrenmodepalais ihr Geld mit Verbeugungen und mit Lächeln verdienten. Seht mich an! Seht mich an! Habe ich kein interessantes Gesicht? Keine männlich breiten Schultern? Keine beeindruckende Persönlichkeit? Platze ich nicht vor schierem Talent? Bitte, nehmt mich! Ich habe heute noch nichts gegessen.

Ich steckte Pa etwas Geld zum Versaufen zu und ging zur Toilette. Bei den Pinkelbecken würde ich wahrscheinlich kein Verkaufsgespräch zu hören bekommen. Ich war fast da, als ich versehentlich jemanden anstieß, einen Keller, der es mit großem Geschick verstand, sein mit Gläsern gefülltes Tablett gerade zu halten. An dieser Akrobatik erkannte ich ihn. Auf dem Fahrrad in Soho hatte ich ihn schon ähnliche Kunststückchen vollführen sehen.

Ich murmelte eine Entschuldigung und floh in die Toiletten. Lieber Gott, warum musste mir das gerade jetzt passieren? Wieso schien sich auf einmal die ganze Welt gegen mich verschworen zu haben, nur um doch zu beweisen, dass ... Nein. Ich schüttelte mir den letzten Gedanken aus dem Kopf und lehnte mich gegen die Wand, um wieder etwas zu Verstand zu kommen. Zum Glück war außer mir gerade niemand in den Toiletten. Gut, ganz normal tun jetzt. So was passiert jedem mitunter. Gleich ganz normal pinkeln und nichts wie weg. Nicht mehr daran denken. Nicht ins Grübeln geraten. Dann ist es auch kein Problem mehr. Genug jetzt.

Als ich mich mithilfe von etwas kaltem Wasser wieder ein wenig erfrischt hatte, kehrte ich in die Bar zurück, fest entschlossen, italienische Kellner keines Blicks mehr für würdig zu befinden. Ich hatte noch keine zwei Schritte hinein gemacht, da hörte ich: »Aber mein bester Aubrey, du hast vollkommen recht! Plato selbst würde gesagt haben ...«

Diese laute Stimme konnte nur einem Mann gehören. Ich zuckte zusammen, als ich Augustus Trops mitten in der Bar stehen sah, nicht weniger massiv als der Schanktresen und somit kaum zu umschiffen. Er hatte einen bleistiftdünnen Burschen mit Ponyhaarschnitt dabei, nicht ganz sein Geschmack, hätte ich meinen wollen. Ich fragte mich, wie ich zu Pa, Leo und Walter vordringen konnte, ohne von Trops gesehen zu werden. Zum Glück kam gerade ein Trupp junger Schauspieler vorbei, dem ich mich unauffällig anschließen konnte. So gelangte ich sicher bis zu Pas Tisch.

»Komm, Pa, wir gehen«, meinte ich, ihn am Ärmel ziehend.

»Ja, aber ...« Er schaute bedauernd auf sein noch halb volles Glas.
»... aber wir haben doch noch gar keine Anstellung für dich gefunden!«

Ich nickte ihm beruhigend zu: »Wir gehen und trinken woanders weiter.«

Es sollte noch fünf Besuche in Herrn Peacocks Warteraum kosten, ehe »Mayfield und Sohn« zu guter Letzt eine »Anstellung« fanden. Es war nicht viel: ein Auftritt mit einigen dummen Liedern aus Varietéshows von vor langer Zeit, *Champie Charlie* und so, ein paar abgestandene Witze, und es dauerte nicht lange. Niemand kann lange mit Trinkern arbeiten. Sie halten Verabredungen nicht ein, vergeigen die Vorstellung, vergessen ihren Text. Also fliegen sie raus. Und derjenige, der zu ihnen gehört, auch. Wenn Pa Mayfield nicht taugen will, wird Mayfield Junior auch nicht viel taugen. So geht das.

Die Jobs, die wir in den paar Wochen gehabt hatten! Witze reißen im oberen Saal heruntergekommener Kneipen. Herumlaufen als die Mörder in *Maria Martin or The Murder in the Red Barn* oder irgendeinem anderen blutigen Spektakel in einem aus Leinwand und Brettern zusammengezimmerten kleinen Kirmestheater. Mit verbranntem Kork im Gesicht in einem Chor von »Negerspielleuten« mitsingen:

> »*Geh hin, mein liebes Kind,*
> *dort, wo man Freud' und Reichtum find't!*
> *Doch wisse: Jeder Ehrliche ist wie ein Bruder.*
> *Stell niemals nicht die Eitelkeit*
> *über Menschenfreundlichkeit.*
> *Schäm niemals dich für deine Mutter.*«

Wobei ich Banjo spielte und Pa mit großem Effekt Tränen über seine Wangen kullern ließ. Und das alles für zwei miese Shilling pro Abend! Das also war unser freies Leben. Zum Neidischwerden, nicht wahr? Es gab Abende, an denen ich mich fast nach Victor Procopius' Herrenmodepalais zurückgesehnt hätte, wenn wir wieder einmal mit unserer Entlassung in der Tasche durch Londons Straßen zogen, angeschnauzt von einem Buhmann von Regisseur und ohne Geld für ein Butterbrot oder gar für den Bus.

Trops' Pfund war rasch für nostalgische Besuche in jeder Kneipe draufgegangen, in der Pa irgendwann Stammkunde gewesen war. Gemütlichkeit kennt weder Zeit noch Geld. Ich war jetzt wirklich abgebrannt. Gut, ich hatte schon öfter wenig Zaster gehabt, aber nie war ich arm wie eine Kirchenmaus gewesen. Hatte nie die Knöpfe an meiner Hose versetzen müssen, weil sie mir sonst auf die Schuhe gerutscht wäre. Hatte noch nie hungrig bei Fish-'n'-Chips-Buden herumgelungert, um wenigstens den Geruch in mich einzusaugen. Ich gab Mary Ann zunehmend recht. Es war doof, arm zu sein, saudoof. Ich musste mir etwas dagegen einfallen lassen.

Wenn wir keine Arbeit hatten, schlief ich meistens ein Loch in den Tag. Schlafen hat drei Vorteile. Man merkt nicht, dass man Hunger hat, man verbraucht weniger Energie, und man muss auch nicht nachdenken. Der Nachteil sind allerdings die Träume. An einem grauen Samstagmorgen um elf Uhr wachte ich mit einem nassen Fleck in der Bettwäsche auf. Verflixt, das kam in letzter Zeit aber sehr häufig vor. Gut, als ich noch bei Procopius unterm Dach schlief, hatte ich manchmal auch derartige kleine Malheurs gehabt, aber die von den Eheleuten Procopius angemietete irische Waschfrau achtete nicht auf ein Fleckchen mehr oder weniger. Aber wenn man mit seinem Pa in ein und demselben Bett schlief, das ungefähr einmal im Monat frisch bezogen wurde, lag die Sache ganz anders. Dann fiel es auf, und ich wollte nicht für jemand gehalten werden, der Nacht für Nacht Hand an sich legte. Es heißt, von dem Herumfummeln an sich selbst bekäme man einen krummen Rücken. Außerdem mochte ich nicht zu viel phantasieren. Ehe man wusste wie, lag man da und dachte an Dinge, an die man überhaupt nicht denken wollte. Aber dass ich träumte, ließ sich nicht verhindern. Meistens hatte ich den Traum sofort beim Aufwachen vergessen, aber diesmal erinnerte ich mich daran. Leider.

Ich war auf der Straße gewesen, durch den Strand gelaufen, die belebteste Verkehrsader der City. Ich wollte auf die andere Seite. Gott mag wissen weshalb, denn mit all den direkt hintereinanderweg rollenden Kutschen ist das dort eher selbstmörderisch. Nun gut, ich schaute brav nach rechts und nach links und beschloss, es nach einem Brauereiwagen zu riskieren.

61

Im gewöhnlichen Leben wäre ich bestimmt sicher auf die andere Seite gelangt, aber in Träumen können Fahrzeuge aus dem Nichts auftauchen. So war ich auch gar nicht verwundert, als ich einen Fahrradlenker im Rücken spürte und auf die Straße fiel. Ich schlug hinterrücks auf die Steine – man frage mich nicht, wie das möglich ist, wenn man von hinten angefahren wird – und spürte sofort, dass ich nicht mehr aufstehen konnte. Ein ganzer Sack Kartoffeln wäre leichter beiseite zu schaffen gewesen als ich. Und während ich so dalag, sah ich die Visage des Radfahrers, der mich angefahren hatte, über mir auftauchen. Von allen Radfahrern in London musste es natürlich ausgerechnet dieser sein. Lächelnd entblößte er seine schönen, weißen, italienischen Zähne, und mich überspülte das allerschönste »O ... hell!«-Gefühl, das ich je gehabt hatte.

»Soll ich dir aufhelfen?«, fragte er zu allem Unglück noch.

Ich machte ein Geräusch, als würde ich meine Zunge verschlucken. Ohne abzuwarten, ob ich ja oder nein meinte, fasste er meine Hände und begann mich hochzuziehen. Aber ich konnte wirklich nicht mehr auf den Beinen stehen, sondern sank einfach wieder zusammen und zog ihn mit mir. Er landete genau auf der falschen Stelle. Oder der richtigen. In dem Augenblick, als ich spürte, dass wir beide gleich groß waren, um es einmal so auszudrücken, hielt ich es nicht mehr aus. Und erwachte mit einem nassen Fleck im Nachthemd.

Ich konnte natürlich weiter so tun, als wenn nichts wäre. Es auf Übermüdung oder eine verschleppte Erkältung schieben, so eine, die einem aufs Hirn schlägt. Oder auf das Herumgemache mit Trops, das mir immer noch durch den Kopf spukte. Nervenzerrüttung heißt das in medizinischen Kreisen, glaube ich. Aber die Wahrheit war, dass ich längst nicht so schockiert war, wie ich es hätte sein müssen. Ich hätte Trops als Dreckschwein empfinden müssen, aber ehrlich gesagt fand ich ihn gar nicht so schlimm. Und was er getan hatte, daran hatte ich manchmal auch schon gedacht. Das »Hübscher-Italiener-Syndrom« war keineswegs das erste, womit ich zu kämpfen gehabt hatte, wenn auch vielleicht das heftigste. Nie zuvor hatte ich mit einem Kolben groß wie eine Festtagstute in eine Toilette flüchten müssen, aber ich hatte mir selbst ja auch immer vorgehalten, dass ich kein Uranier sein konnte. Ich war nor-

mal: Ich mochte Boxen, Prügeleien auf dem Olymp des Empire, Pferdewetten und Saufen, kurz alles, was jeder gesunde englische Junge gern
hatte. Ich stand samstags abends nicht stundenlang vor dem Spiegel wie
dieser Haufen warmer Brüder, die wir aus dem Theater geprügelt hatten. Ich bekam keine weichen Knie von einem bestimmten Grün, so wie
Trops. Lieber Gott, was stimmte denn nicht mit mir?

Sollte ich vielleicht öfter mit einem Mädchen ausgehen, wie Mary
Ann es vorgeschlagen hatte? Sollte ich einmal so eine blonde Rapun-
zel ausprobieren, die sich in einem Fenster in Soho die Haare kämmte?
Vielleicht sollte ich mal mit meiner älteren Schwester reden, die dank
unzähliger Stapel billiger Groschenromane eine Expertin in Sachen
Liebe sein musste. Natürlich durfte ich ihr nicht erzählen, worum es
wirklich ging, aber vielleicht konnte sie mir zu einer netten Verabredung
verhelfen. Einem Gaiety Girl. Einem göttlich schönen Gaiety Girl mit rot
geschminkten Lippen. Das müsste dich doch auf andere Gedanken bringen, Mayfield. Ja, denk an ...

Ich erhob mich mit einem Seufzer. Jedes Gaiety Girl, das ich mir
vorstellte, würde die schimmernd weißen Zähne dieses Italieners haben.

7

Ich komme mit einem Dreistufenplan – Ein Theater voll mit schönen Mädchen – Erwischt! – Ein reicher Gönner – Tante Mary Ann weiß Rat – Ein Bursche wie ich

Am Montagabend trieb ich mich vor dem Künstlereingang des Prince-of-Wales-Theaters herum, zögernd, ob ich durch diese Tür dort eintreten oder lieber warten sollte, bis die Vorstellung zu Ende war. Denn Geld für einen Platz im Saal hatte ich nicht.

Nach einem regnerischen Vor- und Nachmittag war es ein schöner Abend geworden. Eine gelbliche Dämmerung hing über der Stadt, und hoch am Himmel schwebten Möwen. Aber mir lag zu vieles im Magen, als dass ich es hätte genießen können. Wenn ich doch nur mit Mary Ann reden könnte! Wie lang dauerte die Vorstellung denn noch? Ich schaute auf meine Uhr, aber die war stehengeblieben. Seitdem ich als Arbeitsloser ohnehin nirgendwo mehr rechtzeitig zu erscheinen hatte, vergaß ich meistens, sie aufzuziehen.

In den grauen, langgestreckten Stunden zwischen heute früh elf Uhr und jetzt hatte ich mir einen Dreistufenplan ausgedacht, mit dem ich leidlich zufrieden war. Das Schöne daran war nämlich, dass er alle schwierigen Entscheidungen noch eine Weile hinausschob.

Stufe eins bestand darin, eine Arbeit zu finden. Ohne ein gut gefülltes Portemonnaie konnte ich nämlich kein anspruchsvolles Gaiety Girl ausführen, oder? Na also!

Bei der zweiten Stufe konnte Mary Ann mir wahrscheinlich helfen. Ich wollte wissen, ob die Symptome des »Hübscher-Italiener-Syndroms« auf eine ernsthafte Krankheit hindeuteten oder ob ich einer derjenigen Patienten war, die sich bloß alles Mögliche einbildeten. Ich hatte, ohne wirklich daran zu glauben, meine Hoffnung auf Letzteres gesetzt.

Stufe drei brauchte ich erst zu nehmen, nachdem die ersten beiden Schritte zu dem gewünschten Ergebnis geführt hatten. Dann würde ich genau wie jetzt vor dem Künstlereingang des Prince-of-Wales-Theaters stehen und meinen Arm stolz einer in weiße Spitzen gehüllten Schönheitskönigin anbieten.

Aber bevor einer dieser Schritte zur Ausführung gelangen konnte, musste ich Mary Ann sprechen. Wie konnte ich hier hereinkommen, ohne gleich wieder vor die Tür gesetzt zu werden? Mit dem allergleichgültigsten Schlenderschritt, zu dem ich fähig war, näherte ich mich der Tür des Künstlereingangs. Sie war offen. Schön. Nein, *zu* schön natürlich. Man kann sich nicht einfach so in ein Theater voll hübscher Mädchen schleichen und dann heimlich Umschau in den Garderoben halten, es sei denn, man hat einen Adelstitel oder bringt einen Umschlag mit Geld mit.

Eine haarige Hand, die sich anfühlte wie ein kiloschweres Beefsteak, legte sich auf meine Schulter. »Ich hoffe doch sehr, dass du dich verlaufen hast, Bursche!«

Ich dachte rasend schnell nach. Wenn der Bühnenarbeiter, der mich hier anhielt, tatsächlich die Ausmaße hatte, wie es seine Hand erahnen ließ, dann musste ich jetzt mit einer sehr guten Geschichte kommen. Aber mir wollte keine gute Ausrede einfallen. Der Kerl war so breit wie ein Kleiderschrank. Also sagte ich ihm einfach die Wahrheit. Wie sich herausstellte, hätte ich es nicht besser machen können.

»Ich möchte zu meiner Schwester: Mary Ann Mayfield.«

»Mary Ann? Ist das die hübsche Neue? Die mit den Grübchen?«

Ich nickte eifrig wie ein kleiner Junge, der bei allem immer damit durchkommt, dass er den Namen seines großen, starken Bruders nennt. Eine große, hübsche Schwester war auch nicht zu verachten. »Wir wollen heute Abend unsere Mutter besuchen«, log ich tapfer drauflos. »Ich soll sie nach Hause bringen. Sie wissen ja ... London bei Nacht ... ein Mädchen allein ... das geht nicht.«

Hoffentlich wusste er nicht, dass Mary Ann jeden Abend allein mit dem Bus nach Hause fuhr. Aber nein, er nickte ganz verständnisvoll, als würde auch er immer den Begleiter seiner Schwestern abgeben.

»Nein, nein, das stimmt. Viel zu gefährlich für eine junge Dame. Und sie ist mir schon eine Dame, was, deine Schwester? Alle glauben, dass sie es noch weit bringt.«

Letzteres war, wie ich wusste, tatsächlich genau das, was Mary Ann beabsichtigte. Aber eine Dame werden ... Rodeoreiterin oder Seeräuberkapitänin war wahrscheinlicher.

»Die Vorstellung hat gerade erst begonnen, aber du kannst im grünen Zimmer warten«, fuhr der Bühnenarbeiter fort. »Nur falls Herr Edwardes irgendwelche Fragen stellt, dann will ich nichts gesagt haben. Er ist sehr streng zu seinen Mädchen, unser Boss. Kein Anhang, keine Freier, außer er ist damit einverstanden.«

»Ich sage einfach, ich wäre ihr braver kleiner Bruder, der nächstes Jahr ins Kloster geht«, beruhigte ich ihn, »oder sonst soll er mich einfach vor die Tür setzen. Jedenfalls danke.«

Er machte eine Geste, die besagte: Ist schon in Ordnung. »Organisier mir doch ein Autogramm. Merk dir meine Worte, das ist bestimmt irgendwann noch Geld wert!«

Ich ging weiter, kindisch stolz und zugleich auch eifersüchtig auf meine große Schwester, die in allem Erfolg hatte, worin ich scheiterte. Sie hatte eine Arbeit, Geld, wahrscheinlich reihenweise Verehrer ... Ich dagegen hatte nicht einen Penny und dazu ein übles Problem mit einem italienischen Kellner. Aber vielleicht konnte ich heute Abend einen Anfang machen, meine Probleme zu lösen.

Das grüne Zimmer des Prince-of-Wales-Theaters atmete eine typisch weibliche Atmosphäre. Anstelle des Zigarettenrauchs in den Wartezimmern, die ich gewohnt war, wirbelten einem hier neckische Parfümwölkchen in die Nasenlöcher. Rosen, Veilchen und Lavendel, ein charmantes Hexengebräu, das mich ein paarmal gehörig zum Niesen brachte. Hier und da schossen Mädchen, die noch nicht auf der Bühne zu stehen brauchten, hin und her, zurück in die Garderobe für einen letzten Hauch Puder oder zu einem großen Spiegel, um ihr Dekolleté möglichst anziehend zurechtzuschütteln. Sie waren Stück für Stück Schätzchen, so süß und zum Anbeißen, als wären sie gerade aus einer Bonbonschachtel gehüpft. Paddy hätte bestimmt geglaubt, er wäre im Paradies gelandet. Ich setzte mich auf ein Sofa gegenüber dem Spiegel und versuchte, so auszusehen, als stünde alles zum Besten. Junge, Junge, was für schöne Mädels. He, sah ich da nicht einen seidenen Petticoat unter einem Rock hervorlugen? Ja, ja, und einen Fußknöchel. Liebe Güte, die da trug rosa

Strümpfe. Sehr gewagt! Und ich hatte hier den besten Ausblick auf so was. Ich hatte den Abend meines Lebens.

Pustekuchen! Es waren Stück für Stück dumme Gänse, die, sobald sie mich dasitzen sahen, gleich die Köpfe zusammensteckten und kicherten und miteinander flüsterten. Wieso gaben Mädchen sich immer solche Mühe, für gackernde Hühner gehalten zu werden? Ich versuchte sie zu ignorieren und starrte stoisch vor mich hin auf mein eigenes Spiegelbild. Es war eine ganze Zeit her, dass ich in einen Spiegel geblickt hatte, einmal abgesehen von den trüben Scherben in einer Künstlergarderobe, in denen ich mich hatte schminken müssen. Vielleicht war es damals mit Trops im Anprobezimmer gewesen, dass ich mich das letzte Mal so richtig betrachtet hatte.

Es war nicht aufwärts mit mir gegangen. Fünf Kilo hagerer wirkte ich noch größer, und mein Haar konnte auch mal wieder einen Frisör gebrauchen. Es stand zu allen Seiten hin ab, wie ein Strohwisch auf dem Kopf einer Vogelscheuche. Darunter ein paar böse Augen, deren stechender Blick die Welt zu warnen schienen: Komm mir nicht zu nahe, sonst poliere ich dir gratis die Visage! Fast wäre ich aufgestanden und hätte meinem Spiegelbild eine verpasst, als ich eine unverkennbar laute Stimme bei der Tür singen hörte:

»Hier sind die Damen, um die die Welt sich dreht,
führend in Moral, in Etikette, Pietät,
Crème de la crème der neuesten Varietät,
Fin de siècle, Madame!

Na, und dann bekam ich dieses nervige Kitzeln im Hals. Es kommt von der Luft hier, Herr Edwardes, den vielen Gasleuchten. Die schlagen mir auf die Stimme.« Mary Ann kam an der Seite eines Mannes herein, für den das Wort »väterlicher Gönner« erfunden zu sein schien. Er hatte besorgt seine Hand auf ihren Arm gelegt und betrachtete ernst ihre Grübchen.

»Ich sagte es doch, Liebes. Du gibst nicht genug auf dich acht. Jeden Abend durch die Londoner Nachtluft nach Hause, oben auf einem offenen Bus – ja, ich habe dich wohl gesehen, Mädchen! – das ist nicht gut für dich. Ein Gesicht und ein Kehlchen wie deines darf man nicht verderben. Hier, nimm ein paar Tabletten.« Er kippte einige weiße Pillen aus einer Schachtel auf ihre Hand und wandte sich zu einer anderen Bühnenkünstlerin, die, sobald sie ihn erblickt hatte, einen unauffälligen Rückzug in die Garderobe anzutreten versucht hatte.

»Na, na, junge Dame, kommt mir da doch zu Ohren, dass du gestern mit einem Armeegefreiten zu Abend gespeist hast? Du kannst Besseres haben, Mädchen: Meine Gaiety Girls gehen nicht einfach so mit jedem aus! Nun kenne ich da zufällig einen jungen Mann mit Aktien in ...«

Mary Ann hatte mich entdeckt. Sie zog ein Gesicht und flüsterte: »Bäh!«

»Dein Boss?«, flüsterte ich zurück.

Sie nickte, verdrehte die Augen, zeigte auf die Uhr und die Garderobe und schlüpfte an Herrn Edwardes vorbei, um sich für den nächsten Akt umzuziehen.

Ich machte mich inzwischen so klein ich konnte, um nicht von ihrem Gönner, der seine Nase in alles steckte, hinausgeworfen zu werden. Aber der war so sehr mit dem Kommandieren seiner Schauspielerinnen beschäftigt, dass man meinen konnte, er müsse einen Krieg gewinnen. Ich beobachtete ihn mit einer gewissen Neugierde. Er mischte sich in alles ein, ob es ihn etwas anging oder nicht. Ihre Haare, ihre Verehrer, ob sie auch genug aßen, ob sie ihre Konsonanten richtig aussprachen. Victor Procopiusse gab es überall, das war die hässliche Wahrheit. Und vielleicht war es besser, sich damit abzufinden. Zu tun, was sie sagten, das war das Einfachste. Es ersparte einem Armutei, Kälte und einen leeren Magen, das hatte ich recht schnell herausgefunden. Ich war fast schon bereit, mich anzupassen.

Wir saßen auf dem Dach des Omnibusses nach Paddington, Mary Ann und ich, dicht aneinandergerückt und Arm in Arm, denn es war kalt. Mary Ann wollte zu den Sternen sehen. Was für ein Unsinn. Die Sterne sind einem niemals nah in London. Besser, man beobachtet die Leuchtreklamen über den Gebäuden. Sternbilder aus elektrischen Lämpchen. VINOLIA SOAP in großen Lettern über Piccadilly Circus. Sterne, die der Erde sehr viel näher standen.

»Und, was ist es?«, fragte meine Schwester. »Womit kann Tante Mary Ann dir helfen?«

Sie war noch heiser vom Singen und hatte sich das Rouge nur nachlässig von den Wangen gewischt, sodass die verbliebenen Streifen sie eher wie einen Indianer auf dem Kriegspfad aussehen ließen denn wie eine Dame. Mary Ann blieb Mary Ann, auch wenn sie bei der Königin zum Tee eingeladen wäre.

»Ich bin weg bei Procopius«, sagte ich. Erst das Einfachste. »Ich habe es Ma noch nicht erzählt, weil ... Na ja, du weißt, wie sie ist. Ich wohne jetzt bei Pa, und wir stehen im Theater und haben nicht einen Penny.«

Mary Ann reagierte ebenso wie Pa ganz auf ihre Weise auf die schlechte Nachricht. Und *ihre* Weise war, es mir noch mal so richtig aufs Butterbrot zu schmieren. »Du bist schön blöd, Brüderchen.«

Ich tat, als würde ich wütend: »Ja, das weiß ich selbst! Aber das bringt mir jetzt nichts. Geld, das muss ich haben!«

»Dann such dir eine Anstellung«, sagte Mary Ann mit himmelschreiender Logik.

»Was für eine Anstellung?«, fragte ich herausfordernd.

Im Theater war ich eindeutig kein Erfolg. Und wer würde einen entlassenen sechzehnjährigen Ladengehilfen ohne Empfehlungsschreiben einstellen wollen? Zu alt. Zu teuer. Zu unzuverlässig. So ging das in London. Eine Stadt von Leuten, die rechnen konnten.

»Na, was für eine Anstellung?«

Ich sah Mary Ann nachdenken. Was riet man seinem kleinen Bruder, der nicht taugen wollte? Hausdiener? Soldat? Hilfsschreiber in einem Versicherungsbüro? Lauter Stellungen, bei denen er es vielleicht zwei Wochen aushalten würde, ehe er genug davon hatte, sich ständig anschnauzen zu lassen.

»Du kannst wieder in einer Kneipe anfangen. Das hat Peter Durmond auch gemacht.«

»Gloria arbeitet in einer ganz miesen Kaschemme im Hafen. Zwischen lauter Seeleuten aus den Kolonien, die Landgang haben. Wenn ich das täte, wäre Ma erst recht stolz auf mich!«

Ich war jetzt wirklich ein bisschen böse auf sie. Mary Ann war einer der Menschen, die meinten, sich um andere keine Sorgen mehr machen zu müssen, sobald sie selbst den Wind im Rücken hatten. Als ob das Glück von selbst die richtigen Leute aufsuchte! Meine Erfahrung besagte, dass es ebenso schwierig zu finden war wie die Erbse beim Hütchenspiel.

Nur der Gehilfe im Publikum wusste, unter welchem Fingerhut sie lag. Ich hatte immer zu den Prahlhänsen gehört, die *glaubten*, es zu wissen, und dabei jedes Mal ihr Geld loswurden.

Wir fuhren an der dunklen Wand aus Bäumen entlang, die den Hyde Park umsäumte. Ihre Zweige hingen schlaff und gelangweilt über die Straße, als hätten sie nach all den Jahren endlich genug von alledem hier. Ich stand auf und knickte einen Zweig ab. Irgendwo im Park flog eine Ente mit viel Geschnatter auf. In der massiven Stille der dunklen Stadt wirkte es wie ein unheilverkündendes Geräusch. London schien nachts mehr Geheimnisse zu haben als tagsüber.

Der Bus hielt an, und ein junger Bursche in einem schönen, aber viel zu engen Anzug aus schwarzem Samt stieg die Treppe zum Dach herauf. Wahrscheinlich kam er genau wie wir aus dem Theater, denn er hatte sich noch nicht abgeschminkt. Im flackernden Licht der Straßenlaternen wirkten seine Augen geschwollen und blau und seine Lippen schwarz. Er rollte sich auf einer Bank vor uns zusammen und schien einzuschlafen. In Gedanken wünschte ich, er hätte sich einen anderen Ort zum Pennen ausgesucht. Auch wenn er mich nicht hörte, erschwerte mir seine Nähe, mit Mary Ann ins Gespräch zu kommen. Besonders was das eine, noch unangerührte Thema betraf.

Von seinen hochgezogenen Schultern schaute ich wieder zu meiner Schwester, die schon eine ganze Weile versuchte, mir den Zweig aus der Hand zu reißen.

»Ady fürchtet sich vor seiner Mama! Ady fürchtet sich vor seiner Mama!«, hänselte sie. »Er kriegt den Stock zu spüren, wenn sie es erfährt! Erst entlassen und jetzt auf der Bühne! Böser Junge! BÖSER JUNGE!«

Ich schlug die Blätter, die mir jetzt um die Ohren klatschten, weg. Ich hatte keine Lust auf solche Albernheiten. Wie sehr ich es auch hasste, ich brauchte Hilfe. Und ich war genau wie die Schauspieler in der Bodega durchaus bereit, darum zu betteln.

»Sei mal einen Augenblick ernst, Schwester. Ich brauche eine Arbeit, die mir jetzt sofort Geld einbringt. Nach der ich nicht zu lange suchen muss. Ich muss etwas verdienen, damit ich zu essen habe, Mary Ann!« Ich kontrollierte rasch, ob der Bursche vor uns noch schlief, und flüsterte dann: »Glaubst du, ich könnte als Modell für einen Maler arbeiten?«

Mary Ann gab sich nicht die geringste Mühe, leise zu sein. Ihr lautes Lachen, in das sie prustend ausbrach, erzählte mir, dass sie mir nicht die geringsten Chancen einräumte. »Mit *den* Haaren? Und mit *dem* Gesicht? Ady, wer würde *dich* denn malen wollen?«

Ein dicker Franzose mit etwas zu lockeren Händen, dachte ich, aber ich muss noch etwas hungriger werden, ehe ich zu *dem* gehe.

»Jemand hat mir gesagt, ich hätte ein interessantes Gesicht«, sagte ich zu Mary Ann, »und er würde mich gern malen.«

Sie schaute mich an und lächelte Grübchen in ihre Wangen. »Ach, du bist beleidigt, was? Komm schon, Ady. Du bist mein kleines Brüderchen, da muss ich dich doch ein bisschen hänseln, oder?« Sie fasste mich bei den Ohren und drehte mein Gesicht zu sich. »Du hast ein interessantes Gesicht und interessante Haare, Adrian Mayfield, und das zusammen ergibt bestimmt ein unheimlich interessantes Gemälde. Und wenn du eine merkwürdige Arbeit annehmen willst, weil du Geld brauchst, dann tu's doch einfach. Eine stolze Ma ist natürlich schön, aber Stolz kann man nicht essen.« Sie zog mich nochmals gehörig an den Ohrläppchen und ließ mich anschließend los. »Das ist ein schönes neues Sprichwort, was, Ady? ›Stolz kann man nicht essen.‹ Es verlangt geradezu danach, eingerahmt und an die Wand gehängt zu werden!«

Ich lachte jetzt auch, denn Mary Anns Grübchen konnte man nun einmal schwer widerstehen. Aber eine Lösung für meine Probleme hatte ich noch nicht. Denn Witze machten einen ebenso wenig satt wie der Stolz. Wenn ich noch eine Chance haben wollte, eine ernsthafte Antwort auf meine zweite Frage zu bekommen, musste ich schnell sein, denn der Bus war schon in die Straße eingebogen, in der Mary Ann und Ma seit ihrem Umzug aus Soho wohnten. Von Mary Anns Geld hatten sie eine kleine, adrette Wohnung direkt über einem Gemüsegeschäft gemietet, nicht weit von den scheppernden Eisenbahnzügen von Paddington Station. Schritt eins in Richtung auf eine Wohnung in einem untadeligen Vorort.

Ich sah das erleuchtete Fenster näher kommen, hinter dem Ma gewiss schon mit einer Tasse Gutenacht-Kakao bereitsaß, und grübelte so angestrengt über einer guten Frage, die nicht zu viel verriet und mit Sicherheit eine beruhigende Antwort einbrachte, dass mir nichts einfiel. Während Mary Ann aufstand und die Handschühchen anzog, die Ma bei einer anständigen jungen Dame für unverzichtbar hielt, stieß ich in

71

leichter Panik hervor: »Woher weiß man, ob man in jemanden verliebt ist?«

In Mary Anns Wangen erschienen die schelmischsten Grübchen, die ich je gesehen hatte. »Ganz einfach. Dann benimmt man sich gerade so dumm wie du heute Abend, Ady.«

Weil zu Hause niemand auf mich wartete (Pa war mit Leo und Walter auf Sauftour), blieb ich noch bis zur nächsten Haltestelle sitzen. Zurück nach Süd-London würde noch ein ziemlicher Spaziergang werden, aber ich hatte keine Lust, mich ins Bett zu legen und zu schlafen. Was mich betraf, schlief ich nie mehr.

Ich schaute zu den Sternen und den erleuchteten Häusern und zufällig, nicht mit Absicht, ab und zu, zu dem Burschen auf der Bank vor mir, der aufgewacht war und sich die Augen rieb. Er holte eine Zigarette hervor und zündete sie an. Ich hörte ihn ein Liedchen aus einem beliebten Musical summen.

Ich zitterte und steckte die Hände in meine Jackentaschen. Wenn man ihn so betrachtete, wirkte er ganz normal. Ein junger Kerl wie ich. Mit gerade noch genügend Geld für eine Zigarette und mit einem Liedchen im Kopf.

Ich stand auf und rannte das Treppchen an der Rückseite des Omnibusses hinunter, obwohl die Haltestelle längst noch nicht in Sicht war. Während ich auf die Straße sprang, sang die hänselnde Stimme meiner großen Schwester mir durch den Kopf: »Stolz kann man nicht essen. Das ist ein schönes neues Sprichwort, was, Ady?«

Ohne einen Blick zurück begann ich, in die entgegengesetzte Richtung zu gehen. Es erschien mir unwahrscheinlich, dass jemand je so buchstäblich und hartnäckig von seinen Problemen verfolgt worden war wie ich. Selbst in einer Straße irgendwo in Paddington suchten sie mich noch heim.

8

Ein beeindruckender Monolog von J. Mayfield, Schauspieler – Möwen –
Ein gefährliches Haus – Der Satansschüler – Ein Haufen Unsinn

»*Aber jetzt, apropos, mal ein klein wenig Spaß:*
Gestern, ich sag euch, das war vielleicht was!
Kamen die Vermieter, wollten uns beklau'n,
meinten, wir täten ihre Tricks nicht durchschau'n!

Mutter hat sie durchs Zimmer gehetzt,
mit dem Besen ist sie den'n nachgewetzt.
Und Vater, der kam erst spätabends heim,
fragt: >Wo sind die Vermieter?< Ich rief: >Was wird sein?<

Wir alle sind gleich auf sie los:
In der Grube steckt einer – ohne Hose am Leib,
ein anderer war fast schon krankenhausreif.
Gott im Himmel, wir waren famos!
Siebzehn Leute – mich noch dazu –
und wir alle zusammen drauflos!«

So laut und falsch ich nur konnte, sang ich mir selbst Mut zu. Ich befand
mich auf den letzten Metern meines Bettelzugs, in der Jackentasche die
Nummer der Tür, an der sie enden würde.

Gestern Nacht, nachdem ich Mary Ann nach Hause gebracht hatte,
hatte ich noch keinen Gedanken daran verschwendet, diesen Weg
zurückzulegen, doch etwas war inzwischen anders. Außer nichts zu essen
hatte ich jetzt auch keine Bleibe mehr.

Als ich frühmorgens nach Hause gekommen war, hatte mich ein Trauer-
spiel erwartet, wie es dreier Bühnendarsteller würdig war. Pa lag mit dem
Kopf auf dem Tisch da, eine tröstende Flasche Gin in Reichweite. Er

73

befand sich mitten in einer langen Wehklage, auf die selbst ein Jeremias eifersüchtig gewesen wäre: »O Gott, was soll jetzt werden? Wie soll ich meinem Jungen das sagen? Mein armer Junge! Ich kann ihn doch nicht einfach so auf die Straße setzen? Wo soll er nur hin? Wo soll er nur hin? Ach, es ist dieser verdammte Alkohol. Hätte ich bloß nie ...«

Der Rest seines Satzes ertrank in einem kräftigen Schluck Gin. Leo stand neben ihm und klopfte ihm auf die Schulter, wobei er sich tapfer auf die Lippen biss und so mit eindrücklichem stummem Spiel das Seine zu dem Drama beitrug. Durchaus theatralischer war Walter. Er erging sich in einer Tirade über die allseits von begierigen Miethaien, gewinnsüchtigen Theaterchefs sowie Gemischtwarenhändlern, die ihre Rechnung bezahlt sehen wollten, bedrohte Kunst. Es gebe keinen Respekt mehr vor Künstlern. Wie könnten sie denn je der Muse dienen, wenn sie jeden Penny für die Miete zusammenkratzen mussten? Das sei das große Problem des englischen Theaters heutzutage. Der schnöde Mammon sorge dafür, dass es mit dem Niveau abwärts ging.

Ich hatte schon eine ganze Zeitlang dagestanden und zugehört, ehe sie mich bemerkten. Leo zwickte Pa warnend in den Arm: »Adrian!«

Pa hob den Kopf und betrachtete mich mit Augen, die von Tränen und Alkohol getrübt hin und her schwammen. An seiner Nase hing ein Tropfen. Ich hatte ihn noch nie in einem derart mitleiderregenden Zustand gesehen. Mir wurde speiübel davon.

»Ady, mein Junge ...«

Ich sah, dass er versuchte, sich aufzurichten, zu stehen auf Beinen, die vom Gin ebenso widerspenstig und ungebärdig waren wie die einer Schnake. »Lass nur, Pa. Bleib sitzen!«, sagte ich. »Was ist denn los?«

Ich stellte die Frage eigentlich mehr an Walter und Leo, weil bei ihnen die Chance auf eine zusammenhängende Antwort größer war, doch Pa erhob seine Stimme, als würde er Shakespeare deklamieren: »Sie wollen uns trennen, Adrian. Mir mein Kind vom Busen reißen! Mir wegen ein paar lumpiger Pennys mein Vaterherz brechen! Ach Ady, wie konnte ich nur so tief sinken, dass ich mein eigen Fleisch und Blut, meinen Sohn auf die Straße setzen muss!«

Auf der Bühne wäre es bestimmt ein imposanter Monolog gewesen, aber mich beeindruckte er weniger. Ich wusste aus Erfahrung, dass ich jetzt schnell zur Sache kommen musste, wollte ich nicht von einem greinenden Fuselbruder umarmt werden, dessen Atem den wabernden Ausdünstungen einer Schnapsbrennerei noch am nächsten kam.

»Pa, *ein* Satz. Was ist passiert?«

»Die Miete, mein Kind! Sie wollen, dass ich mehr Miete zahle, solange du jetzt bei mir wohnst! Und der Himmel weiß, dass ich mir deinetwegen das Essen vom Mund abspare, Ady, aber das kann ich nicht bezahlen!«

»Die interessiert doch nichts als Geld!«, stieß Leo hervor. »Wir bezahlen hier alle zusammen fünf Shilling Miete pro Woche! Was für einen Unterschied macht es da, ob wir hier zu dritt oder zu viert wohnen? Ist ohnehin schon ein stolzer Preis!«

»Das heißt, ich muss hier weg«, schlussfolgerte ich nüchtern. Ich mag kein sentimentales Getue, erst recht nicht in Augenblicken, wenn Entscheidungen getroffen werden müssen. Es ist wie mit einem faulen Zahn: Besser ein kurzer Schmerz im Zahnarztstuhl als wochenlang mit einer pochenden Wange herumlaufen. Die Augen zu und raus mit dem Ding!

Pa hatte die Flasche schon wieder in der Hand. »Ja, innerhalb einer Woche«, murmelte er.

»Dann gehe ich jetzt«, entschied ich.

»Aber Ady, mein Sohn, mein Junge ...«

Ich tat, als würde ich ihn nicht hören, und begann, meinen Koffer unter dem Bett hervorzuziehen. Es war besser, ihm jetzt nicht mehr zuzuhören, wusste ich. Die Ladung an sentimentalen Ergüssen, die sonst über mich hinwegschwappen würde, würde mich nur wütend machen.

»Ich weiß, wohin ich gehen kann, Pa«, sagte ich ruhig. »Ich kann einen Job bekommen, mit dem ich etwas Geld verdiene. Und ein Dach überm Kopf wird sich auch finden. Mach dir keine Sorgen, ich komme schon zurecht.«

Ich weiß nicht, ob die Botschaft ankam. Pa hatte die Flasche an sich gezogen, als wäre sie sein einzig wahrer Freund, und flüsterte seine Klagen in den Flaschenhals. Ich denke nicht, dass es ihn wundergenommen hätte, wäre daraus eine Antwort auf sein Gewimmer zurückgekommen.

»Und wenn es einen schlechten Lauf mit ihm nimmt, dann hat er das mir zu verdanken, mein Junge. Was für ein unwerter Vater! Ein unnützer Saufbold von einem Vater ...«

Ich war schon an der Tür, hatte Leo die Hand gegeben und mich von

Walter umarmen lassen, doch Pa war immer noch so zugange. Ich brachte es nicht fertig, ihm auf Wiedersehen zu sagen. Mit mehr Erleichterung als Schuldgefühl ließ ich einen hoffnungslosen Fall hinter mir zurück.

Ich ging in einem Stück durch bis zur Westminster Bridge. Im Gegensatz zu dem, was ich Pa gesagt hatte, fehlte mir noch jede Vorstellung davon, wie es jetzt weitergehen sollte. Ich hatte keinen Job und keine Bleibe. Aber darüber wollte ich jetzt noch nicht nachdenken. Das wollte ich auf der Brücke tun, mit der braunen, emsigen Themse unter und dem blauen Himmel voller Möwen über mir. Erst als ich die Steinbrüstung der Brücke fest unter meinen Händen spürte und der Wind mir in die Ohren blies, gestattete ich mir zu denken, was ich wollte. Gut, das war sehr einfach, solange man sich nicht von leisen Stimmen ablenken ließ, die riefen: »O nein, Adrian, damit fangen wir gar nicht erst an!« – »Das wird dir noch leidtun, Adrian!« und »Schäm dich, Adrian!« Ich brauchte Geld, und zwar schnell, sonst würde ich verhungern oder wegen Diebstahls mit Gewaltanwendung im Kittchen landen. Auf eine normale Stelle brauchte ich nicht zu hoffen, da ich ja selbst alles darangesetzt hatte, mich durch überhöhte Ansprüche um jede Chance zu bringen. Es müsste also eine nicht so normale Stelle werden. Eine »merkwürdige Arbeit« in Mary Anns Worten. Denn auch wenn sie in mir nicht das Malermodell sah, kannte ich doch einen Künstler, der mich nur allzu gern würde malen wollen. *Au naturel*, wie sie das anscheinend nannten.

Ich betrachtete eine große Möwe, die sich im Sturzflug fallen ließ, um die Brotkrumen aus der Luft zu picken, die ihr zwei Schulmädchen zuwarfen. Vor dem hellblauen Himmel wirkte sie geradezu unmöglich weiß. Die Möwen waren einige Jahre zuvor in einem bitterkalten Winter nach London gekommen. Seitdem ließen sie sich von der Stadtbevölkerung füttern, die darin ein solches Vergnügen fand, dass sie eigens für die Vögel Tüten mit Weißbrot kaufte. Zum Dank koteten die Möwen ihre Denkmäler und die zum Trocknen aufgehängte Wäsche voll. Es waren gewiefte Schurken, die für das Brot, das sie bekamen, nichts von ihrer Freiheit aufgaben. Ich würde gern so werden wie sie, aber die Chancen dafür standen schlecht. Möwen sind nun einmal anders als Menschen. Sie müssen keine Miete zahlen.

Ich hatte Trops' Visitenkarte immer noch in der Jackentasche. Ich kannte die Straße, in der er wohnte. Ich würde ohne Weiteres dorthin finden und war mir sicher, er würde die Tür weit für mich öffnen und mit jedem Preis einverstanden sein, den ich für einen Nachmittag Modellsitzen verlangte. Und wenn er die Finger nicht bei sich behalten konnte, würde ich ihm einfach die gleiche Behandlung verpassen wie beim letzten Mal. Ich konnte sehr gut auf mich selbst aufpassen, oder? Er war ja schließlich kein hübscher Italiener oder so. Ich sollte es einfach tun. Viel konnte dabei nicht schiefgehen. Und meinem leise quengelnden Magen zufolge wurde es höchste Zeit, dass ich wieder etwas zu essen bekam.

Um die Zeit, als ich bei Trops' Haus ankam, quengelte mein Magen nicht mehr leise, sondern brüllend laut. Ich ließ den Türklopfer mit einem ungeduldigen Schlag auf das Holz niedersausen und überlegte mir meine allererste Frage für gleich: »Was hast du im Haus?« Nach Trops' Bauchumfang zu urteilen musste der Vorratsschrank doch mit Muffins, Cakes und Marmeladetörtchen gefüllt sein. Oder vielleicht hatte er noch etwas kaltes Fleisch vom gestrigen Abend übrig, oder Nierchen, oder Kedgeree – wie lange war es her, dass ich Kedgeree gegessen hatte? –, oder Rühreier mit Butter. Oder vielleicht auch ein Spiegelei mit Bacon. Hm, Bacon ... ich ging so auf in meinen gastronomischen Träumen, dass ich mich nicht fragte, weshalb es so lange dauerte, bis jemand öffnete. Ich dachte an Bacon. Nicht nur zu einem Ei, sondern auch knusprig gebraten, in etwas Öl frittiert oder einfach so frisch vom Schlachter.

Verflixt, Trops, mach auf! Ich will deine Speisekammer plündern!

Was, wenn er gar nicht da ist?, durchfuhr es mich plötzlich. Angenommen, er saß noch sturzbesoffen auf dem Gehweg vor der Bodega? Angenommen, er war nach Frankreich zurückgefahren, um ein paar Pariser Puppenjungen zwischen die Beine zu fassen? Angenommen, ich war ganz umsonst hierher gekommen? Und dann musste ich, glaubt es oder glaubt es nicht, so ungefähr heulen. Erst in dem Moment spürte ich wirklich, dass ich zwei Tage lang von einem Brunnenkresse-Sandwich gelebt hatte, dass ich heute Nacht nicht geschlafen und mich zudem wochenlang über einen betrunkenen Schlappschwanz geärgert hatte, der zu lahmarschig war, um etwas aus seinem Leben zu machen. Ich ließ mich neben der Tür auf den Boden sinken und war so ausgezählt, dass mir alles egal war. Ich würde hier sitzen bleiben, bis Trops wiederkam, sei es in einer Stunde oder in zwei Jahren. Im letzteren Fall allerdings hätten die Schwarzröcke mich wahrscheinlich schon beseitigt, weil meine sterblichen Überreste den Gehweg blockierten. Ich sah mich schon wie das Mädchen mit den Schwefelhölzern mit einem Lächeln auf den Lippen in einen paradiesischen Traum hinübergleiten, in dem gebratene Gänse vom Tisch hüpften und einem geradewegs in den Mund watschelten.

Aber noch keine zwei Minuten später stellte sich heraus, dass meine düsteren Vorahnungen wohl doch etwas zu voreilig gewesen waren. Keine gebratene Gans kam um die Ecke gewatschelt, sondern Augustus Trops selbst, am Arm einen großen Einkaufskorb, dem der vielversprechende Duft von frisch gebackenem Brot entstieg. Ich stand sogleich wieder auf den Beinen, bereit, ihm seinen Korb vom Arm zu reißen. Genau wie damals, als er seinen grünen Anzug das erste Mal zu Gesicht bekam, blieb Trops in ehrfurchtsvoller Distanz stehen.

»Adrian Mayfield«, sagte er, »wenn das nicht Adrian Mayfield ist!«

Ich machte eine nachsichtige Geste: »Er ist es.«

Es war mir in diesem Moment noch egal, dass er dachte, er hätte gewonnen und ich stünde bereit, in sein Bettchen zu hüpfen. Erst etwas essen, alles Weitere sahen wir später.

»Junge, weißt du, dass ich mir deinetwegen den Kopf zerbrochen habe? Ich habe mir noch einen schönen Mantel bei Procopius machen lassen, und er sagte, du seist entlassen, und dieser junge Ire mit dem Gesicht eines Breitmaulfroschs ...«

Ich musste lachen. Diesmal hatte Marcel Paddy auf Trops angesetzt, und ich wagte zu wetten, sehr zur Enttäuschung des Letztgenannten.

»Ich sah dich schon mutterseelenallein durch London streunen, *mon fils*, und auf die schiefe Bahn geraten. Und das machte mir Kopfzerbrechen, ganz ehrlich. Denn wenn die Jugend schon verdorben werden soll, dann übernimmt Augustus Trops das doch am liebsten selbst.«

Trops grinste in seinen Bart, der drei fette Doppelkinne verbergen sollte. »Aber ich sollte dich nicht so auf der Türschwelle stehen lassen, nicht wahr? Was wir uns zu erzählen haben, können wir besser im Haus tun, meinst du nicht auch? Richtig! Öffne mir doch bitte mal die Tür.«

Er reichte mir einen Schlüssel hin, der in unverfälschtem Augustus-Trops-Stil mit drei Rubinen besetzt war.

Ich steckte ihn in das Schlüsselloch und stieß die Tür auf. Wie ein Archäologe, der eine jahrhundertealte Schatzkammer öffnet, schielte ich neugierig in das Halbdunkel.

Es war, als würde man einen Warenspeicher für Spezereien an der Themse betreten. Ein starker Geruch nach Zimt und Kardamom hing in der Luft, ebenso ein anderer leiser Geruch, der mich aufgeregt auf Opium tippen ließ. Das hier war ein gefährliches Haus. In einer dunklen Nische starrte ein Goldfisch mich mit hervorquellenden Augen aus einem Bassin heraus an, dessen trübes Wasser schon vor Wochen hätte erneuert werden müssen. An den Wänden hingen Holzmasken, die aussahen, als seien sie aus einem Pharaonengrab gestohlen worden, sowie blind gewordene Spiegel. Vergeblich suchte ich nach einem praktischen Möbel, beispielsweise einem Kleiderständer.

»Geh nur weiter ins Atelier«, sagte Trops, »den Rest des Hauses habe ich noch nicht in Ordnung gebracht.«

Er zeigte auf eine Ebenholztür, die sich besser im Palast eines Maharadschas ausgenommen hätte als in einem Londoner Reihenhaus: ein exotisches Bilderbuch mit silberbeschlagenen Lotosblüten und orientalischen Prinzessinnen, die sich auf irgendwelche Scheiterhaufen warfen. Du lieber Himmel, was für ein Unsinn!

Das Atelier von Augustus Trops war zwar um einiges heller als die Diele, jedoch nicht weniger aberwitzig-kunstsinnig eingerichtet: Es war eine Kombination aus Zirkuszelt, Freakshow und Raritätenkabinett. Die einzigen Zugeständnisse an die Bedürfnisse eines Künstlers waren ein vorhangloses hohes Fenster sowie eine riesige kugelförmige Lampe, die für genügend Licht im dunklen, ewig bewölkten London sorgen sollten. Ansonsten war das Atelier ein kaum erträglicher Raum mit einer riesigen Ansammlung an Kunst und Kitsch, die wie eine bunte Lawine über einem zusammenzuschlagen drohte, sobald man nur einen Finger regte. Mit einem Augenaufschlag sah ich eine Spieldose mit einer mechanischen Nachtigall, das Plakat einer Cancan-Tänzerin, einen Zwerg mit zwei Köpfen (in Formalin), einen Totenkopf mit einer Wasserpfeife zwischen den Zähnen, eine Reihe japanischer Holzschnitte, eine Panflöte, eine Kollektion Pappnasen aus dem Gamages-Kaufhaus sowie eine Vase voller Wachsblumen in unterschiedlichen Grüntönen.

Auf Zehenspitzen schlich ich zwischen einem mit indischen Shawls bedeckten Büfett und einem Tisch hindurch, auf dem goldene Messer sowie Süßwaren verstreut lagen.

Soso, dachte ich, bist du ein Blaubart oder die Hexe aus dem Pfefferkuchenhaus?

»Und?«, fragte Trops, der sich mit einer für seinen Umfang erstaunlichen Behändigkeit zwischen seinen Sammlerstücken hindurchmanövrierte. »Ich wage zu wetten, dass du noch nie in einem solchen Haus gewesen bist!«

»Die Wette gewinnst du, Trops!« Ich konnte ihm nur lachend recht geben. Dieses Haus war ebenso einzigartig, bizarr, farbenfroh und theatralisch wie Augustus Trops selbst. Entweder man liebte es, oder man rannte schreiend davon.

Ich beschloss zu bleiben. Um mir selbst eine Freude zu machen. Und Trops, auch wenn es darum nicht ging.

Er stand mitten im Atelier und rieb sich vergnüglich die Hände, breit und fett grinsend, weil es mir in seinem Spielzimmer so gefiel. »Sieh dich nur ruhig um!«, sagte er, als hätte ich damit nicht längst angefangen.

Die Menge an Gegenständen und Farben im Raum war genug, um bei einem nervösen Menschen Kopfschmerzen hervorzurufen. Ein Großteil der Wände war natürlich grün, Trops' angebetete Farbe, jedoch waren sie mit Gemälden geschmückt, die in ihrer grellen Buntheit jedem guten Geschmack zu spotten schienen.

Auf einem giftgrünen Berg Golgatha tanzten Hexen mit mondgelben nackten Hintern einen blindwütigen Hexensabbat um das Kreuz Christi. Ein nackter Jüngling, rosig wie ein Baby, lag im Nest eines monsterhaft violetten Adlers. Auf einem Thron aus glasmurmelbunten Edelsteinen lauschte ein ausgemergelter Kindkaiser einer Sphinx, die ihm Rätsel aufgab.

Stück für Stück waren es Bilder, die niemand außer vielleicht einem Stammkunden aus der Irrenanstalt sich an die Wände würde hängen wollen. Ich fragte mich, ob Trops manchmal auch ein Werk verkaufte.

Nachdem ich über einige mit verwelkten Rosenblütenblättern

bestreute Kissen gestiegen war, befand ich mich vor dem eigentlichen Mittelpunkt des Ateliers: der Staffelei. Auf ihr stand ein kleines, noch unfertiges Bild, das mich aber jetzt schon mehr als die andern ansprach.

Von der Leinwand schaute mich ein junges Mädchen an, in einem normalen, alltäglichen Jungmädchenkleid ohne Schrullen und Faxen, ohne irgendetwas, das die Aufmerksamkeit von ihrem in gar keinem Fall alltäglichen Gesicht abgelenkt hätte. Sie hatte ein scharfes, elfenhaftes Kinn, große, grüne Augen sowie abstehende Ohren, wodurch sie eher dem Plagegeist Puck ähnelte als einem gewöhnlichen Mädchen. Die Krönung ihres exzentrischen Äußeren war ihr rotes Haar. Sie war etwas Besonderes, was sie allerdings nicht sehr zu freuen schien. Ihre Katzenaugen blickten feindlich in die Welt, als könne sie es nicht ertragen, von anderen betrachtet zu werden.

»Das ist ein Bild, das dich doch ansprechen müsste«, sagte Trops. Er stand unerwartet direkt neben mir, und ich trat einen Schritt zur Seite.

»Wieso?«, fragte ich.

»Das Porträt eines unschuldigen Mädchens. Lebensecht, als wäre sie selbst in den Rahmen gestiegen. Keine ungewöhnlichen Farben. Kein befremdlicher Gegenstand. Nichts, was nicht geht. Echter Philistergeschmack. Ja, genau das lieben wir.«

Um ihm keinen Gefallen zu tun, riss ich mich von dem Bildnis des Katzenmädchens los. »Ich mache mir nicht so viel aus Gemälden«, sagte ich.

Trops grinste amüsiert und ließ sich auf ein säufernasenrotes Sofa fallen. »Das werden wir dann eben ändern müssen, mein Bester. Ich finde es unerträglich, wenn sich hinter einem derart künstlerischen Äußeren ein so schockierend schlechter Geschmack verbirgt.«

Er öffnete ein Zigarettenetui, das zwischen den Kissen herumlag, und hielt es mir hin. »Ich schlage vor, dass du mein Schüler wirst. *Mon jeune protégé*, ein Novize in meiner Schule der schwarzen Künste. Ministrant von Augustus Polycarpus Trops, dem Hohepriester im Tempel der Dekadenz. Na? Bist du bereit, mir deine Seele zu verkaufen?«

Er war so pompös und lächerlich, dass ich ihm seine Nebenabsichten verzieh. »Für ein Schinken-Käse-Sandwich kannst du sie haben. Ich habe noch nicht gefrühstückt, Trops.«

Er betrachtete mich, während ich einen Zug an der Zigarette nahm.

81

Die Welt um mich her drehte sich, aber das wollte ich mir nicht anmerken lassen.

»Du bist mager geworden, Adrian.«

»Das sieht nur so aus.«

Verflixt, er brauchte mich dabei doch nicht so mit seinen besorgten Kuhaugen anzuglotzen. Ich war doch geschäftlich hier! Und wegen eines kräftigen Frühstücks. Wurde Zeit, dass ich die Dinge hier in die Hand nahm.

»Ich will mich mit dir unterhalten, Trops. Über Modellsitzen. Aber mit einem leeren Magen kann ich nicht reden. Was hast du da in dem Korb?«

Trops schmunzelte, als würde ihm die Sache mit jeder Minute mehr Spaß machen. »Soso, der junge Mann platzt hier herein und stellt auch schon gleich Forderungen! Zum Glück bin ich in deinem Fall geneigt, alledem stattzugeben, Adrian. Mal sehen, was ich dir vorsetzen kann.«

Es wurde das eigenartigste Frühstück, das ich je genossen hatte. Weil sämtliche Tische im Atelier mit den verschiedensten Kunstobjekten vollgestellt waren, hatte Trops eine Tischdecke aufs Sofa gelegt und darauf wie bei einem Picknick alles Essbare ausgebreitet. Es gab warme französische Brötchen, frisch aus dem Bäckerofen, sahnigen Brie sowie Schokoladebrocken, was im Mund vermischt einen eigenartigen, süßlich-pikanten Brei ergab, den ich mit schwarzem Kaffee hinunterspülte.

Nachdem ich so vier belegte Brötchen in mich hineingestopft hatte, fühlte ich mich besser. Ein bisschen übel war mir vielleicht auch, aber ich fühlte mich besser.

»Das Mädchen mit den grünen Augen«, sagte ich und zeigte auf die Staffelei, »ist das ein Malermodell?«

»Nein, nein«, antwortete Trops, der mit beschwingter Hand ein Croissant mit Butter bestrich. Selbst hierbei schaffte er es, theatralisch zu sein. »Sie ist eine echte junge Dame mit einem Vater mit zu viel Geld und zu wenig Geschmack, der ein hübsches kleines Porträt von seinem kleinen Mädel haben will. Ein Geschäftsmann. Ein anständiger Herr. Ja, solche Götter muss Augustus Trops bisweilen zufriedenstellen, damit er sein Brot belegen kann. Eine traurige Welt ist das, nicht, Adrian?«

»Du bist also Porträtmaler. Maler *um des Geldes willen*«, sagte ich, um ihn auf die Palme zu jagen.

»Nur während der Geschäftsstunden.« Er grinste breit. »Danach bin ich Nero, Judas, Ludwig der Vierzehnte und der Kaiser von Japan. Ich habe ein besonders reiches Geheimleben, Adrian.«

Ich schaute nochmals zu dem Totenkopf mit der Wasserpfeife – Freund Hein hatte zwei grüne Glasmurmeln als Augen – und überlegte, dass Trops' geheimes Leben wahrscheinlich wirklich nicht langweilig war. Aber es musste ja nicht mein Leben werden. Ich war hier nur, um Geld zu verdienen, und nicht, um mich in eine verdorbene Märchenwelt für Erwachsene locken zu lassen. Das wollte ich zuallererst und vor allem deutlich klarstellen.

»Ich will Modell sitzen«, sagte ich. »Aber ich warne dich, ich bin teuer, und ich stelle meine Bedingungen.«

Trops wischte sich lachend ein paar Krümel aus dem Bart. »Das hatte ich schon erwartet! Und wenn ich mich nicht an deine Bedingungen halte, dann bekomme ich sicher eine Abreibung, was Adrian?«

Ich grinste jetzt auch, einfach weil ich nicht anders konnte. »Ich möchte mindestens fünf Shilling pro Mal, und angezogen bleibe ich auch.«

Trops nickte.

»Und ich brauche eine Unterkunft für die nächsten paar Tage. Hast du ein Gästebett?«

Trops nickte wieder. »Ja, ich habe ein Gästebett«, sagte er ruhig, »aber du kannst auch in meinem Bett schlafen, wenn du möchtest.«

Ich schüttelte ebenso ruhig den Kopf, als führten wir hier ein ganz normales Gespräch. Aber ich war froh, dass es stattfand. Wir wussten jetzt, was wir voneinander erwarten konnten, wie wir die nächsten Tage miteinander umgehen würden. Nachdem das klar war, fühlte ich mich etwas wohler. Es konnte nichts mehr schiefgehen. Den ersten Schritt auf dem Weg zu einer Verabredung mit einer Glamourgöttin im Prince-of-Wales-Theater hatte ich gemacht.

»Gut«, sagte Trops und erhob sich, »dann machen wir uns gleich an die Arbeit. Ich möchte zuerst ein paar gewöhnliche Skizzen von dir anfertigen, Adrian, und dich ein bisschen besser kennenlernen, als Modell, meine ich. Aber während unseres Gesprächs kam mir eine Idee, die ich sofort ausprobieren möchte ... Würdest du bitte mal aufstehen ...«

Er watschelte zu einem Vorhang, der eine Nische in der Rückwand

83

des Ateliers verbarg. Nachdem er ihn mit einer weit ausholenden Arm-
bewegung beiseite gezogen hatte, sah ich, dass die Nische eine Art Kleiderschrank war, in dem allerlei in Tücher gehüllte Verkleidungen auf der
Stange hingen. Ein Kostümschrank.

Trops wählte eines der bedeckten Gewänder aus, entfernte das Tuch
davon und kam damit auf mich zu. »Würdest du das mal bitte anprobieren?«

Es war ein Theaterkostüm, das schon bessere Zeiten gekannt hatte,
ehe es eine Beute der Motten geworden war. Ein Ensemble der Art, wie
sie Hamlet trägt, wenn er über Selbstmord nachdenkt. Schwarz mit bloß
hier und da einem Faden Silber. Dazu gehörte ein Mantel, dessen Schultern noch die Haarschuppen des Vorbesitzers zierten.

Trops hielt es mit einem kritischen Blick vor mich. »Es sollte wohl
passen. Und auf dem Bild sieht es garantiert besser aus. Was einmal mehr
beweist, dass die Kunst der Wirklichkeit überlegen ist.«

Ich gab ein Ächzen von mir, das so viel sagen wollte wie: Mensch,
kannst du einen Unsinn zusammenreden! Aber eigentlich gefiel mir dieses Spielchen ebenso sehr wie ihm. Es war genau wie früher mit Gloria.
Wir nahmen das Leben auf die Schippe, um es attraktiver zu machen, als
es war. Aus London wurde Schwarzafrika. Aus mir würde ... *was* werden?

»Ich dachte an eine Einweihung. Ein kniender Novize vor seiner ersten schwarzen Messe im Satanstempel. Mager, bleich, in den
Augen ebenso viel Angst wie Neugierde. Aufblickend zu dem maskier-
ten Priester, der ihm alle Geheimnisse enthüllen wird. Schlangen zu seinen Füßen ... Oder sollen es Eidechsen sein? Ja, Eidechsen, smaragdgrüne
Eidechsen! Kannst du es dir vorstellen?«

Ich unternahm einen aufrechten Versuch, mir diese ganze phantas-
tische Szene vor Augen zu führen. »Also ... um ehrlich zu sein ... nein.«

Trops drohte mir lachend mit dem Finger. »Zieh erst einmal das
Kostüm hier an. Und höre auf das, was ich zu sagen habe. Mal sehen, ob
du dich dann immer noch nicht in das Ganze hineinversetzen kannst.«

»Was hast du mir zu erzählen?«, fragte ich.

»Alles Mögliche. Zu viel. Alle meine Geheimnisse. Alles über die
schwarze Kunst. *Meine* schwarze Kunst. Das wäre ein starkes Stück,
wenn ich nicht dafür sorgen könnte, dass du Stielaugen bekommst.«

»Wir werden sehen«, sagte ich und begann, das Kostüm über meine Kleidung zu streifen.

Ich hatte geglaubt, das Stillsitzen würde mir schwerfallen. Ich hatte geglaubt, ich würde spätestens nach fünf Minuten einen schrecklichen Juckreiz an einer unangenehmen Stelle im Rücken bekommen. Oder herumwackeln oder das Gesicht verziehen. Dass das nicht geschah, war schon eine Überraschung, aber dass es mir erst auffiel, als wir eine Lunchpause einlegten, überraschte mich noch viel mehr. Es kam durch Trops. Er hatte ein Talent für das, was man »Konversation« nennt: seine Begleiter mit faszinierenden, ungewöhnlichen Gesprächsthemen zu unterhalten, wobei das Reden, das scheinbar achtlose Dahinwerfen origineller Sätze fast zu einer Kunstform erhoben wird. Ich hatte ebenso viel Spaß an dem, *was* er sagte, als daran, *wie* er es sagte. Trops sprach über Kunst. *Seine* Kunst. Eine neue Kunst, die seiner Meinung nach die letzten Jahre unseres Jahrhunderts beherrschen würde, als sei sie *die* definitive Kunstform, die Vollendung von allem vorher.

»Dieses Jahrhundert ist das Jahrhundert der Hässlichkeit, Adrian, oder noch schlimmer: der Mittelmäßigkeit. Schau dich bloß einmal um, mein Junge, alle geben sich äußerste Mühe, in einer Sache zu glänzen: Mittelmäßigkeit. Das ist die Tragik des Abendlandes, deines ach so kultivierten Englands und meines guten alten Kontinents mit seinen Parlamenten, Gesetzen, seiner Zivilisation und seinen Fabriken. Unsere säuberlich glatt geharkten Nationen, geprägt von breitschultrigen Herren mit gesunder Gesichtsfarbe, Geld und gesundem Menschenverstand, von Tee einschenkenden, lächelnden Gastgeberinnen und von ordentlichen jungen Familien in verschlafenen Vororten. Stück für Stück zu wohlerzogen, um zu hassen oder liebzuhaben, zu zivilisiert, um irgendein tiefes Gefühl zu empfinden. Wenn wir es dem Bourgeois überlassen, was für eine Kunst bekommen wir dann? Eine weißgewaschene Saint-Paul's-Kathedrale. Ein Foto von Ihrer Majestät Queen Victoria. Den David von Michelangelo mit einem Feigenblatt. Shakespeare ohne die Schmuddelwörter. Anständig. Zivilisiert. Hässlich. Mittelmäßig. Nein, lass dir eins von mir gesagt sein, Adrian: Wenn es um Kunst geht, können wir so manches aus der Vergangenheit lernen. Zum Beispiel von den römischen Kaisern. Weißt du etwas über die alten Römer, Adrian?«

»Die konnten ganz schön draufhauen, nicht?«, fragte ich, mein Schulwissen aus ferner Vergangenheit hervorkramend. »Und Julius Caesar ist mit einem Elefanten über die Alpen gezogen.«

Trops schaute mich zärtlich an und sagte, ich sei ein ungeschliffener Diamant.

»Aber sie taten mehr als das, mein wunderbarer Junge. Ich spreche nicht von den Kaisern, die auszogen, um die Welt zu erobern. So etwas kann man auch solchen Barbaren wie euch Briten überlassen. Ich spreche von den Künstlern, den Feinschmeckern, den Kennern, die nach ihnen kamen, als es nichts mehr zu erobern gab. Als das Reich ruhte wie eine Löwin neben ihrer Beute, träge und bis zum Platzen vollgefressen, zu faul, um mehr zu tun, als mit dem Schwanz die Fliegen zu verjagen. Sich in der Mittagssonne räkelnd und den Abend erwartend, an dem die Barbaren sie mit ihren Lanzen aufspießen würden. Schönheit, die auf ihre Vernichtung wartet. Schönheit, die ihre Vernichtung herbeisehnt!«

Trops trat einen Schritt zurück, um sein Werk aus einiger Distanz zu betrachten. Es gefiel ihm, und er fuhr fort.

»In jeder Kultur, Adrian, kommt der Punkt, an dem sie gesättigt ist, gesättigt wie jene Löwin. Die Löwin mit ihrem goldenen Fell und den gärenden Eingeweiden. Schön von außen und faul von innen, genau wie die Kaiser aus den letzten Tagen des Römischen Reiches. Schön wie Göttersöhne waren sie und verdorben wie die Bastarde Satans. Aber sie erkannten Schönheit. Sie verehrten Schönheit, beteten sie an wie eine sterbende Geliebte, denn sie wussten von dem nahen Ende. Und so sammelten sie fieberhaft alles um sich, was es an Schönheit in der Welt gab. Eine merkwürdige Schönheit war es manchmal. Eine brennende Christensklavin, die als lebende Fackel ein Gartenfest erleuchtete. Myriaden von Rosenblättern, die wie eine parfümierte Blütendecke die Gäste eines Trinkgelages erstickten. Ein hochgewachsener afrikanischer Sklave, der wie ein grausamer Amor ihnen Seele und Leib durchbohrte. Abscheuliche, abstoßende, schändliche Schönheit. Aber Schönheit! Schönheit, die triumphierte inmitten einer Welt voll aufrückender barbarischer Mittelmäßigkeit. Nachzitterte wie ein Pfeil in einer blutenden Wunde. Schönheit, Adrian, die wehtat!«

Trops' Worte purzelten auf mich herab wie »Myriaden von Rosenblättern«. Mich betäubten, mich erstickten endlose Serien von Eigenschaftswörtern, wogende, wie Perlen aneinandergereihte Sätze und eigenartige, von einem einzigen Wort hervorgerufene Bilder. Und es kostete mich erstaunlich wenig Mühe, meine Londoner Nüchternheit zu vergessen und mich mitreißen zu lassen. Es war gefährlich, ich war noch geistesgegenwärtig genug, das zu begreifen, aber es war, was ich wollte. Ganz gleich ob Trops' Worte nun Wein oder Gift waren, ich wollte sie trinken. Sie nährten einen Teil meiner selbst, der, wie ich jetzt feststellte, ausgehungert nach Nahrung schrie.

»Auch wir stehen am Ende eines Zeitalters, Adrian. Eines Jahrhunderts, in dem alles getan und alles entdeckt wurde. Eines Jahrhunderts aus männlichem Tatendrang, aus Wissenschaft, aus Dampf und Eisen. Eines Jahrhunderts, in dem der Mensch entdeckt hat, dass er der einzige wahre Meister der Natur, der Elemente sowie seines eigenen Willens ist. Wir haben unsere Reise zum Mittelpunkt des Universums zurückgelegt, und was bleibt uns jetzt noch? Geld, ein hohles Lachen, ein Haus voll staubfangendem Nippes, Philisterei und Oberflächlichkeit. Keine Schönheit, kein Mysterium, keine Extase, kein Gott, kein Teufel. Nur unsere Schonerdeckchen, mit denen wir die Fettflecken und Mottenlöcher in unseren Fauteuils verdecken, unsere guten Manieren, mit denen wir unsere Lüste leugnen, unsere Stimmen, mit denen wir die Stille übertönen. Kurz, Adrian: eine Welt voll halbhysterischer, schallend lachender Nervenpatienten, eine verlorene, degenerierte Menschheit, die nicht weiß, dass sie auf dem Sterbebett liegt!«

Trops kratzte sich mit einem Stück Holzkohle hinter dem Ohr und fuhr aufgeräumt fort.

»Nun gibt es allerdings unterschiedliche Formen der Degeneration, mein Junge, die eine raffinierter als die andere. In bestimmten Fällen führen solch schwache, zitternde, empfindliche Nerven zur Schaffung von Schönheit, von Kunst, wie sie die Welt noch nie gesehen hat. Der Mann, dessen Sinnesorgane derart scharf eingestellt sind, dass die volle, vibrierende Stimme einer Opernsängerin ihm physische Schmerzen zuzufügen vermag, dass das Rouge auf ihren Wangen Fieberröte auf den seinen hervorruft und eine Berührung ihrer Hand ihn ohnmächtig werden lässt, ein solcher Mann kann ein großer Künstler werden. Ein Künstler oder ein Wahnsinniger, in jedem Fall aber ein Priester der Schönheit. Ein wahrer Décadent.«

Er pausierte kurz, um mich die Frage stellen zu lassen, die er wohl erwartete: »Was war das noch mal, ein *Décadent*? In normalem Englisch?«

»Ah! Hier beginnt der Schüler, wahres Interesse zu zeigen! Nun muss der Meister seine Frage beantworten. Und das zudem in banalem Englisch, obwohl das Französische eine so viel geeignetere Sprache dafür wäre! Ich nehme an, du sprichst kein Französisch, Adrian?«

Französisch? Nein, natürlich nicht. So ungefähr das einzige Französisch, das ich von Marcel gelernt hatte, war *oui* und *merde*. Ich schüttelte den Kopf.

»Dann werde ich trachten, mein Satansevangelium in deinem platten, stocknüchternen Englisch zu predigen. Sei's drum. Nun, ein *Décadent*, mein achtsamer Jünger, ist ein Künstler, der nach den folgenden Geboten lebt: Erstens muss er es sich zur Lebensaufgabe machen, sublim zu sein. Den letzten Pinselstrich anzubringen; die Kunst gleich welcher Art, die des Auges, die des Ohrs, die des Tastsinns, zu vervollkommnen. Und weiter ist es seine Pflicht, so künstlich zu sein wie nur irgend möglich. Denn was kann ihn in einer Welt, die so sehr dem Diktat der Langeweile von Natur, Wissenschaft und gesundem Menschenverstand unterworfen ist, noch inspirieren? Die Musen von Haschisch, Kosmetik und Uranus, die an ihren Gürteln die Schlüssel zu Paradiesen tragen, von denen Gott, Jahwe und Allah nur träumen können! Und die dritte, die höchste, die nobelste Verpflichtung des *Décadent* ist das Gebot, *allem*, was Schönheit heißt, eine Stimme zu geben; *allem*, ganz gleich, was die bürgerliche Wohlanständigkeit davon hält. Denn es steckt Schönheit in vielen Dingen, von denen sich der Spießbürger mit gerümpfter Nase abwendet. In ertrunkenen Ophelien, in verwelkten Blumen, in dem braunen, toten Wasser der Grachten von Brügge, in dem würgenden Netz aus Haaren, darin eine Waldnymphe einen Ritter fängt, in dem weißen, wabbligen Fleisch von Hexen, die aus Kinderblut ein Jugendelixier brauen, in herbstbraunen Parks, wo die Einsamkeit von den Zweigen tropft, in der mit Reismehl bepuderten Maske eines sterbenden Pierrot, in den sieben Schleiern der Salome, in dem Verderben, welches die Straßen von Sodom bevölkert ...« Trops schwieg und lächelte, als wolle er sich entschuldigen. »Ich rede wohl sehr viel, was? Findest du es merkwürdig, dass ich so viel rede? Störend?«

»Nein, nicht störend ...«

Ich versuchte, meine Worte sorgsam zu wählen, um ganz wie er haargenau wiederzugeben, was ich meinte. Trops' Sätze waren schwer von Zierrat, waren zu üppig, zu luxuriös. Aber gerade das faszinierte mich an ihnen. Ich lernte etwas ganz Neues kennen, etwas, das mich zu meinem eigenen Erstaunen anzog. Die skurrile Schönheit des sorgfältig kultivierten schlechten Geschmacks. Na bitte, ich wurde selbst schon ganz poetisch!

Trotzdem beschloss ich, Trops nichts zu sagen. Sein Lobgesang für die Straßen von Sodom hatte mich wieder ein bisschen wachgerüttelt. Ich war schließlich nicht doof. Gloria und ich hatten Mutters Bibel früher auf die pikanteren und gewalttätigeren Passagen hin untersucht, die in der Kirche immer ausgelassen wurden, und der von den Männern von Sodom bedrängte Lot war eine dieser Stellen.

»Du bist ... sehr französisch«, wusste ich meine Gedanken schließlich zusammenzufassen.

Trops brach in ein lautes, polterndes Lachen aus, das ebenso lärmend war wie seine Weste, wie überhaupt der ganze Trops. Ich bezweifelte, ob er überhaupt leise lachen *konnte*.

»Und ›französisch‹ steht für euch Engländer für alles, was der liebe Gott verboten hat, was? Aber sei beruhigt, Adrian. Ich komme nicht aus dem verdorbenen Paris, sondern aus Brügge, der Stadt der Braun- und Grautöne und des Brackwassers. Dem Venedig des Nordens. Und sage nie mehr zu einem Flamen, du würdest ihn für einen Franzosen halten!«

Während er sich immer noch vor Lachen ausschüttete, wischte er seine rosa Ballonhände an einem Lappen voll eingetrockneter Farbflecke ab, dabei sorgfältig den Holzkohlenstaub von seinen Fingerspitzen wienernd. »Ich merke wohl, dass du noch nicht viel von der Welt gesehen hast, junger Herr Mayfield. Aber das macht nichts. Je unverdorbener du bist, desto mehr bleibt für mich zu verderben. So. Bist du jetzt nicht neugierig auf dich selbst?«

Ich stand auf, streckte meine steifen Beine und ging zu der Staffelei. Trops hatte seine Komposition in groben Umrissen aufs Papier gesetzt. In einem riesigen, gähnend leeren Saal kniete nichtig ein Junge im Herzen eines den gesamten Boden bedeckenden Pentagramms. Er schaute misstrauisch, aber auch herausfordernd hoch zu einer Figur, von der lediglich

89

der Schatten zu sehen war. Das Gesicht des Jungen war detaillierter ausgearbeitet als die restliche Skizze. Es erinnerte vage an meines, aber mich
erkannte ich nicht darin. Es war schöner. Trops hatte mich skizziert, wie
er mich sah. Oder ...

»Es ist mir aber nicht ähnlich«, sagte ich.

Trops unterließ es, mir zu widersprechen, aber das arrogante Lächeln
um seine Mundwinkel sagte mir, dass er nicht meiner Meinung war.

»Das da bin ich nicht«, beharrte ich.

»Nun«, antwortete Trops ruhig, »ich habe auch nie gesagt, ich würde
dich *porträtieren*, Adrian.«

»Nein? Was denn sonst?«

Was war die Kunst an einem Bild ohne Ähnlichkeit? Jeder konnte ein
Bild ohne Ähnlichkeit malen.

»Hast du *Das Bildnis des Dorian Gray* noch nicht gelesen?«, fragte
Trops. »Das Buch, über das wir damals bei Procopius sprachen?«

»Über das *du* gesprochen hast«, verbesserte ich ihn.

Ich wusste nicht, was mich in diesem Moment so an ihm ärgerte.
Vielleicht war es der zunehmende Eindruck, dass er jemanden aus mir
machen wollte, der ich nicht war. Oder nicht sein wollte.

»Hättest du dieses Buch gelesen«, fuhr er fort, als hätte er mich gar
nicht gehört, »dann wüsstest du, dass man mehr als lediglich das Äußere
eines Menschen malen kann. Man kann auch sein Inneres malen, seine
Seele, sein wahres Gesicht. Und genau das tue ich, Adrian. Ich male
Gesichter, keine Masken.«

Ich schaute noch einige Male auf den Jungen auf der Malerleinwand
und anschließend wieder zu Trops, der wiederum mich beobachtete. Allmählich fühlte ich mich wieder genauso unwohl wie seinerzeit in dem
Ankleidezimmer. Trops stand mehr als zwei Meter von mir entfernt, aber
mir war das viel zu nahe. Wie wenn eine teuflische Zauberlaterne mir ein
Bild in den Kopf projizierte, so sah ich ihn plötzlich in die Zeichnung
hineinspazieren, mich verschluckend in seinem großen Schatten. Und in
einem Blitz aus unerträglich schnellen Bildern sah ich mich meine Arme
um seine tonnenrunde Mitte und den Kopf gegen seinen Bauch legen.

Ich schrak hoch wie aus einem dieser Träume, in denen man plötzlich in ein tiefes Loch fällt, und hatte das Gefühl, als würde mir das Herz
bis hoch ans Gaumenzäpfchen springen. Noch verrückter durfte es ver-

dammt noch mal aber nicht werden! Ein hübscher italienischer Radfahrer, das war noch das eine. Aber Trops ... Die einzige annehmbare Erklärung, die mir einfiel, war die, dass ich wahnsinnig sein musste. Das gehetzte, unzufriedene Gefühl, das ich schon seit Wochen mit mir herumschleppte, kehrte zurück, und mir war, als könnte ich mich nur mit einem Bluff aus dieser Lage befreien. Als würde Trops meine Gedanken kennen, als wüsste er wirklich, welche Hirngespinste in meinem Kopf mit mir da Versteck spielten!

Wie meistens in Situationen, in denen ich mir keinen Rat wusste, begann ich einfach draufloszureden: »Na ja, was weiß ich denn schon von Gemälden und Büchern? Dazu muss man schließlich Künstler sein, oder? Die kapieren solche Sachen. Ich bin zu normal, um das zu begreifen. Verstehst du, Trops? Nicht verrückt genug. Und weiß du was? Ist mir außerdem auch scheißegal!«

Ich wusste nicht, ob ich das mit meiner letzten Bemerkung beabsichtigt hatte, aber sein Blick verriet mir: Ich hatte ihn getroffen und vielleicht sogar enttäuscht. Er beschloss jedoch, es leichtzunehmen, so wie er eigentlich alles leichtnahm.

»Wie ich höre, hast du deine Portion Kunst für heute gehabt. Was meinst du, Adrian? Sollen wir die schönen Künste vorübergehend die schönen Künste sein lassen und uns dem Irdischen zuwenden? Was machen wir mit dem angebrochenen Tag?«

»Fragst du mich das im Ernst?«

Trops nickte freundlich. »Aber ja! Du bist ein vorbildliches Modell gewesen, Adrian. Durch dich habe ich eine Skizze, mit der ich sehr zufrieden bin. Ich möchte dich gern belohnen.«

»Du kannst mir Geld geben«, erwiderte ich sachlich. Das wäre nicht das Schlechteste. Mit etwas Geld in der Tasche konnte ich in die Stadt gehen, irgendwo etwas essen und vielleicht nie mehr wiederkommen.

»Das werde ich auch«, sagte Trops, »aber jetzt noch nicht. Zuerst möchte ich dich einladen. Also, sag es ruhig: Was unternehmen wir?«

Es war sein Ernst. Er wollte mich wirklich einladen. Wie ein netter Onkel, der zusammen mit seinem Lieblingsneffen ausgeht. Ich dachte nach. Es war unsicher, was Trops unter einer Einladung verstand. Also erschien es mir vernünftig, einen Ort zu wählen, an dem es viele Menschen gab. Und möglichst auch einen, der Trops so richtig zuwider sein würde. Ich wollte ihm nämlich heimzahlen, dass er mich wieder zum Nachdenken gebracht hatte.

»Der Zoo!«, beschloss ich.

Trops stöhnte, was bewies, dass ich gut gewählt hatte.

»Und da will ich auf einem Elefanten reiten«, fuhr ich fort, »und die Bären füttern. Und aufs Foto, zusammen mit einem Papagei. Und anschließend an einer Straßenbude gebratene Muscheln essen.«

Trops muckte zwar etwas, willigte schließlich aber großmütig ein, unter der Bedingung, dass aus den Muscheln von der Straßenbude Austern in Willis's Rooms würden.

Als ich an der Tür meinen Hut aufsetzte und Trops sich einen eleganten Spazierstock aus einem Schirmständer angelte, sagte er zu mir: »Du bist ein anspruchsvoller Junge, Adrian Mayfield.«

»Ja. Merk dir das«, sagte ich.

Er grinste: »Das gefällt mir.«

9

*London Zoo – Augustus Trops, dein bester Freund – Blaue Bohnen
zum Dinner – Eine wunderbare Familie – Schweben – Die Dinge,
die man für Geld tut*

Ganz gleich, wie Trops nach eigenem Bekunden auch auf die Natur
blicken mochte: An diesem Nachmittag amüsierten wir uns prächtig.
Wir spazierten in dem grünen Schatten des London Zoo, beide eine Tüte
Erdnüsse in der Hand, von denen ich die meisten an die Paviane verfütterte und Trops sich den größten Teil in den eigenen Mund stopfte.
Wir unterhielten uns. Nicht über wichtige Dinge. Nicht über Kunst.
Nicht über die Liebe. Einfach über das, was wir sahen. Die bizarren
Bocksprünge der Natur, wie die Giraffe und das Nashorn. Tiere, die
durch ihr groteskes Äußeres für Trops bizarr genug waren, um interessant zu sein. Wir standen fast eine halbe Stunde reglos bei den Faultieren;
moosgrünen, unglaublich langsamen, lahmarschigen Wesen, die Trops
zufolge die ideale Art des »Seins« verkörperten: einen Zustand deko-
rativer Nutzlosigkeit, der bewundernswert sei. Wir beobachteten, wie
die Boa im Reptilienhaus, dick und aufgerollt wie eine Schiffstrosse, mit
kalter Achtlosigkeit lebendige Kaninchen verschlang, die Besucher fast
dazu herausfordernd, sich zu empören. Wir bewunderten die »smaragd-
grünen« Eidechsen, von denen Trops in seinem Notizbuch rasch einige
Skizzen anfertigte.

Auch wenn ein Ritt auf einem Elefanten nicht drin war und wir keine
Brötchen kauften, um sie an die Bären zu verfüttern, hatte ich sehr viel
Spaß. Was man sonst auch von Trops halten mochte: Er war ein unter-
haltsamer Gesellschafter. Er wusste einen zu beruhigen, zu vergnügen,
einen auf die kleinen Dinge hinzuweisen, die das Leben schön machten; Dinge, die einem in den meisten Fällen entgangen wären. Er konnte
an einem einzigen Nachmittag dein Freund werden, dein bester Freund
sogar. Er war, kurz gesagt, gefährlich.

Aber als wir auf einer Bank beim Musikzelt einer Blechbläserband zuhörten, war mir das vollkommen gleich. Ich betrachtete Trops' Gesicht, im Schatten seines Hutes, und wusste, dass ich ihn mochte, trotz seines dreifachen Doppelkinns und trotz allem, was er war. Ich hatte abermals einen Gefährten, einen Stanley oder einen Livingstone, einen Reisekameraden, auf den Verlass war. Eine naive Entschuldigung, mich eine Weile ruhig und zufrieden zu fühlen.

Nach dem Nachmittag im Zoo begaben wir uns ins Willis's Rooms, ein fürchterlich schickes Restaurant, das ich bisher nur von außen gesehen hatte. Während ich linkisch mit meiner Serviette und einer verwirrenden Menge an Besteck herumhantierte, bestellte Trops die Gerichte, die er mich unbedingt einmal kosten lassen wollte.

Wir begannen mit den versprochenen Austern, gebraten, in der Muschel und mit einer Rahmsoße. So gut sie schmeckten, so schnell waren sie alle, denn für große Portionen waren Austern zu teuer. Nachdem ich das mit der Vorspeise ohne Flecken und sonstige Pannen zu einem guten Ende gebracht hatte, fühlte ich mich allmählich etwas wohler in meiner Haut. So achtlos wie möglich warf ich einen Blick durch das Restaurant. Es sah haargenau so aus, wie ich mir ein Restaurant in Paris vorgestellt hätte: weiße Wände, große Spiegel, kleine, elegante Stühlchen mit scharlachrot bezogenen Sitzen und ein mit Obst und Spargel beladener Serviertisch.

An den Esstischen saßen einige Damen mit ihren Begleitern, aber auch eine beträchtliche Zahl von Männern; kleine Freundesgruppen, die sich in gedämpftem Ton unterhielten und ab und an in Gelächter ausbrachen. Unweit von uns saß ein junger Mann ohne Begleitung; wahrscheinlich wartete er auf seine Dame. Niemand schien es merkwürdig zu finden, dass ein Herr mittleren Alters wie Trops einen noch nicht zwanzigjährigen Burschen zum Essen ausführte. Vielleicht war es ja auch ganz normal. Woher sollte ich wissen, wie es in der mondänen Welt zuging?

Ich ließ mir ein Glas Madeirawein einschenken, an dem ich immer nur nippte. Ich wollte am Ende des Abends nicht *zu* betrunken sein.

In dem Zimmer über uns begann ein kleines Streichorchester zu spielen; eine leise, fließende Musik, die einen wie von selbst in eine gute und gesprächige Stimmung versetzte. Nicht dass ich selbst übrigens viel hätte reden müssen. Das tat Trops schon für mich. Er war nicht sparsam mit dem Madeira und noch redseliger als sonst. Er erzählte mir von seinem Geburtsort Brügge, einer Stadt »mit Grachten voll salziger Selbstmörder-tränen und Häusern wie alten Steinsarkophagen«, seinen vielen Reisen durch Europa und Nordafrika, von Norwegen bis nach Algerien, »um alles zu sehen, zu hören, zu schmecken und zu fühlen, was ein Künstler in seinem Leben gesehen, gehört, geschmeckt und gefühlt haben muss«, und seiner »Heimkehr« hierher nach London, der Stadt, die er hasste und liebte wie seine leibhaftige Mutter.

Ich aß und hörte zu, hörte zu und aß. Zu ausgehungert, um alle Geschmäcker oder Worte voneinander zu unterscheiden. Ragout, frische grüne Erbsen, Lammfleisch in weißer Soße, Mandelpudding, Kopen-hagen, Paris, Algiers, Gerichte, Worte, Ortsnamen, ich verschlang sie, bis ich mir übervoll und aufgedunsen vorkam und ein gehöriger Rülpser sich hinten in meinem Hals bereit machte. Weil ich die starke Vermutung hegte, dass auf ein solches Geräusch in einem teuren Restaurant wie dem Willis's niemand so recht Wert legte, versuchte ich, mich hinter meiner Serviette mit einer Serie unauffälliger Hickser ein wenig zu entlüften.

Zum Glück geschah gerade in diesem Moment etwas, das mich von meinem übervollen Magen ablenkte. Ein kleiner Mann mit rotem Backenbart und einem Paar dicker Augenbrauen, die sich wie haarige Raupen über seinen Augen krümmten, kam in das Etablissement gestürmt. Ich hatte genügend betrunkene Randalierer ins The King's Arms kommen sehen, um zu wissen, dass dieser feine Herr Probleme ver-ursachen würde. Also beschloss ich, ihn aus den Augenwinkeln heraus genau zu beobachten.

Während Trops seinen Löffel in unseren Nachtisch grub (Erdbeeren mit Sahne, serviert auf einer Silberschale), sah ich einen Kellner auf den Kerl mit den Augenbrauen zusteuern. Er benahm sich sehr höflich, als habe er es mit einem guten Kunden zu tun, aber auch ein klein wenig schreckhaft, als befürchtete er – genau wie ich – am Ende zerschlagenes Mobiliar und widrigenfalls auch Glasbruch. Der Mann schien nicht auf ihn hören zu wollen.

»Wo sind sie? Ich weiß, dass sie heute Abend hierher kommen woll-ten! Wo sind sie?«, verlangte er zu wissen.

Seine Stimme ließ einige Leute die Köpfe heben, die offenbar nicht gern bei ihrem Dinner gestört werden wollten. Was im The King's Arms einen Abend erst zu einem Abend machte, konnte ihn hier offenbar verderben.

Auch Trops schaute hoch, sein Bart klebte von der Sahne. Er warf einen schnellen Blick auf den jungen Mann, der nach wie vor allein an seinem Tisch saß. »Das kann noch heiter werden«, murmelte er mit vollem Mund.

Der Mann hatte den Burschen auch entdeckt und schoss auf ihn zu wie ein Bluthund, der nach einer langen, erfolglosen Jagd endlich den Fuchs erblickte.

»Also du *bist* hier!«, bellte er in einer Lautstärke, die das ganze Restaurant mitgenießen ließ. »Und wo ist *er*? Denn er ist hier, nicht wahr? Oder hat er sich heute Abend nicht hierher gewagt? Zu feige, was? Zu feige, wie? Was?«

Mittlerweile befand nicht nur er sich auf dem Kriegspfad, sondern auch der junge Mann. Während die übrigen Gäste nervös versuchten, ihr Dinner fortzusetzen, beobachtete ich ihn zwischen zwei Mundvoll Erdbeeren haargenau. Er sprang auf, und auf seinen Wangen zeichnete die Empörung eine feuerrote Glut.

»Und was kümmert es dich, mit wem ich diniere?«, stieß er in einem Ton hervor, der keinen Zweifel darüber zuließ, dass auch er ein großes Publikum wollte. »Was hast du mir noch zu sagen? Ich bin volljährig. Du hast schon mindestens ein Dutzend Mal damit gedroht, mich zu enterben. Was gibt dir noch das Recht, so zu tun, als wärst du mein Vater?«

»Das ist eine gute Frage«, murmelte Trops zur Seite hin. Er schien das Paar zu kennen.

»Mehr Recht, als du hast, so mit mir zu reden«, sagte der andere mit einer gefährlichen Selbstbeherrschung. »Das Recht eines Mannes, der seine Pflichten gegenüber sich selbst und seinen Mitmenschen kennt. Wie schmerzlich diese Pflichten auch immer sein mögen!«

Der junge Mann zeigte das interessante Farbenspiel eines Chamäleons in Zeiten großer Erregtheit. Sein Teint wechselte von Rot hin zu einem gefährlichen, giftigen Gelb. Ich sah, wie seine gestrafften Lippen zu zittern begannen. Er sah fürchterlich aus. Die Kellner, die die beiden nervös umstanden, schienen zwischen Riechsalz und der Polizei zu schwanken. Noch holten sie nichts von beidem zu Hilfe.

»Wenn du jemals ... *jemals* ...!«, begann der Jüngere.

Was er hatte sagen wollen, blieb mir und den übrigen Gästen unklar, aber für seinen Vater war alles offenbar überdeutlich.

»Ich habe jedes Recht, die Wahrheit zu sagen!«, polterte er. »Und wenn du meinst, dass ich ihn oder euch beide damit beleidige, dann nur deshalb, weil es keine anständigen Worte dafür gibt, es auszusprechen! Ich werde nicht zulassen, dass du unsere Familie – unseren Namen, unser ganzes Geschlecht! – zuschanden machst, weil du ...« Er hielt kurz inne, um die Wirkung seiner Worte zu steigern. »... irrsinnig bist!«

Wie alle anderen Gäste auch wahrte ich inzwischen nicht länger den Schein, den Streit zu ignorieren. An die vierzig interessierte Augenpaare waren auf den Junior und den Senior gerichtet. Wir waren alle neugierig auf den nächsten Zug in diesem Schachspiel der Beleidigungen.

Der nächste Zug entpuppte sich als ein Revolver. Das war eine Überraschung, und zwar keine geringe!

Mir entfuhr vor Verwunderung ein Rülpser, während die Kellner zurückschraken und eine Frau, ganz wie es sich gehörte, »O mein Gott!« rief.

»Irrsinnig?«, kreischte der Junge. »*Du* bist der größte Irre in der Familie, darüber sind sich alle einig! Und alle werden einverstanden sein, wenn ich dich niederschieße, solltest du Oscar und mich noch weiter belästigen! Niemand wird dich vermissen, selbst deine eigenen Kinder nicht. Wir hassen dich alle! Jeder hasst dich!«

Er hielt den Revolver in der Hand, ohne zu zielen, aber die Botschaft war eindeutig genug. Sein Mund zitterte vor Wut, sein Arm nicht. Mit einer Unerschrockenheit, die nur das Ergebnis einer verdammt riskanten, gezügelten Raserei sein konnte, schaute sein Vater auf die Waffe.

»Ja, das wäre großartig«, sagte er sarkastisch, »und genau das, was mir alle meine Feinde wünschen: niedergeschossen zu werden von meinem eigenen Sohn. Es gibt noch Gerechtigkeit, würden sie sagen. Es gibt einen Gott!«

Er wandte sich mit einem geringschätzigen Blick an den Kellner: »Meine Herren, wenn Sie morgen in den Zeitungen keine unerwünschte Reklame für Ihr Geschäft lesen wollen, würde ich jetzt eingreifen. Die Gäste sind im Allgemeinen nicht verrückt nach Restaurants, in denen das Blut in die Schildkrötensuppe spritzt. Können Sie dieses störende

Element entfernen?« Und danach wandte er sich zum Ausgang, ohne sich länger um Revolver oder Bedienpersonal zu kümmern.

Nachdem die Tür hinter ihm zugefallen war, ließ der Junior den Revolver sinken. Ebenso schnell, wie er zum Vorschein gekommen war, verschwand er wieder unter seinem Jackett. Der junge Mann winkte den Kellnern, die immer noch mit serviettenbleichen Mienen dastanden und zuschauten: »Die Rechnung! Ja, die Rechnung! Ihr glaubt doch nicht, ich würde in *so* einem Laden zu Abend essen? Beeilung! Ich möchte zahlen!«

Sie kamen in Bewegung mit der sich entschuldigenden Haltung von Leuten, die es gewohnt sind, für alles die Schuld zu bekommen, selbst für den unerwarteten Waffengebrauch ihrer Gäste. Die Rechnung wurde gebracht, der Tisch abgeräumt, das karge Trinkgeld ohne Murren in Empfang genommen. Der junge Hitzkopf verschwand durch die Tür, ohne sich zu entschuldigen und ohne dass jemand es gewagt hätte, die Polizei zu rufen. Geniert wandte man sich dem weiteren Zergliedern des mittlerweile kalt gewordenen Huhns oder Hummers zu. Hier und da setzte schon ein geflüsterter Klatsch ein. Auch ich beugte mich zu meinem Tischgenossen.

»Wer war das?«, fragte ich.

»Das waren die Queensberrys«, antwortete Trops mit einem amüsierten Grinsen, »eine wunderbare Familie!«

»Aber wozu um Gottes willen mussten sie diesen Krach schlagen? Ich dachte wirklich, sie würden ...«

Trops klopfte mit dem Löffel gegen meinen Teller. »Iss erst einmal deine Erdbeeren auf. Ich erkläre es dir irgendwann später. Ich möchte dir jetzt nicht den Appetit mit solch unerquicklichen Dingen verderben. Erst recht nicht, wenn sie dir offenbar so schwer im Magen liegen.« Neckisch stibitzte er mir eine Erdbeere. »Soll ich dir etwas über meine Zeit in Wien erzählen?«

Kurz darauf hatte ich den Burschen mit dem Revolver so gut wie vergessen. Trops schlug mich in den Bann mit seinen Geschichten über Bälle und Kunstausstellungen sowie mit Gläsern voll Madeira, den ich in kleinen Schlückchen zu mir nahm. Ich bemühte mich nicht mehr, mein Lächeln zu verbergen. Ich mochte Trops und war froh, dass ich mich nicht von meinem ersten Eindruck hatte irreführen lassen. Mir wäre sonst ein kapitaler Freund entgangen.

Es war schon weit nach Mitternacht, als wir, Trops leicht beschwipst und ich etwas leer im Kopf, von einer stark nach Bier und billigem Parfüm riechenden Pferdedroschke nach Hause gebracht wurden. Trops verabschiedete sich vor der Tür seines Hauses von dem Kutscher wie von einem lange verloren geglaubten Familienmitglied und bedachte ihn mit einem monströs hohen Trinkgeld. Ich wartete auf dem Gehsteig, warm von einem rosigen Glücksgefühl, das ich normalerweise nur als Vorboten einer gehörigen Erkältung kannte. Ich hatte einen Freund, ein Dach überm Kopf und demnächst einen Haufen Geld. Und ich war nicht betrunken. Ich hatte Trops keinerlei Anlass gegeben, auch nur *irgendetwas* mit mir zu versuchen. Ich war ein vernünftiger Junge und beglückwünschte mich selbst dazu.

In dem dunklen Flur zogen wir unsere Mäntel aus, und Trops zielte mit seinem Spazierstock genau neben den Schirmständer. Im Dunkeln wirkte der schwere Geruch nach Spezereien noch überwältigender auf mich; wie ein schwarzes Fangnetz, das sich über uns legte. Andererseits war er mir mittlerweile schon fast vertraut. Ich streckte mutmaßend meine Hand in Richtung des massiven Schattens aus, der Trops war. »Danke, das war ein schöner Abend«, sagte ich.

»Ja? Hat er dir gefallen, Adrian?«

»Doch, sehr.«

Weshalb sollte ich nicht ehrlich sein? Ich hatte mich seit Ewigkeiten nicht mehr so gut gefühlt. So wohl. So am rechten Platz. Endlich mal wieder ein paar Stunden in angenehmer Gesellschaft.

Trops grinste, und seine Ballonhand zwickte ganz kurz die meine. »Das freut mich. Aber jetzt haben wir noch etwas zu regeln, nicht? Etwas Geschäftliches.«

»Fünf Shilling«, sagte ich.

Trops entzündete eine Gaslampe und begann, in seiner Geldbörse zu suchen. Es schien etwas zu dauern, bis er sich über die richtige Summe einig war. Er zählte sieben Shilling hin, nahm fünf davon in die Hand, nahm noch zwei dazu und legte wieder einen zurück. Zu guter Letzt drückte er mir sechs Shilling in die Hand.

»Inklusive Trinkgeld«, sagte ich grinsend.

»Inklusive Trinkgeld«, lautete sein Echo.

Eine Stille trat ein, während ich das Geld in die Tasche steckte. Als ich den Kopf wieder hob, sah ich, dass Trops mit den Händen in den Hosentaschen von einem Fuß auf den anderen trat, verlegen wie ein Schuljunge, der sich keine Haltung zu geben wusste. Ich schaute ihn fragend an, länger, als ich es wahrscheinlich hätte tun sollen.

»D-du weißt, dass es mehr hätte sein können, nicht?«

Bisher war mir nicht aufgefallen, dass Trops zum Stottern neigte. Ich hatte ihn noch nie aus seiner Rolle als selbstsicherer Mann von Welt fallen sehen. Unsicher, wie ich hiermit umzugehen hatte, zuckte ich bloß mit den Achseln und schwieg. Ein paar elende Sekunden lang sagten wir beide nichts.

Dann zog Trops in einer brüsken Bewegung abermals seine Geldbörse hervor und entnahm ihr einen ganzen Sovereign; gut dreimal so viel wie das, was ich jetzt in der Hand hatte. Er hielt mir das Geldstück hin, als wäre es eine Handvoll Nüsse für einen Pavian.

»Für dich. Wenn du mit nach oben kommst ...«

Ich schaute in sein Gesicht, auf das Geld und wieder in sein Gesicht und ließ die Worte zu mir vordringen. Es war so platt, so ordinär, als würde er eine Frau von der Straße ansprechen. Aber als ich sein Gesicht sah, wusste ich, dass seine Worte bloß unglücklich gewählt waren. Es war weiß vor Anspannung und vermittelte mir das Gefühl, dass mein Ja oder Nein ihm wirklich etwas ausmachte. Als würde er wirklich nur mich wollen. Nicht Marcel. Nicht Paddy. Mich.

Noch nie waren mir in so kurzer Zeit so viele Gedanken durch den Kopf geschossen wie jetzt. Es war eine solche Menge Geld! Ich konnte es annehmen und morgen früh aus dem Haus spazieren, um niemals mehr wiederzukommen. Ich konnte davon leben, bis ich eine richtige Arbeit gefunden hatte. Nichts hinderte mich daran, ab morgen wieder ein normales Leben zu führen. Ich würde doch gewiss nichts davon zurückbehalten, wenn ich bei ihm schlief? Ich würde kein anderer werden. Ich tat es einzig und allein um des Geldes willen. Und weil ich ihn ein klein wenig nett fand. Nicht, weil ich es wollte. Nicht, weil ich ein warmer Bruder war.

Die Leichtigkeit, mit der ich diese Überlegungen anstellte, erschreckte mich. Dass ich kein anderer werden würde, stimmte nicht. Ich hatte mich bereits verändert. Die Tatsache, dass ich diese Gedanken überhaupt zuließ, bewies das. Ein einziger Tag in Trops' Gesellschaft hatte genügt, mich weich zu kriegen. Während ich geglaubt hatte, die Lage so vollkommen unter Kontrolle zu haben, hatte ich die Kontrolle über mich selbst bereits verloren. Und das Bitterste war, dass es mir in Wirklichkeit vollkommen schnuppe war. Das warme, rosige Gefühl hatte mich nicht verlassen, trotz der Worte von Trops und meiner eigenen Gedanken. Gut, mir war durchaus klar, dass es mir noch leidtun würde, wenn ich jetzt ja sagte, denn damit würde ich mir ein für alle Mal beweisen, wer und was ich war. Aber mir war danach, etwas Dummes zu tun. Etwas unverzeihlich Dummes, das ich zu oft unterlassen hatte, um mich jetzt nicht danach zu sehnen.

Genau wie am Vorabend einer Erkältung, wenn ich das gleiche Gefühl hatte, wollte ich verwöhnt und umsorgt werden. Aber ich wollte noch mehr. Ich wollte die Gefahr und das Unbekannte. Und vor allem wollte ich mir selbst einmal einen gehörigen Tritt gegen das Schienbein verpassen.

»Ist mir doch so lang wie breit!«, sagte ich zu Trops und grapschte ihm das Geld aus der Hand.

Im Schlafzimmer herrschte gnädige Dunkelheit. Trops entzündete kein Licht, während wir uns entkleideten, wahrscheinlich, weil er mir seine weißen Fettwülste nicht zeigen wollte. Ich war ihm dankbar dafür. Wenn ich nicht sah, was geschah, konnte ich hinterher desto einfacher so tun, als wäre alles nur ein Traum gewesen. So ein Traum wie der von dem italienischen Radfahrer. Etwas, das an einem vorbeizog, während man in Wirklichkeit bloß in seinem Bett lag.

Ich zog meine Socken auf der Kante von Trops' Bett aus, das für eine normale Person zu breit und für zwei Personen zu schmal war, für jemanden wie Trops aber genau richtig. Nur an seiner Atmung und dem Rascheln seiner Kleidung konnte ich seine Anwesenheit hören. Ich versuchte, nicht zu sehr darauf zu achten, bemerkte aber doch, wie gehetzt und aufgeregt er klang. Ich war zu diesem Zeitpunkt einfach nur nervös. Es war wie die Anspannung, die einen im letzten Moment im Zahnarztstuhl überfiel, wenn man wusste, dass der Backenzahn diesmal tatsächlich gezogen wurde, obzwar man bis dahin eine eisige Ruhe bewahrt hatte. Ich ahnte, dass Trops mich mit seiner Erregung anstecken würde, und fürchtete den Augenblick, in dem ich mich ihr überließ.

Außer in meinen Träumen hatte ich meinen Körper und meine Gedanken immer scharf im Auge behalten, wie ein strenger Schulmeister jederzeit bereit, sie schon beim allerkleinsten Verstoß zur Raison zu bringen. Ich wusste sicher, ich würde Dinge tun, für die ich mich später totschämte, nicht zuletzt deswegen, weil Trops mein Zeuge war.

Ich brauchte lange dafür, meine Kleidung abzulegen, ich tat es ruhig und sorgsam, als bedeutete es mir tatsächlich etwas, meine Hose morgen faltenlos über einer Stuhllehne hängend wiederzufinden. Ich stellte meine Schuhe unter das Bett, schüttelte mein Jackett aus, legte meinen Hemdkragen ordentlich auf den Nachttisch und wusste danach nicht mehr, was ich tun sollte. Noch in Unterhosen schlüpfte ich unter die Bettdecke. Wenn Trops meinte, ich sollte sie ausziehen, dann musste er das schon selbst in die Hand nehmen.

Trops lag auf der linken Seite des Bettes, ich auf der rechten. Der Raum zwischen uns betrug genau eine Handbreit. Seine Atmung verriet mir, dass er sich zu beherrschen versuchte, was freundlich und beruhigend war. Weil mir so war, als ob ich etwas sagen müsste, flüsterte ich: »He!«

»He!«, flüsterte er etwas zittrig zurück, so als müsste er leise lachen. – Leise lachen: Trops konnte es also doch.

Danach legte er seine Hand vorsichtig auf meine Seite. Ich fühlte, wie sich ein Muskel in meinem Bauch zusammenzog. Die Berührung war so sacht, so ohne klare Absichten. Die Hand, die da lag, lag da lediglich, ohne mich zu umfassen, ohne mich zu streicheln. Aber es war eine Berührung von nackter Haut auf nackter Haut. Ein Anfang.

»Wie mager du bist, Ady.«

Ich schüttelte den Kopf. Diesen Namen durfte er nicht verwenden. »Ady«, der gehörte Pa und Ma und Mary Ann. Ady war nicht der Junge, der hier lag.

»Nicht Ady, Trops.«

»Nicht Trops, Adrian. Augustus. Gussy. Nenn mich Gussy.«

»Gussy«, sagte ich, »Gussy. Gussy. Gussy.«

Genau so lange, bis es klang, wie es in diesem Augenblick klingen sollte.

Trops' Finger drückten auf mein Fleisch. Ich spürte, wie es Widerstand bot und zugleich nachgab. Ich rückte hastig zu ihm auf, um mir keine Gelegenheit zum Nachdenken zu geben. Trops' Bauch und Beine waren bedeckt von feinen Härchen, wie bei einem dünnen Fell. Das war unerwartet und ungewohnt, aber für mich eher entwaffnend als abstoßend. Dass er vollkommen nackt war, schien jetzt weniger aufzufallen.

Trops' andere Hand schob sich unter mir hindurch, und ich spürte sie auf meinem unteren Rücken. Jetzt hielt er mich wirklich umfasst.

»Ady«, murmelte er, »ich möchte dich doch Ady nennen.«

Seine Finger spreizten sich und hakten sich in meine Unterhose, um sie mit einer geschickten, hinterlistigen Bewegung herunterzuziehen.

»Ady, Ady, Ady.«

Seine Worte, kleine Atemstöße, kribbelten auf meinen Lippen.

»Mein schöner Junge. Mein lieber, schöner Junge!«

Ich ließ seinen Mund näherkommen, und die Worte wurden Küsse, lange, nach Wein und Tabak schmeckende Küsse, Zungenküsse. Meine ersten.

Ich blieb liegen, ohne etwas zu sagen, ohne etwas zu tun. Ich hätte auch nicht gewusst, was. Es schien Trops nicht zu stören. Als wäre ich ein neues Spielzeug, ein Weihnachtsgeschenk, mit dem er nach dem Auspacken gleich spielen wollte, so begann er mich zu betasten. Mal hier, mal da, ohne seine Hände irgendwo länger als ein paar Sekunden verweilen zu lassen.

Sie folgten meinem Rückgrat, streichelten meine Nackenhaare, glitten um meine Schultern und spielten flüchtig mit meinen Brustwarzen, frivol, als wären es die von Frauenbrüsten, danach verfolgten sie ihren Weg, Rippe für Rippe nach unten, und lagen auf meinem hohlen Bauch für einen Moment still.

Ich hörte Trops etwas flüstern, heiser, als sei ihm vor Genuss ganz elend zumute, doch ich wollte nicht mehr hinhören. Ich wollte nichts mehr tun, was mit Denken zusammenhing. Hirnlos wollte ich sein, einzig noch Körper, ohne Scham, Schuldgefühl oder Bedauern. Ich willigte ein, dass er weitermachte, ohne diesbezüglich eine wirkliche Entscheidung getroffen zu haben. Manche Dinge mussten nun einmal geschehen, ob man es wollte oder nicht.

Ich spürte, wie sich meine Muskeln in Bauch und Beinen spannten, während Trops' Hände neckisch leicht über meine Beckenknochen flatterten und danach mit mehr Nachdruck an der Innenseite meiner Schenkel entlangfuhren. Ich hatte eine Erektion. Ohne darüber nachzudenken, schlang ich meine Arme um Trops' Taille und zog ihn an mich. Widerwille oder Zögern spielten jetzt keine Rolle mehr. Alles, was zählte, war, bei einem Mann zu liegen, der genauso erregt war wie ich. Und was das Übrige anging … Mir doch so lang wie breit!

Camelot

She has heard a whisper say,
a curse is on her if she stay
to look down to Camelot.

ALFRED LORD TENNYSON

10

Ein Kater – Kleiner Trops, grün wie Gras – Camelot – Lilian –
Palmtree – Ein Atelier zum Verlieben – Tratsch und Klatsch –
Ein gelungener Einbruch

Wir saßen wieder in einem Taxi, Trops und ich. Er redete, ich tat, als würde ich nicht zuhören. Wir beide hatten Grund, so zu tun, als hätten die Ereignisse von heute Nacht nicht viel zu bedeuten. Am Morgen hatten wir uns gestritten. Falls man von einem Streit sprechen kann, wenn die eine Partei rast und wettert und die andere sich alles mit einem wohlwollenden Lächeln anhört. Trops zufolge war das »O ... *hell!*«-Gefühl, das mich beim Aufwachen geradezu knockout geschlagen hatte, unvermeidlich und von vorübergehender Art. Es war gerade so wie Pickel im Gesicht: Wenn man nur Geduld hatte und sie nicht zu oft ausdrückte, verschwanden sie von selbst.

»Nach dem Wein kommt der Kater, Adrian. Und nach *l'amour* kommt *l'ennui.*«

Was immer das auch bedeuten mochte.

Unter den Beleidigungen, mit denen der gestrenge Schulmeister in meinem Kopf mich ausschimpfte, war nicht eine französische: »Mondkalb! Idiot! Puddingkopf! Warmer Bruder!« Nach Monaten der Ausflüchte, Scheinmanöver, Winkelzüge und Schlupflöcher war ich mir selbst dann doch auf den Leim gegangen. Gelandet im Pfefferkuchenhaus eines flämischen Blaubarts, der Jungs wie mich mit Haut und Haaren verschlang. Und es sah ganz so aus, als hätte ich es selbst so gewollt. Noch nicht einmal einen italienischen Radfahrer hatte es gebraucht, damit ich mich auszog. Ein haariger Kerl mit dem Gewicht eines Elefanten hatte schon genügt. Offenbar war ich nicht nur vom anderen Ufer, sondern darüber hinaus auch nicht sonderlich wählerisch.

Während ich so gegen Trops, aber vor allem gegen mich selbst wütete, hatte er wie ein Krankenpfleger beschwichtigende Worte für mich parat, beruhigende Drinks und weich gefütterte Zwangsjacken. Wirklich, es würde sich legen. Ich müsse ihm glauben, morgen schon ginge es mir besser. Er, Augustus Trops, wisse es aus eigener Erfahrung: Wenn ich mich nachher beruhigt hätte, würde ich das alles ganz anders sehen. Als ob ich er wäre! Als ob ich jemals er sein wollte: ein fetter Uranier in einem lächerlich grünen Anzug, der tausend Schmeichelworte, ein Dinner in einem teuren Restaurant und einen ganzen Sovereign brauchte, um einen Jungen in sein Bett zu bekommen.

Aber ich ließ mich an der Tür zurückhalten, mich mit seiner Hand auf der Schulter ins Atelier zurückführen und mir ein ebenso bizarres Frühstück wie am vergangenen Morgen vorsetzen. Ich hatte nichts mehr, wovor ich hätte weglaufen können. Es gab kein Weglaufen vor mir selbst.

Während ich, ohne etwas zu schmecken, Brie, Schokolade und Brot zermalmte, erzählte mir Trops dies und das von sich selbst; Dinge, die ich lediglich auf mich selbst zu beziehen brauchte, um von all meinen Problemen erlöst zu werden.

Einst, in einer fernen Vergangenheit und nicht so sehr weit von hier entfernt, hatte es einmal einen Augustus Trops gegeben, hinter den Ohren so grün wie Gras; ein frisches, unschuldiges Grün, das in nichts dem kränkelnden Grün jener Blüte glich, die auf seiner Hand gelegen hatte. Schwer vorstellbar, nicht? Trops zufolge war es die Wahrheit.

Klein-August hatte einen Vater, der Altarbilder malte, und eine Mutter, die in ihrem einzigen Sohn einen künftigen Priester oder Bischof sah. Sie nahm ihn mit, um blaue Glockenblümchen für die Muttergottes zu kaufen und erzählte ihm, dass, als sie die heilige Jungfrau einst um ein liebes Söhnchen gebeten, die Engelein aus dem Himmel ihn ihr in einem Körbchen mit lavendelblauen Bändern gebracht hätten.

Im Atelier seines Vaters zeichnete der kleine Trops die Figuren, die er von seinen Andachtsbildchen her kannte: das Jesuskind mit seinen Eltern, die auf ihrer Orgel spielende heilige Cäcilie, Sankt Christophorus, der den Christusknaben auf seinen Schultern durch den Fluss trug. Aber dann gelangte in dieses süße, liebliche Kinderparadies eine Schlange; ein Bekannter der Familie, der keine jungfräulichen Madonnen, sondern schöne »Madamekens« malte und dank seines Talents und Geldmangels Klein-Augusts Lehrer wurde. Jeden Montag- und Donnerstagmorgen kam er zu ihnen ins Haus, um den Pinsel seines Eleven über die Leinwand zu lenken, ihn zu lehren, wie man leidenschaftliche Rot- und skandalöse Gelbtöne miteinander mischt, und um ihm, während er hinter ihm stand, die Hand auf die Schulter zu legen. Der kleine Augustus achtete nicht auf diese Hand. Er mochte seinen Lehrer und nannte ihn seinen Freund, aus Mangel an Freunden seines eigenen Alters. Er lauschte dessen Erzählungen über eine andere Welt mit anderen Heiligen und lernte, dass eine gut gebundene Krawatte wichtiger sei als ein reines Gewissen. Auch gewöhnte er sich daran, nicht mit Worten gelobt zu werden, sondern mit einem Streicheln über den Kopf oder einem leichten Kuss auf die Wange. Er lachte und errötete, weil er geschmeichelt war, und auch, weil es kitzelte.

Es war dieselbe Falle, die er für mich gelegt hatte. Derselbe heimtückische, scheinbar unbeabsichtigte Verrat. Etwas geschah, wofür der junge Trops keine Worte besaß, weil niemand ihm je davon erzählt hatte. Erst hinterher hatte er begriffen, dass es etwas Verkehrtes gewesen sein musste, als die Hände seines Lehrers sich hart in seine Schultern gruben und dieser zischte: »Du erzählst es keinem ... niemals!«

Ich hätte Mitleid mit dem Jungen haben können, der in seinem Bett unter dem Weihwasserbecken rosig-böse Träume von den Händen träumte, die ihn vor glückseliger Wärme prickelnd streichelten, und dem Mund, der ihn aufessen zu wollen schien. Aber ich dachte überhaupt nicht daran! Im Gegensatz zu Trops selbst wusste ich genau, was seine Worte wert waren. Wie ein Papagei plapperte er sie schon seit seiner Jugendzeit nach, als sein Lehrer ihm genau denselben Unsinn weisgemacht hatte. Wie schön es sei, wenn ein älterer Mann einen Jungen unter seine Fittiche nahm und ihm alles über die Kunst, das Leben und die Liebe beibrachte. Dass im alten Griechenland diese Form der Männerliebe in hohem Ansehen gestanden hätte. Dass man damals keinen vermögenden, einflussreichen Mann schief angesehen hätte, wenn er sein Wissen, seine Zeit und sein Bett mit einem schönen jungen Mann teilte, der ihm dafür dankbar sein musste, von ihm auserwählt worden zu sein. Und wenn man sich dann zwischen so einem vollkommenen, klassischen Marmorathleten und einen kichernden, Schokolade naschenden Ladenmädchen mit einem knalligen Hütchen auf ihrem leeren Köpfchen zu entscheiden hatte, konnte einem dann die Wahl noch schwerfallen?

Nein, dachte ich, da lässt man sich doch lieber das Ladenmädchen einpacken!

Wenn Trops mit schönen Worten wie »Kameradschaft« und »gemeinsamem Dienst an der Schönheit« aus zwei im Schlamm herumspritzenden Fröschen unbedingt zwei griechische Prinzen machen wollte, war mir durchaus klar, worauf seine erhabene Geschichte hinauslaufen sollte: auf eine weitere Nacht unter seinem Dach.

Während Trops weiter über die Dinge salbaderte, über die er mir schon den ganzen Tag in den Ohren lag, schaute ich durch das schmuddelige Taxifenster ins Freie. Die Straßen änderten sich. Der tolle Rummel der Londoner Hauptstraßen wich der würdevollen, grünen Stille Kensingtons.

Ich sah große Häuser und Villen, manche distanziert hinter Mauern oder Hecken hervorlugend, andere voll selbstbewusster Prunksucht direkt an die Straße gebaut. Auf dem Gartenweg vor einer Villa spielte ein Mädchen unter der Aufsicht ihrer Gouvernante mit einem Reifen. Vor einem anderen Haus bog eine offene Kutsche mit zwei Frauen in die Auffahrt ein. Vor uns rollte der Lieferwagen eines Geflügelhändlers über die Straße. Unser Taxi brachte uns mitten in das Leben des wohlhabenden London.

Um dem Gewäsch von Trops ein Ende zu machen, beschloss ich, einfach so zu tun, als würde es mich interessieren, wohin wir fuhren. Eine reiche Familie mit dem mir vage bekannten Namen Farley, wo Trops ein Porträt zu vollenden hatte. Er habe gedacht, ich würde es »bestimmt schön« finden, ihn zu begleiten. Ein schönes Haus. Reiche Leute. Die soundsovielte Einladung. Wahrscheinlich hatte er Angst gehabt, ich könnte auf und davon sein, wenn er wieder heimkam.

»Die Farleys, wo wohnen sie?«, fragte ich.

»Ah!« Trops strich sich mit dem Zeigefinger an der Nase entlang, als wolle er einen schelmischen Witz erzählen. »In Camelot.«

Ja klar. In Camelot. »Geh und halte einen anderen zum Narren, Trops.«

»Nein, nein, ganz im Ernst! Camelot House, mein lieber Junge, sie wohnen in Camelot House. König Artus, Königin Guinevere, Ritter Lancelot und ihr Hofstaat. Auch wenn sie sich im täglichen Leben bestimmt lieber als Stuart Farley, Lilian Farley-van Zandten und Vincent Farley ansprechen lassen. Und ihren Namen verdanken sie nicht der Suche nach dem Heiligen Gral, sondern Versicherungen.«

»Farley Versicherungen!«, murmelte ich.

Jetzt wusste ich, woher ich den Namen kannte. Ich hatte ihn oft genug seitlich auf Omnibussen oder hoch oben auf den Bürogebäuden der City gesehen. Neben den großen, roten Lettern prangte ein von Kopf bis Fuß geharnischter Ritter. FARLEY VERSICHERUNGEN: GEGEN UNBILL GERÜSTET, war auf seinem Streitbanner zu lesen. Ihm konnte nichts zustoßen.

»Sag mal, dann sind die ja wirklich sehr reich, oder?«, sagte ich zu Trops.

»Schlimmer als reich: neureich«, antwortete er mit einem Gesicht, als sei das alles andere als eine Empfehlung, »und entsprechend verhalten sie sich. Zu viel Geld, um etwas Sinniges damit anzufangen. Stecken es in Feste, zu denen sie alle einladen, mit denen sie gern befreundet wären – altes Geld und echten Adel also, Adrian. Fahren mit Grafen und Herzögen zum Gemsenschießen nach Griechenland. Besuchen jede Theatervorstellung, auf der sie gesehen werden wollen. Der Paterfamilias heiratete vor vier Jahren eine reiche amerikanische Erbin mit Scheidungshintergrund. Bescheidener Skandal. Gerade genug für die Klatschpresse und nicht genug, um aus dem Herrenklub hinausgeworfen zu werden. Das schwarze Schaf der Familie hat beschlossen, Künstler zu werden. Verkauft sich schon wegen des Namens; fehlt nur noch das Talent. Kurz, Adrian, ein Haufen waschechter Philister, die sich unheimlich anstrengen, interessanter zu erscheinen, als sie sind. Sehr einschläfernd.«

»*Mir* kommen sie ziemlich interessant vor«, sagte ich, halb, um Trops zu ärgern, und halb, weil es wirklich meine Meinung war. Ohne als armer Schlucker daherkommen zu müssen, hatte ich doch immer schon wissen wollen, wie der reiche Teil von London lebte.

Trops betrachtete mich mitleidig und sagte, ich sei eben keine *wirklich* interessanten Leute gewohnt.

Bevor wir die Gelegenheit bekamen, uns wieder in die Wolle zu kriegen, bog das Taxi in eine Auffahrt ein, und ich erblickte zum ersten Mal in meinem Leben die Mauern und Türme von Camelot.

Camelot House sah aus wie ein Märchen und sollte auch so aussehen. Es war einer jener Träume, die sich einzig durch Geschäftssinn, die richtigen Investitionen sowie vernünftig angelegtes Geld verwirklichen ließen; ein von Eisenbahnaktien erbautes Schloss. Aber ich wollte an das Märchen glauben, angefangen bei »Es war einmal …« bis hin zu »Und sie lebten lange und glücklich bis an ihr seliges Ende«, an König Artus, an Königin Guinevere und an den Ritter Lancelot.

Camelot House war ein auf häusliche Proportionen verkleinertes Schloss: Es gab eine Zugbrücke, und es gab Türme, doch die Zugbrücke erwies sich bei näherem Hinsehen als breite Eingangstür, und die Türme waren nicht hoch genug, einen schwindeln zu machen. Die Mauern aus rotem Backstein hatten nichts Trutziges. Um dieses Schloss wurden keine Kriege geführt, sondern allerhöchstens wurden hier Jungfrauen erobert.

Ich stieg aus dem Taxi auf den weißen Kies der Auffahrt und fühlte mich wie zu Hause und zugleich fehl am Platz. Als ob ich mit einem schwierigen Solo auf die Bühne müsste, ereilte mich ein fürchterlicher Anfall von Lampenfieber. Ich war mir sicher, dass ich aus der Rolle fallen würde.

Während Trops dem Kutscher das gebräuchliche fürstliche Trinkgeld zahlte, fragte ich mich nervös, was für eine Rolle ich hier eigentlich zu spielen hatte. Ein junger Mann, der zu Augustus Trops gehörte, ohne dass es Verdacht erregte und ohne dass sich jemand Fragen stellte. Lieber Himmel, ein Meisterstück, eines Shakespeare würdig!

Ich fieberte noch über meinem Eröffnungssatz, als ich die Burgherrin von Camelot entdeckte. Sie stand inmitten einer farbenprächtigen Rabatte aus Veilchen, Stockrosen und Fingerhut und versuchte, in ihrem fließenden Teekleid aus Stängelgrün und Blütenblattweiß selbst wie eine Lilie auszusehen. Ihre Figur erinnerte allerdings eher an eine volle, üppige Bauernrose. Um ihren Mangel an natürlicher Grazie wettzumachen, hatte sie eine zierliche Haltung angenommen, einen langen Blütenstängel in der einen und einen geflochtenen Korb in der anderen Hand haltend. Sie sah aus, als stünde sie Modell für ein Gemälde.

Trops, der sich mitsamt seinem Malkasten und einer eingepackten, unter den Arm geklemmten Leinwand neben mich gestellt hatte, ließ seinem Mund einen müden Seufzer entweichen. »Gott bewahre dich vor derartigen Frauen«, sagte er zu mir.

Die Burgherrin jedoch winkte ihm zu, als sei er eine lang verloren geglaubte Jugendliebe oder doch jedenfalls ein guter Freund des Hauses. »Augustus! Sag mir, wirst du es heute vollenden? O nein, ich möchte keinerlei Ausflüchte mehr hören! Es hat mir nächtelang den Schlaf geraubt, mein liebster Augustus. Ich will es sehen! Lady Elcho behauptet hinter meinem Rücken, wir hätten einen Amateur beauftragt, weil wir Singer Sargent nicht bezahlen könnten, und bestimmt möchtest du nicht wissen, wie viele Leute einem solchen Klatsch Glauben schenken! Aber ich werde sie alle in Erstaunen versetzen! Beim nächsten Dinner hängt dein Porträt über dem Büfett, und ich wette, sie werden den ganzen Abend von nichts anderem reden!«

Sie sprach laut, nachdrücklich und kultiviert, als hätte sie einen Sprachlehrer an der Seite, den sie beeindrucken wollte, doch ihr Englisch blieb das einer Ausländerin. Ich nahm an, dass dies die amerikanische Erbin mit dem Scheidungshintergrund war.

Trops stellte den Malkasten und die Leinwand ab und drückte ihre ausgestreckte Hand mit einer beinahe überzeugenden Ehrfurcht in seinen Bart.

»Frau Lilian, ich werde Euch nicht länger auf die Folter spannen!«, erklärte er feierlich.

Ich hörte, wie sie beide ihre Rolle spielten und niemals ehrlich zueinander sein konnten, weil schon während eines einzigen Streits genügend harte Wahrheiten gesagt werden würden, um nie mehr miteinander zu sprechen. Ich empfand etwas Erleichterung in Bezug auf meine eigene Rolle. Schauspielern wurde erst dann schwer, wenn man der einzige Schauspieler auf der Bühne war.

Höflich lächelnd ließ ich mich Frau Lilian vorstellen, die mich mit einem Entzücken ansah, als wäre ich ein Pudel oder irgendein anderes streichelbares Accessoire, das Trops mitgebracht hatte.

»Nein, so ein wundervoller Junge! Steht er dir Modell, Augustus? Ach, ich bin sicher, dass ich ihn schon mal auf einem Gemälde gesehen habe. Auf einem Gemälde von Alma Tadema, bei der Eröffnung der Ausstellung in der Royal Academy. Ein griechischer Sklave, nicht wahr? Imogen und ich haben es stundenlang betrachtet! Habe ich recht? Ist er es?«

Trops sagte mit einem bösen Lächeln, das könne durchaus so sein. »Dann musst du ihn Vincent zeigen! Du weißt, dass er noch einen David sucht. Und mit einer schwarzen Perücke auf ... Ach, wollen wir gleich zu ihm gehen? Dann kann ich ihm erzählen, dass ich ein geeignetes Modell für ihn gefunden habe! Wie sehr er sich freuen wird! Er sucht schon eine Ewigkeit! Ja, Augustus, das tun wir!« Und schon war sie mitsamt Blumenkorb und allem zur Haustür getanzt.

Trops hob sein Malzeug wieder auf und betrachtete mich mit einer Miene, die ein einziges, überdeutliches Fragezeichen war.

»Großer Gott!«, sagte ich. Andere Worte gab es dafür nicht.

Lilian Farley lebte im Tempo eines Kolibris, der auf eine Blumenausstellung losgelassen wurde. Mit einer für ihr Publikum tödlichen Geschwindigkeit flatterte sie von Blüte zu Blüte, von Thema zu Thema. Was alles noch schlimmer machte, war, dass sie ihre federleichte Art der Konversation mit der Neigung kombinierte, alles für einen zu regeln, sodass sie auf ihre Weise nicht weniger überwältigend war als Trops. Sie gehörte zu jener Art von Frauen, mit denen man, wenn man nicht aufpasste, innerhalb von vierundzwanzig Stunden verheiratet war.

Als wir Camelot House betraten, hatte sie ihre Blumen bereits einem Dienstmädchen in die Hand gedrückt, nach Erfrischungen geläutet und einem Hausdiener mit Habichtnase, der aussah, als verbringe er seine Tage in einem Sarg, in Stellung gebracht, um unsere Mäntel entgegenzunehmen. Er musterte uns mit einem Ausdruck von höflichem Widerwillen, und ich bekam das unangenehme Gefühl, dass er sich von keinem Theaterspiel würde täuschen lassen, schon aus dem schlichten Grund, weil er Schauspieler nicht mochte. Der Mann hatte eine ungesunde, phantasielose Alltäglichkeit an sich, ebenso schwarz und erstickend wie der Ruß auf den Londoner Fensterbänken. Aber wahrscheinlich phantasierte ich jetzt ins Blaue hinein, genau wie Trops, wenn es um Künstler und Philister ging. Vielleicht war diese Art von Künstlerargwohn ja ansteckend.

Lilian jedenfalls schien von ihrem Hausdiener ebenso angetan zu sein wie von Trops und mir: »Ach, Palmtree, wären Sie so gut, uns Fräulein Imogen zu holen? Sie wird wohl im Wintergarten sitzen und schreiben. Sie schreibt gegenwärtig nur noch, Augustus, das verrückte Ding. Können Sie ihr sagen, dass der Porträtmaler sie im Atelier erwartet, Palmtree? Und, ach ja, würden Sie dafür sorgen, dass die Köchin auch wirklich genug von den herrlichen Früchtekeksen heraufschickt? Ich bin ganz verrückt danach und Herr Trops hier auch. Wunderbar! Vielen Dank!«

Ich spürte, wie ein Lächeln an meinen Mundwinkeln zog. Mich durch diesen Ausflug hier aufzuheitern lag nicht in meiner Absicht, denn diese Freude wollte ich Trops nicht gönnen, aber leicht gemacht wurde es mir nicht. Recht besehen war das alles ein kolossaler Witz: Trops und ich hatten in diesem Haus und bei diesen Leuten ebenso wenig verloren wie ein paar Einbrecher, doch man empfing uns wie willkommene Gäste. Denn die Gastgeberin war zu dumm, unsere Vermummung zu durchschauen, und ihr Hausdiener musste tun, was man ihm auftrug. Wenn es überall so zuging, dann brauchte ich eine Demaskierung nicht zu befürchten.

Etwas entspannter folgte ich Trops und Lilian Farley durch einen Flur, der mit dem eingerichtet war, was Lilian für den neuesten Kunstgeschmack hielt, das heißt mit chinesischem Porzellan, Pfauenfedern und Farnen. In den hohen Buntglasfenstern saß der Farley-Reklameritter hoch zu Ross, inmitten einer Girlande aus zusammenphantasierten Familienwappen, die verschleiern sollten, dass der Name Farley erst seit einigen Jahrzehnten in London bekannt war.

Neureiche. Mir doch so lang wie breit!

Lilian öffnete die Tür zum Atelier. Nach Trops' chaotischem Raritätenkabinett war ich auf alles vorbereitet, doch dieser Arbeitsplatz war wirklich so eingerichtet, dass darin gearbeitet werden konnte. In der Decke befand sich ein großes Fenster, sodass selbst an dunklen Wintertagen genügend Tageslicht zum Malen hereinfiel. Jetzt, an einem nebligen Frühjahrsnachmittag, war es hier sogar heller als draußen. Das Licht prallte von den weißen Wänden zurück, spielte mit tanzenden Stäubchen und blendete für einige Sekunden jeden, der aus dem dämmrigen Flur hereintrat. Erst wenn man sich an die überwältigende Helligkeit gewöhnt hatte, konnte man an den Wänden die Regalbretter mit ihren goldfarbenen Ölen, dem Regenbogen von Pigmenten in kleinen Flaschen und den nach ihrer Dicke angeordneten Pinseln mit runden, flachen oder fächerförmigen Köpfen unterscheiden. Und dann sah man auch die drei

Staffeleien, zwei mehr als mannshohe Atelierstaffeleien für große Leinwände und eine kleine für draußen, die vor einem niedrigen Podest standen wie Zuschauer, die den Beginn der Vorstellung kaum erwarten konnten. Und zum Schluss war da der Arbeitstisch, bedeckt mit Mörsern und Stampfern, Brennern und Glaskolben mit farbigen Flüssigkeiten, die an das Laboratorium eines Gelehrten erinnerten.

Ich ließ meinen Blick mit einem eigenartigen, flattrigen Gefühl im Magen durch das Atelier schweifen, so als hätte ich mich in diesen Raum verliebt. Hier arbeitete jemand, der wusste, was er tat. Jemand, der tat, was er wollte. Kein lahmer Nichtsnutz wie Pa, kein aufgeblasener Schwätzer wie Trops, kein Dreizehn-Handwerke-fünfzehn-Unglücke-Schlemihl wie ich. Jemand, der sein Leben einteilte wie sein Atelier: praktisch, übersichtlich und lediglich auf eine Sache ausgerichtet: Malen. Das musste so ein Künstler sein, von dem man in den Feuilletons der Damenzeitschriften las: So ein weltfremder Maestro in einem weiten Malerhemd, mit einem wilden Rauschebart und so einem unirdischen Blick in den Augen. Ein Künstler, wie er zu sein hatte.

Lilian half mir aus meinem Traum. Sie nahm mich an der Hand wie einen Gast auf einer Kinderfeier und zog mich mit freundlichem, entschiedenem Zwang mit zu einem Mann, der gerade mit beiden Armen voller Flaschen und Tiegel aus einem Vorratsschrank zum Vorschein kam.

»Vince! Vince, wie findest du ihn? Adrian Mayfield. Augustus hat ihn mitgebracht. Ich sagte ihm, er könne durchaus dein David sein. Was meinst du?«

Der Mann stellte seinen Vorrat an Tiegeln und Flaschen auf dem Arbeitstisch ab und betrachtete mich. Auch in seinen Augen sah ich keinen Blick à la: »Oh là là, na klar weiß ich, was hier los ist!«, den ich bei jedem zu entdecken erwartete.

Er streckte mir eine kräftige, mit blauen Farbspritzern übersäte Hand entgegen. »Wie geht's? Adrian, nicht wahr?«

Ich bemerkte, dass er mich besah und beurteilte, aber mit dem Blick eines Malers, eines kritischen Fachmanns. Ich erwiderte seinen Blick ohne Scham.

Er war noch jung, auch wenn sein Gesicht ihn vielleicht jünger aussehen ließ, als er in Wirklichkeit war. Es war rund, braun und fast noch kindlich. Eher das Gesicht eines Kleinbauern als das eines steinreichen Farley in einem Haus, das hunderttausende Pfund wert war. Aber seine kleinen blauen Augen waren scharf und klar, auch wenn sie nicht alles sahen, was sie hätten sehen können. Sie waren freundlich, aber sie würden ihm untrüglich sagen, wen er als Künstler wohl und wen er nicht gebrauchen konnte. Und er würde sachlich in seiner Auswahl sein.

Nun war es nie mein Traum gewesen, als Malermodell zu arbeiten. Hätte mir jemand das vor einem Jahr vorgeschlagen, ich hätte ihm laut ins Gesicht gelacht. Aber jetzt dachte ich: Wieso denn nicht? Wenn ein flämischer Sodomit einen Prinzen in mir sah und eine amerikanische Millionärin einen klassischen Griechen, dann konnte ich doch so hässlich nicht sein! Und wenn man sogar mit einer Visage wie meiner sein Geld im Sitzen verdienen konnte, wäre es doch verrückt, noch eine Stellung anzunehmen, bei der man sich die Füße schief laufen musste.

»Durchaus ein interessanter Schädel«, murmelte Vincent Farley inzwischen, als wäre ich eine archäologische Ausgrabung. »Klar definierte Wangenknochen, ziemlich große Augen. Etwas ausgemergelt, nicht mehr ganz die Mode. Gute Haltung ... Ich würde ihn gern einmal Modell sitzen sehen. Augustus?«

»Er sitzt wie ein Engel«, versicherte Trops.

Lilian nickte eifrig, als wäre sie davon überzeugt. »Du musst ihn nehmen, Vince. Auf der Ausstellung in der Academy wollten alle ihn sehen!«

Vincent ließ seinen Blick über den Tisch voller Tiegel, Gläser und Bunsenbrenner gehen. Er wirkte unschlüssig. »Ursprünglich wollte ich heute Nachmittag Farben herstellen. Wenn ich mit einer der Ölskizzen für *Saul und David* anfangen will, brauche ich viele Blau- und Ockertöne und ...«

»Aber zuallererst brauchst du ein Modell«, sagte Trops.

Vincent nickte verdrießlich, als könnte selbst der Fund eines geeigneten Modells eine Störung seiner Pläne nicht wiedergutmachen. »Gut, gut, ich mache ein paar schnelle Skizzen. Danach kann ich eine Entscheidung treffen. Und Aubrey wird wohl auch seine Meinung kundtun wollen, denke ich. Gefragt oder ungefragt«, fügte er mit einem leisen Lächeln hinzu.

»Ist Aubrey hier?«, fragte Trops so begierig, dass es schien, als bekäme er einen unerwarteten Leckerbissen angeboten.

»Er ist im Garten. Er hat gesagt, ich würde ihn langweilen«, antwortete Vincent mit einem breiteren Lächeln. Er schien es nicht schlimm zu finden, als langweilig abgestempelt zu werden, oder er war es schon gewohnt. Ich dachte bei mir, dass es keine Schande war, von Trops und seinen Kumpanen »langweilig« genannt zu werden. Das Wort war gleichbedeutend mit »normal«.

»Nun, du *warst* auch sehr langweilig«, sagte eine Stimme hinter uns.

Gegen die Gartentüren gelehnt stand ein junger Mann, der so dünn und blass war, dass man fast durch ihn hindurchsehen konnte. Er trug einen untadeligen grauen Anzug und dazu eine allerscheußlichste Ponyfrisur. Unter seinen wie mit dem Lineal geschnittenen Haaren grinste fast totenkopfhaft ein Gesicht hervor. Ich wusste, dass ich ihn schon früher gesehen hatte. An jenem unglücklichen Abend in der Bodega.

»Vincent hat die allereinschläferndsten Probleme«, sagte er zu Trops. »Traurig eigentlich. *Alle* seine Probleme sind einschläfernd. Diesmal ist es Stuart. Versucht, ihn mit Bällen und Partys zu ködern, seit die Saison wieder in vollem Gang ist. Und wir wissen alle, dass Vincent Farley dafür überhaupt keine Zeit hat! Ist das Leben nicht traurig, Augustus?«

Er verdrehte die Augen und schwang seine langen Gliedmaßen mit einer gespenstischen Grazie in einen Sessel. Mir fiel auf, dass er alles andere als gesund aussah, was seine schulbubenhafte Lebenslust ein wenig morbid erscheinen ließ. Er nahm einen Bissen von dem Cake, den ein Dienstmädchen vor ihm hingestellt hatte, schmatzte nachdenklich und sprang danach auf, als erinnerte er sich gerade wieder an etwas ungeheuer Aufregendes. »Du musst mir alles erzählen, Augustus! Ich bin schon ein paar Abende nicht mehr ausgegangen, und *genau* dann geschieht etwas, das die Mühe lohnt! Bosie und ein Revolver! Sogar Vincent hat schon Gerüchte aufgeschnappt. Erzähl mir alles, Gussy, ich komme mir vor wie eine Provinznudel!«

Trops, der gerade seine Malutensilien auspackte, grinste breit: »Verlass dich drauf, dass ich dir einen ausführlichen Augenzeugenbericht liefere, Junker Beardsley!«

»Ach, Aubrey, du schrecklicher Junge, über wen sprichst du denn jetzt wieder Schlechtes?«, rief Lilian, die aus keiner Sache herausgehalten werden wollte.

Ich schaute zu Vincent, und er schaute zu mir. Wir waren vergessen.

»So sind sie immer«, sagte Vincent, als müsste er sich entschuldigen.

»Ich finde es nicht schlimm«, sagte ich. Genau wie dieses Zimmer fand ich diese Gesellschaft ideal: ein bombastischer Trops, eine durch die Böcke, die sie schoss, vergnügliche Lilian, ein giftig-geistreicher Aubrey und ein stiller, ernster Vincent, sie alle boten auf ihre Weise genügend Ablenkung, um nicht an das zu denken, woran ich nicht mehr denken wollte.

»Würdest du dich bitte dorthin setzen?«, fragte Vincent leise, während Trops mit seiner Geschichte über die beiden hitzköpfigen Queensberrys herausplatzte.

»Ich ziehe mich nicht aus«, sagte ich.

»Das ist auch nicht nötig«, sagte er.

Ich stieg auf das Podest bei den Staffeleien. Im selben Moment öffnete sich die Tür, und ein hageres, rothaariges Mädchen betrat den Raum. Ich erkannte sie sogleich als das Mädchen aus Trops' Gemälde. Sie hielt eine grüne Schreibmappe an sich gepresst, als bewahrte sie Staatsgeheimnisse darin, und schaute mit einer Miene innigsten Abscheus durch den Raum. Sie war das launenhafteste und unattraktivste wohlerzogene Mädchen, das ich je gesehen hatte.

Erst als sie Vincent entdeckte, huschte ein dünnes Lächeln über ihr mürrisches Gesicht. »Hallo, Onkel Vincent. Ich muss wieder Modell sitzen.«

»Heute zum letzten Mal«, antwortete er.

Die beiden verstanden sich.

Das Mädchen nickte, als sei das gerade noch so zu ertragen. Danach schaute sie zu mir. »Wer ist er?«, fragte sie Vincent.

»Das ist Adrian Mayfield«, sagte der, während seine kräftigen, braunen Finger in einer Schublade nach geeigneten Kreiden suchten. »Er wird mir vielleicht Modell sitzen. *Saul und David*, das Bild.«

»Jau«, sagte ich.

Sie wirkte gleich interessiert. »Sag mal, du kommst aus Ost-London, nicht?«

Ich dachte: Rutsch mir den Buckel runter. Dein Akzent ist nicht das Allererste, womit du bei einer wohlerzogenen jungen Dame auffallen möchtest. Ich hatte keine Lust, in diesem Haus wie ein Cockney

119

angegafft zu werden. »Ich hab eine Zeitlang da gewohnt ...«, sagte ich vage.

Mir schien, als hätte sie noch mehr fragen wollen, aber Lilian hatte sie jetzt entdeckt und machte sie – vermutlich sehr gegen ihren Willen – zum Mittelpunkt der kleinen Gesellschaft: »Ach Imogen, kleine Trödlerin, bist du endlich hier? Wir haben auf dich gewartet, Kindchen!« Das entsprach nicht unbedingt der Wahrheit. »Hast du die große Neuigkeit schon gehört? Augustus vollendet heute dein Porträt!«

Wieder zauberte das Mädchen ein dünnes, diesmal allerdings durch und durch geheucheltes Lächeln auf ihr Gesicht. »Das ist wunderbar, Mama«, sagte sie mit der gleichen Stimme wie ihre Mutter, nur dass hier die wahre Begeisterung fehlte. Sie klang wie eine schlechte Imitation.

Doch Lilian war leicht zu betrügen, auch mit miserablem Schauspiel. Sie klatschte entzückt in die Hände: »Ja, und wenn es fertig ist, lassen wir Palmtree es übers Büfett im Esszimmer hängen, und dann stellen wir einen Blumenstrauß dazu. Ich habe heute früh Lilien gepflückt, sie werden sich sehr schön ausnehmen in der neuen Vase von Liberty's.«

Imogen hatte inzwischen, ohne auf ihre Mutter zu achten, das Podest bestiegen und sich auf einen Stuhl mit gerader Lehne gesetzt, die Schreibmappe sicher zu ihren Füßen. Ich spähte aus den Augenwinkeln nach ihr, weil ich sie nicht angaffen wollte und weil Vincent, nachdem er mich mithilfe einiger Gesten in eine interessante Pose gesetzt hatte, nicht wollte, dass ich mich noch bewegte. Sie war in genau derselben Haltung erstarrt wie auf dem Gemälde, fügsam, um möglichst schnell wieder mit dem weitermachen zu können, was sie wirklich tun wollte. Ich sah an ihren Augen, dass sie längst nicht mehr auf uns achtgab. Wir hätten ebenso gut nicht existieren können. Vielleicht besaß sie genau wie Trops ein »besonders reiches Geheimleben«.

Ich fand sie ebenso faszinierend wie die anderen Leute um mich her. Ich liebte sie, wie ich das Atelier liebte, eben als Gast, als Außenstehender, aus sicherer Entfernung heraus.

Mittlerweile wurde das Gespräch ohne uns fortgesetzt. Die Familie Queensberry und ihr Anhang schienen London einigermaßen zu beschäftigen.

»Aber du musst zugeben, dass der Marquis von Queensberry es mit seinem Sohn auch nicht leicht hat«, sagte Lilian zu Trops, der gerade eine lebhafte Beschreibung des »alten Pavians«, wie er ihn nannte, zum Besten gegeben hatte. »Ich habe mit Lady Queensberry gesprochen, und sie ist schier ratlos vor Kummer um den Jungen. Die arme Frau ...«

»... sieht aus, als erwartete sie, dass ihr der Himmel auf den Kopf fällt«, ergänzte Aubrey. »Sie ist ein wandelnder Nervenzusammenbruch. Aber schuld daran ist sie selbst: Sträflich verwöhnt hat sie ihn!«

»Überlasst es nur den Eltern, ihre Kinder zu verderben«, sagte Trops. »Ein Wunder, dass aus dem Jungen noch etwas geworden ist.«

»Wie?« Lilian schaute ihn entzückt-schockiert an. »Augustus, das ist nicht dein Ernst! Seine Mutter sagt, seit er sein Studium in Oxford aufgegeben habe, würde er nur noch herumlungern und das Geld anderer Leute verschleudern. Und dann seine Freunde ... Lady Sybil hat Gründe, besorgt zu sein, weißt du?«

»Nun, jedenfalls lungert er besonders dekorativ herum«, antwortete Trops, der mit ein paar unkontrollierten Pinselstrichen seinen Ärger verriet. Ich vermutete, er war einer der Freunde, die Lilian Farley meinte. »Dieser junge Mann ist *schön*, Lily. Und meinst du nicht auch: Müßiggang adelt!«

»Wenn das eins deiner neuen Sprichwörter ist, kann ich diesmal wohl nicht mit dir einverstanden sein«, bemerkte Vincent, der sich zum ersten Mal ins Gespräch mischte.

»Ach, sei still, Vince. Du klingst ja wie ein verflixter Sozialist«, sagte Trops leichthin.

Vincent grinste und machte sich wieder an die Arbeit.

»Der Marquis ist einfach besorgt!« Lilian kehrte zum ursprünglichen Gesprächsthema zurück. »Stuart ist im letzten Herbst mit ihm jagen gewesen, und da war er riesig erleichtert, dass sie den Jungen eine Zeitlang nach Kairo zu Freunden schicken konnten. Andere Umgebung. Andere Gesellschaft ...«

»Oscar hat keinen schlechten Einfluss auf ihn«, unterbrach Trops sie. »Böse Zungen könnten sogar behaupten, es sei genau umgekehrt.«

»Ach, Augustus, was für ein eigenartiges Bild von den Menschen du doch hast!«

Charmant lächelnd goss Lilian einen Strahl kochendes Wasser in eine Kanne Gunpowder-Tee. Eine duftige Dampfwolke stieg auf und verlieh ihr etwas von einer besonders gut gekleideten Hexe. »Lady Sybil hat Alfred, oder Bosie, wie ihr ihn nennt, früher ein paarmal zum Tee mitgebracht, vor dieser hässlichen Trennung von ihr und dem Marquis, und er war ein außergewöhnlich charmanter, gesitteter junger Mann. Wenn es jemanden gibt, von dem er seine eigenartigen Auffassungen und seine Exzentrizität gelernt hat, dann doch von diesem Herrn Oscar Wilde. Lady Sybil sagt es übrigens selbst.« Sie reichte Aubrey ein eierschalendünnes Teetässchen. »Und was die arme Frau durchmachen wird, wenn sie von dem Vorfall von gestern Abend erfährt, mag ich mir überhaupt nicht vorstellen. Es wird in Tränen enden, das prophezeie ich!«

»Im Augenblick wirkt es allerdings eher wie eine Komödie«, schmunzelte Aubrey über den Rand seiner Tasse hinweg. »Erzähl mir, Augustus, macht die Polizei eine Affäre daraus? Ein Revolver im Willis's: Na, na, das *geht* aber doch nicht?«

»Hm«, sagte Trops und runzelte die Stirn, was ich ihn noch nicht häufig hatte tun sehen, »das nicht. Aber was ich gehört habe, ist, dass man sich Rechtsanwälte genommen hat, schon im Mai übrigens, und eine Komödie mit Anwälten ist selten *sehr* lustig.«

»Viele Leuten fanden *Trial by Jury* doch ausgesprochen amüsant!«, hielt Aubrey dagegen.

»Es würde mich wundern, wenn sich der Richter bei diesem Prozess zu Gesangseinlagen hinreißen ließe«, antwortete Trops. »Das Leben ist kein Gilbert-and-Sullivan-Musical, Aubrey.«

»Mein Gott, bist du etwa ein Moralist, Augustus?«

Trops schüttelte mit einem für ihn ungewohnten Ernst den Kopf. »Nein, ich befürchte nur, dass das hier ins Auge gehen wird. Es ist gar nicht in Ordnung – und ich meine wirklich: gar nicht in Ordnung –, seit Bosie aus Kairo zurück ist.«

»Der *April fool's incident*«, erinnerte sich Aubrey.

Trops nahm einen kleineren Pinsel, um die Flämmchen in Fräulein Imogens feuerrotem Haar zu akzentuieren. »Das unter anderem. Damit hat es angefangen.«

»Was ist der *April fool's incident*?«, wollte Lilian wissen.

»Kurz gesagt Folgendes«, erläuterte Aubrey. »Bosie hatte seinen großen Freund Oscar am ersten April zum Lunch ins Café Royal mitgenommen. *Enfin*, der Zufall will, dass im selben Augenblick Papa den

Laden betritt und sie gemeinsam am Tisch sitzen sieht. Du kannst dir den Effekt auf den alten Pavian wahrscheinlich vorstellen«, fügte er zu Trops gewandt hinzu.

»Die Explosion kostete fünf Besucher das Leben und forderte nochmals zwölf Verwundete«, ergänzte der trocken.

»Na ja, etwas in dieser Richtung. Gut, die Staubwolken verziehen sich, die Trümmer werden weggeräumt, und Oscar beschließt, die Situation zu retten, indem er Queensberry an ihren Tisch einlädt. Frag mich nicht, weshalb, aber der akzeptiert, lässt sich eine Stunde lang mit charmanten Epigrammen und Paradoxa einlullen, und man verabschiedet sich in allerbester Freundschaft. Zu Hause überlegt er es sich dann aber wieder, wird von der gebräuchlichen Wut erfasst und schreibt seinem Sohn einen Brief mit den nicht minder gebräuchlichen Drohungen: eine gute Tracht Prügel, Enterbung und öffentlicher Skandal. Der Sohnemann erhält und liest ihn und reagiert mit einem Telegramm mit den historischen Worten ... Augustus?«

»›Was bist du doch für ein seltsamer kleiner Kerl‹, sofern ich mich recht erinnere, Aubrey.«

»Genau. Und dann brach die Hölle los.«

»Ach herrje«, sagte Lilian.

Vincent legte seine Kreide beiseite.

»Ich weiß etwas mehr davon ...«, begann er vorsichtig, als wüsste er nicht, ob man seinen Beitrag zu dem Gespräch auch würdigen wollte. Es erstaunte mich, dass er doch zugehört hatte. »Stuart hat nicht lange nach diesem ... hm ... Zwischenfall im Herrenklub mit Queensberry gesprochen. Der war nach wie vor fuchsteufelswild und sagte, dass, falls es einen Skandal geben müsse, es dann eben einen Skandal geben müsse, und er nötigenfalls persönlich dafür sorgen würde. Er will den offenen Kampf, meint Stuart, wie es einem ehrlichen englischen Sportsmann geziemt. Aber ich glaube nicht, dass er meint, was er sagt. Er hat sich George Lewis genommen und Lewis ist ein Anwalt, der auch die delikatesten Angelegenheiten außergerichtlich zu regeln weiß.«

»Na, wenn der Marquis die Sache außergerichtlich regeln will, braucht Herr Wilde sich doch keine Sorgen zu machen?«, fragte Lilian.

»Dann hast du die Rechnung ohne deinen ›außergewöhnlich charmanten jungen Mann‹ gemacht«, sagte Trops. »Wenn es etwas gibt, das er will, dann einen öffentlichen Krawall zwischen Oscar und seinem Vater, wobei er selbst außer Schussweite bleibt. Also durchstreift er mit Oscar alle Restaurants und Bars von London, und ein fuchsteufelswilder Marquis ist ihnen ständig auf den Fersen.«

»Du musst zugeben, dass es lächerlich ist«, grinste Aubrey. »Es klingt wie ein neuer Sport: die Jagd auf die …«

Ein warnender Hustenanfall von Trops, der auch etwas von einem polterndem Lachen hatte, unterbrach ihn.

»Es wird schnell genug ein Nationalsport werden, wenn das vor den Richter kommt«, fuhr er fort. »Oscar ist in die Ecke getrieben, auch wenn er das in sämtlichen Tonarten leugnen wird, falls man ihn darauf anspricht. Ich prophezeie einen Gerichtsprozess innerhalb des nächsten halben Jahres.«

»Großartig!«, rief Aubrey. »Wir setzen darauf! Queensberry gegen Wilde, Old Bailey, Anfang nächsten Jahres. Gewinnst du, dann wirst du das Geld gut gebrauchen können, Augustus. Für eine einfache Fahrt nach Frankreich zum Beispiel.«

Trops lächelte vage. »Das wird wohl sehr voll auf den Kanalschiffen, würde ich meinen.«

»Ach, sei nicht albern!«, beschwichtigte Lilian, die schon geraume Zeit bereitgestanden hatte, sich ins Gespräch zu mischen. »Mich bekommt keiner im ersten Frühjahr auf den Kanal: nichts als Sturm und Eisregen und Elend!«

Aubrey biss rasch in einen Früchtekuchen, um einen aufkommenden Lachanfall zu ersticken, und plötzlich, als habe man schon viel zu viel darüber gesagt, wurde das Thema nicht weiter berührt.

Ich merkte, dass mein Bein eingeschlafen war, mir das Steißbein wehtat und ich anfing zu schwitzen. Ich hielt die Augen auf die offenen Gartentüren gerichtet und unterdrückte die Neigung, hinaus ins Freie zu rennen. Da gab es anscheinend eine Welt, von der ich nichts wusste und die mir überhaupt nicht passte. Aber ich war bereits ein Teil davon. Es war zu spät, ihr noch zu entkommen.

Vincent hatte inzwischen ruhig weitergezeichnet. Bisweilen lächelte er Imogen aufmunternd zu, die wie eine Wachsfigur aus Madame Tussaud's auf ihrem Stuhl saß, aber seine Kreide blieb immer auf dem Papier. Er verfertigte seine Skizzen so, wie wir bei Procopius Anzüge anmaßen: Hals, Brustkorb, Taille, Beine, von allem wurde Maß genommen. Vincent skizzierte mein Gesicht *en face* (»Das heißt von vorn, Adrian.«) und *en profil* (»Das heißt von der Seite.«), meine Hände sowie meinen Körper von oben bis unten. Und genau wie bei der Anprobe musste es mitunter ein zweites Mal wiederholt werden. Nach einer Stunde Fleiß lagen auf dem Arbeitstisch vier Skizzen. Vincent stand über sie gebeugt, die Hände auf dem Holz abgestützt. Er bat mich nicht, sie mir mit anzusehen. Wenn ich sein Gesicht so betrachtete, war er nicht sehr zufrieden.

Trops war gerade ein paar Schritte zurückgetreten, um einen Gesamteindruck von seinem Werk zu erhalten. Er drehte sich zu Vincent. »Und, geht es einigermaßen?«

Vincent saugte die Wangen ein. »Es ist ... erstaunlich gut.« Aber er klang nicht, als würde ihn das sonderlich freuen.

»Zeig her«, sagte Aubrey und erhob sich von seinem Stuhl.

Kurz darauf standen Aubrey, Trops, Lilian und Imogen über die Skizzen gebeugt, und ich beschloss, ebenfalls dazuzukommen. Immerhin ging es hier um mich!

Während Trops und Aubrey meine Kinnlinie besprachen, nahm ich eines der Porträts und betrachtete mich.

Ich hatte ab und zu mit Mary Ann eine Porträtaufnahme machen lassen, in einem dieser verstaubten Fotoateliers mit Parklandschaften aus Pappe als Hintergrund und wackligen Tischchen, auf die man sich lässig aufstützen sollte. Es ist immer verrückt, sich auf einer solchen Aufnahme wiederzufinden, während man seine beste Sonntagsmiene aufgesetzt hat. Aber noch verrückter war es mit diesen Skizzen. Ich sah mich so, wie ich war. Nicht ein wenig schöner, wie Trops mich gemacht hätte, sondern als würde ich in einen Spiegel blicken. Mich überkam das scheußliche Gefühl, mich selbst verraten zu haben. Vincent Farley hatte mich gezeichnet, und jetzt kannte Vincent Farley mich. Er kannte mich, und er hatte mich durchschaut. Kein Wunder, dass das Ergebnis ihm nicht gefiel.

»Als Skizzen kann man das eigentlich nicht mehr bezeichnen«, bemerkte Aubrey, »dazu sind sie zu sehr ausgearbeitet. Bist du immer noch nicht von deiner Ausbildung an der Royal Academy genesen, Vincent?«

Vincent schaute abweisend.

»Er ist ein Handwerker«, sagte Trops. »Du magst den mönchischen Fleiß, was, Vince?«

»Nimmst du ihn an?«, fragte Lilian.

Ich kreuzte meine Finger in den Hosentaschen, hegte aber keine großen Erwartungen. Einen wie mich holte man sich nicht in sein aufgeräumtes, makelloses Atelier. Einen wie mich wollte man sich nicht stundenlang anschauen. Einer wie ich gehörte nicht nach Camelot.

»Ich zahle dir drei Shilling pro Sitzung. Vorläufig jeden Mittwoch- und Freitagvormittag. Ist das in Ordnung?«

Die Antwort überraschte mich ebenso wie am Abend zuvor der Revolver. Ich starrte Vincent Farley einen Moment lang wie blödsinnig an und sagte dann: »Ja, geht in Ordnung«, als sei das Ganze mir einerlei.

Aber es war in Ordnung, schwer in Ordnung! Drei Shilling war zwar weniger, als ich bei Trops herausholen konnte, aber das hier war eine feste Arbeit, über längere Zeit und bei jemandem, der mir vertrauenswürdig erschien. Wen scherte es da, dass Vincent Farley mich nicht leiden mochte?

»Gut«, sagte er und streckte die Hand aus. Die stieß ungeschickt gegen die von Trops und anschließend gegen meine. »Dann sehe ich dich übermorgen.«

Adrian Mayfield hatte eine neue Laufbahn eingeschlagen. Als Malermodell, wirklich zum Totlachen!

Der restliche Nachmittag verging mit Teetrinken und modischem Herumlungern. Lilian konnte anscheinend den ganzen Tag lang Tee trinken. Offensichtlich war das die Tätigkeit, zu der sie am geeignetsten war. Sie stopfte sich voll mit kleinen Häppchen: Schokoladenbiscuits, Mandelkeksen und himmlischen, in Rauten geschnittenen Sandwiches, sie reichte Teetassen herum, tratschte mit Aubrey, hielt Vincent von der Arbeit ab und betrachtete zusammen mit Imogen jede Einzelheit des Porträts, an das Trops soeben letzte Hand angelegt hatte, indem er seine schwungvolle Signatur darunter setzte. Der Maler wurde mit Lob überschüttet, wie es selbst einem Leonardo da Vinci nach der Vollendung seiner Mona Lisa nicht zuteil geworden sein dürfte. Imogen nickte bei jedem Wort ihrer Mutter, sagte aber selbst nicht mehr, als dass es »schön«

sei. Sobald Lilian sich wieder dem Tee-Eingießen zuwandte, machte sie sich unauffällig aus dem Staub.

Ich saß auf einem Stuhl neben dem Podest und knabberte an einem Obsttörtchen, dankbar, dass keiner auf den Gedanken kam, mich anzusprechen. Vincent hatte mittlerweile mit der Zubereitung der Farben begonnen, und ich schaute zu, wie er Pigmentpulver auf eine Glasplatte streute und etwas Öl dazugab, um es danach mit einem Palettenmesser durchzuspachteln. Er verfolgte die Gespräche mit einem halben Ohr und lächelte über Lilians Fragen, hob den Blick jedoch nicht von seiner Arbeit. Nicht nur das Malen, sondern auch die Farbzubereitung war bei ihm ein Werk der Liebe und Konzentration. Mann musste es sorgfältig und gut machen. Ich folgte seiner Hand, die jetzt einen runden Glasstößel über die Platte tanzen ließ, um aus Pulver und Öl eine gleichmäßige Mischung zu machen. Seine Finger waren jetzt ganz blau, und indem er abwesend eine widerspenstige Locke aus seinen Augen wischte, zog er einen langen blauen Strich über seine Stirn. Ich lächelte. Er bemerkte es und lächelte auch.

»Kriegsbemalung«, sagte er unbeholfen.

Nachdem er den Strich so recht und schlecht mit einem Tuch abgewischt hatte, begann er die Farbe in ein kleines Glas zu schaufeln. Ich schaute ihm weiter zu.

»Interessiert dich das?«, fragte er.

Ich nickte. »Ja, ich habe noch nie gesehen, wie man Farben macht.«

»Es ist nicht schwierig«, sagte er, als wolle er verhindern, dass ich dachte, er sei mit etwas Besonderem oder Interessantem zugange.

»Aha«, sagte ich, weil ich nichts Besseres zu sagen wusste. Im selben Augenblick sah ich Trops sich von seinem Stuhl erheben. Es sah nach Aufbruch aus. Ich stand eilends auf, in dem vagen Gefühl, Vincent Farley nicht länger stören zu dürfen. In einem Wirbel hastiger Lunch- und Dinnerverabredungen nahmen wir Abschied, und bald standen wir wieder in der Eingangshalle, wo Palmtree uns in die Mäntel half, um anschließend die Tür mit einem nachdrücklichen Klicken hinter uns zu schließen.

Während wir vom Gehsteig aus ein Taxi anhielten, zwickte Trops' Hand mich kurz in den Arm. »Glückwunsch!«, flüsterte er.

Ich schaute auf Camelot House hinter mir. Ein gelungener Einbruch.

11

Verbannt – Ein echtes Philisterzimmer – Jede Menge Düsteres – Mond-
süchtig – Die Lösung für jedes Problem

In dieser Nacht schlief ich im Gästezimmer. Trops hatte keine Schwierigkeiten deswegen gemacht. Wahrscheinlich zählte er das zu den normalen
Begleiterscheinungen, die nach ein paar Tagen wieder abklingen würden.
Ich hatte ihn in dem Wahn gelassen. Mit einer guten Lüge erreichte man
bei Augustus Trops nun einmal mehr als mit der Wahrheit.

Also hatte ich mich durchgesetzt. Ich saß jetzt auf einem harten, mit
straffen Laken bezogenen Bett und schaute gegen eine kahle Wand. Dem
Gästezimmer fehlte dieser unverkennbare Trops-Touch. Eigentlich sah
es aus, als hätte Trops es noch nie betreten. Das Licht einer Straßen-
laterne fiel durch die dünnen Vorhänge auf einen Stuhl und einen Vor-
leger, die der vorige Bewohner, ganz offensichtlich ein Vollblutphilister,
hier zurückgelassen hatte. Wahrscheinlich hoffte Trops, ich würde meinen Ort der Verbannung rasch leid sein und an sein Türchen klopfen.
Darauf konnte er lange warten.

Ich hatte mein Nachthemd bis über meine angewinkelten Beine gezogen. Es wurde kühl, aber ich hatte noch keine Lust, unter die Decke zu
schlüpfen. Zum ersten Mal heute war es still um mich herum. Die Stimmen, die mich den ganzen Tag über abgelenkt hatten, hatten ausgeredet.
Von draußen drangen entfernt die Geräusche des nächtlichen London
herein: ein später Zug, eine Pferdedroschke auf dem Weg zu einem der
Restaurants von Soho, die hohen Absätze einer Bordsteinschwalbe, die
noch keinen Freier gefunden hatte. Ich fragte mich, wie viele Menschen
noch wach waren, wie viele Menschen wohl in London wohnten und wie
viele von diesen Menschen Adrian Mayfield kannten. Pa, Ma, Mary Ann,
Paddy, Marcel, das Ehepaar Procopius, Gloria, Walter, Leo ... Aber keiner
von ihnen allen wusste, was für ein Junge ich geworden war.

Heute hatte ich nicht darauf geachtet, dass sich unter meiner Kleidung Arme und Beine befanden, ein Dödel und nackte Haut. Haut, auf

der ich Trops' Hände und Küsse jetzt wieder fast spüren konnte. Wärst du verdammt noch mal ein Mädchen, dachte ich, dann wäre ich jetzt im siebten Himmel! Ich ließ mich wegrutschen, bis ich rücklings auf dem Bett lag. Es war ja auch egal. Ich brauchte es nicht nochmals geschehen zu lassen. Demnächst hatte ich diesen Kerl und sein Geld nicht mehr nötig, oder? Vielen Dank, Vincent Farley.

Am nächsten Morgen verschwand Trops schon früh zu einem anspruchsvollen Kunden nach Brompton. Er hatte mehr zu tun, als er zeigen mochte, und frühstückte hastig wie ein Geschäftsmann, der seinen Zug nicht verpassen durfte. Als er die Tür hinter sich zugeschlagen hatte, blieb ich in einem Haus zurück, dass sich ohne Trops merkwürdig leer anfühlte. Nachdem ich eine Zeitlang lustlos auf der obersten Treppenstufe gesessen hatte, sagte ich zu mir: Du wirst dich schon irgendwie selbst vergnügen müssen, Adrian Mayfield!

Um mir keinerlei Gelegenheit zu Grübeleien zu geben, ging ich sogleich weiter zum Salon im ersten Stock. Außer dem Eingang, dem Atelier, dem Schlafzimmer und dem Gästezimmer hatte ich von Trops' Haus noch nicht viel gesehen. Vielleicht beherbergte es ja ein echtes Blaubartzimmer, dann war jetzt *der* Moment, es zu entdecken und schnell das Weite zu suchen.

Das alles war natürlich Unsinn, wie ich durchaus wusste, und doch genügte das, was ich beim Öffnen der Tür sah, um mich vor Verwunderung pfeifen zu lassen.

Es war genau, wirklich haargenau, das Wohnzimmer meiner Mutter. Um den Kamin gruppiert standen die gleichen grünen Plüschsessel, auf den Armlehnen lagen die gleichen Schonerdeckchen, im Erker standen die gleichen Farne, und der Kaminsims war übersät von den gleichen Vasen, Nippesfiguren, Urlaubssouvenirs und Fotorahmen. Das hier war ein Philisterzimmer, ein reines, unverfälschtes Philisterzimmer! Ich hob eine ausgestopfte Möwe hoch, die eine Ansichtskarte mit dem Schriftzug *Grüße aus MARGATE* im Schnabel hielt, und musste laut auflachen beim Anblick einer kolorierten, liebevoll über dem Kamin aufgehängten Fotografie von Königin Victoria. Jetzt verstand ich, was Trops gemeint hatte, als er sagte, er habe das Haus noch nicht in Ordnung gebracht. Er hatte es wahrscheinlich mitsamt allem Mobiliar gemietet und verbrachte seine Abende jetzt in erzwungener Bürgerlichkeit zwischen dem verstaubenden Erbe des vorigen Bewohners. Darin steckte ein gewisses Maß an Gerechtigkeit.

Ich beschloss, so zu tun, als wäre ich zu Hause (was gar nicht so schwer war), plünderte den Bücherschrank und eine Schachtel Bonbons und setzte mich in einen der Sessel am Kamin. Es war so ein Sessel, in dem man gleich richtig faul versank und sich augenblicklich sauwohl fühlte. Ich hoffte nur, dass Trops' Bibliothek etwas Spannendes zu bieten hatte. Nichts war besser als ein geheimnisvoller schauriger Mord, wenn man in einem Faulenzersessel saß und Bonbons in sich hineinstopfte.

Aber dass Trops einen anderen Geschmack hatte, war natürlich vorauszusehen. Das erste Buch, das ich in die Hand nahm, war ein französischer Gedichtband mit dem Titel *Les Fleurs du Mal* und dermaßen abgegriffen, dass ich fürchtete, er sei einer von Trops' Favoriten. Zwischen den Seiten fand ich einige Fetzen Papier, die Anmerkungen in Trops' schwungvoller Handschrift enthielten. Falls ich mich nicht täuschte, waren es englische Übersetzungen der Gedichte aus diesem Band. Ich beschloss, eins davon zu versuchen, vorsichtig wie eine Süßigkeit, von der ich noch nicht wusste, ob sie mir schmecken würde.

Du trüber Geist, einst voller Kampfverlangen,
die Hoffnung spornt nicht mehr den trägen Mut,
streck' dich nun hin, verbirg die Schamesglut,
Ross, dessen Hufe vor dem Sprunge bangen.

Schweig, Herz, gib dich in dumpfem Schlaf gefangen!

Stirnrunzelnd schob ich mir rasch ein süßes Bonbon in den Mund. Dieses Gedicht war eine Nascherei, von der man Sodbrennen bekam. Wenn alle Dichter an einer derartigen Trübseligkeit litten, wunderte es mich nicht, dass sie sich scharenweise mit Arsen, Absinth oder der Kugel ums Leben brachten. Ich hatte Glorias Ma mitunter sagen hören, das Lesen von Gedichten und Romanen sei nicht weniger gefährlich als Alkohol, Pferdewetten und schlechte Frauen. Ich musste ihr jetzt fast recht geben.

Ein gesunder englischer Junge schob derartige Phantastereien energisch zur Seite. Aber war ich denn ein gesunder englischer Junge? In den Augen von Herrn Ahern vom Empire jedenfalls würde ich dieser Qualifikation nicht mehr entsprechen.

Ich hasste es, um ehrlich zu sein, aber weil Trops nicht dabei war, mochte ich mir gegenüber jetzt doch zugeben, dass ich dieses Gedicht trotz allem auch schön fand. Schön düster. Als würde man an einem regnerischen Herbsttag durch den Hyde Park gehen, mit herabgefallenem Laub und verregneten Zeitungen, die einem um die Füße wirbelten, und einem traurigen Lied über viel zu früh gestorbene kleine Waisenkinder im Kopf. Man denkt darüber nach, sich in der Serpentine zu ertränken, doch stattdessen füttert man die Enten. Schwarzseherei kann durchaus ein angenehmer Zeitvertreib sein, solange man nicht genau weiß, weswegen man schwarzsieht. Ich hatte es früher oft genug getan.

Nachdem ich jetzt einen klaren Grund zur Niedergeschlagenheit hatte, kam diese Trostlosigkeit mir auf andere Art gelegen: Ich konnte sie mir zur Strafe selbst um die Ohren hauen. Ich beschloss weiterzulesen.

Wie Eis und Schnee den Leib, den sie umschlangen,
verzehrt die Zeit mich mit der zähen Flut;
stumm nun der Erdball mir zu Füßen ruht,
ich trag nach Schutz und Hütte nicht Verlangen!

Lawine komm, im Sturz mich zu umfangen!

Ich versuchte, mir mich vorzustellen, klein, töricht und heldenhaft in einem Berghang, zu angewidert von mir selbst und dem Leben, um vor dieser gigantischen Schneemasse zu fliehen, die mich gleich mitsamt Armen, Beinen, Kopf und Händen in ihrer weißen Kälte begraben würde. Schnee als Matratze, Schnee als Zudecke, Schnee als Kissen. Ein Bett, in dem nie geträumt oder geliebt werden würde, sondern nur still, ganz still geschlafen. Es erschien verlockend. In der Theorie; in Wirklichkeit würde Adrian Mayfield sich umdrehen und um sein Leben rennen.

Ich beschloss, dass ich genug gehabt hatte. Obwohl mir die Erfahrung mit schlechten Frauen fehlte, wusste ich genügend über Alkohol und Pferdewetten, um zu wissen, dass ich einen Poesiekater um jeden Preis vermeiden sollte. Also ging ich auf die Suche nach einem Buch, das a) keine Gedichte enthielt und b) nicht auf Französisch verfasst war. Ich fand ein in blaues Leinen gebundenes Büchlein, das ich durchblätterte, wie man eine Zeitschrift am Kiosk durchblättert, auf der Suche nach Abbildungen oder interessanten Passagen. An dem Schriftspiegel sah ich, dass es ein Theaterstück war; davon hatte ich in den zurückliegenden Wochen mehr als genug auswendig gelernt. Ich las nicht gern Theaterstücke, es erinnerte mich zu sehr an Arbeit. Ich hätte das Büchlein bestimmt wieder beiseite gelegt, hätten nicht die Illustrationen schon ihre Tentakel um mich geschlagen.

Auf den ersten Blick waren sie schön, ebenso schön wie die Schwarzweiß-Reproduktionen der *Ophelia* und der *Lady von Shalott*, die ich nach wie vor zwischen zwei Pappen und etwas Seidenpapier in meinem Koffer aufbewahrte. Und genau wie bei diesen Kunstwerken konnte ich nicht genau erklären, weshalb ich sie schön fand. Es hatte etwas mit dem Linienspiel zu tun, mit den Linien, die dick und dünn, gerade und zierlich gebogen von einer Hand zu Papier gebracht worden waren, die nie zitterte, nie zögerte. Der Hand eines Künstlers, der noch mehr als Vincent Farley Herr über seine Kunst und sein Leben war. Vielleicht war es das und nur das, was mich ansprach. Denn als ich die Figuren auf dem teuren, weißen Papier betrachtete, beschlich mich ein Gefühl des Unbehagens.

Für derart sorgfältig und zierlich gezeichnete Figuren hatten sie auffallend hässliche Gesichter, knochige Knie und lange Spinnenfinger. Ich sah eine Frau in einem weit aufgefächerten Mantel und mit Pfauenfedern im Haar sich seitwärts zu einer Gestalt in der faltenreichen Kleidung und der hüftwiegenden Pose einer Tänzerin beugen. Aber eine Tänzerin mit derartigen Knubbelknien hatte ich noch nie gesehen.

Er (gut, es war ein Er) schaute ohne Angst in das Gesicht der Frau, nah an dem seinen, höhnisch und drohend, als wollte sie ihn beißen. Was wollte sie ihm ins Ohr flüstern? Und wieso schien er keinen Grund zu sehen, sich vor ihr zu fürchten?

Ich suchte vergeblich nach Hinweisen im Text. Ich erkannte darin eine der biblischen Lieblingsgeschichten von Gloria und mir, nämlich die von der Tänzerin Salome, jener verhurten Prinzessin, die den Kopf von Johannes dem Täufer einforderte und erhielt. Sie hatte das

Sensationsgierige einer *Penny Dreadful*, die Pikanterie einer gewagten
Ansichtskarte und die fingerdicke Moral eines frommen Traktats. Aber
sie kombinierte das alles mit der angenehmen Gewissheit, dass die Tänzerin hinter den Schleiern und Perlenschnüren Salome war, der geile alte
Bock Herodes und der Mann in dem Kamelhaarmantel Johannes. Hier
aber ließ sich nicht sagen, wer wer war oder was für Spielchen sie spielten. Eigentlich schienen die Illustrationen eine ganz andere Geschichte
zu erzählen. Ich blätterte fieberhaft von vorn nach hinten und von hinten nach vorn, ohne dass der naheliegende Gedanke in mir aufkam, das
Buch wegzuwerfen. Ich musste mit der stumpfsinnigen Beharrlichkeit
eines Hundes in der Tretmühle weiter darin blättern. Von vorn nach hinten – hopp! –, von hinten nach vorn.

Ein Bursche und ein Mädchen standen allein und ungeschützt im Licht
eines aufgedunsenen Mondes, der sie schräg und mit trägem Interesse
betrachtete, die Haare geschmückt mit Trops' unmöglicher Blüte.

Verbirg dich vor dem Mond, Liebste, verbirg dich vor dem Mond.

Das Mädchen hatte noch einen Mantel, um sich zu verstecken, auch
wenn dieser so fiel, dass er ihre jungenhaft flache Brust frei ließ. Der
Bursche hatte nichts, womit er sich gegen den Blick des Mondes hätte
schützen können. Sein glatter, ausgemergelter Körper war so nackt und
verletzlich wie eine Leiche auf dem Seziertisch. Was konnte nicht alles
mit ihm geschehen, wenn der Mond ihm seine grüne Blüte vor die Füße
fallen ließ?

Verbirg dich bei mir. Ich gebe dir meinen Mantel. Verbirg dich bei mir vor
dem Mond.

Irrsinn. Mondsüchtigkeit. Konnte man es so nennen? Gab es andere als
unanständige Wörter dafür?

Paddy hatte es mit Kakaoreklamen getan. Das waren diese Anzeigen
mit einem knapp bekleideten Fräulein, das eine Tasse dampfend heißer
Schokolade in der Hand hielt. Er hatte eine Mappe mit seinen Favoriten

unter dem Bett liegen: im Korsett, im Negligé, im Nachthemd. Alle bequem in Reichweite, wenn er dachte, dass Marcel und ich schliefen.

Gut, das ist eine merkwürdige Anomalie. Aber ich fand mich selbst merkwürdiger. Es war nun wirklich nicht so, dass mich die ungesunden Phantasien eines solchen Absinth trinkenden Künstlers irgendwie erhitzt hätten. Es war nur ... mir war das alles entgangen: von Mädchen träumen, auf Brüste, Mädchenhintern und schlanke Taillen schielen, weiche, verborgene Schätze unter Seide, Spitze und Korsetts aus steifem Fischbein; sich einen runterholen, während man phantasierte, dass so eine zuckersüße Schokoladenfee einem die kahle Hühnerbrust küsste, als wäre man Don Juan persönlich.

Meine Schokoladefeen hatten immer die Neigung gehabt, anders auszusehen als in der Werbung, was mich zu einem wohlanständigen, beherrschten jungen Mann gemacht hatte. Man will sich nun mal nicht jeden Abend mit schamrotem Kopf unter seinem Kissen verkriechen.

Auch dieses Mal blieb es bei einigen Tagträumen, Phantasien, einer Hand auf meinem Schenkel: bis dahin und nicht weiter. Du müsstest etwas kräftiger sein, dachte ich, etwas stärker, dann würde ich dich anfassen wollen, wärest du nicht aus Papier.

Lass mich dein Mantel sein. Dich beschützen, dich bedecken, über deine Haut gleiten, dich umwickeln, dich mit kräftigen Knoten festbinden, deine Wärme und deinen Schweiß aufsaugen, die Worte aus deinem lachenden, schreienden Mund dämpfen, sodass nur ich sie hören, deine Schande zwischen meinen Falten verbergen kann.

Genug! Stopp jetzt! Ich klappte das Buch zu und quälte meinen warmen, weggedämmerten Leib aus dem Sessel. Ich hatte es schon viel zu weit kommen lassen. Wäre Trops hier gewesen, dann wäre alles wieder passiert, direkt unter den Nasen von Königin Victoria und einer Möwe aus Margate, zwischen dem Kaminschirm und dem Wachsobst auf dem Tisch, auf genauso einem Orientteppich, wie ihn meine Mutter auch besaß.

Ich zählte bis hundert, den Blick auf die Karte mit den Grüßen aus Margate geheftet. Es gab keinerlei Zweifel, dass die Möwe mich auslachte.

Ich würde nie so sein, wie sie gewesen war, schwebend und sich auf das Meer bei Margate herabstürzend. Frei. Ich hatte ein Problem, das mich mein Leben lang am Boden halten würde. Ich liebte Männer.

Trops kam zu unerwartet herein, als dass ich rechtzeitig alle Bücher hätte beiseite räumen können. Vielleicht war ich auch zu weit weg gewesen, um ihn zu hören. Das Einzige, wozu ich noch Zeit hatte, war, das *Salome*-Buch mit dem Fuß unter den Sessel zu schubsen und ein anderes dafür vom Stapel zu reißen. Ich beugte mich mit gespielt interessiertem Blick darüber. Trops' Kopf erschien in der Tür, zusammen mit dem unvermeidlichen Grinsen.

»Erwischt!«, sagte er.

»Erwischt wobei?«, fragte ich feindselig.

Er zeigte auf das Buch, das ich in der Hand hielt. Ich las den Titel. Mist, das konnte doch nicht wahr sein!

THE PICTURE OF DORIAN GRAY – OSCAR WILDE.

Es hätte nicht deutlicher dastehen können.

»Ich dachte mir schon, dass du neugierig geworden bist«, sagte Trops, »nach allem, was du gestern gehört hast.«

Ich überlegte mir, dass *das* nun gerade ein Grund war, absolut nicht mehr darüber wissen zu wollen, aber mir fehlte die Streitlust, ihm noch zu widersprechen. Aus meinem Magen kroch ein widerwärtiges Gefühl hoch, das dort die ganzen letzten Tage gewartet hatte und sich jetzt nicht mehr herunterschlucken ließ: Panik. Seit ich in dieses verfluchte Buch geschaut hatte, war Hell wie Dunkel, Links wie Rechts und Oben wie Unten. Hätte mir jemand erzählt, die Erde sei *doch* eine Scheibe und Gladstone der Antichrist, ich hätte ihm aufs Wort geglaubt.

Von jetzt an kann ich mir nie mehr einer Sache sicher sein, dachte ich und fühlte mich elend genug, um mich selbst auch noch ernst zu nehmen. Es war mir sogar gleich, dass ich zu weinen anfing, obwohl ich sonst lieber sterbe als drauflosflenne.

Trops betrachtete mich eine Weile erschreckt, als habe er das überhaupt nicht erwartet. Danach sank er schwer ächzend in die Knie und legte seine Hände um meine. »Es tut mir leid«, sagte er. »Ich hatte gedacht, es wäre einfacher ... für Jungs wie dich. Ich habe mich geirrt.«

»Wieso sollte es einfacher sein?«, fragte ich.

Er zuckte mit den Schultern: »Ich weiß es nicht. Es hat nun einmal den Anschein.«

Ich fragte mich, was »Jungs wie ich« waren. Und wie viele »Jungs wie ich« es schon gegeben hatte. Trops' Wurstfinger wischten einige Haarspitzen aus meinen Augen. Er betrachtete mich mitleidig, als wäre ich ein armes Hündchen, das er von der Straße aufgelesen hatte.

»Es tut mir leid«, wiederholte er. »Ich dachte, es würde dir gefallen: auswärts essen, in den Zoo, zu Besuch bei reichen Leuten ... Und dass wir vorletzte Nacht durchaus Spaß gehabt haben zusammen ... oder dass es dir nichts ausmachen würde ...«

Er lächelte und fingerte noch ein wenig an meinem Gesicht herum. Mit meinem Geflenne hatte ich ihm dafür natürlich einen schönen Vorwand geliefert. Aber so schlimm war es nicht. Auf Trops' ganz eigene, taktlose Weise war es gut gemeint.

Ich seufzte, schon etwas weniger müde und elend. Wieso bist du nur kein ganz gewöhnlicher Schurke, dachte ich. Wieso bist du nicht von Kopf bis Fuß ekelhaft? Ich hasse dich!

Aber ich hasste ihn nicht genug, um ihm zu sagen, er solle mich nicht anfassen.

Trops' stumpfe Finger strichen die Furche zwischen meinen Augenbrauen glatt, folgten einer Träne über meine Wange und streichelten ab und zu wie zufällig meine Lippen und Wimpern. Ist ja gut. Nur ruhig. Aber, aber, mein Junge!

Zu meiner Verwunderung half es. Auf eine schlaue Art vertrieben seine Finger alle die Fragen, mit denen ich ihm das Leben hätte schwermachen können.

Wieso musstest du dir unbedingt mich aussuchen, alter Sodomit?
Weg.
Wieso gibst du dir so viel Mühe mit mir?
Weg.
Möchtest du mich als Modell?
Weg.
Möchtest du meine Freundschaft?
Weg.

Oder willst du einfach nur noch mal mit mir ins Bett?
Auch weg.

Es hatte ja doch keinen Sinn. Trops würde jede Frage und jeden Protest genau wie immer ignorieren. Mir blieb nur eine Möglichkeit: so zu tun wie er. Das Leben fortan akzeptieren, wie es war, und niemals auf Problemen herumkauen. Adrian Mayfield liebte Männer. Es würde Adrian Mayfield so lang wie breit sein.

»Ich habe dir auch viel zu viel Gelegenheit gegeben, einsam vor dich hinzubrüten«, sagte Trops. »Junge Leute wollen unterhalten werden. Es wird doch kein Zeichen meines fortschreitenden Alters sein, wenn ich das vergesse?«

Ich lächelte wässrig, weil er genau das sagte, was ich erwartet hatte. Sich vergnügen war Trops' Lösung für jedes Problem.

»Ich bin heute Abend mit Freunden verabredet. Es wird ihnen nichts ausmachen, wenn du auch dabei bist. Ich glaube sogar, es wird ihnen gefallen. Wir amüsieren uns einfach. Nichts Schwieriges. Keine Kunst. Einfach ins Empire und danach irgendwo ein Glas trinken. Was meinst du?«

Hm. Was ich ehrlich gesagt dachte, war: Freunde von Trops. Denen es »gefallen« würde, wenn ich dabei war. Und uns dann zusammen »amüsieren«. Nein danke.

Aber sofort hinterher dachte ich: ignorieren!

Der neue Adrian Mayfield hatte keine Lust, sich den Kopf über Dinge zu zerbrechen, die womöglich geschahen oder nicht, und Leute, denen man vertrauen konnte oder nicht. Der wollte sich einfach »amüsieren«.

»Klingt lustig«, log ich tapfer.

Trops kniff mir vergnügt in die Wange. »Das will ich meinen! Aber wir werden dich wohl etwas herausputzen müssen, Adrian. Denn lieber Himmel, Junge, wie siehst du aus! Procopius liefert ausgezeichnete Anzüge, aber mein bester Ady, hatten sie wirklich nichts in deiner Größe?«

Ich musste lachen und murmelte etwas von »Wachstumsproblemen«.

Trops meinte, das könne durchaus so sein. »Wir werden dich mal in vernünftige Klamotten stecken«, fuhr er fort. »Als Mann von Welt brauchst du mehr als nur einen Anzug. Ein Junge mit nur einem guten Anzug wird schon bald als drittklassiger Schauspieler oder Schlimmeres entlarvt ...«

»Vielen Dank!«, sagte ich beleidigt.

»Du brauchst etwas Passendes für jede Gelegenheit. Lunch, Dinner, Theater, Sport ...«

»Na klar! Als ob ich jemals zum Tennis ginge. Oder gleich meinen eigenen Pferdestall hätte!«

»Den brauchst du nicht zu haben«, erläuterte Trops. »Die Kunst liegt darin, den *Eindruck* zu erwecken. *Stil*, Adrian, darum geht es. Und wenn selbst deine Sockenhalter geliehen sind: Solange du eine gute Figur dazu machst und dich benimmst, als wärst du ein Trinkkumpan des Prince of Wales, findest du überall Einlass. Wie ging das alte Sprichwort noch mal? *Mundus vult decipi, ergo decipiatur.* – Die Welt will betrogen werden, also betrüge sie.«

»Kurz, wenn sie ohnehin übers Ohr gehauen werden will, wieso sollte man dann nicht seinen Vorteil daraus ziehen?«, übersetzte ich.

»So könnte man es auch sagen«, bestätigte Trops.

12

*Trops hat es nicht anders gewollt – Eine Art Freimaurer – Wieder
die Pomadenheinis – Heldenhaftes Benehmen von Adrian Mayfield alias
Champie Charlie – Ein kleiner Zettel*

An diesem Nachmittag hauten wir die Welt in großem Stil übers Ohr.
Trops ließ ein Taxi bei einem großen Warenhaus in der City vorfahren
und stellte mich dem Verkaufspersonal als seinen jungen Neffen aus
Brüssel vor. Ich müsse, so erläuterte er, unverzüglichst in anständige englische Kleidung gesteckt werden, da ich meine vielversprechende Laufbahn als Schreibkraft an der belgischen Botschaft nicht in der exzentrischen Garderobe eines Ausländers antreten könne. (Hosen, die die
Fußknöchel des Trägers freiließen, waren Trops zufolge die große Mode
in Brüsseler Diplomatenkreisen.) Sie schluckten es, wahrscheinlich überzeugt von meinem französischen Akzent – ich war eine gute Imitation
von Marcel – oder wegen Trops' großzügiger Trinkgelder.

Ich ließ mich schamlos bedienen. Für einen, der monatelang hinter
einem Verkaufstisch Stoffe zugeschnitten und sich verbeugt hatte, war
es ein gutes Gefühl, einmal auf der anderen Seite eines solchen Verkaufs-
tischs zu stehen. Ich beschloss, den kritische Kunden zu mimen, und
ließ, platziert auf einem bereitwilligst hingestellten Sessel, nahezu die
gesamte Kollektion an Herrenkonfektion an mir vorüberziehen. Schließlich wählte ich drei Anzüge für den Tag, zwei feine Abendjacketts, vier
Hosen mit Bügelfalte, ein halbes Dutzend Oberhemden, einen Freizeitanzug aus Flanell sowie einen Überzieher zur Anprobe aus und entschied
mich nach reiflicher Überlegung mit Trops, allerdings ohne mich um
seine Ratschläge zu kümmern, für das jeweils Teuerste. Das Jackett für
den Abend, die Bundfaltenhose, das schönste Hemd und den Überzieher
behielt ich gleich an, alles andere wanderte in die Änderungsabteilung,
wo alles noch etwas eingenommen werden würde.

Während ich mich nochmals im Spiegel betrachtete, entführte ein
Ladenbediensteter Trops diskret in eine Ecke, wo in einer »Geld-spielt-

139

keine-Rolle«-Manier über die Bezahlung verhandelt wurde. Trops murmelte etwas von »auf die Rechnung setzen« und schaute dabei leicht besorgt.

Du hast es nicht anders gewollt, Väterchen, dachte ich ohne jedes Mitleid.

Nachdem ich Trops in der Herrenmodeabteilung noch einen Hut und eine Seidenkrawatte abgeluchst hatte, schleppte ich ihn in die Sportabteilung, wo er, nicht recht auf seinem Platz zwischen Tennisrackets, Rugbybällen und Kricketschlägern, darauf wartete, dass ich mich von einem glänzend schwarz lackierten Fahrrad losriss, das dem Verkäufer zufolge bei den Weltmeisterschaften im Radrennen in Chicago benutzt worden war. Erst nachdem ich davon überzeugt war, dass Trops es mir *wirklich* nicht kaufen würde, konnte ich mich dazu durchringen, dem Verkäufer ein »Ich möchte es noch einmal überlegen« zuzumurmeln und mich von meinem ungeduldigen Wohltäter zu dem nächstgelegenen Friseursalon dirigieren zu lassen, wo man mir die Haare schneiden und mich manierlich rasieren würde. Zu seiner großen Verärgerung ließ ich mir einen millimeterkurzen Haarschnitt verpassen, nach dem Motto, dass, wenn er sich schon so geizig benahm, das doch viel preiswerter sei.

»Du siehst aus wie eine Ratte«, sagte er, als wir das Geschäft verließen.

»Schön«, sagte ich, »das bin ich auch.«

Trops betrachtete mich düster: »Du lernst viel zu schnell, Junge.«

Als Letztes besuchten wir ein Blumengeschäft in der Royal Arcade, wo Trops zwei grüne Ansteckblumen bestellte. Eine heftete er mir aufs Revers und schien das ziemlich witzig zu finden.

»Möchtest du mir erzählen, was so schön ist an einem dummen Stück Grün?«, fragte ich.

Er räusperte sich. »Schon mal von den Freimaurern gehört?«

»Ja ...«, sagte ich zögernd.

»Mit all ihren geheimen Zusammenkünften, Erkennungszeichen und Symbolen?«

»Ja, aber was hat das mit uns zu tun?«

»Betrachte uns einfach als eine Art Freimaurer«, sagte Trops.

Ich seufzte und fragte nicht weiter.

Es war ein schöner Sommerabend. Bewölkt, aber warm, mit einer vergnüglichen Brise, die versuchte, einem den Hut vom Kopf zu pusten. Wir gingen über Piccadilly Circus zum Leicester Square, dem Platz, an dem das Empire lag. Um den hässlichen Aluminiumbrunnen mit dem Eros herum saßen noch einige Blumenverkäuferinnen, die an einem lauen Abend wie diesem gute Geschäfte zu machen hofften. Sie streckten ihre alten, dürren Hände voller Veilchen hoffnungsvoll jedem Herrn entgegen, der mit einem hübschen, jungen Ding am Arm vorüberging. »Schenkense der Dame 'n Blümchen! Schenkense der Dame 'n Blümchen!«

Trops ließ seine Hand, verborgen unter dem über seinen Arm gehängten Mantel, auf meinem Rücken ruhen. »Schenkense der Dame 'n Blümchen! Schenkense der Dame 'n Blümchen!« Er lachte, und ich lachte mit ihm mit.

Piccadilly Circus war das übliche Karussell der Betriebsamkeiten zu dieser Stunde, wenn die Pendler der abendlichen Rushhour der Nachtbevölkerung Platz machten. Es war der beste Ort für Frauen, die nicht Blumen verkauften. Sie trugen Seidenrosen an den Hüten und Rosenrot auf den Lippen. Aber weil ich heute Abend nicht mit Paddy und Marcel unterwegs war, schaute ich nicht nur nach den Frauen.

Die Kunst lag darin, gut hinzusehen. Die Zeichen zu lesen, wie Trops es ausdrückte. Und man musste hinsehen *wollen*. Mach ein Spiel daraus und tu so, als würde es dir gefallen.

Manchmal war es schwierig, dann musste man beurteilen, wer stabiler auf den hohen Absätzen stand oder die schmalere Taille hatte. Manchmal war es simpel. Rouge und ein Norfolk-Anzug gehen nicht zusammen.

»Gefärbtes Pack«, sagte Trops, »ignorieren!«

Ich stieß ihm meinen Ellbogen in den Bauch: »Angst, ich könnte auf die schiefe Bahn geraten?«

Trops fand es nicht witzig.

Vor dem Eingang des Empire erwartete uns Vincent Farley. Sobald ich gehört hatte, dass er mit von der Partie sein würde, hatte ich meine letzten Bedenken gegen unser kleines Unternehmen fahren lassen. Mit Vincent Farley in der Nähe war zumindest eine Orgie schon mal ausgeschlossen.

Er stand zwischen dem Ausgehpublikum wie einer, der den Bus verpasst hat.

»Vincent scheint ja richtig Lust zu haben!«, witzelte Trops, ehe wir in Hörweite kamen. »Vince! Vince! Hallo! Hier! Hier!«

Händeschütteln. Vincent Farley sah trotz seiner Abendkleidung ziemlich verlottert aus: Es war ihm nicht gelungen, seine Hände von allen Farbspritzern zu befreien, und seine Krawatte hatte er in einer Weise gebunden, die Trops ausrufen ließ: »Vince, ich kann auch nirgendwo mit dir hin, ohne dass du mich in Verlegenheit bringst! Was ist das? Ein Fischerknoten?«

»Palmtree hat seinen freien Abend«, erläuterte Vincent, als ginge es um etwas Ernsthaftes. »Er bindet normalerweise meine Krawatten ... ist etwas?«

Trops schüttelte sich vor Lachen. »Lieber Himmel, Farley! Das Leben ist bei dir genauso ernst wie die Börsenberichte! Lass die Krawatte! Wir tun einfach so, als gehörtest du nicht zu uns.«

»Hallo Adrian, jedenfalls nett, dich wiederzusehen«, meinte Vincent lächelnd.

»Ist Aubrey noch nicht da?«, fragte Trops.

»Weshalb sollte Aubrey schon da sein? Er kommt immer zu spät. Sogar noch später als du, Augustus.«

»Das Geheimnis eines guten Entrees steckt in der Kunst des Zuspätkommens, Vincent, weißt du das immer noch nicht? Du müsstest unseren jungen Aubrey deswegen bewundern!«

»Findest du? In jedem Fall freue ich mich, dass es ihm wieder besser zu gehen scheint. Den Zusammenbruch vom letzten Jahr hat er offenbar überwunden.«

Wieder war ich von dem Gespräch ausgeschlossen. Nicht, dass es mir viel ausgemacht hätte. Trops' Freunde waren schließlich seine Freunde und nicht meine. Das Problem dabei war nur, dass ich im Augenblick keine wirklichen Freunde hatte, denn Gloria war zu weit weg, und Marcel und Paddy hatte ich irgendwo in einem anderen Leben zurückgelassen. Und ich wollte Freunde haben. Trops war zu sehr ein Liebhaber und väterlicher Gönner, um ein Freund zu sein.

»Ich frage mich mitunter, wie es sein muss«, grübelte Vincent, jetzt wieder ernst, »wenn man so wie er weiß, dass man nur noch ein paar

Jahre hat, um alles zu tun, was man noch tun will. Man macht Pläne. Man entwirft, man skizziert, aber fragt sich dabei fortwährend: Bleibt mir genügend Zeit? Denn der Tag wird kommen, an dem alle deine Pläne nur mehr Träume sein werden, an dem einfach keine Zeit mehr *bleibt*.« Er schien zu frösteln bei dem Gedanken.

»Tuberkulose ist nicht die schlimmste Krankheit, an der man sterben kann«, sagte Trops nüchtern. »Auf jeden Fall ist sie modischer als ein Magenleiden. Stell dir vor, du müsstest an einem Magenleiden sterben!« Vincents Stirnrunzeln verriet, dass ihm beide Alternativen nicht sehr verlockend vorkamen.

»Wie auch immer«, fuhr Trops fort, »in dem Tempo, in dem Aubrey lebt, ist es nur gut, dass er nicht älter als dreißig werden wird. Der heilige Petrus würde sonst seinen Augen nicht trauen, wenn er Aubreys Sündenregister präsentiert bekommt. Außerdem: Ist es nicht romantisch, jung zu sterben?«

»Das ist eine Bemerkung, wie man sie meistens von kerngesunden Männern mittleren Alters hört«, antwortete Vincent.

Trops sagte, das habe er ungewöhnlich scharfsinnig beobachtet.

Mittlerweile war eine Pferdedroschke vorgefahren und der Gesprächsgegenstand derselben entstiegen. Aubrey sah keineswegs aus, als habe er vor, heute Abend das Zeitliche zu segnen. Er kam mit seinem tänzelnden, sprunghaften Schritt auf uns zu, ein großes, in vergoldetem Leder gearbeitetes Portfolio in der einen und einen eleganten Spazierstock in der anderen Hand.

»Hallo. Guten Abend. Vincent, du bist auch da? Beehrst du uns heute mit deiner Begleitung? Wovon sprechen wir gerade?«

»Von der romantischsten Art zu sterben«, sagte Trops.

»Mit zweiundneunzig zwischen den Schenkeln einer französischen Hure. Was ist, können wir?«

»Immer eine Freude, dir zu begegnen, Aubrey!«

Wir gingen hinein.

Im Empire war es voll und hektisch, verräuchert und laut wie immer, aber auf der Promenade machte einem das weniger zu schaffen als oben auf dem Olymp. Wir nahmen an einem der langen Tresen Platz, von dem aus wir sowohl die Bühne als auch unsere Mitbesucher gut beobachten konn-

ten, und bestellten mit viel Brimborium eine Flasche Champagner, die
beste und die größte. Auf der Bühne hatte der Sänger sehr passend zum
Refrain von *Champie Charlie* eingesetzt:

>*»Denn Champie Charlie heiße ich,*
Champie Charlie nennt man mich.
Bin gut für jedes Spiel bei Nacht,
bin gut für jedes Spiel bei Nacht.
Jungs, heut wird einer draufgemacht!«

Der ganze Saal brüllte mit, Trops eingeschlossen, der sein Glas in die
Richtung von jedem hob, der vorüberging. Aubrey zeigte uns einige
Zeichnungen aus seinem Portfolio, darunter eine von einer Frau, die er
vor einigen Wochen auf der Promenade gesehen hatte. Sie war auch jetzt
wieder da und trank unweit von uns einen Likör auf Kosten eines älteren
Herrn. Unter den Straußenvogelfedern an ihrem Hut versteckte sie ein
gigantisches Riechorgan. Aubrey war von ihr hingerissen.

»So eine aufgedonnerte Hässlichkeit findest du nur im Empire«,
bemerkte er zu Vincent gewandt.

Ich betrachtete die Zeichnung, die mit wenigen Strichen in vollkommener Weise ihre Monstrosität wiedergab. Ich erkannte den Stil auf der
Stelle.

Salome. Jetzt versteckt unter einem Sessel in einem behaglichen
Wohnzimmer irgendwo in Soho.

Wahrscheinlich gab es in England nicht viele Künstler mit einem so
geübten Blick für Verderbtheit. Während ich die Skizze der Straußvogel-
frau betrachtete, begriff ich, dass irgendwann einmal Leute, wahrscheinlich ohne es zu wissen, als Modell für die Gesichter in *Salome* gedient hatten. Der Mond, der Tänzer und die Frau mit den Pfauenfedern streunten
jetzt durch die Straßen, und die Möglichkeit bestand, dass ich ihnen
heute Abend über den Weg lief. Sie waren nicht aus Papier. Man konnte
sie berühren. Sie berührten dich, wenn sie auf dem überfüllten Gehsteig
gegen deine Schulter stießen. Du würdest an ihnen vorbeigehen und sie
nicht sehen, außer du könntest wie Aubrey ihre bizarre Hässlichkeit entlarven. Dann sahst du das Rouge, die zu eng eingeschnürten Taillen, die

schiefen Blicke, die bedeutungsvoll lächelnden Münder, die geheimen Erkennungszeichen, die possierliche Maskerade, über die sich die Eingeweihten totlachten.

Ich steckte die Nase in mein Champagnerglas und nahm einen großen Schluck von dem festlich perlenden Zeug. Gut, so sah es also aus in der Welt. Nichts, um sich aufzuregen, nichts, um darüber ins Grübeln zu verfallen. Nicht, solange es Schampus gab, viel Schampus! Die Fröhlichkeit war mir schon in den Kopf gestiegen, noch bevor wir uns an die zweite Flasche machten. Ich lachte über alles, was auf der Bühne geschah, und sogar über die geschmacklosen Witze, die Trops auftischte. Kurz, alles war in Ordnung, bis irgendwann ein bekanntes Gespann zwischen den Tischen hindurchgelaufen kam. Zwei von den Pomadenheinis, die wir beim letzten Mal vom Olymp des Empire gefegt hatten, und im Schlepptau hatten sie einen Jungen mit goldblondem Haar, den ich vorher noch nicht gesehen hatte. Auch heute Abend sahen sie wieder aus wie wandelnde Modezeichnungen. Ich duckte mich hinter Trops, damit sie mich nicht sahen, und betrachtete mit Beklemmung die leeren Plätze neben uns. Nicht hier, nicht hier, dachte ich, geht weiter! Weiter vorn ist noch genügend Platz!

Aber wie gewöhnlich ließ mich das Glück im Stich.

»Hier?«, hörte ich hinter mir fragen, gefolgt von Münzengeklimper.

»Drei Curaçao für uns, Fräulein Bessie.«

»Also, zu einer Reise nach Amerika würde ich ebenfalls nicht nein sagen«, setzte einer von ihnen ein zuvor begonnenes Gespräch fort. »Die neue Welt. Das Land der unbegrenzten Möglichkeiten. Vom Zeitungsjungen zum Millionär. Stimmt es, was sich die Leute darüber erzählen, Alf?«

»Derselbe Scheißdreck wie überall«, antwortete der unbekannte Dritte. »Völlig egal, wo du bist. Ob London oder New York: überall dieselben reichen Halunken, überall dieselben bettelarmen Stümper. Ich weiß nicht, was mich mehr anekelt!«

»Und doch …«, beharrte der Erste auf seiner Meinung, »ich würde doch gern mal wieder etwas mehr von der Welt sehen als immer nur das lahme London.«

»Hm, Paris, Charles? *Moulin Rouge?*«

»Zum Beispiel. Aber Monte Carlo soll angeblich auch ganz nett sein. Ich muss nur noch einen reichen Gönner finden, der das Ganze für mich bezahlt.«

»Und in der Zwischenzeit?«

»Immer das alte Lied.«

»Zuerst das Hotel, danach der Juwelier und zuletzt das Pfandhaus, was, Charles?«

»So wie gewöhnlich.«

»So wie immer.«

»Traurig.«

»Tragisch!«

Sie lachten, während sie ihre Blicke über die Herren auf der Promenade schweifen ließen.

»Wer bezahlt das nächste Getränk, so lautet jetzt meine Frage.«

»Was hältst du von dem Kerl ... dort?«

Ich hörte nicht länger hin. Sie schienen zu sehr mit ihren eigenen Angelegenheiten beschäftigt zu sein, um darauf zu achten, wer neben ihnen saß. Trops fragte, ob ich noch Champagner wollte, und ich hielt ihm mein Glas hin.

Auf der Bühne vollführte das Ballett eine komische Nummer mit vielen Sonnenschirmchen und hier und da einer nackten Wade. Vincent erzählte Trops, dass er einer der Tänzerinnen einmal auf einem Fest begegnet sei und dass sie ein »sehr nettes Kind« wäre. Trops stellte sich betrunken und klagte: »Und wer ist sie? Und wo siehst du sie? Die ganzen Frauen sehen sich so ähnlich. Alle Frauen sehen sich so ähnlich, gerade wie Chinesen! Sag mal, Vincent, ist dir schon mal aufgefallen, dass Frauen Ähnlichkeit mit Chinesen haben? Das würde einiges erklären, meinst du nicht auch?«

»Einen Sovereign. Das ist doch eine schöne Summe, nicht wahr? Einen ganzen Sovereign!«

»Ach, ich weiß nicht ...«

Ich schielte über meine Schulter. Ein Mann mit Melone hatte sich neben den Pomadentypen gestellt. Er drehte nervös an seinem Schnurrbart und warf dabei scheue Blicke um sich, als befürchtete er, jemand könne ihn belauschen.

»Einen Sovereign, höher gehe ich nie«, wiederholte er flüsternd. »Du weißt durchaus, dass das ein sehr guter Preis ist ...«

Ich drehte mich wieder um und beugte mich über Aubreys Skizzenheft, in dem eine gezeichnete Tänzerin ein gewagtes Experiment mit einem Sonnenschirm vollführte. Doch ich hielt beide Ohren offen. »Ich habe eine Wohnung nicht weit von hier in Soho«, fuhr der Mann fort, als sei das eine Empfehlung. »Sehr schön, mit einem gemütlichen Wohnzimmer und einem schönen, großen Sofa. Und ich habe ein paar Flaschen guten Bordeaux bereitstehen, die du bestimmt probieren möchtest ... Komm mit. Es ist wirklich nicht weit. Wir könnten zu Fuß hingehen. Ein kleiner Spaziergang im Mondenschein ...«

»Für einen Sovereign laufe ich mir nicht die Schuhsohlen ab.«

»Es ist ein schöner Abend ...«

»Zwei Sovereigns und ein Paar neue Schuhe. Oxfords. Ich möchte ein Paar schöne, schwarze, glänzende Oxfords.«

»Ach verd... Na gut!«

Der Mann schien des Verhandelns überdrüssig zu sein und zog wie ein Zauberkünstler eine Lederbörse hervor, um sie anschließend wieder ebenso schnell und behände in der Tasche seines weiten Überziehers verschwinden zu lassen. Allerdings nicht schnell genug, um vor mir zu verbergen, was ich lieber nicht gesehen hätte. An seinem Gürtel, versteckt unter seinem Mantel, hing ein Gummiknüppel der Londoner Polizei.

Verflixt, sagte ich zu mir. Jetzt würde ich ihnen hinterher müssen. Ich konnte mich natürlich dumm stellen und ein paar Tage lang keine Zeitung lesen, aber ich kannte mich gut genug, um zu wissen, dass ich jeden schmutzigen, in die Themse gewehten Lumpen für eine Wasserleiche halten würde. Auch wenn ich diesen Pomadentypen nicht leiden konnte, wollte ich doch keinen Mord auf dem Gewissen haben. Ich musste den Hornochsen irgendwie warnen.

Ich stand auf, murmelte Trops gehetzt etwas wie »Sorry, ich muss mal zur Toilette« zu und quetschte mich durch die Menschenmenge hinter den beiden her. Zu meinem Pech war die Promenade des Empire gerade zu dem Zeitpunkt am belebtesten. Noch bevor ich bei der Treppe anlangte, hatte ich sie aus den Augen verloren. Na ja, das war noch keine Katastrophe. Sie mussten hinaus ins Freie gegangen sein. Ich lief mit großen Schritten zum Ausgang und schaute nach links und nach rechts.

147

Es war voll auf dem Platz, voll mit Menschen und Droschken. Ich sah eine Menge hoher Hüte und Schirmmützen, aber nirgendwo einen Mann mit Melone.

Ich rannte ohne nachzudenken über den Platz. Erst als ich drei Straßenjungen über den Haufen gerannt hatte und selbst fast unter einen Omnibus geraten war, dämmerte mir, dass ich mich dumm verhielt. Nachdem ich sie aus den Augen verloren hatte, war Suchen so gut wie sinnlos. Sie konnten in jede dunkle Seitengasse von Soho eingebogen sein. Herausfinden zu wollen, welche es war, war vergebliche Liebesmühe.

Ich fluchte, denn ich wusste, ich hatte versagt. Offenbar musste man schlauer sein als ich, wollte man den Helden mimen.

Mit einem miesen Gefühl schlenderte ich zurück, wobei ich auf gut Glück in ein paar schmale Straßen einbog. Es war nicht weit vom Empire, als ich etwas hörte, was mich stehen bleiben ließ. Nein, ein Mordsgeschrei war es nicht. Eher ein kleiner Tumult, in den ein paar Mann verwickelt waren. Ohne viel Hoffnung rannte ich abermals los. Wahrscheinlich hatte es nichts mit der Sache zu tun. Solche Händel gab es so oft. Jede Woche einen. Aber ...

Ich begann, schneller zu laufen. Für eine Schlägerei war das Ganze zu leise. So, als wollten die Vandalen lieber nicht gehört werden ...

Es war eine dieser Straßen, um die jeder einen Bogen machte, außer den Ratten und den Leuten, die ihren alten Kram irgendwo loswerden wollten. Zwischen zwei Bierkistenstapeln, vor einer blinden Mauer, lag ein Lumpensack, in den drei Männer mit Begeisterung ihre Schuhspitzen bohrten. Einer von ihnen hatte eine Melone auf dem Kopf und einen Polizeiknüppel in der Hand. Der Lumpensack auf dem Boden schien sich noch zu bewegen.

Ich blieb in sicherer Entfernung im Schatten stehen und überlegte rasend schnell. Es waren drei kräftige Kerle und ein Knüppel dazu, und ich war noch nicht betrunken genug, um mich in einem heroischen Rettungsversuch ebenfalls zu Mus verarbeiten zu lassen. Also tat ich das Einzige, was mir in diesem Moment logisch erschien. Ich holte tief Luft und schrie: »Polizei! Hierher! Mord! Polizei!«

Es wirkte. Der mit der Melone warf seinen Knüppel weg und machte sich aus dem Staub, als ginge er nicht davon aus, sich mit einer vernünf-

148

tigen Erklärung aus dem Kittchen reden zu können. Die anderen beiden folgten ihm in einem zivilisierten, jedoch energischen Laufschritt. Bevor sie am Ende des Stiegs außer Sichtweite gerieten, fiel das Licht eines neugierig aufgeklappten Obergeschossfensters auf den letzten von ihnen. Zwischen seinem Hut und Kragen konnte ich nicht mehr als eine Nase sehen. Aber die Nase war mir bekannt. Es war eine verwöhnte Hausdienernase. Palmtrees Nase. Ich schaute dem Mann hinterher, während er um die Ecke rannte. Nein, das war Unsinn. Womit Hausdiener auch ihre Freizeit füllen mochten, das Zusammenschlagen von zu gut frisierten jungen Männern zählte bestimmt nicht dazu.

Ich schüttelte den Gedanken von mir ab und rannte zu dem Abfallhaufen, der zwischen den Bierkästen undeutlich in sich hinein fluchte. Es hätte schlimmer um ihn bestellt sein können. Seine Arme und Beine schienen noch heil zu sein, und er unternahm sogar Anstalten, sich aufzurichten. Sein Anzug hatte die größten Schäden davongetragen. Wo sie ihn getreten hatten, war sein Hemd mit Schlamm beschmiert. Der Ärmel seiner Jacke war eingerissen.

Er rutschte langsam an der Mauer entlang nach oben, eine Hand zwischen seine Beine gepresst. Ich vermutete, dass sie ihn dort am gemeinsten getroffen hatten.

»Verdammt!«, sagte er.

Ich half ihm vorsichtig auf und setzte ihn auf einen Stapel Bierkisten. Weil »Alles in Ordnung?« mir als Frage so dumm vorkam, sagte ich nichts und wartete, bis er wieder zu Atem gekommen war.

Er schloss die Augen, fluchte noch ein paarmal geräuschlos und sagte dann laut: »Doof!«

»Was?«, fragte ich. »Doof!« schien mir nicht das Erste zu sein, was einem einfiel, nachdem man von drei Kerlen gleichzeitig verprügelt wurde.

»Doof, dass ich drauf reingefallen bin. Ich hätte es besser wissen müssen. Doof, doof, doof!«

»Wer waren die Kerle?«

»Keine Ahnung. Hab sie noch nie gesehen. Aber eins weiß ich: Sie langen gern kräftig hin ...«

Er öffnete die Augen und schaute mich an. Ich sah sofort, dass er mich erkannte. Und dass sein Blick von meinem Gesicht auf die Blüte

149

an meinem Revers schoss. Ich verwünschte das dumme Stück Grün, besonders weil mir jetzt einfiel, dass ich Aubrey und Vincent auch schon darauf hatte blicken sehen. Bevor der Abend zu Ende ging, würde ich es irgendwo in den Rinnstein werfen. Jetzt tat ich besser so, als hätte es nichts zu bedeuten.

»Wenn hier jemand zusammengeschlagen werden muss, dann erledige ich das lieber selbst«, sagte ich in Anlehnung an Trops.

Er schaffte es tatsächlich zu grinsen. »Dann hast du dich hiermit bei mir entschuldigt. Guter Zug, was du da getan hast. Verdammt fidel von dir.«

Ich musste lachen. Der Satz klang eigenartig aus seinem Mund.

»›Verdammt fidel.‹ Wo hast du so reden gelernt?«

Er zuckte wie zur Entschuldigung mit den Schultern. »Sorry. Man passt sich der Gesellschaft an, mit der man umgeht. Charles Parker: eingebildetes Ekel. Angenehm.« Er streckte mir seine Hand hin.

»Und du? Heißt du wirklich Rosebery?«

Mir wäre der Name schon nicht mehr eingefallen, aber als ich so vor ihm stand mit der dummen Blüte auf der Brust, erschien es mir besser, die kleine Lüge aufrechtzuerhalten. »Äh ... ja. Wieso?«

»Ach, schon gut. Und 'n Vorname? Hast du zufällig auch noch einen Vornamen?«

Liebe Güte, einen Vornamen.

Denn Champie Charlie heiße ich ...

»Charlie.«

»He, sieh mal an. Dann sind wir ja auch noch Namensvettern. Also, falls ich irgendwann mal was für dich tun kann, Charlie ...«

»Danke«, sagte ich. Mochte Gott verhüten, dass das jemals nötig sein würde! »Und jetzt lass uns gehen, bevor die Polizei tatsächlich kommt.«

Er nickte: »Ja, auf die bin ich auch nicht sonderlich scharf. Also zurück ins Theater, Charlie?«

»Solltest du nicht besser nach Hause gehen?«, fragte ich vorsichtig. Ich hatte keine Lust, Trops erklären zu müssen, weshalb ich ausgerechnet mit diesem jungen Mann zurückkam.

»Hm, nein. Es ist noch zu früh am Abend. Ich richte mich in den Toiletten wieder etwas her, und dann wird es schon gehen. Komm mit.«

Er hinkte aus der Seitengasse, und bereits auf dem Leicester Square schaffte er es, wieder normal zu gehen. Bevor wir das Empire betraten, hielt ich ihn kurz zurück.

»Ähm ... ich hoffe nicht, dass du mich jetzt für einen Scheißkerl hältst, aber ... ich bin mit 'n paar Leuten da, die Fragen stellen würden, wenn ... Na ja, wenn sie sehen würden, dass wir uns kennen ...«

»Augustus Trops«, sagte er.

»Was? Du kennst ihn?«

»Wer tut das nicht? Aber reg dich nicht auf. Er mag uns nicht mehr so. Meint, wir würden Probleme verursachen. Na ja, er hat natürlich auch seine Gründe ...«

Mir wurde zunehmend beklommen in meinem guten Anzug, so als wäre er ein Schauspielkostüm, das mir nicht passte. Was machte ich hier? Was hatte ich bei diesen Leuten verloren? Was wusste ich von ihnen, von ihrer Welt? Nicht mehr als ein Bauerntrottel aus Yorkshire, der zum ersten Mal in London aus dem Zug steigt. Benahm ich mich nicht »dumm« und sollte ich es nicht »besser wissen müssen«?

»Danke«, sagte er wieder. »Und nochmals, falls ich dir irgendwann irgendwie helfen kann ...«

Ich hatte es auf einmal eilig, wegzukommen. »Ja, ja. In Ordnung. Auf Wiedersehen. Tschüs.« Was er entgegnete, hörte ich schon nicht mehr.

An der Bar war die Stimmung mittlerweile noch lustiger geworden. Aubrey rauchte eine Zigarette, die genauso lang und dünn wie seine Finger war, und überschlug sich jedesmal fast vor Lachen, sobald irgendwer eine Bemerkung machte. Trops war jetzt wirklich betrunken. »Du warst aber lange weg! Jemanden getroffen?«, rief er, sobald er mich zu Gesicht bekam.

Aubrey brach in einen lautstarken Lachanfall aus.

»Ach, halt die Klappe!«, sagte ich und warf sechs Pennys für ein weiteres Glas Schnaps auf den Tresen. Was für ein Abend!

Nach ungefähr zehn Minuten kehrte auch Charles Parker an die Bar zurück. Er hatte sein Jackett zugeknöpft, sodass sein verschmiertes Hemd nicht zu sehen war, aber seinen Ärmel hatte er nicht reparieren können. So wurde er mit einem Sperrfeuer von Fragen begrüßt, das schon bald in ein verschwörerisches Geflüster überging. Ich fragte mich, ob der

151

Name Charlie Rosebery dabei auch fiel. Verschiedene heimliche Blicke in meine Richtung gab es jedenfalls. Ich versuchte, sie zu ignorieren, spürte sie aber deutlich im Rücken. Zum Glück zogen die Kerle ab, nachdem sie ihr drittes Glas geleert hatten.

Auch Vincent schien es an der Zeit zu finden, irgendwo anders hinzugehen. Ich glaube, er genierte sich. Also zogen wir gemeinsam Trops von seinem Sitz und schoben ihn in Richtung Ausgang.

»Wohin jetzt?«, fragte Vincent.

»Es gibt nur *einen* Ort, nur *einen* Ort, lieber Vince«, antwortete Trops leidenschaftlich, »nur *einen* Ort ...«

»Gott steh mir bei!«, seufzte Vincent, aber auch er konnte sich das Lachen jetzt nicht mehr verkneifen.

»Sind Freunde nicht großartig?«, fragte Trops, während er einen schweren Arm um mich und einen um Aubreys Schultern legte.

»Ja, großartig!«, murmelte ich und steckte die Hände in meine Manteltaschen.

Dieser Zettel war vorhin mit Sicherheit noch nicht da gewesen. Vom Kaufhaus war er nicht. Und von mir erst recht nicht. Ich ging ein Stück hinter Trops, Aubrey und Vincent her, um ihn unbeobachtet lesen zu können. Er enthielt nur eine geschriebene Zeile: Little College Street 13. Was zum Kuckuck war Little College Street 13? Und wer hatte mir das verdammte Stück Papier in die Tasche gesteckt?

Als ob ich das nicht gewusst hätte ...

13

Bosie, der Märchenprinz – Der purpurne Hofstaat – Zigaretten –
Ein guter Lügner – Wir erheben das Glas auf Paris

Heller als die Sterne und der Mond lag London unter dem Nachthimmel.
Entlang der Straßen tanzten unzählige grüne Glühwürmchen in den
Glaskugeln der städtischen Laternen, und nur die grell erleuchteten
Schaufenster der Regent Street störten ihr geheimnisvolles Spiel von Licht
und Schatten. Hinter den hohen Scheiben der Modegeschäfte wirkten
die Samtmäntel, die kunstvoll drapierten Seidenstoffe, die Spitze und der
Voile, die unbezahlbaren Spielereien und Nippsachen noch anziehender
als tagsüber. Es war ausschließlich das Beste vom Besten und das Teuerste
vom Teuersten. Kauf mich! Kauf mich! Sieh zu, dass du das Geld zusam-
menkriegst, und kauf mich! Alles ist käuflich!

Mit einem schwankenden Trops im Schlepptau waren wir mittlerweile
bei unserem Ziel angelangt: einem Café-Restaurant mit einer Auslage,
die mindestens so anziehend war wie die der Modegeschäfte: viele Por-
zellanschüsseln auf hohen Sockeln, bedeckt mit bunten Salaten, die aussahen wie essbare Blumenarrangements. Eine zierliche weiße Schrift auf
dem Schaufensterglas pries die *Spécialités de la Maison* an, und über dem
Eingang prangte im Licht zweier großer, runder Lampen eine Plakette
mit den Worten *Café Royal*. Trops betrachtete sie mit feuchten Augen,
als kehre er nach jahrelanger Verbannung wieder in das Land seiner
Geburt zurück.

»O geheiligte Erde«, murmelte er, »o ihr göttlichen Weine! O himmlische Speisekarte im Land der kulinarischen Barbarei! O *Olymp* des Londoner Götterpantheons!«

Ich schaute zu Aubrey und Vincent, um zu sehen, ob ich hierüber
lachen durfte. Bei Trops konnte man nie wissen. Sie lachten.

»Ich habe ihn schon in besserer Form erlebt«, flüsterte Aubrey deutlich hörbar.

Trops drehte sich um und machte eine Verbeugung: »Warte bis zum Ende des Abends, junger Herr Beardsley, warte bis zum Ende des Abends!«

Drinnen war es warm und verräuchert, voll redender und gestikulierender Männer mit Zigaretten zwischen den Fingern, die aßen, tranken oder Dominosteine über kleine Marmortische schoben. Ich hörte Fetzen Französisch, Deutsch, Italienisch und Cockney-Englisch, Witze, Gedichte, Alltagsgeschwätz über die Nachrichten und die Pferderennen, empörte Diskussionen über Schauspiel- und Buchrezensionen. Trops ging von Tisch zu Tisch, für ein Gespräch hier oder einen kurzen Gruß da, doch währenddessen streifte sein Blick an den großen Wandspiegeln entlang, als suche er jemanden, dem er begegnen oder im Gegenteil ausweichen wollte. Ich sah mich ihm in den Spiegeln folgen: ein tadellos gekleideter junger Mann mit Augen, die verrieten, dass er sich hier zu seiner eigenen Verwunderung durchaus daheim fühlte.

Wir nahmen gerade eine weite, wabbelige Kurve, um einen Tisch mit vier freien Plätzen zu erreichen, als eine Stimme hinter uns rief: »O nein, nicht schon wieder!«

Aus der Wolke aus Zigarettenqualm und Goldstaub, die das ganze Café füllte, erhob sich ein blonder junger Mann. Er schaute halb böse, halb lächelnd zu Trops, der aussah, als habe er sich bei irgendwas erwischen lassen.

»Du hast mich schon im Willis's ignoriert, das wirst du nicht noch mal tun! Wenn du künftig eine Gewohnheit daraus machen willst, mir auszuweichen, dann verlange ich eine Erklärung, Augustus!«

Es dauerte etwas, ehe ich in ihm den Hitzkopf mit dem Revolver wiedererkannte. Jetzt, wo es nicht weiß und wutverzerrt war, wirkte sein Gesicht sehr hübsch. Mehr als hübsch eigentlich. Es war »Gott-steh-mir-bei, bist-du-wirklich-so-wunderbar?«-hübsch. Er war der Prinz aus dem Märchen, mit Lippen, die einen aus dem tiefsten Schlaf wachküssen würden, Augen aus blauem Spiegelglas, die Scherben im Herzen hinterließen, und Haaren, aus denen man Gold spinnen konnte.

Ich sah hin, sah schnell weg, redete mir zu, normal zu tun, und schaute wieder hin. Zum Glück sah er jetzt etwas weniger himmlisch aus, ein bisschen übelgelaunt sogar. Als wäre es ihm doch irgendwie ernst mit dem, was er vorhin gesagt hatte.

»Nun, eine Erklärung, Augustus!«

Trops grinste schief und legte mir eine schwere, unwillkommene Hand auf die Schulter. »Unlauterer Wettbewerb, mein lieber Bosie, das ist alles. Angst vor unlauterem Wettbewerb.«

Die poesiealbumblauen Augen musterten mich mit etwas, das mich unangenehm stark an einen Kennerblick denken ließ. Während mein Gesicht eine Farbe annahm, die schön zu den mit rotem Plüsch bezogenen Sitzen im Café passte, kontrollierte ich, ob die grüne Blüte noch sicher unter meinem Überzieher verborgen war. Ich würde sie gleich unter dem Tisch verschwinden lassen.

Der junge Mann hatte inzwischen beschlossen, über Trops' Bemerkung zu lachen: »Ihr großen Götter, Gussy, du bist *wirklich* betrunken, wie?«

Noch bevor Trops hatte antworten können, drängte sich Vincent Farley dazwischen, um dem ein Ende zu machen, was er zweifellos für eine peinliche Szene hielt.

»Wie geht es Ihnen, Lord Alfred?«, fragte er.

»Besser denn je und bereit, die Wasserfälle des Niagara zu überqueren, Vincent! Frag ihn besser nicht so was! Er ist tödlich anstrengend.«

Eine volle, musikalische Stimme, aus der sowohl ein ansteckendes Lachen als auch mehrere Karaffen Wein herauszuhören waren, kräuselte sich zwischen dem Zigarettenrauch empor. Ihr Besitzer stand etwas unsicher auf und streckte uns seine weiße, beringte Hand entgegen.

Ich weiß nicht, was es mit berühmten Leuten auf sich hat. Sie schaffen es immer wieder, einen zu enttäuschen, sobald man ihnen leibhaftig begegnet.

Mary Ann und ich haben uns einmal einen Nachmittag lang beim Künstlereingang des Lyzeumtheaters herumgetrieben, um Henry Irving in eine Kutsche steigen zu sehen und hinterher zu dem Schluss zu kommen, dass wir unsere Zeit besser hätten zubringen können.

Man erwartet, dass Berühmtheiten etwas Besonderes tun werden, beispielsweise spontan auf einen zukommen und sagen, wie *phantastisch* sie es finden, dass man dasteht und sie anstarrt, oder auf einer weißen Wolke gen Himmel steigen. Doch stattdessen gehen sie an einem vorbei, als existierte man gar nicht, schnäuzen sich die Nase oder tun sonst etwas enttäuschend Menschliches.

Jetzt stand ich dem Mann gegenüber, den ganz London kannte: durch seine Bücher und Theaterstücke, von seinen Lesungen und den unzähligen Dinners, bei denen er der Hauptgast gewesen war, und von den Artikeln in Zeitungen und Zeitschriften, und ich konnte lediglich denken: Gott, bist du hässlich!

Während ich ihm die Hand schüttelte und meinen Namen murmelte, betrachtete ich sein Gesicht, das in Form und Farbe einem Cheshire-Käse ähnelte, und sein braunes, vom Lockenstab dürr gewordenes Haar. Ein Mond!, durchfuhr es mich. Ein Mond!

Ich war schnell gut geworden im Entlarven von Leuten, und das machte die Welt für mich nicht schöner. Er war eine Enttäuschung. Aber Monde sind Monde, und sie wollen scheinen, ob sie nun aus Käse oder Goldstaub gemacht sind. Und sie bringen die Sterne um sie her zum Funkeln. Zumindest glauben Monde, dass sie das tun. Denn es gibt Sterne, die brennen so grell, dass es scheint, als wollten sie das Mondlicht in den Schatten stellen. Kometen, die wie Feuerpfeile am Himmel entlangschießen.

Während ich eifrig über eine Frage nachdachte, die intelligenter war als: »Herr Wilde, bekomme ich Ihre Unterschrift für das Album meiner kleinen Schwester?«, hatte der goldene Märchenprinz Trops beim Arm gefasst, um sich etwas gekränkt zu erkundigen, ob dieser ihn schon einmal als ermüdend empfunden habe: »Nein? Das dachte ich mir! Oscar ist so schnell ermüdet in letzter Zeit. Ich sage ihm, dass er alt wird, aber dann schaut er mich an, als würde ich ihn beleidigen, und spricht den halben Tag nicht mehr mit mir! Sag, ist das kindisch oder nicht?«

Trops murmelte hilflos lächelnd eine unzusammenhängende Antwort. Er schien genauso überfahren wie ich. Offenbar war auch er nicht gefeit gegen so viel schamlose Schönheit.

Der Mond runzelte die Stirn, und ich versuchte inzwischen, alles, was ich über ihn und diesen blonden Kometen gehört hatte, zu vergessen. »Es hat weniger mit Kindischsein zu tun, Bosie«, sagte er, als müsse er sich verteidigen (was mich abermals enttäuschte), »als vielmehr damit, dass einer zum soundsovielten Mal dieselbe Geschichte erzählt.«

»Also, das tust du aber auch, Oscar!«, antwortete der junge Mann. »Du erzählst die Geschichten, die du für die interessantesten hältst, auch immer und immer wieder.«

»O ja, aber die werden auch *wirklich* mit jedem Mal interessanter!« Der Mond lächelte ein kleines, selbstgefälliges Lächeln, und der Komet schoss an ihm vorbei, ohne Schaden anzurichten.

»Nun, Augustus weiß bestimmt noch nicht alles«, meinte der junge Mann, »und ich habe mir vorgenommen, ihn keinen Moment zu langweilen!«

Und der arme Trops wurde ohne Pardon zu einem Marmortisch geführt, um den sich ein Kreis von Männern in Abendgarderobe versammelt hatte. Vincent folgte ihnen, während er sich in linkischen Allgemeinheiten erschöpfte, von denen der Mond kaum Notiz nahm.

Aubrey stieß mich in die Rippen: »Na los, hast du nicht gehört? Wir sind zur Audienz beim Purpurkaiser geladen. Fürwahr eine zu große Ehre, um sie uns entgehen zu lassen! Komm, wir üben noch mal schnell unseren *Knicks*!«

Ich zwang mich dazu, mit ihm zu kichern. Irgendwie traf ich ständig Leute, mit denen ich nichts zu tun haben wollte. Na ja, war das diesem Adrian nicht schon längst egal? Ich warf die grüne Blüte in ein leeres Champagnerglas und folgte Aubrey. »Ist mir doch so lang wie breit!«, murmelte ich in mich hinein.

Ich hatte beabsichtigt, mir ein unauffälliges Plätzchen direkt außerhalb des Kreises zu suchen, mich das erste Mal in meinem Leben wie ein Mauerblümchen zu benehmen. Aber in dem darauffolgenden Stühlerücken sorgte der Zufall dafür, dass ich direkt vor den Weinkühler zu sitzen kam, genau zwischen den Mond und Aubrey und damit zwischen die drei Stimmungsmacher des Abends.

In der Runde aus flüchtigen und lautstarken Begrüßungen, die folgte, wurde ich als namenloser Neuling fast beiläufig einem jeden vorgestellt.

Zuallererst war da Max. Ein merkwürdiger, schläfrig aussehender junger Mann mit dem Gesicht eines Babys und den Augen eines alten Mannes. Er hatte eine blutjunge, jedoch glänzende Karriere als Schriftsteller, Cartoonist und Partyheld vorzuweisen sowie einen die Phantasie anregenden Namen, den er mit einem von Londons bekanntesten Schauspielern teilte: Herbert Beerbohm Tree. Zu meiner Aufregung waren sie tatsächlich miteinander verwandt: Halbbrüder.

Neben ihm saß der kleinste Mann, den ich je gesehen hatte, selbstbewusst in einen dunklen Anzug gekleidet, der ihn wie ein Junge aussehen ließ, der den Kleiderschrank seines älteren Bruders geplündert hat. Er trug eine Brille mit runden Gläsern, in denen sich jede Lampe im Restaurant widerzuspiegeln schien, und hatte glattes, rabenschwarzes Haar, das ihm ebenso lässig wie schwungvoll in die Stirn fiel. Sein Name war William Rothenstein, er war zweiundzwanzig Jahre alt, Kunstmaler und weltberühmt in Paris, wo er von Whistler bis Degas jeden kannte.

Max und Will waren offenbar gute Freunde von Aubrey und schon schnell mit ihm in ein eifriges Gespräch verwickelt, wobei die Worte mit der Geschwindigkeit von Geschossen hin und her flogen.

An der anderen Seite des Tisches saß Frank Harris, Herrn Wilde zufolge der einzige Chefredakteur in der Londoner Zeitungswelt, der seine Kolumnen mit wirklich interessanten Lügen füllte. Er war ein riesenhafter Zwerg von einem Mann, mit einer Stimme, die auf großer Fahrt gewiss ausgezeichnet als Nebelhorn hätte dienen können. Er hatte einen großen, aggressiv hochgezwirbelten Schnurrbart, unter dem mit beängstigendem Gleichmut große Mengen an Whisky verschwanden. Gerade erzählte er seinem Nachbarn eine verwickelte Anekdote, in der eine englische Lady, eine Kiste Zigarren und ein Schiff voll brasilianischer Matrosen, die zwei Monate lang auf See gewesen waren, eine Hauptrolle spielten. Er unterbrach seine lautstarke erzählerische Darbietung, um mir kurz die Hand zu schütteln, und beglückte danach das gesamte Restaurant mit der Pointe.

»Frank, wirklich!« Der Nachbar, für den die Anekdote eigentlich bestimmt war, schüttelte missbilligend den Kopf, wobei gleichzeitig seine Mundwinkel amüsiert nach oben zeigten. »Ist das denn eine Art, einen neuen Gast bei Tisch zu begrüßen? Dass der Junge noch nicht auf und davon gerannt ist!« Er streckte seine Hand über den Tisch, um sich vorzustellen. »Robbie. Ich hoffe, wir haben dich nicht verschreckt!«

Ich sagte, so schnell ließe ich mich nicht ins Boxhorn jagen, und musterte dieses letzte Mitglied des purpurnen Hofstaats, einen lebendigen, alterslosen Puck mit schelmischen, aber freundlichen Augen. Es wunderte mich nicht, dass Vincent neben ihm Platz nahm.

»Wir haben dich hier noch nie gesehen. Jetzt musst du natürlich etwas von dir erzählen!«, sagte er.

Ich warf einen Blick zu Trops, der ganz von dem Märchenprinzen in Beschlag genommen wurde, welcher ihm ein Notizbuch unter die Nase geschoben hatte, in dem er mit einem dieser neuen, sündhaft teuren Füllfederhalter Sätze antippte wie ein wütender Schulmeister mit seinem Zeigestock.

Ich fragte mich, was ich erzählen sollte. Ich hegte die Vermutung, dass die Wahrheit hier am Tisch zwar ausgesprochen werden könnte, aber ich hatte keine Lust, mich selbst unnötig ins Scheinwerferlicht zu rücken. Erst recht nicht auf diese Manier.

»Er sitzt Augustus und mir Modell«, kam Vincent mir zu Hilfe. »Er wird der David auf meinem neuesten Gemälde sein.«

»Ah, *Saul und David*, bist du wirklich immer noch damit beschäftigt, mein lieber Vincent?«

Der Mond schenkte sich selbst einen Whisky ein und füllte das Glas mit Sodawasser auf.

Vincent folgte seinen Händen und antwortete tonlos, als ob er sich deswegen schämte, dass er eigentlich noch nicht damit angefangen habe.

»Aber was hast du dann mit deiner Zeit angestellt? Gespielt in Monte Carlo? Getrunken in Paris? Gesegelt im Mittelmeer? *Gelebt?* Sag mir, dass das nicht wahr ist, Vincent. Ich wäre äußerst enttäuscht von dir!«

Vincent lächelte spärlich: »Ich kann dich leider nicht enttäuschen, Oscar: Ich habe gearbeitet.«

»Aber woran? Mein lieber Junge, was hast du denn getan?«

»Was er getan hat«, antwortete Aubrey, der offensichtlich zwei Gesprächen zugleich folgen konnte, »ist Folgendes: Er hat so ungefähr jedes Buch im British Museum über das historische Palästina gelesen, jeden sachkundigen Professor in Oxford mit Fragen belästigt, komplette Modelle von Sauls Thronsaal nachgebaut und sich eine alte Leier aus Griechenland schicken lassen. Und immer noch schafft er es, einen mit Zweifeln bezüglich der historischen Korrektheit von Davids Sandalen zu langweilen. Kurz, Oscar, er mimt jetzt schon über Monate hinweg den Stubengelehrten.«

Der Mond nahm einen Schluck Whisky und starrte danach einen Moment lang bedächtig in sein Glas. »Das ist eine ernste Sache, Vincent! Als du aus Paris zurückkamst, war ich voller Hoffnung, du wärst endgültig von dieser britischen Obsession für das historische Detail genesen, aber das Londoner Klima ist dir offenbar nicht gut bekommen! Ich frage mich, was wir tun können, um dir wieder etwas aufzuhelfen, mein Bester!«

»Zigaretten!«, sagte der Märchenprinz, der kurz von seinem Notizbuch hochschaute. »Gib ihm einfach eine von diesen Zigaretten, die du heute Nachmittag besorgt hast.«

Vincent machte Protestgeräusche, die jedoch vollkommen ignoriert wurden.

»Reich mal eine weiter, Oscar. Oder nein, besser zwei, ich will selbst auch eine.«

»Ich frage mich«, bemerkte Aubrey beiläufig, »welches Heilmittel es bräuchte, um dich von dieser anödenden Gewohnheit zu heilen, dir überall etwas zu leihen, ohne je etwas zurückzubezahlen.«

»Ach, halt doch den Mund, Aubrey. Hilf uns lieber, Vincent etwas aufzumöbeln!«

Unterstützt von Frank Harris beteuerte Vincent, dass ein ordentlicher Whisky ihm schon genüge. Nach weiteren Mitstreitern suchte er allerdings vergebens.

»Nun, vielleicht ist es das, was du brauchst«, sagte Max.

»Ich fürchte, er hat recht, Vince«, sagte Robbie mit ausdrucksloser Miene.

Trops murmelte undeutlich ermunternde Sätze, während Will mit seinem leicht ablehnenden Blick eher aus dem Rahmen fiel.

Ich schielte zu dem Märchenprinzen, der lachend eine Zigarette zwischen den Fingern herumdrehte, und fand ihn vollkommen unwiderstehlich. Er hätte mich Rattengift rauchen lassen können, ich hätte es ihm nicht abgeschlagen.

Doch Vincent verschränkte in dem Versuch, tapfer zu sein, die Arme vor der Brust und sagte: »Dann erklärt mir doch mal, was an den Dingern so Besonderes ist.«

Ich musste laut auflachen, genau wie der Rest des Tisches, aber wahrscheinlich nicht aus demselben Grund. Ich gehörte nicht zu dem handverlesenen Klub derjenigen, die in die Geheimnisse dieser magischen Zigaretten eingeweiht waren. Aber ich wusste wohl, dass Vincent in diesem Spielchen der Knirps war, der gern zu den großen Jungs dazugehören wollte, doch selbst mit den gröbsten Unverschämtheiten und den gefährlichsten Wagnissen ihren Ansprüchen nie würde genügen können. Wenn sie die Gelegenheit dazu bekämen, würden sie nichts an ihm heil lassen. Offenbar ging es in den teuren Restaurants von London kaum anders zu als auf dem Schulhof, wenn auch mit mehr Eleganz. Und mehr unterschwelligem Gift.

Der Märchenprinz hatte sich zurückgelehnt und entzündete eine der Zigaretten. Er sog aufreizend genussfreudig den Rauch in sich hinein. Ich hielt mit ihm den Atem an.

»Du musst es erzählen«, sagte er mit einem Schwenk seiner Hand in Richtung Mond. »Du bist der beste Redner. Wenn jemand ihn überzeugen kann, dann du. Du kannst jeden überzeugen.«

»Mehr an Schmeichelei wird es nicht brauchen«, hörte ich Aubrey zu Max flüstern. Allem Anschein nach hatte er recht.

Der Mond räusperte sich hinter einem spitzenbesetzten weißen Taschentuch wie jemand, der kurz davor steht, eine Rede vom Stapel zu lassen, und ich war schon gefasst auf mindestens eine Viertelstunde Langeweile. Doch es kam anders.

Im The King's Arms hatten wir unsere eigenen Kneipenorakel gehabt; Kerle, denen, sobald sie ein paar Schnäpse im Leib hatten, die gesamte Kundschaft an den Lippen hing, kaum dass sie ihre Geschichten über Shanghai oder Kalkutta zum Besten gaben: exotische Orte, die sie lediglich in ihren Träumen oder in den Kolumnen der Tageszeitungen besucht hatten.

»Der redet wie'n Bilderbuch«, lautete dann das Urteil, und es war ein Kompliment.

Dieser Mann redete wie ein Gemälde. Ein Gemälde groß wie ein Haus, voller Dinge, die nie existiert hatten und auch niemals existieren würden, an die man aber sofort glauben wollte, weil sie so schön waren. Märchen, die in *Tausendundeiner Nacht* und bei Andersen fehlten, weil niemand sie so schön wiedergeben konnte wie er. Und ich war noch genauso versessen auf Märchen wie früher, als Ma sie Mary Ann und mir vorlas.

Ich lauschte begierig, obwohl ich noch am selben Abend die genauen Worte vergessen würde. Was mir vor allem im Gedächtnis bleiben sollte, war die Magie.

In diesem Märchen malten zwei Künstler ein und dieselbe Frau: eine Streichholzverkäuferin, achtzehn Jahre und zugleich steinalt, und so gewöhnlich wie ein Montagmorgen.

Der eine Künstler, einer der modernen Art, der in den Braun- und Grautönen des Londoner Schlamms und Nebels malte, setzte sie an einen wackligen Kneipentisch und drückte ihr ein Glas eines gefährlich grünen Getränks in die Hand. Danach verwandte er Stunden auf das Mischen der richtigen Farbe für das verschossene Leder ihrer Schuhe, zerbrach sich den Kopf über den Lichteinfall, der die Ringe unter ihren Augen am besten hervorheben würde, und machte eine ausführliche Studie ihrer dünnen, stumpfen Haare.

Als das Bild fertig war, reichte er es für die Ausstellung der Royal Academy ein, wo es aufgrund seiner sittlichen Verderbtheit abgelehnt wurde, und für die Ausstellung in der New Gallery, wo es einen Skandal verursachte. Sein Name als Künstler war etabliert: Ältere Kunstkritiker wetterten über seine Schändlichkeit, Studenten besorgten sich Reproduktionen, und Bernard Shaw schrieb einen flammenden Artikel über den Zusammenhang zwischen Armut und Alkoholmissbrauch unter den niederen Ständen. Wohltätige Damen besuchten daraufhin in Begleitung Ost-Londoner Kneipen, um die Frauen dort auf die Vorteile eher ungefährlicher Getränke wie heißer Schokolade oder Tee hinzuweisen, und kommentierten die groben Gesichter der betrunkenen, rettungslos verlorenen Sünderinnen, wie sie der Maler so treffend auf der Leinwand festgehalten hatte.

Während sich dies alles zutrug, begegnete die Streichholzverkäuferin auf der Straße dem anderen Künstler. Nun, das war ein Mann, so erzählte der Mond, der gern rauchte. Ein Mann mit nichts als guten Eigenschaften, darunter als weitaus beste die, dass er ein ausgezeichneter Lügner war. Er malte nie nach dem Leben, wie es war, sondern danach, wie es seinem Wunsch entsprechend sein sollte, das heißt, wie es eben nicht war.

Denn nie begegnete er in London einer Frau mit dem langen Hals seiner Madonnen oder den gefährlichen Lippen seiner Lamien. Solche Hälse und Lippen waren in England seit Jahren aus der Mode, und deshalb trugen die Frauen sie nicht mehr.

Gut, unsere Streichholzverkäuferin hatte kein Geld für frische, rote

Wangen, mollige Arme, blonde Locken oder andere Modelaunen und ging darum mit einem Paar onyxschwarzer Augen durchs Leben, die so alt waren wie die der Kleopatra. Aber was kann ein Künstler in einem Spiegel aus Onyx nicht alles sehen? Er nahm sie mit in sein Atelier, breitete sie wie ein kostbares Gewebe über das Sofa und starrte Stunden, im Dämmer des Kerzenlichts, in ihre schwarzen Augen.

Was er sah, war nicht viel Besonderes: den leeren, durch zu viel dünnes Bier abgestumpften Geist einer Frau aus der Arbeiterklasse, mit hier und da einem törichten Traum und dem Trugbild einer enttäuschenden Romanze. Aber weil er ein wirklicher Künstler war und somit ein meisterhafter Lügner, sah er viel mehr.

In der Dämmerung wuchs der Klatschmohn, mit Härchen so schwarz wie ihre Augen, Hunderte von Klatschmohnblüten zu einem rotschwarzen Kleid zusammengewebt, weit wie ein Blütenfeld und weich wie die Arme eines schlafenden Liebhabers. Ein Kleid, das ihren Leib überwucherte mit der Blütenpracht einer Wüste nach einem seltenen Regenschauer. Und um sie her flatterten Schmetterlinge, Falter mit Flügeln aus schwarzem Email und Silberfiligran, trunken vom süß-bitteren Honig aus der Tiefe der Klatschmohnkelche. Falter, die einen dünnen Seidenschleier über ihr Gesicht breiteten, unter dem ihre leeren Augen funkelten wie Kaleidoskopgläser voller Sterne und Glitter.

Natürlich wurde auch dieses Bild von der Academy abgelehnt und in der New Gallery kritisiert, denn Wahrheit und Lüge sind für den Philister gleichermaßen tadelnswert. Aber unter einigen weiblichen Ausstellungsbesuchern trat ein merkwürdiges Phänomen auf. Eine wahre *Vogue* für onyxschwarze Augensterne verbreitete sich über die kunstsinnigeren Häuser von Brompton und Mayfair. Jeder Maler, der für ein Porträt im Salon vorstellig wurde, fand dort dieselben dunklen Spiegel, die nur das zurückzuwerfen schienen, was in seinen Träumen existierte. Nicht länger drängten sich Perlenketten, Schoßhündchen oder die neuesten Kleider aus Paris in den Vordergrund, sondern exotische Arm- und Fußkettchen, betrügerisch schnurrende Panther und Gewänder, die griechischen Priesterinnen gewiss gut zu Gesicht gestanden hätten. Sessel und Sofas wurden durch Throne und Opfersteine ersetzt, zuvor aufgesteckte Haare ergossen sich in Wasserfällen aus zügellosen Locken über nackte Schultern.

Er stand außer Zweifel, dass die Kunst den Angriff auf die Stadt eröffnet hatte. Seit den Tagen des Großen Brandes hatte sich der Anblick Londons nicht mehr so verändert. Die Kaufhäuser begannen, geheimnisvolle Tiegel Kohlschwarz und Alabasterweiß zu verkaufen, und Modesklavinnen suchten am Piccadilly Circus nach professionellen Färberinnen, die sie in die Mysterien der Kosmetik einweihten. Geistliche hielten vor einer Gemeinde aus schwarzen Augen und gefärbten Lippen Kapuzinerpredigten über die fürchterlichen Strafen, die den Delilahs dieser Zeit in der Hölle harrten. Der Prinz von Wales sandte seinen Geliebten Make-up-Schachteln mit ausführlichen Instruktionen, und die Rage war ein Faktum. Die Magie aus Farbe und Lügen war bis in die höchsten Kreise vorgedrungen.

Das Gemälde mit der Streichholzverkäuferin wurde, nachdem es einige Jahre später als Reproduktion über jedem englischen Kamin gehangen hatte, von der National Gallery erworben und stolz neben den Constables, den Gainsboroughs und den sonstigen Eckpfeilern des englischen Stolzes und Traditionsbewusstseins ausgestellt.

Ruskin, unser berühmtester Kunstkritiker, verfasste einen Artikel darüber und behauptete mit entschiedener Gewissheit, der Maler habe niemals nach einem existierenden Modell gearbeitet. Und natürlich, weil er der große, alte Mann war, der er war, behielt er recht. Diese Frau hatte es niemals gegeben. Der Geist des Künstlers hatte sie erschaffen, und jetzt besuchte sie in eine Wolke aus Lotosparfüm und Klatschmohndämpfen gehüllt jedes Society-Fest. Denn es ist nun einmal ein ebenso geheimes wie seit Ewigkeiten unverrückbares Gesetz, dass das Leben und die Natur sich nach der Kunst fügen und nicht umgekehrt.

Es ist erstaunlich, wie viel man einem Mann vergeben kann. Ich hatte Trops schon mehr vergeben, als ich für möglich gehalten hätte, weil er nett war und dazu ein guter Gesellschafter. Jetzt vergab ich dem Mond, ohne eine Sekunde darüber nachzudenken, sein Mondsein. Ich vergab ihm das dumpfe, gefärbte Haar, das blasse, aufgedunsene Gesicht und die Ringe an den Händen genau in dem Moment, als er zu erzählen anfing. Er hatte eine Stimme, der man zuhörte, ohne zu wissen, ob man zuhören *wollte* oder *musste*, er sprach über Dinge, über die man morgen mit seinen Kumpels lachen würde, aber die man jetzt, solange man seine Stimme hörte, akzeptierte, als stünden sie in der Bibel. Er ließ einen an Dinge glauben, an die man nie hatte glauben wollen, und zu Aussagen nicken, mit denen man mit Sicherheit nicht einverstanden war.

Ich betrachtete den Kreis, betrachtete den purpurnen Hofstaat, der vorübergehend seine eigenen Geschichten vergaß und lauschte, sowie mich selbst in einem der Spiegel. Die Freude in meinen Augen war eine schockierende Überraschung. Ich war hier gar nicht so sehr fehl am Platz. Ich begriff, was der Maler in den onyxschwarzen Augen der Zigarettenverkäuferin gesehen hatte, nämlich dasselbe wie Gloria und ich in der Dunkelheit von London: die Sterne, die ein guter Lügner an den Himmel malen konnte. Ich gehörte hierher, weil ich das verstand.

Vincent unterdessen gab sich alle Mühe, nichts davon zu kapieren, fragte, was denn der Klatschmohn damit zu tun habe, und wurde herzlich ausgelacht.

»Du hast wirklich von nichts eine Ahnung, alter Junge!«, polterte Frank Harris mitleidig. »Glaubst du wirklich, irgendwer interessiert sich für die Sandalen von so einem verstaubten Israeliten? Weißt du, was die Leute wollen? Ich will dir erzählen, was die Leute wollen: Sensation, großes Trara, Skandale, Küsse und Keilereien, steck das in deine Zeitungskolumnen, und du verkaufst dich! Jeder Zeitungsredakteur weiß das! Was du tun solltest, Vincent, ist einen durchschnittlichen Londoner Schuljungen fragen, was er sich am liebsten an die Wand hängen würde. Und wenn du das dann malst, dann verkaufst du deine Bilder schneller, als du sie produzieren kannst. Du, Bursche, was würdest du gern sehen?«

Nicht gefasst auf diese Frage, die mich zum Mittelpunkt des Interesses machte, bekam ich abermals einen Kopf wie eine Tomate. Aber dann dachte ich: Ach, ihr könnt mich mal. Ich war nicht Vincent. Ich hatte keine Angst vor ihnen, jedenfalls würde ich das nie zugeben. Ich war genauso gut wie sie.

Also antwortete ich prompt und ohne mich darum zu sorgen, was sie von meiner Antwort halten würden: »Königin Ayesha aus *She* von Rider Haggard und ihr Schloss in Kôr.«

Das Buch war Pas Geschenk zu meinem zwölften Geburtstag gewesen, obwohl Ma gemeint hatte, ich sei noch zu jung dafür. Ich hatte es sofort meiner Sammlung von Lieblingsabenteuerbüchern hinzugefügt und es lediglich nach vielen heiligen Versprechen, auch wirklich – wirklich – gut darauf achtzugeben, an Gloria ausgeliehen. Die Abenteuer von Professor Holly und seinem Pflegesohn mit Kannibalen, Negerkriegern und der ewig jungen Königin Ayesha in ihrer Stadt aus Grabmälern hatten mich monatelang jeden Sixpence an Taschengeld für die Reise ins große Abenteuer nach Afrika sparen lassen.

Offenbar hatte ich keine schlechte Antwort gegeben.

»Ja«, nickte der Mond. »Du musst die Gräber von Kôr für ihn malen, Vincent. Niemand hat sie je gesehen, weswegen du im British Museum rein nichts über sie finden wirst. Du wirst dich selbst entdecken müssen, Vincent!«

Vincent lächelte ausweichend über den Rand seines Glases und nahm einen Schluck Wein. In der Hoffnung, der purpurne Hofstaat würde zu einem anderen Gesprächsthema übergehen, begann er mit Will eine Unterhaltung über japanische Holzschnitte, über die er sich einfach keine Meinung bilden konnte. Robbie und Aubrey waren schnell in die Diskussion miteinbezogen, und ich erwartete, jetzt wieder ignoriert zu werden. Aber darin täuschte ich mich.

Ein Glas rosa Champagner und eine Schachtel ägyptischer Zigaretten schienen nach einem Fingerschnippen des Mondes wie durch Zauberhand vor meiner Nase zu erscheinen. Ich trank und ich rauchte, und ehe ich wusste wie, unterhielt ich mich bereits mit ihm.

Ich erzählte ihm von *Treasure Island* und allen anderen Büchern, die ich irgendwann gelesen hatte oder hätte lesen müssen. Von den Bildern, die immer unter meinem Bett gelegen hatten. Von *Tosca*, der einzigen Vorstellung von Sarah Bernhardt in London, die ich je gesehen hatte. Dinge, über die ich bisher nur mit Mary Ann hatte reden können und die ich jetzt einfach so einem vollkommen Fremden mitteilte, einem, den ich vorher am Abend lediglich mit »Sir« anzusprechen gewagt hätte. Aber die Worte strömten wie Wein und Wasser. Ich konnte sie nicht stoppen, und ich wollte es auch nicht. Ich fühlte mich frei, ihn anzublicken, und sah, dass er neben allem anderen, was er war, vor allem freundlich war und mich nie wegen irgendwelcher Schnitzer auslachen würde, die ich zweifellos fortwährend machte. Sie schienen mir sogar, wenn ich mich nicht täuschte, in seinen Augen einen gewissen Charme zu verleihen. Er schien mich zu mögen, und ich dachte weiter nicht darüber nach. Ich war froh, überhaupt von jemand nett gefunden zu werden, aus welchem Grund auch immer.

Unbemerkt glitten die Zeiger der Uhr an Mitternacht vorüber. Die Sprecher gerieten in Fahrt. Neue Flaschen Wein wurden bestellt, mit Opiumprisen gewürzte Zigaretten weitergereicht, Geschichten, Geheimnisse und lautstarke Lachanfälle sorglos mit dem gesamten Restaurant geteilt. Vincent rauchte eine halbe Zigarette (nicht mehr) und begann, Erinnerungen an Paris hervorzukramen, aus dem letzten Frühjahr, als er, Trops, Will und Aubrey sich zum ersten Mal begegnet waren. Die Zigaretten hatten mich verschwommen und rosig gemacht. Ich lauschte ihren Gesprächen, die mir musikalisch, aber großenteils unbegreiflich in den Ohren klangen, als würden sie in der Sprache eines weit von hier entfernten Landes geführt.

»Ich vergesse nie, wie du mir im Louvre erzählt hast, du würdest Ingres für einen großen Maler halten, Vince. Bis zur Venus von Milo haben wir uns darüber gestritten.«

»Ich hatte geglaubt, man würde uns aus dem Museum werfen!«

»Erzählt mir nicht, ihr hättet euch vor der Venus von Milo gestritten, Will! Sie ist eine Dame, die in Stille angebetet werden muss! Wenn ich in Paris bin, nehme ich mir immer ein paar Stunden Zeit, sie zu bewundern.«

»Hm, Oscar, wärst du sehr enttäuscht, wenn ich dir sage, dass ich im Le Rat Mort eine Hure mit genau dem gleichen Profil gesehen habe? Aber *die* war natürlich anständig gekleidet!«

»Apropos anständige Kleidung: Ist mir da nicht etwas über einen Zwischenfall mit Amerikanern in Versailles zu Ohren gekommen, im selben Frühjahr ...«

»Ach, Frank, die Geschichte magst du absolut nicht hören!«

»So wie ich Frank kenne, ist das genau *die* Art von Geschichten, die er hören will, Vincent. Und außerdem: Es waren abscheuliche Leute! Sie sprachen Französisch aus Sprachführern, und ihre Frauen sahen aus, als wollten sie jede Statue im Skulpturengarten mit gesunder, sittsamer Jersey-Unterwäsche verhüllen. Sie hatten es nicht besser verdient!«

»Lass Aubrey es erzählen, Vince! Es ist eine Geschichte, die Informationen enthält, an denen die zivilisierte Welt ein großes Interesse hat. *Wie schrecke ich Amerikaner ab?* Eine definitive Antwort auf diese Frage würde das Leben auf Bällen und Gartenfesten so viel angenehmer machen!«

»Danke, Augustus. Also, wie ich schon sagte, wir *mussten* einfach etwas tun. Wir waren göttlich, der Tag war göttlich, die Aussicht war göttlich, wir konnten ihr störendes Vorhandensein absolut nicht tolerieren. Nun, die Lösung war in unserem Fall recht einfach. Wir saßen am Ufer eines Sees, wie ihn Monet liebend gern gemalt hätte. Was konnte da selbstverständlicher sein als eine Runde Schwimmen? Also machten wir uns daran, uns zu entkleiden ...«

Die Männer um den Tisch brachen in Gelächter aus, während die übrigen Gäste den Kopf hoben, begierig zu erfahren, was da erzählt wurde. Der Mond machte eine laute Bemerkung über neuweltliche Journalisten als den einzigen von Scham freien Amerikanern, die bestimmt an jedem Tisch gehört wurde.

Aubrey beugte sich grinsend über den Tisch zu Vincent. Dabei schwenkte er seine Zigarette wie einen Zauberstab.

»Wir müssen mal wieder nach Paris fahren, Vince!«

»Nächstes Frühjahr«, schlug der vor, »lasst uns nächstes Frühjahr fahren.«

Es war das erste Mal, dass ich ihn von einer Sache begeistert erlebt hatte, und ich versuchte, ihn mir als einen dieser in Paris losgelassenen englischen jungen Hunde vorzustellen. Aber es wollte mir nicht gelingen.

»Wir sollten alle zusammen fahren«, sagte Trops mit einer vom Wein und Sentiment dicken Stimme. »Wir sollten alle zusammen nach Paris reisen, um in Sünde und Glückseligkeit zu leben.«

Der Märchenprinz legte eine Hand auf seinen Arm und erklärte, dies sei prächtig gesprochen.

Robbie hob sein Glas und brachte einen Toast aus auf »Paris, die Sünde und das Elysium!«

Frank Harris sprang auf, um den Trinkspruch zu erwidern, und warf dabei den Weinkühler um.

Der Abend endete im Chaos. Ich hatte drei Stunden auf dem Berg der Götter verbracht.

14

*Ein schöner Morgen für Selbstmörder – Weiser Rat (von Trops!) –
Ich habe offenbar ein Strafregister – Die große Liebe – Auf die Straße
gesetzt werden, aber von einem Freund: Was für ein Trost!*

Manche Londoner Morgen riechen nach sauberer Wäsche. Dann scheint
es, als würde der Wind vom Meer herüberwehen, als wären die Straßen
sauber und als würden die Kanzleischreiber pfeifend zur Arbeit gehen.
Kurz, an bestimmten Morgen ist London nicht London.

An genau so einem Morgen erwachte ich mit dem Geschmack von zu
viel Wein und Zigaretten im Mund und übergab mich in einen Nachttopf, den ich auf gut Glück unter einem Bett hervorzog, das nicht das
meine war. Es war das von Trops.

Während ein kleiner Chor mehrstimmig tschilpender Spatzen in der
Dachrinne mein aufkommendes »O ... *hell!*«-Gefühl begleitete, versuchte ich mich zu erinnern, was heute Nacht nach unserer Heimkehr
passiert war. Das Einzige, was in mir aufkommen wollte, war das Bild von
mir, wie ich splitternackt und mit einer Flasche Schampus in der Hand
auf dem Bett auf und ab sprang (*Champie Charlie* schien die Begleit-
melodie zu dieser Darbietung gewesen zu sein), und von Trops, der sich
vor Lachen den Bauch hielt und dabei einen Steifen hatte, den man als
Fahnenmast hätte nehmen können. Aber angesichts unseres Zustands
beim Verlassen des Café Royal waren diese Phantasiegebilde wahrscheinlich einzig und allein der Wirkung der magischen Zigaretten zuzuschrei-
ben. Wir waren bestimmt nicht mehr zu sehr vielem imstande gewesen.

Ich fischte unter der Decke nach meiner Unterhose, schlug mir ein
Hemd um die Schultern und wankte für etwas Frischluft ans Fenster.

Unten in der Straße machte der Milchmann pfeifend seine Runde,
und einige mit Milchkannen und dem neuesten Tratsch bewaffnete
Hausfrauen hatten die Köpfe zusammengesteckt. Sie hoben die Köpfe,
als ich ungeschickt das Fenster öffnete und »Morgen auch« murmelte.
Eine drehte resolut den Kopf weg, als hätte ich den Nachttopf vor ihrer

Nase ausgeleert, und begann ein Gespräch, dessen erster Satz sich anhörte wie: »Er hat mal wieder einen!«

Ich zog den Kopf wieder zurück und überlegte mir, dass es ein guter Tag sei, im Bett zu bleiben. Aber um halb elf wurde ich in Camelot erwartet. Zu meiner ersten Sitzung als Malermodell.

Ich ließ mich wieder auf die Matratze fallen und rülpste die letzten Reste Kloakenluft und Frustration in die Welt hinein. Im selben Augenblick kam Trops in einem Nachthemd groß wie ein Beduinenzelt ins Zimmer gewackelt. Er sah leicht grün aus, und seine für gewöhnlich unverwüstliche gute Laune schien ihn im Stich gelassen zu haben. Die Besuche im »Olymp des Londoner Götterpantheons« forderten offenbar ihren Preis.

Er setzte sich auf die Bettkante und stützte den Kopf in beide Hände. »Manche Morgen«, verkündete er, »sind geschaffen für Selbstmord.«

Ich nickte und legte ihm eine mitfühlende Hand auf die Hüfte.

Er hob den Kopf. »Also, jetzt hast du sie alle kennengelernt«, sagte er.

Ich lächelte, und etwas von dem Spaß des vorigen Abends kehrte wieder zurück. »Ja.«

»Findest du sie nett?«

»Äh ... ja, ich finde sie ziemlich nett.«

»Finde sie nur nicht *zu* nett«, sagte Trops.

»Hä? Wieso?«, fragte ich. Trops, der einen vor fremden Männern warnte, das war etwas ganz Neues. »Heißt das, ich soll höflich ablehnen, wenn sie mir ein Bonbon anbieten und mich fragen, ob ich mitgehe? Das hätte ich mir früher überlegen sollen, Trops!«

Er ließ den Seitenhieb an sich vorbeigehen und massierte sich die Stirn. Es half nichts. Die Falten auf ihr blieben einfach, wo sie waren. »Das ist es nicht. Die meisten sind einfach gute Freunde und werden dich nie in Schwierigkeiten bringen wollen. Ich werde dich nie in Schwierigkeiten bringen wollen, Adrian.«

»Was für Schwierigkeiten?« Ich wurde wieder ein bisschen wach. *Was für Schwierigkeiten?*

»Ich habe vor einiger Zeit einige dumme Dinge getan«, sagte Trops. »Mich mit Leuten abgegeben, auf die ich mich besser nicht eingelassen hätte. Auf Personen gehört, denen ich besser nicht zugehört hätte. Nicht, dass dabei wirklicher Schaden entstanden wäre, aber ... ich weiß, was passieren kann, Ady.«

»Erzählst du mir jetzt endlich, wovon du sprichst, Trops?«

Er gab den Kampf gegen seine Falten auf, ließ die Hände in den Schoß fallen und schaute mich an. »Was hältst du von Lord Alfred, Ady?«

»Lord Alfred?«

»Bosie, wir nennen ihn alle Bosie. Ist auch egal. Wie findest du ihn?«

Ich zuckte vorsichtig mit den Schultern. Allmählich ging mir ein Licht auf. Ich wusste, worum es sich hier drehte. Und ohne meinen hölzernen Brummschädel und dieses Dutzend an Billardkugeln im Magen hätte ich bestimmt darüber gelacht.

»Na ja. Schon nett, ziemlich hübsch.«

»Du hast verwöhnt, verantwortungslos und so verrückt wie ein Märzhase vergessen«, ergänzte Trops.

»Du bist eifersüchtig!«, sagte ich rundheraus.

»Ei... eifersüchtig!« Trops unternahm den Versuch zu lachen, was ihm schlecht bekam. »Ady, ich bin niemals eifersüchtig. Ich halte es für egoistisch, jemanden, den man liebt, nur für sich selbst behalten zu wollen. Das ist das Prinzip der Ehe, und sieh dir nur an, zu welchem Elend das führt! Aber es gibt einen Unterschied zwischen freier Liebe und herzloser Liebe ...«

»*Herzloser* Liebe?«

»Das ist kein Widerspruch. Oder vielleicht doch und gerade deshalb nicht weit neben der Wahrheit. Menschen benutzen, Menschen wehtun. Darum geht es.«

Ich begann, mein Hemd zuzuknöpfen, und fragte mich, ob Trops denn noch nie jemandem wehgetan hatte. Bestimmt, aber nie ohne gute Absichten!

»Ich dachte, ihr wäret Freunde«, sagte ich. »Und du fändest ihn so dekorativ und so.«

»Er ist auch mein Freund. Aber mit jemand befreundet zu sein heißt nicht, seinen Fehlern gegenüber blind zu sein. Ich mag Bosie gern. Überaus gern. Und er *ist* nett und talentiert und hübsch ... Dieser Junge ist der anbetungswürdigste Halbgott, der je die Londoner Salons und Restaurants geschmückt hat. Aber gerade deshalb ist es so leicht, sich in diesem Engelsgesicht zu täuschen. Er hat ... gewisse Unarten, und bevor du ihn nochmals so anstarrst, als wäre er das achte Weltwunder, Ady, solltest du ein paar Dinge über ihn wissen.«

Ich drehte mich auf den Bauch, ertappt und beleidigt und mit dem festen Vorsatz, ihm nur halb zuzuhören.

»Erstens: Er ist ein Lord, und falls du es vergessen haben solltest, hier in England besteht ein großer Unterschied zwischen Lords und gewöhnlichen Sterblichen. Ein einfacher Büroangestellter, der Schulden bei dir hat, ist dir ein Klotz am Bein, ein Lord dagegen, der dir ein Vermögen schuldet, eine Ehre. Erwarte nicht, dass er dir je etwas zurückzahlen wird, sei es nun Geld, Liebe oder Freundschaft. Lord Alfred Douglas steht bei dir in der Kreide, ist das nicht Ehre genug? Es beweist, dass du ihn kennst! Na gut, das kann man dem Jungen nicht anrechnen. Folgen einer adeligen Erziehung, sagen wir mal. Sein Vater ...«

»Der alte Pavian«, murmelte ich.

»Der alte Pavian hat, was das angeht, das Seine dazu beigetragen. Besonders indem er immerzu abwesend war, beschäftigt mit den Verpflichtungen, die das Leben eines Lords so wertvoll machen: der Jagd auf Frauen und Füchse, in dieser Reihenfolge. Für Kinder bleibt keine Zeit: Man zeugt sie, schickt sie ins Internat, stattet sie mit Geld aus und markiert ab und zu den Bullenbeißer, um zu zeigen, wer in der Familie das Sagen hat. Etwas mehr kann man von so einem vielbeschäftigten Mann doch nicht erwarten, oder?«

»Sie hassen sich«, sagte ich.

»Leute, die sich sehr ähnlich sind, hassen sich häufig«, sagte Trops.

»Sind sie sich denn sehr ähnlich?«

»Nun, es gibt gewisse Familienmerkmale«, erzählte Trops mit etwas, das einem Grinsen nahekam. »Du hast es im Willis's gesehen. Und wenn der Senior zu seiner Zeit ein ziemlicher Schürzenjäger war, dann ist der Junior ...«

Ich weigerte mich, den albernen Scherz zu beenden.

»Das, was ich gestern Abend zu ihm sagte: ›unlautere Konkurrenz‹. Das war nicht ernst gemeint, nicht ganz ernst, aber ... Nun, Bosie neigt dazu, das Spielzeug der anderen Jungs schöner zu finden als sein eigenes.«

Ich verdrehte die Augen. »Sprich normal, Trops!«

Er nickte, immer noch mit gerunzelter Stirn. »Gut, gut. Aber ich denke, du musst wissen ... Robbie könnte dir erzählen ... Vorigen Sommer ist etwas geschehen. Internatszöglinge aus Brügge. Drei Verehrer. Großer Schlamassel. Beinahe schlecht ausgegangen. Robbie musste für ein paar Monate in einem Kurort in der Schweiz untertauchen. Bosie kam gerade noch an einer gerichtlichen Verfolgung vorbei. Oscar ...«

»Sorry«, fiel ich ihm ins Wort, »ich glaube nicht, dass ich mehr darüber wissen will.« Aber dann konnte ich es doch nicht lassen zu fragen: »Die zwei, wie verhält sich das?«

Trops zuckte mit den Schultern.

»Was soll ich sagen? Wahre Liebe: große Glückseligkeit, tiefstes Elend. Eitel Sonnenschein und regelmäßige Explosionen. Man kann nicht lange mit Bosie zusammen sein, ohne dass etwas zum Platzen kommt. Besonders, wenn man sich etwas aus ihm macht. Was Oscar tut. Oder tat, ich weiß es nicht. Jetzt sind sie, glaube ich, nur noch gute Freunde. Bis zum nächsten Krach.«

»*Liebe, das ist wie die Masern* ...«, zitierte ich abwesend.

»Ja«, sagte Trops, »das kann man wohl sagen!«

Danach schwiegen wir eine Weile und lauschten den Spatzen auf dem Dach, die immer noch eine fürchterlich falsche Frühmorgen-Symphonie aufführten. Trops legte mir seine Hand auf den Kopf und streichelte über mein millimeterkurzes Haar.

»Du hast es heute früh schlecht mit mir getroffen«, sagte er. »Ich benehme mich wie ein übler alter Nörgler.«

»Das kommt von den Zigaretten«, behauptete ich, »und dem Wein. Und von Bosie dem Märchenprinzen.«

Er schüttelte lachend den Kopf.

»Ja, das muss es sein. Weißt du, was sein neuester Schachzug sein wird, Adrian? Ein Spottgedicht über seinen Vater in der *Pall Mall Gazette*. Er hat es mir gestern Abend gezeigt, und ich versichere dir, es wird sogar veröffentlicht werden. Hoffentlich trifft den alten Pavian der Schlag, wenn er es liest. Das würde uns einen Haufen Elend ersparen!«

Er stand auf, machte ein paar schwerfällige Bewegungen, die bei Trops als gymnastische Übungen durchgehen mussten, und wandte sich wieder zu mir. »Hast du schon irgendeine Ahnung, wo du wohnen wirst?«

»Hä?«, fragte ich.

»Nun, hier kannst du nicht bleiben«, sagte er.

Ich ließ einige von Trops' Falten auf meiner Stirn erscheinen. Hierauf war ich nicht vorbereitet. Ich hatte noch kaum Pläne für die Zukunft, sondern vorläufig mit ein paar Wochen Bed and Breakfast im Hause Trops gerechnet. Jetzt fragte ich mich, ob dieses ganze Gespräch vielleicht ein Anlauf zu dieser Frage gewesen war. Trops wollte nicht, dass ich in Schwierigkeiten geriet. Oder wollte er *selbst* nicht in Schwierigkeiten kommen?

»Kann ich hier nicht noch eine Weile bleiben? Eine Woche oder so?«

»Ja, aber nicht länger.« Er versuchte abermals ein Lächeln. »Ich habe neugierige Nachbarinnen.«

»Ich weiß«, sagte ich. »Angst, dass sie dir hinterherzeigen?«

Er schüttelte den Kopf. »Klatschmäuler können dir zwei Jahre Zwangsarbeit besorgen, Ady.«

»Wofür? Wegen illegaler Untervermietung?«

Er beugte sich vor und gab mir einen Kuss, ehe ich die Gelegenheit hatte, wegzutauchen. »Hierfür. Und ich freue mich, dass du das nicht weißt. Deswegen mag ich dich so gern.«

»Man kann fürs *Küssen* zwei Jahre kriegen?«

Als waschechtes Kind des Londoner Ostens war ich mit der Überzeugung aufgewachsen, dass, wer auch immer von Gesetzen profitierte, es nicht die gewöhnlichen Leute waren. Es schien ausschließlich Gesetze *gegen* alles Mögliche zu geben: gegen Wetten, gegen Trinken nach Eintritt der Polizeistunde, gegen das Stibitzen eines Apfels. Aber das hier übertraf wirklich alles.

»Nun, du und ich können zwei Jahre fürs Küssen bekommen. Na ja, vielleicht nicht direkt fürs Küssen ... Aber wohl für andere Dinge, die wir getan haben.«

»Willst du mir erzählen, diese Fummelei wäre auch noch strafbar?«

Das war der Tropfen im Fass, der noch fehlte. Neben allem anderen, was an diesem Morgen nicht taugte, wurde mir auch noch mitgeteilt, dass ich eine strafbare Handlung begangen hatte. Im Bett! »Das hättest du mir auch früher erzählen können!«, sagte ich.

»Es tut mir leid, aber ich hatte einen guten Grund, das nicht zu tun.«

»Ja natürlich! Angst, dir könnte eine schöne Nummer entgehen, was?« Ich war jetzt wieder genauso wütend auf ihn wie vor einigen Tagen.

Jedes Mal, wenn ich es mit allen möglichen Tricks geschafft hatte, das Leben schön zu finden, passierte etwas, wodurch alles wieder ein großer Schlamassel wurde. Alles, was ich wollte, war ein großartiges Leben. Ein phantastisches Leben. Ein Märchenleben. Ein Leben vollkommen frei von Scherben, Schelte und Scherereien. Ohne »O ... hell!«-Gefühl. War das denn zu viel verlangt?

Trops stand gegen die Wand gelehnt, grün und verletzt und müde, aber so wie gewöhnlich nicht böse. »Der Grund dafür ist«, erläuterte er mit unausstehlicher Geduld, »dass es sich hier um das einzige Gesetz in England handelt, das die Kriminalität fördert. Mehr will ich dazu nicht sagen. Ich möchte dir auf diesem Gebiet gern deine Unschuld lassen, Ady.«

Ich zögerte, ob ich jetzt schon meinen Koffer unter dem Bett hervorzerren sollte. Aber diesmal hatte ich nicht den Mut, selbst die Tür hinter mir zuzuschlagen. Je mehr Häuser ich hinter mir ließ, desto weniger blieben übrig.

»Ich dachte, du würdest dir etwas aus mir machen«, sagte ich, meine Zuflucht in beleidigten Vorwürfen suchend.

»Das tue ich auch. Ich mag dich gern, Adrian. Sehr gern. Aber ...« Er suchte nach Worten. Kein gutes Zeichen.

»Aber ich bin ein hoffnungsloser Romantiker, Ady. Ich glaube an die Liebe. Die große Liebe. Es ist die schönste Art, Selbstmord zu begehen. Allein ... jetzt noch nicht. Jetzt noch lange nicht.«

Und nicht um meinetwillen, ergänzte ich in Gedanken. Ich war nicht enttäuscht. Es war einfach so, wie es war. Trops und ich, das war nicht die große Liebe, es waren noch nicht einmal die Masern. Höchstens das warme, nebulöse Gefühl, das einer Erkältung voranging. Oder Juckreiz an einer Stelle des Körpers, die man selbst nicht erreichte.

»Ich will keine Schwierigkeiten, nicht für mich und nicht für dich. Aber wenn du irgendwo ein Zimmer finden kannst ... Natürlich können wir uns weiterhin sehen. Du kannst immer für einen Nachmittag vorbeischauen, Ady. Ich muss dein Porträt noch fertig machen, und wir können zusammen ausgehen. Spaß haben. Als Freunde. Freunde haben den Spaß, Liebende die Schwierigkeiten. Na, wie hört sich das an?«

Ich runzelte die Stirn.

»Na komm, Ady.«

175

»Adrian.«

»Komm schon, Adrian!«

Ich seufzte und gab mich zum allerletzten Mal geschlagen. Ich wurde wieder auf die Straße gesetzt, aber diesmal immerhin von einem Freund. Wenn das kein Trost war ...

»Es ist in Ordnung, Trops.« Ich stand auf, um meine Arme um seinen Nacken zu legen und ihm einen Kuss zu geben. Rein freundschaftlich natürlich.

15

*Der Preis für ein Märchen – Ein ganz anderer Vincent – David
mit den nackten Knien – Die Heimsuchungen des Modellsitzens –
Poesie – Ein schlechter Chef*

Weil Trops' Portefeuille nach dem vorigen Abend beträchtlich ge-
schrumpft war, eine ausgedehnte Suche durchs Haus nicht mehr ergeben
hatte als einen einzigen traurigen Halfpenny und ich keine Lust hatte,
mein eigenes Geld auszugeben, beschlossen wir, dass ich zu Fuß nach
Camelot House gehen würde. Es war immerhin ein schöner Tag, ein kleiner Spaziergang würde mich bestimmt erfrischen, außerdem hatte ich
noch reichlich Zeit, bla, bla, bla. War das Leben nicht herrlich?

Aber unterwegs erholte sich meine Laune. Es war wirklich ein schöner Tag, und ein ruhiger Morgen erwartete mich. Kein Wein, keine Zigaretten, keine Kopfschmerz verursachenden Märchenprinzen. Vincent.
Modellsitzen. Zwei Stunden lang stillhalten und den Mund halten. Zwei
Stunden garantierte, beruhigende Langeweile.

Das Erste, was mir geschah, als ich die Auffahrt von Camelot House
entlangging, war, dass mich beinahe ein Lieferwagen mit der seitlichen
Aufschrift GUNTER'S überfahren hätte. Der Kutscher war offenbar zu
beschäftigt, um mich zu bemerken, und schaute sich auch dann nicht um,
als ich ihm ein Wort hinterherschleuderte, das in einer guten Gegend wie
dieser wahrscheinlich noch nie erklungen war.

Als ich mir den Staub von der Kleidung geklopft hatte, sah ich, dass
ganz Camelot in hellem Aufruhr war. Mindestens ein halbes Dutzend
Dienstmädchen und Hausangestellte waren dabei, irgendwelche Schachteln und Schüsseln ins Haus zu tragen, wobei sie das teure Aroma von
geröstetem Lammfleisch, Knoblauch, Salbei und Minze umgab. Fix-und-
fertig-Cuisine für Leute, die so reich und wichtig waren, dass selbst ihr
Personal keine Zeit zum Kochen mehr hatte. Die kulinarische Prozession verschwand durch den Personaleingang ins Haus, gefolgt von zwei

Burschen mit Schachteln voller Schokoladenbonbons. Sie waren kaum aus dem Blickfeld verschwunden, da platzte ein Hausangestellter mit einer Traube aufgeregt kläffender Schoßhunde nach draußen, gefolgt von einem Kerl mit Mütze, der geschäftig mit einem Mann auf dem Bock eines Lieferwagens gestikulierte. Gemeinsam begannen sie, Blumengestecke ins Haus zu tragen, die aussahen wie kleine Tropeninseln mit Farnen, Palmblättern und Orchideen in Farben, die Trops mit Sicherheit hätten lyrisch werden lassen.

Ich schaute einen Moment lang zu, wie dieses Märchen nach Camelot gebracht wurde, und fragte mich, wie viel es kostete, Artus oder Guinevere zu sein. Wahrscheinlich mehr, als ich in zehn Leben als Malermodell verdienen konnte. Aber irgendwo musste man halt anfangen ...

Ich ging zur Haustür und ließ den Klopfer auf das Holz sausen. Genau wie vorgestern war es Palmtree, der öffnete. Der Ausdruck auf seinem Gesicht zeugte jetzt von offenem Widerwillen.

»Modelle benutzen immer den Dienstboteneingang«, sagte er kurz.

»Vielen Dank, der Herr. Ich werde es mir merken. Beim nächsten Mal«, antwortete ich und trat an ihm vorbei in die Eingangshalle. Was *unternahmen* Hausdiener in ihrer Freizeit?

Drinnen schien ich mitten in einer Haushaltskrise gelandet zu sein. Camelot House stand Kopf. Möbel wurden hin und her geschleppt, Teppiche aufgerollt, schwer erreichbare Stellen im Haus abgestaubt, Kronleuchter und Wandtäfelungen mit Girlanden geschmückt. Lilian stand oben an der Treppe wie ein Kapitän auf seiner Brücke und brüllte einem blonden Mann, der sich mit seinem Hut in den Händen in dem Gedränge kaum auf den Beinen zu halten wusste, Instruktionen zu.

»Palmtree wird deinen Anzug am Nachmittag abholen, Liebling, zusammen mit den Ansteckblumen. Und solltest du im Herrenklub einen der Rothschilds sehen, dann sag ihm, dass ... – Nein, Travers, Beady! Das Büffet muss da weg! Ich hatte euch doch gesagt, wohin ich es haben wollte? – Ach, gut, ich sehe dich heute Abend, Stuart, Liebster. Hier wird alles noch in Ordnung kommen. Mach dir absolut keine Sorgen. Es wird ein großartiger Ball werden, das weiß ich bestimmt!«

Der Mann, Stuart Farley offenbar, schien sich keine Sorgen zu machen. Er wirkte wie die Art von Mann, die den Tag mit dreißig energischen Kniebeugen beginnt und einem blinden, verkrüppelten Bettler den Rat geben würde, sich zu ermannen und endlich ein ordentliches Handwerk zu lernen.

Ich trat einen Schritt zur Seite, um ihn durchzulassen. Er tippte sich an den Hut und schaute ansonsten durch mich durch. Er ähnelte Vincent, besonders das runde Gesicht und die scharfen, blauen Augen. Im Gegensatz zu Vincent gehörte er allerdings nicht zu den Mitläufern, sondern zu den Anführern der Gruppe. Einer ganz anderen Gruppe allerdings.

»Ach, der Mayfield-Junge!« Lilian verließ ihre Kommandoposition oben an der Treppe und beugte sich mit einem allercharmantesten Lächeln über die Brüstung. »Vincent ist schon im Atelier. Geflüchtet, denke ich. Geh nur rasch zu ihm. Travers! Beady! Was habe ich euch über das Büffet gesagt?«

Ich floh aus der Eingangshalle, vorbei an den armen Travers und Beady mit ihrem unerwünschten Büffet, Vincent hinterher. Sobald ich die Ateliertür hinter mir schloss, verschwanden der Lärm und der Rummel und machten Platz für Licht, Stille und den beinahe schon vertrauten Terpentingeruch.

»Ah, Adrian, guten Morgen!«

Vincent befestigte gerade ein Stück Karton auf einer Tischstaffelei und wirkte so munter wie ein Fisch im Wasser. Gewissermaßen eine lebende Reklame für Maßhalten beim Genuss von Alkohol, besonders aber von verdächtigen Zigaretten. Die Heilsarmee hätte bestimmt eine Verwendung für ihn gehabt.

Mich wunderte, dass ich mich nicht darüber ärgerte. Aber Vincent ohne Aubrey, Oscar Wilde oder Trops war ein anderer Vincent. Ich sah es an der Art, wie er hin und her ging, Dinge regelte, zufrieden konstatierte, dass alles geregelt war. Er war in seinem Element. Ein Fisch, den man wieder ins Meer zurückgeworfen hatte.

»Nimm erst einmal Platz. Wir fangen gleich an«, sagte er, während er eine letzte Reihe Farbtöpfe auf den Tisch stellte: Ockergelb, Fingernagelrosa und ein bisschen Grün.

»Hautfarben«, erläuterte er.

»*So* grün sehe ich doch hoffentlich nicht aus?«, fragte ich.

Er lachte. »Nein, etwas Grün steckt in jeder Haut. Man braucht es als Zusatz für die richtige Wirkung. Frag mich nicht, weshalb. Augustus Trops würde es dir allerdings erklären können.«

179

Ich grinste und setzte mich auf einen Stuhl vor die offenen Gartentüren. Man roch den Sommer: den warmen Duft von trockenem Gras und Teerosen und einen Hauch von italienischem Eis, der was weiß ich woher kam. Vincent hatte die Ärmel aufgerollt, und ich sah, dass die Farbflecken bis hinauf zu seinen Ellbogen reichten. Eine Biene kam hereingeflogen und wollte sich in seinem dunklen, gelockten Haar auf Honigsuche begeben. Er schlug sie nicht weg, vielleicht weil es ihn nicht störte, aber wahrscheinlich, weil er sie gar nicht bemerkte. Ich beobachtete die Biene und sagte nichts.

»Ich glaube, ich kann es mittlerweile. Es war eine gute Idee, es im Garten zu üben, Onkel Vincent. Oh ...!« Das rothaarige Mädchen war durch die Gartentüren hereingekommen, in der Hand ein dickes, in Leder gebundenes Buch. Sie war auf der Schwelle stehen geblieben und schaute mich an wie eine unerwartete und nicht sehr angenehme Überraschung.

Ich fragte mich, ob ich ihretwegen aufstehen sollte, wie Herren es bei Damen tun. Aber ich wusste noch nicht, ob ich sie tatsächlich der Kategorie »Damen« zuschlagen konnte. Nichts an ihr schien zu stimmen: von ihrem weißen Kleine-Mädchen-Kleid bis hin zu ihrem unmöglichen Namen. Sie schien in stillem Protest aus ihrer schon wieder etwas zu kleinen Kleidung platzen zu wollen. Ein Kuckucksjunges in einem Elsternnest. Sie erinnerte mich an jemanden, den ich leidlich gut kannte: mich selbst.

Wir reichten uns kühl die Hand, die wir schnell wieder zurückzogen, und fragten höflich nach dem jeweiligen Befinden. Ich denke nicht, dass es ihr irgendetwas ausgemacht hätte, hätte ich die galoppierende Schwindsucht gehabt. Das Mädchen verschanzte sich hinter dem großen hölzernen Arbeitstisch und holte ihre Schreibmappe hervor. Sie tauchte ihre Feder in das Tintenfass und begann mit hochgezogenen Schultern zu schreiben, das Papier hinter ihrem Arm verbergend.

Ich sah, wie Vincent sie beobachtete und zögerte, ob er etwas sagen sollte. Stattdessen drehte er sich zu mir um. »Ich möchte heute zuerst eine Holzkohlestudie machen und danach mit einer Ölskizze anfangen. Das wird ungefähr zwei Stunden dauern. Natürlich machen wir zwischendurch eine Pause. Augustus hat mir gesagt, du hättest noch nicht so sehr viel Erfahrung im Modellsitzen. Es kann also anstrengend für dich werden. Und ich bin gründlich, wie du wohl schon gehört hast ... ein wahrer Kleinkrämer.«

180

Er lachte über sich selbst, ehe ich es tun konnte.

»Ich glaube, für eine komplette Studie in Öl werden wir noch zwei Sitzungen brauchen. Und danach erst kommt das eigentliche Gemälde. Meistens arbeite ich einige Monate daran, obwohl ich dich nicht die ganze Zeit brauchen werde ... und dann gibt es auch noch die Ferien. Die Familie begibt sich auf Kreuzfahrt durchs Ionische Meer, und man will, dass ich mitkomme ... Aber ...«, er rieb sich nachdenklich übers Kinn, »... ich denke, bis Ende der Saison kann ich dir in jedem Fall garantieren ... bis Ende Juli ... und danach wieder ab September ...«

Ich nickte und machte derweil meine Berechnungen. Das Gespräch mit Trops und die Pennyjagd von heute früh hatten mich wieder an die Geldfrage denken lassen. Ich war *einmal* mit leerem Magen und keinem Penny in der Tasche durch die Straßen gestreunt, und das war mehr als genug. Geld war wichtig. Mit Geld konnte man vielleicht kein Glück kaufen, wohl aber Freiheit. Und so viel Wein und Zigaretten, wie man nur wollte. »Vielleicht kann ich anfangs dreimal die Woche vorbeikommen?«, versuchte ich.

»Das scheint mir nicht nötig zu sein«, sagte Vincent, dem der Gedanke schrecklich war, von seinen ursprünglichen Plänen abgebracht zu werden. »Ich habe einiges an Kleidung für dich in dem Abstellraum hier nebenan bereitgelegt. Du kannst dich dort umziehen. Du findest da auch eine Perücke und etwas Schminke, denn wir dürfen annehmen, dass David eine etwas dunklere Hautfarbe als du hatte. Also habe ich einen Tiegel mit farbiger Creme gekauft. Wenn du die auf dein Gesicht sowie Arme und Beine auftragen könntest ...«

Ich hörte zu, wie er ruhig erklärte, was getan werden musste, und versuchte, alles so gut ich konnte zu behalten. Wenn ich jetzt einen guten Eindruck machte, bestand die Möglichkeit auf weitere Aufträge für andere Gemälde.

Mit dem Kopf voller Instruktionen betrat ich den Abstellraum, einen zimmergroßen Schrank, auf Vincents ordentliche Weise mit allem gefüllt, was ein Künstler je benötigen könnte. Auf Regalen an der Wand lagen Gipsabgüsse weltberühmter Hände, Füße und Arme aus Athen oder dem alten Rom, die Künstlern der Gegenwart auf der Suche nach der vollkommenen klassischen Form jetzt als Vorlagen dienten. Ich konnte es nicht lassen, einige davon hochzunehmen und mit leichtem Gruseln in der

181

Hand zu wiegen. Sie waren perfekt, bis hin zu den Adern. Schöne, tote Dinge. Daneben gab es Regale und Schachteln voll mit Requisiten, die mich ans Theater erinnerten: tönerne Vasen und Amphoren, japanische Fächer, ein kompletter Harnisch, ein Eichhörnchen und ein Pfau, beide ausgestopft, eine Büste von Shakespeare sowie ein aus Indien importiertes echtes menschliches Skelett. Hier lag eine ganze Welt, die prachtvoll war, auch wenn sie nicht nur in einem Onyxspiegel existierte.

Weiter waren da natürlich auch noch die Dinge des alltäglicheren Malerbedarfs: Ballen stabilen Leinens, Bündel Papier von unterschiedlicher Stärke, Keilrahmen zum Aufspannen der Leinwand, Bienenwachs und Farbkisten für die Arbeit im Freien.

Alles war mit Etiketten versehen, damit man es rasch auffinden konnte: kleinen Kärtchen mit Namen wie INGRES PAPIER, plus dem Preis und dem Geschäft, in dem es gekauft worden war. Ich sah außer Geschäften in London auch die Namen von Läden in Paris, Mailand und Wien. Vincent Farley hatte offenbar ein viel spannenderes Leben, als er nach außen hin zeigen wollte.

Ich riss mich mit dem Gedanken los, meinen ersten ernsthaften Arbeitgeber wohl besser nicht warten zu lassen. Was hatte er für mich bereitgelegt? Das Kostüm hing über einem Stuhl. Ich hob es hoch und hielt es vor mich. Aber was war *das*? Eine Art kurzärmeliges Kleid mit einigen Zierstreifen entlang der Säume. Ein blödsinniges, grob gewebtes Theaterkostüm, bei dem man die Hose vergessen hatte. Ja, ich würde wie doof dastehen! Ich war drauf und dran, zu Vincent zu gehen und ihm zu sagen, er solle sich jemand anderen suchen, der ihm den Narren machte. Aber stattdessen sagte ich »drei Shilling« zu mir und begann mich zu entkleiden.

Zehn Minuten später betrat ich wie ein kompletter Idiot zurechtgemacht das Atelier. Auf dem Kopf hatte ich eine schwarze Lockenperücke, die mich in Kombination mit meinen grauen Augen und der braun geschminkten Haut wie ein Theaterneger aussehen ließ. Meine Füße (mit schmutzigen Nägeln, wie ich jetzt sah) steckten in zu engen Sandalen, und das blödsinnige Kleid war nicht einmal lang genug, meine Knie zu bedecken. Ich zeigte zu viel Bein, absolut und skandalös zu viel Bein. Es hätte mich nicht gewundert, wenn Vincent seine junge Nichte mit abgewandtem Gesicht aus dem Zimmer geführt hätte, aber offenbar war man hier einiges gewohnt. Imogen scherte sich überhaupt nicht um mich, und Vincent zupfte auf einem fremdartigen Instrument herum, das noch am ehesten einer flachen, an einer Seite durchbrochenen und mit Saiten bespannten Kiste glich.

»Das hier ist eine Lyra«, erläuterte er, »eines der ältesten Instrumente der Welt. Man hält sie so: horizontal vor der Brust oder auf den Armen ruhend. Die Saiten bespielt man mit dem Finger oder einem Stück Knochen. Und der Resonanzkasten darunter verstärkt den Ton. Versuch es mal.«

Ich nahm das Instrument, froh immerhin, dass nicht alle auf meine Knie starrten, und zupfte an den Saiten. Schon bald wusste ich ihnen eine kleine Melodie zu entlocken.

Vincent musste lachen. »Das ist das erste Mal, dass ich *What cheer, Ria* auf einer Lyra vorgespielt bekommen habe!«

»Ich kenne auch *Knocked 'em in the Old Kent Road*«, sagte ich.

»Dass du mir das bloß sein lässt!« Er hob die Hände zum Himmel. »Komm, wir machen uns an die Arbeit.«

Das war offenbar genug Verrücktheit für einen Morgen. Ich gab ihm recht. Er war letzten Endes der Künstler, ich lediglich das Modell. Wir hatten ernsthaft zu arbeiten und uns mit »Herr Farley« und »Junger Mann« anzusprechen.

Ich bestieg das Podest, wo ich auf einem Hocker Platz nahm und Vincents Anweisungen befolgte, die mich wie die Seile einer Marionette in die richtige Haltung zogen.

»Gut. Und jetzt halte die Lyra genauso wie vorhin. Stell dein Bein etwas weiter vor. Ja ... Jetzt den Kopf etwas anheben, etwas mehr nach rechts ... etwas zurück ... Schau zu dem Flaschenregal dort. Ja, genau! Und jetzt bleib so sitzen.«

Er nahm eine kleine Staffelei und stellte sie sich auf die Knie. Ich spürte seine Augen, auch wenn ich sie nicht sehen konnte, und hatte mehr noch als bei Trops das Gefühl, angegafft zu werden. Ich wünschte mir eine Lilian oder einen Aubrey zur Ablenkung herbei. Modellsitzen war das allererste Mal so unbequem, wie ich es mir vorgestellt hatte. Vincents Holzkohle kratzte nervtötend über das Papier, ein Muskel in meinem gestreckten Bein meldete sich schon nach ungefähr zwei Minuten zu Wort, und die Lyra erwies sich als ein viel gewichtigeres Instrument,

als man auf den ersten Blick vermutet hätte. Ich versuchte, mich abzulenken, indem ich auf die Geräusche im und ums Haus achtete: ein Star,
der schnalzend und pfeifend in der Dachrinne saß, das gedämpfte Pol-
tern hinter der Ateliertür, der soundsovielte Lieferwagen, der die Auffahrt hinauffratterte. Es nutzte alles nichts. Ich halte es keine Minute
mehr aus, dachte ich. Ich muss aufstehen. Fort. Das hier war ein Irrtum,
eine Katastrophe! Ich taugte nicht für so etwas.

Nach einiger Zeit bemerkte Vincent es ebenfalls. Das Kratzen der
Holzkohle hörte auf. »Ich bin noch unzufrieden mit dem Gesichtsausdruck«, sagte er. »Nein, nicht bewegen! Hör mir bloß zu. Es ist
schade, dass das andere Modell nicht da ist, dann könnte ich es dir besser erklären. Versuch es dir trotzdem vorzustellen: Du sitzt im Thronsaal
gegenüber König Saul. Er betrachtet dich. Stirnrunzelnd, missgünstig,
doch du merkst es nicht. Du konzentrierst dich auf die Musik, auf das,
was du tust. Du bist glücklich.«

Ich unternahm einen Versuch, mein Gesicht in die gewünschte Maske
zu verwandeln, doch es gelang mir nicht. Welche Miene setzte man auf,
wenn man glücklich war? Ich hätte es bei Gott nicht gewusst. Das Grinsen oder Lächeln kam immer ganz von selbst, ohne dass man sagen
konnte, wie.

»Vielleicht kannst du an etwas Angenehmes denken«, schlug Vincent
vor, »einen Augenblick, an dem du glücklich warst.«

Ich dachte an gestern Abend zurück. War ich da glücklich gewesen?
Es hatte den Anschein, aber vielleicht auch nur so, wie Rauschgold dem
echten Zeug ähnelte.

»Was ist Glücklichsein?«, hörte ich mich fragen, als wollte ich eine
gewichtige philosophische Diskussion beginnen. Was nicht in meiner
Absicht lag.

Vincent jedoch schien sich zu freuen. Es war eine Frage, über die er
offenbar schon einmal nachgedacht hatte.

»Tun, was du gern tust«, erwiderte er prompt, »und es so gut wie
möglich tun.«

»Heißt das, ich soll mir überlegen, was ich gern tue?« Das war schwieriger, als es den Anschein hatte. Ich war in nichts gut genug, um es wirklich gern zu tun. Ich hatte kein Talent zum Launischsein wie Vincent
oder zum Reden wie der Mond, nicht einmal genügend Schauspieltalent

184

für ein drittklassiges Theater. Ich konnte zwar etwas mehr saufen als der junge Durchschnittsengländer und hatte die Eigenschaft, auf alte Kerle wie Trops eine gewisse Anziehung auszuüben. Aber das waren nicht unbedingt Talente, die man offen zur Schau trug.

»Früher bin ich manchmal zusammen mit einem Freund losgezogen«, sagte ich nach einigem Nachdenken. »Einfach so in die Stadt. Covent Garden. Die Parks. Die Themse. Da haben wir uns allerlei Abenteuer ausgedacht. Darin war ich ziemlich gut.«

»Dann denk daran. Es klingt nett.«

»Das war es auch.« Ich bezwang die Neigung, mehr zu erzählen. Das waren keine Geschichten für hier. Keine Geschichten für einen Farley. Außerdem hatten wir zu arbeiten. Jetzt, mit dem Kopf im siebenten Himmel, wieder daheim im The King's Arms, ging es besser. Vincents Holzkohle kratzte in der Ferne. Er arbeitete still und offenbar zufrieden an etwas, das er gern tat. Ich beneidete ihn, ohne wirklich eifersüchtig zu sein. Nie im Leben würde ich Vincent Farley sein können.

Nach einer halben Stunde fand Vincent, er habe hart genug gearbeitet, um sich eine kleine Unterhaltung erlauben zu können. »Du kannst inzwischen das ganze Gedicht?«, fragte er Imogen.

Ich hörte keine Antwort und nahm deshalb an, dass sie nickte.

»Dann trag es doch einmal vor.«

Ein leicht irritiertes Papiergeraschel war zu hören, und eine hohe Mädchenstimme begann im entseelten Aufsageton:

»*Links und rechts am Uferrand*
erstreckt sich sattes Ackerland ...«

»Nein, Imogen, das ist nicht so, wie wir es geübt haben«, unterbrach Vincent sie ebenso ruhig, wie wenn er mir seine Instruktionen gab, wie ich zu sitzen und zu schauen hatte. »Fang noch mal an.«

»Ich kann es nicht, wenn andere Leute dabei sind«, sagte Imogen trotzig und mit einem halben Blick auf mich gerichtet, mich im Hemdkleid mit Lyra, Knien und allem.

»Heute Abend werden noch viel mehr Leute da sein«, argumentierte Vincent. »Es hat also keinen Sinn, sich jetzt schon wegen eines einzigen Zuhörers nervös zu machen.«

»Fünfzig Gäste. Und alles Freunde von Lilian!«

»Die dich gern rezitieren hören wollen. Und jeder Einzelne ist neugierig auf dich. Sie wissen, dass du in ein paar Jahren dein Debüt in der Londoner Gesellschaft machten wirst. Und dann werden die Jungen in einer Reihe stehen, um mit dir zu tanzen.«

»Ein Fest hier, ein Ball da und am Ende die Hochzeitsglocken. Für die *schönen* Mädchen, Onkel Vincent.«

»Oder du könntest nach Girton gehen und studieren, wie es dein Vater will. Und da sind eine gute Stimme, ein scharfes Gedächtnis und ein selbstsicheres Auftreten auch nicht fehl am Platz. Wenn du denkst, Studentinnen seien schüchterne Mauerblümchen, dann irrst du dich, Imogen.«

Ich versuchte, etwas von dem Gespräch zu begreifen. Offenbar hatten reiche Leute ihre eigenen Probleme, bestehend aus dem Vortragen von Dichtkunst auf wunderbaren Festen mit gutem Essen in Hülle und Fülle, nächtelangem Tanzen und Schweben in den Armen eines heiratslustigen jungen Erben nach dem andern oder einem aufregenden Leben weit weg von Pa und Ma als eine dieser erstaunlichen Studentinnen, die mit ihren wunderbaren Noten in die Zeitung kamen. Tja, das war natürlich auch nicht leicht!

Ich hatte inzwischen Vincents Gebot des Stillsitzens vergessen und betrachtete Imogen. Sie runzelte die Stirn, als sei die Wahl zwischen Hochzeitsglocken oder Schule nicht ihre einzige und wichtigste Entscheidung.

»Wir versuchen es noch einmal«, sagte Vincent. »Achte gut auf meine Stimme und mach es mir dann nach, Imogen.«

Er begann:

>*Links und rechts am Uferrand*
erstreckt sich sattes Ackerland,
das Heide schmückt' und Himmel fand
und durch das Feld der Weg sich wand
zum türmereichen Camelot.

Auf und ab die Menschen gehn
und nach den weißen Lilien sehn,
die um eine Insel stehn,
die Insel von Shalott.«

Seine Stimme klang ganz anders als die von Imogen, erfüllt von der Melodie des Gedichts, sodass die Worte Bilder wurden. Camelot. Und die Insel, auf der meine Lady von Shalott ihren Turm hatte. Die Frau, die ich von der Reproduktion in meinem Koffer kannte.

Imogens Stimme fiel ein und flüsterte jetzt im Hintergrund:

>*Vier Mauern und vier Türme grau*
sehn auf eine Blumenau,
und auf der Insel, licht und lau,
die Lady von Shalott.«

Vincent schwieg und ließ seine Nichte allein fortfahren, in Trance fortschaukelnd auf dem Rhythmus des Flusses und der sich wiegenden Blätter. Die Erinnerungen an Gloria, das dunkle London, das dunkle Afrika verschwanden. Aus dem backsteinroten Camelot House wurde ein granitgraues Shalott, der Kerker einer Gefangenen, die niemals davon geträumt hatte, frei zu sein.

>*Dort webt sie bei Tag und Nacht*
ein Zaubertuch in bunter Pracht,
einst wurde ihr der Spruch gebracht,
ein Fluch trifft sie, wenn sie haltmacht,
um zu schaun nach Camelot.«

Vincent lächelte in sich hinein, griff zu seiner Holzkohle und machte sich wieder an seine Arbeit.

>*Was der Fluch meint, kam nicht ans Licht,*
so webt sie immerfort ganz schlicht,
denn weiter hat sie keine Pflicht,
die Lady von Shalott.

Vor ihr ein Spiegel sich befindet,
dessen Glanz ihr Neues kündet
und sie mit der Welt verbindet,
sie sieht die Straße, die sich windet
hin zur Burg von Camelot.«

Ich sah den Spiegel vor mir, fenstergroß und von klargeschliffenem Glas, in dem die Welt die Farben eines Gemäldes hatte. Dort, lebensecht und lebensgroß, ritten Seite an Seite die Ritter von Camelot, die Helme geschmückt mit den Bändern der Damen, denen sie Treue geschworen hatten: jungfräuliches Weiß, reines Blau und feuriges Rot. Farben, die von kundigen Händen, auf die noch nie ein Ritter seine Lippen gedrückt hatte, zu einem Tuch verwoben wurden.

»Noch scheint sie aber froh zu sein,
sie webt ins Tuch die Welt hinein,
denn oft bei Nacht am Ackerrain
ein Trauerzug im Fackelschein
zog hin zur Burg von Camelot.

Doch in manch and'rer Vollmondnacht
hat junges Paar vor Glück gelacht,
ein Schatten, der sie traurig macht,
die Lady von Shalott.«

Ich stellte mir die Frau vor, die ich von der Reproduktion kannte, wie sie vor ihrem Spiegel in einem Turmzimmer voll gewebter Träume saß, auf der Suche nach einem Gesicht zwischen den Schatten, die Hände verwickelt in den Fäden ihres Webstuhls. Stirnrunzelnd, unzufrieden mit dem, was ihre Hände schufen. Der Spiegel log ihr etwas vor. Sie wollte keine Lügen mehr, sie wollte Wirklichkeit.

Vincent hatte aufgehört zu zeichnen und studierte jetzt in stummer Konzentration sein Werk. Er schien jedes Detail zu kontrollieren, aber durch die Art seines Stillseins wusste ich, dass er ebenso aufmerksam lauschte wie ich.

Imogen hatte sich von dem Gedicht mitreißen lassen, und die Melodie kam jetzt wie von selbst in ihre Stimme. Wir hörten beide, dass es nun an der Zeit war für das große Drama, die große Liebe.

»An ihrer Insel nun ganz dicht
ein Reiter kommt im Morgenlicht,
ein Sonnenstrahl im Blattdickicht

der sich auf der Rüstung bricht
des edlen Ritters Lancelot ...

Sie ließ das Weben, ließ das Müh'n,
sie ging drei Schritt' zum Fenster hin,
sie sah die Wasserlilien blühn,
sie sah den Helm im Lichte glühn,
sie sah hinab nach Camelot.

Das Tuch flog weit aus dem Gemach,
ihr gelber Spiegel klirrend brach,
›der Fluch, er ist gekommen‹, sprach
die Lady von Shalott.«

Das war der Moment, den ich aus meinem Bild kannte. Der Augenblick, in dem sich der Faden vom Webstuhl losriss und wie Spinnweben im Wind durch das Turmzimmer tanzte. Ein unentwirrbares Knäuel, das sich um ihre Röcke wand und aus dem sie sich wütend und erschrocken loszureißen versuchte. Der Wirrwarr des Lebens, wie es sich außerhalb des Spiegels abspielte, sie war ihm nicht gewachsen. Sie wusste, sie würde daran zugrundegehen.

Ich sah sie in Gedanken ihren Turm verlassen, inmitten einer stürmischen Nacht. Tastend wie eine Blinde, mit einem Gesicht nass von heißen Tränen und kalten Regentopfen suchte sie entlang des Flusses nach einem Boot: dem Sarg, der sie nach Camelot bringen würde. Sie fand es unter einer gebeugten Weide und schrieb als letzte Tat ihren Namen auf den Vordersteven.

»Sie lag im schneeweißen Gewand,
das floss bis hin zum Barkenrand,
ein Blatt fiel sanft auf ihre Hand,
und durch die Stimmen der Nacht fand
sie den Weg nach Camelot.

Und als ihr Boot durchs Dunkel stahl
hörten sie singen ein letztes Mal

die Weidenhaine und Felder im Tal,
die Lady von Shalott.«

Vincent saß still, das Stück Holzkohle in den Händen, sodass seine
Handflächen schwarz wie die eines Bergarbeiters wurden. Er schaute
nicht mehr auf seine Skizze, sondern hörte nur noch zu, mit dem weit
entfernten Blick eines Konzertbesuchers, der ganz und gar in der Musik
aufgeht.

»Wer ist das? Und was geschah?
Und im erhellten Schlosse nah
der Lärm erstarb mit einem Mal,
und bekreuzten sich und wurden fahl,
alle Ritter von Camelot.

Lancelot sann, kurz verlegen,
›hübsch ist sie‹, meint er dann verwegen,
›jetzt hab' sie Gottes ew'gen Segen,
die Lady von Shalott.‹«

Wir lauschten der Stille, die heute Abend gewiss mit Applaus gefüllt sein
würde. Imogen schaute zu ihrem Onkel, in Erwartung eines Kommen-
tars, der nicht kam. Vincent sah wieder aus, als sei ihm das ganze Gedicht
unnütz vorgekommen, aber ich wusste, das hatte nicht viel zu bedeuten.
Wahrscheinlich besagte es, dass er es genossen hatte.

»Das war ausgezeichnet«, sagte er nach einer Weile. »Du kannst es,
Imogen.« Er nahm die Holzkohle wieder zwischen die Finger und machte
sich an die Arbeit, als seien soeben kein Ritter Lancelot und keine Lady
von Shalott durchs Atelier gezogen. »Du hast dich bewegt, Adrian.«

Ich konnte mir das Gedicht nicht so schnell aus dem Kopf schlagen
und wiederholte es in Gedanken, bis ein Dienstmädchen den Kaffee
brachte. Jetzt kannte ich die Geschichte, die zu meinem Bild gehörte,
und ich wollte die schönen Worte nicht vergessen. Vielleicht konnte ich
sie mir zu Hause aufschreiben, falls Trops mir nicht über die Schulter
schielte.

Wir machten eine Pause mit schwarzem Kaffee und Caraway Cake vor den Gartentüren. Ich hatte mich dankbar in einen Hausmantel von Vincent gehüllt und fühlte mich wieder frei, Imogen zu betrachten, die sich über den Kuchen beschwerte, den sie nicht mochte, und den Kaffee, den sie nicht trinken durfte.

»Kaffee ist nicht gut für die Nerven«, erläuterte Vincent. »Die Ärzte sagen, die Sanatorien wären längst nicht so voll, wenn wir modernen Menschen nicht so viel Kaffee trinken würden.« Und er nahm noch einen gehörigen Schluck.

Imogen verzog das Gesicht: »Das ist genau, was Papa sagt!«

»Nun, dein Papa hat auch manchmal recht.«

Es gab Stirnrunzeln und schmollende Mienen und endete schließlich damit, dass Imogen einen Fingerhut voll Kaffee eingeschenkt bekam.

»Ich bin eine Nervenpatientin«, erzählte sie mir, als sie den Kaffee getrunken hatte, und das ganz ohne den Stolz derjenigen Kranken, die Wildfremde mit ihren Beschwerden belästigen. In ihren Worten schwang eher etwas Herausforderndes mit. »Neuralgie heißt meine Krankheit, sagt der Arzt. Interessant, nicht? Es ist sehr in Mode, daran zu leiden, weißt du. Die berühmtesten Leute lassen sich deswegen behandeln.«

Ich versuchte, interessiert und verständnisvoll auszusehen, aber es gelang mir deswegen nicht, weil ich vermutete, zum Narren gehalten zu werden.

»Es ist nahezu unheilbar«, fügte Imogen mit Genugtuung hinzu.

»Immie, das genügt jetzt. Ich glaube nicht, dass Adrian sich sehr für deine Probleme interessiert«, fiel Vincent ihr mit ungewohnter Schärfe ins Wort. »Wir wechseln jetzt das Thema.«

Imogen zog ein saures Gesicht, sprach dann aber tatsächlich von etwas anderem: »Du bist am Tag des großen Farley-Balls gekommen, Adrian. Hast du die Lieferwagen draußen gesehen? Lilian gibt sich jede Saison wieder alle Mühe, sämtliche Gastgeberinnen der Londoner Gesellschaft zu übertreffen. Dieses Jahr lautet das Thema »Am Hof von König Artus«. Wir gehen alle in mittelalterlichen Kostümen. Deshalb auch dieses Gedicht. Aber ich finde Tennyson hoffnungslos überholt. Du auch?«

Ich zuckte mit den Schultern. Tennyson, der Name war mir nicht genügend bekannt, als dass ich eine Meinung dazu hätte haben können.

»Nein, natürlich, du kennst ihn nicht. Er ist der berühmteste Dichter des Jahrhunderts, aber ihr in Ost-London lest keine Poesie, oder?«

»Imogen, du bist unhöflich!«

»Aber es stimmt doch, Onkel Vincent? Sie gehen ins Varietétheater und so, aber Tennyson lesen sie nicht.«

Ich nahm einen unzivilisiert großen Bissen Kümmelkuchen und begann, verbissen darauf herumzukauen. Die Wahrheit mochte die Wahrheit sein, aber sie von einem anderen zu hören war nicht schön. Gewiss nicht von jemandem, der von einem sprach, als wäre man eine fremde Tierart. Ich schluckte den Kuchen herunter und sagte: »Aber das Gedicht hat mir gefallen. Es erinnerte mich an eine Zeichnung von Holman Hunt.«

So. Da hatte ich gleich zwei erstaunte Augenpaare auf einmal.

»Und die ist meiner Meinung nach fast ebenso schön wie die *Ophelia* von Millais«, setzte ich noch einen drauf.

»Ach«, sagte Imogen. Sie nahm auch einen Happen Kümmelkuchen und verzog angewidert das Gesicht.

Ich sah ein kleines Lächeln um Vincents Lippen spielen, das eigentlich verborgen bleiben sollte. »Wahrscheinlich möchte Adrian durchaus öfter mal ein Gedicht lesen, Imogen. Vielleicht leihst du ihm einmal dein *Golden Treasury*?«

Imogen erhob sich, um das dicke, in Leder gebundene Buch zu holen und streckte es mir brüsk hin. Zu meinem Vergnügen war sie rot wie eine Tomate. »Schau erst mal hinein, ob es dir überhaupt zusagt«, meinte sie, nicht sehr darauf erpicht, es mir wirklich zu leihen. Wahrscheinlich erwartete sie, es mit Kartoffelschalen und Fischgräten zwischen den Seiten wiederzubekommen.

Ich blätterte das Buch durch und las hier und da ein Gedicht. Es gab Shakespeare (den kannte ich), Milton (viel), Burns, Wordsworth und noch jede Menge klingender, mir aber nur vage bekannter Namen. Dichter. Sie sprachen von der Liebe, der Natur und dem Tod, und meistens von allen dreien gleichzeitig. Aber nirgendwo fand ich die Leidenschaft und den Rhythmus des Gedichts, das Imogen vorhin vorgetragen hatte. Mir fehlte die Stimme.

»Es sagt ihm nichts«, meinte Imogen zu Vincent, nachdem ich das Buch nach einigem lustlosen Blättern zugeklappt hatte. In ihrer Stimme schwang einiger Triumph mit. Und den gönnte ich ihr nicht.

»Darf ich Sie um etwas bitten, Fräulein Imogen?«, fragte ich deswegen. Sie wirkte verwundert. »Ja ... gut.«

»Möchten Sie ein paar Gedichte vorlesen? Ich bin mir sicher, dass sie mir dann viel besser gefallen werden.«

Vincents Lächeln war jetzt nicht mehr zu verbergen. »Das ist Schmeichelei, Immie!«, neckte er sie.

Sie warf ihm einen wütenden Blick zu, riss mir aber doch das Buch aus den Händen, um uns Poesie zu geben, ganze Ladungen Poesie, wenn wir unbedingt Poesie wollten.

Sie las Gedichte, die schönsten und die traurigsten. Ein Klagelied für einen ertrunkenen Freund, eine Anklage gegen die grausame Liebe, eine Ballade von einem Mädchen, das, von ihrem wiederverheirateten Vater vergessen, in keiner anderen Gesellschaft aufwuchs als der ihrer Gedanken. Imogens Stimme klang anders jetzt, nicht länger wogend wie ein Fluss oder warm wie ein Spiegel voller Sonnenlicht, denn das hier waren andere Gedichte, ohne Spiegel und Flüsse. Es waren Gedichte voll bitteren Vorwurfs, maskiert durch schöne Worte, die sie mit Gift auf ihren Lippen vorlas.

Während sie las, begann ich sie zu mögen. Gut, sie war unhöflich, launisch und scharf, aber darin war sie anders als andere Mädchen, die lediglich langweilten. Ich mochte sie, weil sie ihre eigene Art hatte. Sie war ein hässliches, kleines Röschen, das jeden stechen würde, der sie bemitleidete.

Ich wollte mehr über sie wissen, genau wie über Vincent Farley, der am glücklichsten zu sein schien, wenn er Spiegelbilder malen konnte. Sie waren nicht die schön gekleideten Puppen, die reiche Leute, hoch zu Ross oder in ihren Kutschen sitzend, an einem Samstagnachmittag auf der Rotten Row im Hyde Park zu sein schienen. Sie hatten Gefühle, verletzte Gefühle, die sie mit Poesie umwickelten.

Nach ungefähr fünf Gedichten hatte Imogen keine Lust mehr. Sie goss sich eine gehörige Tasse Kaffee ein und ging zum Tisch, um zu schreiben. Als Vincent und ich uns wieder an die Arbeit machten, packte sie ihre Sachen und verließ das Atelier. Vincent ließ sie gehen. Seine Aufmerksamkeit konnte er jetzt ungeteilt auf seine Skizze richten, und wahrscheinlich war er dankbar dafür.

Am Ende dieses schließlich doch noch erfolgreichen Morgens zog ich mich wieder an und ging zu Vincent, um meine Bezahlung entgegenzunehmen. Er stand gegen den Tisch gelehnt, eine Zigarette in der Hand. Kein unverzichtbares Accessoire wie bei Trops oder dem Mond, sondern die Belohnung für einen Morgen harter Arbeit. Er war in ausgezeichneter Stimmung.

»Das ging recht gut, möchte ich meinen.«

Ich sagte, dass ich das auch meinte.

»Ich hoffe nicht, dass du Imogen sehr merkwürdig fandest.«

»Bin ich nicht schon merkwürdigeren Leuten begegnet?«, fragte ich, ihn an gestern Abend erinnernd.

Er lachte und nahm einen Zug von seiner Zigarette. Vincent war in Redelaune und hatte offenbar nicht vor, den Morgen mit einem kurzen, sachlichen Gespräch zwischen Arbeitgeber und Arbeitnehmer abzuschließen. Wenn ich heute eins über ihn gelernt hatte, dann das, dass er ein schlechter Chef war. Zu nett. Zu wenig von oben herab. Ein Sozialist, wie Trops ihn bereits genannt hatte. Ich wusste nie so recht, was ich mit solchen Leuten sollte.

»Sie hat die Neigung, Leute zu verschrecken, unsere Imogen. Aber eigentlich ist sie eher schüchtern als frech. Und wir haben viel Geduld mit ihr.«

Ich hörte neugierig zu, fühlte mich aber nicht wohl. Er brauchte mir das nicht zu erzählen. Weshalb wollte er das? Einem wie mir?

»Sie ist sehr krank gewesen, letztes Jahr, als ich aus Paris wiederkam. Wir hatten keine Ahnung, was es sein konnte ... Seltsame Dinge. Kein Fieber oder so ... Müde, nicht mehr aus dem Bett zu bekommen, hysterisch aus den geringsten Anlässen heraus, nichts bei sich behalten könnend oder auch nicht mehr essen wollend. Mager ... jede Woche magerer ... Wir dachten, sie würde es nicht überleben. Lilian hat alles für sie getan. Nächte hindurch bei ihr gewacht. Ihr Brei gefüttert. Aber Imogen und Lilian ...«

Er schwieg, als würde ihm plötzlich das Eigenartige der Situation bewusst. Es gab keinerlei Grund für ihn, mir das mitzuteilen.

»Lilian ist nicht ihre richtige Mutter, was?«, fragte ich, damit er weitersprach.

»Ihre Stiefmutter«, sagte Vincent. »Eine böse Stiefmutter voll guter Absichten. Sie liegen sich einfach nicht, Imogen und Lilian. Lilian mit ihrer lärmenden amerikanischen Art und Imogen … Nun, sie gleicht eher mir, nicht? Wir kommen gut miteinander zurecht. Glaube ich zumindest. Sie kommt gern zum Schreiben in mein Atelier. Stuart sähe es lieber nicht. Immer dieses Phantasieren, nicht gut für einen labilen Geist … Aber sie tut es so gern, und deshalb lässt er es zu. Sie verbringt ganze Tage mit Schreiben. Ich weiß nicht worüber, sie erzählt mir nicht viel. Vielleicht über …« Er kratzte sich am Ohr. »Du findest das Leben anderer oft interessanter als dein eigenes, Adrian, nicht?«

»Ja, gut möglich«, murmelte ich und kratzte mich ebenfalls am Ohr. Man musste doch irgendwas tun, wenn man einem Gespräch nicht mehr folgen konnte. Geld, dachte ich. Gib mir jetzt einfach mein Geld, und lass mich gehen.

»Jedenfalls«, fuhr Vincent fort, »wird sie hier bestimmt öfter sein, während du mir Modell sitzt. Mach dir nichts aus dem, was sie sagt. Wenn du ein Buch lesen willst und es steht in unserer Bibliothek … ich will es dir getrost ausleihen.«

Aha! Jetzt kapierte ich es. Es ging hier um Wohltätigkeit. Reicher Herr stimuliert schlechter gestellten jungen Mann, sich zu entwickeln. Millionär zeigt, wie flexibel und leicht er mit der Unterschicht umgehen kann. Geschwätz und Wohltätigkeit. Bücher und Wohltätigkeit. Nein, danke.

Ich rüttelte mich selbst aus meinem Traum. Es waren wieder diese verdammten Gedichte gewesen. Dabei müsste ich es allmählich doch besser wissen. Adrian Mayfield und Gedichte, das ging nicht zusammen. Das führte garantiert zu Ärger.

»Ich muss den Bus noch bekommen …«, begann ich, um die erwünschte finanzielle Transaktion etwas zu beschleunigen.

Vincent nahm seine Börse und gab mir die vereinbarten drei Shilling, nicht ohne Entschuldigung für die Verzögerung. Ich hatte bestimmt eine dringende andere Verabredung. Vielleicht saß ich noch jemandem Modell?

Wäre es nur wahr! Ich steckte das Geld ein und fragte mich, wie viel es wert war. Genug für eine Unterkunft, wo keiner die Tür hinter mir zuzog? Nein, nie und nimmer. Mehr als genug allerdings für einen Platz auf dem Dach des Omnibusses.

»Bis nächste Woche«, sagte ich. »Viel Spaß auf dem Fest heute Abend.«

Vincent runzelte düster die Stirn. »Ich hasse Feste!«

16

*Ich begebe mich auf Wohnungssuche – Ein Dachzimmer mit Ausblick –
Hausregeln – Tausendundeine Unverzichtbarkeit – Little College
Street 13 – Rita, für einen Abend umsonst – Gesichtskunde*

Mit einem Sovereign und vierzehn Shilling in der Tasche sowie dem vertrauenerweckenden Gesichtsausdruck von jemandem mit einem regelmäßigen Einkommen ging ich am nächsten Tag auf Wohnungssuche. Die Möglichkeiten waren begrenzt. Es musste ein Zimmer in Soho werden, denn das alte, vertraute Ost-London war zwar billiger, aber Haus Trops und Haus Farley waren von dort aus zu Fuß nicht zu erreichen, und durch die täglichen Omnibuskosten würde es am Ende wahrscheinlich doch teurer sein. Ich hatte mir vorgerechnet, dass ich, wenn ich es schlau anfing, nicht nur ein Zimmer, sondern auch etwas Mobiliar würde bezahlen können. Auch wenn ich dafür vielleicht einige meiner neuen Kleidungsstücke verpfänden musste.

Von Trops hatte ich die Zusicherung erhalten, dass er neue Arbeitgeber für mich suchen und Vincent ermuntern würde, dasselbe zu tun. »Mund-zu-Mund-Propaganda, so geht das in der Künstlerwelt, Adrian.«

Aber ich war fest entschlossen, noch kein Geld auszugeben, das ich nicht schon verdient hatte. Seit heute war Adrian wieder der Adrian Mayfield, der das The King's Arms anderthalb Jahre am Laufen gehalten hatte, und zwar mit weniger als einem Pfund Gewinn in der Woche. Der Adrian mit einem Händchen für Geld.

In Soho auf Wohnungssuche zu gehen hatte etwas Gespenstisches. Ich streunte an riesigen Häuserkästen entlang, die in Sohos fröhlicher Zeit, ein Jahrhundert musste das her sein, Paläste von Prinzen und Herzögen gewesen waren, die aber jetzt, mithilfe der Zeit und raffgieriger Hausbesitzer, zu grimmigen, grauen Skeletten mutiert waren, wimmelnd vor Ungeziefer, das sich durch die Balken und Wände fraß wie Mäuse durch einen Käse. Auf den leeren, dunklen Fenstern klebte mitunter ein Plakat:

ZIMMER ZU VERMIETEN oder, öfter noch, ZIMMER TEILZU-VERMIETEN. Aber meistens waren sie voll, voll mit Menschen, die mit dickköpfiger Ausdauer an dem einzigen Fleckchen der Welt festhielten, das ihnen gehörte, solange sie die Miete bezahlen konnten.

Ich hatte an diesem Morgen keinen Erfolg. Zwei Zimmer, deretwegen ich anklopfte, waren bereits vermietet; eines – einigermaßen bezahlbar – lag direkt über einem italienischen Gemischtwarenladen, sodass dort alles, vom Bett bis zu den Vorhängen, nach Salami und Parmesankäse roch. Ein anderes wartete mit vernagelten Fenstern und der netten Anekdote auf, der vorherige Bewohner sei darin ermordet worden, während er ein Kotelett verzehrte. (Hauptverdächtige sei die Nachbarin einen Stock höher, doch die Polizei habe ihr nichts nachweisen können.)

Ich beschloss, eine kurze Pause einzulegen, und kaufte eine Tüte Brötchen, die ich auf einer Bank am Soho Square aufaß. Heute früh gab es zwar keine italienischen Fahrradfahrer, aber dafür einen Haufen Kinder, die ein Spiel spielten, das Ähnlichkeiten mit Kricket hatte und wobei die Bälle in jede erdenkliche Richtung geschlagen wurden. Ich fing einen verirrten Ball auf, spielte ein Spielchen mit und errang die Bewunderung der Kleinen, indem ich einen Passanten traf. Nachdem ich ein paar Brötchen verteilt hatte, stand ich mit ihnen schon auf so gutem Fuß, dass ich mir einen Gegendienst ausbitten konnte. Wussten sie vielleicht ein Zimmer für nicht mehr als sieben Shilling die Woche?

»Iesch waiß ain Zimmer zur Miete«, sagte ein Knirps, der Marcels französischen Akzent hatte. »Ganz oben auf dem Dachboden von main *grand père*.«

»Billig?«

»Sehr billig. Und aus dem Dachfenster kann man ganz London sehen.«

Es gab also ein Fenster, soso. Ein eigenes Fenster in Soho! Was für ein Luxus! »Wo ist das Haus?«

Er murmelte mit vollem Mund eine Adresse.

Ich suchte ein Stück Papier, um es aufzuschreiben, und fand eins in meiner Jackentasche. Auf ihm stand schon eine Adresse, in Charles Parkers krakeliger Handschrift: LITTLE COLLEGE STREET 13. Es war eigenartig, den Zettel bei helllichtem Tag zu betrachten; er war wie eine Erinnerung an etwas, das man lediglich für einen Traum gehalten hatte.

Einen Traum, aus dem man erleichtert aufwachte. Mit meinem Bleistift strich ich die Adresse durch und schrieb die neue darunter.

Das Haus lag nicht so weit von Soho Square entfernt in einer Straße, die noch nicht, wie in vielen anderen Teilen von Soho geschehen, gänzlich von Bordellbetreibern aufgekauft war. Die Mieten dort würden also annehmbar sein. Vielleicht war es ja etwas.

Das Haus gehörte zu der schlimmsten Sorte, die man in Soho fand: ein massiver, rußgeschwärzter Natursteinkasten, übersät mit widerwärtigen Pickeln, in denen man bei genauem Hinsehen noch die festlichen Cupidos und Girlanden aus der Zeit erkennen konnte, als alle Leute Perücken trugen. Ein Gespensterhaus, in dem dich Vampire mit Puder und Schönheitspflästerchen auf ihren Totenköpfen erwarteten, um in tiefster Nacht ein Menuett um dein Bett zu tanzen. Aber gut, solange es nicht die Little College Street 13 war ...

Ich zog an der Klingel. Die hallte beeindruckend durch den hohlen Raum, als hätte sie noch wirklich bedeutende Gäste anzukündigen. Nach einiger Zeit öffnete einer der Geister, die das Haus bewohnten, die Tür: ein vollkommen kahler, fast quadratischer Mann, der in der linken Hand ein Hühnerbein hielt und sich mit dem Zeigefinger seiner Rechten im Ohr stocherte.

»Was wollnse?«, fragte er durch die Nase.

Seine unerwartete Erscheinung hatte mich vorübergehend vergessen lassen, weswegen ich hier stand, aber nach einigem Nachdenken wusste ich doch hervorzubringen, dass ich auf Zimmersuche war.

»Hä? Wirst lauter reden müssen, Bursche.«

Mir dämmerte, dass er stocktaub war.

»Zimmer! Dachzimmer! Ich will es mir ansehen!«, brüllte ich.

Ihm schien ein Licht aufzugehen. Er zog mit einem Ploppen den Finger aus dem Ohr und teilte mir mit, dass ich Glück hätte. »Noch nicht vermietet! Fragense mich nicht, wie das möglich ist, junger Mann! Schönes Zimmer. Schönes Zimmer! Man sieht ganz London, wenn man aus dem Dachfenster schaut!«

»Ja, das hatte ich schon gehört«, sagte ich. »Darf ich es sehen?«

»HÄ?«

»Das Zimmer! Darf ich es sehen?«

Er starrte nachdenklich auf das Ohrenschmalz auf seinem Finger. »Also, Herr Carrington ist heut nicht da. Kommt immer am Montag und holt die Miete. Regelt solche Sachen, der Herr Carrington. Aber ...« Sein Gesicht erhellte sich. »Aber ich kann Ihnen tatsächlich weiterhelfen! Herrn Carringtons Hauswart, das bin ich! Sorge dafür, dass es hier läuft, wenn er nich da is, dass keiner hier was kurz und klein schlägt, keine Kartoffelschalen auf dem Flur ...«

Er runzelte die Stirn. Kartoffelschalen auf dem Flur schienen ein heikler Punkt zu sein, ich nahm es schon mal zur Kenntnis.

»Ich kann Sie herumführen! Momentchen, dann hole ich den Schlüssel.«

Ich trat ins Haus, den dämmrigen Flur, der stark nach gekochtem Kohl und dünner Seifenlauge roch, und schaute hoch zu der in einem grauen Halbdunkel aus Schmutz, Spinnweben und Ruß verschwindenden Decke. Das, zusammen mit den Wasserflecken und dem selbst jetzt im Sommer unangenehm kühlen Durchzug, versprach wenig Gutes. Vor mir wand sich eine breite Treppe hinauf, bedeckt von einem kahlen, violetten Läufer. Zwei Kinder wetteiferten darin, wer am schnellsten auf dem Hintern nach unten schussern konnte.

Der taube Hauswart kam mit einem Schlüsselbund aus einem Seitenzimmer. Er fuchtelte triumphierend damit herum, als habe er den Schlüssel zu einer Schatzkiste gefunden. »Da wären wir wieder, junger Herr! 'n schönes Zimmer! Kommense mir einfach hinterher.«

Wir stiegen fünf Treppen hinauf, variierend von breit und beeindruckend bis hin zu schmal und knarrend. Die Treppe zum Dachboden war so steil und baufällig, dass es mich wunderte, nirgendwo ein Schild mit der Aufschrift NICHT STEHEN BLEIBEN! zu entdecken. Wer es wagen würde, auf einer Stufe innezuhalten, brachte unwiderruflich sein Leben in Gefahr: Was auch geschah, nicht stehen bleiben!

Nach diesem letzten Hindernis kamen wir in einen schmalen, unbeleuchteten Flur, getäfelt mit dickem, dunklem Holz, das vor Alter glänzte. An jeder Seite gingen vier Türen zu dem ab, was einst die Zimmer der Dienstmägde und Hausdiener gewesen waren.

Eine der Türen stand offen, und um die Ecke schielten zwei Vorschulkinder, die zusammen ein strampelndes Kätzchen in den Armen hielten. In dem kaum mehr als schrankgroßen Zimmer saß ihre Mutter eingeklemmt zwischen Bett und Tisch und nähte. Auf dem Bett lag ein Säugling und spielte fröhlich mit seinen Zehen. Es war zu hoffen, dass die kleine Familie nicht zu schnell wuchs, denn dann würden sie alle aus dem Zimmer platzen.

Mittlerweile hatte der Hauswart die Tür des nächsten Verschlags geöffnet. Er komplimentierte mich herein wie ein Victor Procopius, der einem Kunden etwas Besonderes zu zeigen hatte.

Das Zimmer wirkte nicht kleiner als das mit der geöffneten Tür, aber das kam wahrscheinlich daher, dass es bis auf einen Kanonenofen und einen wackligen Tisch keinerlei Mobiliar enthielt. Es war ein kahler, mit dicken Tapetenschichten beklebter Raum, erleuchtet durch ein kleines Dachfenster hoch oben in der schrägen Zimmerdecke. Für mein Londonpanorama würde ich auf den Tisch steigen müssen. Ich stieg über die abgetretene Schwelle und brachte einige Staubnester sowie eine Kakerlake in Aufruhr. Es hätte schlimmer sein können, redete ich mir ein, doch diese Lüge war nicht lange aufrechtzuerhalten. Dieses Zimmer war ein Albtraum, eine Bruchbude! Aber wahrscheinlich das einzige, das ich bezahlen konnte.

»Wie viel?«, brüllte ich dem Hauswart zu, der sich vor ein Mäuseloch gestellt hatte.

»Sechs Shilling die Woche, junger Herr. Ich sag immer: Der Herr Carrington hat Herz, er is einfach zu gut für diese Welt!«

Ich nickte nachdenklich. Das ließ sich noch machen. Ich hatte ein Zimmer für nicht mehr als sieben Shilling die Woche gesucht, und das hier war so eins. Allerdings musste ich auch noch Möbel kaufen ...

»'ne Toilette gibt's nicht weit von der Hintertür. Das heißt, Sie brauchen nie weit durch die Kälte. Ein Luxus, junger Herr: Ich leere sie zweimal am Tag! Und im Winter werden Sie's hier oben nie kalt haben, so wie in den tieferen Stockwerken. Kleiner Raum, niedrige Decke, das heizen Sie auf der Stelle warm. Und an den Wänden ...« Er klopfte mit seinem abgenagten Hühnerbein gegen die Wand. Ein verdächtiges Rascheln war die Folge. »Mindestens vier Tapetenschichten! Das isoliert, junger Herr, das isoliert! Und nirgendwo 'ne Wand aus Stein!«

An die praktischen Vorzüge des Zimmers schien kein Ende zu kommen, aber ich brauchte nicht mehr überzeugt zu werden. Etwas Besseres als das hier war nicht drin. Es war alles, was ich zurzeit bezahlen konnte. Ich achtete nicht weiter auf sein Verkaufsgeplapper und rückte den Tisch gegen die Wand, um einen Blick durch das Dachzimmerfenster zu werfen. Ich hob mein Knie auf die Tischplatte, drückte mich hoch, hörte gerade noch die Warnung: »Junger Herr, nicht, vorsichtig!«, und kippte mitsamt dem Tisch um. Der Hauswart schnellte mit der wichtigen und zugleich überflüssigen Bemerkung hinzu, dass der Tisch wackle. Während er mir dienstbeflissen aufhalf und den Staub aus der Kleidung klopfte, erläuterte er, das junge Fräulein, das vor mir hier gewohnt habe, habe das Problem gelöst, indem sie ein Buch unter eins der Beine gelegt habe.

»'ne praktische junge Dame war das, sag ich Ihnen. Hübsches Gesichtchen dazu. Schade, dass wir sie raussetzen mussten, Herr Carrington und ich.«

»Wieso?«, fragte ich.

Er pulte eine Faser Hühnerfleisch zwischen seinen Zähnen hervor. »Warf sich ins Leben, junger Herr. Nahm Herren mit nach oben. Und darin sind wir streng, Herr Carrington und ich: keine Fummeleien! Na ja, Sie werden's ja in der Hausordnung lesen: kein Besuch vom anderen Geschlecht, ausgenommen Mütter, Schwestern, Tanten, Nichten ... Bei Großnichten ziehen wir die Grenze. Und kein Kleinvieh; Hühner, Ziegen, Karnickel und so weiter. Unter Garantie beschweren sich dann die Nachbarn, und den lieben Frieden wollen wir doch alle wahren, junger Herr? Und, ja richtig, würden Sie daran denken, nicht im Bett zu rauchen? Die Folgen, die das in alten Häusern wie diesem haben kann!«

»Das alles werde ich mir merken«, versprach ich, wobei ich streng zu mir selbst sein musste, um nicht laut loszulachen.

»Also Sie tun's, junger Herr?«

»Ja, ich sollte es wohl tun.«

Er drückte mir feierlich die Hand. »Sehr gut, junger Herr. Darf ich Sie willkommen heißen? Ich bin sicher, Sie werden ein guter Nachbar sein.«

Das genau lag in meiner Absicht, dachte ich. Aber wenn ich in die Zukunft sah, konnte ich nichts versprechen.

Den Rest des Tages verbrachte ich in den vollgestopften Geschäften von Pfandleihern, auf der Suche nach Hausrat und Möbeln. Obwohl ich mir vorgenommen hatte, wenig auszugeben, war die Liste der unverzichtbaren Dinge länger als erwartet.

Zuallererst brauchte ich natürlich ein Bett. Ich wusste für wenig Geld ein stabiles Klappbett zu ergattern, das tagsüber zusammengeklappt ein als Bücherschrank getarntes Leben führen konnte. Aber zu jedem noch so billigen Bett gehörte einiges an Ausstattung: Leintücher, Decken, eine Matratze, Kissen, Kissenbezüge. Und dafür musste man mindestens dreimal so viel Geld hinblättern, wie sie wert waren, wollte man sicher sein, dass sie nicht voller Nissen steckten oder von einem Sterbebett waren. Ich kaufte schließlich ein Set, das dem Pfandleiher zufolge von einer ausländischen Gräfin stammte, und bezahlte einen entsprechend adligen Preis. Bei meinen übrigen Einkäufen musste ich viel sparsamer sein. Es waren noch besorgniserweckend viele: ein Nachttopf (für unter das Aufklappbett), Töpfe, ein Teller, ein Becher und Besteck, eine Zinkwanne für Wäsche und Abwasch, ein neuer Rasierspiegel (bisher hatte ich mir immer einen von Marcel, Pa oder Trops geliehen), eine Öllampe, eine Mäusefalle und ein Besen, um den Staubnestern zu Leibe zu rücken. Und dann musste ich noch einen Stuhl kaufen und einen kleinen Teppich, falls noch Geld übrig blieb.

Zwischen einer großen Menge Esszimmerstühle, wie eine Militärkompanie in Dreierrotten aufgestellt, fand ich ein Exemplar, das nicht nur schön glänzend aussah, sondern auch den ultimativen Test überstand: Man konnte darauf sitzen! Nachdem ich meinen neuen Mantel verpfändet hatte, um den Stuhl bezahlen zu können, beschloss ich, den Teppich einfach zu vergessen.

Weil ich den ganzen Kram nicht auf dem Rücken fortschleppen konnte, vereinbarte ich, alles auf Trops' Kosten besorgen zu lassen. Nachdem ich mich einen ganzen Tag lang vernünftig benommen hatte, meinte ich, mir das herausnehmen zu können. Außerdem hatte er mich gestern Abend noch ausführlich mit Gutenachtküssen versehen dürfen.

Ich hatte jetzt keine Lust mehr, zu ihm zurückzukehren. Trops hatte seinen Anfall von Moralismus inzwischen überstanden, aber an seine Geldnot war noch kein Ende gekommen. Zwar war ein Scheck von den Farleys unterwegs, aber solange der noch nicht eingegangen war, war Trops ein Trops ohne Geld und damit sichtlich weniger unterhaltsam.

Wir frühstückten jetzt mit altem Brot, und unser Abendessen bestand aus einem kulinarischen Experiment, das Trops *Potage* nannte, begleitet von einer Flasche nicht allzu guten Weins. Wahrscheinlich war es eine bessere Idee, im Zentrum etwas Pudding zu kaufen und auf der Westminster Bridge zu verzehren.

Es war kurz vor Ladenschluss. Die kleineren Geschäfte hingen ihre Fensterläden vor. Frauen mit Päckchen und Taschen schlurften zwischen den hohen Gebäuden der Victoria Street hindurch. Hunde, angebunden vor den Army and Navy Stores, begrüßten ihre Herrchen mit begeistertem Schwanzwedeln. Politiker eilten von den Houses of Parliament zu ihrem Klub.

Ich ließ die Hauptstraßen hinter mir und bog in eine der Seitenstraßen ein, die zu dem Teil von Westminster führten, der früher einen ebenso schlechten Ruf hatte wie die Armenviertel von Ost-London. Inzwischen war der größte Teil davon instandgesetzt, aber nach wie vor konnte man dort einen schmackhaften, warmen Pudding mit Pflaumen und Rosinen für fast kein Geld erstehen. Es war belebt auf der Straße. Väter kehrten heim, Kinder holten Bier, und aus jedem Fenster schlug einem ein Geruch nach Abendessen entgegen: Kartoffeln, Pickles und Würstchen. Hier und da gingen Türen auf, und Mädchen in Kleidern aus gebrauchter Spitze und abgetragenem Samt begaben sich zu ihrer Arbeit in Theatern, in Bars oder auf der Straße.

Ich überlegte mir gerade, dass ich Mary Ann mal wieder einen Besuch abstatten könnte, als ich mich umdrehte und mir ein Straßenschild ins Auge fiel, an dem ich gerade vorbeigegangen war, ohne es wirklich wahrzunehmen. Aber der Schriftzug war ein paar Schritte weiter in meinem Kopf aufgesprungen. Er bestand aus drei Worten, die ich nur zu gut kannte, gerade weil ich mir so viel Mühe gemacht hatte, sie zu vergessen.

Das hier also war die Little College Street.

Ich blieb stehen mit dem Gefühl, dringend auf die Toilette zu müssen. Das hier war unheimlich, obwohl die Straße an und für sich recht normal wirkte. Auch hier roch es nach Kartoffeln, Pickles und Würstchen, und die Mädchen trugen die gleichen aufgeputzten Kleider wie überall in Westminster. Und doch, es war etwas Unheimliches an einer Straße, die so plötzlich auftauchte und anschließend hartnäckig versuchte, normal zu erscheinen. Über den Bürgersteig spazierte sogar ein Polizist. Vor einem verfallenen, unbewohnten Haus blieb er kurz stehen, um dann wieder weiterzugehen.

Ich wusste jetzt, wohin ich zu gehen hatte. Falls ich dorthin wollte. So gleichgültig und unauffällig ich konnte, setzte ich meinen Weg fort. Einfach tüchtig weitermarschieren, nicht nach links und rechts schauen und nicht mit fremden Leuten mitgehen, dann kann dir nichts widerfahren, Kind!

Ich überholte den Polizisten, der mich trotz meines unschuldigen Pfeifens in einer Weise musterte, als wolle er sich meinen Steckbrief einprägen. Ich heftete meinen Blick auf die Steine des Gehwegs und hob den Kopf erst nach einer guten Weile wieder.

Nummer neun. Zwei Häuser weiter. Ich konnte ruhig einen Blick riskieren. Es mir nur eben ansehen. Dort anzuläuten, dafür gab es keinerlei Grund. Noch nicht. Und wenn gerade jemand zur Tür herauskam, dem ich nicht begegnen wollte, konnte ich immer noch schnell verschwinden.

Auf dem Gehweg gegenüber blieb ich stehen. Genau wie die Straße wirkte das Haus auf den ersten Blick völlig normal. Eine alte Bäckerei und darüber ein Stockwerk, das offenbar als Wohnung vermietet wurde. So unschuldig wie eine Reuse für einen kleinen Fisch. Aber wenn man etwas länger hinschaute als der Durchschnittspassant, dann sah man, was daran anders war. Im ersten Stock waren die Vorhänge geschlossen, und das bei helllichtem Tag. In dem Zimmer dahinter tanzte eine blassgrüne Gasflamme, aber zu sehen war kein Mensch.

Ich beobachtete das Haus eine Weile, wartend auf ein Lebenszeichen, einen bekannten Schatten, einen Hinweis auf das, was sich in seinem Innern abspielte. Doch es geschah nichts.

Enttäuscht gab ich mir noch ein paar Minuten. Ich konnte nicht weggehen, ohne etwas in Erfahrung gebracht zu haben. Es war genauso schlimm, als würde man das Theater verlassen, bevor am Ende sämtliche Fäden zusammengeführt waren. Oder das Sprechzimmer des Arztes, bevor man wusste, was einem fehlte. Ist es schlimm, Doktor? Kann man damit leben? Sagen Sie mir die Wahrheit, Doktor!

Noch etwas warten. Noch etwas hinschauen. Sobald es acht Uhr schlägt, bin ich auf und davon. Nur noch die paar Minuten ...

»Was macht ein netter Bursche wie du in einer Gegend wie dieser, Adrian Mayfield?«

Ich glaube, ich habe mich noch nie schlimmer erschrocken als damals beim Hören meines eigenen Namens in dieser Straße. Mit Herzklopfen bis hinauf zum Hals drehte ich mich um und überlegte mir schon eine möglichst gute Entschuldigung. Hinter mir stand eine der aufgedonnerten Hexen der Little College Street. Sie lachte und entblößte damit eine Reihe verfärbter Zähne. Ich kannte dieses Lachen.

»Jetzt guck nicht so dumm, Ady. Ich hab dich auf der Stelle erkannt. Rita! Rita Goodenough!«

Rita! Taumelnd tauchte ich um Jahre zurück. Rita, das war noch im The King's Arms gewesen. Das beliebteste Mädel im ganzen Viertel, eins von den hässlichen Dingern, die mit Make-up, einem großen Mundwerk und einigem Schneid die wirklich hübschen Mädchen jedes Mal ausstachen. Rita war »wie einer von den Jungs«. Ein Kumpel, der saufen konnte wie ein Seemann, auch nach der Polizeistunde immer noch ein wenig zum Plaudern dablieb und ohne zu erröten zum Star in einem von Gloria und mir organisierten »Gewinne-einen-Kuss-von-Rita«-Wettbewerb wurde. Wie noch ein Dutzend anderer Burschen aus der Straße war ich mit dem festen Vorsatz herumgelaufen, sie zu heiraten. Jetzt konnte ich sehen, dass Rita immer noch Junggesellin war und ihr Geld als kleine Selbständige verdiente. Ihr breiter Mund war noch röter als früher, und ihre dicken Augenbrauen waren ordentlich gezupft. Sie hielt ein weißes Hündchen auf dem Arm, das noch am ehesten an eine Kreuzung zwischen einem Mops und einer kleinen Bulldogge erinnerte. Es hatte eine erstaunliche Ähnlichkeit mit seiner Herrin angenommen. Um ihm ein etwas zuneigungsfähigeres Äußeres zu geben, hatte Rita ihm ein rosa Band um den Hals geknotet.

»Rita, du lieber Himmel! Dich hat's aber weit weg von zu Hause verschlagen!«

Sie zog ein Gesicht: »Ich führe den Hund spazieren. In letzter Zeit führe ich ziemlich oft den Hund spazieren. Aber du ... du scheinst ja auch nicht Mamis Röcken hinterherzulaufen. Sag mir bitte, dass du dich verirrt hast, Ady.«

Ich erläuterte, dass ich heute Möbel gekauft hatte und jetzt auf der Suche nach Rosinenpudding war.

»Also, hier verkaufen sie so was nicht«, sagte Rita mit einem giftigen Blick nach oben. »Weißt du, was für ein Haus das da ist, Ady?«

Ich schüttelte den Kopf, denn ich wollte es auch mal von jemand anderem hören.

»Schlecht fürs Geschäft sind sie«, meckerte Rita. »Sie sind mit allem ausstaffiert, die kleinen Pinscher: Klamotten, schönen Zimmern, hübschen Visagen. Sie kriegen die Herren zu sich ins Haus – sie schon –, ist denen doch scheißegal. Lieber Himmel, ich weiß nicht, was los ist mit den Kerls heutzutage!«

Sie setzte ihr Hündchen auf dem Boden ab und rückte ihr Hütchen etwas zurecht. »Aber wie auch immer, mich kriegen sie hier nicht weg. Ich hab meinen Platz, und da bleib ich. Soll mal einer versuchen, mich da wegzukriegen! Wollen wir doch mal sehen, wer als Erster den Schwanz einzieht! Haufen Sauhunde!«

»Aber Schluss damit«, fuhr sie fort und zauberte wie zur Einladung wieder dieses breite Grinsen auf ihr Gesicht, »ich darf nicht so herumknurren. Am Ende verliere ich noch meinen guten Ruf. *Good Time Rita Goodenough*, so nennen sie mich. Kein schlechter Handelsname, was? Hab ich mir nicht selbst ausgedacht: Verdient hab ich mir den! Und weil ich meinen besten Kumpel wiedergefunden habe, bekommst du heute einen Abend Rita ganz für nix! Na ja, gegen 'n Gläschen Likör hätt ich natürlich nichts einzuwenden!«

Mir fehlte der Mut, es ihr abzuschlagen, und ehrlich gesagt hätte ich es auch als schäbige Gemeinheit von mir empfunden. Rita und ich waren die besten Kumpel gewesen, auch wenn wir es wahrscheinlich nicht mehr lange sein würden, falls sie die Wahrheit erführe. Ich vergaß den Rosinenpudding und sparte meine allerletzten Pennys für Ritas Likör auf. Ich reichte ihr meinen Arm, und gemeinsam spazierten wir heraus aus der Little College Street.

Schon ein paar Straßen weiter ließen wir uns in einer Kneipe nieder, in der zu Ritas Entzücken gerade ein Vogelsingwettbewerb stattfand. Sie drängte sich mit ein paar ihrer Kolleginnen (bunt angemalten Hyänen) vor den Käfigen mit Kanarienvögeln und Dompfaffen, machte Geräusche wie »piep-zwitscher« und »tschilp-tschilp-isser-nich-süß?« und verwettete Geld auf den vermutlichen Sieger. Danach setzte sie sich zu mir, um ihren süßen Likör zu trinken. Weil wir wegen des Wettbewerbs still sein mussten, rückte sie gemütlich an mich heran, um mir ins Ohr flüstern zu können.

»Jetzt musst du mir alles erzählen, Ady. Wie geht es dir? Und Gloria? Und Mary Ann, wie geht's dem Mädel? Erzähl mir alles!«

Ich erzählte es, das meiste, regelmäßig unterbrochen von einem Trällern oder einem Tirilieren aus einem der Käfige. Ich endete mit der vorsichtigen Enthüllung, dass ich ab und zu Modell saß, nicht sicher, ob Rita das auch männlich genug fand. Ich hätte mir keine Sorgen zu machen brauchen. Sie schaute mich mit einem warmen Likörglanz in den Augen an und knuddelte das Hündchen, das an sie geschmiegt dasaß. Das schielte arglistig zu den Vögeln und wartete meiner Meinung nach nur auf den richtigen Augenblick, um laut loszubellen.

»Ach Ady, das ist aber schön! Ich war schon immer der Meinung, du hast ein nobles Gesicht! Wie wunderbar, dass es jetzt auf ein Gemälde kommt! Wird es denn auch in einem Museum hängen? Und kommen dann ein Haufen Leute und sehen es sich an?«

Ehrlich gesagt hatte ich darüber noch nie nachgedacht. Angenommen, Vincent konnte sein Bild für viel Geld verkaufen und mein Gesicht wurde dadurch berühmt? Das wäre doch gar zu lächerlich!

»Ich wusste gar nicht, dass ich ein nobles Gesicht habe!«, erwiderte ich lachend.

Rita kroch noch etwas dichter an mich heran, sodass sie mir beinahe auf dem Schoß saß. Sie war warm und roch, wie alle Frauen ihrer Art riechen, nach Parfüm, Alkohol und Achselschweiß.

»Ja, das hast du, Adrian Mayfield, ein nobles Gesicht. Und ich werde dir sagen warum. Ist alles ganz wissenschaftlich. Hier.«

Sie fummelte ein abgegriffenes, vergilbtes Büchlein zwischen ihrer Kleidung hervor, das aussah, als hätte Rita es vom Müllhaufen gerettet. *Die noble Wissenschaft der Physiognomie – Doktor C. Blundie, Physiognom und Hypnotiseur* stand auf dem Umschlag.

»Hier steht das alles drin. Geschrieben von 'nem Doktor mit allem Drum und Dran. Füsiogonie ... Gesichtskunde.« Sie ließ eine Stille eintreten, um mir die Gelegenheit zu geben, beeindruckt zu sein.

»Gesichtskunde?«

»Ja richtig, Gesichtskunde. Das ist, wenn man an dem Gesicht von jemand seinen Charakter ablesen kann. Noch nie davon gehört? Ist 'ne fürchterlich gelehrte Sache, weißt du.«

»Das heißt ... man kann an meinem Gesicht sehen, wie ich bin?« Ich wusste nicht, ob ich lachen oder mich ungemütlich fühlen sollte.

»Ja klar, so wahr ich hier sitze! Und jetzt wirst du sicher sagen, was willst du mit all der Bücherweisheit, Fräulein Goodenough? Na, das werde ich dir erzählen. Rita ist 'n schlaues Ding, ja? Sie weiß, was sich in London so rumtreibt. Dreck aus den schlimmsten Jauchegruben der Hölle, das kannst du mir glauben. Doktor Palmer und Jack the Ripper, aber dann noch zehnmal schlimmer! Und 'n Mädchen, das allein ist, ist eben bloß ein Mädchen, das allein ist. Also schaue ich mir die Visage erst richtig gut an, bevor ich mit so einem Kerl mitgehe. Ohren, Augen, Breite der Stirn. Bin mittlerweile ein richtiger Spezialist geworden. Und deshalb wage ich mit Sicherheit zu sagen, dass du ein nobles Gesicht hast, Adrian.«

Ich grinste, weil mir gerade einfiel, dass Fräulein Goodenough selbst nicht viele Freier bleiben würden, wenn die ihre Gesichtszüge ebenso sorgsam studierten wie sie die ihren.

Rita rief mich mit einem scharfen Fingernagel unter meinem Kinn zur Ordnung. »Du hast eine klassische Nase, Ady, und 'n energisches Kinn. Das ist ein gutes Zeichen. Und deine Augen ... mir gefallen deine Augen. Du hast wunderbare Augen, wenn du lachst, weißt du das? Ganz klar. Ist 'n Zeichen für 'nen schnellen Geist. Großes Gehirn. Und dein Mund ...«

Rita zwängte ihre fettigen Finger zwischen meine und legte meine Hand kuschelig auf ihren Schoß. Sie kniff die Augen zu kritischen Schlitzen zusammen. »Der Mund ist immer wichtig. Lippen erzählen einem so viel ... Männer mit dicken Lippen, das ist nicht die richtige Kundschaft. Aber deine Lippen sind in Ordnung, Ady. Willensstark, so würde ich sie nennen. Bist 'n guter Kerl, Ady, ich hab's schon immer gewusst.«

Ich befreite meine Hand aus der ihren, um dem Hund ein Würstchen von einem Teller zu geben, den der Wirt vor uns hingestellt hatte. Diese Unterhaltung glich je länger je weniger einem Gespräch, wie man es mit seinem besten Kumpel führte. Rita und ich hatten nie über Augen und Lippen gesprochen. Ebenso wenig hatten Gloria und ich das getan, ausgenommen vielleicht zum Scherz. Aber das lag mittlerweile schon zwei Jahre zurück, als das Leben noch kein solches Durcheinander gewesen war. Mit sechzehn bestand vielleicht die ganze Welt aus Augen und Lippen. Rita hatte bestimmt eine passende Theorie dazu.

Sie hatte sich jetzt auch ein Würstchen in den Mund gesteckt, was sie nicht unbedingt schöner machte. »Dieses Land geht kaputt ohne Kerle wie dich, Mayfield. Alles geht den Bach runter, und bisher ahnt keiner was. Aber Rita hält die Augen und Ohren offen. Die Gesichter, die du in der Little College Street siehst ... Ich erkenne sie schon von Weitem. Diese Belladonna-Augen, die süßen langen Friseurlocken, die rosa Mädchenlippen ... und dann ihre fetten, alten Kunden ... ich weiß, wie viele es sind. Ich sehe sie gehen, und ich sehe sie kommen, die feinen Herren!« Rita sog den Atem zischend in sich hinein. Sie klang wie eine Kobra, die einem ihr Gift ins Gesicht speien wollte. »Ich könnte dir Geschichten erzählen! Namen nennen! Ich weiß, wer da ein und aus geht! Ich erkenne Gesichter. Ich lese die Zeitungen. Ich könnte auf der Stelle zur Polizei gehen. Aber was springt dabei heraus für die arme Rita? Nicht ein Penny und mit 'n bisschen Pech noch die Zelle. Denn was hatte die arme Rita selbst da verloren? Nein, Rita hält den Mund. Aber sie sieht alles. Und irgendwann, irgendwann mal bekommt Rita ihre Chance, und dann werden sie sich wundern!«

Sie schlürfte die letzten Likörtropfen aus ihrem Glas und schluckte einen Bissen Wurst herunter. Kommt alles von diesem *Fain-de-Sjèkle*, Ady, und diesen französischen Romanen. Dieser ganze Schund aus Paris. Kunst nennen sie das. *L'ahrt.* Pff! Sodomiten-Schweinkram, das ist es! Und man sieht, was dabei herauskommt: 'n ehrliches Mädchen verdient sich nicht mal mehr die Butter auf'm Brot!«

Ich hatte mittlerweile auch einen Angriff auf die Würstchen gestartet. Gesichtskunde schien keine sehr zuverlässige Wissenschaft zu sein. Aber ich wollte nicht gern derjenige sein, der Rita das erzählte.

Der Singwettbewerb war mittlerweile zu Ende. Der Besitzer des siegreichen Kanarienvogels bewegte sich am Kopf einer Polonaise auf die Bar zu, umgeben von Kumpels, die alle auf ein Gratisbier zählten. Ich hatte Lust, mich anzuschließen, in dieser schwitzenden, Bier schlürfenden Masse zu verschwinden wie jemand, der dazugehörte. Einer der Jungs, Ady Mayfield vom The King's Arms.

Ich fragte mich, ob es Sinn machen würde, um Hilfe zu rufen oder Ritas Geplapper in einem weiteren Teller mit Würstchen zu ersticken. Fest stand lediglich, dass ich mir dieses Geschnatter nicht noch eine halbe Stunde lang anhören konnte. Es ging dabei noch gar nicht mal so sehr um das, *was* sie sagte; das hatte ich durchaus schon öfter gehört, auch aus meinem eigenen Mund. Es war die Art, *wie* sie es sagte. Ich hatte noch nie gehört, wie es klang, denn mich selbst hatte es bisher nie betroffen.

Und hinzu kam noch: Ich hatte nicht gewusst, dass man seine besten Kumpels so leicht loswerden konnte, wenn man sie eine Zeitlang aus den Augen verlor. Man bog in eine falsche Straße ein, landete im Bett eines flämischen Malers und lief sich anschließend als vollkommen Fremde über den Weg. Vage Bekannte, die sich in ferner Vergangenheit einmal gemocht hatten. Ich fragte mich, wie viel Zeit, wie viele Kerle, wie viele Nächte auf der Straße nötig gewesen waren, um aus Rita das zu machen, was sie jetzt war: ein giftiges altes Weib von siebzehn Jahren, mit einem Köter von Hund und einer Schlangenzunge. Jemand, der hassen konnte. Wo hatte die Schlampe so hassen gelernt?

Ich versuchte, dem Gespräch eine andere Wendung zu geben. Eine »Weißt-du-noch, als …«- oder »Erinnerst-du-dich-noch?«-Plauderei anzufangen. Doch es wollte nicht gelingen. Wir waren durch die Little College Street gegangen und hatten unsere Vergangenheit dort zurückgelassen. Wahrscheinlich lag sie jetzt sterbend unter einem Laternenpfahl.

Zum Glück kam kurz nach halb neun die Rettung in Form einer Gruppe deutscher Straßenmusikanten hereingepoltert. Nun muss man, um eine deutsche Blechblasmusik mit Freude willkommen zu heißen, entweder sturzbesoffen oder der Verzweiflung nah sein, aber in unserem Fall genügten sämtliche Stammgäste zumindest einer der beiden Anforderungen, und die Musikanten wurden mit begeistertem Gebrüll hereingeholt. Von dem warmen Empfang ermuntert begannen sie sogleich zu spielen, eine tanzbare Humtata-Weise, die von Ritas Hündchen mit dem passenden Jaulen begleitet wurde. Ihre Hyänenfreundinnen hatten inzwischen die nächstgelegene Mannsperson am Wickel gepackt und tanzten die Polka zwischen Tischen, Gästen und zerbrechendem Geschirr.

Ich schaute Rita an. Beide sahen wir nur noch eine einzige Möglichkeit, den Abend zu retten. »Wollen wir auch tanzen?«, fragten wir gleichzeitig.

Wir sprangen auf und stürzten uns in die untergehakt miteinander umherhopsende Menge wie Kinder auf eine Kirmes, mitten hinein in die lauwarme Pfütze aus Bier, Schweiß und Lärm. Wir schrien, lachten und drehten uns im Kreis, bis die Welt ein Karussell aus roten Gesichtern, lauten Stimmen und stolpernden Füßen wurde.

»Gib acht, wohin du deine Füße stellst, Bursche!«

»Vier Bier, Dickie! Vier Bier! Hierher!«

»Schöne Federn hast du da auf deinem Hut, kleine Braut!«

Ich war wieder zu Hause.

Schwitzend, andere Leute anrempelnd, mit Bierflecken auf meinem neuen Jackett und die Arme um Ritas harte Fischbeintaille, hatte ich mich zurück in die Vergangenheit getanzt, zurück zu dem Adrian, der ich einst gewesen war.

Es war ein Fest. Das The King's Arms war übervoll. Das Bier strömte aus dem Zapfhahn, das Geld in die Kasse. Rita hatte mich, in Pas Schürze und die Arme voller Bierflaschen, hinter der Bar hervorgezerrt, um zu tanzen. Die Stammgäste machten Platz und schlugen uns auf den Rücken: »Gut so, Jung! Nichts wie ran! Polka, Holzschuhtanz!« Gloria zapfte ein Bier und rief etwas. Wir tanzten und tanzten, als wären wir von der Tarantel gebissen. Verrückt, total verrückt und in einer Welt ohne Sorgen.

Dieses Gefühl war jetzt wieder da, zwischen all den anderen Gefühlen, und einen Moment lang schien es wieder nach meinem Kopf zu gehen. Das Leben war phantastisch, und es gehörte uns ganz und gar.

»Und wer sagt, dass deine Rotzfinken besser wären als meine?« Eine Stimme wie ein Donnerwetter wusste Horn, Posaune, große Trommel und Klarinette zu übertönen und polterte mit göttlichem Grimm durch die Kneipe: »Setzt seinen Cousin hinter die Anzeigetafel, dieses Stück Scheißdreck! So kann ich auch gewinnen! Der reinste Schwindel. Kein anständiges Tschilp habe ich aus den Hühnerhälsen gehört. Während meine sich die Schnäbelchen lahm gesungen haben! He, hörst du, was ich sage, du Widerling? WIDERLING!«

Mitten zwischen den Polkatänzern stand ein hochempörter Hüne von Mensch, den die vielen Festtagsrunden beträchtlich übererhitzt hatten.

Seine Anklage schien nicht auf fruchtbaren Boden zu fallen. Der Besitzer der Siegervögel reagierte lediglich mit einem »Ach Kerl, scher dich zum Kuckuck«, aber die ganze übrige Kneipe brauste auf in einer gemeinsamen Woge der Entrüstung.

»Mann, ich habe deine elendigen Küken noch nicht einen Mucks von sich geben hören!«

»Hört nicht auf ihn. Ist ein Streitsucher! Jeder weiß, dass er dafür bekannt ist! Seine Vögel haben allesamt Läuse. Ein Knicker und ein Tierquäler, das isser!«

»Beteiligt sich nur dann an Wettkämpfen, wenn's was zu gewinnen gibt!«

»Ja, und besticht dann die Jury!«

Eine der bemalten Hyänen hatte sich vor dem Riesen aufgebaut und stach ihm einen anschuldigenden Finger in den Wanst. »Erzähl mir was! Nie spielt er ehrliches Spiel! Selbst dann nicht, wenn es um seine eigene Frau geht. Ich weiß ...«

Aber weiter kam sie nicht. Eine große, runde Faust traf sie am Kinn und ließ sie in die Menge hinter ihr fallen.

»Habt ihr das gesehen? Habt ihr *das* gesehen? Er hat 'ne Dame geschlagen! Habt ihr gesehen, wie er die Dame geschlagen hat?«

Etwas Dümmeres hätte er nicht tun können. Die »Dame«, der gerade zwei Freundinnen wieder auf die Beine halfen, schrie Zeter und Mordio, ihre Kolleginnen begannen ein Pfeifkonzert, und die Kampfhähne der Kneipe bahnten sich mit den Ellbogen einen Weg, um diesem Steinzeitmenschen seinen verdienten Lohn zu verpassen.

»Ja, gut so! Greift ihn euch! Stopft ihm seine dämlichen Kanarienvögel in den Hals!«, schrie Rita neben mir.

Die rotglühende Erregung eines bevorstehenden Kampfes ergriff das Lokal. Früher war das für Gloria und mich das Zeichen gewesen, dazwischenzugehen, die Anstifter auf die Straße zu setzen und das Feuer auszutreten, ehe es um sich greifen konnte. Eine Arbeit von zwei Minuten, nicht spannender, als beim Bäcker einen Muffin zu stehlen oder einem ausbrechenden Brand zuzuschauen.

Aber jetzt, wo ich nicht mehr mittendrin steckte, sondern als

Zuschauer am Rand stand, kam mir ein so plötzlicher Wutausbruch auf einmal viel beängstigender vor. Der Übergang von einträchtigem Frieden hin zu vollkommener Raserei vollzog sich so plötzlich und unerwartet, dass es schien, als habe das Lokal schon den ganzen Abend auf einen entsprechenden Anlass gewartet. Sie wollten jemanden hassen, und sie hatten jemanden zum Hassen gefunden. Schwärende Geschwulste voller Wut und Eiter, die wochenlang herangereift waren, platzten jetzt auf. Sie schlugen drauflos: auf einen Kerl mit einem großen Maul und Kanarienvögeln, als wäre er ihr Boss, der Kerl, der die Miete abholen kam, ihre Alte, die die Kartoffeln anbrennen ließ. Endlich, am Ende der Woche, hatten sie jemanden gefunden, auf den sie einprügeln konnten.

Gemeinsam hatten sie ihn innerhalb von Sekunden zu Boden geworfen, und jetzt konnte zugetreten werden. Die großen Raufbolde machten Platz für die kleinen, die mit einem ganzen Kerl nur dann fertig wurden, wenn er bereits zu Fall gebracht war. Die Hyänen bildeten einen Kreis und warfen kreischend mit Bierflaschen. Es war ein höllischer Hexenkessel, und mir fiel ein, dass dies auch auf der Straße nicht unbemerkt bleiben konnte.

Ich zog Rita am Ärmel aus dem Gewirr. »Los, komm, wir ziehen Leine. Gleich kommt die Polizei!«

»Na und? Ich will ihn auf dem Boden sehen, das Scheusal, diesen ...«

Aber ich nahm eine Bierflasche und drohte damit, sie ihr in ihr rotes Gesicht zu hauen. »Los, schnapp dir deinen Köter! Wir gehen!«

Sie sah, dass ich es ernst meinte, dachte an ihre Frisur und tauchte in die Menge ab, um ihr Hündchen zu suchen.

Wir kamen gerade noch rechtzeitig nach draußen. Am Ende der Straße hörte man rennende Schritte und Polizeipfeifen, und in der Kneipe erhob sich ein Johlen, das mir verriet, dass es jetzt wirklich aus dem Ruder lief. Wahrscheinlich hatte jemand ein Messer gezogen.

Fröstelnd nach der warmen, schweißgebadeten Kneipenluft gingen wir, ohne ein Wort zu sagen, durch die Sommernacht. Ich wusste, wohin ich wollte. Wohin ich *musste*. Westminster Bridge, und zwar sofort.

Zwischen den Häusern von Westminster hing schon etwas von der vormitternächtlichen Dunkelheit, die sich demnächst über die ganze Stadt gelegt haben würde. Die Straßen wirkten zunehmend verlassen, und die vereinzelten Geräusche, die man hörte, verstärkten nur die vollkommene nächtliche Stille, die in dem verlassenen Zentrum der Stadt geduldig darauf wartete, auch die anderen Viertel mit ihrem Zauber einzuhüllen: unsere Schritte, die wie Echos zwischen den Häusern widerhallten, aus einem offenen Fenster die Stimme eines Kindes, das noch längst nicht schlafen wollte, eine hastig vorüberrasselnde Pferdedroschke mit einem unsichtbaren Fahrgast. War London tagsüber lebendiger als jede andere Stadt, dann war es nachts umso ausgestorbener. Die wenigen Geräusche erschienen klein und unbedeutend in der großartigen Stille, als hätte das Leben nachts wenig zu melden.

Selbst die lebendigen, atmenden Schatten, die da über die Brüstung der Westminster Bridge ins Wasser starrten, wirkten wie versteinerte, leblose Brückenornamente. Ihre Stimmen lösten sich auf in dem Gemurmel des Wassers unter ihnen und dem fernen Stampfen der wenigen Dampfschiffe, die noch auf dem Fluss waren.

»Was machen wir hier?«, fragte Rita, nachdem ich meine Hände auf die Brüstung gelegt hatte und mir die schwache nächtliche Brise durch die Haare wehen ließ. Das Wasser stank nach Schlamm und Algen. Es musste Ebbe sein.

»Gucken«, sagte ich, »nachdenken.«

Rita stellte sich neben mich, eine Hand auf meiner linken Schulter und ihren warmen, schweren Kopf auf meiner rechten. »Pah, wie langweilig!«, sagte sie.

Ich starrte in Richtung Ost-London, wohin das Tageslicht schon nicht mehr reichte. Dort, verborgen hinter abertausenden von Häusern, lag irgendwo das The King's Arms. Es hätte ebenso gut in Japan liegen können.

»Findest du auch, dass London nachts viel größer wirkt als tagsüber?«, fragte ich Rita.

»Es ist dieselbe Stadt«, antwortete sie und schwieg einen Moment. »Aber sie kommt einem vor wie eine andere«, sagte sie dann. »Wenn ich nachts durch die Straßen laufe, dann beschleicht mich manchmal der Gedanke, dass ... Nein, du wirst mich auslachen.«

»Ich werde nicht lachen«, versprach ich.

Ritas Hand glitt unter meinen Hemdkragen, auf der Suche nach Wärme und Haut. »Dann denke ich manchmal, wenn ich jetzt hier stehen bleibe, kommt so ein Dinosaurier – so eine Rieseneidechse, wie sie im Crystal Palace rumstehen – um die Ecke, als wäre es ganz normal. Als würden sie hier noch ganz wie gehabt herumtigern, ohne dass wir etwas davon wissen. Dass die Stadt überhaupt nicht uns gehört, sondern ihnen. Und dass sie lediglich darauf warten, dass wir verschwinden.«

Sie kicherte nervös, als wüsste sie nicht so genau, ob dies wirklich nur eine Erfindung war. Ich war mir dessen auch nicht vollkommen sicher. Ich konnte mir London durchaus so vorstellen: tot, von jeder Menschenseele verlassen, mit fledermausartigen Monstern auf der Kuppel von Saint Paul's und riesigen Krokodilen im schlammigen Wasser der Themse. Irgendwann würde London wieder so sein: nur noch Stein und Stille und lebendige Albträume.

»Ich denke, du solltest nicht so oft stehen bleiben«, sagte ich zu Rita, »dann kommen dir derartige Dinge nicht in den Sinn. Du musst dir ein Schild um den Hals hängen: NIE STEHEN BLEIBEN!

»Verrückter Kerl!« Rita glitt an mir vorbei und stellte sich zwischen mich und die Brüstung. Sie rieb sich an mir, sodass ich ihre schlaffen Brüste auf und ab gehen fühlte. Sie fühlten sich an wie lauwarmer Pudding. »Los komm, wir machen es uns schön, Ady! 'ne Gratisnummer auf der Westminster Bridge!«

Ich schaute in ihr lachendes Gesicht und sah ihre verfärbten Zähne. Auf das hier habe ich keine Lust, dachte ich. Ich löste Ritas Hände von meinem Rücken und legte sie auf das steinerne Brückengeländer.

Sie zog einen Schmollmund. »Was ist denn jetzt los? Hast du schon 'n Mädchen, Ady?«

»Ja, ich habe schon ein Mädchen«, sagte ich.

Das aufgehetzte Gefühl von zuvor am Abend klang vorübergehend ab. Ich hörte, wie ruhig ich lügen konnte.

Ein allerletztes Fährschiff dampfte qualmend und dröhnend in Richtung Lambeth. Seine Lichter glichen gelben Augen, und während es sich schwerfällig durchs Wasser schob, erbrach es einen gräulichen Rauch.

»Sieh mal, da hast du deinen Dinosaurier«, meinte ich. »Das Monster der Themse.«

Rita drehte sich um und winkte. »Ha! Uns bekommst du doch nicht!«, schrie sie.

17

Das Rezept für Kohlsuppe – Ein geheimer Liebhaber – Bonny Reilly –
Eine Hassballade – Was unternehmen Hausdiener in ihrer Freizeit?

Ich saß auf meinem neuen Stuhl und betrachtete mein neues Zimmer.
Oder besser: Ich saß auf meinem gebrauchten Stuhl und betrachtete mein
mehr als gebrauchtes Zimmer. Heute waren meine Möbel gekommen.
Trops hatte mir beim Einrichten geholfen, hatte auf meinem Klappbett
Zigaretten geraucht und dazu bemerkt, so eine Dachkammer habe doch
auch etwas Romantisches. Ich musste ihn zart an Hausregel 22 erinnern:
keine Fummeleien!

Inzwischen hatte ich auch meine Nachbarn kennengelernt. Der
Hauswart hieße Samuel Norris oder kurz der taube Sam, verrieten sie
mir. Er sei jahrelang auf großer Fahrt gewesen, habe in New Orleans ein
Vermögen am Spieltisch gewonnen und sei, nachdem er das fröhlich verprasst hatte, nach London zurückgekehrt, um für seine stocktaube und
überdies halb blinde alte Mutter zu sorgen.

Die Familie auf der anderen Seite des Flurs hieß Gustavson und
stammte aus Schweden. Sie hatten mir sogleich ihre Katze geliehen,
damit ich mein Mäuseproblem bekämpfen konnte. Das Tier hockte jetzt
auf dem Tisch und leckte sich desinteressiert die Pfote.

Weiter bestand die Wohnbevölkerung des Obergeschosses aus einem
bunten Querschnitt durch die Einwohnerschaft von Soho: zwei österreichischen Kellnern, einem polnischen Varietékünstler, einer russischen
Näherin mit ihrer Familie sowie einer Familie vollkommen unverständ-
licher Inder. Alles in allem eine Masse, in der man aufgehen und sich
sicher fühlen konnte. Soho hatte den großen Vorteil, dass eine normale
Person sofort auffiel, während der größte Narr hier unbeachtet über die
Straße gehen konnte.

Ich kratzte den letzten Bissen meiner Abendmahlzeit aus dem Topf.
Sie bestand aus einer interessanten Kombination von gerade noch vor
Ladenschluss erstandenen Zutaten: einem Weißkohl, einem Apfel und

einer Kartoffel, zu Suppe zerkocht und abgeschmeckt mit Worcester-soße. Es war durchaus essbar, auch wenn ich mit der Worcestersoße besser etwas sparsamer umgegangen wäre.

Während ich mich mit vollem Bauch zurücklehnte, versuchte ich, mir wie ein zufriedener Hausbesitzer vorzukommen. Ich hatte alles, was ich brauchte, würde nie mehr von einem griechischen Schneider um sieben Uhr aus dem Bett kommandiert werden und brauchte meinen Platz mit keinem zu teilen: keinem sich am Hintern kratzenden Paddy, keinem sinnlos besoffenen Pa, keinem um Küsse bettelnden Trops. Doch das zufriedene Gefühl wollte und wollte sich nicht einstellen.

Letzten Samstag hatte ich mit Rita den definitiven Abschied von meinem alten Leben vollzogen. Es war nicht länger das meine. Es wollte mich nicht mehr und hatte mir die Wirtshaustür direkt vor der Nase zugeschlagen. Das The King's Arms, Gloria, Rita, die allerdicksten Kumpel, das alles war Vergangenheit. Jetzt gab es Trops, das Café Royal, die Farleys und die Little College Street. Vielleicht.

Ich hatte keine Ahnung, wie mein Leben von jetzt an verlaufen würde, obzwar sich einige Möglichkeiten für mich abzeichneten: das Märchen oder der Albtraum, die Sterne oder die Gosse. Oder, aber das würde es viel zu sehr verkomplizieren, eine Kombination von alledem.

Vorläufig jedoch brauchte ich mir noch keine Sorgen zu machen. Morgen würde ich wieder in Camelot sein und wieder drei Shilling erhalten, genug für eine halbe Woche Miete. Und der zweite Teil der Woche war Zukunft, ferne Zukunft.

Die nahe Zukunft war morgen, und morgen war nicht mehr als zwei Stunden Modell sitzen und ein Buch für unter das Tischbein kaufen; das vor allem.

An diesem Abend kroch ich das erste Mal unter meine adelige Bettwäsche, schloss die Augen und versuchte, nicht auf die Mäuse zu achten, die hinter der Wandverschalung zu trippeln anfingen. Es war eigenartig, nach mehreren Nächten wieder ganz allein zu sein, ohne jemanden, der bedeutungsvoll seinen Arm um einen legte oder in einem anderen Zimmer lag und auf einen wartete.

Ich will nicht sagen, dass Trops mir fehlte, aber ich hatte dasselbe Gefühl wie damals, als ich mit sechs Jahren bei Oma in Whitechapel zu

Gast war: quälendes, bohrendes Heimweh. Ich war allein. Es war dunkel. Niemand war da, überhaupt niemand. *Mutter!*

Ich schlang zwei tröstende Arme um mich selbst und drehte mich auf den Bauch, um mich an meinem eigenen Körper zu wärmen. In Gedanken spulte ich nochmals die Ereignisse der zurückliegenden Tage ab: den Zoobesuch mit Trops, den Besuch im Café Royal, den Abschied von Rita auf der Westminster Bridge. Die schönen und die hässlichen Gesichter, die Lippen, die gelacht und geredet und geküsst hatten, die Augen, von denen ich den Blick nicht hatte abwenden können. Augen und Lippen, drehte sich wirklich alles nur darum? Augen, Lippen, runde Hintern und dieses immerfort lästige Ding zwischen den Beinen.

Ich zog mein Nachthemd hoch und ließ das erste Mal den Liebhaber in meinen Tagträumen zu. Seine Hände glitten über meine Hüften, sein ungeduldiger Körper drängte sich an meinen, seine Lippen küssten meinen Hals. Ich drehte mich nicht um, um ihn anzuschauen. Wollte keine märchenblauen Augen sehen oder schöne weiße Zähne. Ich wollte nicht wissen, wer er war. Es musste ein Geheimnis bleiben, dann gab es keine Probleme, nicht für mich und nicht für ihn. Ich wollte ihn einmal ganz für mich allein genießen.

Nur der Mond sah es, der würde es immer sehen.

Am nächsten Morgen ging ich zu Fuß von Soho nach Camelot. Ich beschloss, Palmtree auszuweichen und die Gartentüren zu benutzen. Als ich um die Ecke des Hauses bog, entdeckte ich Vincent im Garten. Er stand gegen einen Blumenkübel gelehnt und schaute zu, wie Imogen ungeschickt einen Ball durch ein kleines Tor schlug. Sie spielten Krocket. Sobald sie meiner ansichtig wurden, hoben sie die Hand und winkten. Ich war willkommen. Noch nie hatte ich mich so gefreut, irgendwo gern gesehen zu sein.

Vincent und Imogen waren das Einzige, was mir an meinem neuen Leben wirklich gefiel: Sie brachten keine Komplikationen mit sich.

Es gelang mir, ruhig weiterzugehen und nicht loszulaufen, konnte aber nicht verhindern, dass meine Begrüßung viel zu vertraulich klang: »Wie war das Fest?«

»Schön!«, rief Imogen zurück. »Onkel Vincent hat Zauberkunststücke gezeigt!«

219

Vincent grinste verlegen. »Auf königliches Ersuchen hin: Stuart war Artus.«

»Er zaubert gut«, erzählte Imogen. »Er sagt zwar, er hasst es, aber er macht es wirklich gut. Papa hat gemeint, alle Gäste hätten es großartig gefunden.«

»Und du?«, fragte ich, das »Sie« und das »Fräulein Imogen« vorübergehend vergessend.

Vincent legte seinen Arm um ihre Schultern. »Alle waren ganz vernarrt in sie. Du hast mindestens sechs Heiratsanträge erhalten, stimmt's, Imogen?«

Sie schob ihn weg, erbost, aber nicht wirklich. »Das ist nicht wahr, Onkel Vincent! Nicht einen! Aber ich war nicht nervös. Und ich habe getanzt!«

Ich sah zwei Menschen vor mir, die sich wacker geschlagen hatten und froh waren, dass es vorbei war. Jetzt konnten sie wieder zu dem Leben zurückkehren, das sie wirklich liebten.

»Wollen wir hineingehen?«, schlug Vincent vor.

Im Atelier stand alles schon bereit, genau wie ich es erwartet hatte, und der hölzerne Arbeitstisch war sogar noch voller als beim letzten Mal. Auf ihm stand das Modell des Thronsaals, das Aubrey erwähnt hatte, eine Art Miniaturtheater aus Pappe, in dem alles, angefangen von König Sauls Thron bis hin zu Davids Leier, im verkleinerten Maßstab nachgebaut war. Es stimmte, Vincent konnte wie ein Mönch in solcher Geduldsarbeit aufgehen. Neben dem Modell lagen die Ölskizzen von König Saul. Er saß hingeflegelt auf seinem Thron, düster dreinblickend und zwei dicke, beringte Wurstfinger gegen die Wange gedrückt. Ich erkannte ihn sofort.

»Trops ist Saul?«

Vincent schaute von der Tischstaffelei hoch, die er gerade einstellte. »Ja. Hatte ich dir das noch nicht erzählt? Ist es ein Problem?«

Zweifellos hatte ich mich so angehört, als wäre es ein Problem. Trops und ich zusammen auf einem Bild, auf *diesem* Bild! Das verriet viel zu viel. Jedem, der das Bild sah, aber insbesondere Vincent.

Panisch dachte ich über eine Antwort nach. Falls ich ja sagte, wäre das verdächtig, aber sagte ich jetzt nein, dann gab es irgendwann das Bild,

220

und Vincent würde, noch ehe er es vollendet hatte, mit scharfem Auge und treffsicherem Pinsel hinter die Wahrheit gekommen sein. Und das wollte ich verhindern, sofern ich es konnte. Weil er Vincent war und der allernormalste von Trops' Freunden.

»Es ist kein Problem«, sagte ich langsam, »aber ich dachte, König Saul wäre mager und sehnig gewesen. Weil er verrückt war und so. Meiner Meinung nach sind Verrückte immer nur Haut und Knochen.«

Ich sah an Vincents Blick zu Imogen, dass ich etwas Falsches gesagt hatte. Eine Stille trat ein, in der wir beide sie mit den Augen verfolgten, während sie zum Tisch ging und ihre Schreibmappe holte. Danach drehte sie sich herausfordernd zu uns um. »Ich finde, Herr Trops ist ein merkwürdiger Mann«, sagte sie. »Er spricht immer so, als würde er vor einem Saal voller Leute reden. Wieso magst du ihn eigentlich, Onkel Vincent?«

Jetzt war es an Vincent, eine schwierige Frage zu beantworten. Er ließ sich Zeit, die richtigen Worte zu finden. Worte für ein junges Mädchen in einem viel zu kindlichen weißen Kleid. Zuletzt wiederholte er das, was er beim vorigen Mal zu mir gesagt hatte: »Manchmal finden wir das Leben eines anderen interessanter als unser eigenes, Imogen. Jedenfalls solange wir nur Zuschauer sind«, fügte er hinzu.

Ich konnte Vincents Faszination verstehen. Das Spiel rund um den Tisch im Café Royal war ebenso magisch, hypnotisierend und gefährlich wie Poker. Und er wollte es verfolgen, ohne sein Geld, seine Reputation oder sich selbst zu verlieren. Sehr vernünftig, aber Vincent würde wahrscheinlich nie etwas tun, was unvernünftig war. Noch ein Grund, ihn zu mögen.

»Wollen wir anfangen?«, fragte er, in die Hände klatschend. »Adrian, deine Lumpen liegen bereit. Heute mache ich eine Studie in Öl. Wahrscheinlich kommen wir recht weit damit. Um halb zwölf ist Pause. In Ordnung?«

»In Ordnung«, sagte ich und verschwand in der Abseite, um mich umzuziehen. Alles war in Ordnung.

Die Stunde ging schnell vorbei. Ich saß Modell, Vincent saß zufrieden hinter seiner Staffelei und Imogen zufrieden über ihren Papieren. Gegen halb zwölf kam der Kaffee. Wir setzten uns an unseren fast schon vertrauten Ort bei den Gartentüren, und Imogen nahm ihre Schreibmappe mit. Sie naschte Krumen von dem Cake.

»Möchtest du nicht auch einmal auf einen großen Ball?«, fragte sie mich plötzlich. »Ein richtig schönes Fest?«

»Was? So wie Aschenputtel?«

»So wie Bonny Reilly.«

»Wer ist Bonny Reilly?«

Imogen legte die Hände auf ihre Mappe. »Das ist ein Mädchen, über das ich schreibe. Sie wohnt im Osten Londons und ist sehr arm. Sie tanzt im Theater, um ihr Geld zu verdienen. Aber dann verliebt sich ein reicher Mann in sie, und der lädt sie auf einen Ball ein.«

Ich sah Vincent die Stirn runzeln. Davon hatte sie noch nie etwas erzählt, auch ihm nicht.

»Und jetzt frage ich mich«, fuhr Imogen tapfer, aber mit rotem Gesicht fort, »wie sie das findet. Ist sie nervös? Hat sie keine Angst vor all den reichen Leuten? Angst, einen Schnitzer zu begehen? Weiß sie überhaupt, wie es auf so einem Ball zugeht?«

»Und das fragst du mich?«

»Ja.«

Weil ich genauso ein armer Schlucker bin, wollte ich hinzufügen, doch ich tat es nicht. Denn ich hörte Vincent geradezu denken: Sei nett zu ihr.

»Meine Schwester tanzt und singt auch im Theater«, begann ich, »und wenn sie zu einem Ball gehen würde, würde sie sich das allerschönste Kleid nähen, das man sich vorstellen kann, noch schöner, als es die reichen Damen tragen. Und sie würde so hinreißend tanzen, dass ihr Ballbuch für den ganzen Abend voll wäre.«

»Aha«, sagte Imogen, die spürte, dass man sie auf höfliche Weise zurechtgewiesen hatte. Übrigens war kein Wort von mir gelogen: Genau so und nicht anders hätte Mary Ann so etwas angefasst.

Imogen verarbeitete ihre kleine Niederlage mit einer Tasse Kaffee. Genau wie alle jungen, hässlichen Mädchen, die wussten, dass sie jung und hässlich waren, war sie leicht in ihrer Ehre gekränkt. Doch die verbotene Frucht half ihr rasch darüber hinweg.

»Also deine Schwester steht *wirklich* auf der Bühne?«

»Ja, sie ist ein Gaiety Girl«, sagte ich nicht ohne Stolz.

»Aber dann könntest du mir beim Schreiben helfen! Ich bin noch nie in Ost-London gewesen, Papa und Lilian würden es nicht zulassen. Aber du kannst mir alles erzählen! Vom Theater, von den Leuten, von den Straßen!«

Vincent schüttelte den Kopf, wobei seine Augen vergnüglich funkelten: Das also war der Plan. Das also war dein kleiner Plan, Imogen!

»Würdest du das tun?«, fragte sie.

Ich warf einen Blick zu Vincent. War das eine gute Idee? War ich eine geeignete Medizin für diese Patientin?

»Mir scheint, Adrian könnte dir darin ausgezeichnet helfen. Aber dann musst du natürlich auch seinen Namen in deinem Buch erwähnen, wenn es veröffentlicht wird, Immie!«

»Du ziehst mich auf, Onkel Vincent!«

»Ein bisschen. Und doch ist es mein Ernst. Ich halte es für eine gute Idee, Adrian um Rat zu bitten. Für das entsprechende Lokalkolorit, wie die Fachleute sagen.«

Die beiden schauten mich an. »Tust du es?«, fragte Imogen wieder.

Natürlich konnte ich nicht nein sagen. Wieso sollte ich auch? Ich konnte Imogen und Vincent eine Freude machen, und das war eine schöne Art, dankeschön für das Willkommen zu sagen, das ich bekommen hatte, als ich es dringend brauchte.

Zwei Tassen Kaffee lang erzählte ich von dem Theater, in dem Mary Ann und ich als Kinder gewissermaßen gewohnt hatten. Von den Lichttechnikern und den kräftigen Burschen, welche die großen Teile des Bühnenbilds hin und her schleppten und erlaubten, dass wir die Vorstellung von hinter den Kulissen mitverfolgten. Von den Stars der Shows, die uns Autogramme und Schokolade gaben. Und von dem Requisiteur, der sein Arbeitszimmer hoch über der Bühne hatte und uns immer in seinem magischen Laboratorium voller Gasbrenner und brodelnder Töpfe mit Leimwasser spielen ließ. Wir schossen Theaterpistolen ab, beschmierten uns mit Kunstblut, tranken Whisky, der aus verbranntem Toast mit Wasser gemacht war, verfolgten uns gegenseitig mit Teufelsmasken und hatten die schönste Zeit unseres Lebens.

Ich sah die Freude auf Imogens Gesicht. Das alles hätte sie auch gern getan, vermutete ich, und wollte es heimlich noch immer: den Piraten,

223

den kleinen Räuber spielen; brüllen, kreischen und sich danebenbeneh-
men. Das Leben eines andern erschien einem tatsächlich schöner als das
eigene. Besonders wenn man nur die angenehmen Erinnerungen hörte.
Aber es gefiel mir, sie aufzumuntern. Es munterte mich selbst ebenfalls auf. Ich wollte ihr gerade die Geschichte von dem Abend erzählen,
als Pa uns zu einem Essen mit Dan Leno mitgenommen hatte, als Stuart
Farley ins Atelier trat.

Er trug eine Reithose, Reitstiefel und ein sportliches Norfolk-Jackett.
Sein Gesicht hatte eine dermaßen gesunde Farbe, dass ich mich fragte,
ob er gerade von einem erfrischenden Morgenritt zurückgekehrt oder
gerade erst aus dem Bett gesprungen war. Er kam auf uns zu mit dem
federnden Schritt von jemandem, der vor Unternehmungslust beinahe
auseinanderplatzt.

»Bist du sicher, dass du nicht mitkommst?«, fragte er Vincent.

»Ich habe zu arbeiten«, antwortete der entschieden.

»Mann! Es ist ein wunderbarer Tag zum Reiten! Können deine Bilder
nicht etwas warten?«

»Bilder schon. Modelle nicht.« Er stellte mich seinem Bruder mit
einem Kopfnicken vor. »Adrian Mayfield.«

»Angenehm.«

Wie beim letzten Mal schaute er durch mich hindurch. Stuarts Aufmerksamkeit blieb nur wirklich wichtigen Leuten vorbehalten.

»Du sagst also nein, Vince? Thompson hat dein Pferd im Nu gesattelt.«

»Nein, danke. Ich weiß schon, wie es gehen wird. Du und John wer-
det euch gegenseitig aufstacheln, und das Ganze läuft am Ende wieder
auf ein Wettrennen hinaus, bei dem ihr über Hecken springt und ich mir
das Genick breche.«

Sie lachten beide, und ich verglich ihre Gesichter. Es gab wenig Unterschiede, aber die Unterschiede, die es gab, fielen auf. Vincents Gesicht
war etwas runder, ein gutes Stück jünger und weniger scharf. Außerdem
hatte er dunkles, gelocktes Haar, während Stuarts flachsblonde Strähnen
glatt an seinem Schädel anlagen. Ich fragte mich, was diese Gesichter mir
erzählen konnten. Wahrscheinlich nicht viel, wie mich die Erfahrung
mit Ritas Gesichtskunde gelehrt hatte. Übrigens, was hätte ich denn gern
daraus abgelesen?

»Wohin reitet ihr?«, wollte Imogen wissen.

Stuart wandte sich wohlwollend zu ihr, als sei sie jemand, der seine Aufmerksamkeit mit Sicherheit verdiente.

»Hampstead Heath. Wo wir immer Fahrrad gefahren sind, Kiddo. Weißt du noch? Wir müssen das bald mal wieder tun. Sobald der Arzt es erlaubt.«

Imogen nickte mit zusammengepresstem Mund, als läge »bald mal wieder« noch in weiter Zukunft und als sei »Kiddo« nicht ihr Lieblingskosename. In Gesellschaft ihrer volltönenden Eltern wurde sie immer schnell schweigsam.

Im selben Augenblick ertönte im Flur weiterer Lärm. Ein Paar Reitstiefel kam hereingepoltert und eine Stimme, die ich schon nach wenigen Sekunden erkannte: »Nein, lassen Sie! Ich finde schon selbst hinein! Bist ein guter Kerl, Palmtree, aber hierbei kann ich dich nicht gebrauchen. Ja, ja. Gut. In Ordnung!«

Die Tür zum Atelier flog auf, und der Marquis von Queensberry gab ein beeindruckendes Entree, begleitet von seiner Reitpeitsche.

»Na, John, du bist aber früh!«, rief Stuart. »Einen guten Morgen!«

»Ist er das?«, fragte der Marquis sauer. »Ist er das wirklich?« Er schaute mit dem größtmöglichen Ekel auf Vincents Staffelei mit der halbvollendeten Ölskizze, um danach mit großen Schritten in Richtung Gartentüren zu stiefeln. Ich fragte mich, ob ich mich nicht besser aus dem Staub machen sollte.

»Was nicht in Ordnung?«, fragte Stuart fröhlich.

»Nicht in Ordnung? *Das* ist nicht in Ordnung!« Er warf eine zerknitterte Zeitung auf den Teetisch. Das Porzellan klirrte. »Lies dir das mal durch!«

Stuart griff ruhig nach der Zeitung und erkundigte sich nach der entsprechenden Seite.

»Da! Da! Nein, da! Lies das. Was steht da? Was steht da, frage ich dich?«

Stuart schlug die Zeitung auf und begann halblaut, halb für sich und halb für uns, zu lesen:

»Kurz soll er leben, ich hasse den Mann!
(Kein Sarg und kein Leichentuch sei ihm zuteil.)
Es warte und harre, wer abwarten kann,
seinen Lohn kriegt am Ende er doch,
früh oder spät, irgendwo, irgendwann.
(Ob Stahl, ob Blei, ob des Henkers Seil,
seine Seele der Teufel schon roch!)

Schwarz ist Nacht und dunkel der Pfad.
(Kein Sarg und kein Leichentuch sei ihm zuteil.)
Doch ein mondweißes Antlitz wird leicht zum Verrat,
und Mann oder Maus, die Falle fing alle noch,
und ein Mensch ist tot, wenn er steif ist und platt.
(Ob Stahl, ob Blei, ob des Henkers Seil,
seine Seele der Teufel schon roch!)

Für ihn keine Beichte, kein Kirchengesang.
(Kein Sarg und kein Leichentuch sei ihm zuteil.)
Die Totenglocke als einziger Klang.
Der Mensch ins Grab, das Tier ins Loch,
Staub zu Staub ist der letzte Gang!
(Ob Stahl, ob Blei, ob des Henkers Seil,
seine Seele der Teufel schon roch!)«

»He Jo he, und 'ne Buddel voll Rum! Na, ist er kein *Genie*, mein Sohn? Findest du es nicht brillant? Ein bewundernswerter Liebesbeweis eines Sohnes gegenüber seinem Vater! Was sagst du? Du bist ganz meiner Meinung?«

Imogen und ich saßen mit Stummheit geschlagen auf unseren Stühlen, wie Leute, die soeben eine Bombe haben explodieren sehen, doch Stuart blieb ungerührt. »Es ist ein Gedicht, und meiner Meinung nach kein allzu gutes«, sagte er, »aber ich verstehe nicht, dass du dich deswegen so erregst. Es ist doch nicht dir gewidmet oder so?«

»Nicht? AN MEINEN VATER, das steht in Riesenbuchstaben darüber!«

»Aber nicht in Druckbuchstaben! Man könnte allenfalls sagen, dass, wenn man zwischen den Zeilen liest ...«

»Und das tun sie! Das genau ist die Absicht! Biegen vor Lachen werden sie sich, dieses mickrige Gesindel! Holen den Teufel dazu, um ihre Händel zu schlichten. Ha! Ja, das wird es sein! Sie werden dringend eine höhere Macht brauchen, wenn ich mit ihnen fertig bin!« Er tippte mit seiner Reitpeitsche auf die Zeitung. »Eine öffentliche Beleidigung, das ist es! Eine *Verleumdung*! Aber das Spielchen beherrsche ich auch!«

»Ja«, sagte Stuart langsam, als würde er über etwas nachdenken. »Das ist eine Möglichkeit.«

»Großartig!« Der Marquis schnellte hoch. »Dann lass uns ein Stück zusammen reiten, du und ich! Als Erstes zur Tite Street. Um die Welt wachzurütteln!«

»Das hast du schon einmal getan«, sagte Stuart, »und hat es dir etwas eingebracht?«

»Also, ich kann dir sagen ...«

»Lass uns in die Bibliothek gehen. Palmtree soll dir etwas Starkes einschenken, und dann reden wir darüber.«

»Farley, das ...« Der Marquis machte den Mund ein paarmal auf und zu, als lägen auf seiner Zungenspitze noch ein Haufen Worte, die sich gegenseitig wegdrängten, um als Erste hinaus zu dürfen.

Stuart nutzte die Stille, um ihn entschieden am Arm zu fassen und aus dem Atelier zu führen. Erst hinter der geschlossenen Tür platzte der glühend heiße Wortstrom wieder heraus, zum Glück für uns großenteils unverständlich.

»Diesen Mann mag ich auch nicht«, sagte Imogen nach einer Weile. »Wieso sind Papa und er Freunde?«

»Das sind sie nicht«, antwortete Vincent, der weiter auf die Tür schaute, als sei er dankbar dafür, dass sie geschlossen werden konnte. »Sie sind sich auf bestimmten Gebieten nicht uneinig, das ist alles.« Er wühlte einmal durch seine Haare und erhob sich in der Absicht, jetzt rasch wieder mit der Arbeit zu beginnen.

»Auf welchen Gebieten?«, fragte Imogen lieb wie ein Kind, das ein Thema entdeckt hat, für das es noch zu klein ist. Außerdem wusste sie wahrscheinlich, dass ihr Onkel ihr immer irgendeine Art von Antwort geben würde, auch wenn er noch so lange darüber nachdenken musste. Vincent hatte das Problem, einen jeden ernst zu nehmen, auch neugierige kleine Mädchen.

»Also, sie reiten beide gerne. Und sie sind sehr modern auf religiösem Gebiet. In der Weise, dass sie nicht an Gott glauben. Darüber reden sie viel ... und weiter ... sind sie beide nicht unbedingt vernarrt in die Leute, mit denen ich umgehe.«

»Wie Herrn Trops?« Imogen schien darüber nachzudenken.

»Wie Herrn Trops.«

»Was hat ihn denn so wütend gemacht?«

»Ein Gedicht, das sein Sohn zur *Pall Mall Gazette* geschickt hat. Sie streiten sich über ... Dinge.«

»Und deswegen schreibt er ein Gedicht.«

»Er ist ein Dichter.«

»Also wenn Dichter sich streiten, dann schreiben sie Gedichte?«

Imogen schaute, als sei ihr ein großes Licht aufgegangen.

»Ja, das gibt es.«

Ich sah Imogens Auge zu ihrer Schreibmappe gehen, als wollte sie das auch einmal versuchen. An wen würde sie ihre Hassballade richten?

Ich hob die zerknitterte Zeitung auf, die auf dem Tisch liegen geblieben war. Fragen, Puzzleteile, Rätsel, das waren alle Leute, denen ich in diesem neuen Leben begegnete. Wer war dieser Bursche, der so schön und so hasserfüllt war, dass jeder ihn offenbar mit einem Warnschild meinte versehen zu müssen? Wer war dieses bittersüße junge Mädchen, das mit zu engen weißen Kleidern im Zaum gehalten wurde? Wer war dieser unbeirrbare Maler in seinem Turm zu Shalott? Wer waren die Schurken, wer die Freunde? Welche Rolle spielten Stuart, Palmtree, der Marquis von Queensberry? Ich musste mehr darüber in Erfahrung bringen, ehe ich endgültig über die Schwelle zu ihrer Welt trat; sei es als Gast, als Einbrecher oder Liebender. Falls es dadurch zu Problemen kam, welcher Art würden diese Probleme dann sein?

»Adrian, was meinst du? Wir sollten wieder ans Werk!«

Die Uhr in der Halle schlug zwölf. Vincent schaute mich fast vorwurfsvoll an. »Leg die Zeitung beiseite. Der Marquis möchte sie vielleicht noch mitnehmen.«

Es war das erste Mal, dass ich Ungeduld in seiner Stimme hörte. Ich fragte mich, wodurch das kam. Lag es an dem Gedicht? Oder daran, dass ich es gelesen hatte? Ich zuckte mit den Schultern und legte die Zeitung wieder auf den Teetisch. Die Rätsel mussten noch etwas warten. Vorher durfte ich mir noch einfallen lassen, wie Bonny Reilly ihren ersten Ball überlebte.

Nach dem Modellsitzen besprachen Imogen und ich unter dem aufmerksamen Blick meines nahezu vollendeten Ölbildnisses die Einzelheiten des Balls. Fest stand, dass Fräulein Reilly ein atemberaubendes Entree in einem Kleid aus chinesischer Seide machen würde. Zudem bestand Imogen darauf, eine amerikanische Rivalin zu introduzieren, die ihr Sinnen und Trachten auf Bonnys Verehrer gesetzt hatte. Ich vermutete, dass wir ihr noch häufig in einer Schurkenrolle begegnen würden.

Vincent hielt sich bei alledem im Hintergrund und räumte mit mehr als üblicher Sorgfalt sein Atelier auf. Er wirkte missmutig, aber wie ich ihn kannte, war wahrscheinlich alles genau nach seiner Vorstellung. Jedenfalls bezahlte er mich ohne zu murren, ehe er sich seine Belohnungszigarette anzündete.

Die Lunchzeit war längst vorbei, als ich mich, genau wie ich gekommen war, durch die Gartentür entfernte. Ich spazierte gemächlich über den Rasen wie jemand, der das Recht hatte, sich hier zu Hause zu fühlen, und schaute in die Fenster, die mir Einblicke in eine wundersame Welt aus lebensgroßen Puppenhausmöbeln boten: Tische, mit Nippes vollgestellte Kaminsimse, Tischchen mit chinesischem Porzellan, Rauchfauteuils, mit Chintz bezogene Sofas, deren Kissen allein schon mehr wert waren als mein gesamter Hausrat zusammengenommen. Hinter einem dieser Fenster, in der Bibliothek offenbar, saßen Stuart und der Marquis nach wie vor und unterhielten sich, zwischen ihnen eine halb leere Whiskykaraffe. Im Hintergrund stand Palmtree, nicht nur in seiner Funktion als Whiskyausschenker, sondern zu meinem Erstaunen auch als Gesprächspartner. Ich sah, wie er sich etwas vorbeugte, ein paar Worte zum Marquis sagte und sich dann wieder aufrichtete. Er sah mich, oder vielleicht auch nicht. Aber ich bekam sofort das Gefühl, dass ich hier nicht zu sein hatte; dass ich nicht das geringste Recht besaß, hier auf dem Rasen zu stehen.

Was *unternahmen* Hausdiener in ihrer Freizeit? Ich sah zu, dass ich von diesem Rasen verschwand.

18

Ein Buch von rein praktischem Wert – Drei wohlwollende Lehrer –
Freundschaft zu verkaufen – Schatten und Panter – Eine enttäuschende
Mary Ann – Mein letzter Strohhalm

Buch für Wackeltisch besorgen. Ich hatte es nicht vergessen.
Nachdem ich in der Stadt etwas gegessen hatte, machte ich mich
auf die Suche nach einem Geschäft für gebrauchte Bücher. Ich schlenderte durch den Strand, bog in einige Seitenstraßen ein und landete
dann wie völlig unbeabsichtigt in der Holywell Street. Diese schmale
Gasse voll kleiner Buchläden und Druckereien war zu Zeiten des The
King's Arms für Gloria und mich das Ziel unserer geheimsten Expedi-
tionen gewesen. Wir sparten mehrere Wochen unser Taschengeld und
fassten dann, nach langem, nervösem Hinausschieben, den Beschluss:
Wir gehen! Dann drückten wir uns einen ganzen Nachmittag lang
an den staubigen Schaufenstern vorbei, wo auf grellbunten Drucken
Damen in altmodischen Kleidern mit hochwehenden Reifröcken miteinander rangen oder Soldaten auf mehr als nur eine Weise stramm-
standen. Nachdem wir die Straße ungefähr viermal auf und ab gegangen waren, hatten wir meistens genug Mut gesammelt, ein Geschäft zu
betreten, unser Taschengeld auf die Ladentheke zu legen und höflich
»ein Foto von einer Dame, bitte« zu verlangen. Wir bekamen dann
ein Album voll »künstlerischer« Aufnahmen entkleideter Damen vor-
gelegt, die ihr Gesicht hinter langen, lose herabhängenden Haarlocken
verbargen.

Heute übersah ich die Schaufenster und suchte in den Kästen zu zwei
und vier Pennys, die auf dem Gehweg die schmale Gasse blockierten,
nach einem nicht zu teuren Buch in der richtigen Stärke. Einem Buch
von rein praktischem Wert. Trops dürfte das jetzt nicht hören!
Nach einigem Suchen fand ich ein altes Exemplar von *Mrs Beeton's
Book of Household Management*, das sämtlichen Anforderungen entsprach und zudem einige attraktive Alternativen zu Kohlsuppe enthielt,

darunter Makkaroni mit Kalbfleisch und gebratenen Pilzen. Musste ich mal probieren. Sobald ich es mir leisten konnte.

Ich wollte gerade mit dem Buch hineingehen und es bezahlen, als drei Bekannte von mir nach draußen traten. Es waren Aubrey, William und Max. Die beiden Ersten hatten je einen dicken Stapel in braunes Papier verpackte Bücher unter dem Arm, der Letzte folgte ihnen mit einem einigermaßen gelangweilten Gesichtsausdruck, der sich veränderte, als er mich sah. Er stieß Aubrey an und flüsterte ihm etwas ins Ohr.

Ich nickte ihnen zu, unsicher, ob das Wiedersehen mit ihnen so schön sein würde, wie ich gedacht hatte. William streckte mir jedoch resolut und lächelnd die Hand hin, als sei dies wirklich eine unerwartet angenehme Begegnung.

»Sieh an! Der junge David! Was tut der hier?«

Max zog eine Augenbraue in die Höhe, vortäuschend, mich erst jetzt zu bemerken.

»Wie passen die Sandalen?«, fragte Aubrey interessiert.

»Gar nicht«, sagte ich und überlegte mir inzwischen eine Antwort auf die erste Frage, die weniger peinlich wäre als: »Ich kaufe ein Buch, um es unter ein wackliges Tischbein zu legen«.

»Ich will meine Bibliothek noch etwas ergänzen.«

Aubrey riss mir *Mrs Beeton* aus den Händen und betrachtete es kritisch. »Mit *Kochbüchern*?«

Mein Gesicht nahm automatisch die Farbe eines Gerichts mit vielen Tomaten an. »Nein, nicht nur Kochbücher ...«

Aubrey, William und Max tauschten einen Blick untereinander aus. Jetzt zogen sie alle drei eine Augenbraue in die Höhe.

»Denkt ihr, was ich denke?«

»Ja: eingreifen!«

»Folge uns, junger Mann!«

William und Aubrey nahmen mich beim Arm und schoben mich mit leichtem Zwang in die Buchhandlung, in der ein die Sinne benebelnder Geruch nach Tinte, Schimmel und vergilbtem Papier hing. In dem Labyrinth von Bücherschränken saß der Besitzer auf einem Stapel alter Zeitschriften und spielte eine Partie Schach gegen sich selbst.

»Schon wieder zurück, die Herren?«

»Ja«, sagte Aubrey, »ein Notfall. Dieser junge Mann leidet unter einem ernst zu nehmenden Büchermangel.«

»Soso ...«, murmelte der Mann und setzte sich mit einem genialen Zug selbst schachmatt. »Ich denke, Ihr Herren könnt ihm da ausgezeichnet helfen.«

Er begann, die Schachfiguren für die nächste Partie aufzubauen, und überließ es uns, zu tun oder zu lassen, was wir wollten. Das Verkaufen von Büchern schien eine seiner geringeren Sorgen zu sein.

»So, was brauchst du denn?«, fragte William, als ginge es um einen Satz neuer Kleidungsstücke.

»Hm ...«, begann ich.

»Wenn ihr ihn unbedingt etwas heranbilden wollt, dann fangt mit den Klassikern an«, schlug Max vor. »Plato? Petronius?«

»Liebe Güte, nein! Meinst du etwa, er kommt von Eton? Etwas Modernes, das ist besser. *A Rebours* von Huysmans?«

»Wie?«, fragte ich hilflos.

»Kennt er nicht«, sagte Max, der auf den Bänden A bis K einer Enzyklopädie Platz genommen hatte, die sich wie ein Turm auf dem Boden stapelten. »Mein lieber Will, ich verstehe deine guten Absichten, aber bedenke bitte, dass, wenn du ihn *A Rebours* lesen lassen möchtest, du ihm erst Französisch wirst beibringen müssen. Denn trotz Augustus' zweifellos großen Anstrengungen würde es mich doch erstaunen, wenn er seine Sprachen bereits genügend beherrschte.« Er wandte sich mir zu und sagte: »*A l'impossible nul n'est tenu.*«

Ich runzelte die Stirn und versuchte mir vorzustellen, ob das, was ich gehört hatte, nun Französisch oder Italienisch gewesen war.

»Seht ihr?«, sagte Max zu William und zündete sich mit der Genugtuung desjenigen, der eine Diskussion für sich entschieden hat, eine Zigarette an.

»Gut, dann bin ich der Meinung, wir sollten ihm Französisch beibringen«, plädierte William. »Die meisten aller großen Werke dieses Jahrhunderts wurden in Französisch verfasst.«

Aubrey hatte inzwischen die Regale durchstöbert und legte mir einen beeindruckenden Stapel von Büchern in den Arm, die nach Schimmel und vertrocknetem Leder rochen. Ich schwankte unter dem Gewicht.

»So«, sagte er, »das ist, was du meiner Ansicht nach lesen musst.«

Ich schaute auf das oberste Buch, alt, aber unbezahlbar, eingebunden in antike Seide, so rosa wie die Wäsche eines leichten Mädchens. Ich wusste sofort, dass ich mir weder dieses Buch noch eines der anderen je würde leisten können. Von dem Seidenumschlag wanderte mein Blick zu meinen drei Gefährten, die mich musterten wie wohlwollende Lehrer, die versuchten, einen rührenden, aber hoffnungslos dummen Schüler für seine Examina zu trimmen.

Sie waren nicht weniger schlimm als Trops und Vincent. Es schien Mode zu sein, Adrian Mayfield unter Büchern zu begraben. Für wen hielten sie mich eigentlich? Für Aschenputtel? Und was war daran so witzig?

»Wieso? Wieso tut ihr das?«

Aubrey, der seine Suche zwischen den teuren Lederrücken wiederaufgenommen hatte, drehte sich zu mir um: »Du bist doch ein Freund von Augustus?«

»Und ein Freund von Augustus kann immer etwas Hilfe gebrauchen«, ergänzte Max.

»Kochbücher!«

»Wir wollen dafür sorgen, dass du auf dem geraden Weg bleibst«, erläuterte William mit gespieltem Ernst. »Nicht unbedingt dem rechten Weg, sondern dem Weg, der nicht so krumm ist wie mancher andere.«

»Weg von den Hintergassen«, verdeutlichte Aubrey.

Ich fragte mich, ob dieses Gespräch wieder ein Grund war, eine rote Birne zu bekommen. Wahrscheinlich schon.

»Wir sind Zuschauer«, erzählte Max, während er einen Fussel von seiner Manschette schnippte, »betrachten das Ganze durch ein Opernglas. Und glaub mir, wir haben den größeren Spaß.«

»Und weniger Kosten!« Sie schauten sich gegenseitig an und prusteten über einen Witz, von dem ich diesmal überhaupt nichts kapierte.

Ich wusste mittlerweile fast gar nicht mehr, woran ich war. Der Besitzer des Buchladens hatte sein Schachspiel unterbrochen und hörte interessiert zu. Ich hoffte von Herzen, er würde sich nicht an mich als den kleinen Knirps erinnern, der früher diese Schmuddelbilder bei ihm gekauft hatte.

William sah, dass mir unwohl zumute war, und umfasste mit dem ernsten Gesicht eines Arztes mein Handgelenk: »Hör auf uns. Du wirst heute Nachmittag ein paar gute Bücher kaufen. Es ist zu deinem eigenen

Besten. Wenn du das getan hast, wirst du dich gleich viel besser fühlen.«

»Es tut auch nicht weh«, versicherte Aubrey. »Und wenn du jeden Abend etwa zehn Seiten zu dir nimmst, wirst du in einem Monat so gut wie geheilt sein.«

Ich konnte zuletzt nicht anders, als mit ihnen zu lachen. Sie hatten Spaß. An mir und wegen mir. Vielleicht, weil ich das Aschenputtel war, aus dem nie eine Prinzessin werden würde; vielleicht, weil sie mich genau wie Trops als Schüler wollten, einen Novizen grüner als Gras. Es war mir gleich. Hier war die Gelegenheit, einen Nachmittag in ihrer exklusiven Gesellschaft zu verbringen, und die wollte ich mir nicht entgehen lassen, selbst wenn ich die ganze Zeit über annehmen musste, Zielpunkt eines Scherzes zu sein, den ich nicht verstand.

Ich nahm das Buch mit dem rosaseidenen Umschlag und hielt es ihnen aufgeschlagen hin. »Erzählt mir mehr darüber«, sagte ich.

Das taten sie, alle drei, in den Stunden, die wir gemeinsam durch das Labyrinth von Bücherschränken jagten, auf der Suche nach Schätzen, die sich zwischen Büchern wie *Moodys Analyse der Eisenbahninvestitionen* und *McHenrys Grammatik des Spanischen* verborgen hielten. Selbst Max, der behauptete, »niemals« etwas zu lesen, kam mit einem kleinen Bücherstapel zum Vorschein, den er erst selbst leise grinsend durchging, um ihn dann mir vorzulegen.

So lernte ich ihren literarischen Geschmack kennen und wunderte mich darüber, wie sie in ihrem schicken Leben, das ganz aus Gesprächen und Ausgehen zu bestehen schien, die Zeit fanden, alle diese Bücher zu lesen. Besonders für Aubrey schien es kein Buch zu geben, das er nicht kannte. Er hatte einen Geschmack, der haargenau zu den bizarren Phantasien passte, die er selbst zu Papier brachte. Er zeigte mir Bücher aus einer Zeit der gepuderten Perücken, possierlichen Negerpagen und des ebenso fröhlichen wie grausamen Ehebruchs. William legte mir Bücher zeitgenössischer französischer Autoren vor, die über die Sünden des modernen Paris schrieben und dabei Huren zu ihren Romanhelden machten. Aubrey und er besprachen die Figuren, als würden sie sie persönlich kennen, und in mir regte sich der Wunsch, sie ebenfalls kennenzulernen. Und Französisch zu lernen, sodass ich mit ihnen über ihre papierenen Freunde mitreden konnte, die so faszinierend erschienen, weil es sie wirklich so hätte geben können. Vielleicht konnte ich Trops bitten, mir Unterricht zu erteilen ... falls ich je die Geduld aufbringen würde, alle diese fremden Wörter auswendig zu lernen. Ich bekam an diesem Nachmittag so viele Bücher unter die Nase geschoben, dass ihr Geruch mich fast ebenso schwindelig machte wie die Zigaretten des Mondes.

Mein Schädel steckte voller Worte. Heimtückischer, verführerischer Worte, die sich zwischen alten, zerlesenen Buchdeckeln verbargen, bereit, einen zu überfallen, sobald man das Buch zu öffnen wagte. Sie konnten dich bezaubern, dir schmeicheln, Angst einjagen, dich in Schwierigkeiten bringen und verrückt machen, haargenau wie Menschen. Aber anders als bei Menschen nahm man ihnen das nicht übel. Selbst wenn sie einen zum Weinen brachten, taten sie das auf so schöne Weise, dass man ihnen dafür dankbar war.

Max' wichtigster Beitrag bestand aus einem dünnen Büchlein, das er mir mit den Worten übergab: »Lies es. Bestimmt wirst du ganz vernarrt in es sein.« Es hieß *The Book of Nonsense* und enthielt lauter idiotische Limericks wie:

Ein älterer Herr aus Peru
sah immer beim Kochen gern zu,
aber dann (das kommt vor)
schob die Frau ihn ins Rohr
und garte den Herrn aus Peru.

Ich war tatsächlich ganz in sie vernarrt, weil sie den närrischen Liedchen ähnelten, die Pa früher seinem Hauspublikum, bestehend aus Mary Ann und mir, vorsang, und weil das Büchlein für mich bezahlbar war.

Ich musste eine Auswahl aus den vielen Romanen treffen, die mich mittlerweile in Stapeln umgaben, und konnte mich dabei durch nichts anderes leiten lassen als das Urteil meines Geldbeutels. Ich verglich die Preise auf dem Vorsatzpapier unter dem Vorwand, die Papierqualität zu kontrollieren, die Augen meiner drei Lehrer auf mich gerichtet. Dass meine Wahl sie enttäuschen würde, stand für mich fest. Nach einer langen Kopfrechenaktion hieb ich den Knoten durch. Ich legte *The Book of Nonsense* auf mein Kochbuch und holte ein etwas ramponiertes Exemplar von *Treasure Island*, auf das mein Blick vorhin gefallen war, von einem hohen

Regalbrett. Max, Aubrey und William wechselten einen vielsagenden Blick miteinander, den sie nicht vor mir zu verbergen trachteten.

»Wie ich schon sagte, niemand kann zu etwas Unmöglichem verpflichtet werden«, sagte Max.

Als wir wieder draußen standen, ich jetzt genau wie William und Aubrey mit einem in braunes Papier eingeschlagenen Buchpaket unter dem Arm, fühlte ich mich zum ersten Mal, seit wir uns heute über den Weg gelaufen waren, ausgeschlossen. Max holte seine Uhr hervor, wahrscheinlich, weil es er es jetzt unbedingt an der Zeit fand, woanders hinzugehen, während William Aubrey für ein kleines französisches Restaurant zu begeistern suchte, das er in Soho entdeckt hatte. Ich stand etwas verloren daneben, plötzlich überflüssig, seit das Spiel ausgespielt zu sein schien. Das hier war wahrscheinlich der Moment, sich höflich zu verabschieden, damit sie den Rest des Nachmittags in ihrer eigenen Gesellschaft verbringen konnten, nicht abgelenkt durch hoffnungslose Philister wie mich.

»Also, vielen Dank für alles ...«, begann ich, »aber ich muss jetzt ...«

»Was? Du willst doch nicht sagen, dass du uns verlässt?«, fragte William so erstaunt, dass es fast überzeugend klang. »Der Unterricht ist noch nicht zu Ende, junger Mann! Nicht solange du uns nicht ein anständiges *Au revoir* wünschen kannst! Ich sage gerade zu Aubrey hier, dass du das Französische wahrscheinlich schneller in der natürlichen Umgebung eines Cafés aufschnappen würdest.«

»Ach, Will, lüg den Jungen doch nicht so an!« Max steckte lachend seine Uhr in ihre Westentasche zurück und wandte sich zu mir: »Was er eigentlich ausdrücken möchte, ist sein Schuldgefühl, dass wir dich heute so viel Geld haben ausgeben lassen, und dass er es für seine Pflicht hält, dich jetzt zum Ausgleich dafür einzuladen.«

»Oh ...« Ich wusste nicht, was ich sagen sollte. Das hier roch nach Mildtätigkeit, und davon hatte ich bei Vincent Farley schon meine Portion gehabt.

»Schau nicht so bedenklich aus der Wäsche. Du kannst seine Einladung ruhig annehmen«, sagte Aubrey, als er meine Miene sah. »So wie ich Will kenne, werden wir in einem dieser spottbilligen französischen Restaurants landen, wo er uns darauf hinweisen wird, dass sie Absinth auf der Karte führen, um anschließend keinen zu bestellen.

Du wirst nicht arm dabei werden, und betrunken wahrscheinlich auch nicht.«

»Ach, aber ich möchte mich nicht aufdrängen. Nein, ehrlich, es ist höchste Zeit für mich, um ...« Ich widersprach der Form halber noch etwas, mit Lügen über Verabredungen in der Stadt, die ich nicht versäumen dürfe, doch ich wusste, das Ende vom Lied würde mein vollmundiges Ja sein. Natürlich wollte ich mit ihnen gehen, selbst wenn das bedeutete, dass ich mich in die Rolle zu fügen hatte, die sie mir zuteilten: die des Clowns, der sein Essen mit den amüsanten Böcken bezahlte, die er schoss. Es war genau, wie Mary Ann gesagt hatte. Stolz war schön, aber er linderte nicht den Hunger und ebenso wenig die Einsamkeit. In den zurückliegenden Monaten hatten der Hunger und diese Einsamkeit oft genug an mir genagt, und ich hatte keine Einwände mehr dagegen, mir meine Freunde zu kaufen. Oder, wenn es sich so ergab, mich von ihnen kaufen zu lassen.

Das Restaurant erwies sich als durch und durch französisch: kaum größer als ein Wohnzimmer, mit Fenstervorhängen aus weißem Musselin, Sand auf dem Holzfußboden und Stühlen mit Sitzflächen aus Peddigrohr. Und um das Ganze abzurunden, stand tatsächlich Absinth auf der Karte.

»Und? Ist es hier wie in Paris?«, fragte ich William, der die Speisekarte studierte.

»So sehr, wie es in London überhaupt möglich ist!«, antwortete er lachend. Er winkte dem Kellner und gab eine Bestellung auf, die wie ein Gedicht klang, sich nach der Übersetzung durch Aubrey aber schlicht als Speisenfolge bestehend aus Rindfleisch in Weinsauce, Gemüse und französischem Käse entpuppte. In Erwartung unseres Dinners wurde schon mal eine Flasche Wein auf den Tisch gestellt.

Aubrey nahm eine französische Zeitung von einem Seitentisch und begann zu lesen. Ich dachte wieder an den Beitrag von Bosie in der *Pall Mall Gazette*. Vielleicht war das hier der rechte Augenblick, etwas mehr über ihn und auch die Probleme herauszufinden, die er mit sich zu bringen schien.

»Ich habe gehört, dass Lord Alfred ein Gedicht veröffentlicht hat ...«, begann ich wie nebenbei.

Max verschluckte sich an seinem Wein und grinste: »Ja, das wissen wir.«

»Sein Vater war wütend«, fuhr ich fort. »Ich bin ihm bei Vincent begegnet.«

»Armer Junge! Hast du dich inzwischen wieder etwas erholt?«

»Ich steckte in meinem Kostüm. Röckchen und nackte Knie. Ich glaube nicht, dass ihm das gefallen hat.«

»Lieber Gott, nein! Hat er dich nicht angefahren?«

»Wenn ja, solltest du dich in acht nehmen. Tollwut ist ansteckend.«

Sie lehnten sich über den Tisch. Ich hatte ihr Interesse geweckt. Jetzt hieß es weiterfragen, sofern ich mich traute.

»Ich bin noch mal mit dem Leben davongekommen. Aber er sagte, er wolle zur Tite Street oder so ähnlich. Um die Welt wachzurütteln.«

»Oscars Adresse. Hat er schon einmal gemacht, am Anfang des Monats. Oscar sagt, er habe ihn vor die Tür gesetzt. Der Marquis behauptet, es sei andersherum gewesen.«

»Wieso gibt es eigentlich diesen großen Krach?«

»Weil wir hier nicht in Paris sind«, sagte William schlicht.

»Ist das alles?«

»Ja, wenn du einen Moment lang vergisst, dass das Ganze zehnmal so kompliziert ist.«

»Wieso? Ich verstehe es nicht. Erzählt mir mehr.«

»Was möchtest du hören?«, fragte Aubrey. »Die ganze Geschichte? Die Kurzversion? Die unzensierte Version? Bosies Version? Oscars Version? Queensberrys Version?«

»Gibt es auch eine wahre Version?«

»Nein«, sagte Aubrey, »natürlich nicht!«

»Dann erzählt mir eure Version.«

Aubrey grinste und wollte gerade begeistert loslegen, als Max die Hand hob. »Ich glaube nicht, dass du ihm etwas erzählen solltest«, sagte er.

Aubrey hob erstaunt den Kopf. »Wieso nicht? Es sind doch nur ein paar Gerüchte.« Er holte eine Zigarette hervor, zündete sie an, inhalierte und hustete übel. »Lauter wahre Gerüchte natürlich ...«

»Ebendrum«, erklärte Max. »Tut mir leid, wenn das sich misstrauisch ausnimmt, Adrian, aber wir wissen noch nicht sehr viel von dir. Zum Beispiel, ob du dir neben deiner Arbeit als Modell noch etwas hinzuverdienst. Schickst du bestimmten Leuten mitunter Briefe? *Bettelbriefe*, wenn du verstehst, was ich meine.«

»Ich verstehe dich *nicht*«, sagte ich.

»Nötigung. Erpressung. Ekelhafte Worte.«

Allmählich dämmerte mir etwas. Natürlich! Für die Wahrung bestimmter Geheimnisse würde manchmal tüchtig gezahlt werden müssen.

»Ist das eines der Dinge, die es so kompliziert machen?« Max nickte. »Kluger Bursche!«

»Aber wer tut denn so was? Bestimmt nicht einer von uns ... euch.«

Der purpurne Hofstaat war mir bisher wie ein magischer Rauschgoldzirkel vorgekommen, doch jetzt sah ich so langsam die Schatten am Rand. Schatten, denen ich noch kein Gesicht geben wollte, aber von denen ich fast sicher wusste, dass ich sie kannte. Ich wagte nur noch nicht, ihre Namen auszusprechen, weil ich fürchtete, zu viel von der Gefahr zu begreifen.

»Wer tut so etwas?«, wiederholte Aubrey mit einem bösartigen Lächeln. »Panter. Nennen wir sie Panter. Oscar jedenfalls nennt sie so. Exotische, aber anspruchsvolle Haustiere. Man scheint sie nicht an sich drücken zu können, ohne sie zuvor mit goldenen Halsbändern und Hirschsteaks zu ködern. Und selbst dann haben sie noch den Ruf, bisweilen gemein zuzubeißen ...«

Ich schenkte mir selbst ein Glas Wein ein und kombinierte das Gehörte in Gedanken mit einem Gespräch, das ich vor ein paar Tagen aufgeschnappt hatte. Geld, es ging um Geld.

So wie gewöhnlich. So wie immer ...

Ich nahm einen Schluck Wein, der brannte wie Essigsäure. »Das hier ist ernst, wie?«

»Jedenfalls ziemlich unangenehm«, gab Aubrey zu.

»Aber wieso wurden sie dann noch nicht verraten? Ich meine, jemand bräuchte nur zum Marquis zu gehen ...« Es schien eine abscheulich realistische Option zu sein.

»Nein, das tun sie nicht. Jedenfalls glaube ich das nicht. Diese Leute haben ihre eigenen Interessen. Und außerdem hat Oscar die beste Garantie gegen Skandale, die es gibt.«

»Welche?«, fragte ich.

»Die Ehe«, sagte William. »Er hat eine Frau. Eine sehr nette Frau. Und zwei reizende Kinder. Jungs: Cyril und Vyvyan. Er mag sie für sein Leben gern. Nur ...«

»... hatte er die letzten Jahre sehr viel zu tun«, ergänzte Aubrey. »Hat sie vergessen, könnte man sagen.«

Der Kreis um den Hofstaat erweiterte sich. Am äußeren Rand sah ich die Außenstehenden. Die Leute, die von nichts wussten oder sich mit vagen Vermutungen begnügen mussten. Leute, die verletzbar waren. Ihre Entdeckung war ebenso unangenehm wie die der Panter.

»Dann muss er sie anlügen ...«

Aubrey tippte grinsend mit seinem Spazierstock auf den Tisch. »Sehr gut! Er ist intelligent, das hatten wir auch schon vermutet, nicht wahr, Herrschaften?«

»Es gehört dazu«, erläuterte Max. »Eine gute Lüge ist oft sehr viel anziehender als die Wahrheit. Jede Schauspielerin, die mit Puderquaste und Rougepinsel umzugehen weiß, wird dir das bestätigen. Obendrein ist es ganz amüsant, ab und zu auch mit dem Feuer zu spielen. Wir wären die Ersten, das zuzugeben. Allerdings sollte man sich dabei nicht zu oft die Finger verbrennen.«

»Obwohl auch das anziehend sein kann«, bemerkte Aubrey. »Frag Bosie. Der nimmt auf nichts Rücksicht.« Er grinste sarkastisch. »Ein wahrer Dorian, findest du nicht, Max?«

»Mögt ihr ihn?«, fragte ich.

Das Bild, das in mir entstanden war, war das eines Burschen mit reichlich vielen Freunden, von denen ihn keiner wirklich mochte. Eigenartig für jemanden, in den man sich schon nach einem Blick einfach verlieben musste.

Eine kurze Stille trat ein, in der ich wünschte, ich wäre weniger direkt gewesen. Aber ich wollte doch auch wissen, ob Trops' Warnungen auf Wahrheit oder auf reiner Eifersucht beruhten.

»Ja«, sagte William dann, »ich denke, ich mag ihn schon. Ich habe in Oxford einige Pastellzeichnungen von ihm gemacht, und ich muss zugeben, dass er mir wie eine fesselnde Persönlichkeit vorkam. Großzügig, exzentrisch, vollkommen schamlos. Ein guter Wettläufer und schon an der Universität ein guter Dichter ...«

»*Kein* guter Student«, ergänzte Max.

»Jemand, den man gern kennenlernen will. Aber nicht zu gut.«

»Und du?«, fragte ich Max. »Was hältst du von ihm?«

»Ach doch, ich mag ihn«, antwortete er leichthin, »aber dass ich besonders fasziniert von ihm wäre, kann ich nicht sagen. Er ist hübsch und schlau und nett, natürlich. Ein schönes Spiegelbild von Oscar, könnte man sagen. Aber überdeutlich gestört ist er auch. Wie meiner Meinung nach seine ganze Familie.«

»Ich kann ihn nicht ausstehen«, sagte Aubrey, »aber das geht mir mit Oscar nicht anders. Die beiden sind eigentlich ziemlich scheußliche Menschen. Du darfst dich glücklich preisen, dass wir dich in unsere Obhut genommen haben und nicht sie.«

Das Gespräch stockte einen Augenblick, so als wären wir durch Aubreys schnippische Bemerkungen wieder auf gefährlichem Terrain gelandet. Max machte eine Bemerkung über den Wein, und danach wurde nicht mehr über Bosie Douglas oder Oscar Wilde gesprochen. Ich musste mich mit den Informationen begnügen, die sie mir gegönnt hatten, und war froh damit, wie unvollständig und beunruhigend sie auch waren. Dank der Erzählungen von William, Max und Aubrey fühlte ich mich etwas mehr der Gruppe zugehörig. Ich konnte sie insgeheim meine Freunde nennen, denn ich kannte einen Teil ihrer Geschichte. Wenn ich den Mut hatte, würde ich meinem Leben mit ein paar schönen Lügen über sie zu Glanz verhelfen können.

Weißt du, wen ich getroffen habe, Mary Ann? Weißt du, mit wem ich getrunken habe, Pa? Weißt du, welche berühmten Leute mich auf der Straße grüßen, Ma? Wisst ihr, wer meine besten Freunde sind?

Den restlichen Nachmittag hindurch gestattete ich mir, an die Lüge zu glauben. Wir aßen und tranken wie gute Freunde. Wir unterhielten uns über Dinge, die uns alle angingen, die wir alle vier mochten. Ich bluffte mich nicht schlecht hindurch. Das *Salome*-Buch, das ich mir bei Trops angeschaut hatte, kam zur Sprache. Wie sich herausstellte, hatte Aubrey es illustriert, und als ich sagte, dass ich es kannte, wollten sie mein Urteil dazu wissen. Das war leicht. Ich hatte eine Meinung zu den Illustrationen (die ich Aubreys wegen etwas korrigierte) und erfand eine zu dem Text. Ich konnte sogar über die Szene mitreden, in der die Prinzessin ihrem Verehrer eine grüne Blüte, »eine kleine grüne Blüte«, verspricht.

Es brauchte keinen Trops, um mir zu erklären, was das zu bedeuten hatte. Ich hatte das Rätsel bereits selbst gelöst.

Ich schaue dich an, du blickst auf meine Blüte. Wir verstehen uns.

Der Wein und die Gespräche hatten mir genug Mut gegeben, meinen drei Wohltätern nach dem Dinner wie jemand nach draußen ins Freie zu folgen, der mehr war als nur ein großmütig geduldeter Mitläufer. Ich wollte mich noch nicht verabschieden. Ich hatte keine Lust, zurück in meine Dachkammer zu gehen und dort den Abend mit Gedanken an Max, William und Aubrey zu verbringen, die lachend in einer Theaterloge oder göttlich betrunken an einem der Tische im Café Royal saßen. Es musste doch eine Ausrede zu erfinden sein, um noch nicht »Danke und auf Wiedersehen« zu sagen. Aber welche war glaubwürdig genug, sie noch ein weiteres Vergnügen für mich zahlen zu lassen? Mir fiel nur eine einzige Sache ein.

»Wisst ihr«, begann ich rasch, ehe jemand einen anderen Vorschlag machte, »ich würde heute Abend am liebsten noch ins Prince-of-Wales-Theater gehen, um meine Schwester zu sehen.«

Wenn ich etwas hatte, worauf ich stolz war, dann Mary Ann. Ich konnte es nicht lassen, sie William, Max und Aubrey zu beschreiben, nicht als meine Schwester, sondern als ein schönes Mädchen, und offenbar gelang mir das gut. Sie wollten sie sehen. Ebenso sehr, wie ich sie ihnen zeigen wollte.

Zum ersten Mal seit Jahren saß ich wieder in einem plüschbezogenen Sitz in einer guten Reihe. Ich atmete den angenehmen Duft von Haaröl und parfümierten Programmheftchen, der ganz anders war als der schwere Dunst von Bier, Schweiß und Gasbrennern, der den Olymp erfüllte. Hier sprach man in gedämpftem Ton, stand füreinander auf und bedachte sich mit höflichem Kopfnicken. Flankiert von William und Max, hier ebenso am rechten Ort wie in einem kleinen Restaurant in Soho, ging ich leicht und unauffällig in dieser Welt auf. Es war, wie Trops gesagt hatte: Wenn man nur gut gekleidet war und sich ganz wie zu Hause benahm, fand man überall Zutritt.

Die Vorstellung begann. Ich war aufgeregt, denn ich hatte Mary Ann noch nie auftreten sehen. Mein Budget hatte es mir nicht gestattet, eine

Karte zu kaufen, und an den Tagen, an denen ich das Geld gehabt hätte, gab es tausendundein andere Dinge, die mich davon abgehalten hatten. Jetzt würde ich endlich Zeuge ihres Triumphes sein. Während der gesamten Vorstellung war die Bühne von Mädchen bevölkert. Mädchen, Mädchen und nochmals Mädchen. Eine weiße Wolke aus Spitze, Tüll und Federn, hier und da durchkreuzt von einem jungen Mann im Abendanzug, der die unverzichtbare, aber nicht sehr dankbare Rolle der heiratsfähigen Partie spielte.

Zwischen all den Mädchen war es mitunter schwierig, Mary Ann zu entdecken. Sie war üppig und hochgewachsen, aber alle Mädchen auf der Bühne waren üppig und hochgewachsen. Selbst stimmlich schien sie zwischen allem an Musik und Gesang nicht aufzufallen. Nach ihrem ersten Solo konnte ich nicht umhin, mir einzugestehen, dass ihre Stimme weniger voll und rein klang als die der anderen Mädchen. Mary Ann schien weniger präsent zu sein als sonst. Das Spiel, das sie immer so genoss, das Erhaschen von Blicken, als seien es Schmetterlinge – sie konnte es heute Abend nicht spielen. Es schien ihr gleichgültig zu sein, wie viele hinter dem Rampenlicht verborgene Augen sie betrachteten.

Aubrey, William und Max waren gnädig in ihrem Urteil. Sie besprachen jedes Mädchen auf der Bühne, anfangend mit wilden Heiratsplänen und endend mit dem harten Urteil über zu große Füße. Bei Mary Ann blieb es bei einer blumigen Behandlung ihres Kinns und ihrer Augen und vor allem ihrer Grübchen.

»Sie ist ein äußerst bezauberndes Mädchen«, sagte Max. »Ihr beide habt durchaus Ähnlichkeit miteinander.«

»Nein«, antwortete ich kurz. »Mary Ann gleicht unserer Mutter. Ich gleiche meinem Vater.« Ich wollte aufstehen und davonlaufen, oder so tun, als ob sie nicht da wären. Ich schämte mich für Mary Ann, obwohl es dazu eigentlich keinen Grund gab. Sie war nicht schlecht. Aber sie war nicht die Mary Ann, die ich kannte, die die Welt erobern würde und den Mond noch mit dazu und es aussehen ließ, als sei das etwas Leichtes. Offenbar war es das nicht. Zum Kuckuck mit ihr!

Ich beschloss, mich auf die Handlung und die Musik zu konzentrieren und nicht mehr ausschließlich auf meine Schwester. Die Handlung war luftig wie Puderzucker: Aschenputtel, Bonny Reilly auf dem Ball. Eine Gruppe frivoler Schauspielerinnen angelt sich an der Riviera ein paar reiche Freunde, torpediert von bösen Stiefschwestern in Form reicher, naserümpfender Damen der Gesellschaft. Genau das richtige für Imogen, dachte ich und beschloss, mir die Szene einzuprägen, in der eine der Damen dem Gaiety Girl Alma den Diebstahl eines teuren Haarkamms in die Schuhe zu schieben versuchte.

Am Ende der Vorstellung klatschten wir uns die Hände blau und summten die ansteckendsten Melodien, bis wir wieder auf der Straße standen.

»Kommt, wir gehen zum Künstlereingang«, schlug William vor, »und bitten um Autogramme.«

Aubrey und Max schienen die Sache witzig zu finden, also gingen wir. Aubrey kam mit der Idee, so zu tun, als wäre er der Sultan von Sansibar und auf der Suche nach einer Ergänzung seines Harems. Er würde ein exotisch klingendes Kauderwelsch vor sich hin brabbeln, das wir als seine Diener dann übersetzten. Der Plan war allerdings noch nicht zur Ausführung gelangt, als Mary Ann schon nach draußen trat. Sie trug einen teuren Mantel und um den Hals einen Fuchspelz, aber kaum hatte sie mich entdeckt, da pfiff sie wie ein Straßenmädchen auf den Fingern.

»Ady! Du hast mal vorbeigeschaut! Wie hübsch du aussiehst in dem Anzug! Sind das da Freunde von dir? Angenehm. Wie fandet ihr die Vorstellung? Ach, Ady, weißt du, dass Ma … O nein, zu spät!«

Ich sah sie mit großen Augen über meine Schulter blicken und wusste sofort, wer hinter mir stand. Ich hatte bloß nicht den Mut, mich umzudrehen.

»Ich hätte große Lust, dir eine Ohrfeige zu verpassen, Bursche!«

Es war mindestens sechs Monate her, dass ich diese Stimme zuletzt gehört hatte, aber einen Moment lang glaubte ich, ihre Besitzerin wüsste alles, was ich in diesem halben Jahr ausgefressen hatte.

Während Aubrey, William und Max mich fragend angrinsten, sammelte ich mich, um in dem Sturm, der zweifellos folgen würde, nicht umzufallen.

»Seit Weihnachten! Seit Weihnachten bist du nicht mehr vorbeigekommen! Ich muss von Herrn Procopius hören, dass du entlassen bist! Und als Nächstes erzählt Pa, er hätte keine Ahnung, wo du dich rumtreibst! Verrückt vor Sorgen hast du uns gemacht! Sieh mich gefälligst an, wenn ich mit dir rede!«

Ich schielte über die Schulter zu dem Gesicht meiner hübschen, wütenden Mutter. Es stimmte, dass Mary Ann ihr Äußeres geerbt hatte, aber ich hatte ihre Größe. Wir waren jetzt beide gleich lang, aber in meinen Augen war sie nach wie vor riesig. Sie trug ein Hütchen mit einer Fasanenfeder, die beängstigend zitterte.

»Du hast hoffentlich eine sehr gute Erklärung für mich, Ady!«

»Ma...«, versuchte Mary Ann, aber sie kam nicht dazwischen.

»Einfach so eine gute Stellung hinwerfen! Wenn du wüsstest, was ich alles habe tun müssen, um dir diesen Posten bei Procopius zu besorgen! Nimm dir ein Beispiel an deiner Schwester! Schuftet sich kaputt, das arme Kind! Sprechunterricht, Tanzunterricht, die Proben! Das arme Ding kann nicht mehr auf den Beinen stehen, wenn sie abends nach Hause kommt! Und was tust du? Bist dir zu fein für 'ne anständige Arbeit! Als ob in London das Geld auf der Straße läge! Also eins kann ich dir sagen, Bursche: So ist es nicht! Wie kommst du zu dem Anzug?«

Aubreys Wiehern im Hintergrund ignorierend begann ich, eine Erklärung zu stammeln. »Gekauft. Habe eine Arbeit ... Verdiene ganz gut. Ich arbeite auch hart, Ma.«

»So? Was denn, wenn ich fragen darf?«

Ma hat ihre Berufung verfehlt, indem sie Garderobiere wurde. Scotland Yard hätte sie ausgezeichnet als Geheimwaffe einsetzen können. Sie hätte auch die härtesten Kriminellen so weit gebracht, unter Tränen zu gestehen. Sie hatte so einen »ich-weiß-dass-du-jetzt-lügen-willst-aber-mich-betrügst-du-ohnehin-nicht-also-versuch-es-gar-nicht-erst«-Blick in den Augen, der sämtliche guten Ausflüchte wie durch Zauberhand aus deinem Kopf verschwinden ließ. So leicht das Lügen bei Rita war, so ganz und gar unmöglich war es bei Ma.

»Modell sitzen. Ich sitze Modell für Gemälde«, murmelte ich.

»Modell sitzen! Und das nennst du eine gute Arbeit? Na klar! Wieso gehst du nicht Treibholz sammeln entlang der Themse oder betteln im Victoria Park? Davon sind schon jede Menge Nichtsnutze reich geworden! Anständige Leute wie wir ... Ach, Mary Ann, halt mich fest, sonst geschieht gleich ein Unglück!«

Mary Ann hatte sich neben sie gestellt und schaute beunruhigt auf die bebende Fasanenfeder. »Ady verdient wirklich eigenes Geld, Ma. Er hat mir erzählt, dass es jemanden gab, der ihn sehr gern malen wollte.«

Ma schnaubte. »So? Und wer soll das sein? Ein steinreicher Wohltäter? Mit Modellsitzen verdient man noch kein trocken Brot, Mary Ann. Ich werde dir erzählen, wer alles so Modell sitzt: Straßenfeger, Apfelsinenverkäuferinnen, betrunkene Schlappschwänze, die für weiter nichts taugen. Nur der letzte Abschaum! Und das auch nur, um ihr Einkommen aufzubessern. Man kann vom Modellsitzen nicht leben! Niemals!«

Ich senkte die Augen. Hier wurde ausgesprochen, was ich schon befürchtet hatte. Mein letzter Strohhalm war brüchig wie vertrocknetes Gras. Man konnte vom Modellsitzen nicht leben.

In dem Augenblick kam Max mir zu Hilfe. Er gab Ma höflich die Hand. »Frau Mayfield? Ich bin Max Beerbohm, ein Bekannter von Adrian. Darf ich kurz einwerfen, dass wir, Herr Rothenstein, Herr Beardsley und ich, besonders viel von Ihrem Sohn halten und durchaus der Meinung sind, dass er es auf dem oder jenem Gebiet noch weit bringen wird? Er ist ein junger Mann mit vielen Talenten.«

Ma war von soviel Redegewandtheit vorübergehend beeindruckt, und ich sah sie sich fragen, ob der Name Beerbohm tatsächlich *der* Name Beerbohm war. Mas einzige Schwäche bestand darin, dass sie nach wie vor nicht wohlanständig genug war, um auch Schauspielern gegenüber die Nase zu rümpfen. Sie liebte das Theater.

»Ja, aber, Modell sitzen!«, hielt sie noch dagegen.

»Ist für die Künste unverzichtbar«, antwortete Max. »Sie wissen doch, dass das Modell die Muse des Künstlers ist? Mein Freund Will hier kann das bestätigen. Nun, Adrian sitzt für Vincent Farley, von den Farley Versicherungen«, fügte er achtlos hinzu.

»Ja aber ...« Ma zögerte einen Moment, sah dann aber Aubrey, der sich auf die Lippe biss, um nicht laut loszulachen. Sie reckte die Nase in die Luft und schenkte ihm ihren geringschätzigsten Blick. »Es gehört sich nicht! Lehre einer mich die Künstler kennen, mein Herr! Sind wie Viehhändler, sehen nichts als Fleisch! Und keines meiner Kinder geht mir mit solchen Leuten um, seien sie nun reich oder arm. Und du, Bursche ...«, sie bohrte mir ihren spitzen Finger in die Brust, »du siehst zu, dass du eine *anständige* Arbeit bekommst, oder ich werde dir eine derartige Abreibung verpassen, dass du nicht mehr weißt, wo vorn und hinten ist! Und am Siebenundzwanzigsten kommst du zu uns, dann feiern wir deinen Geburtstag! Es gibt Kuchen. Komm mit, Mary Ann!«

Sie legte ihren Arm um die Schultern meiner Schwester und führte sie zur Straße, wo gerade der Bus in Richtung Paddington ankam. Mit besorgter Hand befühlte sie Mary Anns Wange.

Ich blieb mit einem Gefühl zurück, als hätte mich eine Brauereikutsche überfahren. Alles, was ich denken konnte, war: Nächste Woche habe ich Geburtstag. Siebzehn Jahre werde ich dann und weiß noch nicht einmal, ob ich es werden will.

Ich muss derartig belämmert ausgesehen haben, dass William Mitleid mit mir bekam. Er klopfte mir auf die Schulter: »Du brauchst dich nicht zu schämen. Man würde es vielleicht nicht meinen, aber wir haben auch Mütter.«

»Auch wenn wir allen anderen gegenüber steif und fest behaupten, aus dem Schaum der siedenden See oder dem Haupt des Zeus geboren zu sein«, sagte Aubrey.

Ich konnte es nicht fertigbringen zu lachen. Ich sah Ma und Mary Ann, die gerade auf das Trittbrett des Omnibusses stiegen. Auf ihre Weise hatten sie mir gezeigt, was große Träume, schöne rote Luftballons, wert waren. Einen Nachmittag lang hatte ich geschwebt, aber jetzt stand ich wieder auf dem Boden, fest verankert, mit bleischweren Sorgen in den Schuhen und so gut wie keinem Penny in der Tasche.

Ich hörte Aubrey husten, und das machte mir Angst. Auch Krankheiten nehmen keine Rücksicht auf Träume. Ich schaute dem Omnibus hinterher. Weshalb Ma Mary Ann heute Abend wohl abgeholt hatte?

Max fasste mich am Ärmel: »Komm, es ist Zeit zu gehen. Du hast gehört, was deine Mutter gesagt hat. Für brave Jungs wie dich ist längst Schlafenszeit!«

19

Die Probleme von Vincent Farley – Die Probleme von Adrian Mayfield –
Ein Kuss mit Folgen – Ich fasse einen Entschluss – »Das Leben ist hart
zu Leuten wie uns«

In den Monaten Juni und Juli lief die Londoner Saison auf vollen Touren.
Bälle, Dinners, Gartenfeste, Blumenshows, Soireen und Lunches füllten
jeden verfügbaren Augenblick der Reichen in Kensington, Mayfair und
Park Lane. Stuart und Lilian Farley zogen in immer neuen Kostümen zu
immer neuen Festen, im Kielsog einen ohnmächtig protestierenden Vincent, dem keine andere Wahl blieb, als seine Arbeit liegenzulassen und
sich zu vergnügen. Über ihn erreichten mich die Berichte von den Mas-
kenbällen, die bis fünf Uhr in der Frühe andauern konnten, die heimlichen oder von kuppelnden Müttern arrangierten Tête-à-Têtes im Wintergarten und die Gerüchte über eine Hochzeit im Mai nächsten Jahres.
Alles zusammengenommen schien die Saison ein einziges großes Wettrennen mit dem Ziel zu sein, am Ende des Sommers einen Verlobungs-
ring zu tragen.

Vincent trug vorläufig lediglich Farbflecken, auch wenn von Boots-
fahrten mit der Tochter eines Eisenbahnmagnaten die Rede war und
einem Vieraugengespräch mit einer Erbin aus Chicago während eines
großen Galadinners. Lilian neckte ihn mit seinem Status des begehr-
ten Junggesellen und wusste ihn damit auf die Dauer sogar zum Lachen
zu reizen: »Er ist so ein phantastischer Tänzer! Die jungen Damen stehen seinetwegen Schlange! Ich sage euch: Hätte ich nicht erst mit Stuart
getanzt, dann wären mit Sicherheit wir beide ein Paar geworden!«

Ich verfolgte dieses ganze Geschehen als Außenstehender, als echter Londoner, der die Schaufenster bestaunt, ohne jemals das Geschäft
zu betreten. Dennoch lebte ich in diesen Tagen im gleichen schwindel-
erregenden Tempo wie die Bewohner von Camelot House.

Mich plagte die hartnäckige Wahnidee, dass mir nur mehr eine
Woche blieb – die Zeit bis zu meinem siebzehnten Geburtstag –, um

mein Leben in Ordnung zu bringen, oder ich würde es endgültig vermasseln. Vincent und Trops hatten beide versprochen, neue Arbeitgeber für mich zu suchen, bisher aber ohne großen Erfolg. Zwar hatte Vincent einige Zusagen von Freunden erhalten, doch diese Künstler verließen Anfang August mitsamt der übrigen Society London, um neue Inspiration in Paris oder Rom aufzutun.

Trops schien sich mit seiner Suche nicht sehr zu beeilen. Seit ich sein Haus verlassen hatte, mochte wohl auch sein Interesse für mich und mein Wohlergehen etwas abgekühlt sein. Die Malsitzungen verliefen noch recht gemütlich, doch hinterher wurde nicht länger geplaudert oder noch ein wenig geküsst, und aus einem herumliegenden Hemd, das bestimmt nicht Trops gehörte, schloss ich, dass er auch anderen Besuch empfing. Offenbar ging das so. Ich versuchte, nicht allzu verletzt zu sein.

Dennoch nagte die Fahrlässigkeit, mit der meine Freunde mit meinem Leben umgingen, an mir. Sie schienen zu vergessen, welch langer, toter Sommermonat vor der Tür stand, ein Monat, der in London noch magerer war als der Januar, und erwarteten von mir, fröhlich von Wind und Sonnenschein zu leben. Es war ihnen entweder gleichgültig, oder es war ihnen nicht bewusst.

Aber ich wusste es. Es war der erste Gedanke, mit dem ich morgens aufwachte. Der Gedanke, den ich nicht abschütteln konnte, wenn ich auf den Tisch kletterte und durch das Dachfenster über London blickte; zuletzt immer nach Westminster, in Richtung Little College Street.

Ich war unruhig in diesen Tagen, fieberhaft. Wenn ich Trops oder Vincent nicht Modell sitzen musste, ging ich durch die Stadt, durch endlose Straßen voller Menschen; Unbekannte, die ich nie mehr wiedersehen würde und die mich wahrscheinlich auch nie mehr wiedersahen. Ich ging, um zu gehen, ohne irgendein Ziel. Den einen Tag nach Primrose Hill, den anderen Tag in einen Außenbezirk, den ich nie hatte besuchen wollen. Ich betrachtete die Kinder, die entlang der Commercial Road die Spiele spielten, mit denen Mary Ann und ich uns früher auch vergnügt hatten: Fangen, Verstecken, *Follow the Leader*. Ich betrachtete die Puppenspieler, die morgens an der Holburn Bridge ihre Puppenkästen aufbauten. Ich betrachtete all die Leute, die sich keine Sorgen darüber zu machen schienen, wie ihr Leben in einigen Wochen aussehen würde. Und ich betrachtete mich selbst, ziemlich viel eigentlich. Ich folgte mir, wenn ich an

Ladenfenstern vorbeiging, beobachtete, wie ich mich bewegte, wie ich meinen Gesichtsausdruck verändern konnte, wenn ich meinem Spiegelbild zulächelte. Es war Unsinn zu denken, dass ich meiner Mutter nicht glich. Ich hatte ihre Wangenknochen, ihre kerzengerade Haltung, ihren entschiedenen Mund und ihre großen, grauen Augen. Seit ich wieder mit jedem Tag mehr abmagerte, wurde es immer deutlicher. Ich war nicht hässlich. Aber die altvertraute mürrische Visage, die Trops im Ankleidezimmer von Procopius nicht hatte irreführen können, war jahrelang eine sichere Maske gewesen. Es klingt vielleicht verrückt, aber dass ich anziehend sein konnte, hübsch sogar, machte mir eine Scheißangst. Trops und Rita hatten es mir zwar gesagt, aber ich selbst hatte es noch nicht gesehen. Jetzt schaute mir im Rasierspiegel ein junger Mann entgegen, der nicht nur verführt werden konnte, sondern auch imstande war, andere zu verführen. Wenn ich am Piccadilly Circus dem richtigen Herrn zulächelte, würde dieser mir folgen, fünf Treppen hinauf in ein romantisches Dachzimmer. Ein Gedanke, den ich sogleich verbannte, indem ich so laut ich konnte »*Und wir alle zusammen drauflos*« sang.

Auch in meinem Zimmer konnte ich nicht zur Ruhe kommen. Es war zu klein, und ich bekam mich kaum darin gedreht, ohne irgendein Geschirr umzuwerfen oder über den Nachttopf zu stolpern. Und ich war dort nie allein. Nicht, dass mir die Nachbarn die Tür eingerannt hätten, aber das Ungeziefer fühlte sich inzwischen schon sehr heimisch bei mir. Jeden Abend vor dem Schlafengehen musste ich die Kakerlaken aus meinem Bettzeug schütteln. Nachts trippelten die Mäuse über den Tisch. Ich führte einen verbissenen, aber aussichtslosen Kampf mithilfe von Schuh und Mausefalle, bis ich nach einigen Abenden beschloss, dass schlichtes Ignorieren das Chaos eher verringerte. Also versuchte ich zu lesen, aber kein Buch, selbst *Treasure Island* nicht, konnte mich länger als ein paar Seiten lang fesseln. Ich ging zu Bett, während es noch hell war, und träumte Träume über die Zukunft, die mich mit Übelkeit und Schwindelgefühl aufwachen ließen.

Der einzige Ort, an dem ich noch Ruhe fand, war Vincents Atelier, sofern die Tür geschlossen war. Die Momente der Stille, wenn Imogens Feder kratzte und Bonny Reillys verhängnisvolle Schicksalsschläge uns vergessen ließen, dass die Tür jeden Augenblick aufgestoßen werden konnte, sei es von Lilian mit dem neuesten Klatsch oder von Palmtree mit der soundsovielten Einladung. Imogens Buch wurde etwas von uns allen dreien. Ich steuerte die nötigen Hintergrundinformationen bei, Imogen die dramatischen Einfälle und Vincent den kritischen Kommentar. In den Kaffeepausen erfuhr ich das seltene Vergnügen, vor einer aufmerksamen Zuhörerschaft zu sprechen. Im Gegensatz zu Trops besaßen Vincent und Imogen die Gabe, wirklich auf das zu achten, was man erzählte. Weil sie beide nicht viel sagten, waren sie ausgezeichnete Zuhörer. Ich war der Spiegel, der die Bilder reflektierte, sie webten die Geschichten.

Ich ging in Gedanken wie ein Journalist durch die Straßen, in denen ich aufgewachsen war, und pickte heraus, was ich gebrauchen konnte, ganz nach den Selektionskriterien von Herrn Harris, dem Zeitungsredakteur aus dem Café Royal: Es musste etwas mit Keile oder mit Küssen zu tun haben.

Also halsten Imogen und ich Bonny Reilly einen Verlobten auf, der Boxer war und, sobald er Wind von ihrer Affäre mit dem reichen Herrn bekam, auch gleich mordlüsterne Neigungen an den Tag legte. In der besten Jungenbuchtradition kam es zu einem Kampf zwischen beiden Verehrern, wobei der noble Millionär siegreich, aber schwer verletzt aus dem Kräftemessen hervorging.

»Wir müssten ihn eigentlich sterben lassen«, sagte Imogen, »das wäre am schönsten. Aber damit wäre die Geschichte schon zu Ende, und das wäre schade.«

Ich war in beiden Punkten ganz ihrer Meinung. Also verlängerten wir Bonnys Leidensweg, indem wir einen Wahrsager aus Soho einführten, der ihr »Stürme auf dem Meer der Leidenschaft« und viel »bittersüßen Liebesschmerz« vorhersagte. Die Vorhersagen wurden durch Bonnys amerikanische Rivalin erfüllt, die sich als wahre Intrigantin entpuppte. Inspiriert durch die Vorstellung der Gaiety Girls ließ ich sie eine Perlenkette in Bonnys Handtasche verstecken, deren Entdeckung das arme Mädchen im Gefängnis landen ließ.

Imogen sah endlose dramatische Möglichkeiten in dieser Wendung des Geschehens. »O, das ist abscheulich! Ich habe einmal in einer Zeitung von Papa einen Artikel über das Gefängnis in Newgate gelesen. Das war wirklich schauderhaft! Wie ein Gespensterhaus: ein riesiger Klotz aus Stein, ohne Fenster und ganz grau und schmutzig. Am schlimmsten sind die Todeszellen. Weißt du, wie die aussehen? Ganz aus Stein, selbst die Schlafpritsche. Und es gibt nur ein ganz kleines Fenster mit Gittern davor, durch das man hinaussehen kann. Traurig, was, dass man nur noch so ein kleines Stückchen von der Welt sehen kann am Tag, an dem man stirbt! Und hören tut man auch nichts. Es ist so still in so einer Zelle, Adrian, so still, dass man seine eigenen Gedanken hören kann.« Sie schaute, als sei das das Grauenhafteste in der ganzen Welt. Vielleicht war es das auch. Es hing wahrscheinlich von den eigenen Gedanken ab.

»So, das reicht«, sagte Vincent. »Papa hätte dich diesen Artikel niemals lesen lassen dürfen!«

Imogen kümmerte sich nicht um ihn und stürzte sich voll grausamer Begeisterung auf die Schrecknisse, denen unsere Heldin im Gefängnis ausgesetzt war. Wir ließen sie verschimmeltes Brot essen, von Ratten bedrängt werden und schlaflose Nächte auf einem verschlissenen Strohsack verbringen. Imogen hatte eine solche Freude daran, dass ich allmählich dachte, dass selbst das Gefängnisdasein ihr anziehender vorkam als ihr eigenes Leben. Da herrschte das Elend; rohes, reines Elend und keine langweilige Unzufriedenheit, die sich jeden Morgen wie lauwarmer Tee über einen ergoss. Wenn man so reich war wie ein Farley, war Elend offenbar ein Luxusartikel, etwas Seltenes und Ausgefallenes, für das man gern einen Liebhaberpreis hinzählte. Aber auch ich, der sein Elend nur von der Straße aufzuheben brauchte, gab Bonny Reillys Elend den Vorzug vor meinem. Das hier war eine papierene Not, der man mit einigen Federstrichen ein Ende machen konnte: Sie lebten noch lang und glücklich bis an ihr seliges Ende. Aus und fertig.

Ich versteckte mich in der Geschichte, Vincents Hausmantel um die Schultern und eine Tasse schwarzen Kaffee in den Händen. Ich wartete mit Bonny auf meinen Geliebten, der mich befreite und mich in seinen Mantel gewickelt zu einem mit Orangenblüten bestreuten Altar trug. Er würde mich finden, im Gefängnis, im allertiefsten Elend, darauf konnte man sich verlassen. Das Problem war nur, dass er nicht existierte.

Meine Tagträume ließen mich sehr viel ruhiger aufwachen als meine Träume in der Nacht, aber aufwachen musste ich jedes Mal, wenn ich Camelot House hinter mir ließ und losging, sinnlos durch die Straßen, um etwas zu tun zu haben, mich so lange zu ermatten, bis ich zu müde zum Denken war. Schlimmer als aufzuwachen war jedoch die Gewissheit, dass eine Zeit kommen würde, in der ich nicht einmal mehr würde einschlafen können. Weil dann jeden Abend jemand neben mir läge, der dafür bezahlte, mich zu küssen.

Doch halt! Nicht daran denken. Einfach weitergehen. Nicht stehen bleiben. Nie stehen bleiben. Was auch geschieht, niemals stehen bleiben!

Am Morgen meines siebzehnten Geburtstags erwachte ich mit einem ernsten »O ... *hell!*«-Gefühl sowie einer Morgenerektion. Ich starrte durch das Dachfenster in den blauen Himmel über mir und wartete, bis beides verschwinden würde. Möwen flogen über mich hinweg.

Nach einer Viertelstunde ödete ich mich selbst dermaßen an, dass ich aufstand, mein Bett wegklappte, *Mrs Beeton* unter das Tischbein schob und frühstückte.

Heute war mein Geburtstag, ein Tag, aus dem man allen Spaß herauswringen sollte, der sich nur herauswringen ließ. Heute würde ich Vincent zum vorläufig letzten Mal Modell sitzen, und am Nachmittag erwarteten mich Ma und Mary Ann in meinem besten Anzug. Ich sollte mich besser beeilen.

Frisch gewaschen und mit meinem Jackett über der Schulter ging ich später am Morgen nach Kensington. Hier zeigte sich schon, dass die Saison dem Ende entgegenlief. Jeden Tag sah man mehr Villen, deren Fensterläden geschlossen und deren Bewohner nach Dieppe, Monte Carlo oder Rom abgereist waren. Die Verdrossenheit des Julis legte sich über die Stadt. In verlassenen Gärten blühten Rosen, ohne dass jemand es sah, und Amseln hüpften über leere Rasenflächen. Die Menschen, die man traf, hatten keine Eile und kein Ziel. Ein zurückgebliebener Kutscher führte ein schlurfendes Pferd in den Stall, ein Dienstmädchen lehnte mit einem Ausdruck unsäglicher Langeweile über die Balustrade eines Balkons, zwei alte Köchinnen hatten sich auf eine Bank im Schatten gesetzt und wedelten sich mit in altmodischem Lavendelwasser getränkten Taschentüchlein Kühlung zu.

Morgen würden die Farleys zu ihrer Kreuzfahrt durchs Ionische Meer abreisen. Auch die meisten Fenster von Camelot House waren durch Fensterläden verschlossen, was Vincents Atelier umso heller erscheinen ließ. Ich betrachtete vom Garten aus die vertrauten weißen Wände und die tanzenden Goldstäubchen und wagte es fast nicht einzutreten. Der Gedanke, es auch wieder verlassen zu müssen, war beinahe zu schmerzhaft. Aber Imogen war da und winkte, und Vincent stand im Hintergrund, beschäftigt mit etwas, das zweifellos viel wichtiger war als alles andere sonst. Ich konnte mich nicht beherrschen und rannte die letzten Meter einfach über den Rasen. Wir hatten noch einen Morgen, zwei ganze Stunden zum Reden, zum Lachen, zum Schreiben, zum Zuhören. Wir durften keine Minute davon vergeuden.

An diesem Morgen tranken Vincent und ich Kaffee auf kleinen schmiedeeisernen Stühlen im Garten. Imogen hatte einen bequemen korbgeflochtenen Liegestuhl für sich selbst reserviert und lag jetzt schreibend unter einem Sonnenschirm, wobei sie mit ihren hohen Stiefelchen wackelte, die eigensinnig wie zwei Bocksfüße aus der weißen Spitze ihres Sommerkleides herausragten. Sie summte eine Melodie. Wir überlegten uns einen spannenden Schluss für unser vorläufig letztes Kapitel, das uns diesen Sommer lang beschäftigen würde, und grübelten darüber, wie wir unsere Bonny aus ihrer misslichen Lage befreien sollten.

»Es könnte ein Feuer ausbrechen«, sagte Imogen mit der Feder an ihren Lippen. »Ein Feuer im Gefängnis, genau in dem Flügel, in dem Bonny sitzt. Und die Tür ist verriegelt.«

Ich dachte darüber nach. Die Idee war anziehend. Nur würde nicht viel brennen wollen in dem Steinlabyrinth unseres Kerkers. Ich hätte nicht gewusst, wie das Leben von Bonny Reilly dort noch elender hätte werden können, als es schon war. Es ähnelte dem meinen: von allen Seiten in die Enge getrieben und mit nur einer Möglichkeit, sich freizukaufen.

»Einer der Gefangenenwärter ...«, murmelte ich mehr zu mir als zu Imogen oder Vincent. »Einer der Gefangenenwärter will ihr helfen. Aber er stellt Bedingungen ... er ist ein schlechter Mann.«

Eine Stille trat ein, die verriet, dass sie mich beide verstanden hatten. Vincent rührte in seinem Kaffee. »Nein«, sagte er, »das halte ich für keine gute Idee.«

Er lehnte die Richtung, die die Geschichte nahm, und die Möglichkeiten, die dies eröffnete, eindeutig ab, was mich nicht erstaunte, was ich ihm aber dennoch verübelte. Ich hätte es gern gesehen, wenn dieses Eingreifen in Bezug auf mein eigenes Leben stattgefunden hätte. Das Schicksal der papierenen Bonny Reilly war offenbar wichtiger als das, was mit Adrian Mayfield geschah.

Aber wie konnte ich ihm diese Gleichgültigkeit verübeln? Er kannte mich nicht, ebenso wenig, wie ich ihn kannte. Halbwegs verwundert dachte ich darüber nach. Vincent war mir in den zurückliegenden Wochen sehr vertraut geworden, und nur ab und zu fiel mir ein, dass ich so gut wie nichts von ihm wusste. Es war jedes Mal wieder eine erstaunliche Feststellung. Vincents Persönlichkeit schwebte wie ein Nebelschleier durch das Atelier: sichtbar, aber ungreifbar; fühlbar lediglich in Form der geordneten Regale und Schränke, der weißen Wände und der Uhr an der Wand, die tadellos die richtige Zeit angab. Doch all diese Gegenstände waren nichts als Indizien, genau wie der Klatsch von Trops und Aubrey über Bosie den Märchenprinzen. Sie hatten nicht unbedingt etwas zu besagen, sondern konnten auch etwas ganz anderes bedeuten.

Und dann gab es natürlich auch immer noch die Möglichkeit, dass sie genau das bedeuteten, was sie zu bedeuten schienen.

Ich betrachtete Vincent, während er einen Schluck Kaffee nahm und anschließend die Stirn runzelte; etwas, das er häufiger tat, wie mir auffiel. Mir kam die Idee, ihn danach zu fragen, wie die Geschichte denn seiner Meinung nach weitergehen sollte, aber ich bekam keine Gelegenheit dazu. Die massive Gestalt von Augustus Trops kam über den Kiesweg ums Haus gewatschelt, gekrönt mit einem frivolen und allerlächerlichsten Strohhut. Er war der Letzte, den ich in diesem Moment sehen wollte. Trops' Laune war leider ebenso sonnig wie sein Hut. Er begrüßte uns mit einem »*Bonjour, mes enfants*« und fügte hinzu, dass er uns gern so sehe: sonnig, sommerlich und vollkommen nutzlos herumlungernd.

Imogen seufzte und begann, ihre Schreibsachen zu verstauen. Ich knöpfte wütend meinen Hausmantel zu, in der Hoffnung, damit etwas deutlich zu machen. Natürlich gelang mir das nicht, denn Trops' Elefantenhaut war allen subtilen und weniger subtilen Hinweisen gegenüber unempfindlich. Leutselig grinsend sank er auf einen der schmiedeeisernen Gartenstühle, der heroisch die Form zu wahren wusste.

»So«, sagte er, »der Sommer. Zeit für den großen Müßiggang, nicht wahr, Vincent?«

»Das kommt ganz darauf an«, sagte der. »Ich hoffe, viel unter freiem

Himmel zu arbeiten. Die griechischen Inseln. Bist du schon einmal auf Korfu gewesen, Augustus?«

»Hm-hm«, antwortete Trops, der sich an einem Tellerchen Kümmelkuchen bedient hatte, »bin da mal zum Fischen gewesen. Nette Jungs, die Fischer von Korfu.« Er steckte sich eine Scheibe Kuchen in den Mund. »Ich nehme an, du wirst nicht fischen, Vince?«

Vincent sagte lieber nichts, und ich hatte schon die Hoffnung, er würde sich ebenso ärgern wie ich und aus Protest wieder an die Arbeit gehen. Ich kapierte nicht, wie ich Trops auch nur einen Nachmittag lang als meinen besten Freund hatte betrachten können. Jetzt konnte ich in ihm lediglich einen lästigen Eindringling sehen.

»Habe ein überraschend nettes Telegramm bekommen«, fuhr er behaglich plaudernd fort. »Kunstfreunde aus Brüssel. Wollen, dass ich den Sommer mit ihnen verbringe. Das Nachtleben dort scheint sich in den letzten Jahren entwickelt zu haben. *Petit Paris*, sagen die Kenner.«

Also auch Augustus Trops entfloh London für die Sommermonate. Ich brauchte mich nicht zu fragen, was das für meine Einkünfte bedeutete.

Während Trops und Vincent den Charme der kleineren kontinentalen Hauptstädte erörterten, versank ich in einer Lawine von Berechnungen, die in einem Tal von negativen Zahlen endete. Dass ich den nächsten Monat von den paar armseligen Shillings leben konnte, die ich in der Tasche hatte, war völlig ausgeschlossen. Mir wurde beklommen zumute, und ich knöpfte den Morgenmantel wieder auf.

»Aha! Immer noch *Saul und David*!«, sagte Trops, dessen Blick abgeirrt war und jetzt in Höhe meiner Knie ruhte. »Oscar dürfte das nicht hören, Vince.«

»Ich bin fertig mit den Skizzen«, reagierte Vincent reserviert, »und das Bild steht in groben Zügen auf der Leinwand. Nach den Ferien arbeite ich weiter daran. Wenn du dann noch mal vorbeikommen möchtest, um mir Modell zu sitzen, Augustus?«

»Mit Vergnügen! Nun, wer hätte das gedacht, was, Ady? Du und ich zusammen auf einem Bild!«

Ich glühte vor Zorn. Was sollte das werden? Ich hatte diesen Teil meines Lebens immer sorgfältig außerhalb der Mauern von Camelot halten können, und jetzt zauberte er fröhlich wie ein Magier genau das aus seinem Strohhut, mitsamt Kosenamen und allem.

»Adrian!«, herrschte ich ihn an. »Ich heiße nach wie vor Adrian!«
Trops verzog das Gesicht und lachte leicht verunsichert. Vincents
Miene wagte ich mir nicht vorzustellen.

»Die Sonne hat dir nicht gutgetan, *Adrian*. Vielleicht sollten wir uns
besser in den Schatten setzen?«

»Nur zu!«, murmelte ich und blieb sitzen, wo ich saß.

Eine unangenehme Stille entstand, die Vincent mit einer Bemerkung
über Den Haag meinte auffüllen zu müssen, eine kleine, aber sehr char-
mante Stadt in Holland.

Imogen und ich waren während des weiteren Gesprächs schweigende,
vor sich hin brütende Zuschauer. Die Schreibmappe lag zugeklappt
auf Imogens Schoß; Bonnys Abenteuer waren zu einem abrupten und
unbefriedigenden Ende gelangt.

Um Viertel nach zwölf hielt Vincent es für höchste Zeit, wieder wei-
terzuarbeiten. Er und Imogen gingen zum Atelier, und ich war gerade
dabei, ihnen zu folgen. Nicht ganz unerwartet hielt eine rosa Ballonhand
mich zurück.

»Irgendwas ist nicht in Ordnung mit dir!«

Ich drehte mich um und schaute Trops an, lange und mitleidig. »Das
du das erraten hast!«

»Was ist es?«

»Wenn du nicht von selbst darauf kommst, werde ich es dir nicht
erzählen«, sagte ich kühl.

Trops stand mühsam die Stirn runzelnd da, aber dann erhellte ein
breites, fast entzücktes Grinsen sein Gesicht: »Du fragst dich, wie du
den Sommer ohne deine Freunde verbringen sollst!«

Bravo, Trops! *Fast* richtig! Die genaue Antwort war: ohne das Geld
meiner Freunde.

»Ihr fahrt alle weg, und keiner denkt an mich!« Es gelang mir, es
genauso klingen zu lassen, wie ich es meinte. Nicht traurig, nicht beleidigt, sondern wütend.

»Ich werde bestimmt an dich denken, Ady ... Adrian. *Oft*. Und ich
verspreche, dir zu schreiben.« Trops begann, mir Honig um den Bart zu
schmieren. »Soll ich dir ein paar belgische Spitzen mitbringen? Für dein
Bettzeug? Ich werde das Schönste für dich aussuchen. Die flämischen
Spitzenklöpplerinnen ...«

»Ich will keine *Spitze*! Ich will ...« Ich schwieg abrupt, erschrocken von dem, was ich hatte sagen, hatte tun wollen. Ich hatte ihn zwingen wollen, mir Geld zu geben.

»Adrian ...«

Ich nickte, die Unterlippe unwirsch vorgestreckt.

»Du bist der netteste Junge, dem ich in London begegnet bin«, sagte er. »Bleib das bitte!« Seine Hand glitt meinen Rücken entlang und streichelte flüchtig über meinen Hintern. Er gab mir ein kleines Küsschen.

Ich tat einen Schritt rückwärts und drehte mich um, mit der unerklärlichen Gewissheit, dass wir beobachtet wurden.

Das war auch so. Im Atelier sah ich Vincent neben seiner Staffelei stehen, reglos wie eine der Puppen aus Procopius' Schaufenster. Die Bestürzung auf seinem Gesicht wegen dem, was er ja durchaus hätte vermuten können, war eine Überraschung, die unumwundene Abscheu ein Schock für mich. Ich spürte seinen Blick bis in den Magen. Es war ein stechender Schmerz. Ich hatte genau gewusst, dass Vincents Verbindung mit dem purpurnen Hofstaat lediglich ein Flirt war, aber nicht, dass es ein derart naiver Flirt war. Einer, der es nicht ertrug, die Wahrheit zu sehen: einen Mann, der einen Jungen küsste.

Trops schaute jetzt auch in Richtung Haus, rückte seinen Hut zurecht und zauberte ein Grinsen auf sein Gesicht, das gleichzeitig treudoof und herausfordernd war.

Wütend stiefelte ich von ihm fort, an Vincent vorbei zum Modellpodest. Es war verdorben, endgültig verdorben. Falls Vincent mich nach den Ferien überhaupt noch würde haben wollen, würden wir nie mehr so frei und entspannt miteinander reden können wie in den vergangenen Wochen. Dann würde er Imogen von mir fernhalten, und Bonny Reilly würde nie mehr aus dem Gefängnis befreit werden. Es gäbe keine Hochzeitsglocken, keine Orangenblüten, keinen Retter auf weißem Ross. Alle Träume würden nichts als leere Seiten bleiben. Und wie gern hatten wir hier zwischen diesen hellen, weißen Wänden geträumt!

Ich nahm die Leier, viel zu roh offenbar, und eine Saite riss.

»Die werden wir ersetzen müssen«, war Vincents sachlicher Kommentar. Es war so ungefähr das Einzige, was er an diesem Morgen noch zu mir sagte.

Ich war nicht unbedingt in der Stimmung, meinen Geburtstag zu feiern, als ich am Nachmittag von meinem letztverdienten Lohn den Bus nach Paddington nahm. Aber Ma hatte mich eingeladen, und Mas Einladungen hatten die Gültigkeit königlicher Befehle: Sie in den Wind zu schlagen war nicht möglich. Außerdem konnte ich nach dem wenig festlichen Abschied von Camelot House wohl eine Feier gebrauchen. Vincent hatte mir kurz und diesmal wirklich übelgelaunt die Hand gedrückt, und Imogen, die vorgab, unpässlich zu sein, hatte sich nach einem wütenden Blick auf Trops hinter ein Buch verkrochen. Trops selbst blieb noch ein wenig hängen, wahrscheinlich um Vincent zu erzählen, was für ein netter Junge ich war. Noch netter als die Fischer von Korfu.

Ich versuchte lieber nicht, mir den möglichen Verlauf des Gesprächs vorzustellen, stieg an der richtigen Haltestelle aus, zog meine Krawatte zurecht und läutete an der Tür mit der Aufschrift »Mrs E. Mayfield«. An den trommelnden Schritten auf der Treppe hörte ich, dass es Mary Ann war, die mir öffnen würde. Kurz darauf stand sie vor mir, außer Atem, in einem schönen Kleid in pudrigem Rosa, von dem ich fast sicher annahm, dass sie es eigens für diese Gelegenheit angeschafft hatte. Mary Ann fand, dass man die Dinge großzügig angehen müsse, auch das Feiern von Geburtstagen.

Sie zog mich hinein und gab mir zwei schallende Küsse auf jede Wange. »Herzlichen Glückwunsch, kleiner Bruder! Du wirst groß!«

Ich schaute auf ihre braungoldenen Locken herab und musste lächeln. Ich war seit Jahren größer als sie.

»Komm mit«, sagte Mary Ann. Sie nahm meine Hand und zog mich die Treppe hinauf. »Ma wartet schon.«

Wir polterten hintereinander nach oben, genau wie früher, wenn wir aus der Schule nach Hause kamen, froh über den freien Nachmittag, der vor uns lag, und bang, von unseren Noten zu erzählen. Mary Ann öffnete die Tür zum Wohnzimmer, und ich blieb auf der Schwelle stehen.

Es war eigenartig, fast störend, unsere alten Möbel, die Stücke, die Mama mitgenommen hatte und die nicht bei der Versteigerung des The King's Arms unter den Hammer gekommen waren, in einem fremden Zimmer wiederzusehen. Es war wie zu Hause und gleichzeitig auch wieder nicht. Die Tischuhr tickte noch immer gleichermaßen stürmisch, stand aber nicht am rechten Platz. Auch Sofa und Lehnsessel waren viel zu nah zusammengeschoben. Das Bild von der Seeschlacht am Kap Trafalgar, das Pa für ein Butterbrot bei einem Pfandleiher gekauft hatte, hing vor einer unbekannten Tapete, und die Lampen hatten andere Lampenschirme bekommen.

Zwischen all den bekannt-unbekannten Erinnerungen stand Ma, rank und schlank wie die Kronprinzessin, genau wie Mary Ann in einem neuen Kleid, das sie bestimmt selbst auf ihrer Singer-Nähmaschine angefertigt hatte. Wenn man nicht wusste, dass Ma auf den Brettern des Court Theater angefangen, jahrelang als Garderobiere gearbeitet und zwei Jahre hinter dem Zapfhahn gestanden hatte, hätte man geschworen, sie sei eine Dame. Sie hatte die entsprechende Haltung, den Blick und das Kinn. Sie unterhielt sich ebenso leicht mit einem Anwalt oder Pfarrer wie mit dem Milchmann. Schon seit Mary Ann und ich Kinder waren, hatte sie versucht, uns dieselbe Haltung beizubringen, indem sie uns auf den Mund haute, wenn wir als echte Cockneys vergaßen, das H auszusprechen, und indem sie uns feine Wörter aus dem Wörterbuch beibrachte, die für unsere Freunde ebenso unverständlich waren wie Französisch. Außer dass wir immer noch Wörter wie »affrontierend« und »kultiviert« kannten, hatte es nicht viel geholfen. Wir schlugen nach unserem Pa, Mary Ann und ich. Dem Clown auf der Bühne, dem tragikomischen Trunkenbold am Zapfhahn. Nur meine erst kürzlich entdeckte Fähigkeit, mich jeder Gesellschaft anzupassen, hatte ich von Ma geerbt.

Ich ließ mich jetzt, bei vollem Tageslicht, von ihr mit kritischem Blick inspizieren. Ich sah gut aus, auch wenn es mir vielleicht nicht gut ging. Mein Anzug hatte die Qualität, für die bezahlt worden war, und mein Haar war so kurz, dass es nicht durcheinandergeraten sein konnte. Ich versuchte, sie ruhig anzusehen.

»Hallo Ma«, sagte ich.

Es dauerte etwas, ehe sie lächelte, aber das Lächeln kam, und das war das Wichtigste. Ich hatte die Prüfung bestanden.

»Hallo Ady. Einen schönen Geburtstag.«

Sie kam auf mich zu und gab mir einen kleinen, kühlen Kuss. Sie roch sauber und frisch, nach Seife und einem kleinen Tropfen Rosenwasser, nach Ma. »Du bist jetzt siebzehn Jahre«, sagte sie. »Für mich ist das erwachsen.«

Ich nickte. Wir standen uns gegenüber, als wäre dies ein feierlicher

Moment. Ich wünschte, er wäre schon vorbei. Mas Predigten machten Anlässe wie diesen immer bedeutsamer, als sie meinetwegen hätten sein müssen. Ich wurde siebzehn, und die Zahl allein war schon unheilverheißend genug. In den Straßen rund um das The King's Arms schleppten Siebzehnjährige sich mit Säuglingen ab und hockten, egal ob verheiratet oder nicht, in zu kleinen Zimmern mit einer zu hohen Miete aufeinander. Mit siebzehn begann das Elend.

Ma reckte ihr Kinn in die Luft und bohrte ihre grauen Augen in meine. »Ich weiß, dass du mich von jetzt an stolz auf dich machen wirst, Ady!« Ich nickte einfach noch mal, weil ich nicht anders konnte. Eine Lüge, dass sich die Balken bogen. In dem Monat, der vor mir lag, würde ich nichts, aber auch gar nichts tun, worauf Ma stolz sein konnte.

Es schien, als hätte Ma noch mehr auf dem Herzen, aber Mary Ann kam, ungeduldig auf den Zehen wippend, zwischen uns. »Wir fahren in den Park, Ady, ein Picknick!«

»Ein Picknick?«, fragte ich überrascht, froh, das Thema wechseln zu können.

»Es war Mary Anns Vorschlag«, sagte Ma. »Wir fahren zum Hyde Park. Gefällt dir das?«

Wieso sollte es mir nicht gefallen? Alles war besser als dieses Zimmer, in dem jedes Möbelstück mich anstarrte, als sei ich nach jahrelanger Abwesenheit aus den Kolonien zurückgekehrt.

»Klingt wie eine prima Idee!«

Mary Ann strahlte und schleppte sofort den Proviant herbei: zwei Körbe voller Brötchen und Sandwiches, eine Flasche Zitronenlimonade und eine schwere Gladstone-Tasche mit unklarem Inhalt.

»Wir müssen jetzt los«, erinnerte sie Ma. »Der Bus kommt gleich!«

Ma runzelte die Stirn ob dieser Eile, schien Mary Ann aber nicht zurückhalten zu können. Die schleppte mit rotem Kopf Körbe und Taschen und stand schon keuchend unten an der Treppe, als Ma ihren Hut noch aufsetzen musste. Ich trug die Körbe zur Haltestelle, während Ma und Mary Ann folgten, die Letzte nach wie vor außer Atem und die Hand auf eine billige Kette aus blauen Glasperlen gelegt; etwas, das ich die Mädchen in unserer alten Gegend oft hatte tragen sehen. Es hatte etwas zu bedeuten, aber ich hatte vergessen was.

Im Omnibus war es voll, stickig und verschwitzt, aber Ma wollte nicht auf dem Dach sitzen, weil das ihrer Meinung nach nicht sehr damenhaft war. Also hielten wir bis zum Eingang vom Hyde Park den Atem an, wo wir wie die meisten anderen Passagiere eilends ausstiegen. Halb London schien auf den Gedanken gekommen zu sein, in den Park zu gehen: Kindermädchen mit einem Säugling auf dem Arm, Schuljungen mit selbstgebauten Angeln, Anwälte und Börsenhändler mit in den Nacken geschobenen Hüten. Es war ein angenehmes, unbesorgtes Treiben, eine spontane festliche Zusammenkunft von Menschen, die den Sommer im Kopf hatten. Eine einzige große Geburtstagsfeier. Ich wünschte, ich selbst hätte mich auch etwas festlicher fühlen können.

Wir gingen über eine mit Picknickdecken und Gänseblümchen bedeckte Wiese, vorbei an einer Gruppe Rosskastanien, dick, robust und knorrig von der Wurzel bis zur Krone, bis zu einem großen Teich, auf dem Ruderboote von jungen Männern träge hin und her gepaddelt wurden, die mit Strohhüten, gestreiften Blazern sowie einer Verlobten versehen waren.

»Das hier ist ein gutes Fleckchen«, urteilte Ma.

Mary Ann und ich breiteten die Decke aus und begannen die Körbe auszupacken. Die Gladstone-Tasche blieb vorläufig zu. Ich begann mich zu fragen, ob sie etwa mein Geburtstagsgeschenk enthielt. Falls es etwas von Wert war, konnte ich es schön verpfänden und mir noch ein paar Wochen Galgenfrist gönnen. Aber weil weder Ma noch Mary Ann Anstalten machten, die Tasche zu öffnen, beschloss ich, mich besser nicht über etwas zu freuen, das ich noch nicht in der Hand hielt. Freuen konnte ich mich jedenfalls über das erste anständige Mahl seit Tagen. Ma war zu ihrer Schande nie eine gute Köchin gewesen, und unsere Mahlzeiten hatten früher meistens aus fertig vorgekochten Pasteten und Eintöpfen bestanden. Auch jetzt wieder kam das meiste vom Bäcker, Gemüsehändler und Gemischtwarenladen, aber schlimm war das nicht.

Es gab Muffins, verpackt in saubere Geschirrtücher, kleine Sandwiches, mit Schinken und Zunge belegt, Zwiebäcke (eine Keksdose voll), Quarkteilchen, in Gläser eingemachte Erdbeeren und Minzsoße in Flaschen. Genug für eine festliche Schlemmerei. Ich trank lauwarme Zitronenlimonade, stopfte mir den Mund voll und genoss die Sonne, die mir in den Nacken stach, während ich Mary Ann zuhörte, die wie immer voller Neuigkeiten steckte. Ich hörte mir alle Details ihres großartigen neuen

Lebens an und versuchte, nicht neidisch zu sein. Mary Anns Magie war nicht mehr der Hokuspokus, wie es mir vor ein paar Monaten noch vorgekommen war. Ich wusste inzwischen auch, was schöne Kleidung und ein einladendes Lächeln einem einbringen konnten. Geld, Blumen von Bewunderern, Dinner mit Berühmtheiten, das alles lag in Reichweite, wenn man den Mumm hatte, das Spiel zu spielen. Mary Ann redete, bis sie heiser war und ihren trockenen Hals mit Limonade befeuchten musste. Ma sagte, sie solle ihre Stimme schonen, und ergriff selbst das Wort. Es war der Augenblick, vor dem ich mich gefürchtet hatte, die Fortsetzung eines keineswegs schon beendeten Gesprächs.

»Also, Ady, wir müssen uns mal über deine Zukunft unterhalten.«

Ich nickte und verschluckte mich gleichzeitig an einem Mundvoll Quarkgebäck. Meine Zukunft. Natürlich, darüber sollte man sich ab und zu unterhalten. Genau wie über seinen Todestag, oder das Ende der Welt!

»Bestimmt hast du noch keine neue Anstellung finden können?«, konstatierte Ma mit einer Gewissheit, die eine Antwort überflüssig machte. Ich antwortete also nicht.

»Das habe ich mir gedacht. Und deshalb habe ich mir noch einmal – hörst du, Ady? – noch einmal die allergrößte Mühe für dich gegeben. Mary Ann, öffne die Tasche.«

Neugierig und gleichzeitig gespannt sah ich Mary Ann in die geheimnisvolle Gladstone-Tasche fassen. Sie holte einen Umschlag daraus hervor, den sie Ma überreichte.

»Betrachte es als dein Geburtstagsgeschenk«, sagte diese, wobei sie mir den Umschlag in die Hand drückte. Mit einem Herzen, das sich vor Erregung überschlug, nahm ich ihn an. Geld! Sie hatte mir Geld gegeben!

»Darf ... darf ich ihn aufmachen?«, fragte ich vorsichtig. Ich brachte es schlichtweg nicht fertig, damit höflich bis zur Busreise nach Soho zu warten.

»Meinetwegen darfst du ihn öffnen«, sagte Ma.

Mit einer viel zu großen Gier riss ich den Briefumschlag auf. Ich schaute hinein, und da ... war noch ein Umschlag. Noch bevor ich die darauf stehende Adresse gelesen hatte, bemächtigte sich meiner eine bittere Enttäuschung. Kein Geld. Was hatte ich mir auch eingebildet? Ma war nicht die Person für mildtätige Gaben. Hart arbeiten und bei niemandem die Hand aufhalten, das war ihr Motto. Ein Motto, das, was sie betraf, auch für den Rest der Welt galt. Ma hatte noch nie einen Penny an die Armen oder die Heilsarmee gegeben.

Nicht imstande, mein Gesicht unter Kontrolle zu halten, las ich angewidert die Adresse auf dem Umschlag: Jay's Warenhaus für Trauerartikel, Regent Street 247–9.

»Sie suchen einen Bürogehilfen«, verdeutlichte Ma. »Und hier sind deine Empfehlungsschreiben.«

»Ich werde *nicht* bei einem Haufen Bestattungsunternehmer anfangen!«

Es war heraus, ehe ich darüber nachgedacht hatte. Ich kannte Jay's: ein ganz in schwarzem Crêpe und violettem Samt gehaltenes Warenhaus, das alles verkaufte, was man sich als Todkranker oder trauernder Familienangehöriger nur wünschen konnte: kupferne Gedenktafeln, Särge, Obelisken, Urnen, Kleider für Voll- und Halbtrauer sowie dicke schwarze Vorhänge, mit denen man jeglichen Lichtstrahl aus seinem in Trauer versetzten Haus fernhalten konnte. Ich war ein einziges Mal dort gewesen und hatte die starke Neigung verspürt, so laut ich konnte *Und wir alle zusammen drauflos* anzustimmen, um die kultivierte, mitfühlende Stille zu durchbrechen, die dort zwischen den Wänden hing. Wenn ich eines sicher wusste, dann dass ich mich nicht lebendig in der Büroabteilung von Jay's würde begraben lassen.

»Adrian Mayfield! Du wirst mir nicht widersprechen!« Mas Worte schossen auf mich zu, als wären sie aus einer Kanone abgefeuert worden. »Himmel und Erde habe ich in Bewegung gesetzt, um dir noch eine letzte Chance zu besorgen! Glaub ja nicht, dass auch nur ein Arbeitgeber mit einem Funken Verstand auf einen entlassenen Ladendiener wartet! Leute wie dich gibt es im Dutzend! Jeder andere Junge wäre überglücklich mit einer Anstellung wie dieser. Eine gute Position, bei einer zuverlässigen Firma! Aber nein, dieser junge Herr ist sich zu gut dafür! Was hättest du denn gewollt, Adrian? Was für eine Arbeit hätte ich dir sonst besorgen sollen? Bankdirektor? Eisenbahnmagnat? Erzähl mir das mal, Bürschchen!«

Ich murmelte etwas Aufrührerisches, wobei ich dafür sorgte, dass Ma es nicht verstehen konnte.

»Was? Verflixt, sprich nicht mit vollem Mund! Der Himmel stehe mir bei, habe ich dich denn umsonst erzogen? Nein, lass nur, ich will es gar nicht erst hören! Einen undankbaren Sohn, das habe ich! Wenn du wüsstest, was ich alles habe unternehmen müssen, nur um dir gute Empfehlungsschreiben zu besorgen! Ich habe sogar deinen alten Lehrer Wren so weit bekommen, dass er dir eins ausstellt.«

Jetzt begriff ich, dass Ma sich wirklich große Mühe gegeben hatte. Lehrer Wren hatte mich nie sonderlich leiden mögen. Mein Verhalten in seiner Klasse war auch nie Anlass gewesen, mich irgendjemandem zu empfehlen, außer vielleicht dem Direktor des Zuchthauses. Und jetzt empfahl er mich für »eine gute Position« bei einer »zuverlässigen Firma«. Bürogehilfe. Ich sah mich schon von zehn bis um fünf auf einem hohen Stuhl sitzen und endlose Zahlenreihen in dicke Bücher kritzeln. Ich wusste mit abscheulicher Sicherheit, dass ich meine Tage nicht als Büroschreiber verbringen konnte, selbst wenn dies meine letzte Chance war. Während ich eine Ente beobachtete, die an uns vorbei in das schlammige Wasser watschelte, fasste ich einen Entschluss. Den einzigen Entschluss, zu dem ich fähig war.

Ich steckte den Briefumschlag mit geheuchelter Ergebung in die Tasche. »Gut, ich werde mal vorbeigehen.«

»Vierter August. Du hast ein Gespräch am vierten August. Halb elf Uhr genau. Und wenn sie dich nehmen, kannst du Ende August anfangen. Du verdienst fünfzig Pfund im Jahr, was gar nicht schlecht ist.«

Ich grinste schief. Fünfzig Pfund! Wahrscheinlich weniger als das, was Trops und seine Freunde durchschnittlich in der Woche durchbrachten. Ich hatte nicht vor, von fünfzig Pfund im Jahr zu leben.

Aber ich ließ Ma ihren scheinbaren Sieg genießen und hörte höflich ihre Erzählungen von irgendwelchen Bürogehilfen an, die es durch jahrelange Sklavenarbeit und Übelkeit erregendes Schleimen bis zum Sekretär gebracht hatten. Es war Mary Ann, die als Erste die Nase voll davon hatte. Sie rutschte unruhig auf der Picknickdecke hin und her, zupfte etwas an den Spitzen und Bändern ihres Kleides zurecht und fragte mich ein paarmal nach der Uhrzeit. Zuletzt nutzte sie eine kurze Pause in Mas Bericht, um höflich-gelangweilt zu gähnen und zu fragen, ob sie und ich nicht kurz eine Runde durch den Park machen dürften.

Es war bezeichnend für uns, dass wir beide Ma um Zustimmung anschauten.

»Ich sehe nicht ein, wieso nicht«, sagte sie.

Mary Ann lachte und begann wieder in der Gladstone-Tasche zu kramen. Als ich sah, was sie daraus hervorholte, begriff ich, weshalb die Tasche so schwer gewesen war: Es waren unsere alten Rollschuhe, ein heiß begehrtes, kostspieliges Weihnachtsgeschenk von vor sechs Wintern, das für viel Freude und blaue Flecken gesorgt hatte. Mary Ann und ich hatten uns wochenlang ausschließlich rollend fortbewegt.

»O nein, Mary Ann«, sagte Ma sofort, »o nein, das tun wir nicht!«

»Ach, Ma ...« Mary Ann setzte ihre flehentlichste Miene auf. »Noch ein einziges Mal, genau wie früher ...«

Ich sah Ma zögern, meine unerwartete Geduld hatte sie in eine milde Stimmung versetzt. »Dafür seid ihr doch wirklich zu alt ... und außerdem, es geziemt sich doch nicht für eine junge Dame wie dich, Mary Ann ...«

»Bitte, Ma! Bitte, bitte!«

Mas Mundwinkel zogen sich in die Höhe, etwas, das sie erst noch zu verbergen suchte, was ihr aber nicht gelang.

»Also gut, fahrt nur. Aber ich erwarte euch in einer Stunde hier zurück, und keine Minute später!«

Das war ein leicht zu gebendes Versprechen. Ich rannte Mary Ann hinterher zum Fußweg, wo wir unsere Rollschuhe unterbanden. Das war die richtige Art, seinen Geburtstag zu feiern! Als ich vor sechs Jahren nach einer großen Zahl hässlicher Stürze das Rollschuhfahren endlich beherrschte, hatte ich das Gefühl gehabt, fliegen zu können. Dieses Gefühl hatte ich jetzt wieder: den sorglosen Übermut, wenn man elf ist und längst noch keine siebzehn. Nach ein paar unsicheren Schritten, wobei wir uns fest aneinanderklammerten, sausten wir los, als hätten wir Flügel. Irgendwo in meinem Körper, nicht im Gehirn, sondern in meinen Armen, meinen Beinen, meinen Lungen, hatte ich die Erinnerung an diese Freiheit bewahrt. Die Geschwindigkeit. Die Bewegung. Den Wind in den Haaren. Es musste so ähnlich wie Radfahren sein. Mitfahren auf dem Dach eines Zuges. Reiten. Fliegen in einem Luftballon. Wir fuhren Wettkämpfe und Figuren, und Mary Ann ließ sich mit einem lauten »Adiiiiieee!« einen Hügel hinunterrollen, wobei ich sie unten auffangen musste.

Lass es bitte noch etwas so bleiben, dachte ich. Lass uns bitte noch eine Weile diejenigen bleiben, die wir sind.

Aber nach einer Viertelstunde kamen wir doch wieder auf die belebteren Wege, wo wir uns benehmen mussten, und Mary Ann, die über Seitenstiche klagte, führte mich zu der Terrasse des Restaurants im Hyde Park, wo wir kurz ausruhen konnten. Ich kaufte ihr ein Glas Limonade und betrachtete ihre roten Wangen und die blauen Glasperlen. Da war etwas, das Mary Ann mir nicht erzählt hatte. Es gab einen *Grund*, weshalb wir jetzt hier saßen, im Schatten, damit ihr Gesicht abkühlen konnte, während meine Uhr zwischen uns lag.

»Man könnte fast meinen, du hättest eine Verabredung«, scherzte ich, um sie zum Reden zu bringen.

Mary Ann lachte nervös und warf einen Blick über meine Schulter.

»Nein! Du hast tatsächlich eine Verabredung, stimmt's?«

Sie beugte sich mit einem warnenden Zischen zu mir. »Klappe halten, Ady! Da kommt er!«

Ich drehte mich um und sah einen jungen Mann in einem gestreiften Blazer, der suchend um sich blickte. Er trug ein kleines Päckchen in der Hand und sah aus, als wäre er mindestens hunderttausend Pfund wert. Mary Ann hatte einen dicken Fisch an der Angel. Um ihn auf sich aufmerksam zu machen, begann sie geziert an ihrem Hut herumzurücken.

»Großes Geld? Amerikanischer Millionär? Liebe auf den ersten Blick?«, flüsterte ich, um sie auf die Palme zu bringen. »Heimliche Begegnungen im Hyde Park? Reicher Erbe trifft Varietégirl?«

»Ady, jetzt sei still! Er ist einfach nett. Er kauft mir kleine Geschenke, mehr ist es nicht.«

Sie hob die Hand und wollte ihm schon zuwinken, überlegte es sich dann aber und zischte mir ins Ohr: »Und wenn du es Ma erzählst, dann bringe ich dich um!«

Ich brauchte keine Drohungen. Mary Ann und ich würden uns nie gegenseitig verraten, nicht einmal für hundert Pfund bar auf die Hand. Dennoch beobachtete ich meine Schwester an diesem Nachmittag genau. Nicht weil ich ihr nicht vertraute. Es war ein Flirt, nichts mehr, das konnte man sehen. Es endete mit einem Handkuss, und ich war sicher, Mary Ann würde dafür sorgen, dass es auch in Zukunft dabei blieb. Was ich studierte, war Verführungskunst auf hohem Niveau.

»*Every little gesture had a meaning of its own.*« Ein Liedchen von Marie Lloyd. Jede kleine Geste hatte ihre eigene Bedeutung. Das war etwas, das Mary Ann verdammt gut verstanden hatte. Sie wickelte den armen Jungen vollkommen um den Finger, dreimal und mit einem Schleifchen darin. Er war nichts Besonderes. Reich, das wohl, nicht allzu gescheit, wenn man mich fragte, mit einer Schwäche fürs Theater. So wie ich weiß nicht wie viele Söhne reicher Eltern mit zu viel Freizeit und ohne nützliche Beschäftigung. Er genoss die eigens für ihn aufgeführte Vorstellung. Mary Ann spielte mit ihrem Handschuh, zog ihn halb aus und dann wieder an, sodass die Seide flüsterte, ihre Finger einander streichelten. Es wirkte unschuldig, aber so war es nicht gemeint. Es war eine süße, gefährliche Kunst, wie die von Giftmischerinnen und Vogelfängern. Der Junge starrte Mary Ann mit verliebten Welpenaugen an, während sie fingerfertig die Bänder und Raschelpapiere von seinem kleinen Päckchen riss, die Schachtel öffnete und vor Entzücken um sein winzig kleines, unbezahlbares Geschenk die Augen zukniff: eine Brosche in Form einer Taube aus weißem Email, die ein Sträußchen Vergissmeinnicht im Schnabel hielt, gefertigt aus Golddraht und winzigen Saphiren.

»Wunderbar! Ach, ist das nicht goldig? Ist das nicht lieb?«

Der Rest des romantischen Rendezvous wurde mit demselben Geplauder, Gegurre und Geschnurre gefüllt. Unerträglich für den unbehaglich dasitzenden Zuhörer, aber hervorragend geeignet, um einen Bauch voller Schmetterlinge in Aufruhr zu bringen. Es war erstaunlich, was für einen Haufen Unsinn man sich anhören konnte, wenn einen die Liebe plagte. Vielleicht sollte ich mir das merken. Allerdings ging ich nicht davon aus, selbst sehr gut in honigsüßer Schmeichelei zu sein.

Als es für uns Zeit wurde, zu Ma zurückzukehren, machte Mary Ann dem Tête-à-Tête ein abruptes und sachliches Ende. Sie nahm abwesend den Handkuss entgegen, und sobald ihr Bewunderer außer Sichtweite war, banden wir unsere Rollschuhe wieder unter. Während Mary Ann sich an meine Schulter lehnte, prustete sie auf einmal los: »O Gott, Ady, und das alles für eine Brosche!«

Ich sah ihr rotes Gesicht und ihre nachgefärbten Lippen, und ehe ich wusste wie, lachte auch ich bereits. Wir lachten den ganzen Weg zurück, beide ziemlich überdreht.

Den restlichen Nachmittag verbrachten wir mit dem weiteren Leeren der Picknickkörbe, mit Reden und den albernen Spielchen, die zu einem Geburtstag gehörten, wie Scharaden. Ma stellte Maria Stuart dar, und es kostete uns eine Viertelstunde, das zu erraten.

Die Zeit verstrich so rasch und sorglos, dass es eine unangenehme Überraschung war, als Ma sagte, wir müssten aufbrechen, weil sonst die kleinen Tore des Parks, die uns am nächsten lagen, geschlossen sein würden. Wir packten unsere Sachen, die Picknickdecke, die leeren Körbe, die schwere Tasche mit den Rollschuhen, die zu tragen ich mich anbot, und spazierten durch den flammend roten Juliabend zum Ausgang. Der Park war noch nicht menschenleer, obgleich das schicke Publikum längst nach Hause gegangen war, wo das Dinner oder ein letztes Fest wartete. Die Wiesen und Bänke gehörten jetzt den Besuchern, die keinen anderen Ort hatten, zu dem sie gehen konnten, und wie jede Nacht auch heute im Park schlafen würden. Ein Mädchen, das um Jahre jünger war als Mary Ann, spielte unter einem Baum mit einem Kleinkind. Sie rollte Holzklötze über den Boden, die das Kleine wie ein Hündchen zurückbrachte. Ein alter Mann, der mit seinem weißen Bart und der weiten Kleidung wie ein alttestamentarischer Prophet aussah, schüttelte die Faust gegen einen Haufen junger Stadtstreicher, die ihn mit Beeren bewarfen. Ich grinste und ging weiter mit der Selbstzufriedenheit desjenigen, der wenigstens noch ein Dach über dem Kopf hatte. Ich war vielleicht tief gesunken, aber ich hatte noch nicht den Boden des Abgrunds erreicht. Was wartete dort, am Grund der Grube? Ich betrachtete einen Stadtstreicher, der mitten auf einer der verlassenen Wiesen lag und schlief, während das Rot der untergehenden Sonne sein strohgelbes Haar streifte. Er war muskulös, aber spindeldürr. Wahrscheinlich ein Hafenarbeiter, der schon einige Wochen lang keine Arbeit und also auch nichts zu essen gehabt hatte. Verhungern konnte man auch als baumstarker Kerl ganz schnell.

Ich ließ meinen Blick kurz bei dem braunen, schlafenden Gesicht des Mannes verweilen, seinem Brustkorb, der sich ruhig und regelmäßig hob und senkte. Was erwartete einen am Grund der Grube? Nichts. Gleichgültigkeit. Sorglosigkeit. Wenn man so tief gesunken war wie er, konnte einem nichts Schlimmeres mehr zustoßen. Gut, man konnte sterben. Aber das da war schon wie tot sein, und wenn ich ihn so sah, war das noch nicht einmal das Schlechteste.

Wieso machte ich mir denn so in die Hosen, sobald ich daran dachte?

Auf dem Nachhauseweg überfiel mich die Düsterkeit, die immer wie eine Art nichtalkoholischer Kater auf einen vollkommenen Tag scheint folgen zu müssen. Die Straßen von Soho kamen mir leer vor, bevölkert lediglich von aus dem Bedlam entlaufenen Irren, die in einem unverständlichen Jargon vor sich hin brabbelten, der in Wirklichkeit wohl Französisch oder Jiddisch gewesen sein wird.

Bei meiner Ankunft saß der taube Sam in seinem Verschlag links von der Tür, wo er wie ein menschlicher Wachhund seine alte Mutter und die hereinkommenden Hausbewohner im Auge behielt. Er erhob sich mit einem »Momentchen, junger Herr, wartense mal!«, und ich befürchtete schon, dass er ein Gespräch anfangen wollte. Doch er hatte ein schweres, in braunes Papier gewickeltes Päckchen für mich, das er mir herzlich in die Hände drückte.

»Heut Mittag abgegeben, junger Herr. Gesetzter Herr im teuren Anzug. Sollte es Euch persönlich aushändigen, hatter gesagt. Netter Herr.«

Ich nickte vage. Wer dieser Herr gewesen war, ließ sich nicht bezweifeln. »Hat er sonst noch was gesagt?«, fragte ich vorsichtig. Trops' Indiskretion hatte heute schon aus einem guten Bekannten einen Fremden gemacht, und ich hoffte von Herzen, dass er es hierbei belassen hatte.

»Nein ... also ... Ach ja! Er bat mich, Sie herzlich zu grüßen und ...« Er dachte einen Moment lang nach, um sich an den exakten Wortlaut zu erinnern. Meine Eingeweide wanden sich zu einem Knoten.

»... Sie zu bitten, noch einmal an ihn zu denken, wenn sie durch Ihr Dachfenster zu den Sternen schauen.«

Ich musste loslachen, laut und freudlos lachen, was selbst in Sams von schmalzverstopften Ohren merkwürdig geklungen haben muss.

»Falls Sie ihn noch mal sehen«, sagte ich, »dann sagen Sie ihm, dass ich ihn nie vergessen werde.«

Auf das Paket war ein Briefumschlag geklebt (grün natürlich), auf dem mit einer flamboyanten Schnörkelschrift mein Name geschrieben stand. Ich öffnete ihn auf den Treppen nach oben, weniger begierig, als ich am

Nachmittag Mas Umschlag geöffnet hatte. Ich hoffte jetzt nicht mehr auf Töpfe voll Gold am anderen Ende des Regenbogens. Der Umschlag enthielt auch nicht mehr als zwei Blatt Schreibpapier (ebenfalls grün), die in Trops' großspurigem Stil mit Lettern von solchen Abmessungen gefüllt waren, dass selbst Sams halb blinde Mutter sie hätte lesen können.

Lieber Junge, stand da, weil du heute früh so rasch fort warst, hatten wir (das heißt: Vince, Fräulein Imogen und ich) den Eindruck, uns noch nicht anständig von dir verabschiedet zu haben. Hier unser Versuch, es wiedergutzumachen: drei Bücher, um den Sommer zu überstehen. The Picture of Dorian Gray *(von mir),* Tales of Mystery and Imagination *von Edgar Allan Poe (Vincents Wahl, was beweist, dass er doch einigen Geschmack hat) und ein scheußlicher Gedichtband, von dem Imogen behauptete, du würdest ihn lieben. Nun, mein lieber Junge, ich hoffe, du wirst diesen glorreichen Sommermonat gut nutzen. Arbeite nicht zu viel, genieße, lies! Ich werde dir schreiben. Auf Wiedersehen im September, Gussy.*

Ich war inzwischen bei meiner Zimmertür angelangt und las den Brief ein zweites Mal, denn ich mochte kaum glauben, was da stand. Bücher! Sie dachten, ich bräuchte Bücher!

Auf der Schwelle sank ich nieder, krumm vor Lachen. Jedenfalls sah es so aus. Nach einer Weile merkte ich zu meiner eigenen Verwunderung, dass ich weinte, mit lauten, pfeifenden, trockenen Schluchzern, als müsste ich die Tränen metertief aus mir hochpumpen. Es war ein dermaßen eigenartiges Geräusch, dass ich mir selbst mit distanziertem Mitleid lauschte.

Hör sich einer diesen weinenden Burschen an. Ich frage mich, was wohl mit ihm los ist.

Die Tür auf der gegenüberliegenden Seite des Flurs knarrte, und das Gesicht von Frau Gustavson lugte um die Ecke, erstaunt, mit einem Becher dampfender Milch an den Lippen. Sie musterte mich mit großen, runden, blauen Augen, die sie ziemlich dumm aussehen ließen, ein wenig wie eine Kuh, aber doch auch mütterlich. Sobald sie sah, dass ich weinte, kam sie auf mich zu und hockte sich neben mich. Sie fragte nichts – wahrscheinlich war ihr Englisch zu schlecht –, sondern bot mir ihre Tasse Milch an. Es war Ende Juli und glühend heiß, und nur chronisch Schlaflose tranken jetzt warme Milch, aber der derbe, heiße Becher in meinen Händen hatte etwas Tröstliches. Ich setzte ihn an die Lippen und nahm einen Schluck: schlechte Trockenmilch mit einem Hauch von Honig, genau etwas zu wenig.

»Das Leben ist hart zu Leuten wie uns«, sagte Frau Gustavson, die sich etwas ausgedacht hatte, das sie sagen konnte.

Ich schwieg. Diesen Satz hatte ich schon so oft gehört. Im The King's Arms wurde er als gut gemeinte Redensart bei Entlassungen, Festnahmen oder dem Gang ins Armenhaus verwendet. Arm um die Schulter. Klopfen auf den Rücken. »Das Leben ist hart zu Leuten wie uns, Kamerad!« Speiübel wurde mir davon.

»Mag schon sein«, sagte ich zu Frau Gustavson, »aber ich bin härter.«

Die Gosse

*The gutter and the things
that live in it
had begun to fascinate you.*

OSCAR WILDE

20

*»Wir kaufen nichts an der Tür« – Ein merkwürdiges Bewerbungs-
gespräch – Ein Teekränzchen – Wie verdient man zwei Pfund
in zwanzig Minuten?*

Ich wartete, bis das Geld so gut wie alle war. Als dann eines Morgens nur
noch ein altes Butterbrot auf dem Tisch lag und der Boden des Marme-
ladenglases in Sicht kam, klappte ich mein Bett hoch und schob es gegen
die Wand, sodass es wieder sein zweites Leben als Bücherschrank auf-
nehmen konnte, und ging ins Badehaus.

An der Kasse war wenig los. Einige Kinder standen da und plapper-
ten aufgeregt wie auf einem Ferienausflug, dazu ein paar mit Schwäm-
men, Toilettenwässerchen und parfümierter Seife bewaffnete Mädchen.
Ich bezahlte für ein Bad zweiter Klasse (da ging mein allerletzter Penny)
und wartete auf einer Holzbank, bis ich an die Reihe kam, wobei ich auf
meine Füße starrte und auf nichts und niemanden sonst. Ich hatte aufgehört zu denken. Ich wusste, was ich heute tun musste, und ich würde
es tun, mit der mechanischen Präzision eines Aufziehspielzeugs. Wie ein
die Trommel schlagendes Negerlein. Trr, trr! Über ein schlaffes Zirkus-
seil radelndes Äffchen. Ting, ting! Rassel, rassel! Sonnenschirmchen in
die Luft!

Als ich an der Reihe war, ließ ich mich in der Badekabine in das gerade
etwas zu kalte Wasser sinken und schrubbte mich mit einem quadra-
tischen Seifenblock sauber, der an meinem Brustkorb entlangschabte
wie an einem Waschbrett. Ich betrachtete mich, lächerlich rosa in dem
zu kalten Wasser, und fand mich hässlich. Haut und Knochen und hier
und da ein Muttermal. Zu mager noch für eine Suppenbrühe, und zu
unappetitlich außerdem. Aber ich war in London, und auch schlechte
Ware ließ sich hier noch an den Mann bringen: verdorbener Fisch mit
einem Pinselstrich Rinderblut auf den Kiemen, mit einer Handvoll Kalk
geweißtes Brot, mit viel Wasser verdünnte Trockenmilch.
Die Welt will betrogen werden …

Also zog ich meinen besten Anzug an, kämmte mir die Haare und klaute ein Fläschchen Duftwasser, das ein dummes Gör dummerweise außerhalb ihrer Badekabine hatte stehen lassen. Der Spiegel erzählte mir, dass ich mir Mühe gegeben hatte. Mehr war nicht drin, und das musste reichen.

Die Little College Street lag an diesem ruhigen Augustmorgen ebenso lustlos da wie das übrige London. Bis auf ein paar sich zu Tode langweilende Kinder gab es keine Menschenseele auf der Straße. Rita war zu meiner Erleichterung weit und breit nicht zu sehen. Ich ging zu dem Haus, von dem sich mir jedes Detail mit Fangarmen und Klauen ins Gedächtnis gekrallt hatte. Ich hätte es mit geschlossenen Augen finden können.

Als ich nach oben schaute, sah ich, dass die Vorhänge jetzt einen Spalt weit offen waren. Ich fragte mich, ob das bedeutete, dass jetzt jemand zu Hause war. Oder gerade nicht?

Nun gut, es gab nur eine Möglichkeit dahinterzukommen: tapfer sein und anläuten. Und genau das tat ich.

Es dauerte etwas, ehe von innen eine Reaktion kam. Polternde Schritte auf der Treppe. Ein Schlüssel, der in einem Schloss umgedreht wurde. Eine Tür, die doch noch unerwartet nach innen aufgezogen wurde.

»Ja?«

Den jungen Mann, der vor mir stand, hatte ich noch nie gesehen, weder beim ersten, noch beim zweiten Mal im Empire. Ich hielt dafür, dass es das war, was mich allen guten Vorsätzen zum Trotz jetzt doch aus dem Konzept brachte. Aber um ehrlich zu sein war es sein Gesicht, eigentlich seine ganze Erscheinung. Schon beim ersten Blick wurde mir klar, dass er etwas Katzenhaftes hatte, etwas Ungezähmtes und wenig Vertrauenerweckendes, wie ein Zirkustiger, der jahrelang brav seine Kunststückchen vollführt, aber eines Tages dem Dompteur die Kehle durchbeißt. Er schaute mich kühl und unbewegt an, aber ein unruhiges Gefühl in meinem Hinterkopf warnte mich, dass er jeden Moment vorschnellen und mir einen Hieb verpassen konnte.

Ich suchte nervös nach dem Satz, den ich so sorgfältig einstudiert hatte: »Ich habe gehört, ich könnte hier Arbeit finden.«

Auf seinem Gesicht brach sich ein breites Grinsen Bahn, so plötzlich, dass es mich eher kribbelig machte als beruhigte. »Tut mir leid: Wir kaufen nichts an der Tür.«

Und er machte Anstalten, die Tür wieder zu schließen, allerdings so langsam, dass ich mich fragte, wie ernst es ihm damit war. Schon jetzt durchschaute ich, dass dieser Bursche seine ganz eigene Weise hatte, Leuten auf die Nerven zu gehen. Ich war inzwischen wieder genügend gefasst, um mich davon nicht beeindrucken zu lassen.

»Charles Parker hat mir diese Adresse gegeben.«

»Ach«, reagierte er, als würde das die Sache ändern, »dann solltest du besser hereinkommen, denke ich.«

Er trat einen Schritt beiseite, um mich vorbeizulassen. Lautlos wie ein Lakai drehte er danach hinter mir den Schlüssel wieder um.

Der Eingang war dunkel und kahl, betrügerisch unpersönlich, genau wie die Fassade des Hauses, genau wie die gesamte Straße sich präsentierte. Es roch wie in einem seit Langem unbewohnten Haus: muffig, nicht nach Menschen, sondern nach Dingen: alten Schränken, staubigen Holzdielen, einer Flasche Parfüm, deren Flüssigkeit ausgetrocknet, in der der Geist eines Dufts aber hängen geblieben ist.

Ich schaute auf die hohe, steile Treppe, bedeckt mit einem verschlissenen Läufer, und versuchte mir vorzustellen, was da oben sein würde. Es gelang mir nicht. Nicht weiter schlimm; ich sollte es ja schnell genug erfahren.

»So«, sagte de Junge unerwartet laut in den flüsterstillen Raum, »und wie ist dein Name?«

Ohne zu zögern antwortete ich, dass ich Charlie Rosebery hieß. Krick-krack. Die Aufziehfeder funktionierte perfekt.

»Ach, dann hat Charles von dir erzählt. Du hast ihm so ungefähr das Leben gerettet, wenn ich es recht verstehe?«

Er hatte sich vor mich gestellt, und obwohl seine Stimme neutral klang, sah ich, dass er mich mit einem kritischen Misstrauen betrachtete. Straßenkatzen vertrauen nicht jedem, so viel war klar.

»Habe ihm einen Dienst erwiesen«, sagte ich ebenso kühl. Hätte ich mich jetzt damit in die Brust geworfen, würde er mir überhaupt nicht mehr glauben.

»Leistung und Gegenleistung.« Er nickte. »So was mag ich. Du hast mir deinen Namen genannt, also nenne ich dir jetzt meinen: Robert

Cliburn. Du darfst mich Bob nennen, wenn du willst. Ich bin nicht so wählerisch, was Namen angeht.«

Er drückte mir kurz die Hand und rannte danach mit gelenkigen Sprüngen die Treppe hinauf. Ich schaute ihm einen Moment lang hinterher, ehe ich ihm folgte. Er entsprach so gar nicht meinen Erwartungen in Bezug auf einen Jungen wie ihn, dass ich mich schon fragte, ob ich mich nicht im Haus geirrt hatte. Doch aus dem Wenigen, das er gesagt hatte, war bereits hervorgegangen, dass dem nicht so war. »Wir kaufen nichts an der Tür.« Woanders offenbar schon.

Ich ging die Treppe hoch und hörte ihn »Alf, ein Kerl für dich!« rufen, gefolgt vom Auf- und Zuschlagen von Türen und einer gemurmelten Konversation, die ich nicht verstehen konnte.

Oben an der Treppe angekommen, sah ich Bob Cliburn neben einem anderen Mann stehen, Anfang dreißig und von kleiner Statur, geschmackvoll, aber recht leger mit einem seidenen Morgenmantel bekleidet. Er hatte ein schmales, glattrasiertes Gesicht und glattes, zurückgekämmtes Haar. Sie beide sahen mich an, als argwöhnten sie, ich wolle mit der Kasse durchbrennen. Ich schaute zurück, ohne mit den Augen zu blinzeln.

Nachdem wir uns ein paar minutenlange Sekunden gegenseitig angestarrt hatten, trat der Mann etwas steif nach vorne und streckte mir seine Hand hin. »Hallo«, sagte er, »ich bin Alfred Taylor. Bob hat mir erzählt, dein Name sei Charlie Rosebery?«

»So ist es«, sagte ich.

Wieder musterte er mich kurz, als erwartete er, dass ich mich mit einem Stirnrunzeln oder einem nervösen Zucken verriet. Aber ich hatte mich wieder völlig unter Kontrolle. Der Schlüssel in meinem Rücken nudelte die Mechanik ab. Das Negerlein lächelte.

Ich betrachtete seine Augen, klar und aufmerksam wie die einer Elster.

»Es ist noch früh«, bemerkte er, als hätte ich ihn zu nachtschlafender Zeit aus dem Bett gerissen, »aber ich nehme an, dass du mich sprechen willst.«

Ich nickte.

»Dann werden wir uns in den Salon setzen.«

Ich folgte ihm, etwas erstaunt darüber, wie schnell und sachlich alles ging. Ein Bewerbungsgespräch bei Jay's hätte nicht distanzierter verlaufen können.

Der Salon war das Zimmer mit den geschlossenen Vorhängen, auf die ich an dem Abend, als ich Rita begegnet war, gestarrt hatte. Bis auf einen langen Streifen grelles Sonnenlicht, der durch einen Spalt hereinfiel, herrschte darin Dunkelheit. Der Lichtstreifen durchschnitt ein Sofa mit Kissen aus staubig-dickem Samt, einen kleinen Tisch mit Karaffen, gefüllt mit bonbonfarbenem Likör, sowie ein prächtiges Klavier, auf dem eine Sammlung silbern gerahmter Fotografien angeordnet war; Fotografien von Jungs. Der Rest des Zimmers war gefüllt mit vagen Umrissen von Möbeln und geschmackvollem Krimskrams wie Fächern und Papierblumen, die in der violetten Dämmerung einen pikanten, künstlichen Eindruck machten. Es gab viele Sessel, die in Anordnungen zu drei oder vier verschwörerische Sitzgruppen bildeten, und zwei Blumenständer mit Farnen, die hinter dem Netz aus Gardinen und Vorhängen ein hinfälliges Dasein fristeten. Der ganze Raum war erfüllt von einem merkwürdigen, aufreizenden Duft, einer Kombination aus dem Bitteren von Weihrauch und der Süße von Tropenblüten. Ich wusste zuerst nicht, woher dieser Duft kam, entdeckte aber bald in der Zimmerecke einen qualmenden Pastillenbrenner.

Das Zimmer erinnerte etwas an Trops' Atelier, allerdings mit einem wichtigen Unterschied: Trops' Haus war eine fröhliche Freakshow, und man konnte dort nach Belieben ein- und ausgehen, wogegen Herrn Taylors Salon eher einem engen Gewächshaus glich, in dem seltene Blüten sorgsam vor Sonne, Wind und Besuchern geschützt wurden, die hier nichts verloren hatten. Nur die Geladenen und Eingeweihten hatten Zutritt, um in sicherer Absonderung vor der Außenwelt die Kollektion zu bewundern.

Als die Tür geschlossen wurde, fühlte ich mich von den Möbeln ringsum bedrängt wie von einer neugierigen Menge, die nicht warten konnte, mich kennenzulernen. Mir war beklommen zumute, und in Gedanken zog ich den Schlüssel in meinem Rücken auf.

Herr Taylor ging zu einem Schreibkabinett, aus dem er Feder und Papier nahm. Er bedeutete mir, einen Sessel heranzurücken. Bob hatte sich aufs Sofa fallen lassen und begann, auf der Sitzfläche eine Patience zu legen. Ich vermutete, dass er während des ganzen Gesprächs ein aufmerksamer Zuhörer sein würde.

»So«, sagte Herr Taylor, der seine Feder in die Tinte getaucht hatte, »du willst also Geld verdienen?«

»Ja«, antwortete ich, denn darauf lief es hinaus. Ich war hier nicht, um irgendein bizarres privates Hobby auszuleben.

»Natürlich, alles was ihr Jungs wollt, ist Geld. Du weißt, dass ich dir damit helfen kann? Selbstverständlich, du bist schlau genug. Nun stellt sich jedoch die Frage ...« – er hielt den Kopf etwas schräg –, »... bist du auch hübsch genug? Bist ein ziemlich grätiger Hering, wie?«

»Das kann sich rasch ändern«, sagte ich.

»Gewiss, gewiss, gut möglich. Ein paar Dinner an einer guten Tafel wirken Wunder, nicht wahr? Nein, ich glaube nicht, dass wir uns deswegen Sorgen machen müssen. Du hast eine ausgezeichnete Körperhaltung. Bist du irgendwann in der Armee gewesen, wenn ich fragen darf?«

Ich musste auflachen. Nein, ich hatte nur monatelang in Victor Procopius' Herrenmodepalais strammgestanden.

»Also offenbar nicht! Aber erzähl mir etwas mehr über dich. Sprich mit mir, bleib kein geheimnisvoller Fremder. Wo hast du hiervor denn so gearbeitet?«

Ich machte mich auf ein freundliches Kreuzverhör gefasst. Aus irgendeinem Grund traute er mir nicht über den Weg. Aber auch ich war auf der Hut. Ich erzählte ihm von meiner Arbeit bei Procopius, im Theater, als Modell, vermied es aber, Namen zu nennen. Wenn es eine wirksame Art gab, jemanden in Schwierigkeiten zu stürzen, dann, so vermutete ich, indem man in diesem Zimmer die falschen Namen fallen ließ. Im Hintergrund hörte ich Bob Cliburn achtlos mit den Karten rascheln. Ich war mir sicher, dass er jedes Wort von uns auffing.

Ich meinte, mich wacker geschlagen zu haben, als Herr Taylor seine Feder wieder von dem Papier wegzog. »Hm, ein Pferd, das die Zügel schlecht verträgt, wie?«, fragte er vertraulich.

»Vielleicht«, sagte ich.

»Vielleicht ...« Er beugte sich vor und berührte mich zum ersten Mal, indem er seine Hand auf mein Handgelenk legte, etwas, das ich schon eher von ihm erwartet hätte. »Du bist wirklich sehr vorsichtig mit deinen Antworten, Charlie.«

»Er kennt Augustus Trops«, sagte Bob vollkommen unerwartet. »Charles, Alfie und Fred sagen, sie hätten die beiden im Empire miteinander trinken sehen.«

Herr Taylor runzelte in zweifellos gespielter Verwunderung die Stirn. Ich wusste, dass mein rascher Pulsschlag mein Erschrecken verriet. Bob konnte tatsächlich zuschlagen wie eine Katze. »Unseren Gussy? Bist du dir da sicher, Bob? Er hatte dich doch wissen lassen, sein Leben gebessert zu haben?«

»Ich glaube, unser Gussy hat sich eine weniger anspruchsvolle Gesellschaft gesucht«, antwortete Bob mit einem Grinsen im Gesicht, das alles Mögliche bedeuten konnte. »Nichts für ungut übrigens«, fügte er für mich hinzu.

»Lieber Gott, nein!«, rief Herr Taylor. »Bei uns kannst du Geld verdienen, nicht, Bob? Nichts hier ist billig. Lass mich dir eins sagen, Charlie: Was hier hereinströmt, ist Geld. Großes Geld. Und meine Jungs wissen, wie man den Rubel ans Rollen bekommt, da kannst du dir sicher sein. Sag mal, was treibt unser Gussy denn zurzeit? Immer noch so spendabel wie früher?«

Ich war froh, sagen zu können, dass er ziemlich pleite war. Ich hielt es für mehr als wahrscheinlich, dass er in Brüssel schon jetzt die gesamte Summe des Farley-Schecks ausgegeben hatte.

»Schade für ihn«, sagte Bob und beschäftigte sich wieder mit seinen Karten. »Er hat nämlich noch ein paar Rechnungen bei mir offen, und ich habe den Ruf, streng gegenüber Zechprellern zu sein, stimmt's, Alf?«

Sie lachten, und vorübergehend verspürte ich das Bedürfnis, wirklich zu ihnen zu gehören. Nicht nur ihr Geld, sondern auch ihre Freundschaft zu teilen. Falls es in ihrer Welt so etwas wie Freundschaft gab.

»Nun denn«, sagte Herr Taylor in einem anderen Ton. »Wir sollten das Geschäftliche nicht vergessen, Charles!«

Er hatte mein Handgelenk losgelassen. Ich spürte immer noch seine Finger auf meiner Haut. Lässig, knochig, ziemlich kalt. Er suchte in seinem Schreibkabinett nach Zigaretten.

»Was machst du so alles?«

Ich tat, als würde ich ihn nicht verstehen, und er wiederholte seine Frage so ruhig, als hätte er mich nach meinen Empfehlungsschreiben gefragt. Ich hatte keine Lust, ihm zu antworten.

»Was ich mache? Na, ich singe, ich tanze, ich kann nicht übel auf den Händen laufen …«

Plötzlich irritiert fischte er eine Streichholzschachtel zwischen seinen Papieren hervor. »Versuch nicht, den Clown zu mimen, Rosebery. Mir machst du nicht weis, dass du zu unschuldig bist, um zu wissen, was ich meine!«

Aha, du kannst also auch den Bullenbeißer spielen, dachte ich, und offenbar sollte ich mir das hinter die Ohren schreiben.

Also erzählte ich ihm, was ich »machte«, und das war nicht viel Spektakuläres, denn außer ehrlichem Handwerk hatte sich zwischen Trops und mir nichts abgespielt. Andere Dinge waren zwar auch zur Sprache gekommen, aber Trops hatte mich nie zu irgendetwas genötigt.

Ich sah Herrn Taylor etwas aufschreiben. »Hm, in Ordnung. Aber das solltest du bedenken: Ein Kunde, dem man es recht gemacht hat, ist bereit, einem mehr zu bezahlen.«

Ich zuckte mit den Schultern. Auf den Gedanken war ich auch schon gekommen. Aber darüber würde ich später nachdenken. Jetzt noch nicht. Später, wenn die ersten Lappen vor mir auf dem Tisch lagen.

»Ich werde dir erzählen, wie es meistens abläuft«, sagte Herr Taylor, der sich mittlerweile eine Zigarette angezündet hatte. »Es gibt zwei Möglichkeiten: Ein Kunde tritt an mich heran, ich suche einen geeigneten Jungen aus, und wir verabreden uns an einem bestimmten Ort, meistens in einer Bar, einem Restaurant, einem Hotel oder so. Große Etablissements, in denen wir einen Privatraum mieten können. Beim ersten Mal komme ich für gewöhnlich mit, regele ein paar Dinge, fühle dem Kunden auf den Zahn, wenn ich der Sache nicht traue. Wenn ihr allein sein wollt, gehe ich. Aber es kann auch sein, dass der Kunde hierher kommt. Wir trinken ab fünf Uhr nachmittags Tee. Die Stammkundschaft weiß das. Die Leute kommen her, oder sie erhalten eine Einladung. Wir trinken Tee, plaudern etwas, und was sich ergibt, das ergibt sich. Du bist frei zu gehen, und ein Schlafzimmer gibt es auch. Wie du siehst, ist alles ganz einfach, ganz sicher.«

»Es sei denn, du machst Schwierigkeiten«, fügte Bob im Hintergrund unheilverkündend hinzu.

»Natürlich ist das alles illegal«, sagte Herr Taylor nüchtern, »das braucht man mir nicht zu erzählen. Ich kenne das Gesetz. Aber es ist sehr gewinnträchtig. Männer, die viel intelligenter, reicher und besser sind als du, Charlie, wollen für derartige Dinge gutes Geld bezahlen. Und was für Narren wären wir, du und ich, wenn wir dieses Geld ausschlügen? Die Welt will betrogen werden...«

»... also betrüge sie«, ergänzte ich.

»So? Ein Intellektueller?«, meinte er lachend.

»Eher wohl nicht!«, sagte ich.

»Bewahre dir derartige Schlauheiten für Kunden, denen das gefällt. Und ich warne dich, nicht jedem gefällt so etwas. Die meisten lieben das Einfache. Deshalb kommen sie zu euch, verstehst du? Jungs aus dem Volk ... Lockeres Mundwerk, lockere Moral. Bring sie zum Lachen ...«

Trr, krr. Das Negerlein hebt sein Hütchen. Vollführt sein Kunststückchen. Rote Lippen. Weiße Zähne. Dummes Grinsen. Bring sie zum Lachen.

Herr Taylor klopfte die Asche von seiner Zigarette. »Aber: So viele Menschen es gibt, so viele Wünsche gibt es auch. Ich bin sicher, dass wir eine Reihe geeigneter Gönner für dich finden werden.« Und er notierte meine Adresse und die Stunden, an denen ich dort zu erreichen war.

»Gut, wenn ich eine Verabredung für dich habe, lasse ich es dich wissen. Meistens per Brief oder Telegramm, oder ich schicke einen von meinen Jungs vorbei. Komm in jedem Fall morgen Nachmittag so gegen fünf hierher. Es ist nicht sonderlich viel los um diese Zeit des Jahres, aber du kannst Glück haben.«

Er wartete einen Moment, bis die Tinte trocken war, und schloss dann seine Papiere ein.

»Ist es das?«, fragte ich ungläubig.

»Was hattest du denn erwartet?«, fragte er seinerseits.

Ich zuckte mit den Schultern. Keine Ahnung. Etwas anderes. »Das hier geht wirklich nur um Geld, wie?«

Er lehnte sich zurück, lachte, rauchte. »Ja, das brauche ich *dir* doch nicht zu erzählen, sag mal!«

Aber dann schien er es sich überlegt zu haben. Er stand auf und legte seine Hand an mein Gesicht. »Willkommen, meine grüne Blüte. Meine seltene grüne Blüte.«

Ich schaute ihn wortlos an und stand dann auf und ging zur Tür.

Am nächsten Nachmittag gegen fünf hatte meine mechanische Ruhe mich im Stich gelassen. Ich war mehr als nur etwas nervös, als ich die

Straße zur Little College Street Nummer 13 überquerte. Bob Cliburn hatte mich gestern hinausbegleitet und mir in Herrn Taylors Auftrag etwas Geld in die Hand gedrückt. Hiervon hatte ich mir ein italienisches Eis und eine große Portion Bratkartoffeln spendiert, was mir einen heftigen Anfall von Dünnschiss besorgt hatte. In der Nacht hatte ich kaum geschlafen, sondern in meiner muffigen, brütend heißen Dachkammer auf der Bettdecke gelegen, nackt und mager und mondweiß, über mir den Nachthimmel, an dem immer neue Sterne auftauchten, vage und weit weg in dem endlosen Blau. Ich hatte tot sein wollen und mein Rasiermesser in den Händen gehalten.

Als ich am Morgen nach einem kurzen Schläfchen aufgewacht war, hatte ich gelacht. Der Gedanke an Selbstmord war zu absurd. Ich würde nie Selbstmord begehen. Zu viel Schweinerei. Zu viel Theater. Es war einfacher weiterzuleben, den Kopf einzuziehen und geduldig wie ein Stein auf bessere Zeiten zu warten.

Jetzt läutete ich an, nachdem ich einen letzten Blick auf die Straße geworfen hatte (Keine Rita? Nein, keine Rita.), mir der Tatsache unangenehm bewusst, dass mein Riechwasser den Schweißgeruch unter meinen Achseln nur so eben verhüllen konnte. Diesmal wurde schneller geöffnet. Schon bald hörte ich rasche, leichte Schritte auf der Treppe. Heute war es nicht Bob Cliburn, der mir auftat.

»Ach, du bist es. Sie haben schon gesagt, dass du kommen würdest.«

Vor mir stand das Kerlchen, das ich im Empire über die Balustrade gehalten hatte. Er betrachtete mich mit einem Blick kaum anders als der, mit dem Palmtree mich gewöhnlich begrüßte.

»Komm mit«, sagte er und ging vor mir die Treppe hinauf. Auf halbem Weg blieb er jedoch stehen und drehte sich um. »Sie alle können es kaum erwarten, dich kennenzulernen«, erklärte er mit einem Grinsen, das wenig Gutes versprach. »Sie glauben, Charles hätte sich das alles nur ausgedacht.«

Ich erwiderte nichts, sondern dachte: Das kann ja heiter werden. Ich hatte mich in einen Löwenkäfig begeben, und die Löwen mochten mich nicht.

Der Salon war ebenso dämmrig wie beim letzten Mal, obwohl hier und da ein paar Kerzen brannten. Mit ihrem sanften, flackernden Licht verliehen sie dem Zimmer das Aussehen einer Fata Morgana: eines fiebrigen, trügerischen Traums aus Orientteppichen, Kissen und Draperien, die jederzeit verschwinden konnten, sobald man nur mit den Augen zwinkerte. Das Sofa und die Sessel jedoch waren mit Jungs besetzt, die durchaus sehr real waren. Sie alle schauten mich an, sechs Paar heftig schimmernde, dunkle Augen, sechs blasse Gesichter. Ein Nest hungriger junger Wiesel.

Herr Taylor saß auf einem Sofa, flankiert von Bob Cliburn und einem Jungen, den ich nicht kannte, während der Amerikafahrer aus dem Empire (Al? Alf?) sich über die Rückenlehne beugte, offenbar mitten in ein animiertes Gespräch verwickelt. Taylor war diesmal in einen untadeligen schwarzen Anzug gekleidet, der ihm eine dermaßen trügerische Ähnlichkeit mit einem ganz normalen Geschäftsmann verlieh, dass die Grazie, mit der er sich erhob und auf mich zukam, fast wie ein Schock war. Er fasste mich an beiden Oberarmen und sagte, es sei gut, dass ich gekommen sei. Ich dachte einen Moment lang, er würde mich küssen, aber das tat er nicht. Anders Charles Parker, der ebenfalls vorgetreten war, um mich zu begrüßen. Er gab mir drei rasche Küsse, die wie eine leichte Windbrise an meiner Wange entlangstreiften. Ich fragte mich, ob das eine demonstrative Geste war, etwas, um die Übrigen zu überzeugen. Ein öffentliches Friedensangebot.

Ich schaute ihn an. Er wirkte hier, in dem diffusen Licht der Kerzen, noch hübscher als sonst und zugleich eigentümlich mädchenhaft. Ein unbestimmter Geruch nach Likör und Zigaretten umgab ihn, vermischt mit einem süßen Damenparfüm. Er nahm meine Hand.

»Komm, ich werde dich den andern vorstellen.«

Es folgte eine wirre Kennenlernrunde, wobei die Information, wer wer war und wie ein jeder genannt wurde, von mindestens sechs Seiten auf mich einprasselte.

Der Junge, der in Amerika gewesen war, hieß Alfred Wood, und ich konnte ihn »Alf« oder »Fred« nennen, ganz nach Belieben. Es gab noch einen zweiten »Fred«, Freddy Atkins, das dritte Mitglied des kleinen Klubs im Empire an dem Abend, als ich Charles aus den Klauen von Palmtree und Konsorten gerettet hatte. Er hatte ein freches Gesicht, das immer zu lachen schien, und eine Sammlung roter Pickel auf der Stirn, die seinen Marktwert zweifellos etwas schmälerten. Seiner eigenen Aussage zufolge war er ein »Schauspieler vom komischen Fach«. Was auch immer daran sein mochte, er benahm sich jedenfalls so. Er nannte mich »unseren Helden« und versprach, mir eine Medaille für erwiesenen Mut zu besorgen, sobald er wieder mal einen hohen Militär am Haken hätte. Ich mochte ihn, aber genau wie bei Bob würde ich dreimal darüber nachdenken, ehe ich ihm mein Erspartes anvertraute.

Anschließend wurde ich William Allen vorgestellt, einem jungen Mann, der wie ein Lord gekleidet ging. Er betrachtete meinen Konfektionsanzug mit einem geringschätzigen Blick, der so viel zu besagen schien wie: »Tss, kannst du es wirklich nicht besser als das?« Ich merkte, dass er ziemlich dicke mit Bob Cliburn war, was für mich keine Empfehlung bedeutete, ihn näher kennenzulernen.

Der unbekannte Junge, der sich das Sofa mit Herrn Taylor teilte, schien mir eine weniger verfängliche Gesellschaft zu sein. Er hieß Sidney Mavor und schien eine Ausnahme von Herrn Taylors Prinzip zu sein, dass Jungs aus dem Volk die beste Handelsware darstellten: Er hatte eine Aussprache, die man sich nur in einem guten Internat erwerben konnte.

Der Letzte, dem ich die Hand schüttelte, war das magere Kerlchen aus dem Empire, das wegen seines reizbaren Charakters von allen »Nettles« genannt wurde. Ich bekam sofort einen Vorgeschmack von seiner üblichen säuerlichen Laune.

»Soso«, sagte er, als wir uns gegenüberstanden, »das Licht gesehen? Auf die falsche Seite übergelaufen? Von einem Soldaten der Heilsarmee einen geblasen bekommen? Ich frage mich, was passiert sein muss für eine so wundersame Bekehrung.«

»Lass ihn in Ruhe, Nettles«, sagte Charles. »Er ist in Ordnung, dafür garantiere ich.«

»Ihr«, erklärte Nettles mit einem Blick auf Charles, Alfred Wood und Freddy Atkins, »hattet so eure eigenen Gründe, ihn dabei haben zu wollen.«

Alfred Wood sagte ihm, er solle den Schnabel halten. Herr Taylor, der so tat, als habe er alle Hände voll zu tun mit den Gläsern und Karaffen, drehte sich um und fragte, ob ich etwas trinken wollte. Es gab Tee, aber natürlich auch Likör. Ich entschied mich für Likör.

Kurz darauf saß ich mit einem zuckersüßen Getränk in einem Sessel neben Freddy und Charles. William und Nettles saßen sich an einem kleinen Tisch gegenüber und spielten Karten. Ich folgte ihren Händen und lauschte dem Stimmengesumm der anderen. Es war ruhig. Ich hatte mich vor der Haustürglocke gefürchtet, aber es hatte nicht den Anschein, als würde sie an diesem Nachmittag noch erklingen.

»Bei dir war es Augustus Trops, wie?«, fragte Nettles plötzlich. »Dein erster fieser alter Mann.« Er hatte den Blick auf mich geheftet und sah mich hart und herausfordernd an. Er hatte eindeutig nicht vor, mich in Ruhe zu lassen.

»Ja«, sagte ich eiskalt.

»Ich bin auch mal mit Augustus Trops mitgewesen. Gott, was für ein Irrtum!«

Ich wusste, er erwartete, dass ich »wieso?« fragte, also tat ich es nicht.

»Am nächsten Tag hat er mir den Anzug hier gekauft«, fuhr Nettles fort. »Um es wiedergutzumachen oder so. Du weißt, was für ein sentimentaler alter Irrer er ist.« Er zeigte auf den grauen Dreiteiler, den er anhatte. Es war ein schöner Anzug von ungefähr der gleichen Qualität wie der, den ich trug, nur war er ihm eindeutig ein paar Nummern zu klein.

Nettles sah meinen Blick. »Das hat er mich auch gefragt«, sagte er. »›Wieso möchtest du unbedingt diesen Anzug, wenn er dir doch nicht passt?‹ Weißt du, was meine Antwort war?«

Er drehte sich auf seinem Sessel zu mir, schob den Unterleib vor und spreizte die Beine, sodass die Hose um seine Hüften spannte. »Ich sagte: ›Ich bin klein, ich muss doch zeigen, dass ich auch was zu bieten habe.‹ Er ist fast geplatzt vor Lachen!«

Ich lachte auch, allerdings eher gequält. Das war haargenau Trops' Art. Genau wie die, einem jungen Burschen einen schönen Anzug zu kaufen, um sich bei ihm einzuschleimen. Ich fragte mich, wie viele Londoner Jungen Trops schon neu eingekleidet hatte. Es schien eine Gewohnheit von ihm zu sein. Und höchstwahrscheinlich war das vertrauliche »Du bist der netteste Junge, dem ich in London begegnet bin« nichts anderes. Ich ärgerte mich, ihm irgendwann auch nur ein Wort davon geglaubt zu haben.

Freddy sah meine Miene und sagte, ich solle mich nicht um Nettles kümmern. »Wir wissen alle, dass er zu viel Quecksilber hat schlucken

287

müssen. Sag mal«, fuhr er kameradschaftlich fort, »Alf erzählt, du hättest schon auf der Bühne gestanden. Wo? Ich kenne so einige Leute im Varieté.«

Erleichtert, dass ich dem Gespräch mit Nettles ein Ende machen konnte, erzählte ich begeistert von den Theatern, in denen Pa und ich aufgetreten waren, und bemerkte dabei zu spät, dass ich vielleicht zu viel preisgegeben hatte. Niemand garantierte mir, dass Freddy mich nicht auf freundliche Weise aushorchte. Vielleicht versuchten sie immer noch, mein Tun und Treiben zu beobachten. Es war jedoch nicht mehr zu ändern, und ehe ich die Gelegenheit bekam, mir Sorgen zu machen, läutete es.

Bob sprang auf, schielte kurz zwischen den Vorhängen hindurch und begab sich nach unten, um zu öffnen.

Es waren zwei Männer, zwei Freier, von denen ich den einen auf Ende dreißig, den anderen auf Mitte vierzig schätzte. Beides tadellos anständige Herren, die zweifellos mit den entsprechenden scheuen Blicken aus ihrem Taxi gestiegen waren. Aber hier drinnen fühlten sie sich zu Hause, knöpften ihre Jacketts auf und ließen sich lässig, als wären sie noch Studenten, in die Sessel fallen. Sie schienen die Jungs gut zu kennen und waren schon bald in ein angeregtes Gespräch mit Sidney, Alf und Charles verwickelt. Ich war vor allem Zuhörer. Einer von ihnen hatte sich einen Moment zu mir gesetzt, weil ich neu war, aber offenbar war ich nicht sein Geschmack, und er kehrte zu Charles zurück, dem er mit einer Gönnerhaftigkeit, als würde er selbst dafür bezahlen, gläserweise Likör einschenkte. Die Gesprächsthemen erstaunten mich. Sie variierten von den Pferderennen bis zu Atlasbettwäsche und vom Theater bis zu der Frage, ob Freddy sein Haar wieder kraus machen lassen sollte. Langsam, nach noch etwas Likör und Kuchen, trieb die Konversation dem konkreter Geschäftlichen zu. Charles war der Erste, bei dem einer anbiss. Der Jüngere der beiden hatte ihn unauffällig zu einem leeren Sessel am Fenster mitgenommen, und als ich hochschaute, sah ich Charles auf seinem Schoß sitzen. Er hatte die Augen geschlossen und schmiegte sich an ihn, wobei er in einem quälend langsamen Tanz seine Hüften drehte, während der Mann ihn auf den Hals küsste. Ich konnte es nicht lassen, sie anzustarren. Sie schienen sich allein zu wähnen, oder sie kümmerten sich einfach nicht um peinlich berührte Zuschauer wie mich. Der Mann hob

288

den Kopf, und ich sah einen roten, wie von einer Prellung herrührenden Flecken an Charles' Hals. Ohne die Augen zu öffnen, führte Charles seine Hand zu den Lippen seines Kunden, und ich sah, dass er etwas flüsterte, das nichts anderes sein konnte als »Liebling«.

Ich war schockiert. Nicht dass ich wie Vincent plötzlich einen Anfall von Prüderie hatte, sondern weil ich diese Trance nur nach einem durchzechten Abend kannte, gefolgt von einer gehörigen Portion solider Handgreiflichkeiten. Charles konnte sie offenbar mühelos aus dem Stand hervorrufen. Er hatte nicht übertrieben viel getrunken und war mir vor ein paar Minuten noch so nüchtern wie ein Glas Wasser vorgekommen. Ich fragte mich, ob er so ein guter Schauspieler war oder ob er das hier tatsächlich genoss. Beide Möglichkeiten waren irgendwie beunruhigend.

Freddy hatte inzwischen den anderen Freier an der Angel, und ihr Spielchen verlief zum Glück deutlich weniger klebrig, sondern mit einer Portion schräger Witze und kameradschaftlicher Balgereien. Dennoch war ich froh, dass auch sie, nach Charles und seinem Kunden, beschlossen, »woanders« hinzugehen.

Die übrigen blieben im Salon zurück, und Nettles und William setzten ihr Kartenspiel fort. Sidney schielte gelangweilt durch einen Spalt im Vorhang nach draußen. Es war, als wäre nichts geschehen, nichts Anormales jedenfalls. Wir waren ein Klub junger Männer, die sich langweilten und Geld verdienen wollten, ein Herrenklub, eine Freimaurerloge. So wie jetzt ging es hier jeden Nachmittag zu.

Charles kam nach ungefähr zwanzig Minuten zurück. Er setzte sich neben Herrn Taylor aufs Sofa und lehnte seinen Kopf an dessen Schulter. Er hatte rote Flecken auf dem Gesicht. Herr Taylor legte seinen Arm um ihn und zog ihn an sich.

»Alles in Ordnung, Charlie, Schatz?«

Charles grinste und holte einen goldenen Sovereign aus der Tasche. »Natürlich ist alles in Ordnung!«

Den restlichen Nachmittag kam niemand mehr vorbei. Herr Taylor sagte, August sei ein lauer Monat, aber morgen gebe es ein Fest am Fitzroy Square und ich könnte mitkommen, wenn ich wollte. »Charles geht in jedem Fall hin, und ich werde auch da sein.«

»Was für ein Fest ist es?«

»Ein schönes. Betrachte es eher wie eine Art Maskenball.«

»Hm. Heißt das, ich muss verkleidet kommen?«

Er betrachtete mich kritisch. »Nein. Zieh einfach etwas Ordentliches an, etwas Schwarzes, das wird dir am besten stehen. Komm morgen Abend so gegen zehn Uhr hierher. Wir nehmen ein Taxi.«

»Kann ich da etwas verdienen?«

»Es würde mich sehr wundern, wenn nicht.«

»Dann kann ich es kaum erwarten!«

Er beobachtete mich mit einer eigenartigen Mischung aus Belustigung und Irritation im Gesicht. »Du bist ein schneller Schüler, wie?«

Nur gut, dass Trops dich nicht hören kann, dachte ich.

21

Ein Rat von Charles Parker – Historischer Grund und Boden – Ein Fest –
Ich komme gut an – Polente! – Eine Verschwörungstheorie

Es war erstaunlich, welch großer Teil meines neuen Lebens im Untergrund aus reiner Langeweile bestand. An dem Morgen vor dem großen Fest am Fitzroy Square hatte ich schon um zehn Uhr mein Abendjackett gelüftet und abgebürstet und fragte mich, womit in aller Welt ich die restliche Zeit verbringen sollte. Ich saß eine Weile vor meinem Bücherbrett, nicht imstande, eine Auswahl zu treffen. Zuletzt griff ich mir Vincents *Tales of Mystery and Imagination* heraus und las eine Geschichte über einen Mann, der festgebunden auf dem Grund einer Grube lag, über sich ein scharfes Metallpendel, welches immer näher kam. Es kostete mich beunruhigend wenig Mühe, mich in seine Lage hineinzuversetzen.

Danach fragte ich mich, weshalb Vincent mir so ein Buch geschenkt hatte. Es kam mir nicht vor wie etwas, das er las. Ich konnte Vincent im Lesesaal des British Museum vor mir sehen, vertieft in ein staubiges Werk über Palästina oder versteckt hinter dem *Strand Magazine*, gepackt durch ein Abenteuer von Sherlock Holmes. Aber ich konnte mir nicht vorstellen, dass er imstande war, eine makabre Gruselgeschichte wie die, die ich gerade gelesen hatte, zu genießen. Jetzt bedauerte ich, ihn nicht besser kennengelernt zu haben. Genau wie Trops' andere Freunde war er mir ein Rätsel, aber eines, wollte mir scheinen, das man lösen konnte, ohne auf allzu unangenehme Überraschungen zu stoßen. Ein scheuer, weltfremder Maler mit einer Schwäche für Gruselgeschichten, mehr würde es wohl nicht sein. Ich beneidete ihn.

Ich fand Charles Parker am Abend im Schlafzimmer der Little College Street 13, wo er sich vor dem Spiegel mit der Konzentration eines buddhistischen Mönchs die Krawatte band. Ich hatte mich bereits piekfein angezogen, setzte mich auf einen Hocker neben einer dicken

Matratze, die einfach auf dem Boden lag, und war stolz auf die Bügelfalte, die ich mithilfe eines Bücherstapels in meine Hose gepresst hatte.

»Lust auf das Fest?«, fragte ich Charles.

Er verzog den Mund zu einer säuerlichen Miene. »Nicht sonderlich. Du?«

Ich sah, wie er sich einen Ring an den Finger steckte, einen ziemlich teuren.

»Keine Ahnung«, beantwortete ich seine Frage. »Ich kenne solche Feste nicht. Sind sie nett?«

»Kommt drauf an. Hängt davon ab, wer die Gäste sind und was sie auszugeben haben.«

»Wer kommt denn so?«

Er betrachtete mich durch den Spiegel. »Eingeladene Leute. Kerle, die sich gern verkleiden.«

Ein unsicheres Lächeln machte sich auf seinem Gesicht breit, als wäre ihm etwas eingefallen, wovon er nicht genau wusste, ob ich es lustig finden würde oder nicht. »Soll ich dir mal was zeigen?«

»Was?«

Er ging zum Schlafzimmerschrank und winkte mir. Als ich neben ihm stand, öffnete er die Tür. »Da«, flüsterte er, »ist das nicht *schön*?«

Er streckte den Arm aus, und schon ergoss sich ein Wasserfall aus blauer Seide und Goldpailletten über diesen. Es war ein Kostüm, ein prachtvolles orientalisches Kostüm aus *Tausendundeiner Nacht*. Es war zu schön, als dass man etwas anderes als Bewunderung hätte empfinden können. Selbst ich hätte es gern getragen.

»Wem gehört es?«, fragte ich, jetzt ebenfalls flüsternd, meine Finger auf dem Stoff.

»Herrn Taylor. Ich habe es ihn ein paarmal tragen sehen, wenn wir zu Festen gingen und so. Er hat auch eine Perücke und Seidenstrümpfe. *Teuer*, sag ich dir!«

Ich schwieg. Herr Taylor in einem Kostüm wie diesem hatte etwas Lächerliches. Aber andererseits ...

»Hast du mit ihm geschlafen?«, fragte ich, ehe ich mich selbst daran hindern konnte.

»Ja«, antwortete Charles leise, aber ruhig, »ich glaube, jeder von uns hat irgendwann mal mit ihm geschlafen.«

Eine Stille trat ein, in der ich über die Schulter auf die Matratze blickte, auf das Bettzeug, die Kissen ...

»Schläfst du gern mit Männern?«, fragte ich.

Er biss sich auf die Lippe. »Weißt du, ich könnte es dir wirklich nicht sagen. Aaaberrr ...« Sein Gesicht erhellte sich. »Solange sie bezahlen, wird man mich nicht klagen hören!«

Ich ließ den Stoff los, und das Kleid glitt zurück in den Schrank, wo hier und da im Dunkeln noch eine Paillette schimmerte wie ein kleiner Stern.

»Das Geld ist großartig«, fuhr Charles fort. »Manchmal denke ich: Ich möchte etwas anderes tun, am Theater oder so. Aber gleich hinterher denke ich dann immer: später ... später ... Solange es Kerle gibt, die mir schweres Geld bezahlen, weil sie mich 'nen hübschen Typen finden, wäre ich doch verrückt, mir eine andere Arbeit zu suchen? Charlie, ich *liebe* Geld. Ich bin verrückt danach, es auszugeben.«

Er hielt mir den Ring vor die Nase. »Vor ein paar Tagen bekam ich dreißig Pfund von ... jemand. Ich habe mir diesen Ring davon gekauft und noch 'n paar Sachen. Und jetzt ist das Geld alle, und deshalb gehe ich zu einem kleinen Fest ...«

Er warf einen letzten Blick in den Spiegel und nahm seine Jacke. Bei der Tür hakte er sich bei mir unter. »Und, aufgeregt?«, fragte er hänselnd.

»Ach was!«, antwortete ich, aber mein Gesicht sprach wahrscheinlich Bände.

»Mach dir nichts draus«, sagte Charles. »Ich bin beim ersten Mal auch fast gestorben vor Nervosität. Nur ein einziger Tipp, Charlie: Lass es dir nicht anmerken. Wir tun das hier, weil es uns *Spaß* macht. Es ist wichtig, dass die Kunden das wissen. Es beruhigt sie. Es gibt ihnen die Möglichkeit, eine schöne Zeit zu haben. Wir haben *Spaß*.«

»Du meinst, wir werden heute Abend *Spaß* haben?«

»Wir werden haufenweise, haufenweise Spaß haben!«

»Wir nähern uns historischem Grund und Boden«, sagte Herr Taylor, als das Taxi die Oxford Street verließ und in die Newman Street einbog. »Hm. Wieso?«, fragte ich. Bisher hatte ich durch einen Schleier der Nervosität den Knutschfleck an Charles' Hals studiert, direkt über seinem Kragen und gerade noch sichtbar, obwohl abgedeckt unter einer Schicht Puder, aber jetzt ließ die Stimme unseres Begleiters, der sich offenbar auf die Rolle eines Stadtführers verlegt hatte, mich hochschrecken. Und zur Rechten sehen Sie ...

»Die Newman Street führt in die Cleveland Street. Nun, du hast doch bestimmt schon mal etwas von der Cleveland Street gehört?«

Das konnte ich nicht leugnen. Allerdings nicht im Zusammenhang mit etwas Besonderem. Was war dort geschehen? Ein Mord? Ein spektakulärer Diamantendiebstahl?

»Der Cleveland-Street-Skandal. Nie gehört? Ach, Charlie!«

»Vor fünf Jahren hat es in allen Zeitungen gestanden«, erzählte Charles. »Selbst ich kann mich noch daran erinnern, obwohl ich damals bloß ein kleiner Schuhputzer war!«

»Es ist eine Geschichte mit einer Moral«, sagte Herr Taylor. »Also hör gut zu und zieh deinen Nutzen daraus, junger Herr Rosebery.«

Ich verzog das Gesicht. »Igitt, muss ich?«

Zu meiner Verwunderung reagierte er ernsthaft. »Glaub nicht, ich würde dir das nur als nette Anekdote erzählen. Eigentlich ist es eine ziemlich ernste Sache. Und ich fühle mich schließlich für dein Wohlergehen verantwortlich!«

Ich rümpfte die Nase. Nein, diese Besorgtheit, Papa Zuhälter!

»Alles hatte mit einem unglücklichen kleinen Zufall begonnen. Die Polizei untersuchte einen Diebstahl auf dem zentralen Telegrafenamt. Dort stellte man einen Telegrammboten, der an die achtzehn Shilling in der Tasche hatte; ein Mehrfaches seines Wochenlohns. Selbstverständlich wollten die Kommissare wissen, wie er an das Geld gekommen war, und verhörten ihn. Der Junge, der natürlich Angst hatte, erzählte die Wahrheit: Er habe das Geld verdient, indem er in einem Haus in der Cleveland Street mit Männern ins Bett gegangen sei. Nun, die Polizei verlor wenig Zeit und durchsuchte das Haus. Es kam zu mehreren Verhaftungen, und in den darauffolgenden Tagen wurden auch Namen genannt. Namen, an denen ein Preisschildchen hing, Charlie. Adelige Namen, königliche Namen sogar.«

»Lord Somerset. Prinz Eddy, der Sohn des Prinzen von Wales«, ergänzte Charles.

»Unter anderen. Natürlich musste das schnellstmöglich unter den

Teppich gekehrt werden. Denn für wen sonst arbeitet unsere Polizei, wenn nicht für Ihre Majestät die Königin? Und so wäre die Affäre auch schon bald wieder vergessen worden, hätte sich nicht einer dieser vermaledeiten Pressefritzen auf die Sache gestürzt.«

»Es war die *North London Press*, in der stand es zuerst«, erinnerte sich Charles.

»Es waren solche Sensationsberichte: Anspielungen, Unterstellungen, Verdächtigungen. Nichts Konkretes. Man stellte Fragen wie: Weshalb haben die Verhafteten nur so niedrige Strafen erhalten? Weshalb hat die Polizei nicht mehr Leute festgenommen? Steckt dahinter vielleicht eine Verschwörung? Schon bald hatte die Presse eine Spur. Man berichtete von der Beteiligung des »gräflichen Erben sowie des jüngsten Sohnes eines Grafen« und sogar von »einer Person von noch höherem Rang«. Nun, die Leser ergänzten selbst die Namen, und die Sache explodierte: Berichte auf den Titelseiten, Gerichtsprozesse, Anfragen im Parlament. Ein bestimmtes Parlamentsmitglied lief Amok: Hatte der Premier hiervon gewusst und seine Hand über bestimmte Personen gehalten? Zum Glück war die Sache zu brenzlig, als dass man weiterführende Ermittlungen eingeleitet hätte, und nach einigen Monaten kehrte man zum normalen Tagesgeschäft zurück. Mit lediglich geringen Einkommensverlusten.«

Ich fragte mich, wo die Moral von der Geschichte blieb, und sagte das auch.

»Die Moral ist«, erläuterte Herr Taylor in aller Ruhe, »dass man drei Gruppen von Leuten nicht trauen kann: Polizisten, Journalisten und Politikern. Also halt dich von den ersten beiden fern und sorge dafür, dass du die dritten in deine Fänge bekommst.« Er schaute aus dem Taxifenster. »Wir sind da.«

Wir stiegen aus und standen vor einem großen Haus mit geschlossenen Vorhängen. Nur die Fenster im Souterrain waren erleuchtet. Aus dem Innern tönte Klaviermusik. Während Herr Taylor das Taxi bezahlte, stellte ich mich neben Charles.

»Was ist mit den Leuten passiert, die man in der Cleveland Street festgenommen hat?«, fragte ich ihn.

»Die haben vier bis neun Monate Zwangsarbeit bekommen«, antwortete er. »Sie hatten noch Dusel.«

»*Dusel?*« Ich betrachtete sein Gesicht, um zu sehen, ob er es ernst meinte. Er meinte es ernst.

Wir stießen auf ein Fest, das schon gut in Schwung war. Es war haargenau wie Bonny Reillys erster Ball im Kleinen. Prinzen und Könige in schicken, schlank machenden Abendanzügen, manchmal in traditionellem Schwarz, bisweilen auch in zartweißen oder in cremefarbenen Tönen gehalten; Verkleidungen, die aus ihrem Träger eine ätherische Märchengestalt machten. Ich konnte meinen Augen nicht glauben und folgte Charles durchs Souterrain mit dem verstörten Gesichtsausdruck einer Debütantin, die am Hof präsentiert wird. Ich wusste, dass ich ordentlich dumm aussehen musste, aber ich bekam vor Staunen den Mund nicht zu. Ich machte einen weiten Bogen um zwei ältere Männer, die mit den Mündern aneinandergeleimt im Zimmer standen. Ein Gast in einem narzissengelben Kleid mit mehr an Bändern und Spitze, als ich eine Frau je hatte tragen sehen, stieß aus Versehen gegen meinen Arm. Er murmelte eine Entschuldigung, aber ich tat, als ob ich nichts gehört hätte, und starrte ihm hinterher, während er auf hohen Absätzen durch die Gästeschar manövrierte, zwei volle Weingläser in den Händen. Herr Taylor ging zu einigen Männern, die das Klavier umstanden. Ein junger Mann hatte gerade zu einem Walzer angesetzt. Ein Paar begann zu tanzen. Charles nahm mich am Arm und schleppte mich zu einem Tisch, auf dem ein reichhaltiges Büffet bereitstand.

»Erst essen«, sagte er. »Wer weiß, wann wir heute Abend noch die Gelegenheit dazu bekommen.«

Er schaufelte drei Kugeln Vanilleeis in ein Glas und stapelte einige Zwiebäcke, kleine Kuchen und Geleepuddings auf seinen Teller. Ich konnte nichts essen und ließ das verführerische Büffet links liegen. Beim Klavier sah ich Herrn Taylor mit einem Mann reden, der über seine Schulter zu uns herschaute. Er trug einen lächerlich hochgezwirbelten Schnurrbart. Ich beschloss, aus ihrem Blickfeld zu verschwinden und mich unter die Gäste zu mischen. Direkt neben dem Büffet stand ein kleines zweisitziges Sofa, das bisher nur von einer Person besetzt war. Es war ein blonder, sehniger Mann unbestimmten Alters in einem schwarzen Anzug. Er sah ziemlich normal aus, abgesehen von seinem gewellten Haar, das lang genug war, dass er es wie ein Edelmann des 18. Jahrhunderts zu einem Zopf hätte zusammenbinden können. Ich beschloss, es mit ihm zu wagen.

»Hallo«, sagte ich, »was dagegen, wenn ich mich dazusetze?«

Er musterte mich mit einem Paar hellblauer Augen, die ausgezeichnet zu seinem blonden Haar passten. »Ich wüsste nicht, was mir da einfallen sollte«, sagte er. »Verdammte Klaviermusik«, fügte er hinzu.

»Mögen Sie keine Klaviermusik?«, fragte ich ziemlich überflüssig.

»Meine Schwester spielt Klavier«, antwortete er düster. »Je-de Stun-de des Ta-ges, hol's der Kuckuck.« Er versank für kurze Zeit in eine launische Stille, erinnerte sich dann aber daran, dass er hier war, um – genau wie ich – Spaß zu haben.

»Ich werde mich vorstellen. Mein Name ist Thomas Coombes.« Und er hielt mir seine Hand hin, als wäre es die einer Dame, die ich küssen musste. Das tat ich dann auch. Dann musste ich auflachen, weil es so merkwürdig schien, das zu tun, und er zum Glück auch.

»Ich bin Charlie Rosebery«, sagte ich. »Champie Charlie.« Der Name schien mir für einen Abend wie diesen gut geeignet.

»Aber du hast noch keinen Champagner!«, rief er beinahe schockiert aus.

»Leider nicht, nein. Aber vielleicht mögen Sie mir welchen holen?«

»Natürlich, das tue ich! Weißt du was, ich hole uns eine ganze Flasche!«

Ich lächelte, während er aufsprang, um den Worten Taten folgen zu lassen. Gute Güte, dachte ich, ich komme an!

Thomas war schnell zurück, mit einer Flasche und einem Glas für uns beide. Er schenkte mir ein und beobachtete, wie ich das Glas zum Mund führte und trank, während meine Augen den Männern auf dem Tanzboden folgten. Taylor hatte Charles mit dem schnauzbärtigen Kerl verkuppelt. Sie tanzten jetzt zusammen im Kreis, ganz nah aneinander, wie sich das bei einem Walzer gehörte.

»Ich bin nicht so versessen auf derartige Feste«, sagte Thomas. »Die Musik ist fast immer banal. Polkas und dergleichen, als säße man in irgendeinem dieser schrecklichen Varietétheater. Außerdem bin ich kein *so* großer Tänzer. Du?«

Ich dachte an die freien Samstagnachmittage zurück, die Ma uns mit

Tanzunterricht verdorben hatte, weil das ihrer Meinung nach zu unserer »Erziehung« dazugehörte. Ich sah mich noch mit Mary Ann herumwirbeln, mit Mas Stimme in den Ohren: »Eins – zwei, schließen! Gut. Und *dre-hen*!« Ich war kein schlechter Schüler gewesen, wohl aber ein besonders unwilliger.

»Wenn Sie nicht tanzen wollen, dann brauche ich auch nicht zu tanzen«, sagte ich.

Thomas lächelte und trank jetzt selbst aus dem Glas. Ich war unschlüssig, ob ich etwas tun sollte, seine Hand nehmen oder so.

»Ich wage zu wetten, dass du ein ausgezeichneter Tänzer bist und schon jede Menge Damen im Arm gehabt hast.«

Ich fragte mich, was er mit »Damen« meinte: die echte Ware oder die Imitation. Aber in beiden Fällen lautete die Antwort nein.

»Nicht? Ach wirklich, Charlie?«

Am Klavier hatte inzwischen ein Wachwechsel stattgefunden. Herr Taylor hatte hinter den Tasten Platz genommen und kündigte eine Quadrille an.

»O Gott, das muss ich nicht auch noch ertragen«, stöhnte Thomas. »Sollen wir irgendwo anders hingehen, Charlie?«

»Gut«, sagte ich und erhob mich mit einem merkwürdigen Gefühl im Magen. Er schien ganz mit Charles' Geleepuddings gefüllt zu sein.

Während wir zwischen den Tänzern hindurch zur Tür manövrierten, legte Thomas seinen Arm um meine Taille. Ich spürte seine Hüfte an meiner, die Muskeln, Fleisch und Knochen, ungewohnt, aber nicht unangenehm. Ein Körper bewegte sich neben mir. Nicht in erster Linie ein Mann, eine Persönlichkeit, sondern vor allem ein Körper. Ein Körper, dessen Bau und Bewegungen mir bekannt waren, weil er meinem gleich war. Ich wusste, dass ich nie eine andere Art von Körpern würde lieben können.

Mit fiel auf, wie stolz und selbstsicher sich Thomas zwischen den Feiernden bewegte. Wenn er kurz stehen blieb, um mit einem Bekannten ein Wort zu wechseln, blieb seine Hand, wo sie war, und manchmal zog er mich noch näher an sich. Mir wurde bewusst, dass er sich nicht schämte und auch nicht zu schämen *brauchte*. Hier musste die Hand oder der Arm nicht unter einem Mantel versteckt werden, und Küsse wurden nicht im Dunkeln gestohlen.

Ich bin Thomas Coombes, und das hier ist mein Junge. Ist er nicht wundervoll?

Ich ging wie im Fiebertraum neben ihm her, schaute Leuten in die Augen. Zu forciert und zu frech vielleicht, aber es war das erste Mal, dass ich so etwas erlebte. Das erste Mal, dass ich mich wegen nichts zu schämen brauchte.

Wir gingen zwei Treppen hinauf, und Thomas versuchte ein paar Türen. Die dritte war offen. Sie führte in ein Schlafzimmer, sah ich. Ein Bett stand da, viel schöner und luxuriöser als die Matratze in der Little College Street. Auf ihm lag eine rote Tagesdecke.

Thomas stand nah vor mir. Ich bemerkte, dass er versuchte, Augenkontakt herzustellen. Ich schaute auf den Bettüberwurf, der die Farbe eines Königsmantels hatte.

»Ich möchte dich lieben«, sagte er auf wundervoll altmodische Weise.

»Zwei Pfund«, antwortete ich automatisch.

»Das geht in Ordnung«, sagte er. »Ich werde dir mindestens zwei Pfund geben.«

Er trat über die Schwelle und lud mich mit ausgestreckter Hand ein, ebenfalls hereinzukommen. Ich gab lächelnd nach, ließ zu, dass er mich für einen langen Kuss an sich zog. Thomas schloss die Tür hinter uns.

Ich hatte mein Jackett ausgezogen, ehe ich mich auf das Bett legte, und auch meine Krawatte gelöst. Wegen meiner Socken hatte ich gezögert. Socken im Bett waren nicht unbedingt als aufregend zu bezeichnen, aber barfüßig und in langen Hosen, das war auch kein Anblick. Also hatte ich sie zuletzt anbehalten und lag jetzt mit angewinkelten Beinen da und wartete auf Thomas. Mein Herz raste wie das durchgegangene Werk einer Repetieruhr. Ich war ungeheuer nervös. Die letzten Male mit Trops war ich immer benebelt gewesen, sei es durch Alkohol oder durch Opium. Jetzt hatte ich viel zu wenig getrunken, noch kein ganzes Glas Champagner. Alles, was jetzt geschah, würde scharf und echt sein, sodass ich es meiner Lebtage nicht mehr vergaß.

Thomas kam und setzte sich auf das Bett. Er hatte sein Hemd aufgeknöpft. Ich sah eine schöne, glatte Brust mit harten Brustwarzen. Er trug kein Unterhemd.

Ich seufzte.

»Ja«, sagte Thomas lediglich.

Dann beugte er sich vor und küsste mich kräftig. Ich erwiderte seinen Kuss, griff nach ihm und schob meine Hände unter sein Hemd. Ich musste jetzt ins Tiefe springen; darüber, ob ich schwimmen konnte, würde ich mir später Sorgen machen.

Thomas küsste gut. Das machte die Sache in jedem Fall nicht schwieriger, und ich ließ ihn mir so viele Küsse rauben, wie er nur wollte. Währenddessen gestattete ich, dass auch seine Hand sich unter mein Hemd schlich, bis ein Finger unter meinem Hosenbund verschwand. Ich rutschte hoch und schaute ihn halb sitzend aus den Kissen an. Mein Gesicht musste das Ebenbild von seinem sein, wusste ich. Fleckig, rot, mit geschwollenen Lippen.

Er sah das als Herausforderung, lehnte sich vor und legte seine Hand in meinen Schritt. Ich fühlte, wie sich seine Finger tastend, prüfend um mein Geschlechtsteil schlossen.

Er begann glucksend zu lachen.

»O Himmel, Charlie, du hast deine Sachen gut in Schuss, was?«

Der alberne Scherz besorgte ihm einen Lachanfall, und auch mir kribbelte das Lachen im Bauch. Es vermischte sich mit dem anderen Gefühl da unten, und bevor ich mich selbst daran hindern konnte, schüttelte ich mich schon vor Spaß und Erregung.

»Zieh sie aus«, sagte ich zu Thomas und deutete mit einem Kopfnicken auf meine Hose. »Zieh das verdammte Ding schon aus!«

Kurz darauf lagen wir aneinandergeschmiegt, sein warmer, pochender Penis zwischen meine Schenkel geklemmt, unsere Fußknöchel verstrickt in Hosen und Unterhosen.

Thomas' Atem stieß warm gegen mein Trommelfell: »Charlie. Charlie, Charlie.« Und immer so weiter. Ich hatte seinen Namen vergessen und stöhnte nur im Rhythmus seiner Worte. Das hier war wunderbar, das hier war wirklich ekelerregend schön.

Ich langte nach einem Zipfel der roten Bettdecke und versuchte, sie über uns zu ziehen.

Lass mich dein Mantel sein. Dich bedecken, über deine Haut gleiten, dich umwickeln ...

Im selben Moment drangen Geräusche von unten an mein Ohr. Es

wurde geschrien, und unter den Schreien war einer, den ich verstand:
»Polente!«

Ich fühlte Thomas' Herz einen Schlag aussetzen. Er stand mit einem
Sprung aufrecht da, lag beim nächsten Sprung auf dem Gesicht, zog die
Hose hoch und wusste mit noch einem Sprung die Tür zu erreichen. Er
drehte den Schlüssel herum und lehnte sich gegen das Holz, die Hand
gegen die Kehle gedrückt.

»Jesus, Maria und Josef!«, flüsterte er.

»Was ist?«, schrie ich, etwas Bettzeug vor meinen Schritt raffend.

Er war einen Moment lang außerstande zu sprechen.

»Polizei?«

Er nickte wortlos und rannte dann zum Fenster. Er stieß es auf, lehnte
sich hinaus und trat schwindelnd einen Schritt zurück.

Ich hörte jemanden die Treppe heraufpoltern. Mir blieb gerade genug
Zeit, meine Hose hochzuziehen und meine Schuhe vom Fußboden zu
angeln.

Das Schlafzimmerfenster befand sich im ersten Stock an der Rückseite des Hauses. Es war ein Sprung aus vier Metern Höhe, mit einer
Landung in einem Geranienbeet. Unter uns hörte ich jemanden an der
Hintertür rütteln. Von dieser Tür bis hin zum Gartenzaun und einem
möglichen Entkommen waren es noch ungefähr zehn Meter.

Jemand riss an der Klinke der Schlafzimmertür.

»Öffnen Sie! Aufmachen!«

Ich sprang, ohne mir vorher die Zeit zu gönnen, an gebrochene Knochen zu denken. Die Landung war hart, fügte aber den Geranien größeren Schaden zu als mir. Gerade als ich mich aufrappelte, platzte allerdings
die Hintertür auf.

»Hier! Hier ist noch einer! Ergreift ihn, er will durchbrennen!«

Ich war noch keine zwei Schritte fort, als ich eine Hand im Nacken
spürte, die mich wie einen Straßenhund rückwärts schleppte. Ich sah eine
dunkle Polizeiuniform und kämpfte, um mich loszureißen. Das Bild vom
Leicester Square, wenige Schritte vom Empire entfernt, vor drei Monaten, tanzte vor meinen Augen. Sie hatten uns ordentlich Paroli geboten
damals, Charles, Nettles und die übrigen. Keine Chance, dass ich genau
wie sie damals entkommen würde ... Ein einziger Abend in diesem Leben
würde mir wahrscheinlich schon zwei Jahre einbringen.

Aber dann geschah etwas. Thomas Coombes hatte beschlossen, doch noch zu springen, und landete genau auf dem Rücken des Polizisten, der mich am Kragen gefasst hatte. Wir sanken zu dritt in das Geranienbeet. Ich nutzte die zwei, drei Sekunden Verwirrung, um mich loszureißen. Danach war es nicht schwer. Ich kann schnell laufen; lange Beine. Diese alte, ächzende Dampflokomotive von einem Polizisten kriegte mich so schnell nicht ein. Ich warf mich über den Gartenzaun, teilte noch einen Tritt in seine Richtung aus und war frei. Ohne mich nochmals umzusehen, rannte ich weiter, bis ich nicht mehr konnte.

Als ich mich die Treppen zu meiner Dachkammer hinaufschleppte, war es schon nach Mitternacht. Ich war übel zugerichtet, hatte Seitenstiche und den Schrecken noch in den Knien und war dazu ohne die versprochenen zwei Pfund und ohne mein schönes Abendjackett, das auf der roten Bettdecke am Fitzroy Square liegen geblieben war. Das Ganze war recht besehen ein Fiasko gewesen. Ich hatte mich nicht nur wie eine Hure benommen, sondern auch keinen Penny dafür kassiert und wahrscheinlich meine einzige Einkommensquelle für den Sommer eingebüßt. Ich bezweifelte, dass Charles und Herr Taylor ebenso viel Glück gehabt hatten wie ich.

Wieder in meiner Dachkammer ließ ich mich angezogen auf das Klappbett fallen. Ich fragte mich, ob Thomas jetzt in der Zelle saß. Zweifellos wäre er dann der Meinung, dass ich das nicht wert gewesen war.

Am nächsten Tag weckte mich ein Pochen aus einem tiefen, dunklen Schlaf, das mich meinen ließ, einer meiner Nachbarn wollte mit der Spitzhacke durch die Wand brechen.

»Rosebery!«

»Fahr zur Hölle!«, schrie ich, mein Gesicht noch ins Kopfkissen gedrückt.

»Wenn du die Tür nicht aufmachst, Rosebery, dann *breche* ich sie auf!«

Allmählich dämmerte mir etwas. Fitzroy Square. Thomas. Die Polizei.

Die Polizei?

Die Polizei!!

Aber schon während meines Erschreckens erkannte ich die Stimme.

»Bob!«

»Mach auf, Rosebery! Ich gehe nicht weg, bevor du nicht aufmachst!«

Ich wankte zur Tür, gehindert durch Schuhe, Nachtgeschirr und Töpfe, die sich aus dem Hinterhalt plötzlich vor meine Füße zu werfen schienen. Ich öffnete, und Bob Cliburn huschte herein, fuchsteufelswild, katzenhaft und offenbar auf Blut versessen.

»Bob! Was machst du denn hier? Wie spät ist es?«

»*Why, 'tis half an Hour Past Hanging-time and time to hang again!*«, schnauzte er. »Spiel jetzt nicht die ermordete Unschuld, Rosebery! Ich habe dich durchschaut, ich hatte dich vom ersten Augenblick an durchschaut!«

»Was?«, fragte ich. Mein Gehirn arbeitete langsam. Ich konnte mir keinerlei Grund ausmalen, weshalb er da vor Wut kochend vor mir stand, bereit, mir an die Gurgel zu gehen.

»Aber Bob ... ich verstehe dich nicht!«

»Ach!« Er wandte sich von mir ab, als könne er es nicht ertragen, meine Visage zu sehen.

»Soll ich es dir sagen, Rosebery? Möchtest du es unbedingt hören? Gut, also dann: Du gehörst zu *ihnen*, das habe ich schon die ganze Zeit gewusst! Du hast zwar so getan, als würdest du Charles zu Hilfe eilen, aber dabei warst du nur ein Teil ihres kleinen Plans! Wenn sie nichts in Erfahrung bringen können, indem sie drauflosschlagen, dann eben auf andere Weise, und zwar genau so! Hast du wirklich geglaubt, wir wären so dumm?«

Ich starrte ihn mit offenem Mund an. Die ganze Verschwörungstheorie, die mir hier vor die Füße geworfen wurde, war einfach zu unglaublich.

Bob warf einen diktuerischen Blick über die Schulter. »Und jetzt hast du's geschafft, was? Alf und Charles sitzen hinter Gittern. Der Ball wird jetzt wohl ins Rollen kommen, oder? Deine Chefs werden zufrieden sein. Wie viel haben sie dir bezahlt, du schmierige Reicheleute-Hure?«

In einer Wutaufwallung trat er *Mrs Beeton* unter dem Tischbein weg. Ein Teller und Vincents *Tales of Mystery and Imagination* donnerten auf den Boden.

»Ich habe große Lust, dich zusammenzuschlagen, wie sie es mit Charles gemacht haben! Verdammt, weißt du überhaupt, was du angerichtet hast? Weißt du, wie viel Geld ...« Er schwieg abrupt. »Nein, vielleicht weißt du das nicht. Und ich werde es dir nicht auch noch verraten. Du bist wahrscheinlich schon zufrieden mit dem, was du uns in die Schuhe schieben kannst. Wir widern dich an, was? Arschficker, Hinterlader! Steckt sie ein paar Jahre ins Gefängnis, das wird sie lehren. So werden vielleicht doch noch mal ›echte Männer‹ aus ihnen!«

Er machte zwei große, unerwartete Schritte in meine Richtung. »Aber ich bin immer noch Manns genug, dich krankenhausreif zu schlagen, wenn ich will.«

Er hatte mich zwischen Wand und Bett eingeklemmt, stand drohend nahe vor mir, sodass ich seinen sauren Morgenatem riechen und die Bartstoppeln auf seinem Kinn sehen konnte. Ich versetzte ihm den ersten Schlag. Es war ein Kinnhaken, schön platziert, der gut ankam. Aber er war schnell. Der Hieb in die Magengegend sorgte dafür, dass ich mich vor Schmerzen krümmte. Danach brachen wir beide zusammen, er auf dem Bett und ich auf dem Fußboden.

»Du hast mir verdammt noch mal die Kinnlade gebrochen!«, sagte er.

Ich beglückwünschte ihn zu der Tatsache, dass er mir wahrscheinlich die Milz gespalten hatte.

»Schön«, sagte er, »freut mich aufrichtig.«

Nachdem wir uns beide in einer wehrlosen Lage befanden, bot sich mir endlich die Gelegenheit, ihm einige Fragen zu stellen. Ich begann zu begreifen, was es mit alledem auf sich hatte.

»Also du meinst, ich hätte euch gestern Abend verraten?«

»Ja.«

»Und wäre vorher zur Polizei gegangen?«

»Richtig.«

»Hätte den Spion gespielt?«

»Ausgezeichnet!«

»Weshalb sollte ich das tun?«

»Die Frage ist eher: *für wen?*«

Für wen, tatsächlich. In Gedanken kombinierte ich ein paar Dinge. Die Gasse in Soho, Palmtree, den Kerl mit dem Polizeiknüppel, Stuart

304

Farleys Gespräch mit dem Marquis von Queensberry, dann wieder Palmtree. »Hier wird ein schmutziges Spiel gespielt, was?«

»Ach, hattest du das noch nicht kapiert, Herzchen?«

Bob unternahm einen Versuch, sarkastisch zu grinsen, und griff sich mit schmerzverzerrtem Gesicht an den Kiefer. »Einer von Queensberrys Bande, nicht? Immer Boxer. Er scheint bevorzugt Boxer anzuheuern.«

»Ich habe noch nie im Leben geboxt!«, rief ich ratlos, weil ich wusste, dass nichts, was ich sagen konnte, ihn überzeugen würde.

»Hör zu, ich weiß zwar *etwas*«, fuhr ich fort, »aber nur über mehrere Ecken, das schwöre ich dir. Stuart Farley, der von den Farley Versicherungen, hat damit zu tun. Und sein Hausdiener Palmtree. Ich habe sie mit dem Marquis sprechen sehen. Palmtree war dabei an dem Abend, als sie Charles ...«

Ich sah, dass Bobs Blick plötzlich sehr interessiert wurde, was er vergeblich zu verbergen suchte. Offenbar wusste ich etwas, das er nicht wusste. Erstaunt hielt ich den Mund.

»Erzähl weiter«, sagte er.

»Mehr weiß ich nicht. Außer dass der Marquis wütend über etwas war, das sein Sohn in der *Pall Mall Gazette* geschrieben hatte. Öffentliche Beleidigung und Verleumdung hat er es genannt und verkündet, er könnte das Spielchen genauso spielen. Und da sagte Stuart, dass das eine Möglichkeit sei.«

»Hm«, sagte Bob.

Er fuhr sich mit dem Finger am Kinn entlang, wo sich eine gehörige blaue Schwellung abzuzeichnen begann. Unerwartet wie immer stand er wieder auf den Beinen und warf die Matratze vom Bett. Er schaute darunter, ließ seine Hände über den Matratzenschoner gehen, riss das Bettlaken herunter und klopfte auf mein Kissen. Danach bückte er sich und hob meine Bücher auf. Er begann, sie eins nach dem andern auszuschütteln.

»He, was tust du da?«

Er ließ die Bücher liegen und ging zu der Stange, an der meine Kleidungsstücke hingen. Mit der Sorgfalt eines Detektivs durchsuchte er alle Taschen.

»Lektion eins, wenn du mit Geschick Geld verdienen, willst, Rosebery: Schau immer in die Taschen! Kissenbezüge, Matratzen und Lesebücher lohnen sich auch immer. Genau wie ...« – er drehte sich zum Tisch und tastete mit der Hand unter die Tischplatte – »... andere bekannte Verstecke.«

Danach klopfte er noch den Fußboden und die Wände ab und schaute in den Kanonenofen. Als klar wurde, dass was immer er suchte unauffindbar war, nahm er wieder mir gegenüber auf dem Bett Platz. »Mir kommt es langsam so vor, als wüsstest du *echt* nicht, worum es geht, oder?«

»Ich weiß noch nicht einmal, was du gerade gesucht hast!« Ich versuchte aufzustehen, wobei ich meine Hand auf die schmerzende Stelle in meiner Magengegend hielt, die sich ungesund warm anfühlte und zu pochen anfing.

»Einen Beweis auf Papier«, antwortete Bob, »das habe ich gesucht. Ich dachte, wenn Queensberry dich angeheuert hat, dann müsste es dafür vielleicht einen Beweis geben. Keine Briefe vielleicht, aber in jedem Fall Geld. Aber du hast wirklich keinen roten Penny, was?«

»Ich hätte gestern zwei Pfund verdienen können«, antwortete ich sauer, »aber dann kam die Polente.«

Ich erzählte ihm, wie ich entkommen war. Er lachte, und es hatte den Anschein, als glaubte er mir.

»Ich habe mir bei so einem Sprung einmal das Handgelenk gebrochen«, sagte er. »Es war ein ziemlich schickes Haus. Hoch. Schlafzimmer im zweiten Stock. Kübelpflanzen auf der Terrasse ...«

Er grinste und biss sich in die Daumenspitze, etwas, das er häufiger tat und das ihn rotzfrech erscheinen ließ. Ich vermutete, dass das der Trumpf war, mit dem er Männer verführte. Trotzdem fand ich ihn nicht einen Moment lang so anziehend wie Charles, Bosie den Märchenprinzen oder sogar Thomas.

»Du kommst mit mir!«, entschied er in einem Ton, der klar machte, dass er hier jetzt die Dinge in die Hand nahm. »Ich denke nicht, dass du uns reingelegt hast, aber ich möchte dich gern im Visier behalten. Und außerdem, falls Charles oder Alfred zusammenbricht und Namen nennt, dann kannst du Gift drauf nehmen, dass sie als Erstes nach Soho kommt, die Polente. Das Sodom und Gomorra von London, verstehst du?«

»Aber wohin gehen wir denn?«, fragte ich, mit meinen Gedanken schon bei dem tauben Sam: *Sie gehen fort, junger Herr? Und wohin sollen wir Ihre Post schicken?*

»Ich habe eine Adresse auf der Ostseite, ein Zimmer auf den Namen eines Herrn Carew. Unter dem Namen kennt man mich da, Rosebery. Da werden sie nicht so schnell suchen. Wir können da für ein paar Tage untertauchen. Und vielleicht etwas Geld verdienen. Das hier ist eine Liste mit Adressen von Bekannten, denen können wir vielleicht mal einen Besuch abstatten.«

Er zog ein Bündel nachlässig zusammengefalteter Papiere aus seiner Innentasche. »Tatata-taa! Sieh mal an, Rosebery, lauter reiche Wohltäter. Wir wollen mal sehen, wer von denen zu Hause ist, was?«

Ich begann zu vermuten, dass Sodomie nicht das einzige Verbrechen war, für das man Robert Cliburn hätte einsperren können.

Panter. Oscar nennt sie Panter.

Die Möglichkeit bestand, dass ich es hier mit dem schlauesten und durchtriebensten Panter von allen zu tun hatte. Ich fragte mich, wozu er diese Adressenliste sonst noch benutzte.

»Wir gehen«, entschied Bob. »Je früher wir weg sind, desto besser. Und nimm was zum Anziehen mit. Wir werden bestimmt ein paar Tage wegbleiben.«

Automatisch gehorchend holte ich meinen Koffer hervor. Der stand auch nie lange am selben Ort. Ich hatte keine Lust, wieder umzuziehen, auch wenn es nur vorübergehend war. Aber noch weniger wollte ich in einer Polizeizelle landen.

Fünf Minuten später schloss ich die Tür hinter mir. Wenn ich dem tauben Sam begegnete, würde ich ihm einfach sagen, dass ich ein paar Tage Ferien machte. Wassertreten im Londoner Osten, ha!

22

Abgetaucht im Osten – Ein Zeitungsarchiv – Geschäfte machen –
Die edle Kunst der Erpressung – Bob Cliburn, Meisterhirn

Bobs Zimmer befand sich im Dachgeschoss eines großen, verfallenen Hauses, dessen Steine von feuchtem Mörtel und Spinnweben zusammengehalten wurden. Es wurde von Leuten bewohnt, die zwar miteinander in ein und demselben Gebäude hausten, sich aber gegenseitig nicht kannten und auch nicht grüßten, und war damit ein idealer Platz zum Untertauchen. Man konnte aufgehen in einer grauen Menschenmenge, die sich nicht für einen interessierte und für die man so unsichtbar war wie ein Geist.

Das Dachkämmerchen war noch kleiner als meines und enthielt fast kein Mobiliar: lediglich ein Bett und auf dem Boden daneben eine zusätzliche Matratze. Dass es dennoch voll wirkte, lag an der unglaublichen Menge von Zeitungsausschnitten, die wie eine durchgehende Tapete die Zimmerwände bedeckten.

Als Bob aufschloss, raschelten und knisterten sie in dem Luftstrom, flüsternd wie alte Klatschbasen. Der Geruch von Druckerschwärze stach mir in die Nase.

Ich nieste und überflog ein paar Schlagzeilen, während ich nach meinem Taschentuch suchte: *Außenminister gewährt Natal Autonomie, Prinz von Wales anwesend bei* A Woman of no Importance, *Täterduo in der Burlington Arcade festgenommen*, und *Junges Talent bei Eröffnung der New Gallery*. Es waren vor allem Artikel über Politik, Polizeieinsätze und Kunst, auf den ersten Blick wahllos irgendwohin geheftet.

»Ich finde derartige Dinge einfach interessant«, sagte Bob nachdrücklich, als hätte ich etwas gesagt, wogegen er sich verteidigen müsste.

Ich warf meinen Koffer auf die Matratze, neben einen Stapel verschnittener Zeitungen und eine Schere, und erzählte ihm, dass es mir wurst sei, wofür er sich interessiere. Ich war müde, fühlte ein Riesending von »O ... *hell!*«-Gefühl in mir aufsteigen und hatte keine Lust, die kommenden Tage hier mit ihm eingeschlossen zu sein.

»Frühstück?«, fragte er und holte ein Weißbrot hervor, das er sich unter den Arm klemmte, um Scheiben davon abzuschneiden. Ich ließ mir ein Stück geben. Es schmeckte nach Schulkreide.

Bob hockte sich im Schneidersitz aufs Bett und spießte Brotklumpen auf sein Messer. Wir hatten uns gegenseitig absolut nichts zu sagen.

Ich begann wieder, die Zeitungsausschnitte zu studieren. Obwohl sie auf den ersten Blick willkürlich an die Wand geklebt schienen, steckte darin doch ein bestimmtes System. In Augenhöhe waren die bekanntesten Namen zu finden: Lords, Politiker, Künstler, das große Geld. Meistens waren es lobende Artikel: ein Triumph im Unterhaus oder auf der Bühne. Die Namen der Berühmtheiten waren in großen Lettern abgedruckt, hier und da begleitet von einem kleinen Porträt. Etwas höher fanden sich vor allem Artikel aus Klatschblättern. Die Namen beschränkten sich hier auf kryptische Umschreibungen wie »Lord E.« oder »gewisse Personen im Umkreis von ...« Die unterste Reihe war für kleine Zeitungsnotizen reserviert, versteckt in den schmalsten Kolumnen der Zeitung. Hier gab es überhaupt keine Namen, nicht einmal andeutungsweise. Einzig kurze Mitteilungen: »Im Hyde Park wurde letzten Sonntag ein sechsundzwanzigjähriger Mann verhaftet, der die ...« Die begangenen Verbrechen blieben zumeist rätselhaft, als würde der Berichterstatter nur ungern darüber schreiben.

Es schien, als wäre hier ein komplettes Archiv zusammengestellt von ... ja, von was? Ich dachte, dass ich den verbindenden Faktor schon noch entdecken würde. Verschiedene Namen, die ich gelesen hatte, kamen mir bekannt vor. Einige Leute kannte ich sogar persönlich. Aber wieder andere konnte ich überhaupt nicht mit ihnen in Zusammenhang bringen.

Mein Blick fiel wieder auf den Artikel mit dem Titel: *Junges Talent bei Eröffnung der New Gallery.* Der Name *Farley* schien mir wie ein Floh ins Auge zu springen: *... zu diesen Newcomern zählt auch Vincent Farley, der Sohn von Spencer Farley, dem Gründer der seit 1861 so erfolgreichen Versicherungsgesellschaft. Dieser siebenundzwanzigjährige Künstler, der einen Teil seiner Ausbildung in Frankreich genossen hat, hat zur diesjährigen Ausstellung einige bemerkenswerte Gemälde beigesteuert ...*

Ich sah, dass der Absatz vage mit Bleistift eingekreist war, als sei er irgendwie wichtig. Ein rascher Blick auf die Ausschnitte um diesen Artikel machte klar, dass auch sie von Vincent handelten, hauptsächlich von seinen Bildern, jedoch gab es auch einen Bericht über seine Anwesenheit bei einem Galadinner: *... und neben dieser Dame bemerkten wir Vincent Farley, einen der jungen Künstler unserer Stadt, den wir meist an den Tischen beliebter Künstleretablissements wie dem Café Royal antreffen ...*

»Du kannst gar nicht genug davon kriegen, wie?« Bob saß immer noch auf dem Bett. Mit einem nassen Finger tippte er die Brotkrümel von den Leintüchern.

»Wieso sammelst du Zeitungsausschnitte über diese Leute?«

»Das habe ich dir schon gesagt: Sie interessieren mich. Ich will sie im Blick behalten.«

»Du erpresst sie, oder?«

Er verzog keine Miene. »Das sagst *du*. Ich sage, ich erspare ihnen Schwierigkeiten.«

»Wieso Vincent Farley? Ich kenne ihn. Er wird dir keinen Penny einbringen. Der Mann ist ein Mönch!« Ich sagte es mit etwas mehr Überzeugung, als ich in mir verspürte. Obwohl ich mir sicher war, dass Vincent keine schockierenden Geheimnisse zu verbergen hatte, war es doch eine unangenehme Überraschung gewesen, seinen Namen hier in Bobs Zeitungsarchiv anzutreffen.

»Weiß ich. Er ist enorm langweilig, aber er verkehrt mit Leuten, die ich gut kenne, und so behalte ich ihn trotzdem im Auge.«

Mein Blick irrte über die Zeitungsberichte. Was erzählten sie, das ein geübter Leser wie Bob aus ihnen herausholen konnte und ich nicht? Welche Geheimnisse enthielten sie?

Ich las die Artikel über Vincent noch einmal, mit dem Hunger von jemandem, der seit Tagen nichts mehr gegessen hat und immer wieder in den Vorratsschrank schaut, obwohl er weiß, dass die Bretter darin leer sind. Ich vermisste ihn. Vermisste die Ruhe seines Ateliers, die Ruhe, die von ihm selbst ausging. Die gelassene Gewissheit, bei einem Freund zu sein, der sich einem nie als Liebhaber aufdrängen würde. Ich fragte mich, ob Vincent schon mal mit jemandem geschlafen hatte. Ich hätte einiges darauf zu wetten gewagt, dass er immer noch Jungfrau war.

... eines von Farleys Gemälden, das die Aufmerksamkeit der Kritiker erregte, war Die Grube und das Pendel, *basierend auf der bekannten Erzählung von Edgar Allan Poe. Die bemerkenswerte Komposition – das große, weit ausholende Pendel über dem kleinen Opfer in der Tiefe – stellt in Bezug auf die klassischen Kompositionen, die Farley meistens verwendet, eine Ausnahme dar. Auch der Farbgebrauch ist für ihn ungewöhnlich: ein albtraumhaftes Clair-obscur, wobei das Pendel und sein Opfer in bleichen, fast aufleuchtenden Tönen ausgeführt sind und die Grube lediglich durch einige Akzentuierungen in Schwarz, Braun und Dunkelviolett angedeutet wird. Das Ganze macht wirklich einen beklemmenden Eindruck. Als Gemälde konnte es nicht alle bezaubern, aber als neue Entwicklung innerhalb eines jungen Künstlergenres ist es gewiss interessant. Die Liebhaber der zugänglicheren Arbeiten Farleys konnten Werke wie* Die Korbflechterin *genießen, ein Genrebild, das auf seine Reisen durch das ländliche Frankreich zurückgeht.*

Ich fragte mich, ob das vielleicht ein Hinweis war. Jedenfalls fiel auf, dass Vincent diese makabre Erzählung für ein Gemälde benutzt hatte. Offenbar bedeutete sie ihm etwas. Hatte er selbst irgendwo eine tiefe, dunkle Grube in seinem Geist?

Doch andere Artikel schienen dem zu widersprechen. Es waren sogenannte »At Homes«, Einblicke in das Zuhause des Künstlers, geschrieben in einem entspannten Plauderton.

Der Künstler hat auf einem schlichen Holzstuhl Platz genommen; ein Möbelstück, das gewiss in dieses Atelier passt, das die Schlichtheit eines französischen Bauernhauses oder, falls Sie so wollen, eines Klosters atmet. Herr Farley erkundigt sich, ob wir gerne rauchen möchten. Er ist ein gewissenhafter Gastgeber und offeriert uns die besten Zigarren. Das Gespräch kommt auf seine jüngst stattgefundene Reise über den Kontinent. Uns zieht die jugendliche Begeisterung an, die der Künstler verbreitet, während er von seinen Erfahrungen in Frankreich berichtet: »Paris war natürlich großartig, aber die besten Modelle, mit denen ich je gearbeitet habe, fand ich in der Provence. Die Bauernmädchen sind vollkommen frei von künstlichen Affektiertheiten, die man bei professionellen Modellen aus London und Paris antrifft. Und da merkt man, dass die eigenen Kompositionen ebenfalls lockerer werden.« Er steht auf und holt, ohne zu suchen, eine Skizzenmappe aus einer nummerierten Schrankschublade hervor.

Ich ertappte mich dabei zu lächeln. Der Verfasser dieses Artikels hatte Vincents Persönlichkeit gut eingefangen. Ich sah ihn dasitzen auf seinem Holzstuhl, in nervöser Korrektheit, aber jegliche Anspannung vergessend, sobald er über seine Kunst reden konnte.

Und ich konnte Vincent vor mir sehen auf dem Gelände eines französischen Bauernhofs, braungebrannt und in Hemdsärmeln, wie er in seinem holprigen Internatsfranzösisch mit einer Gruppe kichernder Bauernmädchen sprach, die er als die drei Grazien darstellen wollte. Ich sah ihn lachen und heimlich die Zeit seines Lebens haben.

Ich spürte einen Stich in der Magengegend, von dem ich mir erst weismachte, er sei noch eine Folge des Schlags vom frühen Morgen. Aber diesmal gelang es mir nicht, mich zum Narren zu halten. Ich vermisste Vincent, und das tat weh. Sogar das Vermissen eines einfachen Freundes konnte wehtun.

In den darauffolgenden Tagen lebten Bob Cliburn und ich in einer Art bewaffnetem Frieden miteinander, jeder auf seiner eigenen Matratze und jeder mit seinen eigenen Gedanken. Ich hatte zuerst befürchtet, dass er versuchen würde, etwas mit mir anzufangen, aber obwohl Bob so launenhaft in seinen Bewegungen war, dass es einen nervös machte, war eine Berührung von ihm, wenn er mich anfasste, niemals so hintenherum und bedeutungsvoll wie bei Trops. Bobs Hände waren kalt und trocken. Hände, mit denen er Pflastersteine hätte legen oder in der Fabrik arbeiten können. Ich fragte mich sogar, ob er Männer überhaupt mochte. Wenn er mir von seinen kleinen Abenteuern erzählte, war sein Ton sachlich und erschien die Liebestat ebenso anziehend, wie wenn man den Bock zur Ziege brachte, wobei der Höhepunkt allerdings nicht in dem Samenerguss, sondern in der Bezahlung lag.

Was seinen Körper betraf, war er ohne Scham. Er wusch sich am Morgen mit einer Kanne Wasser im Zimmer, sodass ich Gelegenheiten genug erhielt, seine Anatomie zu studieren. Die Male ausgenommen, als ich mit Gloria in der Themse schwimmen war, hatte ich bei Tageslicht noch nie einen nackten Männerkörper außer meinem eigenen gesehen. Ich betrachtete ihn mit einem fast wissenschaftlichen Interesse: die Muskeln unter der Haut, die normalerweise für jeden unter der Leibwäsche verborgenen Muttermale, das Kraushaar unter den Armen und am Unterbauch, seinen Penis, der auf seine eigene, fast komische Weise den Bewegungen seines Körpers folgte. Ich stellte mir vor, wie er aussehen musste, wenn er mit einem Mann im Bett lag, und versuchte, mir ein Bild von mir selbst zu machen, mir, Adrian Mayfield, Charlie Rosebery, Champie Charlie, in den Armen von Trops oder Thomas. Mitten am Tag hatte es etwas Lachhaftes, abends auf der Matratze etwas qualvoll Erregendes.

Nach ein paar Tagen machten wir uns auf die Suche nach Freiern. Bob besuchte ein paarmal die St James's Bar, verschickte einige Telegramme, und wir konnten Geschäfte machen.

Wir hatten den Nachteil einer beschränkten Auswahl. Im August verlassen selbst die Sodomiten London, um gesunde Dinge am Meer zu tun oder ungesunde Dinge im Ausland. Wer übrig geblieben war, hatte nicht die Moneten oder das Alter für Ausschweifungen. Ich schlief in kleinen Hotels oder in den Schlafzimmern von Häusern, die der Ferien wegen von Weib und Kindern verlassen waren. Die meisten Freier waren versteckte Spießbürger mit einer guten Anstellung und einer albtraumhaften Angst, von ihrem Bekanntenkreis entdeckt zu werden. Ich verbrachte eine Menge nervöser Abende, an denen ich in dunkle Seitengassen oder Hauseingänge wegtauchen musste, um echten oder eingebildeten Bekannten meines Freiers auszuweichen. Ich bemerkte auch, dass die meisten dieser Männer ihr eigenes Verhalten als tadelnswert, anormal oder doch jedenfalls als sündig betrachteten. Das Liebesgeschehen verlief hastig und unbeholfen, als müsse man sich in kürzestmöglicher Zeit einer über Wochen aufgestauten Spannung und Begierde entledigen. Es machte mich selbst auch schreckhaft, und wenn ich wieder auf der Straße stand, schien mir jeder Kirchturm in der Nähe ein mahnend in die Luft gereckter Zeigefinger zu sein. Ich hatte nie das Gefühl gehabt, dass Gott sich besonders viel mit Adrian Mayfield abgab, aber jetzt beschlich mich doch die Ahnung, dass er seine Stirn runzelte und gemeinsam mit dem da unten über eine passende Strafe nachdachte.

Bei Trops und auch bei Thomas hatte ich dieses Gefühl nicht gehabt. Sie genossen unverschämt etwas, das sie als selbstverständlich betrachteten und weswegen sie sich vor keinem ihrer Freunde zu genieren brauchten. Ich war froh, zunächst mit ihrer ausgelassenen, unbesorgten Welt

Bekanntschaft geschlossen zu haben, ehe ich mich in das scheue Schummergebiet der heimlichen Spießer gewagt hatte.

Hinter geschlossenen Vorhängen knetete ich schlaffe Hinterteile und küsste Münder voll falscher Zähne. Unter Bettzeug, das noch nach dem Eau-de-Cologne der Hausherrin und Mutter roch, legte ich meine Hand um Penisse, die früher am Abend, noch gefangen in der Hose eines dreiteiligen Anzugs, in Erwartung dessen, was kommen sollte, schon mindestens zweimal steif geworden waren.

Sie fanden mich schön. Ein Junge von unter zwanzig Jahren, der ausgezogen auf ihrem Bett lag und lachte, wenn sie ihm in den Bauchnabel bissen. Sie waren wenig gewohnt und schnell zufrieden. Nannten mich Engel, Puppenjunge, Lämmchen, kleiner Wolf. Steckten mir den Mund mit süßem Kuchen voll und schoben dann ihre Zunge hinterher. Ließen mich in seidene Taschentücher oder Servietten ejakulieren, um Flecken in der Bettwäsche zu vermeiden.

Ich hatte keine Mühe, das zu tun, was sie von mir verlangten, konnte es aber nie mit Sinnen, Leib und Gliedern genießen, wie ich es in meinen Träumen bei Thomas oder selbst bei Trops getan hatte. Während der Teil meines Körpers, der sich unter der Gürtellinie befand, vor Erregung zuckte, konnte der Teil darüber vollkommen ruhig sein, beschäftigt mit Einkaufslisten oder Schuhen, die neu besohlt werden mussten. Denn den größten Teil der Zeit über war es öde. Ja genau, einfach öde. Von den Kerlen, mit denen wir uns verabredeten, konnte man nicht einen als sprühende Persönlichkeit bezeichnen. Sie hatten keine Gabe für Konversation wie der Mond, kein Talent für Amüsement wie Trops. Unsere Gespräche beschränkten sich auf den Austausch von Allgemeinheiten, unterbrochen von einem Lächeln: »Du bist auf die Minute pünktlich!«; »Was meinst du, regnet es noch weiter?«; »Ich finde dich schön.« Und danach gingen wir miteinander ins Bett.

Ich masturbierte sie zum festen Tarif und tat die übrigen Sachen gegen ein schönes Aufgeld, sobald ich mich an sie gewöhnt hatte. (Ich hatte entdeckt, wie verdammt schwierig es war, mit der Zunge von jemandem im Mund zu erklären, was man so tat und was nicht.)

Dementsprechend unterschied ich mich nach weniger als zwei Wochen in nichts mehr von den andern und teilte sogar ihre Langeweile und ihre schlummernde Wut mit ihnen.

Wir verachteten die Männer, die uns nichts mehr als ein paar Pfund zu bieten hatten, die uns nicht aus der Gosse zu den Sternen mitnahmen, sondern in das soundsovielte knarrende Ehebett.

»Herr Wilde hat 'nen Stern an die Decke seines Schlafzimmers malen lassen«, erzählte Alfred Wood. »Na, *das* ist 'n Zimmer, das mir gefällt!«

Charles und Herrn Taylor hatte man schon am nächsten Tag nach dem Überfall gegen Kaution freigelassen, weil ihnen nichts nachzuweisen war. Über Bob hörte ich, dass sie eine mehr oder weniger glaubwürdige Geschichte von einem Wohltätigkeitskonzert zum Besten gegeben hatten, zu dem Herr Taylor als Klavierspieler eingeladen gewesen sei. Sie mussten in einer Woche abermals vor Gericht erscheinen, aber Alfred Taylor schien nicht allzu besorgt zu sein.

»Was können sie beweisen?«, sagte er mir beim ersten Mal, als ich die Little College Street wieder aufsuchte. »Seit wann ist es verboten, ein Fest zu geben oder ein schmeichelhaftes Kostüm zu einem Maskenball zu tragen? Es gibt kein Gesetz gegen solche Dinge!«

»Sie kennen das Gesetz so gut?«, fragte ich.

»Gut genug, um mich nicht daran zu halten«, antwortete er, ohne auch nur mit den Augen zu zwinkern.

Auf Charles' Nerven dagegen hatte sich der Überfall am Fitzroy Square verheerend ausgewirkt. Er rauchte so ungefähr zwanzig Zigaretten am Tag und plapperte ununterbrochen über alles Mögliche, nur nicht darüber, was an jenem Abend geschehen war.

An einem regnerischen Nachmittag beschlossen Bob und ich, den feuchten, stickigen Straßen von London zu entfliehen und Charles zu besuchen, der sich in Chelsea ein Zimmer mit Alfred Wood teilte.

Während wir schwarzen Kaffee auf klapprigen Küchenstühlen tranken, redeten wir über Geld, ein beliebtes Gesprächsthema bei fast dem gesamten Little-College-Street-13-Klub.

»Und? Wie viel Geld hast du in deiner ersten Woche verdient?«, fragte mich Charles.

Ich zog meine Börse hervor und zeigte ihm deren Inhalt, eine Sammlung von acht Goldmünzen, die mir immer noch von einer Fee aus dem Nichts hervorgezaubert zu sein schienen. Simsalabim: Geld!

»Nicht schlecht, was?«

»Nicht schlecht«, gab er zu, »aber es geht noch besser, weißt du?« Er reichte eine Zigarette an mich weiter, die wir uns mit Alf und Bob teilten. »Sollen wir es ihm sagen?«, fragte er den Letzteren.

»Meinetwegen«, sagte Bob mit einstudierter Gleichgültigkeit. »Charlie hier ist nicht taub, blind oder begriffsstutzig. Bestimmt wäre er auch selbst dahintergekommen. Sieh mal, Rosebery, man wird nicht reich, indem man seine Hand in die Hose eines reichen Kerls steckt, auch wenn es jetzt den Anschein für dich hat. Du musst sehen, dass du an seinen Geldsäckel kommst. Hier, lang mir den Glimmstängel mal rüber.«

Ich nahm noch ein paar Züge von der Zigarette und gab sie dann weiter. Angeblich sollte der Tabak mit Haschisch vermischt sein, aber davon hatte ich noch nichts gemerkt.

Bob schaute auf die Zigarette, die mittlerweile nur mehr ein Stummel war. »Die rauche ich auf, wenn ihr nichts dagegen habt. Also hör zu, Charlie. Es gibt in unserem schönen England ein wunderbares Gesetz mit einer sehr interessanten Klausel, der einzigen Gesetzesklausel, die ich wirklich wortwörtlich auswendig kann. Und die lautet so: *Jeder Mann, der, sei es öffentlich oder privat, eine Tat von grober Unanständigkeit mit einem anderen Mann begeht, ist eines Verbrechens schuldig und wird, sofern seine Schuld bewiesen wird, zu einer Gefängnisstrafe von zwei Jahren mit oder ohne Zwangsarbeit verurteilt.* Nun, das eröffnet Möglichkeiten, Charlie. Denn wenn du gut aufgepasst hast, ist dir bestimmt das kleine Wort ›privat‹ aufgefallen. Bei einer hinter geschlossenen Vorhängen begangenen ›Tat von grober Unanständigkeit‹ brauchen keine Zeugen anwesend zu sein, um jemanden verurteilen zu können. Ein Brief mit gewissen Andeutungen kann da schon genügen. Also, Alf, William und ich haben mal 'nen schönen Trick angewandt. Angefangen hat es eigentlich mit 'nem niedlichen kleinen Zufall. Weißt du, die Leute schenken uns Dinge. Wenn sie uns mögen, meine ich. Zigarettenetuis, Ringe, Manschettenknöpfe, solche Sachen. Manchmal auch Anzüge. Also, Alf hatte 'n schönes Exemplar von jemandem bekommen, den ich ruhig 'nen guten Bekannten nennen darf. Zwar schon getragen, aber das war schnuppe. Das Ding roch nach ihm, und er riecht ziemlich gut …«

»Nenne Namen, Bob«, sagte Alf. »Charlie muss doch wissen, wer unsere großzügigsten Freunde sind, oder?«

»Na gut. Lord Alfred Douglas. Kennst du ihn? Ich wette, du kennst ihn. Wenn du Augustus Trops kennst, dann kennst du auch den restlichen Haufen.«

»Ich – ich bin ihm einmal begegnet«, sagte ich ausweichend und fügte schnell hinzu, in der Hoffnung, dass keiner meine rote Birne beachten würde: »Erzähl schon weiter!« Ach, ich wollte das hier überhaupt nicht hören, und doch *musste* ich es wissen!

»Gut, er – ich meine Lord Alfred Douglas – hatte Alfie den schönen Anzug geschenkt, aber unser junger Lord ist ziemlich schlampig. Na ja, was heißt schlampig: Er geht durchs Leben, als hätten sie da oben eigens für ihn ein spezielles Bataillon Schutzengel reserviert, damit ihm nichts zustoßen kann. In den Taschen dieses Anzugs fanden wir Briefe, von denen man als Verfasser *nicht will*, dass jemand sie findet. Ich hatte noch nie so wunderbare Briefe in der Hand gehabt! Und soll ich dir mal verraten, von wem sie stammten?« Er beugte sich vor und flüsterte heiser, als hätte er mir etwas Sensationelles zu erzählen: »Von Herrn Oscar Wilde!«

Ich schaute ihn an, ohne auch nur mit den Augen zu blinzeln. Das denkst du dir aus, wollte ich ihm entgegenwerfen, aber ich wusste, dass das nicht stimmte.

Bob lachte selbstgefällig: »Ja, glaub mir nur, Charlie! So viel Glück kann man manchmal haben. Okay, hab ich gedacht, rede dich aus dieser Sache mal raus, alter Schwätzer!«

»Was für Briefe waren es?«, fragte ich. Verdammt, Mayfield, halte die Klappe! Stopf dir die Ohren zu! Du willst es nicht wissen. Bosie ist dein Märchenprinz, er tut derartige Dinge nicht! Denk an sein Gesicht. Er ist ein Junge, ein unschuldiger Junge, mehr nicht! Er hat nichts hiermit zu tun!

Ich wusste nicht, wieso ich das dachte, obwohl ich es doch wirklich besser wusste. Vielleicht wollte ich noch einen einzigen Traum übrig behalten.

»Liebesbriefe natürlich«, sagte Alfred Wood, als hätte er es mit einem dummen Kind zu tun. »Briefe, die leicht hunderte von Pfunden wert sein konnten. Logisch, dass wir mal bei dem Absender vorbeigeschaut haben. Wir hatten uns eine dramatische Geschichte zusammengebastelt – eine *gute* Geschichte, dachten wir –, und zwar darüber, wie ich die Briefe gefunden hatte und gern zurückgeben würde, wären sie mir nicht von dem bösen William hier gestohlen worden, sodass ich – natürlich weder Kosten noch Mühe sparend – 'nen Detektiv hätte beauftragen müssen, um sie wiederzubekommen. Gut, er schien nicht sehr beeindruckt zu sein, also musste ich noch mal nachlegen. Ich saugte mir irgendeine traurige Geschichte aus den Fingern, dass William mich jetzt bedrohte und ich nach Amerika wollte, um ihm zu entkommen, ein neues Leben anzufangen und ein besserer Mensch zu werden und so weiter blabla, und noch 'ne Träne obendrauf. Ich denke nicht, dass er auch nur ein Wort davon geglaubt hat, aber wenn Oscar etwas mag, dann ist es 'ne gute Klatschgeschichte. Gab er mir fünfunddreißig Pfund. Bisschen viel für reine Mildtätigkeit, nicht? Wir wussten, da war mehr rauszuholen. Gekniffen wie 'n alter Dieb, das hat er.«

»Das tun sie alle.« Bob drückte seine Zigarette auf dem Fußboden aus. »Ist nur 'ne Frage der Geduld. Bisschen die Daumenschrauben anziehen, sie 'n Weilchen schwitzen lassen. Auf die Dauer gehen sie in die Knie. Alle, immer. Also, in Oscars Fall hatten wir noch 'nen Brief übrig, den besten aus der Serie. Den Jackpot sozusagen. Und diesmal zeigten wir, dass wir es ernst meinten. Hatten dafür gesorgt, dass 'ne Kopie davon bei Beerbohm-Tree landete. Du weißt schon, dem Schauspieler. Probte in dem Augenblick gerade 'n Stück von unserm Oscar. *A Woman of no Importance*, glaube ich. Nettes Kärtchen dazu: Bitte übergeben Sie diesen Brief Herrn Oscar Wilde. Ist irgendwie kein angenehmer Gedanke, dass man deinen Bekanntenkreis in deine intimste Privatkorrespondenz einweiht, oder? Gut, das fand unser Oscar offenbar auch. Als wir bei ihm vorbeikamen, hatte er seine Maßnahmen schon getroffen. Hatte den Brief angeblich zu einem französischen Gedicht für irgend so ein Künstlerblatt umarbeiten lassen. Kunst ist kein Schweinkram, so ungefähr war der Gedanke dahinter. Schlau, muss ich zugeben. Beste Ausrede, die mir bisher über den Weg gelaufen ist. Na ja, mehr als zehn Shilling für unsere Mühe wollte er uns nicht geben. Ziemlich dreist, was? Aber ich mag so was. ›Okay‹, sagte ich zu Will, ›er kann das Original wiederhaben. Aber die Kopien, die behalten wir für den Fall des Falles.‹ Ich also zu ihm hin und übergebe ihm das Ding mit den besten Empfehlungen. ›*Du bist* offenbar nicht käuflich, also kannst du ihn ebenso gut zurückbekommen‹, habe ich zu ihm gesagt. Da musste er lachen. Siehst du, das mag ich an Oscar, man kann ihm den letzten Penny aus der Tasche ziehen, aber solange man das mit einer netten Doppeldeutigkeit tut, wird er sich noch dafür bedanken. Wir hatten hinterher noch 'n nettes Gespräch. Er sagte: ›Ich finde, ihr führt ein hinreißend verdorbenes Leben.‹ Ich antwortete, in jedem von uns gäbe es Gut und Böse, und er nannte mich 'nen wahren Philosophen. Keine Ahnung, ob er das als Kompliment gemeint hat, aber irgendwo hat er recht. Es stimmt, dass ich damit mein Geld verdiene: mit Menschenkenntnis. Und genau die Menschenkenntnis war es, die mir sagte: Du wirst das volle Pfund schon noch bezahlen, wenn nicht an uns, dann an jemand anderen.«

Bob holte zufrieden eine neue Zigarette aus seiner Jackentasche. »Und in gewisser Weise habe ich schon recht bekommen. Alfie konnte seinerzeit nach Amerika fahren, und zwar mit 'nem hübschen Taschengeld. Bekam schöne Geschenke per Post. Denn natürlich bleiben wir in Kontakt. Gute Bekannte tun das. Also, Charlie …«

Ich zündete ihm seine Zigarette an.

»Ist nie verkehrt, 'n paar gute Bekannte zu haben. Wobei mir einfällt … wir haben noch gar nicht über *deine* Bekannten geredet.«

Etwas am Klang seiner Stimme passte mir nicht. »Ich kenne nicht so viele Leute.«

»Es müssen auch keine Bekannten sein. Verwandte sind auch in Ordnung. Der Name Rosebery zum Beispiel … Das klingt doch interessant. Woran erinnert er mich? Ach ja, unser neuer Premier! Sag, seid ihr irgendwie verwandt? Ein Onkel? Oder ein entfernter Großneffe vielleicht?«

»N-nein, he, sag, was …?«

»Schade, so ein Wohltäter, der dir ab und an was zusteckt, ist nie verkehrt.«

Ich sagte nichts mehr, fühlte mich unter seinem Blick plötzlich wie eine Maus, die den Kopf aus ihrer Höhle streckt und dabei direkt in ein Katzenmaul blickt. Alf und Charles saßen dabei, als würden sie jetzt vollkommen verstehen, worum es ging. Ich fürchtete, dass ich es ebenfalls wusste.

»Hör zu, Bob, ich *kenne* den Kerl noch nicht mal!«

»Nein, aber wen du bestimmt kennst, das sind die Farleys. Und die kennen sowohl die Roseberys als auch diese andere Familie … Wie war noch gleich der Name? Die Queensberrys?«

Bob schloss träge die Augen, als würde das Haschisch am Ende doch noch Wirkung zeigen. »Was für 'ne nette Familie muss das sein, die Farleys ...«, fuhr er verträumt fort. »Befreundet mit allen und jedem. Vincent mit Oscar, Stuart mit dem Marquis von Queensberry. Ich frage mich, ob sie sich gegenseitig auch schreiben und was dann wohl in ihren Briefen steht. Ach, wenn ich doch nur mal kurz wie ein ganz kleines Mäuschen in ihrem Schreibtisch herumschnüffeln dürfte ...«

Er legte die Hand mit der Zigarette auf sein Knie und ließ ein Rauchwölkchen aus seinem Mund entweichen. »Charlie, du musst Camelot House gut kennen«, sagte er.

Eine Art elektrischer Schlag durchglühte mein Rückgrat. Das war es, wusste ich. Der Grund, weshalb sie mich dabeihaben wollten, weshalb sie die letzten Tage nett zu mir gewesen waren.

Wenn es hier um das geht, was ich denke, dann kannst du es vergessen, Kumpel, dachte ich. Aber ich hielt vorläufig noch den Mund. Ich wollte es ihn selbst sagen hören.

»Ich will mir das Haus mal ansehen. Meiner Meinung nach steht es im Augenblick leer. Ich bin schon ein paarmal dran vorbeigelaufen. Aber ich kenne die Aufteilung nicht, und wenn wir dort finden wollen, was wir suchen, dann müssen wir wissen, wonach wir suchen. Also, hast du nicht gesagt, du hättest dort mehrere Male Modell gesessen?«

Ich schlug lachend die Zigarette aus, die er mir vorhielt. O nein. Das auf keinen Fall. Und das sagte ich ihm auch.

Er brachte die Zigarette wieder zu seinem Mund. Seine Augen schauten mich ausdruckslos an. Er sorgte dafür, dass ich seinem Blick nicht entrinnen konnte.

»Ich bestehe darauf, Charlie. Meiner Meinung nach müssen in dem Haus Briefe zu finden sein, die für uns sehr wichtig sind. Nicht weil sie uns Geld einbringen können – obwohl, vielleicht ... –, sondern weil sie uns womöglich vor dem Gefängnis bewahren. Weißt du nicht, Charlie, welche Pläne gerade geschmiedet werden? Welches Geld und welcher Einfluss ins Spiel gebracht werden, um ...«

»Vergiss es, Bob. Ich tue es nicht!«

»Jetzt hör mal zu, Rosebery ...«

»Nein! Wenn es eine sichere Manier gibt, ins Gefängnis zu kommen, ist es ein Einbruch in ein großes Haus in Kensington! Vergiss es, Bob!«

Er schaute mich weiter an, zog an der Zigarette, blies mir einen Mundvoll Rauch ins Gesicht.

»Ich glaube nicht, dass dir klar ist, wie sehr wir dir das Leben vermiesen können, Rosebery«, sagte er langsam. »Braucht gar nicht viel dazu – ein anonymer Tipp, kleiner Polizeieinsatz im richtigen Moment –, um einen Burschen wie dich für zwei Jahre hinter Gittern verschwinden zu lassen. Und das möchtest du doch sicher nicht erleben, wie?«

Ich starrte ihn an, mit vor Rauch tränenden Augen. »Das ... das würdet ihr doch nicht tun, nein?«

»Das würden wir absolut sicher tun«, sagte er.

Ich hörte den kühlen Ernst in Bobs Stimme. Wahrscheinlich hatte er sich den Plan schon eine ganze Weile zuvor zusammengebastelt. Katz und Maus, Panter und Beute: Das war die Art von Spielchen, auf die er sich verstand.

Er wusste, dass ich keine andere Wahl hatte, als mitzumachen.

»Also, das Haus«, fuhr er sachlich fort. »Bestimmt gibt es Wachhunde?«

»Ja.«

»Viele? Große?«

»Nein, ein paar. Spaniels, nicht sehr scharf, denke ich. Und sie kennen mich.«

»Schön, du kannst also die Hunde ablenken, während wir reingehen. Gut, wie kommen wir rein?«

»Es gibt Läden vor allen Fenstern, und die Haustür ist ziemlich stabil ...«, begann ich in dem Versuch, ihn zu entmutigen.

»Vergiss es, wir werden nicht mit viel Lärm eine Tür aufbrechen. William weiß, wie man so was auf stille Weise erledigt. Wenn das Schloss nicht allzu kompliziert ist, sind wir im Handumdrehen drinnen. In Ordnung, jetzt das Personal. Weißt du, wie viele in Ferien sind?«

Darauf musste ich ihm die Antwort schuldig bleiben. Vermutlich würden wohl ein paar Dienstmädchen und Hausdiener zurückgeblieben sein, um das Haus zu hüten. Aber wie viele das waren und wo sie schliefen?

»Gut«, sagte Bob, »das ist demnach ein Risiko, das wir eingehen müssen.«

Ein hübsches Risiko!, dachte ich. Ich konnte mir den Blick in Palmtrees Gesicht schon vorstellen, wenn er mich mit einem Brecheisen in der

Küche von Camelot House antreffen würde. Der Sheriff von Nottingham, der Robin Hood auf frischer Tat ertappte, würde nicht erfreuter dreingeschaut haben können.

»Und jetzt zur Aufteilung des Hauses. Weißt du zum Beispiel, wo sich Stuart Farleys Arbeitszimmer befindet, Charlie?«

Ich erzählte ihm, was ich wusste. Meine Kenntnis der Aufteilung von Camelot House beschränkte sich auf das Erdgeschoss, aber dort wusste ich recht gut Bescheid, was an meiner Neigung lag, neugierig durch halboffene Türen zu schielen, froh, eine Spur dessen zu erhaschen, was nicht meine Welt war. Es schien schon sehr lange her, dass ich an den Traum von Camelot geglaubt hatte.

Während Bob und ich redeten, saßen Charles und Alf unbewegt daneben. Sie schienen sich mit dem Plan des Meisterhirns abgefunden zu haben und rauchten unbesorgt ihre eigenen Zigaretten. Die Kameradschaft des Salons in der Little College Street war nur Schein, wurde mir klar. Wenn es darauf ankam, hieß es: jeder für sich.

»Wir tun es morgen Nacht«, erzählte Bob. »Der Wetterbericht in der Zeitung sagt Wolken voraus. Nicht dass uns das auf der Straße bei den vielen Laternen großen Nutzen einbrächte, aber beim Haus wird man uns weniger schnell entdecken. Wir treffen uns in der Bodega. William, Alf und ich haben vorher noch einen Termin in der City, aber um halb elf sind wir da. Können wir auf dich zählen, Charlie?«

»Dafür habt ihr selbst gerade eben gesorgt«, sagte ich.

23

*Ein unvergesslicher Abend – »Acht Whiskys und ein Rasiermesser« –
Einbrecher – Ich stehle ein Tagebuch – Verdammt riskante Briefe*

Am nächsten Abend in der Bodega ging es mir miserabel. Dünnschiss, Kopfweh und »O ... *hell!*«-Gefühl hatten sich miteinander verschworen, um mir eine unvergessliche Nacht zu bereiten. Es würde schiefgehen, davon war ich überzeugt. Ich war mir sicher, die nächste Nacht in einer Polizeizelle zu verbringen, ohne Zudecke und nur mit Wasser und Brot. Bewacht von einem Polypen, der mir alle naselang einreiben würde: »Im Knast wissen sie bestimmt, was sie mit einem wie dir anfangen sollen, Bürschchen!«

Ich betrachtete die Schauspieler, die immer noch wie Hühner um den Futtertrog um die Tische mit Käse und Crackern kreisten. Was für ein glückliches und sorgloses Dasein sie hatten! Was für ein beneidenswertes Leben sie führten! Wie herrlich musste es sein, einfach so in die Bodega zu gehen und sich sein Abendmahl auf einen Teller zu laden. Und dazu keine Sorgen außer der Miete, dem nächsten Engagement, der Tatsache, dass kein Regisseur an einen glaubte ...

»Möchte der Herr was bestellen?«

Ich hob den Kopf. Und schaute mitten in ein gebräuntes Gesicht mit regelmäßigen weißen Zähnen.

Ach, du bist es. Natürlich.

Wem sonst begegnete man an einem Abend wie diesem, außer den Leuten, denen man absolut nicht über den Weg laufen wollte? Der italienische Radfahrer stand mit vorgebundener weißer Schürze und einem Schreibblock in der Hand an meinem Tisch.

»Möchte der Herr was bestellen?«, wiederholte er.

»Ach ja, warum nicht? Für mich acht Whiskys und ein Rasiermesser. Aber bitte schön scharf.«

Er runzelte die Stirn. »Alles in Ordnung, der Herr?«, fragte er in einem Ton kundenfreundlicher Besorgnis.

Ich hatte jetzt den Mumm, ihm in die Augen zu sehen. Sein Gesicht war nach wie vor kriminell anziehend, aber jetzt wurde es von einem anderen in den Hintergrund gedrängt, das ebenso weiß war wie das seine braun.

»Was ist das Gegenteil von in Ordnung?«, fragte ich. »Im Keller? Am Boden? Also, auf mich trifft das alles zu!«

»Das klingt ziemlich mies, der Herr.« Er blickte kurz um sich, ob es Zeit für eine Unterhaltung gab. Die gab es; es war nicht viel los. »Kann ich Ihnen irgendwie helfen?«

Ich denke nicht, dass er es ernst meinte. Er schien mir nicht der Typ zu sein, der sich allzu große Sorgen um andere machte. Aber er hatte Lust, ein wenig zu plaudern, und betrachtete mich auf Anhieb als interessanten Gesprächspartner. Meschuggener betrunkener Bursche. Das konnte heiter werden.

»Ja, Sie *könnten* mir tatsächlich helfen«, sagte ich mit dem nötigen Sarkasmus in der Stimme. »Besorgen Sie mir hier und jetzt eine Arbeit, bei der ich mehr als fünfzig Pfund im Jahr verdiene.«

»Also, meinen Job würde ich dem Herrn nicht empfehlen!« Er grinste, und seine Zähne funkelten zwischen seinen weinroten Lippen. (Autsch! Besser doch seinlassen!) »Was für eine Arbeit suchen Sie? Was tun Sie jetzt?«

Ich fragte mich, ob ich es ihm erzählen sollte, einfach um seinen Gesichtsausdruck zu sehen. Aber ich tat es nicht. »Künstlermodell. Ich sitze Modell für Gemälde.«

»Das klingt doch gar nicht so schlecht!«, sagte er.

»Na ja, davon leben kann ich nicht.«

»Hören Sie zu.« Er zog einen Stuhl heran und setzte sich, was ihm zweifellos einen Rüffel von seinem Chef einbringen würde. Ich wusste, dass das ihn gleichgültig ließ.

»Ich komme aus Italien, ja? Und da ist Modellsitzen ein richtiger Beruf. Modelle verdienen gut in Rom und Florenz, und wenn es uns in Italien nicht gelingt, dann gehen wir nach Paris. Es gibt genug italienische Modelle dort. Wird wohl was mit dem alten Rom zu tun haben. Und man weiß, dass wir Profis sind. Es ist ein Beruf, wissen Sie, Modellsitzen. In Italien gibt es ganze Familien, die es tun, seit Generationen. Alle meine Brüder sind Künstlermodelle.«

Wieso wundert mich das jetzt nicht?, dachte ich.

»Zwei von ihnen sind nach London gekommen, ein paar Jahre ist das jetzt her. Und sie haben Erfolg. Sind vielgefragte Leute. Sitzen für Watts und Alma Tadema und wie sie alle heißen! Aber wissen Sie, was unser Geheimnis ist? Wir Italiener helfen uns gegenseitig, geben die richtigen Adressen weiter, bringen uns die Kniffe des Fachs bei. Wissen Sie, dass wir sogar eine Gewerkschaft für Künstlermodelle gegründet haben? Demnächst können wir auch Lohnforderungen stellen!« Er warf den Kopf in den Nacken und lachte laut, sonnig, südländisch, wegen nichts.

»Und du? Wieso bist du eigentlich kein Modell?«, konnte ich mir nicht verkneifen zu fragen.

»Ich? Nichts für mich. Ich kann nicht so lange stillsitzen.« Und um das zu demonstrieren, tippte er rhythmisch mit dem Finger auf die Tischplatte. »Ich schlage mich hier auch so durch. Lebe von meinen Trinkgeldern. Aber ich gebe Ihnen einen Tipp: Versuchen Sie es bei den Kunstakademien. Die Royal Academy, die Slade School. Die nehmen auch englische Jungs wie dich, vielleicht sogar eher als die Kunstmaler. An den Kunstakademien kann man sich ein nettes festes Einkommen verdienen.«

Ich dankte ihm für den Tipp, der mir sehr nützlich erschien. Es wunderte mich, dass ich noch nicht selbst daran gedacht hatte. »Großartig! Ich gehe gleich morgen dort vorbei.«

»Das können Sie, allerdings werden Sie dann vor verschlossenen Türen stehen. Ferienzeit, verstehen Sie? Auch für Kunststudenten.« Er grinste, als hätte er mich hereingelegt. »Versuchen Sie es wieder im September.«

Schnipp! Zurück in die Wirklichkeit. Für wen hatte ich ihn bloß gehalten? Für meinen Retter? Meinen Ritter auf dem stählernen Ross? Er machte sich einen Dreck aus mir, einen Dreck aus jedem! Genau das war es gewesen, was mich an ihm so angezogen hatte.

»Gut, es soll mich einen Teufel scheren«, sagte ich. »Bringst du mir die Whiskys noch?«

Mein Ton missfiel ihm zweifellos, und mit einer Stimme, die deutlich machte, dass er sich von seinen Kunden nicht herumkommandieren ließ, sagte er, wenn ich mich totsaufen wolle, müsse ich das woanders tun.

Doch auf dem Weg zum Tresen besann er sich und brachte mir eine ganze Flasche schottischen Whisky. Er stellte sie ohne Glas auf meinen Tisch. »Viel Erfolg, der Herr!«

Ich sah sein grausames Lächeln und hätte beinahe beschlossen, die Herausforderung anzunehmen. Sich totsaufen war eine einfache, saubere Art des Selbstmords. Kein Blut. Kein Sauhaufen. Keine Scherereien. Aber in dem Augenblick, als ich die Flasche nahm, kamen Alf, Bob und William hereingestürmt, mit wirrem Haar und roten Köpfen und mehr als eine Viertelstunde zu spät.

»Das heben wir uns für hinterher auf«, sagte Bob ohne Erklärung für ihr Zuspätkommen. »Wir müssen jetzt einen klaren Kopf bewahren.«

Er riss mir die Flasche aus der Hand und gab sie William, der sie unter seinem weiten Mantel verschwinden ließ. Der Mantel hing ihm schwer und breit über die Schultern, und ich fragte mich, was sich sonst noch darunter verbarg. Wir tranken der Form halber ein Glas Ingwerbier und gingen.

Es war tatsächlich eine bewölkte Nacht, wie es der Wetterbericht vorhergesagt hatte, und es nieselte. Wir gingen, ohne viel zu sagen, in Richtung Kensington. Als wir ein Stück in das Villenviertel vorgedrungen waren, blieb William stehen und holte etwas unter seinem Mantel hervor. Ich hatte ein Brecheisen oder dergleichen erwartet und war einigermaßen erstaunt, als es eine Kette Würstchen war.

»Hier«, sagte er zu mir. »Behalte du sie ab jetzt.«

»Was in aller Welt soll ich mit sechs Pfund Wurst?«

William seufzte. »Die sind für die Hunde, du Trottel!«, erklärte er ungeduldig. »Du lenkst sie ab, wenn wir ins Haus gehen.«

»Ihr habt wirklich an alles gedacht, wie?«

»In der Tat«, sagte Bob kühl.

Wir standen an dem Tor, das die Auffahrt zu Camelot House während der Abwesenheit seiner Bewohner verschloss. Jedes Fenster war dunkel, und so gegen den Wolkenhimmel abgezeichnet glich das Haus tatsächlich einem Schloss: eine uneinnehmbare Festung. Ich erinnerte mich, wie ich hier das erste Mal mit Trops gestanden und mich unwillkommen gefühlt hatte, mir vorgekommen war wie ein Einbrecher. Jetzt stand ich wieder hier, aber diesmal in der Absicht, tatsächlich einzubrechen. Wäre es nicht um mich, sondern um jemand anderen gegangen, ich hätte es bestimmt als Riesenwitz empfunden.

»Gut«, flüsterte Bob, der vorgegangen war, um den Polizisten auf seiner Streife vorbeikommen zu sehen, »ruf jetzt die Hunde. Wir haben zehn Minuten, um ins Haus zu kommen, und in einer halben Stunde will ich wieder draußen sein.«

»Boomer, Lucy, Chuckles!«, rief ich leise. »Na kommt schon, Jungs.« Sie kamen, schwanzwedelnd und zum Glück ohne zu bellen. Bob machte eine abfällige Bemerkung über reiche Leute, die sich doch auch bessere Wachhunde leisten könnten, während ich die Würstchen an die Hunde verfütterte und die anderen über das Tor kletterten.

Als auch Bob und ich über den Zaun waren, kam es zu einem lautstarken Kampf um das letzte Würstchen, was zum Glück unbemerkt blieb, auch wenn wir uns aus Vorsorge hinter einen Rhododendronbusch duckten.

»Alles okay«, zischte William mir ins Ohr. »Also, welche Tür hat deiner Meinung nach das einfachste Schloss? Da werden wir es versuchen.«

Ich nannte die Gartentüren des Ateliers.

»Prima, damit weichen wir der Küche aus. Man weiß nie, ob die Reichen da nicht einen Hausdiener schlafen lassen, damit er das Tafelsilber bewacht.«

Bob, William und ich gingen hinein. Alf blieb im Garten, um die Straße und die Dienstbotenzimmer im Auge zu behalten. Das Schloss der Gartentüren machte wenig Probleme, aber schade war nur, dass sich die Farleys dessen auch bewusst waren: Eine stabile Kette verhinderte, dass sich die Tür mehr als eine Handbreit öffnen ließ.

»Hm«, sagte William und begann, seinen Mantel aufzuknöpfen, »das hier könnte ein Weilchen dauern.«

Ich schaute nervös hinter mich. Die Hunde waren immer noch beim Zaun und hofften offenbar auf weitere freundliche Passanten mit Würstchen in der Tasche. Sie benahmen sich ziemlich eigenartig. Chuckles war mit den Vorderpfoten eingeknickt und rieb seine Schnauze glückselig über den Boden, während Lucy gähnend auf den Rücken gerollt war.

»Hier, halte du die Lampe fest.« William drückte mir eine kleine Laterne in die Hand, deren vier Seiten alle schwarz angemalt waren, aus-

327

genommen eine kleine Öffnung von der Größe eines Shillings. Er holte eine lange Zange aus seiner Tasche, die in einen alten Lappen gewickelt war, um ein verräterisches Klappern zu verhindern. Während er sich auf die Zungenspitze biss, versuchte er, die Kettenglieder durchzukneifen. Es kostete mehr Zeit, als wir uns erlauben konnten, und Bob und ich verloren schon die Geduld; ich nicht zuletzt deshalb, weil die Laterne in meinen Händen glühend heiß wurde.

In dem Augenblick, als Bob zum wiederholten Mal »Und das schimpft sich selbst einen Einbrecher!« sagen wollte, brach die Kette entzwei.

William schaute uns nur mit dem stillen Triumph des Fachmanns an.

Wir waren drinnen. Der Terpentingeruch in dem warmen, abgeschlossenen Raum war so stark, dass ich mir die Nase reiben musste, um nicht loszuniesen. Ich sah die bekannten Umrisse der Staffeleien, das Modellpodest, den Arbeitstisch. Alte Freunde, die mich aus dem Dunkeln vorwurfsvoll anschauten: »Ach, Adrian, wie *kannst* du nur!«

Ich wusste, wenn Palmtree gleich in der Türöffnung stünde, wie es am vergangenen Tag dutzende Male in meiner Phantasie vorgekommen war, dann würde ich es nicht ertragen. Vincent und Imogen würden alles erfahren, und jeder Spiegel in Camelot House würde zerbersten.

»Glaubst du, hier ist was zu finden?«, fragte Bob.

»Nichts. Außer du willst ein Geschäft für Künstlerbedarf eröffnen«, antwortete ich.

»Gut, dann hängen wir hier nicht weiter herum. Wir haben schon genug Zeit verloren. Wo können wir beispielsweise Stuarts Arbeitszimmer finden?«

»Aus dem Atelier in den Flur, dritte Tür links«, wusste ich.

Ich hatte einmal hineingeschaut und erinnerte mich an ein Zimmer voll schwerer Möbel aus dunklem Holz und an die ausgestopften Köpfe von Tieren, die Stuart in verschiedenen Teilen der Welt in die ewigen Jagdgründe geschossen hatte. Hier hing ein erstickender Zigarrengeruch, der dazu dienen sollte, unerwünschte Besucher wie das Weibsvolk draußen zu halten.

Die Tür zwischen Atelier und Flur war ebenfalls abgeschlossen, aber zum Glück steckte der Schlüssel noch von der anderen Seite, sodass William ihn mit ein paar Tricks herausbekam. Er zauberte eine aufgerollte Zeitung und einen dünnen Metallstab unter seinem Mantel hervor, mit dem er den Schlüssel aus dem Schloss wackelte, um ihn anschließend auf der unter der Tür hindurchgeschobenen Zeitung zu sich zu ziehen. Mich befiel der starke Verdacht, dass er das schon häufiger getan hatte und es nicht günstig wäre, in seiner Gesellschaft festgenommen zu werden.

Die Eingangshalle von Camelot House lag so verlassen da wie die eines Gespensterhauses. Wir schlichen auf Zehenspitzen über den Steinfußboden, und William erbrach in Rekordzeit die Tür zu Stuarts Arbeitszimmer.

»So-o-o ...«, flüsterte Bob, »und wo schauen wir uns jetzt mal um?«

Wir verteilten die Aufgaben: Schränke, Schreibtisch, Schubfächer. Was wir suchten, waren Briefe, Telegramme, derartige Dinge, aber ich sah William eine schöne Schreibfeder einstecken, und auch ein teurer Briefbeschwerer, der vorhin noch auf dem Schreibtisch gelegen hatte, war plötzlich verschwunden. Ich durchsuchte Mappen voll uninteressanter Geschäftskorrespondenz, ohne etwas zu finden, doch William hatte mehr Erfolg, nachdem er einmal eine Schreibtischschublade aufgebrochen hatte.

»Da haben wir's!«, hörte ich ihn sagen, fast zu laut. Bob und ich beugten uns über ihn.

»Seht mal!«

Wir folgten seinem Finger zu der Unterschrift am Ende des Briefs: QUEENSBERRY, in einer fast unleserlichen Handschrift.

»Wunderbar!«, flüsterte Bob. »Wie viele sind es, William?«

»Zehn, denke ich, Bob.«

»Genug! Wir lesen sie später. Lasst uns noch schnell irgendwo anders nachschauen. Wir haben noch etwas Zeit. Wo sind die Schlafzimmer, Charlie?«

»Sagt mal, wir gehen doch nicht nach oben?«

Nachdem wir so schnell gefunden hatten, was wir suchten, war ich dafür, dass wir uns ebenso schnell wieder aus dem Staub machten.

»Klar gehen wir nach oben! Ein Blick unter die Betten lohnt sich immer. Schlafzimmergeheimnisse, weißt du ...«

»Aber die Dienerschaft ...«

»Die schläft noch einen Stock höher. Sie werden bestimmt nichts merken. *Falls* sie überhaupt hier sind. Ich habe das Gefühl, dass das ganze Haus verlassen ist.«

Das Gefühl hatte ich nicht. Der Geist von Palmtree wehte durch jedes Gemach, bereit, unerwartet aus einer Ecke hervorzutreten oder aus der Wand zu kommen. Aber ich folgte ihnen, als sie die Treppe hinaufschlichen. Nicht um zu verhindern, dass sie noch mehr entwendeten, wie ich mir nobel weismachte, sondern weil ich einfach zu viel Schiss hatte, allein unten zu bleiben.

Die erste Etage von Camelot House bestand aus Salons, unbenutzten Kinderzimmern sowie Rauchzimmern, sodass wir noch eine verräterisch knarrende Treppe hinauf mussten, um zu den Schlafzimmern zu gelangen. Ich fühlte mich mehr denn je als Eindringling, während wir jede Tür versuchten und in jedes Zimmer schauten.

Imogens Schlafzimmer war ein typisches Mädchenzimmer mit einem weiß lackierten Metallbett und einem kleinen Tisch voller Fotografien von Ellen Terry und anderen berühmten Schauspielerinnen, das von Lilian ein unordentliches Boudoir voller Zierkissen, Keksdosen und hingeworfener Strümpfe. Stuarts Schlafzimmer schließlich war unpersönlich und unbenutzt, ein Zeichen für eine gute Ehe.

Vincents Zimmer lag am Ende des Flurs und war im Vergleich zu seinem praktisch eingeteilten Atelier überraschend behaglich und geschmackvoll eingerichtet. Es gab ein großes Bett, ein Regal mit Lieblingsbüchern, ein komfortables Sofa neben einem hohen Zeitschriftenstapel und eine Vitrine mit ergreifenden Jugenderinnerungen, darunter eine Medaille von einem Zeichenwettbewerb. Trotz der Gemälde befreundeter Künstler (darunter ein echter Trops, stellte ich fest), erweckte das Ganze den Eindruck eines Jugendzimmers. Zum ersten Mal machte ich mir klar, dass Vincent immer noch bei seinem älteren Bruder wohnte. Ich hatte ihn immer als einen selbständigen, erwachsenen Mann betrachtet. Jetzt wurde mir bewusst, dass er zwar nicht an Jahren, wohl aber an Erfahrung ein Stück jünger war als ich, Adrian Mayfield, der schon seit seinem vierzehnten Lebensjahr selbst für seine Kost und Logis sorgte. Vincent würde sich das Leben, das ich jetzt führte, wahrscheinlich nicht einmal vorstellen können.

Auf der Schwelle sah ich zu, wie William und Bob wieselgleich ins Zimmer schlüpften, um Schubladen und Regale zu durchforsten. Was sie taten, glich einem Sakrileg, und ich erwartete jeden Moment einen fuchsteufelswilden Palmtree, der wie ein Rachegeist aus einem Schrank hervorgeschossen kam. Aber nichts dergleichen geschah, sodass ich mich nach einem »Na los, Charlie, tu auch mal was für dein Geld!« von William dazu bringen ließ, mitzusuchen. Lustlos öffnete ich den Nachtschrank und steckte meine Hand hinein. Ich ertastete den Lederumschlag eines kleinen Büchleins, das ungefähr die Dicke einer Bibel hatte. Warum nicht? Der heilige Vincent schlief mit einer Bibel neben seinem Bett. Dennoch zögerte ich und holte es hervor, um es mir näher anzusehen. In dem wenigen Licht musste ich mir die Seiten direkt vor die Nase halten, um sie lesen zu können, aber was ich sah, genügte: Seite um Seite vollgeschrieben in Vincents kleiner, ordentlicher Handschrift. Ein Tagebuch! Ich erschrak dermaßen über meine Entdeckung, dass mir das Büchlein fast aus der Hand gefallen wäre, was Bobs Aufmerksamkeit erregte.

»Was hast du da, Charlie?«, fragte er.

Er wollte zu mir kommen, und mir wurde klar, dass genau das etwas war, wonach er suchte.

»Eine Bibel!«, sagte ich mit dem Erfindungsreichtum, den der Schreck mir eingab. Ich schaffte es, dem ein geringschätziges Lachen folgen zu lassen. Ich wollte um jeden Preis verhindern, dass dieses Tagebuch in die Hände von Bob Cliburn geriet.

»Dann ist er wirklich 'n Mönch«, sagte der und steckte seine Nase wieder in den Schrank, den er gerade inspizierte.

Ich tat, als würde ich das Büchlein wieder zurücklegen, ließ es aber stattdessen in meine Brusttasche gleiten. Dort blieb es klein und schwer, wie der junge Vogel, den ich einst mit in die Schule genommen hatte. Ein Geheimnis.

In dem Augenblick ertönte unten im Garten Katzengejammer. Das Zeichen von Alf, dass die Luft nicht mehr rein war. Bob stieß sich den Kopf an einer Schranktür und rannte lautlos schimpfend zur Tür. William und ich folgten ihm in den Flur, um zu unserem Schreck oben an der Treppe zur dritten Etage ein kleines Licht zu sehen, das sich bewegte. Ein nackter Männerfuß machte einen schläfrig-unsicheren Schritt nach unten.

Da wir ohnehin entdeckt waren, hatte Leisesein keinen Sinn mehr, und wir polterten, so schnell wir konnten, die Treppen hinunter. Ich gönnte mir keine Zeit, um zu lauschen, ob der barfüßige Kerl (ein barfüßiger Palmtree?) hinter uns herkam. Ich war als Erster wieder im Garten, wo Alf schon am Zaun stand, die Hunde ausgezählt zu seinen Füßen.

»Was?«, keuchte ich.

»Licht, oben«, sagte er mit ausgestrecktem Arm. »Schnell über den Zaun! Der Polyp ist vor genau einer Minute vorbeigekommen, er geht auf die Bahngleise zu. Wir nehmen die andere Richtung!«

Wir halfen uns gegenseitig über den Zaun, rannten bis ans Ende der Straße und gingen ab dann wieder langsamer, für den Fall, dass wir doch noch einem Polizisten begegnen würden.

Als er wieder zu Atem gekommen war, zog William die Briefe hervor, lachte und tanzte vor uns her über die Straße. »Wir haben Briefe! Wir haben ganz großartige Briefe!«

»Immer mit der Ruhe. Lass uns erst mal lesen, was in ihnen steht«, sagte Bob nüchtern.

Wir gingen noch eine Zeitlang weiter, bis wir zu einem leerstehenden Haus kamen, wo wir über den Absperrzaun kletterten. Auf dem Hinterhof setzten wir uns alle vier auf den Boden und köpften die Flasche Whisky. Wir alle, ich nicht ausgenommen, waren in einer übermütigen, aufsässigen Stimmung und wie betrunken vor Übermut. Alf leckte die Whiskytropfen von Bobs Lippen, was ihm einen Hieb einbrachte. William legte die Briefe vor seiner Einbrecherlaterne auf den Boden.

»Mal sehen, was wir haben ...«, murmelte er. Er lehnte sich über die Briefe, als wollte er der Erste und Einzige sein, der sie las, und kurz darauf hörten wir ihn seufzen: »O ... wunderbar!« Bob schob ihn beiseite und riss ihm den Brief unter der Nase fort. Ich beugte mich über seine Schulter und las mit.

Es war tatsächlich ein interessanter Brief, allein schon unter sprachlichen Gesichtspunkten, verfasst von jemandem, der sich über sämtliche Regeln der englischen Sprache und der Höflichkeit gestellt hatte.

Bester Kerl, begann er, *dein letzter Brief hat mir kapital viel gutgetan, aber meiner Meinung nach verfehlst du den Kern, die Achse sozusagen, um die das alles kreist. Es ist in der Tat so, dass schnelle Aufstiege in diesem korrupten, scheinheiligen christlichen Land öfters vorkommen. Rede mir nicht von den heimlichen Händeln im Oberhaus! Aber hier geht es um mehr als um politisches Gefeilsche, und ich werde es dir beweisen. Ich habe schon genug Informationen, um diesen liberalen Sodomiten-Snob vom Posten des Premierministers fernzuhalten, und das Einzige, was mich noch zurückhält, ist die Sorge um meinen Sohn.*

Du weißt, dass ich Francis immer für den Besseren der drei gehalten habe. Älteste Söhne sind das oft, die Geschichte beweist es. Sein Bruder Percy setzt alles daran, mich zu ärgern. Aus sportlicher Perspektive ist es interessant, was für eine Ausdauer er hierbei an den Tag legt. (Seine größte Leistung dabei ist wohl die Ehe mit dieser frömmelnden Pfarrerstochter.) Von dem andern will ich erst gar nicht reden. Wenn du mich fragst, dann ist er noch nicht mal mein Sohn (was die Lady in den Tagen seiner Zeugung alles ausgefressen hat, ist mir unbekannt), und irgendwann werde ich meine Anwälte das bestimmt noch herausfinden lassen.

Zur Sache! Du sagst mir in deinem Brief, dass du dich für Francis freust, und bittest mich, ihn zu seiner schönen Position zu beglückwünschen. Ein schöner Posten, ja gewiss! Aber was beinhaltet die Stellung des Privatsekretärs eines Ministers? In meinen Augen nicht mehr als ein inhaltsloses Ehrenamt, das ich jedenfalls dankend ablehnen würde. Es ist schon schlimm genug, einen Sohn zu haben, der wie ein Parasit auf Kosten von anderen lebt, geschweige denn zwei! Und zu welch einem Preis! Ach, ich wünschte, er würde mich ins Vertrauen ziehen! Ich bin der Einzige, der die Macht und die Möglichkeiten hat, ihm zu helfen, und doch haben wir schon seit mehr als einem Jahr nicht mehr vertraulich miteinander gesprochen.

Er sieht schlecht aus, Farley. Ich kenne die Symptome, und ich habe Angst, dass er sich am Ende schuldlos zugrunde richtet. Du weißt, Farley, dass ich alles tun werde, was in meiner Macht steht, um ihn diesen verderblichen Einflüssen zu entziehen. Mehr kann ein Vater nicht tun. Aber was, wenn er sich wie dieser andere von mir abwendet? Er will nicht hören. Verdammt noch mal, er macht mich wütend! Irgendwann dieser Tage werde ich Schritte unternehmen, das weißt du. Es ist gut, dich an meiner Seite zu haben, Farley. Das Königreich braucht gute, vernünftige Kerle wie dich.

Ich sehe dich nächste Woche auf der Rennbahn. Setz um Himmels willen diesmal nicht wieder so einen scheißvornehmen Hut auf.

Queensberry

»Interessant, interessant!«, murmelte Bob. »Rätselhaft, aber sehr interessant. Lies weiter, werter Kollege!«

William nahm den zweiten Brief. Der war beträchtlich weniger herzlich im Ton:

Farley, schlag nicht so einen scherzhaften Ton mir gegenüber an. Ehe du anfängst, mich darüber zu belehren, wie ich meine Familie führen muss, solltest du erst einmal Ordnung in deinem eigenen Haus schaffen. Ich weiß, wie gern du dich mit deinen modernen, freizügigen Ansichten brüstest, aber selbst in diesen Zeiten hat ein Mann immer noch Herr und Meister in seinem eigenen Haus zu sein. Und das Verhalten deines jüngeren Bruders lässt mich ernsthaft daran zweifeln, ob du das wirklich noch bist. Dein Vincent bewegt sich jetzt wirklich in »höheren Kreisen«, wie? Ich habe dich schon eher vor dieser dekadenten Café-Royal-Clique gewarnt, aber du wolltest nicht hören. Jetzt sage ich es dir abermals: Nutze deinen Einfluss, und verschaffe dir Geltung als Familienoberhaupt, wenn du nicht willst, dass sein Name jetzt oder in nicht unabsehbarer Zukunft im Zusammenhang mit einer unerquicklichen Affäre in der Zeitung erscheint. Versteh mich recht, ich beschuldige ihn in keiner Weise. Aber diese Dinge breiten sich aus wie die Cholera: Ehe du dich versiehst, hat es dich schon erwischt. Und ich habe nicht vor, noch länger zu schweigen. Wenn du vernünftig bist, dann lege mir keine Steine in den Weg.

Queensberry

Die anderen Briefe waren kürzer und weniger interessant und bestanden vor allem aus Aufzählungen der Qualitäten eines bestimmten Rennpferdes, das dieses Jahr im Derby gelaufen war, sowie aus Berichten von wichtigen Boxwettkämpfen. Nur der letzte Brief enthielt noch eine rätselhafte Passage: *Wenn Palmtree behauptet, die Kerle wären gut, dann will ich seinen Vorschlag wohl überdenken. Sag ihm schon mal, dass ich bereit bin, sie gut zu bezahlen. Das hier darf mich eine Stange Geld kosten.*

»Und?«, fragte William, als wir alle Briefe gelesen hatten. »Was machen wir damit, Bob?«

Bob Cliburn ließ sein Kinn auf seinen gefalteten Händen ruhen. Er sah aus, als würde er ernsthaft nachdenken.

»Bob? Es stehen Namen in diesen Briefen. Brauchbare Namen!«

Bob hob ruckartig den Kopf. Die Bewegung war wie gewöhnlich furchterregend schnell. »*Gefährliche* Namen. Namen, von denen ich nicht sicher weiß, ob ich mir die Finger an ihnen verbrenne will.«

»Na hör mal. *Du!*«

»Nicht nur ich. Wir, wir alle miteinander! Wenn hier steht, was ich meine, dann ist das hier gefährlich für uns alle. Und für unser Geschäft!«

William schüttelte den Kopf und setzte die Whiskyflasche an den Mund. »Wir haben schon gefährlichere Kunststücke vollbracht, Darling!«

Ich konnte dem Gespräch nicht mehr folgen, wagte aber auch keine Fragen zu stellen, weil ich vermutete, dass dumme Fragen im Augenblick nicht sehr geschätzt würden. Ich wollte nicht die gemeinsame Wut von William und Bob auf mich ziehen.

»Wovor sollten wir Angst haben müssen?«, fuhr der Erstere fort. »Welche Beweise haben sie gegen uns? Selbst Charles und Alfred Taylor mussten sie gehen lassen, und die wurden doch sozusagen mit ihren Fingern in der Ladenkasse erwischt. Niemand in London hört auf das, was der alte Queensberry faselt. Alle sind sich darüber einig, dass er eigentlich in eine Irrenanstalt gehört. Ganz gleich was er verzapft, keiner kann beweisen, dass er recht hat.«

»Ein Haufen Leute können das beweisen, wenn er es schafft, sie aufzuspüren, und wenn er sie so weit bekommt, dass sie den Mund aufreißen. Auch wir«, sagte Bob. »Und ich vermute, dass er genau das gerade versucht. Es ist eine Frage der Zeit, William. Und des Geldes. Bestechungsgeldes. Mehr, als bisher dafür geboten wurde, damit wir den Mund halten.« Er lehnte sich vor, um in Williams abgewandte Augen zu blicken. »Die Wahrheit ist eine Frage dessen, *der das meiste bezahlt*, Schätzchen!«

William seufzte und begann, die Briefe einzusammeln, um sie wieder einzustecken, doch Bob umfasste sein Handgelenk.

»Ich bewahre sie vorläufig. Nein, Mund halten, William. Ich werde nichts damit tun, was dich benachteiligt. Aber ich denke, ich weiß schon, wie ich sie verwenden werde. Die Wahrheit ist für den, der das meiste bezahlt, nicht? Dann überleg dir mal, was eine Warnung wie diese uns einbringen kann!«

335

Williams Mund öffnete sich zu einem kleinen, runden »O«. Dem »O« von »O natürlich!«

»Ich liebe dich«, sagte er. »Ehrlich, von ganzem Herzen, ich liebe dich.«

»Dann halt die Klappe und lass mich auch mal trinken!«, sagte Bob.

Vom Rest des Abends erinnere ich kaum mehr etwas. Wir tranken die Whiskyflasche leer und kletterten dann mit beträchtlich mehr Mühe als auf dem Herweg über den Absperrzaun zurück. Danach suchten wir uns ein Nachtlokal und versoffen das Geld, das Alf, Bob und William früher am Abend eingenommen hatten. Wir tranken viel zu viel, und das Ende vom Lied war, dass wir auf die Straße geworfen wurden, weil ich versucht hatte, Alf zu küssen. Anschließend schleuderten wir von der anderen Straßenseite aus dem Wirt noch etwa eine Viertelstunde lang Schimpfwörter an den Kopf, um erst nach Hause zu gehen, als ein Trupp Stammkunden damit drohte, uns eine Tracht Prügel zu verabreichen. Irgendwie landeten Bob und ich dann in unserer Unterschlupfadresse, wo wir bis zum nächsten Sonnenuntergang durchschliefen. Dann standen wir auf, um uns für unsere Verabredung am selben Abend zu waschen und anzuziehen.

24

Augusthitze und Schüttelfrost – Ein Buch, das auf die Nerven geht –
Charles haut ab – Unsere »wilden« Jahre

Der August schleppte sich dahin, eine scheinbar endlose Aufeinander-
folge langer Tage voll Sommerhitze, Langeweile und summender Wes-
pen, abgewechselt von dunkelvioletten Nächten in Theaterlogen und
dumpfen Schlafzimmern.

Sobald die Luft wieder rein war, war ich nach Soho zurückgekehrt,
froh, Bob Cliburn als launischen Panter in seiner Höhle aus Zeitungsausschnitten zurückzulassen. Mich empfing ein tauber Sam, der sich
infolge der Hitze ein Taschentuch um die Glatze geknotet hatte und mir
seine schweißnasse Hand gab. »Junger Herr, ein Glück, dass Ihr wieder
da seid. Hatten schon Angst, Euch wäre was zugestoßen!«

Außer ihm und Frau Gustavson, die mir lauwarme, aus Zitronen-
schalen bereitete Limonade einschenkte, schien niemand mich vermisst
zu haben. Die Bewohner des Obergeschosses lebten unten in dem großen,
dämmrigen Flur oder auf der Straße, weil es unter den schrägen Dach-
balken nicht auszuhalten war.

Ich selbst war auch wenig zu Hause. Sobald die Hitze der Sommer-
sonne mich weckte, gewöhnlich war das gegen neun Uhr morgens, stand
ich auf und ging zum Badehaus; ein Luxus, den ich mir jetzt jeden Tag
leisten konnte. Dort nahm ich ein kaltes Bad, schlüpfte in eine sommerliche Flanellhose und ein Hemd, dessen Ärmel ich aufrollte, und ging in
einen der Parks im Herzen Londons: Hyde Park, Kensington Gardens,
St James Park. Dort suchte ich mir auf einer Bank oder im Gras ein küh-
les Fleckchen, aß ein Sandwich, das ich unterwegs gekauft hatte, und verbrachte den Tag mit Lesen.

Zwar ließ ich *The Picture of Dorian Gray* noch etwas liegen, hauptsächlich, weil Trops so darauf gedrängt hatte, dass ich es las, aber dafür
las ich mit Freude zum zweiten Mal *Treasure Island* und meine Lieblings-
gedichte aus *The Golden Treasury*.

Das Buch jedoch, das ich am häufigsten mit in den Park nahm, waren die *Tales of Mystery and Imagination*, Vincents willig oder unwillig gemachtes Abschiedsgeschenk. Ich hatte früher als jeder andere englische Junge einen Gutteil meines Taschengeldes für *Penny Dreadfuls* voller Vampire, Lustmörder und verstümmelter Leichen ausgegeben und war also Entsprechendes gewohnt, aber das hier war eine Angst ganz anderer Art. In den Geschichten in diesem Buch jagten die Gespenster einem nicht kalte Schauder über den Rücken, indem sie unter dein Bett krochen, sondern sie krochen einem in den Kopf. Eine unsichtbare Angst schlich durch jede Erzählung, die beängstigend war, weil sie keinen Namen hatte. Sie vergiftete das Blut einer alten Familie, die zwischen zerbröckelnden Mauern auf ihr Ende wartete, oder erschien in Gestalt eines Auges oder einer schwarzen Katze. Aber am allerschaurigsten war sie, wenn sie im eigenen Geist auftauchte, in Form eines Gedankens. Ein Eindringling, den man unmöglich verjagen konnte, hatte er sich einmal bei einem im Kopf eingenistet, es sei denn, man hielt sich eine Pistole an die Schläfe und drückte ab. Sie stiftete einen flüsternd zum Mord an und zwang einen anschließend, genau in dem Augenblick, wo man sich sicher wähnte, ein Bekenntnis herauszuschreien.

Obwohl diese Angst etwas ganz anderes war als der angenehm über den Rücken rieselnde Schauer, wenn man den soundsovielten *Penny Dreadful* unter seiner Matratze versteckte und zur Sicherheit nochmals unter dem Bett nach Ungeheuern nachforschte, empfand ich sie nicht als unangenehm. Sie war wie kalte Regentropfen, die einem mitten an einem kochend heißen Augustmorgen den Hals hinabperlten. Es war angenehm, etwas zu fühlen, das so scharf war wie Angst, wenn man schon seit Wochen durchs Leben tapste wie ein Schlafwandler.

Auf meiner Parkbank verschwand ich für ein paar Stündchen in mein eigenes Geisterhaus und war Vincent dankbar, dass er sich nach Trops' Dummheit im Garten immerhin noch die Mühe gemacht hatte, mir ein schönes Buch aus seiner Bibliothek zu schenken. Aber es gab auch Momente, da zweifelte ich an seiner Freigebigkeit. Dann glaubte ich, dass das Buch Vincent auf die Nerven ging und er es mir nur geschenkt hatte, um es los zu sein. Wenn die Welt in seinem Kopf genauso geordnet und aufgeräumt war wie sein Atelier, dann musste das dunkle Chaos auf diesen Seiten ihn einfach anwidern.

Trotzdem konnte ich mich dem Eindruck nicht entziehen, dass Vincents Exemplar der *Tales of Mystery and Imagination* intensiv gelesen worden war. Es fiel fast immer auf denselben Seiten auf, als wären diese öfter als andere aufgeschlagen worden. Ich ärgerte mich, indem ich selbst sie mir auch immer wieder vornahm, auf der Suche nach Hinweisen auf Ich-weiß-nicht-was.

An ein Fragment erinnere ich mich mehr als an andere. Seitlich war eine vage Bleistiftlinie gezogen, als hätte Vincent die Stelle für wichtig gehalten, wichtig genug, um seine Heimlichkeiten damit zu haben:

Wir stehen am Rande eines Abgrundes. Wir starren in den Schlund, es wird uns übel und schwindlig. Unsere erste Regung war, vor der Gefahr zurückzuweichen. Unerklärlicherweise bleiben wir. Allmählich verschmelzen unser Übelbefinden, unser Schwindel, unsere Angst in ein nebelhaftes, nicht zu benennendes Gefühl.

Es ist die einfache Vorstellung: Welcher Art wären wohl unsere Gefühle, wenn wir aus solcher Höhe hinabstürzten? Und dieser Sturz, der uns zerschmettern müsste – wir wünschen ihn mit heißer Begier geradezu herbei, und zwar aus dem einfachen Grunde, weil er uns das grässlichste, schaudervollste Bild von Tod und Qual zeigen werde, das unser Hirn sich je hat vorstellen können. Und weil uns unser Verstand mit Heftigkeit von dem gefährlichen Rande entfernen will, ebendeshalb nähern wir uns ihm nur ungestümer. Keine Leidenschaft ist ungeduldiger als die eines Menschen, der am Rande eines Abgrundes schaudernd steht und sinnt, sich hineinzustürzen. Auch nur einen Augenblick lang nachzudenken bedeutet unausbleiblich Untergang; denn das Nachdenken drängt uns, von dem Plan abzustehen, und ebendeshalb, sage ich, können wir nicht. Wenn kein Freundesarm in der Nähe ist, um uns zurückzuhalten, oder ein krampfhafter Entschluss, uns zu entfernen, erfolglos bleibt, stürzen wir hinunter in die Vernichtung.

Es war eigenartig zu entdecken, dass das Gefühl, das ich so gut kannte – schließlich hatte ich mich schon ein paarmal in einen Abgrund gestürzt, neugierig danach, wie es sein würde, am Boden zu zerschellen –, offenbar auch in Vincent existierte. Ich vermochte mir nur nicht vorzustellen, weshalb der Gedanke zu springen überhaupt in ihm aufkommen konnte. Vincent tat nie etwas Unvernünftiges. Ich hatte ihn immer für den einzig

Normalen unter Trops' Freunden gehalten, anders als Bosie, der allein schon um der Sensation willen springen würde, oder Aubrey, der einen anderen anfeuern würde, den Sprung zu wagen, um dessen interessante Effekte zu studieren. Ich wusste nicht, weshalb er gern fallen, sein ganzes vollkommenes, geordnetes, von Scherereien freies Leben aufs Spiel setzen wollte. Der Gedanke gefiel mir nicht. Ich wollte, dass er normal war oder zumindest das, was er zu sein schien: unbeirrbar, diszipliniert, höflich wie ein Ritter. Lancelot. Parzival besser noch, keusch und unverführbar. Ich würde ihm nicht gestatten, etwas anderes zu sein als das. Wütend auf das Buch und auf Vincents dumme Hervorhebung mit Bleistift legte ich die *Tales of Mystery and Imagination* beiseite, um mir selbst einen Limerick aus *The Book of Nonsense* vorzulesen:

> *Ein sportlicher Alter aus Gretna,*
> *fiel jüngst in den Krater des Ätna;*
> *auf die Frage: »Ist's heiß?«*
> *Rief er: »Nein, kalt wie Eis!«*
> *So ein Lügner, der Alte aus Gretna.*

Für gewöhnlich half es.

Eines Morgens Anfang September hatte ich mich an einen meiner festen Plätze in den Kensington Gardens zurückgezogen, in den Schatten mehrerer monumentaler Rosskastanien, krumm und knorrig wie von der Gicht heimgesuchte Riesen. Unter ihren Ästen war es kühl und feucht. Es roch dort stark nach Erde und vermodertem Laub. Kleingetier wie Käfer, Ohrwürmer und Ameisen machten sich in dem krumigen, fauligen Boden zu schaffen. Ich lag auf einer Decke, die ich von zu Hause mitgebracht hatte, und ließ einen Käfer über meinen Arm laufen. Ich stellte mich tot, als wäre ich eine Leiche aus einer der Erzählungen von Edgar Allan Poe, wie die faulenden Blätter zur Verwesung bereit. Ich hatte gerade die Augen geschlossen, als Charles Parker unerwartet neben mir stand.

»Charlie!«, rief er leise.

Ich schielte zwischen meinen Wimpern hindurch und sah ihn über mir stehen in einem ziemlich gewöhnlich aussehenden Anzug aus dunkelblauer Serge. Er trug einen Koffer in der Hand. »Gehst du fort, Charles?«, fragte ich.

»Ja«, antwortete er ernst, »ich gehe.«

»Wieso?«

Ich richtete mich auf, stemmte die Ellbogen in den weichen, krümeligen Grund unter der Decke. Er stellte seinen Koffer ab.

»Ich glaube, ich habe die Nase voll, Charlie. Ich muss aussteigen, solange ich es noch kann. Ich weiß nämlich nicht, was sonst noch aus mir wird.«

Ich sah, dass er in elender Verfassung war: blaue Ringe unter den Augen, rote Lider. Aber es sah nicht so aus, als wollte er gleich losheulen. »Mein Bruder William hat schon vor anderthalb Jahren damit aufgehört. Das hätte ich damals auch machen sollen.«

»Ist es wegen Fitzroy Square?«, fragte ich.

Er zögerte.

Ich klopfte neben mich auf die Decke. »Komm, setz dich zu mir.«

Er tat es.

»Es war viel übler, als ihr erzählt habt, oder? Das eine Mal, als du und Herr Taylor vor Gericht erscheinen musstet.«

Er nickte, während seine Augen einem Kerl mit einer Melone folgten, der ein Fahrrad neben sich her schiebend in unsere Richtung spazierte. Charles rutschte nach hinten, bis er mit dem Rücken am Stamm der Kastanie im Schatten saß. Der Kerl ging vorbei, ohne uns eines Blickes zu würdigen.

Charles holte eine Zigarette hervor, dem kargen Inhalt seines Zigarettenetuis nach zu schließen, nicht seine erste für heute. Er lachte nervös. »Entschuldige, ich sehe in letzter Zeit an jeder Straßenecke einen Geheimen.«

Er nahm ein paar Züge und sagte dann: »Ich weiß nicht, wie übel es wirklich war, aber für mich war es übel genug. Alfred hat zwar ständig wiederholt: ›Ruhig, Charlie, verlier jetzt nicht den Kopf! Sie können uns nichts beweisen. Sie können uns nichts beweisen!‹ Aber das Einzige, woran ich denken konnte, war: Sie können genug beweisen, wenn sie nur *wollen*.«

»Aber es war doch so?«, fragte ich. »Sie *konnten* euch nichts nachweisen. Der Polizeirichter hat euch nach Hause geschickt, weil es keine Beweise gab!«

341

Charles schnaubte. »Lieber Gott, du bist auch noch nicht lange im Geschäft, was?«, sagte er. »Hast du wirklich keine Ahnung, wie das alles funktioniert, Charlie?«

Ich zuckte mit den Schultern.

»Glaub mir, sie können dich zum Reden bekommen!«, sagte Charles. Er nahm einen nervösen, gierigen Zug an seiner Zigarette und fuhr fort: »Wenn es sein muss, können sie dich alles sagen lassen, die Polente und die Leute am Gericht. Das wissen sie. Sie können mit dir tun, was immer sie wollen. Dich ins Gefängnis stecken oder aufs Schiff nach Australien oder irgendeinen anderen gottverlassenen Winkel der Welt setzen. Oder dich windelweich prügeln lassen, wenn du nicht reden willst ...« Er drückte seine Absätze in den lockeren Grund.

»Als wir vor diesem Polizeirichter erscheinen mussten, dachte ich, ich würde sterben, Charlie. Ehrenwort, ich habe noch nie so viel Schiss gehabt. Ich dachte: Gleich verhört der mich, und dann zieht er die ganze Wahrheit aus mir heraus, und dann falle ich hier vor Scham auf der Stelle tot um. Gott, Charlie, könntest du vor einem ganzen Saal voll mit diesen Herren mit Roben und Perücken und Diplomen von weiß ich welcher Universität dastehen und erzählen, wie du dem und dem Kerl einen runtergeholt hast? Ich nicht. Wirklich, Charlie, lieber würde ich mich in der Themse ersäufen, als noch einmal so dazustehen.«

Er sagte es entschieden, als wäre es sein absoluter Ernst. Ich bewunderte ihn. Er hatte genug Mut und Ehrgefühl, um sich des Lebens zu berauben. Ich war noch nicht davon überzeugt, dass ich so viel Selbstachtung besaß.

»Was hast du jetzt vor?«, fragte ich.

»Ich melde mich beim Militär«, antwortete er schlicht.

»Beim Militär? Aber möchtest du das denn?«

»Ich habe keine große Auswahl, oder?«, sagte er. »Außerdem ist man bei den britischen Streitkräften nicht sehr wählerisch. Die nehmen da jeden.«

Ich wusste, dass darin ein Körnchen Wahrheit steckte. Es war seit Jahren ein öffentliches Geheimnis, dass die Armee der letzte Zufluchtsort für alle gescheiterten Existenzen im Königreich war.

»Es wird öde sein«, argumentierte ich, »und höllisch schwer. Brüllende Feldwebel, zugige Kasernen und überall verschwitzte Stinksocken.«

Er zuckte mit den Schultern. »Das weiß ich doch alles.«

»Bleib, Charles. Du sagtest doch, dass du das Geld liebst?« Ich sagte es mehr meinet- als seinetwegen. Er war der Einzige aus der ganzen Truppe, den ich wirklich gemocht hatte.

»Ich habe eine Menge Dinge geliebt: die Dinners, den Schampus, die kleinen Geschenke ... ich denke, Jungs gefällt es genauso gut wie Mädchen, Geschenke von Männern zu bekommen, die einen gern mögen. Und manche Freier waren wirklich freundlich ... Ich bin Menschen begegnet, denen jemand wie ich sonst nie im Leben begegnen würde. Ich bin Abende ein Kaiser gewesen, Charlie ... Was juckte es mich dann, wenn sie mir ihre Hand in die Hose stecken wollten? Ich konnte die Sterne vom Himmel pflücken! Aber ...«, er grinste schief, »... in Wirklichkeit war es natürlich eine Sache von Angebot und Nachfrage, Charlie. Ich habe das Äußere, sie die Moneten. Ich lasse sie bezahlen. Das hier ist London, weißt du. Hier kriegst du alles verkauft. Aber ich habe keine Lust, *selbst* für dieses Leben zu bezahlen, Charlie, und deswegen steige ich jetzt aus.«

Ich hatte den Eindruck, dass sein Entschluss feststand. Wir saßen noch eine Weile nebeneinander, beobachteten die Radfahrer im Park und pfiffen vor uns hin. Alte Freunde, die jetzt Abschied nehmen und sich jahrelang nicht wiedersehen werden, so fühlte es sich an. Ein Scheingefühl.

»Vielleicht«, sagte ich verträumt, »blicken wir, wenn wir alt sind, auf diese Zeit als auf unsere ›wilden Jahre‹ zurück.«

Charles schnaubte. »Du liebe Güte!«, sagte er.

Wir nahmen Abschied, als er sagte, er dürfe seinen Zug nicht verpassen. Ich fragte mich, ob er von der Existenz der Briefe in Stuarts Schreibtisch wusste und ob die für mich auch Grund genug sein würden, Reißaus zu nehmen. Aber ich wusste, ich würde bleiben, vorläufig jedenfalls. Ich hatte noch nicht genug von den Dinners und dem schäumenden Champagner gehabt, wie Charles es beschrieben hatte. Nicht einer der Kerle, die mich mitgenommen hatten, hatte mich nach den Sternen greifen lassen. Ich wollte zurück an die Marmortische des Café Royal, zu den, in Trops' Worten, *wirklich* interessanten Leuten. Ich wollte aufgenommen werden in ihren magischen Zirkel, wollte reden, zuhören, lachen, ihre

Geheimnisse teilen, meine Hand achtlos auf ihre Schulter legen, meine Zigarette an sie weitergeben, mit ihnen schlafen notfalls. Alles, um wirklich dazuzugehören, einer von ihnen zu sein. Jemand, der sich selbst die Sterne an den Schlafzimmerhimmel malen konnte.

25

Spionage unter der Bettdecke – Die Welt laut Vincent Farley –
Mit dem Feind paktieren – Eine wohlverdiente Strafe

Je weiter der Sommer voranschritt, desto mehr sehnte ich die Rückkehr
von Vincent und sogar von Trops herbei. Zwar wusste ich bei keinem der
beiden, ob sie mich künftig nicht vielleicht übersehen würden, doch der
Gedanke an sie brachte die Erinnerung an ein früheres, angenehmeres
Leben zurück. Trops hatte mir einen langen, lyrischen Brief über die Ver-
lockungen des Brüsseler Nachtlebens geschickt. Aber es war bei einem
einzigen Brief geblieben, den ich zu meinem Ärger wieder und wieder
las. Um Vincent bei mir zu haben, brauchte ich nur sein Tagebuch aufzu-
schlagen. Ich hatte das Buch in meinem Bettzeug versteckt, als schämte
ich mich dafür, es zu besitzen. Allerdings konnte ich es nicht lassen, es in
die Hand zu nehmen und darin mit der Neugierde einer alten Klatsch-
base zu lesen. Ich wurde ein Spion, eine Fliege an der Wand in Camelot
House.

In den Ohren noch das Gelächter von Nettles, der in dieser Nacht auf
dem Tisch im oberen Zimmer eines Restaurants einen Cancan getanzt
hatte, las ich:

Keine angenehme Heimkehr aus Paris heute. Stuart und Lilian haben sich
natürlich alle Mühe gegeben, mit einer Willkommensparty in ihrem übli-
chen großen Stil, aber die kleine Immie machte mich erschrecken. Sie ist
sogar noch blasser und magerer als bei meiner Abreise, und einen Augen-
blick lang fürchtete ich, sie litte an Aubreys Krankheit. Stuart versichert
mir jedoch, dass ihre Lungen in Ordnung seien. Das Problem ist, dass sie
nicht essen kann oder will. Ich mache mir Sorgen um meine junge Nichte
und frage mich, ob meine lange Abwesenheit zu ihrer schlechten Gesund-
heit beigetragen hat. Stuart weist das entschieden von sich. Er sagt, er habe
die besten Ärzte zu Rate gezogen. Sein Glaube an die Wissenschaft und den
Fortschritt ist unerschütterlich. Ich frage mich allerdings, ob Krankheiten

345

des Geistes mit wissenschaftlichen Mitteln zu behandeln sind, denn ich glaube, es ist eine derartige Krankheit, an der unser kleines Mädchen leidet. Die Krankheit der Vögel im Käfig: geflügelte Geister, die nicht ausfliegen können. Der Geist ist ein ungezügeltes Pferd, wie Augustus Trops sagt, und kann nur von der Kunst und der Literatur beritten werden.

Erhielt übrigens eine Einladung von ihm, ihn in seinem neuen Haus in Soho zu besuchen. Zögere noch, ob ich das tun werde.

Trotz der Augusthitze kroch ich unter die Bettdecke. Ich wollte mich verstecken, mich der Welt gegenüber verschließen. Das, was ich hier in diesem Büchlein in Händen hielt, war viel faszinierender. Es war die Welt durch Vincents Augen. Ich wollte vergessen, dass es Adrian Mayfield war, der diese Zeilen las, manchmal leise flüsternd, manchmal laut. Ich wollte Vincent Farley sein, mit dem Geld, dem Talent und den Freunden. Ich wollte meine Seele verkaufen im Tausch gegen seine. Ich blätterte weiter.

Habe heute Augustus' neue Bleibe besucht. Durchaus eine Überraschung, und gewiss keine unangenehme, obwohl sein Atelier keine Umgebung ist, in der ich arbeiten könnte. Er hatte noch weitere Künstler eingeladen, und es war ein Fest im Pariser Atelierstil (viel Alkohol und zu wenig Sitzgelegenheiten). Wurde Max Beerbohm und einigen anderen von Augustus' Kunstfreunden vorgestellt. Herr Oscar Wilde war auch da, auf einer Getränkekiste sitzend und dennoch amüsiert. Er hat eine natürliche Schwäche für junge Künstler wie mich und versprach mir, sich für meine Karriere einzusetzen. Ich habe gehört, dass er auch Aubrey in die Londoner Kunstzirkel eingeführt hat, das verspricht also einiges. Ebenfalls wurde ich einem jungen Mann vorgestellt, dem ich vor einer Reihe von Jahren auf einem von Lilians Teekränzchen begegnet bin und der jetzt ein guter Freund Oscar Wildes zu sein scheint: Lord Alfred Douglas. Wir haben ein paar Worte miteinander gewechselt, während wir Augustus' Bilder betrachteten, aber ich bin mir nicht sicher, ob ich ihn mag. Ich verspüre in seiner Gesellschaft die gleiche eigentümliche Reserve, die ich zunächst auch gegenüber Augustus empfand. Es fällt mir schwer, mich an diese neuen Freunde zu gewöhnen, denn ihr Leben zieht mich ebenso an, wie es mich abstößt.

Stuart hat Augustus jetzt auch kennengelernt und mag ihn eindeutig nicht, auch wenn er das nicht erklärtermaßen äußert. Ich spüre seine

*Besorgtheit, genau wie in Eton, als er als großer Bruder dafür sorgte, dass
meine Internatszeit reibungsloser verlief, als sie für mich möglicherweise
verlaufen wäre. Ich bin ihm dafür nach wie vor dankbar, aber in diesem
Fall ärgert mich, dass er sich einmischt. Ich bin jetzt ein erwachsener Mann
und kann meine eigenen Entscheidungen treffen und mir meine Freunde
selbst aussuchen.*

So folgte eine Seite der andern, mit bekannten und unbekannten Namen,
Berichten von Erfolgen und Sorgen, die meisten beruhigend klein und all-
täglich, manche größer, aber immer durch Vincents ruhige, freundliche
Augen betrachtet. Er schien unter Stuarts Fittichen immer ein beschütz-
tes, sorgloses Leben gelebt zu haben, was ihn zu der naiven Schlussfolgerung gebracht hatte, der Rest der Welt würde ein ebensolches Dasein
fristen. Nagende Vermutungen, dass dem nicht so war, galt es mit kurzen,
entschiedenen Sätzen zu bannen: »Ich muss mir das Grübeln abgewöh-
nen« oder »Besser, ich mache mich wieder an die Arbeit«. Nur hier und
da fand ich Passagen, die eine Erklärung für *Die Grube und das Pendel*
abgeben konnten, das Gemälde, von dem ich mir schon ein eigenes, leb-
haftes Bild gemacht hatte, sowie für die angestrichene Textstelle in den
Tales of Mystery and Imagination.

*Augustus und ich sind heute Abend ins Alhambra gegangen. Am Ausgang
wurde er von einem jungen Mann angesprochen, der in meinen Augen ein
ungünstiges Äußeres hatte. Augustus erschien von seiner Gesellschaft nicht
angetan und gab ihm etwas Geld, um ihn los zu sein. Die Summe kam mir
unangemessen hoch vor.*

*Später sah ich denselben jungen Mann aus dem Café Royal kommen. Er
erschreckte mich. Wir saßen an Oscars Tisch und redeten die ganze Nacht.*

Darunter stand, in einer anderen Tinte als nachträglicher Gedanke hinzugefügt:

*Die Gespräche waren jedoch Anlass für mich, wieder einmal über die Aus-
wahl meiner Freunde nachzudenken. Ich hoffe bei Gott, dass dies alles nur
Spiel ist, eine der Posen, die sie so gern einnehmen, und kein Ernst. Ich weiß
nicht, was ich tun würde, wenn Letzeres der Fall wäre.*

In einer der Passagen spielte ich eine Rolle:

Augustus brachte heute ein neues Modell für mich mit. Adrian May-field ist sein Name, und er kommt mir sehr geeignet vor; ein Naturtalent gewissermaßen. Ich habe ihn jedoch nicht ohne die entsprechenden Vor-behalte angenommen. Obwohl es nicht notwendig ist, um mit einem Modell arbeiten zu können, stört mich doch, dass ich mich nicht dazu durchringen kann, ihn zu mögen. Etwas an ihm stößt mich ab. Vielleicht hat es damit zu tun, dass er sich in Augustus' Gesellschaft befand, auch wenn ich sagen muss, dass er mir kultivierter und besser erzogen vorkommt als die ande-ren jungen Burschen, mit denen ich Augustus gesehen habe. Aber ich werde meine Vorurteile im Namen der Kunst beiseite schieben (ich höre mich fast schon so an wie Augustus). Nächsten Freitag beginne ich mit meinen ersten Studien.

Unruhig durchsuchte ich die folgenden Seiten nach meinem Namen und einer etwas günstigeren Beschreibung meiner Person. Zum Glück wurde ich fündig:

Das neue Modell ist heute gekommen und erwies sich in zweierlei Hin-sicht als Gewinn. Erstens stelle ich fest, dass ich ihn mit Freude skizziere. Sein Gesicht ist interessant. Es vermag mich zu fesseln. Nicht auf herkömm-liche Weise durch große Schönheit, sondern durch eine gewisse dickköpfige Widerspenstigkeit, die einen immer wieder zu ihm hinschauen lässt, um zu kontrollieren, ob man seine Konturen auch wirklich richtig wiedergegeben hat. Er erinnert mich an die jungen Gämsen, die Stuart und ich in Zypern gejagt haben: frech und vor dem Teufel nicht bang, sondern voll hals-brecherischer Bocksprünge. Nicht dass sein Verhalten Anlass zu einer sol-chen Unterstellung gäbe. Er benimmt sich sehr höflich und bescheiden. Imo-gen hat ein Gedicht vorgetragen, und es schien ihm zu gefallen. Zu unser beider Überraschung! Imogen scheint ihn zu mögen, und er hat sie durch Schmeicheleien sogar so weit bekommen, dass sie uns Gedichte aus ihrem geliebten Golden Treasury *vortrug. Das ist der zweite Grund, weshalb ich ihn als einen Gewinn bezeichnen darf. Ich weiß nicht, ob ich den Umgang meiner Nichte mit einem Jungen aus dem Volk stimulieren soll, doch er scheint mir in jedem Fall einen günstigen Einfluss auf sie zu haben. Sie unterhielt sich mit ihm, was sie mit Fremden sonst nie aus eigenem Antrieb tut. Ich vermute, dass sie sich bei unserer nächsten Sitzung selbst mit einladen wird.*

Ich tauchte noch ein paarmal in den Tagebuchnotizen des Monats Juli auf, aber oft in nicht mehr als einem beiläufigen Satz. Ich musste bis zur letzten Seite auf eine ausführlichere Erwähnung warten, die dazu noch recht kryptisch war.

Diese Kreuzfahrt durch das Ionische Meer widerstrebt mir immer mehr, schrieb Vincent. Imogen will eindeutig nicht mit, sie will ihre Erzählung beenden, und auch mir gefällt diese wochenlange Unterbrechung meiner Arbeit nicht. Außerdem bin ich heute Zeuge von etwas geworden, was mich aus dem Konzept gebracht hat. Ich wünschte, Augustus würde solche Dinge nicht tun. Manchmal vermute ich, er macht es mit Absicht, weil er weiß, dass ich mich daran störe. Ich mag meine Freunde gern, aber von manchen Aspekten ihres Lebens wüsste ich lieber nichts. Was sie für »Schönheit« und »Liebe« ansehen, kann ich nur im Licht dessen betrachten, was die Bibel und meine Erziehung mich gelehrt haben. Ich frage mich manchmal, ob ich mich ihrem Einfluss nicht lieber entziehen sollte, wie Stuart mir rät, in seiner ihm eigenen freundlichen und zugleich nötigenden Art und Weise. Er hat schon einige Male mit mir hierüber gesprochen, immer noch geduldig und verständnisvoll, aber ich fürchte, irgendwann einmal kommt es wegen dieses Themas noch zum Bruch zwischen uns. Ich will keinen Streit mit ihm. Er meint es gut, aber seine schützende Haltung macht mir zunehmend Schwierigkeiten. Er ist mein Bruder, und ich liebe ihn, aber ich liebe auch meine Freunde und habe trotz allem vielleicht mehr mit ihnen gemein als mit Stuart. Die Freiheit in ihrem Tun und Treiben, die ich bisweilen verabscheue, zieht mich auch an. Wenn ich bei ihnen bin, schlägt es mich unwiderruflich in ihren Bann (wenn das keine Hexerei ist!). Dann kann ich nichts anderes für sie empfinden als tiefe Bewunderung und eine innige – und das betone ich ausdrücklich – kameradschaftliche Liebe. Erst wenn ich sie einige Tage nicht gesehen und mich meiner Arbeit gewidmet habe, kann ich sie so sehen, wie sie wirklich sind, mit ihren Talenten und ihrer Güte, aber auch mit ihren Schwächen, ihren Engstirnigkeiten und Sünden. Meine Arbeit befähigt mich, klar zu denken, meine Gedanken zu ordnen. Sie hat mir immer eine gute geistige Gesundheit garantiert. Aber jetzt fürchte ich, dass es genau meine Arbeit ist, die mich ...

Hier brach der Satz frustrierend abrupt ab, weil die letzte Zeile der letzten Seite des Tagebuchs erreicht war. Was immer es war, das Vincent Farley bei seiner Arbeit störte, ich würde es nicht erfahren. Ich wusste, was das Ereignis war, dessen Zeuge er gewesen war: Trops' Kuss im Garten von Camelot House. Aber ich wusste nicht, dass das eine derartig erschütternde Wirkung auf ihn gehabt hatte.

Ich konnte mich einfach nicht an den tiefen, scheinbar instinktiven Ekel gewöhnen, den Derartiges bei Leuten wie Rita, Queensberry, Trops' Nachbarinnen und offenbar auch bei Vincent hervorrief. Ich hatte diesen Ekel jahrelang tapfer imitiert, ihn dabei aber nie so intensiv empfunden wie sie. Es war eine fast schon körperliche Reaktion, die sie beinahe würgen ließ.

Es enttäuschte mich maßlos, dass Vincent offenbar auch zu dieser Clique gehörte, auch wenn er zu wohlerzogen war, um Jungs wie mich in einer Seitengasse zusammenzutreten, wie sein Hausdiener es zu tun pflegte. Mit den Bekenntnissen auf der letzten Seite seines Tagebuchs hatte er sich jedoch zu denen geschart, die der Dreimännerarmee Allen-Cliburn-Wood zufolge das feindliche Lager waren. Die drei schienen in einen permanenten Kampf mit der ungewaschenen Horde verwickelt zu sein, der nicht mit den subtilen Waffen geführt wurde, mit der sie ihre zarter besaiteten Opfer erpressten, sondern mit überraschend einfachen und effektiven Mitteln. Um diese Leute zu irritieren, genügte es schon, überhaupt anwesend sein, breitbeinig in einem übervollen Omnibus zu sitzen oder direkt vor einem Leichenzug lässig pfeifend die Straße zu überqueren. Ich habe einmal einen schnurrbärtigen Greis in blinde Raserei über die Art und Weise geraten sehen, in der William Allen seine Zigarette rauchte.

Was ich in meiner Dachkammer unter der Bettdecke tat, war mit dem Feind paktieren, und so war es nicht mehr als gerecht, dass ich dabei eins auf die Schnauze bekam. Rums! Vincent Farley fand mich ekelhaft.

26

Falsche Freunde – Eine einfache Wahl – Ich überrasche mich selbst –
Einen Abend schwofen und schwanken – Ein unerwartetes Wiedersehen

In den Wochen, in denen ich die Little College Street 13 besuchte, zog ich
mit Bob, William und den übrigen los, als wären sie meine Kameraden.
Wir gingen ins Varietétheater, wie ich es früher mit Marcel und Paddy
getan hatte, und stibitzten uns gegenseitig Zigaretten, als wären wir die
reinsten Busenfreunde. Aber sie waren nicht meine Freunde. Wir gingen lediglich wie Kumpels miteinander um, weil es uns keinen Vorteil
brachte, uns anzufeinden. Wir waren keine Familie, keine Gemeinschaft
im Untergrund, keine Bande von vogelfreien Blutsbrüdern, nichts derart
Idealistisches. Wir führten kein romantisches Leben, kein faszinierendes
Dasein. Die Faszination lag einzig und allein beim Zuschauer.

Niemand wusste das besser als Alfred Taylor. In den Wochen, in denen
ich die Little College Street besuchte, lernte ich ihn als raschen und
klaren Denker kennen. Wie kein anderer wusste er die Verführung zu
nutzen, die von einem Zimmer voller Draperien, Spiegel, voll schwerer,
süßer Düfte und Fächer sowie der armseligen Romantik einer nackten
Matratze ausging. In diesem Gegensatz lag die Hälfte des Zaubers. Die
Sterne und die Gosse, das war das Geheimnis.

Er war der Magier, der Illusionist, der Puppenspieler. Er ließ uns,
die Jungs und die Freier, nach seiner Pfeife tanzen und schaffte es nach
unseren aufsässigen Kapriolen immer wieder mit Mühe, die Fäden zu
entwirren.

Ich durchschaute schon bald, dass er das meiste Geld nicht als Zuhälter verdiente. Es gab andere Einkünfte, noch lukrativer und noch straf-
barer. Ich vermutete, dass er über die Erpressungspraktiken von Alf, William und Bob Bescheid wusste, und nahezu sicher hatte er seinen Anteil
daran. Es verging keine Woche, in der er mir nicht irgendeine Neu-
anschaffung für seinen Salon zeigen konnte. Wenn ich früh dran war,

bat er mich oft, ihm dabei zu helfen, seinen soeben erworbenen Prunk-
stücken einen Platz zu geben. Dann hängte ich Bilder auf, schlug Nägel
in die Wand und staubte Regale ab, auf die ein feines Stück Porzellan
platziert werden musste; Tätigkeiten, die er sonst selbst erledigte, weil es
im Haus kein Personal gab. Er kochte übrigens auch selbst, und durchaus
nicht schlecht. Seine Mahlzeiten waren eine willkommene Ergänzung
meiner Kohlsuppenvariationen, und er konnte mich immer dazu überreden, zum Essen zu bleiben. Aber ich verbrachte nie die Nacht bei ihm.
Ich hielt mich nicht für seinen Typ, und er hatte mich auch nur ein einziges Mal darauf angesprochen.

Das war an einem trüben, verlorenen Nachmittag gewesen, an dem es
nichts anderes zu tun gab, als zur Little College Street zu gehen. Ich stand
auf einer Trittleiter und hatte gerade etwas an einer Gaslampe repariert.
Als ich von der Leiter steigen wollte, streckte Herr Taylor lachend die
Arme aus: »Spring, Charlie!« Ihm stand der Sinn nach Albernheiten
und mir auch, also sprang ich. Er fing mich auf, schloss die Arme um
mich und küsste mich in den Hals.

»Wieso bleibst du nicht mal über Nacht hier, Schatz?«, fragte er.

Ich fühlte seinen Finger fragend, neckisch leicht über meine Gesäß-
furche flattern, während er auf meine Antwort wartete. Ja oder nein? Die
Wahl war einfach. Und wie immer war sie eigentlich schon getroffen.

Aber zu meiner eigenen Verwunderung sah ich mich in einem der
Spiegel an der Wand den Kopf schütteln. »Nein.«

»Nein?«, fragte er stirnrunzelnd.

»Ich habe ein Zimmer in Soho«, sagte ich. Es war ein lasche Ausrede,
aber die einzige, die mir gerade einfiel.

Ernüchtert schob er mich eine Armlänge von sich weg, als ekelte er
sich plötzlich vor mir. »Na so ein Luxus!«, sagte er hämisch.

Ich weiß nicht genau, weshalb ich ihn zurückgewiesen habe. Vielleicht
weil ich nicht ganz und gar so sein wollte wie die andern. Vielleicht weil
ich wusste, dass er mich nicht bezahlen würde.

Dennoch hatte er einen empfindlichen Punkt bei mir berührt. Seit
mir mehr Geld zur Verfügung stand, ging mir meine ärmliche Dachkammer zunehmend auf die Nerven. Sie war mittlerweile vollgestopft
mit all den Sachen, die ich mir in der Nachfolge von Charles und den

andern in sorgloser Verschwendung angeschafft hatte, und glich mehr als alles andere einem großen Kleiderschrank. Über die Möbel verstreut lagen schöne Oberhemden, Manschettenknöpfe, Haarbürsten, Flaschen mit Duftwasser. Ich hatte mir einen großen Ankleidespiegel zugelegt, in dem ich jeden Abend meine tadellose Erscheinung kontrollierte, jetzt ebenso adrett und gepflegt, wie der frühere Adrian unsauber und schlampig gewesen war. Ich war stolz auf meine Sachen und fand, dass sie eine bessere Umgebung verdienten als dieses Elsternnest. Also begab ich mich auf die Suche nach einem neuen Zimmer, ohne dies übrigens dem tauben Sam mitzuteilen. Es hätte ihm das Herz gebrochen.

Mittlerweile jagte ich Kerle mit dickeren Portefeuilles als die Spießbürger, die die ersten Augustwochen gefüllt hatten. Die ersten Reichen kehrten nach London zurück, und so vergrößerte sich unsere Auswahl. Eines Abends irgendwann in den ersten Septemberwochen hatten Freddy, Sidney und ich eine Verabredung mit einem Freier in einem Tanzpalast am Rand der City. Es war gut besucht, übervoll eigentlich, mit Leuten unterschiedlichster Art: Frauen, die im Tausch für ein Likörchen mit einem tanzten, ausländischen Betrügern in geleckten Anzügen und Männern mit einer grünen Nelke am Revers, die ein kleines Abenteuer suchten, aber auch Politikern, die einen Abend mit ihrer Geliebten bummeln gingen. Unser Freier hatte argumentiert, wir würden in diesem Gewühl weniger auffallen. Er hatte drei Jungs bestellt, um den Luxus einer reichhaltigen Auswahl zu haben. Wir wussten, dass wir schwer an ihm verdienen würden.

Während wir warteten, tranken wir und wagten ab und zu ein Tänzchen, miteinander oder mit einem Mädchen, sobald wir von einem Mitglied der Belegschaft grinsend und mit einer höhnischen Bemerkung getrennt wurden. Unser Freier traf gegen zehn Uhr ein, mit roten Wangen wegen der Wärme in dem übervollen Tanzpalais, und vielleicht auch wegen einer gewissen Portion Scham. Wir unterhielten uns ein paar Minuten, lächelten ihm zu und gaben ihm Gelegenheit, seine Auswahl zu treffen, indem wir mit den Lippen die Ränder unserer Gläser küssten und mit unseren beringten Händen die Tischplatte streichelten. Offenbar hatte er eine mehr als eindeutige Vorliebe für Freddy, und schon bald hatte er sich ihm zugewandt, die Hände auf dessen Hüften gelegt und kurz darauf in seine Hosentaschen gesteckt. Freddy schielte über die Schulter hinweg zu uns und streckte uns grinsend die Zunge heraus. Ich wusste, was sich abspielte. Freddy hatte sich Löcher in die Hosentaschen geschnitten, sodass ungeduldige Freier sich sozusagen gleich unter der Ladentheke bedienen konnten. Es war ein riskanter Trick, aber Freddy war bisher noch immer damit durchgekommen. Er konnte so still dasitzen wie eine Wachsfigur aus Madame Tussaud's und kaschierte seine beschleunigte Atmung, indem er immer wieder »Lieber Gott, ich habe Schluckauf!« rief, bis Sidney und ich uns nicht mehr einkriegten.

Um nicht mehr hinsehen zu müssen und auch um zu kontrollieren, ob niemand uns beobachtete, ließ ich meinen Blick über die Tanzfläche schweifen. Sidney rauchte währenddessen eine Zigarre und tat, als interessiere ihn rein gar nichts. Ich hörte Freddy sich anders hinsetzen, etwas Zweideutiges zu seinem Freier sagen und danach fast unhörbar stöhnen. Er war fertig geworden. Ich starrte auf den Weißweinrest auf dem Boden meines Glases, spürte, wie die Musik im Rhythmus eines schlagenden Herzens gegen mein Trommelfell dröhnte und hatte auf einmal große Lust, mir den Finger in den Hals zu stecken und mich zu übergeben. Der Freier zog langsam und unauffällig die Hand aus Freddys Hose.

»Soll ich noch etwas Wein bestellen?«, fragte er, als wäre nichts geschehen.

In dem Augenblick sah ich etwas, das mich aufspringen und vorschlagen ließ: »Ich gehe schon und hole ihn.« Beim Eingang des Tanzpalais bewegte sich eine große, breite Gestalt durch die Menschenmenge in Richtung Tanzfläche. Das konnte niemand anderer sein als Trops.

Tausend Entschuldigungen murmelnd bahnte ich mir mit den Ellbogen einen Weg zwischen den Tänzern hindurch, um bloß bei ihm zu sein, bevor er unseren Tisch erreichte. Zu guter Letzt wurde ich von einem herumwirbelnden Pärchen gegen ihn geschleudert.

»Also, können Sie nicht ...«, begann er, aber als er sah, wer ich war, wurden seine Augen groß und rund vor Verwunderung und zu meiner Freude auch vor Vergnügen.

»Adrian! *Mon dieu*, Junge, was tust *du* denn hier?«

Ich konnte ihm nicht antworten. Ein unerklärlich großes Glücksgefühl war aus der Magengegend in mir hochgeschossen und drückte jetzt von hinten gegen meine Augen. Ich lachte und weinte zugleich. Du bist wieder da, dachte ich, alter, fetter, lieber Hornochse, du bist wieder da!

»Was? Was sehe ich denn da, Adrian? Du weinst ja! Du weinst, oder? Sag mir, was ist los?«

»Nichts!« Ich fuhr mir lachend mit dem Handrücken über die Augen. »Ich freue mich einfach, dich wiederzusehen, das ist alles!«

»Ich fühle mich geehrt!« Trops lüpfte galant seinen Hut. »Aber du hast mir immer noch nicht erzählt, was du hier tust. Du bist doch nicht den Verführungen der Damenwelt erlegen, hoffe ich?«

Ich schüttelte den Kopf, während meine Tränen weiterliefen. Es war, als hätte jemand anderes als ich die Kontrolle der Wasserhähne übernommen. »Nein, Trops, ich will hier weg. Nimm mich mit nach Hause oder ins Café Royal, es ist mir egal. Ich will mit dir fort.«

Er schaute mich an, erstaunt über meine Direktheit, die ich vor den Ferien noch nicht besessen hatte. Aber er sagte nicht nein. Es fiel Trops nicht schwer, sein eigenes Versprechen einer »reinen Freundschaft« zu brechen.

Kurz darauf gingen wir nebeneinander über die Straße, während die Musik und der Lärm hinter uns verstummten. Ich schnäuzte mich in eines von Trops' großen Taschentüchern, das er mir mitfühlend hinstreckte. Es hatte den Anschein, als hätte er wieder ebenso viel Freude an mir wie bei unserer ersten Begegnung. Ich selbst fühlte mich nach dem, was mir wie eine Bewusstlosigkeit von gut einem Monat vorkam, wieder allmählich zum Leben erwacht. Mein Blut kribbelte mir wie Champagner durch die Adern, und meine Lungen schienen sich zu dehnen wie Blasebälge. Meinen Füßen musste ich streng zureden, um zu verhindern, dass sie von selbst zu tanzen anfingen. Mir war völlig entfallen, was für ein guter Freund er war. Wie hatte ich das je vergessen können?

»Wie war Brüssel?«, fragte ich und sofort darauf: »Weißt du, ob Vincent schon wieder zu Hause ist? Geht Oscar immer noch ins Café Royal? Und was macht Aubrey?«

»Das sind ein Haufen Fragen gleichzeitig, Ady!«

»Also, ihr habt ja auch so lange nichts von euch hören lassen!«, sagte ich, als würde ich sie gut genug kennen, um ein Recht auf ellenlange persönliche Briefe zu haben.

»Gut, dann werde ich sie dir alle beantworten: Ich habe eine wunderbare Zeit gehabt. Vincent kommt nächste Woche zurück. Oscar macht Urlaub in Worthing und versucht, dort ein ruhiges Leben mit Frau, Kindern und Bosie zu führen. Ich glaube, er arbeitet an einem neuen Theaterstück. Und Aubrey wurde von seinen Ärzten für einige Wochen seiner Lungen wegen aufs Land verbannt, ist aber, wenn ich recht informiert bin, schon wieder sehr mit einigen Zeichnungen beschäftigt, über die sich London gewiss abermals empören wird. Habe ich damit deine Neugierde befriedigt, Adrian?«

»Das heißt also, alles ist in Ordnung?«, fragte ich.

»Natürlich! Wieso sollte es das nicht sein?«

Ich wusste es nicht. Nicht *genau*. Ich hatte befürchtet, irgendeine Katastrophe könnte meine magische Welt während meiner Abwesenheit hinweggefegt haben. Jetzt war ich beruhigt, jedenfalls für einen Abend.

Ich nahm Trops' Hand, während wir in Richtung Soho gingen. »Erzähl mir von Brüssel!«

Es dauerte noch zwei Wochen, ehe ich etwas von Vincent hörte. Zwei lange Wochen, in denen ich der Little College Street scheue Besuche abstattete, das Geld in meine Tasche steckte und zum Park rannte, um zu lesen, zu lesen und zu lesen. Ich wollte alle Erzählungen aus den *Tales of Mystery and Imagination* gelesen haben, bevor ich Vincent wiedersah. *Falls* ich ihn jemals wiedersehen würde.

Eines Morgens brachte der taube Sam mir einen dünnen Umschlag, den er mir mit dem Air eines Lakaien aushändigte, der eine königliche Einladung überbringt.

»Teures Papier, junger Herr!«, sagte er in dem Versuch, mehr zu erfahren.

»Mmmh«, sagte ich, während ich die tadellosen Adresszeilen betrachtete. Sie hätten an einem Lineal entlang geschrieben sein können. Vorsichtig öffnete ich den Umschlag; ihn achtlos aufzureißen wäre mir unpassend erschienen. Darin fand ich ein kurzes Schreiben, so förmlich wie die Einladung zu einer Thronbesteigung oder dergleichen:

Sehr geehrter junger Herr Mayfield,
wäre es Ihnen vielleicht möglich, am nächsten Mittwochmorgen um
halb elf Uhr für eine Malersitzung von ungefähr zwei Stunden nach
Camelot House zu kommen? Sollten Sie verhindert sein, bitte ich um
baldige Nachricht.
Hochachtungsvoll
V. S. Farley

Die sechs Wochen auf dem Ionischen Meer hatten offenbar nicht ausgereicht, Vincent über Trops' schockierenden Kuss hinwegzuhelfen. Aber
ich war überhaupt schon froh, dass er mich wieder einlud, und zeigte Sam
stolz den Brief.

»Also, Ihr kennt prominente Leute!«, sagte er mit einer Bewunderung in der Stimme, die ich durchaus gern vernahm. »Vincent Farley ist
sehr reich, was? Und respektabel. 'n echter Gentleman. Ich freue mich
so, dass Ihr mit ihm Umgang pflegt. Als ich die Typen sah, die diesen
Sommer zu Euch aufs Zimmer kamen, hab ich mir manchmal Sorgen
gemacht.«

Ich nahm das Papier wieder von ihm entgegen, erschrocken, dass ihm
das aufgefallen war. Freddy, Sidney und Bob hatten mir alle drei manchmal einen Besuch abgestattet, aber ich hatte mir deswegen nie Sorgen
gemacht, sondern ihrer Fertigkeit vertraut, irgendwo hineinzuschlüpfen,
ohne gesehen zu werden. Die Notwendigkeit eines Umzugs drängte sich
mir abermals auf, und diesmal noch stärker. Der taube Sam hatte offenbar Augen im Rücken und war keineswegs auf den Kopf gefallen. Außerdem hatte er genug von der Welt gesehen, um von einem Handwerk wie
dem meinen zu wissen.

»Ja, ich will vorwärtskommen im Leben, Sam«, sagte ich zu ihm.
»Kommst du und schaust dir mein Gesicht an, wenn es nächstes Jahr in
der Ausstellung der Royal Academy hängt?«

»Junger Herr«, erklärte Sam, die Hand feierlich auf dem Herzen,
»kann es kaum erwarten!«

Ja, dachte ich. Warte bis nächstes Jahr. Das nächste Jahr wird besser,
das nächste Jahr *muss* besser werden!

Zweigespann

*Die Seele ist vergleichbar der
Zusammenfügung eines geflügelten
Pferdegespanns und seines Lenkers.*

PLATO

27

Wiedersehen mit Camelot – Etwas ganz Neues auf journalistischem
Gebiet – Ein demütigendes Debüt – Tennis – Erste Jugendliebe

Ich freute und fürchtete mich zugleich davor, wieder nach Camelot House zu gehen. Das Wiedersehen mit Imogen und Vincent konnte vielleicht das angenehme Ende einer Geschichte bilden, deren Handlung in den vergangen Wochen sehr wenig angenehme Wendungen gekannt hatte. Aber es könnte auch der Anfang eines neuen Kapitels sein, in dem ihr Held der armen Bonny Reilly auf ihrem unglücklichen Weg in den Karzer folgte.

Ich wusste so gut wie sicher, dass Palmtree mich in der Nacht des Einbruchs nicht erkannt hatte. Es war dunkel gewesen. Es war alles zu schnell gegangen. Aber – und so gut kannte ich Palmtree – falls er mich *doch* erkannt hatte, konnte ich darauf zählen, dass er eine ausführliche Personenbeschreibung des Adrian Mayfield, Malermodell, Schmarotzer und was nicht mehr, an die Polizei übermittelt haben würde.

Ob es eine gute Idee war, nach Camelot House zurückzukehren, war also die Frage. Aber als ich an diesem Morgen um Viertel vor zehn die Tür meiner Dachkammer hinter mir schloss, wusste ich sicher, dass ich ebenso wenig wie der Mann am Rande des Abgrunds aus den *Tales* imstande sein würde, mich umzudrehen und in Sicherheit zu bringen. Alles was er wollte, war springen. Alles was ich wollte, war den weißen Kies der Auffahrt wieder unter meinen Schuhen zu spüren und auf die Gartentüren zuzurennen, neugierig, welch schicksalhafte Abenteuer Imogen sich diesmal für unsere arme Bonny ausgedacht hatte. Ich wollte heimkommen in das einzige Haus, in dem ich je wirklich von Herzen willkommen gewesen war.

Die ersten Bewohner von Camelot, denen ich an diesem Morgen begegnete, waren Lucy und Chuckles, die auf dem Rasen mit einem Ball spielten. Williams mit einem Schlafmittel präparierte Würstchen hatten den

Hunden offenbar nicht geschadet. Während ich kurz stehen blieb, um Lucy hinter den Ohren zu kraulen, meinte ich um die Ecke des Hauses einen Hauch von weißer Spitze verschwinden zu sehen: Imogen, die Ausschau gehalten hatte, um die Erste zu sein, die mich kommen sah. Ich stand auf und ging rasch weiter, während Lucy mir um die Beine tanzte. Es war, als hätte jemand »Willkommen daheim!« zu mir gesagt.

Die Ateliertüren standen offen, und die Terrasse davor war übersät mit Gartenstühlen, Liegestühlen und kleinen Tischen, auf denen sich sämtliche Ingredienzien eines angenehmen und nicht allzu arbeitsreichen Morgens befanden, und zwar vornehmlich Wein und Zigaretten. Vincents Königreich war von seinen Freunden eingenommen worden. Auf den Stühlen saßen Trops, bereits im biblischen Gewand, ein königliches Diadem auf dem Kopf, Robert Ross, tadellos gekleidet und das Kinn auf den Knauf seines Spazierstocks gestützt, Frank Harris, versehen mit einem Taschenflakon voller Whisky, und zuletzt Bosie mit einem Packen Spielkarten in den Händen, die er auf unterschiedliche Weise mischte, ohne weiter etwas damit anzufangen. Mir war unklar, ob ich mich freuen sollte oder nicht, sie zu sehen. Vincent ignorierte tapfer das Geplauder und Gläserklirren und stand drinnen hinter einer großen, aufgespannten Malerleinwand, auf der innerhalb eines Rasters die Konturen von Sauls Königspalast markiert waren. Imogen saß auf einem Hocker am Rand des Zirkels und schielte düster vom einen zum andern wie eine junge Hexe, die versucht, diese Leute mit einer heimlichen Verwünschung allesamt verschwinden zu lassen. Ihre Hände hatten sich um den Rand ihrer grünen Schreibmappe geklammert. Um alles noch schlimmer zu machen, kam Lilian nach draußen, ganz in Weiß gewandet wie eine korpulente griechische Muse. Ihre Ferien waren offenbar sehr inspirierend gewesen.

Sie ließ sich neben Herrn Harris nieder und legte ihre Hand auf die seine, die schon wieder mitsamt dem Taschenflakon auf dem Weg zu seinem Mund war.

»Na, na, Frank, nun verzweifle nicht! Das hier ist London! Es gibt genug Möglichkeiten für einen Mann mit Talent und Durchsetzungsvermögen. So sagt es mein Stuart immer.«

Herr Harris schaute sie mit feuchten Augen an. Weil er Whiskymengen in sich hineinschütten konnte, die selbst einen Elefanten gefällt hätten, nahm ich an, dass die Ursache dafür nicht der Alkohol, sondern ein tiefes, dramatisches Leid sein musste.

»Himmlische Lilian«, klagte er traurig, »manchmal wünschte ich, dass es keinen Stuart gäbe, der solche Sachen sagt!«

»Ach, du unverbesserlicher Schmeichler! Wenn du nur weißt, dass ich ein vernünftige Frau bin, Frank!«

Imogen drehte sich um, als könne sie es nicht mehr mit anhören, und entdeckte mich. »Onkel Vincent«, rief sie laut, »Adrian Mayfield ist da!«

Sogleich waren aller Augen auf mich gerichtet. Ich hatte das Gefühl, plötzlich auf die Bühne geschoben zu werden und in einen vollen Zuschauersaal zu blicken, ohne mich an ein einziges Wort meiner Rolle zu erinnern. Herzlichen Dank, Imogen!

Eine Stille drohte zu entstehen, aber Robbie stand auf und kam mir mit ausgestreckter Hand entgegen. »Hallo! Wir werden dich heute also als David sehen!«

»Ach ja! Ich bin ja so neugierig, wie er aussehen wird!«, rief Lilian.

»Wohl kaum schlimmer als Augustus als Saul«, bemerkte Bosie mit einem schiefen Blick auf den Letzteren.

»Hallo, mein lieber Junge!«, sagte Trops.

Herr Harris schnäuzte sich die Nase.

Dann trat Vincent auf die Terrasse. Er hatte einen in Terpentin getränkten Lappen in der Hand, und sein Gesicht konnte zu meiner ungeheuren Erleichterung nicht verbergen, dass er sich freute, mich zu sehen.

»Nun, wenn Adrian sich noch rasch umkleidet, können wir endlich anfangen«, sagte er lachend.

Mit einem Herzen, das mir durch den Brustkorb flatterte wie ein frisch gefangener Vogel in seinem Käfig, saß ich gegenüber von Trops, die Leier auf den nackten Knien. Sein düsterer Modellblick ruhte irgendwo auf Höhe meiner Nasenwurzel und war ziemlich furchteinflößend, als wolle er wirklich jeden Moment aufspringen und mich auf einen Speer spießen, genau wie der echte Saul. Es gab jedoch andere Blicke, die mich mehr störten.

»Hör doch auf, wegen dieser Zeitung zu schmollen!«, sagte Bosie zu

Frank Harris. »Du bekommst anderswo durchaus wieder eine Stellung, und alles wird gut werden.«

»Es ist nicht nur das, es ist die unerhörte Ungerechtigkeit!«, hielt Herr Harris mit der Dickköpfigkeit von jemandem dagegen, der getröstet werden wollte. Wie sich herausstellte, war er als Chefredakteur des *Fortnightly* entlassen worden, weil einer seiner Journalisten in einem Artikel Partei für einen französischen Anarchisten ergriffen hatte, der mit einer Bombe acht Menschen getötet hatte. Dies ging in einer Stadt wie London, wo Anarchie als eins der Vorzeichen vom Ende der Welt angesehen wurde, dann doch zu weit. Also hatte man den für diesen Skandal verantwortlichen Chefredakteur an die Luft gesetzt.

»Es geht darum, dass die Wahrheit nicht geschrieben werden darf! Wo in diesem verfluchten Land darf ein ehrlicher, offenherziger Mann seine Stimme hören lassen? Herrgott noch mal!«

Herr Harris war aufgestanden und fuchtelte dramatisch mit den Armen, als wollte er einer großen Menschenmenge zureden. »Dieses verdammte, verlogene, scheinheilige England, das seine Propheten ermordet, das ... Nein, zur Hölle mit den Propheten! Seine Dichter, seine Journalisten, seine Künstler, seine geistigen Anführer ... *die* werden ermordet!«

Bosie saß da und verschluckte sich vor Lachen. »Bitte, Frank, geh zum Hyde Park und stelle dich dort auf eine Apfelsinenkiste. Vielleicht bekommst du eine Menschenmasse auf die Beine, die groß genug ist, die Houses of Parliament zu erstürmen!«

Herr Harris öffnete den Mund, zweifellos um die aufpeitschende Rede gleich hier von sich zu geben, doch Robbie kam ihm zuvor: »Wieso können wir keine Zeitung anfangen? Hier sitzt doch sicher genügend Talent beisammen, um das zu tun?«

»Wie aufregend!«, rief Lilian, von ihrem Stuhl hochfedernd. »Und über was würdet ihr schreiben?«

»Nun, Max und ich könnten bildende Kunst und Literatur übernehmen. Buchrezensionen, Berichte über Ausstellungen, Interviews mit Künstlern, ab und zu einmal ein eigener literarischer Beitrag ...«

»Ich könnte eine Rubrik für Gartenfreunde beisteuern!«, schlug Lilian vor.

»Natürlich«, sagte Bosie sarkastisch, »keine sich selbst respektierende Zeitung ist komplett ohne eine gute Gartenrubrik.«

Ich hörte, wie Trops sich in den Bart grinste. Lilian jedoch fühlte sich ermuntert. »Du könntest Gedichte schreiben«, sagte sie zu Bosie.

Robbie übernahm den Gedanken: »Ja, Bosie, du könntest unser Hausdichter sein, mit poetischen Kommentaren zu aktuellen Ereignissen. Du würdest alle gegen dich in Harnisch bringen und uns mit Gerichtsprozessen versorgen!«

»Und das würde sich *verkaufen*«, sagte Herr Harris, der sich allmählich wieder etwas aufrappelte.

»Und Augustus bekäme eine eigene Kolumne: *Die bizarren Gewohnheiten und Traditionen der Engländer, betrachtet durch die Augen eines Kontinentaleuropäers.*«

»Ausgezeichnet, ausgezeichnet, aber wo bleiben die Weltnachrichten bei alledem?«, fragte Frank Harris.

»Ach, wen scheren denn schon die Weltnachrichten!«, rief Bosie. »Wenn die Leser sie unbedingt haben wollen, dann erfinden wir sie eben selbst!«

»Das wäre eine Herausforderung«, sinnierte Robbie. »Eine alternative Weltgeschichte, durch *unsere* Augen betrachtet.«

»Und alle Politiker und Weltführer wären so tüchtig wie Alexander der Große!«

»Leichtathletik-Wettkämpfe wie auf dem Olymp!«

»Französisch als Weltsprache!«

»Oder Griechisch!«

»Verleger, die *veröffentlichen*, was man ihnen zuschickt.«

»Und nicht erst alle umstrittenen Passagen streichen.«

»Lauter blonde Jungs am Piccadilly.«

»Das Paradies!«

»Müssten wir nicht auch einen Fortsetzungsroman haben?«, überlegte Lilian, die das gerade stattgefundene Gespräch weder verfolgt noch verstanden hatte.

Herr Harris nahm einen gehörigen Schluck Whisky. Wahrscheinlich wurde das Bild, das hier von seiner zukünftigen Zeitung skizziert wurde, ihm ein wenig zu viel. »Ihr wisst vom Herausgeben einer Zeitung ungefähr so viel wie der Papst von Damenunterwäsche«, lautete sein Urteil.

Alle lachten, und Bosie breitete die Spielkarten vor sich aus und ließ sie tanzen wie ein professioneller Pokerspieler. »Du hast unrecht, Frank.

Wir können alles, was wir nur wollen. Und wenn wir aus unserer Zeitung einen Erfolg machen wollen, dann *wird* sie ein Erfolg! Das ist unvermeidlich.«

»Ich könnte den Fortsetzungsroman schreiben.«

Eine leise, aber eindeutig herausfordernde Stimme war erklungen. Alle Männer drehten sich zu dem Mädchen am Rand des Zirkels um, manche interessierter als andere. Imogen saß kerzengerade auf ihrem Hocker, als hätte eine böse Lehrerin sie zur Strafe in die Ecke gesetzt.

»Ich könnte einen Fortsetzungsroman schreiben«, wiederholte sie.

»Natürlich, Liebes. Das wäre sehr nett«, sagte Lilian vage.

»Ich kann es. Ich habe ihn schon fast fertig.« Imogens Gesicht war rot vor Verlegenheit oder Entrüstung. Es war ein gewagtes Unterfangen. Bonny Reilly würde in Künstlerkreisen debütieren. Ich sah Vincent seiner Nichte einen besorgten Blick zuwerfen, als wolle er ihr eher davon abraten.

»Du musst es lesen«, sagte Imogen und schob Bosie die Schreibmappe hin. Der schaute das kleine Mädchen spöttisch an, so wie er wohl alle kleinen Mädchen anschaute. Ich verstand nicht, dass Imogen dieses Lächeln ertrug.

»Und wer bist du, mein Kind? Die neue Georges Sand?«

Imogen schwieg.

»Weißt du nicht, wer das ist? Eine französische Schriftstellerin, die sich wie ein Mann kleidete und mehr Liebhaber hatte als Knöpfe an ihrem Jackett. Sie schrieb alles auf, was ihr auf dem Herzen lag. Sie war eine Amazone.«

Er hielt die Mappe, während Imogens Finger sie noch fest umklammert hielten.

»Bist du auch so eine Amazone?«

»Ach, sei doch nicht so närrisch, Alfred! Sie ist ein anständiges Mädchen, unsere Imogen!« Lilian schüttelte lachend den Kopf. »Es sind nichts als alberne Mädchenlaunen. Stuart und ich ermuntern sie nicht dazu, muss ich sagen.«

»Wenn man unseren Bosie überhaupt zu etwas bewegen kann, dann indem man ihm sagt, er solle es besser sein lassen«, warnte Robbie sie.

Und er hatte recht. Bosie hatte die Mappe Imogens verkrampften Händen entrungen und legte sie jetzt mit gespieltem Ernst vor sich hin.

Wenn ich etwas hätte tun können, um ihn zu stoppen, hätte ich es bestimmt getan, aber ich hatte von Vincent die strenge Instruktion erhalten, mich um keinen Preis zu bewegen. Es war nicht nur Imogens Seele, die da vor ihm ausgebreitet lag, sondern auch meine. Zweifellos war dies eine von höherer Stelle aus organisierte Manier, mich für den Diebstahl von Vincents Tagebuch zu bestrafen. Und das Allerscheußlichste war: Ich war mir sicher, Bosie würde lachen.

Robbie und er beugten sich über die Schreibmappe wie Professoren über eine Examensarbeit. Mit gerunzelter Stirn und gerümpften Nasen betrachteten sie das Papier. Ich sah Trops rot anlaufen in dem Versuch, sich das donnernde Lachen zu verkneifen, das seinem zusammengekniffenen Mund entweichen wollte. Ab und zu schüttelten die beiden Examinatoren die Köpfe und sagten: »Ts, ts, Bonny!«, »O je, o je!« oder »Nein, das *arme* Mädchen!«

Imogen hatte mittlerweile sehr gut begriffen, dass sie zur Zielscheibe ihres Spotts geworden war. Sie saß auf ihrem Hocker, als ob sie im Erdboden versinken oder aber ihnen wie eine Katze mit ausgefahrenen Krallen ins Gesicht springen wollte. Ich wusste, dass dies das Schlimmste war, was ihr widerfahren konnte: in ihrer Ehre gekränkt zu werden. Vincent warf böse Blicke in Robbies und Bosies Richtung, aber die hatten zu großen Spaß, um ihn zu bemerken.

»Sehr ergreifend«, sagte der Letztere, während er sich die Lachtränen vom Gesicht wischte, »die Szene, in der sie wegen des Diebstahls einer Perlenkette festgenommen wird.«

»Ich musste fast weinen, als sie ihren verwundeten Verehrer ins Krankenhaus wegbrachten«, erklärte Robbie mit beinahe glaubwürdiger Rührung.

Imogen biss sich auf die Lippen und sah aus, als könnte sie wirklich in Tränen ausbrechen. »Ihr lacht mich aus!«

»O nein, nein!«, sagte Robbie, unschuldig die Augenbrauen hochziehend.

In Trops' Mund fand eine Art Explosion statt.

Imogen stand auf.

»Nein, nein, warte! Hier ist eine Passage, die ich wirklich gut finde.« Bosie hob die Hand und las vor: »*Bonny Reilly ging durch die hell erleuchteten Straßen von London, den Kopf gesenkt, um die Blicke nicht sehen zu müssen, die erst auf die beiden Männer in Uniform geworfen wurden und danach auf sie, die Verbrecherin, die der Welt nicht in die Augen zu sehen wagte. Und so kam es, dass sie an diesem letzten Abend der Freiheit London nicht sah. Diese Perlenkette von Lichtern und Lampen, manche grün wie die flackernden Gaslaternen, andere grellweiß wie die elektrischen Lampen über Piccadilly Circus. Sie sah nicht ihr eigenes Spiegelbild in den Schaufensterscheiben, jenen riesenhaften Spiegeln der Eitelkeit, in denen sich ganz London, falls gewollt, hätte bewundern können. Bonny Reilly wollte es nicht. Sie wollte nicht sehen, zu was sie geworden war.«*

»Das ist sehr anständig«, urteilte er. »Es erinnert mich an ein Gedicht, das ich über London geschrieben habe. Darin gibt es eine Passage, in der die vielen tausend Straßenlaternen der Stadt die Sterne herausfordern, ihren Schein mit ihrem goldenen Licht verblassen zu machen. Es hat dieselbe Atmosphäre. London bei Nacht. Lampen. Rauschgold. Gehen Sie oft nachts durch die Straßen, Fräulein Imogen?«

Imogen sah jetzt aus, als sei sie bereit, ihn in der Luft zu zerreißen. Lilian schaute sie lächelnd an und hielt, was bitterer Ernst war, offenbar für ein Spiel.

»Ich habe das nicht geschrieben. Die Stelle stammt von Adrian Mayfield!«

Ich fühlte etwas in mir zerspringen, zerbrechen, zerreißen, während Imogens märchenblaue Augen zu mir herüberschossen.

Es stimmte. Das hier war eine der Passagen, die ich beigesteuert hatte, das Lokalkolorit vom Rand der Gesellschaft, das Imogen unmöglich kennen konnte. Und die Worte erinnerten in der Tat an die Poesie, von der Bosie sprach. Wir beide kannten die Straßen des nächtlichen London, Bosie und ich. Wir hatten etwas gemein, etwas Unbedeutendes und zugleich ungeheuer Wichtiges. Ein paar Bilder, ein paar Worte, ein geheimes Leben. Ich wusste, dass er jetzt etwas zu mir sagen würde und fühlte mich wie kurz vor dem Ersticken.

Bitte, dachte ich, ignorier mich. Schweig. Und gleichzeitig: Sieh mich an, lass mich einmal nur wissen, dass du mich *siehst*.

»Von dir?«, fragte er.

Ich nickte mit dumm offen stehendem Mund, nach Luft schnappend wie ein Fisch auf dem Trockenen.

»Schreibst du öfter?«

Ich fand meine Stimme wieder. »Nicht oft. Ich schreibe die Passagen über London in Imogens Erzählung. Ich liebe London. Ich schreibe gern darüber.«

Er lächelte. Er war schön. Viel zu schön.

Ich liebe *dich*, dachte ich.

»Du müsstest mal eine Kurzgeschichte oder ein Gedicht schreiben, einfach um es zu versuchen.«

Ja, Bosie, ich würde *dir* gern Gedichte schreiben. Elendig schlechte Gedichte voller Rosen und Cupidos und gebrochener Herzen. Endend mit »alles Liebe« und »viele tausend Küsse«!

»Weshalb sollte man aus ihm einen Schriftsteller oder Dichter machen wollen? Wenn es noch Journalist wäre ... als Journalist könnte er wenigstens noch sein Geld verdienen.«

Es war das Erste, was Vincent gesagt hatte, seit er mit dem Bild angefangen hatte. Und es klang dermaßen sauer, dass wir uns alle darüber wunderten. Ich vergaß das Gebot, stillzusitzen, und drehte mich zu Vincent. Er schaute wütend, missmutig, irritiert. Einen Moment lang fürchtete ich, es würde einen Streit geben. Aber warum? Bosie war derjenige, der mit großer Regelmäßigkeit explodierte, nicht Vincent. Mir fiel beim besten Willen nicht ein, was wir getan haben konnten, um ihn dermaßen aufzubringen.

»Und wieso sollte er sein Geld nicht als Dichter verdienen können? Du lebst von deinen Bildern, Oscar von seinen Theaterstücken.«

Ich erriet die Antwort, die Vincent fertig auf der Zunge lag: »Und du, junger Mann, du lebst auf Kosten der anderen!« Zum Glück sagte er es nicht. Aber *was* er sagte, war auf eine andere Weise sehr hässlich: »Was ich meine, ist, dass er weder die Ausbildung noch den Hintergrund hat, um Dichter zu werden. Er ist ein Junge aus den Arbeitervierteln, Alfred. Er hat wahrscheinlich nur ein Dutzend Bücher gelesen und noch nie ein Museum besucht. Er hat keinen Schimmer von Stil, Satzbau, Wortrhythmus, Rechtschreibung, Kultur. Das alles würdest du ihm erst beibringen müssen.«

Wenn Imogen meinte, vorhin gedemütigt worden zu sein, konnte ich ihr sagen, dass das noch gar nichts war. Nichts, absolut nichts war schlimmer, als in solch kultivierten Worten mitgeteilt zu bekommen, wie dumm und gewöhnlich man war. Mein Gesicht glühte vor Wut und Scham, und ich war fassungslos, dass Vincent so etwas getan hatte.

»Und wieso sollte er es nicht können? Du kennst doch auch John Gray? Ja, mit Sicherheit! Oscar hat ihn früher regelmäßig an seinen Tisch im Café Royal eingeladen. Nun, sein Vater war Zimmermann. Ich meine, da frage ich dich! Und trotzdem hat Oscar einen Dichter aus ihm gemacht.«

»Der Junge war außergewöhnlich intelligent. Er hat in seiner Freizeit Sprachen, Musik und Malerei studiert. Ein solches Talent ist selten.«

»*So* außergewöhnlich war er nun auch wieder nicht«, murmelte Bosie bei sich und griff wieder zu seinen Spielkarten.

Einen Moment lang schien es, als wollte er einen halben Streit dadurch beenden, dass er Vincent ignorierte, aber weil das nicht sein Stil war, beschloss er, noch eine Bemerkung zu machen: »Du würdest selbst dann kein wahres Talent erkennen, wenn es dir auf dem Silbertablett angeboten würde, Farley.«

Das war beinahe zu viel. Ich dachte, Vincent würde seinen Pinsel hinwerfen und aus dem Atelier gehen, aber er beherrschte sich, zuckte mit den Schultern und machte sich wieder an die Arbeit. Aber ich hatte ihn noch nie so nahe an einem Wutausbruch erlebt wie jetzt.

Es war mir ein Rätsel, was die Ursache dafür gewesen sein konnte. Die Worte, die gefallen waren, boten keinen genügenden Anlass. Es musste etwas sein, das hinter diesen Worten lag. Ein verborgener Widerhaken, den ich nicht sehen konnte.

Lilian versuchte, den Frieden wiederherzustellen, indem sie behaglich lächelnd in die Runde blickte, als befände sie sich auf einem Teekränzchen.

»Jemand noch etwas ... Wein?«, fragte sie, zu der Entdeckung gekommen, dass auf der ganzen Terrasse nicht eine Teekanne zu finden war.

»Gib Vince doch was«, sagte Bosie. »Vielleicht fördert es ja sein Urteilsvermögen. Obwohl, ich bin mir nicht sicher. Ich habe ihn noch nie betrunken gesehen.«

Robbie stieß ihn an. »Los, Bosie, lass ihn in Ruhe. Wenn du mich fragst ...« Er beugte sich zu ihm und flüsterte ihm etwas ins Ohr.

Bosie gab sich keine Mühe, sein Lachen zurückzuhalten. »O nein, das denkst du dir aus! Ich glaube dir kein Wort, Robbie. Ist das wirklich dein Ernst?«

Robbies Gesicht blieb bis auf die Mundwinkel ernst, und er nickte eifrig wie ein Äffchen.

Bosie warf die Karten über die Schulter, sodass sie wie die Diener der roten Königin aus *Alice in Wonderland* durch den Wind trudelten, und streckte die Hand nach einem Glas Wein aus. »Wunderbar, ich finde es wunderbar!«, meinte er lachend.

Vincent ignorierte ihn zornerfüllt, als wüsste er sehr gut, dass über ihn geredet wurde. Ich hatte kein Mitleid mit ihm. Aus irgendeinem Grund hatte er mir übel eins ausgewischt, und Bosie der Märchenprinz war für mich eingetreten. Es war nicht schwierig, Partei zu ergreifen. Ich hoffte, er würde noch einmal zu mir herschauen, aber das tat er nicht. Die noch verbleibende Sitzungszeit wurde ich ignoriert wie ein Möbelstück, während die Männer auf der Terrasse die glorreiche Zukunft von Frank Harris' noch zu gründender Zeitung besprachen, zuzüglich aller journalistischen Abenteuer, die sie erleben würden.

Am Ende des Vormittags trieben ein paar dünne Wolkenschleier vorbei, die die Sonne auf eine angenehme Weise milderten, und die aktiveren Mitglieder der Gesellschaft bekamen Lust, etwas zu unternehmen.

»Wir könnten durch den Park reiten«, schlug Bosie Frank Harris vor.

»Ach ... ich weiß was: Lasst uns Tennis spielen gehen!«, rief Lilian aus.

Trops, der sich wieder in seinen Tagesanzug gehievt hatte, ächzte. »Bitte, Lilian, mein Arzt hat mir jegliche gesunde Bewegung verboten und mir eine strenge Diät von acht Gläsern Wein pro Stunde verschrieben. Wenn ich mich nicht daran halte, gerät mein Leben in Gefahr!«

»Ich strenge mich nie an, außer wenn es sich wirklich nicht vermeiden lässt«, sagte Robbie. »Es ist eine Lebensregel, ein religiöses Prinzip gewissermaßen. Und du möchtest doch bestimmt nicht, dass ich von meinem Glauben abfalle, oder?«

»Aber ihr macht doch mit?«, fragte Lilian Bosie und Frank Harris.

»Alfred, du bist ein phantastischer Spieler. Wir könnten ein Doppel austragen: Frank mit Vincent, du mit Imogen. Sie hat noch nie mit einem guten Partner gespielt. Und ich könnte im Doppel spielen mit ...«

Sie schaute im Kreis umher, aber Trops und Robbie schüttelten entschieden die Köpfe.

»Hast du schon mal Tennis gespielt?«, fragte sie mich.

Ziemlich verdattert schüttelte auch ich den Kopf. »Nein, nie. Ich bin bestimmt ganz unnütz.«

»Na, das trifft sich ja prima. Das bin ich auch. Also werden wir weggeputzt, und alle lachen uns aus und bemitleiden uns. Es wird riesig nett!«

Diesmal wirkte Lilians Begeisterung ausnahmsweise ansteckend. Die Gäste, die sich um ihre Kleidung sorgten, zogen sich für einen Moment ins Haus zurück, um sich in Vincents Ankleidezimmer in geliehene Tennisanzüge zu stecken. Danach begaben sich alle zum Tennisplatz, sogar Trops und Robbie, die die Aufgabe des Schiedsrichters beziehungsweise Balljungen auf sich genommen hatten. Der einzige Missklang war Imogen, die verdrossen die Nachhut bildete.

Der Tennisplatz bei Camelot House war ein mit Maschendraht umzäuntes rechteckiges Rasenstück, und jeder Grashalm schien von den Gärtnern mit Schere und Lineal auf haargenau dieselbe Länge getrimmt worden zu sein. Darüber war ein niedriges Netz gespannt, und in einem kleinen Schuppen lagen Rackets, Bälle und schmuddelige Sportkappen bereit. Es folgte ein Run auf die besten Rackets, und um die Zeit, als wir alle eine dieser idiotischen Sportkappen aufhatten, war die Stimmung schon dermaßen ausgelassen, dass die Reiberei von vorhin vergessen schien.

Lilian und ich wurden weggeputzt, genau wie sie es prophezeit hatte. Wir spielten unsere erste Partie gegen Bosie und Imogen, und ich verbrachte mehr Zeit damit, springend und weghechtend den Bällen auszuweichen, die mit der Geschwindigkeit von Projektilen angesaust kamen, als mit Versuchen, wirklich gezielt zu schlagen. Bosie war ein viel zu guter Spieler, um mit Imogen ein Doppel zu bilden, und so schaute sie meist tatenlos zu, während er mit einem »Für mich, Immie!« oder »Zur Seite, Mädchen!« alle Bälle vor ihrer Nase wegschlug. Nur bei den allereinfachsten Bällen bekam sie eine Chance und haute sie lasch gerade mal übers Netz, sodass Lilian und ich rennen mussten, um sie zu bekommen. Die Bälle, die ich wirklich einmal traf, vollführten die seltsamsten Kapriolen. Einer traf Trops auf die Nase, sodass Eis herbeigeschafft werden musste, und ein anderer verschwand unauffindbar im Gebüsch.

Gegen Vincent und Frank Harris hatten wir etwas bessere Chancen, weil sie uns etwas mehr Glück gönnten, aber auch das konnte nicht verhindern, dass wir eine schmähliche Niederlage erlitten. Und so durften Lilian und ich auf Klapphockern Zeugen des Finales Douglas-Farley und Farley-Harris sein, wobei wir beide unsere eigenen, geheimen Favoriten hatten. Lilian klatschte bei jedem Punkt von Vincent gerade etwas länger, und ich folgte lediglich den Bewegungen eines einzigen Spielers auf dem Platz. Von allen Männern, die ich kennengelernt hatte – das war mir bewusst –, war er für mich der schönste und wollte ich ihn am liebsten haben. Aber er war so unerreichbar wie die Sterne. Nein, noch unerreichbarer als die Sterne. *Posh*, wie Bob, William und Nettles Leute seiner Art nannten; teure Herrschaften. Himmelhoch erhaben über *Trash* wie wir. Aber wie hatte Herr Taylor so schön gemeint? Manchmal kommen die Sterne die Gosse besuchen.

Ich sah ihn den Wettkampf gewinnen und seinen Schläger in die Luft werfen, als hätte er gerade den Sieg in Wimbledon errungen. Danach setzte er sich neben mich auf einen gusseisernen Gartenstuhl, und es war wie die Erfüllung eines unausgesprochenen Wunsches. Ich roch seinen Schweiß und sein Duftwasser, eine warme Süße, die mich schwindeln ließ. Bob hatte recht gehabt. Er roch gut, selbst wenn er vor Schweiß troff.

»Bist ein ziemlich guter Spieler«, sagte ich, um etwas zu sagen zu haben.

»Und du ein ziemlich miserabler! Wie war noch mal dein Name?«

»Adrian Mayfield«, antwortete ich, froh, dass ich heute nicht Charlie Rosebery hieß.

»Ach ja, der Junge von Augustus.«

»Nein!«, sagte ich recht laut.

»Vincent wird sich freuen, das zu hören.«

»Wieso?«

»Unser Gussy ist schlechte Gesellschaft. Hat einen entsprechenden Ruf. Genau wie ich übrigens.«

»Das weiß ich«, sagte ich, ohne darüber nachzudenken.

»Ach, wirklich?« Er mimte den Erstaunten und fuhr sich mit der Hand durch das blonde Haar. Seide und Gold zwischen schlanken, weißen Fingern. »Erzähl mal!«

Ich schaffte es nicht, ihm an Frechheit gleichzukommen und eine unumwundene Antwort zu geben. Nicht jetzt, wo er mir so nahe war, dass ich seine wundervollen Wangenknochen fast hätte berühren können.

»Ach, du weißt schon. Die Leute tratschen.«

»Interessant. Und was sagen sie so?«

Ich konnte ihm nicht entkommen. Seine Augen folgten meinen, wohin sie auch irrten. Zu dem Tennisracket an seinen Füßen, zu den Weingläsern, die Robbie gerade von der Terrasse herholte, zu Imogens Finger, der verärgert versuchte, einen Fleck aus ihrem Kleid zu reiben, zu Herrn Harris, der seinen Schnurrbart hochzwirbelte und Lilian eine lange, heroische Geschichte erzählte, die sie beeindrucken sollte. Mir war, als hätten Trops, Thomas und die andern nie existiert und als wäre ich wieder genauso grün hinter den Ohren wie an dem Morgen, als der Erstgenannte bei mir seinen Anzug anprobierte. Ich spürte, wie ich rot wurde.

»Na komm, jetzt keinen Rückzieher machen. Was sagen sie? Dass es eine Schande ist, mit wem ich meine Zeit verbringe? Dass ich es besser wissen und auf meinen Vater hören sollte? Dass ich meine Jugend verschleudere? Dass ich ein Mann sein und mich für eine anständige Karriere entscheiden sollte?«

Jedes Wort war eine Herausforderung. Er war eine einzige lebende, lebensgroße Herausforderung, eine Herausforderung an jeden, der ihm erzählen wollte, wie er sein Leben zu führen habe.

Ich fühlte mich gezwungen, ihm zu antworten, so als würde ich einem Kreuzverhör unterworfen und als bliebe mir keine andere Wahrheit, als »die Wahrheit und nichts als die Wahrheit« zu sagen.

»Das sagen sie alle«, erwiderte ich, »aber das ist mir völlig egal.«

Meine Augen schossen weg zu Vincent, der eine Weinflasche von Trops entgegennahm und sich fast das Hemd bekleckerte. Bosie schaute ebenfalls zu ihm hin. Ich weiß nicht, ob sein Blick den von Vincent kreuzte oder was sonst der Anlass war, aber kurz darauf spürte ich seine Hand auf meinem Arm. Eine nachdrücklich vorhandene, selbstsichere Hand, die auf meine Haut drückte. Ich betrachtete diese Hand, aristokratisch weiß auf meiner gebräunten Haut. Der Prinz und der Bettler. Ich fragte mich, ob Vincent auch herschaute, wagte es aber nicht zu kontrollieren. Ich wollte nicht noch einmal seinem ablehnenden Blick ausgesetzt sein.

Gleich fragst du mich etwas, dachte ich, Gott steh mir bei!

»Interessierst du dich für Rennpferde?«

»Was?« Von allen möglichen Fragen … war das die absolut unmöglichste. »Rennpferde?«

»Ja, Rennpferde. Ein Bekannter von mir hat sich gerade einen neuen Hengst angeschafft und gefragt, ob ich ihn mir mal ansehen will. Und vielleicht darauf reiten. Würdest du mitwollen?«

Ich machte den Mund ein paarmal auf und zu, bevor ein Ton aus ihm herauskam. »Ja, natürlich.« Mit ihm wäre auch ein Abstieg in den Krater des Ätna noch ein angenehmer Ausflug gewesen.

»Also abgemacht. Hast du morgen etwas vor?«

»Nein, nichts.«

Bis auf das übliche Teekränzchen in der Little College Street. Herzliche Grüße! Sollten sie ihren Tee doch ohne mich trinken.

»Großartig! Weißt du, ich bin ganz versessen auf Pferderennen. Aber Oscar sagt, so ein ordinäres Volksvergnügen sei meiner unwürdig. Aber er sagt so viel, weißt du? Weißt du, dass ich dabei war, als …«

Der Rest des Vormittags verstrich in himmlischem, sorglosem Geplauder über Pferde, Derbysieger und Buchmacher, wobei ich meine niedrige Herkunft vergessen konnte, weil ich davon ebenso viel Ahnung hatte wie er. Wir unterhielten uns über Captain Roddy Owen, der 1892 den Grand National auf Father O'Flynn gewonnen hatte, einen Sieg, der Pa seinerzeit ganze neun Pfund einbrachte, über Derby Day, den Tag, an dem die gesamte Nation wegen der Pferderennen stillstand und Lords und Fabrikarbeiter zusammen tranken und wetteten, als wäre die Welt auf den Kopf gestellt. Aber auch über die Rennen, die Bosies Vater, der Marquis, in seinen jungen Jahren gewonnen hatte. Eine beeindruckende Reihe von Leistungen, mit denen sich Bosie als stolzer Sohn brüsten konnte, weil es lange zurücklag und weil alle weit zurückliegenden Ereignisse nun einmal wie von allein einen goldenen Glanz erhalten und einen mitunter das Heute vergessen lassen.

Als Palmtree verkündete, dass der Lunch aufgetragen sei, und sich herausstellte, dass ich nicht mit eingeladen war, ging ich, ohne mich von Imogen oder Vincent zu verabschieden, nach Hause. Die Erstere war noch zu sehr mit Schmollen beschäftigt, der Zweite begann rasch ein Gespräch mit Frank Harris, als ich in seine Richtung schaute. Unter anderen Umständen hätte ich es mit Sicherheit schrecklich gefunden, aber jetzt konnte ich nur noch an den Tag im Paradies denken, der mir versprochen war und der alle Ereignisse der zurückliegenden Wochen unwichtig machte, selbst den unheilverkündenden Blick, den Palmtree mir zugeworfen hatte, als ich mich bei seinem Erscheinen hastig aus dem Staub machte. Es war, als wäre ich zum allerersten Mal verliebt, schafsköpfig und unschuldig verliebt so wie Mädchen wie Imogen, für die ein Kuss das absolut höchste der Gefühle war, ebenso hinreißend, süß und unwiderstehlich wie ein Schokobonbon. Aber ich wusste, dass ich mehr wollte als nur einen Kuss. Ich wollte ihn ganz und gar. Mit Haut und goldenen Haaren. Was immer daraus werden würde.

28

Tödliche Langeweile und tödliche Krankheiten – Pa schwört dem
Alkoholteufel ab – Träume auf der Westminster Bridge – Ein selbst
hochgelassener Luftballon

Den restlichen Nachmittag verbrachte ich, indem ich fortwährend auf
die Uhr schaute und die Stunden zählte, die ich noch warten musste, ehe
alle meine Träume zu guter Letzt in Erfüllung gingen. Ich schlenderte
durch den Hyde Park und langweilte mich *dermaßen* intensiv, dass ich
mich fragte, ob schon mal jemand an Langeweile gestorben war. Falls
nicht, würde ich bestimmt der Erste sein. Um mir etwas Ablenkung zu
verschaffen, beschloss ich, doch einmal bei Pa vorbeizuschauen. Schließlich war es vier Monate her, dass ich ihn zuletzt gesehen hatte, und in der
Zwischenzeit war viel geschehen, von dem ich ihm übrigens das meiste
verschweigen würde. Aber es wäre nett, ihn mal wiederzusehen, miteinander zu trinken und zu reden, ohne die Vorwürfe, die ich bei Ma zu
hören bekäme.

Also nahm ich den Omnibus Richtung Southwark, in der Hoffnung,
dass er nach wie vor dort mit Walter und Leo in seinem Zimmer hockte.

Nachdem ich an die Tür mit dem Namensschild geklopft hatte, war
es zu meiner Überraschung Mary Ann, die öffnete. Einen Moment lang
starrten wir uns gegenseitig an, und mir wurde klar, wie sehr ich mich
in den zurückliegenden Monaten verändert haben musste. Meine Haare
waren wieder gewachsen und diesmal von einem Frisör geschnitten, der
wusste, was er tat. Ich trug meine schönen Anzüge mittlerweile mit dem
Air von jemandem, der wusste, wie man solche Kleidung trug.

»Ady!«, sagte sie leise und erstaunt, als sähen wir uns nach Jahren
wieder.

Ich war mir peinlich bewusst, wie unsinnig mein Wunsch an jenem
Nachmittag im Hyde Park gewesen war, alles möge beim Alten bleiben.
Die Dinge hatten sich schon jetzt verändert, und zwar unwiederruflich.

»Ist Pa zu Hause, Mary Ann?«, fragte ich ebenso leise wie sie. Ich sah ihre blauen Perlen im Dunkel des Zimmers leuchten.

»Ja, er ist da. Komm rein, Ady.«

Sie ging einen Schritt zur Seite, um mich hereinzulassen, und sie tat es so still, dass ich sofort wusste: Irgendwas stimmte nicht. Hatte Pa es am Ende geschafft, sich ins Grab zu saufen?

Aber nein, er saß am Tisch, mehr oder weniger aufrecht, vor sich eine Flasche guten französischen Weins, zweifellos ein Geschenk von Mary Ann. Dass er in Tränen aufgelöst war, beunruhigte mich nicht. Es brauchte nicht viel, um bei Pa die Schleusen zu öffnen. Seine wässrigen Augen schwammen über mein Anzugjackett und mein adrett geschnittenes Haar hinweg.

»Ady, dem Himmel sei Dank, dass wenigstens *du* deinen Weg gefunden hast!«, jammerte er.

Ich ging zum Tisch und setzte mich ihm gegenüber. Ich hatte nicht den Mumm, etwas zu ihm zu sagen. Mary Ann stellte sich mäuschenstill hinter den dritten und letzten Stuhl; es war der wacklige von Leo. Sie setzte sich nicht. Mir fiel auf, dass sie im Gegensatz zu Pa besorgt wirkte.

»Ist was, Pa?«

Er zog schniefend die Nase hoch. »Ach, Ady, was soll ich sagen? Dass es meine Strafe ist, meine wohlverdiente Strafe. Nach allem, was ich euch angetan habe: dir, eurer Mutter, der armen kleinen Mary Ann. Der armen, armen kleinen Mary Ann!«

Und er jaulte wie ein getretener Hund. Ich schaute fragend zu Mary Ann, doch sie schob nur mit ernstem Gesicht die Flasche zu ihm hin. Er nahm sie und trank mit langen, schlürfenden Schlucken, während ein Rotweinstrahl an Kinn und Hals entlang unter seinem schmuddeligen Hemdskragen verschwand. Er war eindeutig schlechter dran als zu dem Zeitpunkt, als ich ihn verlassen hatte. Ich versuchte, Mitleid mit ihm zu haben und mich nicht nur zu ärgern.

»Was ist mit ihm?«, fragte ich Mary Ann, doch sie bekam nicht die Gelegenheit zu antworten.

»Es ist der Suff! Ich habe immer gewusst, dass er mich einmal zugrunde richten würde! Mich, mein Haus, meine Familie! Was ist das für ein Mann, der nicht für seine Familie sorgen kann? Ein Schlappschwanz, ein Waschlappen, kein Kerl! Ach, hätte ich doch nur meine

Pflicht getan! Vergib mir, Mary Ann!« Er ließ den Kopf auf den Tisch fallen und griff schluchzend nach ihrer Hand. »Liebes Kind, vergib mir. Lieber Gott, vergib mir!«

Jetzt reichte es mir. »Pa!«, rief ich ihn zur Ordnung. »Was um Himmels willen ist los?«

»Mein liebes, schönes Mädchen, sie ist todkrank!«

Ich schaute zu Mary Ann. Sie sah nicht krank aus. Aber sie fegte, was Pa gesagt hatte, auch nicht mit einem Lachen weg. »Stimmt das? Bist du krank?«, fragte ich sie.

Sie zuckte mit den Schultern. »Ich weiß es nicht. Ich fühle mich in letzter Zeit nicht gut. Immer müde. Und meine Stimme lässt nach. Herr Edwardes hat mir ein paar Tage freigegeben. Er sagt, ich sollte mal zu einem Arzt gehen, möglicherweise könnten es meine Lungen sein.«

Sie sagte das sehr ruhig, aber ich konnte ihr an den Augen ablesen, dass sie sich sorgte, besonders bei den letzten Worten. Jetzt fiel mir auch wieder ein, wozu die blauen Perlen gut sein sollten. Sie wurden in Ost-London zu hunderten von hexenhaften alten Hutzelweibern verkauft, die schmale Ladengeschäfte voller Hufeisen, versteinerter Haifischzähne, Liebeselixiere und anderer Zaubermittel betrieben. Eine blaue Perlenkette sollte einen gegen Bronchitis beschützen und kostete nur einen Halfpenny. In unserer Straße hatte so ungefähr jedes Mädchen eine solche Perlenkette getragen. Und mehr als nur einige hatte man damit begraben.

»Ist es ernst?«, fragte ich und dachte an Aubrey.

»Woher soll ich das denn wissen? Ich bin schließlich kein Arzt!«, antwortete Mary Ann, viel zu gereizt, um mich zu beruhigen.

»Am Ende ist es die Tuberkulose!«, weinte Pa zwischen zwei großen, schlabbrigen Schlucken Wein. »All die jungen Mädchen im Theater holen sich die Schwindsucht: die schlechte Luft, der Durchzug, die kalten Garderoben ... ich wusste es. Ich habe sie dahinwelken sehen wie Blümchen. Und doch hab ich mein eigenes Mädel bis zum Umfallen arbeiten lassen! Ach, Gott helfe mir, Ady!« Er nahm meinen Arm und drückte seine Rotznase in den Stoff meines Jacketts. Ich ließ es angewidert zu.

»Aber es *braucht* doch keine Tuberkulose zu sein?«, fragte ich, mein Gedächtnis verzweifelt nach anderen, relativ unschuldigen Lungenkrankheiten durchsuchend. Das waren nicht viele. »Du kannst doch auch einfach nur kurzatmig sein. Oder ... oder ...«

»Gestern nach der Vorstellung habe ich Blut gespuckt«, sagte Mary Ann tonlos. »Ich musste husten, und dann hatte ich plötzlich Blut im Mund.«

Ich fühlte mich kalt werden bei dieser kurzen, simplen Mitteilung. Mary Anns Traum, ihr schöner roter Luftballon schien auf einmal davonzufliegen und über unseren Köpfen im endlosen Himmel zu verschwinden. Ich schaute ihm nach mit dem Gefühl, dass nicht der Ballon, sondern ich immer kleiner wurde. O nein, das *durfte* nicht sein, es *durfte* einfach nicht sein! Ich konnte es nicht ertragen, noch einen Traum entschwinden zu sehen: Camelot House, Vincent, Imogen, die Illusion, dass ihr Haus das meine war, meine tolle große Schwester, die zweifellos der größte Star des Londoner Varietétheaters werden würde ... Wenn schon Mary Ann ihre Träume nicht verwirklichen konnte, wer konnte es dann?

»Ach, Mary Ann ...«, sagte ich nur.

Sie blieb hinter dem Stuhl stehen, so kerzengerade, wie auch Ma dastehen konnte, aber bei genauem Hinsehen bemerkte ich, dass sie von Kopf bis Fuß zitterte. Sie hatte Angst, aber weil sie Mary Ann Mayfield war, würde sie das niemals zugeben. Mary Ann Mayfield fürchtete noch nicht einmal den Teufel und dessen Großmutter.

»Übermorgen gehe ich zum Arzt«, sagte sie. »Würdest du mit mir kommen, Ady? Ich will es Ma noch nicht erzählen.«

»Klar komme ich mit«, sagte ich.

Pa zog lautstark die Nase hoch. »*Ich* müsste sie begleiten«, hörte ich ihn in den Flaschenhals murmeln. »*Ich* müsste meinem kleinen Mädchen zur Seite stehen, aber ...«

Plötzlich machte er große Augen, so als sähe er die Weinflasche vor sich zum ersten Mal in ihrer wahren Gestalt. »Es ist dieser verdammte Alkoholteufel!«, schrie er. »*Weiche von mir, Satan!*« Und er nahm die Flasche und warf sie gegen die Wand. Sie zerplatzte in einer rotschwarzen Explosion aus Wein und Glas. Es war eine schöne, dramatische Geste, eines Schauspielers würdig.

Pa streckte einen beschwörenden Finger zu den Scherben aus. »Nie, das schwöre ich, nie mehr soll noch ein Tropfen über meine Lippen kommen! Gott ist mein Zeuge! Ich habe eingesehen, wie sündig mein Leben war, und von heute an werde ich es in den Dienst Jesu stellen, unseres Herrn. Ady …« Er schaute verstört im Zimmer umher. »Wo ist mein Mantel?«

Ich zeigte auf sein Bett, das mit Kleidungsstücken und leeren Flaschen Brass Ale übersät war.

Pa zerrte seinen Mantel aus dem Haufen hervor wie eine Gouvernante ihren Schützling aus einer Gesellschaft von Berufsspielern. Nachdem er ihn sich um die Schultern geworfen hatte, feuerte er die Bierflaschen eine nach der anderen aus dem Fenster, wankte anschließend feierlich zur Tür und wandte sich zu Mary Ann.

»Nur ruhig, mein liebes Kind, dein Vater wird für dich sorgen. Ich werde dir die besten Ärzte besorgen, die besten Krankenschwestern, die beste Medizin. Ich werde alles für dich bezahlen, jeden Penny sparen. Mach dir keine Sorgen, Liebling, Papa wird sich um alles kümmern!«

Und damit trat er nach draußen.

»Warte! Wo willst du hin?«, riefen wir.

»Zur Heilsarmee!«, lautete die überraschende Antwort.

Wir schauten uns gegenseitig an. »Weiter als bis zur ersten Kneipe kommt er nicht«, sagte Mary Ann.

Mary Ann und ich standen über das Geländer von Westminster Bridge gelehnt, Hand in Hand wie zwei Äffchen im Zoo. Wir unterhielten uns über alles Mögliche, ausgenommen die Dinge, über die wir uns Sorgen machten.

»Ich bin verliebt«, erzählte ich ihr. »Sie hat blondes Haar, so blond wie der Sommer, und wenn sie sich zu mir vorbeugt, fällt es ihr vor die Augen.«

Mary Ann kniff mir in die Hand, während sie abwesend einem Frachtkahn nachschaute, der unter der Brücke hindurchglitt.

»Augenfarbe?«, fragte sie.

»Blau natürlich, das schönste Blau, das du je gesehen hast. Wenn sie dich anschaut, dann tun sie dir weh, diese Augen. Sie sind so prachtvoll und so scharf. Als würde sie erwarten, dass du ihr wehtust, und dabei sicher wissen, dass sie *dir* wehtun wird.«

Es war eine akkurate Beschreibung der Augen, die ich jetzt schon ein paar Tage vor mir sah, auch wenn sie jemand anderem gehörten als dem Mädchen, das ich um Mary Anns und meiner willen erfunden hatte.

»Mann, sie muss ja anbetungswürdig sein!«, sagte sie.

»Ja«, seufzte ich, »das ist sie.«

»Wie heißt sie, Ady? Wie ist ihr Name?«

Hiermit hatte ich gerechnet und hatte mir eine Antwort zurechtgelegt, die Mary Ann befriedigen würde, ohne ihr wirklich etwas zu verraten.

»Das darf ich nicht sagen. Das mit uns darf nämlich noch niemand wissen, verstehst du?«

Mary Ann machte runde Augen. »Oooo ... ist sie ...«

»... von Adel«, ergänzte ich. »Ihr Vater ist ein schottischer Marquis.«

»Und sie *liebt* dich? Ach, Ady, das klingt ja wie ein Märchen! Oder ein Liebesroman!«

Ich nickte und bedauerte dabei, dass das, was ich meiner Schwester erzählte, nur erdichtet war, während ich mich zugleich darüber freute, *dass* ich es mir ausgedacht hatte. Es war ein neuer Traum, ein Luftballon, den ich selbst hatte steigen lassen.

»Und verabredet ihr euch auch heimlich miteinander? Im Park? Oder außerhalb der Stadt? Und wirst du sie von zu Hause entführen und dann in Gretna Green heiraten?«

Die Handlungen sämtlicher Groschenromane, die Mary Ann je gelesen hatte, sprudelten in ihr hoch. Erleichtert stellte ich fest, dass sie sich selbst vorübergehend vergessen hatte.

»Morgen sind wir miteinander verabredet«, vertraute ich ihr an. »Zum Reiten.«

»Ach! Das ist romantisch! Aber Ady ... du kannst doch überhaupt nicht reiten?«

Das stimmte. Ich hatte die Möglichkeit noch nicht erwogen, dass ich ebenfalls auf ein Pferd gesetzt werden könnte und dabei gewiss eine klägliche Figur abgäbe. Es bestand keinerlei Zweifel, dass mich dann zwei schöne blaue Augen und ein noch schönerer Mund gnadenlos auslachen würden.

»Ich habe echt schon mal auf'nem Pferd gesessen«, sagte ich, um mir keine Blöße zu geben.

»Auf dem alten Gaul des Lumpensammlers! Das andere sind echte Reitpferde, Ady, sündhaft teure Vollblüter. Auf denen zu reiten muss man lernen, sonst gehen sie mit einem durch!«

»Ach, ist doch lustig!«

Ich dachte an die Pferde, die wir uns ansehen würden. Keine Reitpferde, sondern *Rennpferde*. Hoffentlich waren sie zu wertvoll, um von Hinz und Kunz geritten zu werden.

»Meinst du, ich habe trotzdem eine Chance?«, fragte ich. »Obwohl ich nicht reiten kann?«

Mary Ann richtete sich auf, die geballten Fäuste auf dem steinernen Brückengeländer, und sog ihre Lungen voll Luft. Zum ersten Mal erinnerte sie mich wirklich an Ma.

»Wenn sich dir eine Chance bietet, musst du sie immer ergreifen, Ady. Greifen, krallen und gut festhalten, das musst du tun. Ehe dir ein anderer zuvorkommt. Denn auf eine zweite Chance zu warten dauert viel zu lange.«

Es war der Augenblick für Allerweltsweisheiten wie *Das Leben ist hart zu Leuten wie uns* oder *Hilf dir selbst, dann hilft dir Gott!* Ich wusste sehr gut, was Mary Ann meinte. Für jemanden aus Ost-London gab es immer nur ein paar Chancen. Ein paar Chancen, auf den Bus aufzuspringen und nie mehr zur Eastside zurückzukehren. Für Mary Ann war die große Chance das Theater gewesen. Sie hatte sie mit beiden Händen ergriffen, aber sie hatte sie nicht festhalten können.

Ich betrachtete meine große Schwester und wollte den Arm um sie legen, aber ich tat es nicht. Ich wusste, dass sie dann weinen würde, und sie hasste es, weinen zu müssen. »Es wird schon wieder, Mary Ann«, sagte ich deshalb nur.

»Ja, natürlich«, sagte sie mit ebenso wenig Überzeugung wie ich.

Über unsere Köpfe flog eine Möwe und stieß einen Schrei aus, der von weit über einen leeren Ozean herzukommen schien.

29

Ein anderes England – Romantik und Pferdegespräche – Galopp! –
Eine geliehene Jacke – Ein Nachmittag im Himmel

Man konnte kein Abendjackett tragen, wenn man sich Pferde anschauen ging, und Flanell war ebenfalls von Übel. Es musste etwas Keckes und Schwarzes sein, das zu einer Reithose und Lederstiefeln passte, oder etwas Sportliches wie eine Norfolk-Jacke, die man auch auf dem Fahrrad tragen konnte.

Nach einer kritischen, aber recht fruchtlosen Inspektion meiner Garderobe hatte ich etwas gefunden, das einigermaßen hinkam: eine graue Tweedjacke, die ich mir einmal von Alfred Wood geliehen und bisher noch nicht zurückgegeben hatte. Es war ein schon getragenes Exemplar, ausgelassen, wo immer sie nur ausgelassen werden konnte, aber es ging gerade so, und ich würde jedenfalls nicht das Risiko laufen, mich schon gleich durch die falsche Kleidung zum Narren zu machen. Wie ich das Reitproblem lösen würde, fiel mir bestimmt noch ein. Ich konnte immer noch eine Verletzung vorschieben.

Ich betrachtete mich im Spiegel und war nicht unzufrieden. Ich hatte im zurückliegenden Monat an guten Tafeln gegessen und sah nicht länger aus wie der Sensenmann persönlich. Ich ging gerade so: kein Vollblut, aber auch keine Schindmähre.

»Gib acht, Mary Ann, ich werde meinen Traum einfangen«, sagte ich, als würde ich ihr damit ein Versprechen abgeben. Dass es in Wirklichkeit ein Traum für mich ganz allein war, war unwichtig, solange einer von uns nur einen hatte zum Beweis, dass Träume existierten! Denn ich hatte eine Höllenangst, es könnte vielleicht nicht so ein.

Das Erste, was ich feststellen musste, war, dass Bosie sich für eine Gelegenheit wie diese nicht um die Kleiderordnung geschert hatte. Er trug einen Freizeitanzug aus Flanell und einen Strohhut, was ihn wie einen Knaben beim Schulausflug aussehen ließ – ziemlich unwiderstehlich eigentlich –, und runzelte die Stirn, als er meine ausgelassene Tweedjacke sah.

Meine zweite Feststellung war, dass ich heute wie der dienstbare Geist des erstbesten Internats behandelt wurde, das er vielleicht besucht hatte: eine Art unbezahlter Diener, der immer im Wechsel, und das mit großer Launenhaftigkeit, die Rolle des Kameraden oder des weißen Sklaven zugeteilt bekam. Unterwegs wurde ich zweimal aus dem Taxi geworfen, einmal, um eine Zeitung, und das andere Mal, um Briefpapier zu kaufen. Und als ich zurückgeschickt wurde, weil Bosie mir nicht genug Geld mitgegeben hatte, lautete die Frage, ob ich den Rest nicht aus eigener Tasche hätte dazulegen können. Aber er lächelte auch und überbrachte mir die Grüße von Max, den er in der Stadt getroffen hatte, und zu meiner großen Verwunderung ertrug ich das alles. Ich saß neben ihm, zufrieden wie ein Hund zu Füßen seines launischen Herrn, und schaute nach draußen oder zu ihm.

Die Ställe lagen in einem Außenbezirk von Nord-London, einem anderen London, das für echte Cockneys wie mich nicht wirklich zur Stadt gehörte: Wohnblock neben Wohnblock, alle gleich und gebaut für Londoner mit einem schmalen Geldbeutel, die dem Getriebe und den hohen Mieten des Zentrums entfliehen wollten, im Wechsel mit den eingebauten Resten altenglischer Dörfer und der ländlichen Wildnis von Hampstead Heath. Mary Ann und ich hatten die Kinder, die in diesen Außenvierteln aufwachsen mussten und die geschäftige Aufregung in den Straßen des echten London entbehrten, immer bemitleidet. Es gab nichts, das uns trostloser vorgekommen wäre als das Leben auf dem Lande.

Heute jedoch hatte ich mir vorgenommen, es zu genießen wie ein romantisches Idyll, ein Gedicht aus Imogens *Golden Treasury*: zwei junge Liebende in den grünen Feldern, umgeben von murmelnden Bächen, flüsternden Weiden und wollig weißen Schafen. Ich versuchte mich davon zu überzeugen, dass wir hierhergehörten, er und ich, nicht in die gaserleuchteten Straßen Londons, sondern in diese neblige Traumwelt, wo der Preis für die Liebe der Tod war und nicht zwei Pfund. Wenn er an mir vorbei aus dem Fenster schaute, sein Mund einen Augenblick stumm, seine Augen einen Moment lang ernst, konnte ich es nahezu glauben. Diese Augen konnten ein Herz brechen, doch ein fast unsichtbarer Sprung in dem glasharten Blau ließ einen hoffen, dass sie es nicht taten.

Wenn du mich jetzt küssen würdest, würde ich sterben, dachte ich.

Aber leider kam ich lebendig und wohlbehalten bei den Ställen an. Bosie stieg aus, bezahlte den Kutscher und ging auf einen Burschen zu, der ein Pferd am Zügel hielt, in der Unterstellung, ich würde ihm schon folgen. Ich blieb stehen, hörte ihn den Stalljungen im gleichen Ton ansprechen, mit dem er mich nach Briefpapier geschickt hatte, und fragte mich, warum ich mir das gefallen ließ.

Ich wartete, bis das Taxi verschwunden war, ehe ich ihm folgte. Jetzt gab es keine Fluchtmöglichkeit mehr. Es hatte mich in ein anderes England verschlagen, in dem ich noch weniger verloren hatte als in Camelot House.

Die Ställe gehörten zu einem Landhaus, das viel größer und älter war als die Residenz der Farleys und einen Garten wie ein Park besaß, komplett mit Teehaus und Schwanenteichen. Hier wohnte altes Geld; Leute, die keine großen Feste und Urlaubsreisen in ferne Länder brauchten, um zu beeindrucken, sondern deren Stammbaum schon genügte, um sie mit hoch in den Wind erhobener Nase an einem vorbeirauschen zu lassen.

Bosie schien sich hier daheim zu fühlen. Er benahm sich anders als in der Stadt, zwischen seinen Freunden im Café Royal. Dort war er wirklich unnahbar, wie die anderen eine Figur aus einem Buch oder Theaterstück, in seine Rolle gehüllt wie in einen Mantel. Hier schien er in eine Zeit zurückzukehren, als es weniger Rollen zu spielen gab und weniger Schminke getragen wurde. Als es nur eine einzige naheliegende Rolle zu geben schien: die des Sohns reicher Eltern, auf den die ganze Welt wartete.

Ich fand ihn in dieser Gestalt sowohl netter als auch noch unausstehlicher als sonst.

Als ich ihn eingeholt hatte, fragte er: »Wieso hast du so lange gebraucht, Mayfield? Angst vor Pferden?«

Ich sah seine Augen, Augen, die mich mit Sicherheit nicht an-, sondern auslachten, und brummte: »Natürlich nicht!«

Und das war mein Glück, denn außer bei einer königlichen Parade hatte ich noch nie so viele Pferde beisammen gesehen. Sie standen in gemauerten Boxen, ungeduldig prustend und stampfend, bis die Stallburschen sie mit ins Freie nehmen würden. Es gab schöne Füchse mit breiten, weißen Blessen und sanften Augen, leicht entflammbare, kastanienfarbige Hengste und ein paar junge Schimmel, gesprenkelt wie hässliche Entlein, die sicher wussten, dass sie eines Tage schöne Schwäne sein würden. Sie waren umgeben von dem unverkennbaren Pferdegeruch aus Mist, Schweiß, Stroh und Leder. Einer der Hengste streckte seinen langen Hals vor und knabberte an meinem Ärmel. Ich blieb stehen und rieb ihm über seinen großen, knochigen Kopf. »Gefällt er dir?« Bosie zog seine Finger durch die lockere Mähne des Hengstes. »Er kann in der nächsten Saison ein Gewinner werden. Aber jetzt ist er noch zu jung und zu eigenwillig. Ich würde mein Geld nicht auf ihn verwetten.«

Er ging weiter zu einer anderen Box, wo zwei Stallburschen einen hochbeinigen Fuchs striegelten, dabei beaufsichtigt von einem Mann in Reitkleidung, der aussah, als würde er das Zepter über die königlichen Ställe schwingen. Ich fand es selbstverständlich, dass ich ihm nicht vorgestellt wurde.

Ich stand gegen die Stalltür gelehnt und fütterte den Hengst mit einem klebrigen Bonbon, das ich in der Tasche von Alfies Jacke gefunden hatte, während ich zusah, wie sie den Fuchs einer kritischen Inspektion unterwarfen.

Sie betrachteten seine Beine, klopften auf seine zitternden Flanken und zwängten seinen Mund auf, um das Gebiss zu begutachten. Fetzen ihrer Konversation trieben in meine Richtung.

»Er ist stark, aber reagiert er auch schnell?«

»Wie ein Pistolenschuss. Und du müsstest ihn mal im Finish erleben.«

»Seine Hinterhand gefällt mir. Gute Muskeln. Wer hat ihn trainiert?«

»Ich werde ihn einmal für dich traben lassen.«

Ohne dass ich genau zu sagen wusste, weshalb, besorgte mir ihr Gespräch ein unangenehmes Gefühl. Es war, als hätte ich solche Reden schon viel häufiger gehört, dutzende Male, in phantasielosen Variationen. Ich fragte mich, ob Pferde das hier etwa *doch* mochten, sich geschmeichelt vorkamen und es nie leid wurden.

In Bosies Augen schimmerte die Begeisterung eines Käufers. Er hätte sich den Hengst mit Sicherheit zugelegt, *wenn* er das Geld gehabt hätte, *wenn* seine Freunde nicht gesagt hätten, der Pferdesport sei zu ordinär für ihn und *wenn* sein Image ihn nicht dazu verpflichtet hätte, ihrer Meinung

387

zu sein. Er drehte die Mähne zwischen seinen Fingern zu straffen Zöpfen, während er dem Mann in Reitkleidung zuhörte und die Stallburschen einen Sattel, Kandare und Zaumzeug brachten.

»Er soll nachher mit in die Heide?«, unterbrach er seinen Bekannten, als könne er sich nicht länger beherrschen. »Lass mich ihn reiten. Au ja, Bertie, lass uns das tun. Hol mir ein paar alte Reitsachen. Ich habe Lust, mal wieder auf einem schnellen Pferd zu sitzen.«

Ich wusste, man würde ihm die Bitte nicht abschlagen. Niemand schlug Bosie Douglas etwas ab. Die ganze Welt war in ihn verliebt, und er wusste es. Das Pferd wurde für ihn gesattelt, und ein Bediensteter nahm ihn mit ins Haus, wo er sich umziehen konnte.

Während er fort war, entstand Geschäftigkeit bei den Ställen. Die Pferde wurden hinausgeführt und gesattelt. Manche bekamen gegen die Kühle des Septembernebels eine Decke übergeworfen. Es waren Tier für Tier englische Vollblütler; Rennpferde – schlank, glänzend, ungeduldig und nervös –, die mit den Hufen scharrten und die Köpfe schüttelten, während die Stallburschen furchtlos unter ihnen hindurchtauchten, um Schnallen und Riemen festzuzurren. Das hier waren die Pferde, die Bosie reiten wollte. Ich wusste, warum.

Er war genauso ungeduldig wie sie, als er wiederkam. Er setzte seinen Fuß in den Steigbügel und dachte dann erst an mich.

»Gib ihm ein Pferd«, sagte er zu dem Mann, der Bertie hieß.

»Kann er denn reiten?«, fragte der bedenklich.

»Gut genug. Gib ihm ein einfaches Pferd. Ich will, dass er mitkommt.«

Für mich wurde kein Reitzeug geholt. Genau wie die Stallburschen, die die anderen Pferde reiten würden, musste ich mit meiner Alltagskleidung zufrieden sein. Aber das war so ungefähr das Letzte, worüber ich mir Sorgen machte!

Bosie hatte entweder nicht darüber nachgedacht, dass ich noch nie geritten war, oder es war ihm einfach egal. Jetzt würde ich auf so ein zitterndes Bündel aus Temperament und Nerven gesetzt werden und konnte zusehen, wie ich zurechtkam. Aber genau wie an jenem Abend im Café Royal nahm ich die Herausforderung an. Ich war genauso gut wie er, und was bildete er sich eigentlich ein!

Ich gab genau acht, wie die Stallburschen ihre Pferde bestiegen. Es war wichtig, den richtigen Fuß in den Steigbügel zu setzen, sonst landete man genau verkehrtherum auf dem Pferd, und das wäre ein Irrtum, der verriet, dass man noch nie, kein einziges Mal im Leben, auf einem Pferd gesessen hatte. Ich würde diesen Fehler nicht begehen. Mit einem einzigen Schwung saß ich im Sattel, hoch über den Köpfen der Stallburschen und kerzengerade, als wäre es nicht mehr als normal. Ich schaute Bosie an. Er lachte, hatte vielleicht auf einen Patzer gehofft, war aber mit diesem Ergebnis ebenfalls zufrieden.

»Wir traben«, sagte er, »und sobald wir in offenes Gelände kommen, galoppieren wir. Wir geben ihnen die Peitsche. Bist du bereit?«

»Und ob!«, antwortete ich selbstsicherer, als mir zumute war.

Wir verließen die Ställe in einer langen Prozession. Ich zählte gut zwanzig Pferde, die alle in einem ruhigen Tempo, von Zügeln im Zaum gehalten, der Auffahrt folgten. Während ich Bosies Fuchs folgte, versuchte ich mich zu erinnern, mit welchen Lauten der Milchmann und der Lumpensammler ihre Pferde immer angespornt hatten, und beobachtete zugleich die Hände und Füße der Stallburschen, die über Zügel und Steigbügel auf eigene Art mit den Pferden kommunizierten. Zu meiner Genugtuung gelang es mir, ihnen zu folgen, ohne die lange Kette von Pferden zu unterbrechen.

Wir ritten durch die Straßen eines Außenbezirks, wo uns Kinder auf dem Weg zur Schule hinterherwinkten, und durchquerten danach ein Stück Wald, verzaubert vom Morgennebel und mit Tautropfen an jedem Blatt. Die Pferde folgten einander über einen schmalen Pfad, schlurfend, mit den Schwänzen schlagend, in einem ruhigen Tempo.

He, das ist ja ganz einfach!, dachte ich.

Ich wagte es, meine Augen und Ohren aufzusperren und die Umgebung in mich aufzunehmen. Der Wald war noch grün, obwohl schon ziemlich viel Laub auf dem Boden lag. Tauben zwischen den Baumspitzen schlugen mit den Flügeln, und einmal erhob sich mit viel Lärm ein Fasan aus dem Gebüsch. Es war durchaus angenehm, in der Natur zu sein, auf einem gehorsamen Pferd und in der Nähe des Mannes, in den man verliebt war. So sollte das Leben eigentlich sein, ein bisschen Reiten, ein bisschen Jagen im Herbst, ein bisschen ...

»Tra-a-a-ben!«

Der Pfad hatte sich verbreitert und der vordere Reiter seinem Pferd die Sporen gegeben. Die übrigen folgten, nicht unbedingt mit Höchst-

389

geschwindigkeit, aber doch viel zu schnell, und ich wusste nichts anderes zu tun, als auch meine Absätze in die Flanken meines Hengstes zu schlagen. Sogleich spürte ich, *was* für ein Pferd ich da hatte. Es war gebaut für Geschwindigkeit, es *wollte* auch schnell sein, und wenn man es nicht im Zaum hielt, würde es jeden Augenblick in einen wüsten Galopp ausbrechen. Ich lehnte mich zurück, zog die Zügel an und versuchte, das Tier spüren zu lassen, wer hier das Sagen hatte.

Bosie blickte über die Schulter, um zu sehen, wie ich zurechtkam, und konnte diesmal zufrieden konstatieren, dass ich verängstigt wirkte. Das Pferd zerrte an den Zügeln. Es wollte die anderen überholen. Schneller, schneller! Wie Mary Ann und ich auf Rollschuhen. Da wurde mir bewusst, dass ich es vielleicht zu sehr zurückhielt. Es wollte schnell sein? Dann sollte es doch! Zwischen mir und den anderen drohte ein gehöriges Loch zu entstehen, und nur meine Hasenfüßigkeit hinderte uns daran, dieses Loch wegzureiten. Wovor hatte ich Angst? Wenn ich vom Pferd fiel und mir den Hals brach, konnte ich in Bosies Armen sterben. Welches Leben würde ich schonen? *Was für ein Leben?*

Wir hatten eine große offene Ebene erreicht, die Spielfelder neben dem Wald, und die Pferde bekamen freien Lauf. Die Hufe donnerten über den festen, trockenen Boden, der Wind sauste, und mir fehlte nur noch der Zuschauerjubel, um mich auf dem Derby zu wähnen. Aber diesmal stand ich nicht zwischen den Zuschauern. Ich ritt ein Pferd, bei dem der Wind und der geölte Blitz das Nachsehen hatten, und ich saß immer noch im Sattel. Zwar hopste und rumpelte ich auf und ab wie ein Mehlsack, aber es hatte mich noch nicht abgeworfen.

Ein lautes »Galopp!« war das Zeichen für das Rennen, auf das die Pferde schon eine ganze Weile warteten. Die Kette zerriss, und die Schnellsten stürzten sich nach vorn, um als Erste ins Finish zu kommen, wo immer das auch war. Die Spielfelder lagen weit und leer vor uns. Wir konnten noch Meilen um Meilen galoppieren.

Ich beugte mich vor und verlagerte wie die andern mein Gewicht auf die Steigbügel. Obwohl ich nach wie vor Angst hatte, genoss ich doch auch die Geschwindigkeit, den Lärm von Wind und Pferdehufen, den wilden, aber regelmäßigen Rhythmus des Galopps, einen Rhythmus, den der Körper wie von selbst übernahm, sodass es schien, als würde man mit dem Pferd mitrennen.

Das Rennen wurde beendet, bevor die Pferde erschöpft waren. Das hier war schließlich ein Training und kein Wettrennen, und sie sollten nicht alle Energie verausgaben. Mit noch nachzitternden Knien, aber doch zufrieden reihte ich mich wieder ein. Die Sonne brach hervor, die Pferde dampften, und Bosie kam wieder vor mich geritten.

»Und? Im Sattel geblieben?«, fragte er.

»Hast du mich nicht reiten sehen?«

Offenbar nicht. Ich war enttäuscht.

»Ich finde, es hat ziemlich gut geklappt«, sagte ich.

Sein Blick blieb an mir hängen. Ich blies meine zerzausten Haare aus dem Gesicht und versuchte, ihn nicht anzusehen.

»Jedenfalls besser als auf dem Tennisplatz.«

Ich schwieg.

»Die Pferde kommen gleich wieder in den Stall. Aber wir müssen noch nicht zurück. Ich kann dir noch etwas mehr von der Heide zeigen, wenn du willst.«

Ich gab mich geschlagen und hob den Kopf. Ich sah nur seine blauen Augen, als gäbe es nichts anderes mehr auf der Welt. Sie brachten mich derartig aus dem Konzept, dass ich mich nicht mehr erinnern konnte, wie seine Stimme geklungen hatte: voller Nebengedanken oder im Gegenteil vollkommen frei davon.

Er lenkte sein Pferd zur Seite. »Komm, wir beide machen uns aus dem Staub.«

Ich hielt an und ließ die übrigen Reiter passieren. »Wir beide machen uns aus dem Staub«, das klang phantastisch. Wie gemeinsam nach Gretna Green durchbrennen und dort heiraten. Oder nach Paris und dort in Sünde leben. Ach, Mary Ann, dachte ich, wenn du mich jetzt nur sehen könntest!

Ich ließ ihn nicht auf mich warten. Wir ritten nebeneinander weiter, und ich verkniff mir die Frage, ob sein Bekannter die Pferde nicht vermissen würde. Ich wollte nicht einmal wissen, wohin unser Weg führte.

Wir kamen an einem Landgut und einem kleinen, für Fabrikarbeiter gebauten Gartendorf vorbei. Frauen in den Gemüsegärten ernteten Kohl und Lauch. Anderen verkauften Birnen am Straßenrand. Danach ritten wir in einen Park; Waterlow Park, wie ich vermutete. Vor fünf Jahren, als er gerade neu eröffnet war, hatten Pa und Ma hier ihren fünfundzwanzigjährigen Hochzeitstag gefeiert, und auf dem Rückweg hatte Pa seiner Frau ein Paar schöne Ohrringe und einen Sonnenschirm aus Spitze gekauft. Ma hatte ausgesehen wie ein junges Mädchen. Mary Ann und ich waren uns einig gewesen, dass die beiden das romantischste Paar aus der ganzen Umgebung waren.

Ach, Mary Ann, wenn du wüsstest, mit wem ich jetzt hier bin ...

Zwischen den Hügeln des Waterlow Park lag ein Teich, still wie ein Waldsee und mit Bäumen an den Ufern. Über dem Wasser hing eine dicke Nebeldecke, und am Rand schliefen die Schwäne noch mit den Köpfen unter den Flügeln. Niemand war da, selbst kein früher Angler, und bis auf das Krächzen eines Reihers irgendwo am anderen Ufer war es still.

Und dort war es, wo ich wie Bosie abstieg, während mir das Herz bis hinauf zum Hals schlug, als wüsste ich nicht sicher, ob ich hier lebend davonkommen würde. Etwas musste jetzt geschehen. Dieser atemlos still daliegende Ort wartete schon einen ganzen Morgen lang auf das, was sich jetzt ereignen sollte. Ich hockte am Ufer, so lässig und ruhig ich nur konnte.

»Es ist ruhig hier, nicht?«, sagte er und stellte sich neben mich. »Ein Ort, über den man ein Gedicht schreiben könnte. Falls du so ein Naturdichter bist.«

Ich nickte und versuchte dabei, meine Atmung unter Kontrolle zu halten. Ich spürte seine Wärme durch den kühlen Nebel hindurch. Er musste direkt neben mir sein. Nah. Aber ich wagte nicht hinzusehen, *wie* nah.

O Himmel, Mary Ann, was würdest du tun? Was würdest du tun?

Ich fühlte seine Hand in dem Reithandschuh in meinem Nacken, öffnete den Mund, um etwas zu sagen – was, weiß ich nicht –, und wurde plötzlich mit einem Straßenkämpfergriff auf den Bauch ins Gras gedrückt. Er pflanzte mir sein Knie in den Rücken und hatte mir die Tweedjacke vom Leib gerissen, bevor ich die Zeit gehabt hatte zu schreien. Ich lag mit dem Gesicht im nassen Gras und dachte einen irrsinnigen Augenblick lang, er wolle mich vergewaltigen. Aber er ließ mich los, und als ich mich aufrappelte, den Schrecken noch in den Beinen, hörte ich ihn lachen.

»Genau was ich dachte!«, sagte er. »*Haargenau* was ich dachte!«

Er hielt mir die Jacke mit dem nach außen gedrehten Futter hin. Ich sah ein kleines, eingenähtes Merkzeichen mit einem Familienwappen, bestehend aus zwei geflügelten Pferden, und die Initialen A. D. »Alfie hat es dir ausgeliehen, nicht wahr? Ist sich nie zu gut, etwas von einem anzunehmen, unser Alfie, sei es geschenkt oder gestohlen. Ich fragte mich schon, was er wohl damit getan haben konnte.« Ich fühlte mich, als hätte Bob Cliburn mir abermals in den Magen gehauen. Er weiß es. Er weiß alles. Er weiß, was Sache ist! Das hier war der Moment zu sterben, zusammenzuschrumpfen und unter einen Stein zu kriechen. Aber natürlich geschah nichts dergleichen. Ich blieb in dem nassen Gras sitzen und hoffte, mir dabei eine Lungenentzündung zu holen.

»Ich dachte mir schon, dass ich das alte Ding wiedererkannte. Alfie ist damit zum Änderungsschneider gegangen, richtig? Eigentlich recht nett, seine Kleidung nach einem solchen Lotterleben noch mal wiederzusehen. Sie sieht noch einigermaßen sauber aus. Aber du trägst jetzt natürlich auch nicht die Hose.«

»Halt den Mund!«, sagte ich, aber viel zu leise, denn er schaute mich an, mit diesen blauen Augen, und ich konnte nur mehr flüstern. Halt's Maul! Lach mich nicht aus! Hör auf damit!

Aber er wollte nicht aufhören. Nicht bevor er mich nicht bis auf die Knochen gedemütigt hatte. »Ich frage mich, was Vincent sagen würde, wenn er wüsste, von welchen Freunden du dir deine Kleidung leihst.«

»Bitte, erzähl es ihm nicht! *Bitte*, erzähl es ihm nicht!«

»Aber nein, natürlich nicht«, sagte er dermaßen achtlos, dass es schon grausam war. »Solange ich keinen Grund sehe, es ihm zu erzählen, werde ich es auch nicht tun.«

Er hielt mir die Jacke hin, eingehakt an einen Finger, sodass er sie sehr schnell zurückziehen konnte, falls ich nach ihr griff. Ich unternahm deswegen keinen Versuch.

»Recht besehen könnte es nicht schöner sein, was?«, fuhr er fort. »Ich weiß etwas von dir, das niemand wissen darf. Und du wirst zweifellos Dinge von mir wissen, die keiner wissen darf. Scheint mir ein hervorragender Ausgangspunkt für eine Reihe angenehmer Stunden in gegenseitiger Gesellschaft zu sein. Aber ich werde dich dafür bezahlen müssen, richtig? Du willst mein Geld, wie? Wie viel muss ich dir zahlen?«

Ich konnte kein Wort hervorbringen, noch nicht einmal den Kopf schütteln. Ich wollte kein Geld von ihm. Keinen Halfpenny. Ich wollte nicht sein wie die anderen Jungs, die er bezahlt hatte. All die anderen Jungs …

Er brachte sein trügerisch unschuldiges Gesicht ganz nah vor meins, sodass sein Atem meine Lippen kitzelte. »Du willst mein Geld, oder? Dann zeig mal, wie gern du mein Geld willst!«

Er hatte einen Shilling hervorgeholt und schob ihn mir gegen die Lippen. »Los, jetzt zeig mal …«

Ich öffnete den Mund, um das eine Wort zu sagen: nein. Doch er schob die Münze hinein und legte sie mir auf die Zunge. Danach nahm er meinen Kopf zwischen die Hände und küsste mich. Seine Zunge glitt an meiner entlang und spielte mit dem Geldstück. Es war der seltsamste Kuss, den ich je gehabt hatte. Er schmeckte nach Speichel, Zigaretten und Metall, und ich konnte ihn nur halb genießen, weil ich eine Höllenangst hatte, den Shilling zu verschlucken. Zu allem Unglück bekam ich auch noch einen Steifen und befürchtete schon Flecken, wenn der Kuss noch länger fortdauerte. Ich löste mich von seinem saugenden Mund und spuckte die Münze ins Gras. Er schaute hinunter, lachte und ließ die Jacke in meinen Schoß fallen.

»Heute Abend, Mayfield. Ich verspreche dir seidenes Bettzeug. Einverstanden?« Er stand auf und streckte mir seine Hand hin. »Und jetzt hatte ich versprochen, dir die Heide zu zeigen, richtig?«

Ich hatte nicht den Mumm, ihm etwas zu erwidern.

Ach, Mary Ann, ich habe es völlig verhunzt, dachte ich.

Zum Glück beschloss Bosie, dass ich jetzt genug gedemütigt war. Für den restlichen Morgen war er die angenehmste Gesellschaft, die man sich vorstellen konnte, was auf eine andere Weise unangenehm war, weil man sich ständig fragte, wann seine Stimmung wohl wieder umschlug und er einem mit seinen Worten ins Herz stechen würde. Denn darin war er gut: einen da zu treffen, wo es wehtat, untrüglich, und mir wurde klar, dass es tatsächlich unmöglich war, keinen Streit mit ihm zu bekommen. Ebenso unmöglich wie ihn nicht zu lieben.

Wir folgten Landwegen, die Meilen von London entfernt zu sein schienen, begrenzt durch niedrige, mit Brombeerranken überwachsene Steinmauern.

Wir ließen uns in The Spaniard's Inn einen Picknickkorb einpacken, einer Gaststätte, die angeblich noch den Strauchdieb Dick Turpin beherbergt haben soll, und aßen die Sandwiches auf dem höchsten Hügel der Heide, während wir über unsere eigene Karriere als Strauchdiebe phantasierten, maskiert, immer mit einem Paar dieser altmodischen Pistolen in Reichweite und auf den schnellsten Pferden im ganzen Land. Kein Sheriff würde uns zu fassen kriegen. Wir legten selbst die Belohnungen fest, die man auf unsere Köpfe aussetzen würde, bis die Summen irgendwann so fabelhaft waren, dass wir in Versuchung gerieten, uns selbst anzuzeigen.

Ich erzählte ihm schlechte Witze aus meinen Lieblings-Witzblättern, und er schenkte mir die Gunst, über einige davon zu lachen. Er konnte lachen und ernst sein, sich seichte Witze anhören und Gedichte vortragen, die Sterne einfangen und sogleich darauf in die Gosse hinabsteigen. Ich war hingerissen von diesen Metamorphosen, auch wenn sie mich beunruhigten. Er kannte alles, die Marmortische im Café Royal und die Matratze in der Little College Street. Ich stellte ihm unaufhörlich Fragen, so als wüsste er sämtliche Antworten.

»Gibt es viele Männer wie euch in London?«, fragte ich, ihn und Herrn Wilde meinend, aber zu furchtsam, Namen zu nennen.

Er lachte. »Das müsstest du aber doch wissen!«

»Sie sind nicht wie ihr«, sagte ich. »Sie sind langweilig.«

»Dann hast du es schlecht getroffen.«

Er fand es an der Zeit, eine Zigarette anzuzünden. »Wir nennen uns ›das Salz der Erde‹, und das ist unser gutes Recht. Ich persönlich halte Sodomiten für interessanter und intelligenter als gewöhnliche Männer. Ein Viertel der großen Männer aus der Geschichte waren übrigens Sodomiten. Also erzähl mir nicht, wir wären degeneriert und zurückgeblieben.«

»Wer?«, fragte ich, seine letzte Bemerkung ignorierend. Er klang wütend, und ich wollte nicht, dass er wütend war.

»Wer? Ach, ich nenne nur ein paar Namen: Plato, der Philosoph, Alexander der Große, der Kriegsherr, Michelangelo, der Bildhauer, Shakespeare ...«

»Ach, geh!«, sagte ich, zurückdenkend an Imogens respektable, ledergebundene *Golden Treasury*. »Sie lassen schon Mädchen Shakespeare lesen!«

»Weil niemand ihn *richtig* liest. Und weil wohlmeinende Schulmeister ihre eigene Auswahl aus seinem Werk treffen. Weißt du, dass er seine schönsten Sonette für einen Mann geschrieben hat? Er hätte nie eine solche Poesie für eine Frau schreiben können.«

Ich schwieg und kaute bedächtig auf meinem Sandwich und versuchte, mir das Märchen von dem Künstler und der Muse vorzustellen, der Muse, die keine Frau war. Es erschien tatsächlich wie ein Märchen: etwas, das zu schön war, um wirklich zu sein. Aber war dieser ganze Tag nicht wie ein Märchen?

»Schreibst du manchmal über Jungs? Gedichte, meine ich.«

»Ja natürlich«, sagte er. »Jeder Dichter schreibt doch über Schönheit, oder nicht?«

»Trag mir doch mal eins vor.«

Er legte die Hand mit der Zigarette auf sein Knie, während er sich mit der anderen Hand über die Stirn strich, um sich die Worte in Erinnerung zu rufen.

»*Heb fort dich, Lichtes Pracht!*
Stirb rasch, hässliche Sonne!
Mein Liebster kommt mit der Nacht,
wenn um ist der Tag ohne Wonne.
Komm bald, komm bald, süße Nacht!

Sein Mund war süß und rot;
Wo Mondlicht rührt' an Sternenstrahl,
ein Brautbett sich uns bot
im kühlen, dunklen Tal
und der lange Tag war tot.«

Ich lag im Gras und hörte zu und schluckte das alles, ohne mich auch nur einen Moment zu fragen, ob es gute oder schlechte Dichtung war und ob es für mich gedacht oder für jemand anderen geschrieben war. Ich wollte den Traum und ließ mich einlullen. Ich hätte für immer einschlafen können, mit ihm hier auf dem Hügelrücken, meinen Kopf in seinem Schoß, falls ich es wagen würde.

»Welche Jungs magst du am liebsten?«, fragte ich in der verträumten Hoffnung, seinen zweifellos hohen Anforderungen zu genügen. »Blonde?«

»Englische Jungs«, sagte er. »Blond, hellhäutig und athletisch.«

Wie dein Spiegelbild, dachte ich und begriff, dass ich mit meinem weißen Zottelhaar und dem braungebrannten Gesicht voller Sommersprossen nie gut genug für ihn sein würde.

»Aber was siehst du dann in Oscar?«

Er schnaubte und drückte seine Zigarette aus. Ich wusste, dass ich zu weit gegangen war.

»Das geht dich nichts an!«

Mir war klar, dass ich jetzt vorsichtig sein musste, aber ich war zu neugierig, um aufzuhören. Er wusste so viel, so viel mehr von der Liebe als ich.

»Weshalb magst du ihn so gern? Weshalb liebst du ihn?«

»Wieso willst du das wissen?«

Ich zögerte und sagte dann ehrlich: »Weil ich ihn auch liebe. Ich liebe euch alle. Mehr als ... ich weiß es nicht. Alles!«

Wehrlos unter seinem Blick ließ ich die Stille über mich hinweggleiten. »Armer Junge, armer Junge!«, flüsterte der Wind mir mitleidig ins Ohr, während mein Herz fast unhörbar in Stücke zerbrach. Mit dem, was ich ihm jetzt erzählt hatte, konnte er mich mehr verletzen als mit seiner eigenen Entdeckung von vorhin. Die war nur ein Geheimnis gewesen, aber was ich ihm jetzt in die Hände gelegt hatte, war meine Seele. Bitte, bitte lieber Bosie, mach sie nicht kaputt!

Aber er hatte Mitleid oder begriff nicht, was ich ihm ausgeliefert hatte.

»Gut, wenn du es unbedingt wissen willst: Ich liebe ihn, weil er die großartigste Person der Welt ist. Er ist brillant. Es macht mich stolz, wenn wir zusammen ein Hotel betreten. Dann will ich, dass sich die Leute umdrehen und sagen: ›Dort gehen Oscar Wilde und sein Junge.‹ Und wenn du bei ihm am Tisch sitzt und er redet genialen Unsinn, dann merkst du auf einmal, dass du selbst auch genial bist. Als hättest du die ganze Zeit über vergessen, dass du alles sein kannst, was immer du willst, dass du jede Lüge wahrmachen kannst, dass du alles kannst, was du nur willst. Dass die Welt wundervoll ist, ein verzauberter Ort. Ich habe es mit jedem geschehen sehen, der mit ihm am Tisch saß, selbst mit den

397

muffeligsten Typen. Ehe man sich's versah, redeten sie über das Theater, Wein, das eine Buch, das sie einmal gelesen hatten ...«

Er blies sich die Haare aus dem Gesicht. »Selbst mein Vater hat ihn für einige Stunden gemocht.«

Ich hatte ihm reglos zugehört. Alles was er sagte, war wahr. Es war das Leben, von dem ich einen Abend lang gekostet hatte, das nach Wein, Zigaretten und Küssen schmeckte und von dem ich hungrig mehr wollte: mehr, mehr und mehr!

»Nimm mich noch einmal mit ins Café Royal«, verlangte ich. »Wenn Augustus es nicht tut, dann musst du es tun.«

»In Ordnung.«

Es klang zu leichthin, um ein Versprechen zu sein.

»Wirst du es tun?«

»Wieso nicht? Es wird bestimmt nett. Vielleicht gelingt es uns ja, einen Dichter aus dir zu machen; Oscar und mir. Das wäre eine Lehre für Vincent!«

Das brachte mich auf eine andere Frage: »Weswegen war er an diesem Morgen so wütend auf dich?«

Bosie holte eine neue Zigarette hervor und dachte diesmal daran, mir auch eine anzubieten. »Wenn du ihn fragen würdest«, antwortete er mit einem bösartigen Zwinkern in den Augen, »würde er sagen, er hätte Angst, dass ich dich verderbe. Du kennst meinen Ruf hier in London, oder? Aber Vince hat ebenfalls einen Ruf, auch wenn ihm das wahrscheinlich noch nie zu Ohren gekommen ist.«

»Und der wäre?«, fragte ich, nicht sicher, was jetzt folgen würde.

»Oscar hat ihn einst *Pygmalion* genannt. Ein Künstler, der sich nur in das verlieben kann, was er selbst geschaffen hat. Er stellt hohe Erwartungen an uns, weil wir seine Freunde sind, weil wir Schriftsteller, Dichter, Maler sind, und wenn wir diesen Erwartungen nicht entsprechen, reagiert er enttäuscht und bitter. Er findet, wir sollten ausschließlich im Geist leben, unseren Körper hinter uns lassen wie die Engel im Himmel. Aber wir sind Götter des Olymps, Mayfield, und wir lieben die Sterblichen. Wir lieben sie wie Zeus, in der Gestalt von Schwänen, Adlern und Goldregen. Aber Vincent ...«

Er führte die Zigarette zum Mund, atmete ein und mit einem langen Seufzer wieder aus. »... Vincent wird nie ein Liebhaber sein. Wenn sein

Kunstwerk zum Leben erwacht, wie es bei Pygmalion geschah, wird er es nicht umarmen. Er wird es im Stich lassen und schnell davonlaufen. Das ist sein Ruf, Mayfield. Unser Vince ist kein Liebender und kein Freund.«

Ich fand sein Urteil ziemlich hart, aber weil er Bosie der Märchenprinz war, sagte ich es ihm nicht. Vincent schien mir ein zuverlässigerer Freund zu sein als die meisten von ihnen, auch wenn er vielleicht zu streng mit sich selbst war, um sich an die Liebe zu verlieren.

Aber im Augenblick konnte er mir wurst sein. Ich war auf mehr aus als nur auf Freundschaft. »Trag mir noch so ein Gedicht vor«, sagte ich zu Bosie.

Wir blieben auf der Heide, bis sie uns fanden. Man hatte drei Stallknechte losgeschickt, um uns zu suchen und, wichtiger noch, die Pferde, die zusammen ein Vermögen wert waren.

Bosie beschloss, dass wir genug Natur gehabt hatten, und wir gingen zurück zum Landhaus, wo er sich umzog und seinem Bekannten, mit dem wir jetzt entzweit zu sein schienen, einen Brief hinterließ:

Werter Junge,
reg dich nicht auf. Wir fanden, dass wir etwas frische Luft gut gebrauchen konnten. Vergaßen die Zeit. Die Pferde übrigens auch. Ich glaube,
unsere Sandwiches haben ihnen geschmeckt.
Freundliche Grüße
Alfred

Ich glaube nicht, dass der »werte Junge« uns jemals wiedersehen wollte.

Auf dem Rückweg war mir schlecht. Ich saß neben Bosie im Taxi und tat alles, es ihn nicht merken zu lassen. Er hatte mir erklärt, wie wir es machen würden. Er würde ein Zimmer im Savoy buchen. Ich würde draußen warten. Er würde einen Hotelpagen schicken, der mich abholte.

Es war alles sehr einfach, sehr sachlich, sehr konkret. Von einem Kirchturm schlug es vier Uhr. In einer Stunde würden wir uns in den Armen liegen.

30

Das Savoy – Lust – Das Schönste auf der Welt – Kaviar und Champagner– Scherben – Ein guter Arzt – Kein Traum bleibt mehr übrig

Meine Nerven befanden sich in einem kaum besseren Zustand, als ich etwa eine Dreiviertelstunde später auf dem Innenhof des Savoy-Hotels stand. Es herrschte dort ein Gedränge ab- und anfahrender Fuhrwerke, deren Passagiere aussahen, als seien sie zumindest berühmt und wahrscheinlich auch reich. Ich war jedoch zu aufgewühlt, um zwischen all den Straußenfedern und hohen Hüten nach bekannten Gesichtern zu suchen. Stattdessen starrte ich nach oben, hinauf an der hohen, weißen Fassade des Hotels, auf der nun das Licht der sinkenden Herbstsonne spielte. Es glühte sanftgelb auf den glasierten Steinen, flammte grell auf in den hunderten von Fenstern und zersprang in dem tanzenden Wasser des Brunnens, neben dem ich Aufstellung bezogen hatte, in tausend Stücke. Mir fiel es schwer zu glauben, dass ich hier vor einem der modernsten Hotels in London stand, mit Warmwasserbereitern und Stromgeneratoren im Keller und zwei großen amerikanischen Aufzügen in den Türmen, die wie Wächter links und rechts des Innenhofs standen. Das hier war kein Hotel, sondern ein Märchenschloss, ein Palast mit tausend Zimmern. Und in einem dieser Zimmer stand ein Bett, in dem ich gleich mit dem Prinzen liegen würde, von dem ich schon aus dem Schlaf hatte geküsst werden wollen, seit ich ihn im Café Royal das erste Mal genauer betrachtet hatte.

Ich wollte mich gerade zum wiederholten Mal nervös räuspern, als ich einen Hotelpagen wie einen uniformierten Cupido auf mich zukommen sah. Er nickte mir höflich zu und fragte: »Herr Mayfield?«

Ich nickte und wünschte, mein Herz würde etwas leiser hämmern, damit ich ihn besser verstand.

»Der Herr in Zimmer 203 sagt, er sei bereit, Sie zu empfangen. Würden Sie mir bitte folgen?«

Ich folgte ihm durch lange, breite Flure, meinen Blick starr auf seinen Rücken gerichtet, während ich hoffte und bat, dass er nicht verstehen oder jedenfalls nicht weitererzählen möge, *wozu* dieser Herr in Zimmer 203 mich empfangen wollte. Und noch feuriger hoffte und bat ich, dass es niemandem auffallen möge, dass ich hier mit einer halben Erektion in der Hose herumlief.

Die Glocke der Saint-Paul's-Kathedrale schlug viertel vor fünf, als Bosie mir öffnete. Ich huschte ohne Begrüßung hinein, und erst als er die Tür geschlossen hatte, schauten wir uns an. Er nahm mich bei der Hand und zog mich durch den Salon ins Schlafzimmer, ohne mehr zu sagen als: »Gott, hast du vielleicht lange gebraucht!«

Das Schlafzimmer war groß und lichtdurchflutet, die Vorhänge waren offen. Die Nachmittagssonne spielte mit dem Gold von Bosies Haar und dem rosigen Weiß seines Gesichts. Ich roch die frischen Blumen, die auf einem Beistelltisch standen, üppige rosagelbe Rosen, in einer elfenbeinweißen Vase vor sich hin träumend, und den Duft seines Parfüms. Ich lehnte mich gegen etwas, das ein Sofa oder ein Bett sein konnte, und ließ ihn kommen.

Der erste Kuss war ein ernsthafter; lang, nass, saugend, viel zu lange hinausgeschoben. Ich spürte seine Hände um mein Gesicht, begierig, als wollten sie es sich aneignen. Salome mit dem Haupt Johannes des Täufers. *Ein* Kuss, *ein* langer Kuss und dann nichts mehr. Ich starb, hauchte meinen letzten Atem aus und fühlte dann, dass mein Herz wieder anfing zu klopfen. Er lächelte, flüsterte mir leise Schlafzimmerworte ins Ohr. Ich löste seinen Hemdkragen und küsste seinen Hals. Liebling. Liebling. Wir begannen, uns gegenseitig auszuziehen. Seine Finger waren geschickt, verhedderten sich keinen Moment in Knopflöchern wie meine. Alles war ein Spiel, jeder Knopf meiner Jacke und meines Hemdes, der Stoff, der meinen Rücken entlangglitt, auf den Teppich fiel und vergessen wurde. Nur meine Hose ließ ich ihn nicht ausziehen aus Angst, seine Berührung könnte etwas vollbringen, was ich noch etwas hinauszögern wollte. Also öffnete ich selbst mit langen, vorsichtigen Fingern die Knopfleiste und zog noch vorsichtiger meine Unterhose nach unten. Dann stand ich nackt vor ihm, die Vorhänge offen, das Licht auf meiner Haut, ohne den Mut, ihn anzuschauen, aus Furcht, er wäre zu vollkommen. Ich war mir sicher, dass er dagegen mich ansah. Mein Atem bewegte meinen ganzen Körper. Die Sonne pflückte an den blonden Härchen auf meinem Bauch.

»Komm, worauf wartest du noch?«, sagte er.

Irgendwie – stolpernd, fallend – landete ich auf dem Bett, und sofort war da sein Körper, rank, hart und mehr als vollkommen. Ich betastete ihn in großer Eile, vom Gesicht bis dahin, wo ich eigentlich sein wollte: sein Haar, weich und widerspenstig zugleich zwischen meinen Fingern, der Hals mit den beiden pochenden Adern und dem Knick des Adamsapfels, seine Schulterblätter, das Grübchen unten an seinem Rücken, wo weiche, kurze Härchen wuchsen, die prächtige Linie seiner Beckenknochen, sein steifer, aufgerichteter Penis, ebenso hart wie die Knöchel in seinem Handgelenk, seiner Hand, seiner streichelnden, kneifenden Finger. Ich begann ihn zu masturbieren, wie er es schon bei mir tat. Ich schielte durch die Wimpern nach ihm und sah, dass seine Augen geschlossen waren. Er murmelte Worte, die ich nicht verstehen konnte, und stöhnte laut. Jemand wird uns hören, dachte ich. Mein Blick ging zu dem geöffneten Fenster, das Aussicht auf eine breite Balustrade verlieh. Jemand wird uns sehen. Es war mir gleich. Es gab nichts Schöneres als das. Das hier. Diese Hingabe an den Körper, deinen und den eines anderen.

Es dauerte nicht lange, bis wir aneinander lagen, sein Bein über meines gelegt, unsere Schenkel nass vom Sperma. Ruhiger, aber noch mit schnell klopfenden Herzen. Ich fühlte an meinem Bauch, wie er lachte.

»Ich werde dich bezahlen müssen, richtig? O Gott, wie werde ich dich bezahlen müssen!«

Ich konnte noch nicht sprechen. Ich liebe dich, ich liebe dich, ach, ich liebe dich, dachte ich immer nur. Ach, Mary Ann, du darfst das hier nie wissen, aber *wenn* du es wüsstest ...

Nachdem wir beide ein wenig zu uns gekommen waren, machten wir uns frisch, und Bosie schlüpfte wieder in Hose und Hemd.

»Ich möchte etwas trinken. Du auch?«, fragte er.

Ich warf das Handtuch, mit dem ich mich trocken getupft hatte, auf den Boden und streckte den Arm nach meinen Sachen aus, die in einem wirren Haufen neben dem Bett lagen.

»Gehen wir nach unten ins Restaurant?«

»*So* gekleidet? Ich denke nicht!«

Bosie strich über sein teures Hemd, das genau wie meines arg zerknittert war.

»Das Savoy hat Zimmerservice. Sie bringen einfach herauf, was man bestellt. Champagner, Austern, Lachs, alles! Noch nie gehört? Gib acht!«

Mit dem Schwung eines Magiers, der gleich einen gekonnten Zaubertrick zeigen wird, riss er an der Kordel eines Klingelzugs, die neben dem Bett hing, und verschwand in den Salon, wo ich ihn kurz darauf einem Hotelbediensteten Instruktionen erteilen hörte. Ich wartete zufrieden in die Kissen geflegelt und ohne jedes Bedürfnis, mich anzukleiden, und streckte den Möwen, die auf ihren Streifzügen entlang der Themse am Fenster vorbeiflogen, die Zunge heraus.

Keine zehn Minuten später brachte Bosie ein Tablett mit einem Sektkübel, Gläsern und kleinen Schalen mit einem graugrünen Brei in einem Pokal voller Schabeeis herein.

»Sagte ich es nicht?«, rief er, als hätte ich ihm nicht glauben wollen.

Ich setzte mich auf, nahm ein Glas und ließ mir einschenken.

»*Dagonet 1880*«, sagte er. »Der beste Champagner, den es gibt. Und das da ist Kaviar. Hast du das schon mal probiert? Der Kaviar im Savoy ist ausgezeichnet. Hier, koste mal.«

Er stellte eine der Schalen, die, wie ich jetzt sah, mit winzig kleinen Fischeiern gefüllt waren, neben mich aufs Bettlaken und nahm einen kleinen Silberlöffel davon, um mich anschließend auch probieren zu lassen. Es schmeckte sehr salzig, aber gut. Nach Bosies Vorbild nahm ich einen Schluck bernsteinfarbenen Champagner und ließ den süßlich-bitteren Geschmack des Weins dem salzigen des Kaviars folgen.

»Gut?«, fragte er.

»Gut«, sagte ich und dachte heimlich hinterher: aber noch längst nicht so gut wie du.

In dem Spiegel, der auf dem Frisiertisch stand, sah ich mich auf dem Bett sitzen: in schamloser und sogar stolzer Nacktheit, Champagner aus einem Kristallglas trinkend. Zum ersten Mal war ich der Meinung, dass Adrian Mayfields Entschluss, die Tür von Victor Procopius' Herrenmodepalais hinter sich zuzuwerfen, ein genialer Schachzug gewesen war. Hätte ich das nicht getan, dann würde ich jetzt nicht hier sitzen, neben einem Märchenprinzen, der mich von einem Silberlöffel Kaviar essen ließ.

Plötzlich schoss mir durch den Sinn, dass Mary Ann an jenem Nachmittag in Soho über einem Teller mit Schinken prophezeit hatte: »Nächstes Jahr ist es Kaviar.« Sieh mich an, Mary Ann! Für mich ist es jetzt schon Kaviar!

»Was gibt es zu grinsen?«, fragte Bosie, der seinen Löffel ungeduldig gegen meine Lippen tippen ließ.

Ich erzählte ihm von meiner Schwester. Er musste lachen: »Mary Ann, Mary Ann. Du bist *meine* Mary Ann.«

Ich fragte nicht, was das bedeutete, ich wusste es. Ich war sein Liebchen, sein Mädchen, seine Hure heute Nacht. Es machte mir nichts aus. Ich hatte noch nie jemanden so sehr zu lieben gewagt.

Wir tranken den Champagner bis zum letzten Tropfen aus. Als die Flasche leer war, leckten wir uns gegenseitig die letzten Reste an Salz und Süße von den Lippen. Danach schauten wir uns lachend an. Wir wussten beide genau, was wir jetzt tun wollten.

»Und jetzt will ich dich ficken«, sagte Bosie.

Er beugte sich vor, und ich sank hilflos vor Genuss auf die Matratze. Ich zog die Beine an die Brust, während er mir ein Kissen unter den Hintern schob. Seine frechen Finger drangen als Erste in meinen Körper, glatt und weich von der Salbe, mit der er seinen Penis eingeschmiert hatte, um gleich leichter in mich zu kommen. Ich schloss die Augen, stieß einen hohen Schrei aus und biss mir in den Handrücken, wie um mich durch den Schmerz daran zu erinnern, dass ich wach war und das alles hier wirklich geschah. Ich konnte nicht glauben, dass es kein Traum war, ein Traum, aus dem ich gleich aufschrecken würde, in einem zerwühlten Bett, mit einem Fleck auf dem Laken und ganz allein. Enttäuscht wie immer. So wie jetzt genommen zu werden, davon hatte ich geträumt. Nicht auf einem Klappbett in einem kahlen Gästezimmer, weil das Ehebett nicht beschmutzt werden durfte, sondern in einem herrlichen Hotelbett mit allem Drum und Dran: seidener Bettwäsche, einer weichen Matratze und einem Kopfende aus Kupferstäben, die gleich, wenn wir in Fahrt kamen, in unserem Rhythmus mit dem ganzen Bett mitwackeln würden.

Ich hätte mich nicht fürchten müssen. Ich träumte die ganze Nacht hindurch. Wir liebten uns, wir vögelten und schliefen, kurz und unruhig, um von ungeduldigen Fingern vom einen Traum in den andern gestreichelt zu werden.

Der Mond war verblasst, die rote Morgensonne schlich durch die Vorhänge. Ich lag bäuchlings auf dem Bettlaken, während er meinen Hintern streichelte. Wir hatten es zum letzten Mal miteinander getrieben, und jetzt war Ruhe eingekehrt. Sein gestreckter Körper neben mir war jetzt nur noch schön, weich und zärtlich, er ließ mich nicht länger vor Sehnsucht schreien. Er flüsterte mir ein Gedicht ins Ohr, über zwei Jünglinge, der eine fröhlich, der andere betrübt:

»›Süßer Knabe, sprich:
Was streifst du seufzend hier, das Aug so trübe,
Durch diese schöne Flur? Ich frage dich,
Wie ist dein Name?‹ Er: ›Ich bin die Liebe.‹
Da fuhr der erste gleich herum: ›O nein,
Der lügt‹, rief er, ›denn er ist ja die Schmach!
Ich bin die Liebe, dieses Reich ist mein!
Der da stahl nachts sich heimlich ein‹, er sprach.
›Nur ich, die wahre Liebe, kann entflammen
Des Jünglings Herz, dass für ein Weib es brennt.‹
Der andre drauf: ›So sei's in Gottes Namen,
Ich bin die Lieb, die keinen Namen nennt.‹«

Ich hörte verträumt zu, weit weg in seiner idealen Welt, wo die Tränen um das, was nicht ausgesprochen werden durfte, nach Honig schmeckten. In seinen Worten war alles schön, weich, süß, erhaben, war Schande Schönheit und Liebe. Ich konnte nicht begreifen, dass jemand, der seine Worte hörte, sich noch von dieser Liebe abwenden konnte, sie betrachten konnte wie Palmtree oder Vincent.

Lies es allen vor, dachte ich. Lies es jedem vor, der es nicht hören will! Unten auf der Straße kam der Verkehr in Gang. Die ersten Omnibusse mit Pendlern ratterten vorbei. Ein Zeitungsjunge rief die neuesten Nachrichten. Weg mit dir! Lass uns in Ruhe!

Bosie beugte sich über mich, küsste meinen Rücken und stand dann auf. »Was wollen wir heute so unternehmen?«, fragte er.

405

Es dauerte etwas, ehe mir klar wurde, was das bedeutete: dass er mich noch einen ganzen Tag bei sich behalten wollte. Eine warme Freude wolkte durch meinen Bauch.

»Wir könnten wieder ein Pferd stehlen«, sagte ich lachend.

»Nein, keine Pferde mehr.« Er streckte sich und machte sich so lang es ging, bis seine Muskeln davon zitterten. »Heute will ich in der Stadt sein.« »Lass uns ins Theater gehen«, schlug ich vor. »Ins Lyceum oder ins St. James oder das Prince-of-Wales ... o verdammt!«

Ich hatte Mary Ann vergessen, ihren Arzttermin und mein heiliges Versprechen. Draußen schlug die Uhr acht Mal. Wenn ich jetzt losging, schaffte ich es vielleicht noch.

»Was ist ›o verdammt‹?«, fragte Bosie und zog sich einen Morgenmantel über.

»Meine Schwester. Ich sollte sie heute früh zum Arzt begleiten.«

»Lass sie doch allein gehen«, sagte er.

»Das geht nicht. Ich habe es ihr versprochen ...«

»Na und? Sie ist doch nicht todkrank, oder? Diese Dinger tun nichts lieber, als mit allerlei Wehwehchen zum Arzt zu rennen. Meinen, das wäre interessant. Ich hasse das!«

Ich zögerte. Nach gestern und heute Nacht wollte ich nichts lieber als bei ihm bleiben. Ich hatte meinen Traum gefangen und wollte ihm nicht die Möglichkeit geben, mir zu entschwinden. Aber da war immer noch Mary Anns weggeflogener Luftballon ...

»Sorry, Bosie, es tut mir leid. Lass uns etwas für ein anderes Mal verabreden.«

»Ich frage dich nicht nach einem anderen Mal, ich frage dich nach jetzt!«

Er zog eine Bürste durch sein blondes Haar, und die irritierten, brüsken Bewegungen warnten mich. Falls seine Augen das nicht schon taten. Von dem blauen Glas sprangen Splitter und Scherben.

»Bitte, hör mir zu. Mary Ann ...«

»Lass das dumme Weib doch zum Teufel gehen!«

Die Bürste verfehlte mich um ein Haar und ließ dafür die Vase mit den gelbrosa Rosen in die Brüche gehen. Ich schlug die Hände vors Gesicht, als hätte er mich geschlagen. Der Wutausbruch kam vollkommen unerwartet. Ich hatte es nach heute Nacht für unmöglich gehalten, dass er jemals so eine rasende Wut auf mich haben könnte. Es fiel mir schwer zu glauben, was meine Ohren hörten.

»Es ist mir vollkommen wurst, was für Familienausflüge ihr unternehmt, Mayfield. Ich habe dich gefragt, ob du etwas Geld verdienen willst, ja oder nein. Du bist doch keine so schlechte Hure, dass du das ausschlägst?«

»Ich bin keine Hure!«

Wo er mit der Haarbürste danebengezielt hatte, da hatte er mich mit Worten getroffen. Ich war besser als der Haufen aus der Little College Street, nach wie vor besser, und er war derjenige gewesen, der mich gestern noch stärker daran hatte glauben lassen. Und so rief ich das Dümmste, was ich rufen konnte.

Sein höhnisches Lachen war der Tropfen, der das Fass zum Überlaufen brachte.

»Ach ja? Und was bist du dann? Eine Gesellschaftsdame?«

»Halt's Maul, du bist um kein Haar besser als ich, Lord-leck-mich-am-Arsch!«

Wenn es um Streit ging, dann, das wusste ich, brauchte ich ihm in nichts nachzustehen. Mary Ann und ich hatten, weil wir nun einmal in Ost-London aufgewachsen waren, schimpfen gelernt wie die Bierkutscher. Und meine eigene Raserei ließ mich die Angst vor seiner vergessen.

Und davon bekam ich jetzt die volle Breitseite ab.

Er nahm eine Rasierschüssel, die neben der Haarbürste auf dem Toilettentisch gestanden hatte, und warf sie mir an den Kopf. Diesmal war ich darauf vorbereitet. Die Schüssel verfehlte mich um mindestens einen Meter, worauf eine rotglühende Schimpfkanonade folgte.

»Ein Stück Scheiße, das bist du! Wie *wagst* du es, so mit mir zu reden? Was denkst du denn, was du bist? Das Einzige, was du kannst, ist, ihn hochzukriegen! Du bist auch dann noch zu dumm zuzufassen, wenn man dir mit gutem Geld vor der Nase herumwedelt! Du bist eine *Hure*! Die billigste Hure in London!«

»Tatsächlich? Bist du dir da sicher?«

Ich spuckte ihm mitten in sein dunkelrot angelaufenes Gesicht. Ein schöner, gut gezielter, zäher, schleimiger Rotz.

»Und du bist der teuerste Schoßhund der Stadt!«

»Himmel Herrgott noch mal!«

Er schlug sich angewidert den Schleim von der Wange, jetzt nicht länger rot, sondern weiß vor Wut.

»Ich werde dich zum Teufel noch mal umbringen! Was glaubst du denn, mit deinem dreckigen Schandmaul alles sagen zu können? Verpiss dich, bevor ich dich zum Teufel noch mal abknalle!«

Er kam auf mich zu, Stück für Stück meine Kleidung vom Boden raffend, um sie mir um die Ohren zu werfen.

»Hier, nimm mit! Dein fettiges Hemd und die dreckige Kackhose! Und die mottenzerfressene Jacke von deinem Hurenfreund! Nimm mit! Verschwinde! Ich zahle dir keinen Penny!«

Ich sammelte meine Sachen zusammen und schlüpfte in meine Hose, ehe er mich erreichen konnte.

»Ich werde nie mehr mit dir schlafen!«, schrie ich. »Auch nicht für eine halbe Million!«

»Fein! Sehr gut! Streu deine Nissen und Filzläuse besser in andere Betten!«

Die Hose noch um die Knie, das Hemd zusammengeknüllt unter dem Arm und meine Jacke um die Schultern geworfen, zog ich die Tür mit einem Knall hinter mir zu. Ich hörte ihn auf der anderen Seite wütend gegen das Holz treten.

»Lord Alfred ist ein warmer Bruder! Lord Alfred ist ein warmer Bruder!«, schrie ich durch den Flur. Ein Herr mit einer Zeitung unter dem Arm, der gerade um die Ecke kam, bremste schockiert seinen Schritt. Ich bückte mich, um meine Hose hochzuziehen.

»Ich habe gerade einen Lord gefickt«, sagte ich, während ich an ihm vorbeiging.

Einmal auf der Straße konnte ich meine Wut abreagieren, indem ich einen Spurt zur Omnibushaltestelle nach Paddington hinlegte. Währenddessen schwor ich einen heiligen Eid: Nie, nie wieder würde ich für Geld mit einem Kerl schlafen. Und wenn ich künftig mein Brot als Straßenfeger oder Jauchegrubenleerer verdienen musste: Lieber würde ich sterben, als noch einmal einen Fuß in die Little College Street 13 zu setzen. Sie konnten mir alle den Buckel runterrutschen; Taylor, Bob Cliburn, Alfred Wood und ganz besonders ihre dreckigen Freier. Ich war keine Hure, war nie eine gewesen, und nie und nimmer würden sie eine aus mir machen!

Mary Ann wartete dort auf mich, wo wir uns verabredet hatten, ein paar Straßen von Mas Wohnung entfernt. *Seit ich nicht zu meinem Bewerbungsgespräch bei Jay's erschienen war, sollte ich mich dort besser nicht mehr blicken lassen.*

Mary Ann trat schon ungeduldig vom einen Bein aufs andere. Sie trug ihren Fuchs, obwohl es ein schöner Tag war.

»Wo bleibst du denn?«, fragte sie, während ich in einer gewissen Entfernung zu ihr stehen blieb, aus Angst, ich könnte zu sehr nach Schweiß, Duftwasser und Sperma stinken.

»Bitte, jetzt werde du nicht auch noch böse auf mich, Mary Ann ...«

Sie drehte ihren Kopf mit einem Ruck zur anderen Seite.

»Wir haben den Bus verpasst. Aber da kommt gerade der nächste. Wenn wir den nehmen, schaffen wir es vielleicht noch rechtzeitig.«

Als wir kurze Zeit später viel zu nahe beieinander in einem viel zu vollen Omnibus saßen, fragte sie: »Wie war deine Verabredung?«

Ich zuckte mit den Schultern. »Welche Verabredung?«

»Die mit deinem Mädchen. Dem Fräulein von Dies-und-das.«

Ich richtete meinen Blick auf die Anzeige über dem Kopf eines Kerls mit Hut, der uns gegenübersaß: eine Dame, die eine bestimmte Kakaomarke anpries.

»Welches Mädchen? Sie existiert nicht. Ich habe sie erfunden.«

Wir schwiegen die restliche Fahrt hindurch.

Der Doktor hatte seine Praxis in der Nähe eines Parks, um den in einem Halbkreis hohe, elegante Häuser gebaut waren, so streng und vornehm, dass man dort kaum anzuläuten wagte.

»Herr Edwardes meint, das hier sei ein guter Arzt«, erzählte Mary Ann, während wir darauf warteten, dass man uns hereinließ. »ein Spezialist für Hals- und Lungenkrankheiten, hat er gesagt.«

»Aha«, sagte ich, weil mir nichts Besseres einfiel.

Kurz darauf saß ich auf einem steifen, unbequemen Stuhl in einem dunklen, holzgetäfelten Raum, der nach Bohnerwachs, Alter und Desinfektionsalkohol roch. Die Wände hingen voll mit Zeugnissen und den Porträts berühmter Mediziner; eine Ehrenbezeigung gegenüber der Wissenschaft und insbesondere der Genialität des hier praktizierenden Heilkundigen. Auf einem gesonderten Tisch stand ein Mikroskop, ein beeindruckendes Instrument aus schimmerndem Kupfer. Ich erinnerte mich an unseren Lehrer Wren, der erzählt hatte, dass man damit Ameisen und Läuse auf das Format von Monstern vergrößern konnte.

Der Doktor, ein energischer Mann von Anfang fünfzig, der aussah, als besäße er das Heilmittel gegen den Tod selbst, saß hinter seinem breiten, mit grünem Filz bezogenen Schreibtisch und wartete geduldig auf Mary Ann, die sich hinter einem Wandschirm entkleidete.

»Bis zur Taille, tut mir leid, Fräulein.«

Seine Hände spielten mit einer Feder, mit der er, wie ich beobachtet hatte, in seinen freien Minuten kleine Drudel auf einen Stapel medizinische Zeitschriften zeichnete, die auf der Ecke seines Schreibtischs lagen. Es waren vor allem Damenstiefel und kleine Kaninchen. Mich übersah er völlig.

Mary Ann kam hinter dem Wandschirm hervor, die Arme vor der Brust verschränkt. Ihre Taille wirkte mollig und formlos, so ohne Korsett. Ihre großen Brüste hielt sie flach gegen den Körper gedrückt. Das hier war nicht die Mary Ann, die alles und jeden herausforderte. Indem ich sie so sah, konnte ich mir besser vorstellen, dass sie krank war. Es erschien mir jetzt sogar möglich, dass sie sterben würde.

Der Doktor drückte die kalte Metallscheibe seines Stethoskops gegen ihren Rücken und bat sie zu seufzen. Sie tat es, tief, aber nicht zu tief, weil sie Angst hatte, dann wieder husten zu müssen. Danach horchte er zwischen ihren Brüsten und betastete ihren Hals. Mary Ann schaute mich die ganze Zeit über nicht einen Moment lang an. Sie hatte den Blick auf das Bild einer sich um einen Stab windenden Schlange geheftet, das hinter dem Schreibtisch hing. Ich saß hilflos auf meinem Stuhl, und kein Traum war mehr übrig.

Nachdem er ihr noch einmal in den Rachen geschaut hatte, durfte Mary Ann sich wieder anziehen. Der Arzt nahm hinter seinem Schreibtisch Platz und notierte etwas.

»Und?«, fragte ich.

Er ließ sich nicht dazu herab, zu antworten.

Erst als Mary Ann wieder auf ihrem Stuhl saß und zwei Augenpaare auf ihn gerichtet waren, ergriff er das Wort.

»Fräulein Mayfield«, begann er, »Ihre Lungen sind nicht das Problem.«

Ich sah noch keine Erleichterung auf Mary Anns Gesicht erscheinen. Sie wartete genau wie ich auf das »aber«.

»Aber Sie sind deutlich geschwächt durch Übermüdung und vielleicht auch durch Blutarmut, und das hat auch seine Auswirkung auf Ihre Stimmbänder. Sie haben sich und Ihrer Stimme zu viel abverlangt.« Mary Ann nickte, und ihre Augen baten ihn fortzufahren. Sie war in ihrem Leben noch nicht einen Tag krank gewesen und wusste nicht, was Kranksein bedeutete.

»Also, Doktor?«

»Ruhe«, sagte er. »Absolute Ruhe für mindestens vierzehn Tage. Und eine gute Diät mit stärkender Nahrung: Milch, Beefsteak und dergleichen. Ich werde Ihnen gleich noch etwas Blut abnehmen und untersuchen, ob Sie an Blutarmut leiden. In dem Fall kann ich Ihnen Eisentabletten verschreiben. Aber absolut keine übermäßigen Anstrengungen mehr: mäßig beim Singen, vorsichtig beim Tanzen, sonst sehe ich Sie hier irgendwann wieder mit ernsthafteren Beschwerden erscheinen.«

»Aber …«, Mary Ann führte verwirrt ihr Taschentuch zum Mund, »aber ich lebe vom Singen und Tanzen. Es ist mein Beruf! Ich bin Sängerin und Schauspielerin, wissen Sie. Ich stehe im Prince-of-Wales-Theater …«

»Ich urteile nicht über die Art und Weise, in der Sie Ihr Geld verdienen, Fräulein Mayfield, sondern lediglich über Ihre Gesundheit. Und ich weiß aus persönlicher Erfahrung und aus der wissenschaftlichen Literatur, dass der weibliche Körper nicht für solch unbändige Aktivitäten geschaffen ist. Ich weiß nicht, was sich die Mädchen heutzutage in den Kopf setzen: Singen, Tanzen, Radfahren, Rauchen … Das züchtet körperliche Beschwerden heran und führt zu geistigem Verfall. Sie müssen die Beschränkungen Ihres Geschlechts akzeptieren, Fräulein Mayfield, sonst werden Sie früher oder später mit Ihrer Gesundheit dafür zahlen müssen.«

Ich sah die Tränen in Mary Anns Augen springen und hasste ihn für jedes Wort, auch wenn er ein Arzt war und in jeder medizinischen Zeitschrift stand, dass er recht hatte. Er durfte meiner Schwester nicht ihren Traum wegnehmen.

»Aber sie steht leidenschaftlich gern auf der Bühne!«, rief ich. »Sie will nichts anderes!«

Er zuckte entschuldigend mit den Schultern. »Was kann ich anderes sagen als die Wahrheit, junger Herr Mayfield?«

»Vielleicht ...«, begann Mary Ann tapfer, aber weinerlich, »vielleicht ist Herr Edwardes damit einverstanden, wenn ich nicht jeden Abend auftrete. Und für die Mädchen, die keine gute Stimme haben, gibt es Sängerinnen, die hinter den Kulissen ihre Texte singen. Aber das bedeutet wohl, dass ich immer im Ballettkorps bleiben muss und ...«

... *nie ein Star sein werde*, ergänzte ich in Gedanken. Du Schuft hast meine Schwester zum Weinen gebracht!

Ich stand auf, hatte ebenso genug von ihm und diesem Zimmer wie von Bosie und dem Hotelbett. »Mary Ann, wir gehen«, hörte ich mich sagen. »Dieser Quacksalber kann dir nicht weiterhelfen.«

Ich hielt mich nicht damit auf, an wen dieser Ton mich denken ließ. Mary Ann erhob sich, als hätte ich es ihr befohlen. Zum ersten Mal war ich es und nicht sie, der die Entscheidungen traf.

Wir ließen den Doktor in kühler, sprachloser Verwunderung zurück. Bevor ich die Tür hinter uns schloss, sah ich ihn zögernd seinen Stift wieder auf den Zeitschriftenstapel setzen. Ich hatte eine Schlacht in meinem Kampf gegen die Welt gewonnen.

Mary Ann und ich standen auf der Westminster Bridge und spuckten in das braune Wasser der Themse. Ich hatte damit angefangen, und Mary Ann hatte mitgemacht. Sie spuckte aber nur, wenn niemand vorbeikam und niemand es sah.

»Verfluchtes London.«

Ein beachtlicher grüner Rotz landete auf dem Deck eines Kohlenschiffs.

»Verdammtes London!«

»Verfluchtes, verdammtes, verhurtes London!«

Mary Ann hob den Kopf. »Du sollst nicht solche Wörter sagen.« Und danach spuckte sie wieder ins Wasser.

»Belämmertes London!«

»Bescheuertes London!«

Wir machten so lange weiter, bis wir von einem Polizisten weggeschickt wurden. Danach kaufte ich eine große Flasche Gin, um Mary Anns Kehle zu schmieren.

31

Ehrliches Geld – Griechische Erinnerungen – Ein neues Gemälde –
Der Giftmischer – Ein rüpelhafter Vincent – Ein Unheilstelegramm

Aus September wurde Oktober, ein unruhiger Monat voller Geschäftigkeit und umherwirbelnder roter Blätter. Morgens nach dem Frühstück ging ich zu Camelot House oder einem anderen großen Wohnsitz, wo ich echten Künstlern Modell saß. Am Mittag aß ich einen schnellen Lunch in der City, um den Nachmittag oder Abend an der Royal Academy oder der Slade Art School zu verbringen.

Sauber und gepflegt, mit ordentlich geschnittenen Haaren und gut genährt, war es für mich einfacher als vor dem Sommer gewesen, Arbeit zu finden. Das Einzige, was meine Besuche in der Little College Street mir eingebracht hatten, war das Wissen, dass ich einigermaßen gut aussah und es Leuten recht machen konnte, wenn ich wollte. Die Herren, die mit einem Künstlerauge auf meine Bizeps- und Beinmuskulatur geschaut hatten, waren zufrieden gewesen. Also stand ich jetzt jeden Abend in einem großen, hell erleuchteten Raum vor einer Gruppe Kunststudenten, die ihre Staffeleien in einem Halbkreis um mich herum aufgestellt hatten und denen es nichts auszumachen schien, dass ich bis auf einen winzig kleinen Lendenschurz nackt war. Es war eine dumme Arbeit, so geisttötend wie Stecknadeln zählen, aber ich konnte davon leben, und zu Hause musste ich nicht jeden Morgen meinen Dödel untersuchen in der Angst, mir etwas eingefangen zu haben.

Für die echten Künstler zu arbeiten war schöner, auch wenn keiner von ihnen so einfach im Umgang war wie Vincent zu Anfang. Die wirklich Erfolgreichen unter ihnen betrachteten das Modell als ein notwendiges Übel und fanden es nicht der Mühe wert, das Wort an einen zu richten. Die etwas geringeren Götter boten einem bisweilen noch eine Zigarette an, allerdings auf eine Art, in der man einem Leierkastenmann eine Münze gab. Sie alle schienen zu denken, dass man, weil man als Malermodell posierte, dumm, arm und gewöhnlich war, nicht imstande

413

zu einem intelligenten Gespräch, erst recht nicht über Kunst. Aber ich mochte ihre Häuser, die meistens groß und interessant waren, und machte es mir genau wie in Camelot House zur Gewohnheit, durch Türspalten zu schielen.

Keines dieser Häuser wurde jedoch ein Zuhause, wie Camelot House es gewesen war, *bevor* Trops alles verdorben hatte. Vincent hielt an seiner eisigen Distanziertheit fest, bestellte mich aber dennoch jeden Mittwoch und Freitag zu sich, selbst nachdem das Bild von Saul und David so gut wie vollendet war. Er arbeitete mit viel geringerer Freude daran als vor den Ferien, eher wie ein Brotmaler, der nun einmal fertigbringen muss, was er angefangen hat. Mit grimmiger Beharrlichkeit pinselte er den ganzen Morgen an einem Detail, das er, wenn ich dann ging, immer noch unzufrieden anschaute. Aus dem Malen war statt einer Leidenschaft eine quälende tägliche Pflichtübung geworden. Ich wusste mir keine andere Erklärung dafür, als dass Trops und ich mit unserem Kuss Vincent die Freude daran vergällt hatten. Jedes Mal wenn er einen Tupfer Rot oder Rosa auf die Lippen des gemalten Adrian auftrug, musste er dabei Trops' aufgedrückte Lippen sehen. Dass er mich doch weiter zu sich bestellte, war mir ein Rätsel. Es konnte sein, dass Vincent es liebte, sich selbst zu quälen, auch wenn er mir nicht der rechte Typ dafür zu sein schien. Wenn ich etwas aus Vincents Tagebuch gelernt hatte, dann dass er seine Probleme von sich wegschob und sich nicht darin wälzte.

Ich versuchte, das auch zu tun, jedenfalls was Vincents Probleme anging. Jeden Mittwoch- und Freitagmorgen trat ich pünktlich um halb elf durch die Gartentüren ins Atelier, erleichtert, dass es mir wieder gelungen war, Palmtree auszuweichen, und bereit, jede Behandlung über mich ergehen zu lassen, einfach um in Vincents ordentlichem, sonnigen Atelier zu sitzen, das immer noch so freundlich und gastfrei war wie einst Vincent selbst. Ich wusste nur nicht, wie lange das noch dauern würde. Jedes Mal wenn ich am Ende des Morgens mein Geld in Empfang nahm, erwartete ich, dass Vincent mir sagen würde, ich bräuchte nicht mehr wiederzukommen.

Einmal schien es wirklich so weit zu sein, als er zu mir sagte: »Adrian, bevor du gehst ... einen Augenblick, bitte.«

So, das wäre es dann gewesen, dachte ich ergeben.

Aber anstatt mich zu entlassen, verschwand Vincent in den Schrank mit Malutensilien und kam zurück mit etwas, das noch am ehesten wie eine komplette Zeltlagerausrüstung aussah.

»Ich möchte kurz etwas ausprobieren«, sagte er ohne nähere Erläuterung.

Ich sah ihn eine grüne Zeltplane ausfalten, an der Schlaufen mit Stricken befestigt waren.

»Hol die Leiter aus dem Schrank und stell sie dorthin«, trug er mir in einem Ton auf, der selbst Palmtree noch beleidigt hätte.

Ich führte sein Kommando im Schneckentempo aus, um ihm meinen Widerwillen zu zeigen, und kletterte auf Vincents Geheiß hin auf die Leiter, um die Stricke der Zeltplane an vier an der Decke befindlichen Ringen zu befestigen.

»So richtig?«, fragte ich Vincent, der mit dem Kopf im Nacken die Plane über sich betrachtete. Sein Gesicht hatte eine ungesunde, gelbgrüne Farbe.

»Ja ... äh ... ja. Ja!«, sagte er nach drei, vier Sekunden, als sei er kurz mit den Gedanken ganz woanders gewesen. »Und jetzt die Attribute.«

Ich wurde abermals in den Schrank geschickt mit der Anweisung, dort eine Holzkiste – »Ganz vorsichtig, vergiss nicht: Sie enthält zerbrechliche Sachen!« – zu holen. Das Ding war schwer und mit Etiketten in einer ausländischen Schrift versehen; Griechisch vielleicht. Ich schleppte es zu dem Zelt und holte demonstrativ meine Uhr hervor. Wenn ich jetzt gehen durfte, konnte ich gerade noch den Bus bekommen. Aber Vincent ignorierte meine Uhr und mich noch mehr und begann gehetzt mit dem Auspacken. Auf Knien und Fersen sitzend, angestrengt und nervös in dem Stroh wühlend, das die vermutlich zerbrechlichen Gegenstände in der Kiste schützte, erweckte er den Eindruck eines Jungen, der sich an ein gefährliches Spielchen gewagt hat und nur schnell weitermachen will, ehe er den Mut verliert.

Mit vor Vorsicht zittrigen Händen nahm er zwei Stücke schwarze Tonware heraus: eine Schale und eine Art Krug mit zwei Griffen, den er als Amphore bezeichnete. Sie trugen beide Darstellungen in der Farbe roter Erde. Auf der Schale sah ich eine Art Streitwagen mit zwei Pferden davor, auf der Amphore einen jungen Mann mit zwei Flügeln auf dem Rücken. Er war so nackt wie Adam, aber ich wusste, dass eine derartige

Nacktheit erlaubt war. Es war Kunst-Nacktheit, klassische Nacktheit: Nacktheit ohne Schande und Schamhaare. Trotzdem fiel mir auf, dass Vincent kaum hinsehen mochte. Er legte die Amphore mit der Darstellung nach unten auf den Boden.

»Nimm sie«, gebot er, »und fülle sie mit Wasser.«

Ich tat einfach, was er sagte, weil sein Ton nicht dazu einlud, nach dem Warum zu fragen.

»Und jetzt halte sie. Nein, nicht so! So, auf den Schultern, als würdest du aus ihr einschenken. Knie dich neben die Schale. Du gießt Wasser in die Schale. Nein, schau nicht zu mir, sondern auf das, was du tust!«

Ohne mich zu berühren, bog er mich mit seinen Worten in die richtige Haltung. Als Vincent nach langem Hin und Her endlich zufrieden war, saß ich in einer eigenartigen, verkrampften Pose vor dem Zelt, die Amphore auf der Schulter und unter meinem Hemdkragen ein irritierendes Kribbeln. Das hier war ein seltsames Spiel. Vincent hatte ein Blatt Papier auf der Tischstaffelei befestigt und skizzierte drauflos. Das könnte vielleicht der Anfang eines neuen Gemäldes sein, ein Bild mit mir und in meinen Händen einen griechischen Krug, den Vincent mit ebenso großem Widerwillen betrachtete wie mich. Die Sache stimmte von vorn bis hinten nicht.

Ich starrte in die Schale, bis das Zweigespann vor meinen Augen zu tanzen anfing. Es war ein ungleiches Pferdepaar: ein prachtvolles schlankes Rennpferd und eine wilde Schimäre mit hervorquellenden, pupillenlosen Augen. Jedes Mal wenn ich einzuschenken begann, sah ich sie in dem giftgrünen Wasser zum Leben erwachen, bis ich sie auch dann noch vor mir sah, wenn ich den Kopf hob: vorbeigaloppierend an Vincents Arbeitstisch, durch sein Atelier wütend.

Vincent skizzierte so lange weiter, bis ich zwei Busse verpasst hatte, stirnrunzelnd und die Nase direkt über dem Papier, genau wie Imogen es auch tat, wenn sie nicht wollte, dass jemand sah, was sie aufschrieb. Er lud mich nicht ein, zu kommen und mir das Ergebnis anzusehen. Ich sah es jedoch, als ich, ohne für diese Überstunden bezahlt worden zu sein, das Atelier verließ.

Vincent hatte sich diesmal nicht darauf beschränkt, dasjenige zu skizzieren, was er vor sich sah. Seine Phantasie hatte die Darstellung verändert. Anstelle eines gewöhnlichen Jungen in Alltagskleidung kniete auf der Skizze eine zusammengekauerte, katzenhafte Gestalt, die mit trügerischer Dienstfertigkeit Wasser, Wein oder Gift einschenkte, dabei aber das Gefühl vermittelte, als bereite sie sich in Wirklichkeit wie ein Raubtier, das auf seine Beute lauert, auf einen Sprung vor. Die Gestalt war nicht nackt, sondern trug eine kurze Tunika, welche ihre Lenden und einen Teil ihrer Brust bedeckte. Was sichtbar blieb, waren die Arme und Beine, sehnig wie die Pfoten eines Panters. Betrachtete man sie, konnte man beinahe die Spannung in den Muskeln spüren. Sie verrieten Wachsamkeit, ein schlechtes Gewissen, böse Absichten. Ein unangenehmer Schock durchfuhr mich, als ich mir klarmachte, dass Vincent mich *so* sehen musste: wie jemand, der gefährlich war; jemand, der Böses im Schilde führte. Dabei war ich doch wirklich nicht mehr als ein hundsgewöhnlicher armer Schlucker, der dazu das Pech hatte, auf Kerle zu stehen. Ich wünschte mir, ihm das erklären zu können, ohne sogleich Wut oder Übelkeit in ihm zu erzeugen. Ganz unmöglich natürlich. Es wäre die sicherste Manier, endgültig aus Camelot verbannt zu werden.

Also hielt ich den Mund und hastete stattdessen zur Haltestelle, um endlich den Omnibus nach Hause zu bekommen.

Immer wenn ich die nächsten Male zum Modellsitzen kam, arbeitete Vincent an dem Bild mit der Amphore. Er verwendete diesmal weniger Zeit auf die Skizzen, als hätte er schon genau im Kopf, wie das vollendete Werk auszusehen hatte, und legte bereits die groben Umrisse auf der Leinwand fest. Das Werk hatte den Titel *Der Mundschenk* erhalten, doch ich glaube, *Der Giftmischer* hätte Vincents Gedanken besser wiedergegeben. Er behandelte mich, als wäre ich ein gefährlicher Eindringling in sein Atelier. Ein paar kurze, gerade noch nicht geschnauzte Kommandos (»Schau weiter auf die Schale!« – »Sitz still!«) waren die einzigen Worte, die er zu mir sagte. Er schien jetzt ein völlig anderer Mann zu sein als der Maler, der nach meiner allerersten Sitzung eine entspannte Unterhaltung mit mir geführt hatte. Ich wusste nicht, ob ich ihn überhaupt noch so nett fand. Ach, ich will ehrlich sein: Ich fand ihn einfach nur rüpelhaft.

Zum Glück gab es immer noch Imogen, die mir half, mich willkommen zu fühlen. Nachdem sie ihre Demütigung durch Robbie und Bosie überwunden hatte, hatte sie ihre Schreibmappe wieder hervorgeholt, und Bonnys Abenteuer fanden ihre Fortsetzung, wenn auch auf weniger sensationelle Weise. Wir strichen die Gefängnispassage als allzu dramatisch und ersetzten sie durch eine ernsthafte, von Klassenunterschieden und anderen praktischen Problemen behinderte Liebesgeschichte.

Jeden Mittwoch- und Freitagmorgen widmeten wir der Sache eine halbe Stunde, was Imogen zufolge viel zu wenig war. Sie schaffte es nach vielem Drängeln und Betteln, dass ich auch an anderen Tagen vorbeikommen durfte, sodass ich auch dann, wenn ich einmal frei hatte, entschieden gegen Vincents Willen sein Atelier besetzte.

An einem trüben Donnerstagnachmittag in der zweiten Oktoberhälfte saßen Imogen und ich am Arbeitstisch, vertieft in das, was eine überraschende Wendung in der Geschichte werden sollte, und zu angeregt, um auf Vincent zu achten, der im Hintergrund durch demonstratives Seufzen klarzumachen versuchte, dass wir ihn von der Arbeit abhielten. Außer ihm und Imogen war niemand von der Familie zu Hause. Stuart war zur Jagd, während Lilian einer ihrer Mildtätigkeitsaktivitäten nachging, die sie als eine Art nützliches Hobby betrachtete.

Ich suchte in unserem Wörterverzeichnis nach einem Synonym für »schüchtern«; ein Wort, das Imogen ihrer Meinung nach schon zu oft benutzt hatte. Wir führten eine Liste von Wörtern, die uns gefielen, darunter »Ravenna« und »Amethyst«, und fügten ihr täglich neue Funde hinzu, die wir in Atlanten, Wörterbüchern, Romanen sowie Zeitungsanzeigen entdeckt hatten. Ich wollte gerade »scheu« und »verlegen« vorschlagen, als Palmtree hereinkam. Er hatte ein gelbes Papier in der Hand, das ich sofort als ein Telegramm erkannte.

»Gnädiger Herr ...«

Er überreichte es mit einem Gesicht, das gänzlich zu seiner Mission passte: Telegramme waren für gewöhnlich Unheilsboten, und Ma konnte keines öffnen, ohne vorher wie eine Prophetin vorherzusagen, wer aus der Verwandtschaft diesmal den Löffel abgegeben hatte.

Vincent überflog die Zeilen hastig. »O Gott!«, hörte ich ihn leise sagen.

Imogen hob den Blick von ihrer Schreibmappe. »Was ist?«, fragte sie.

Vincent war zu sehr aus der Fassung, um die Nachricht behutsam zu verpacken:»Francis Douglas, der Bruder von Lord Alfred, hat sich eine Kugel durch den Kopf geschossen!«

Ich zuckte zusammen, denn ich erinnerte mich des Namens aus den Briefen, die Bob, William, Alf und ich im vorigen Sommer aus Stuarts Schreibtisch gestohlen hatten. Imogen stieß einen kleinen Schrei aus, eine Mischung aus Mitgefühl und Sensationslust:»Oooo! Hat er Selbstmord begangen?«

»Nein, nein, so steht es nicht da. Obwohl, ich weiß nicht ...«

Er las das Telegramm vor, Wort für Wort, als würde er es dadurch besser verstehen:»Francis tot. Hat sich während Jagd Kugel durch Kopf gejagt. Unsaubere Sache. Bleibe vorläufig in Somerset. Stuart.«

»Es kann ein Unfall gewesen sein«, sagte er zu uns, meiner Ansicht nach aber mehr, um sich selbst zu überzeugen.

»Weshalb sollte jemand so etwas tun?«, fragte Imogen sich.

Ich vermutete, dass die Romantik in ihr bereits eifrig tragische Intrigen ersann.

»Lilian sagte, er hätte sich letzte Woche erst verlobt. Mit einem ganz liebreizenden Mädchen.«

Vincent schüttelte den Kopf. Er sah schockiert aus, obwohl ich nicht glaubte, dass er Francis Douglas persönlich gekannt hatte.

»Vielleicht ist er dahintergekommen, dass er sie doch nicht liebte. Und da war es schon zu spät, sich noch aus der Affäre zu ziehen.«

»Ach, halt doch den Mund, Imogen!«

Es war das erste Mal, dass ich ihn sie so anherrschen hörte. Ich war erstaunt. Sogar Palmtree runzelte leise die Stirn.

»Soll ich der Familie Queensberry ein Beileidstelegramm schicken?«, fragte er.

»Ja ... ja ... das ist eine gute Idee ... Tu das, Palmtree.«

Der Hausdiener verließ das Atelier, und Vincent tat dasselbe, nachdem er noch rasch verstört hierhin und dahin geblickt hatte; auf den Arbeitstisch, zu uns, zu dem fast vollendeten Bild von Saul und David.

»Oooo, was für ein Drama!«, rief Imogen genießerisch aus, als er fort war. »Was glaubst du, Adrian, was steckt deiner Meinung nach dahinter?«

Ich konnte es ihr nicht erzählen.

Der fatale Jagdunfall beschäftigte die Gemüter und die Zungen in Camelot House auch die darauffolgenden Tage. An dem Morgen, als Stuart aus Somerset zurückkam, holte er Vincent von seiner Arbeit und wollte ihn sofort sprechen. Sie standen draußen vor den Gartentüren auf der Terrasse, leise und ernst miteinander redend wie Leute in einem Krankenzimmer. Imogen und ich saßen über die Schreibmappe gebeugt, da man erwartete, dass wir uns beschäftigten. Wir schnappten jedoch jedes Wort auf, das gesprochen wurde, während wir zum Schein mit unserer Feder über das Papier kratzten.

»Wie ist es denn nun geschehen?«, hörten wir Vincent in drängendem Ton fragen.

Stuart rieb sich über die Oberlippe. Er sah aus wie ein Mann, der die vergangenen Tage nur wenig geschlafen hatte.

»Ein Blitzschlag aus heiterem Himmel, das war es«, murmelte er. »Nichts Außergewöhnliches bis zu jenem Morgen. Hübsches Paar, zufriedene Familie, Francis augenscheinlich in allerbester Laune. Hätte Lust auf die Jagd, sagte er noch, als wir aufbrachen. Alles verlief prima, lauter Frohsinn und Trara. Ich habe übrigens fünfzehn Fasanen geschossen, Vince. Nur Francis, der hatte kein Glück. Es war, als könnte er selbst einen Elefanten nicht treffen. Lieber Himmel, ich habe noch nie jemanden so miserabel schießen sehen! Aber gut, gegen Ende des Morgens schoss er einen Fasan an. Landete hinter einem Zaun, das Tier. Ein paar Bauernburschen, die uns begleiteten, gingen ihn suchen, aber Fehlanzeige. Nicht eine Feder fanden sie von ihm. Na ja, hat man einmal ein derart verdammtes Pech ... Aber Francis, der musste seinen Fasan um jeden Preis haben. Wir verstanden das schon: Stell dir vor, es ist dein Verlobungsfest, und du als Einziger kommst mit leeren Händen von der Jagd zurück! Das geht doch nicht. Also warteten wir noch etwas auf ihn. Und dann ertönte dieser Schuss. Also, ich muss dir sagen, keiner von uns hat ihn erst einmal ernst genommen. ›Ich hoffe, er hat sich diesmal nicht selbst vor den Kopf geschossen‹, sagte einer noch, und wir alle fanden es ziemlich witzig. Aber als Francis einfach nicht wieder auftauchte, sind wir doch hingegangen und haben nachgeschaut.«

»Und?«, fragte Vincent. Seine Stimme klang beklommen, als wolle er jetzt das Allerschlimmste hören, sich aber gleichzeitig auch die Finger in die Ohren stecken. »War er sofort tot oder ...«

»O ja, das war er, mausetot!«, sagte Stuart mit grausamer Gewissheit.
»Kein Wunder bei dem Loch im Kopf, das er hatte. Es war ein schmutziges Bild, Vincent. Es gab ein paar gestandene Männer unter uns, die ganz grün im Gesicht waren, das kann ich dir versichern.«

Vincent sagte ein paarmal hintereinander »armer Kerl« und fragte dann: »Heißt das, es war ein Unfall?«

Stuart zuckte mit den Schultern: »Niemand sagt es laut, aber alle denken, es war Selbstmord. Nur warum? Der Bursche hatte alles, was ein Mann sich im Leben wünschen kann: Geld, ein schöne Laufbahn, eine sympathische Zukünftige. Aber glaub mir: Man steckt sich nicht aus Versehen einen Gewehrlauf in den Mund und drückt anschließend ab.«

Vincent setzte sich auf einen der gusseisernen Gartenstühle. Er sah aus, als hätte er das ganze Drama selbst aus der Nähe erlebt. Frau Procopius hatte in den Momenten, wo sie ihr Riechsalz benötigte, die gleiche Gesichtsfarbe wie er jetzt.

»Und der Marquis, wie geht es ihm damit?«, fragte er.

»Ist natürlich außer sich. Francis war der Einzige von seinen Söhnen, mit dem er nicht in ständigem Streit lag, und zudem war er der Älteste. Und du weißt, was das in solchen Familien bedeutet. Das zukünftige Clanoberhaupt ist sein Gewicht in Gold wert.«

»Glaubst du, dieser Wirbel um Rosebery könnte etwas damit zu tun haben?«, fragte Vincent vorsichtig, als wolle er das Thema eigentlich lieber nicht anschneiden.

Ich spitzte die Ohren. Das war ein Name, den ich schon früher im Zusammenhang mit den Queensberrys gehört hatte. Ein Name aus den Briefen, die sich jetzt in Bobs Händen befanden, und überdies der Künstlername, unter dem ich den Sommer über meine kleinen Auftritte gehabt hatte.

»Davon hat er natürlich auch angefangen«, antwortete Stuart nach einem raschen Blick durchs Atelier. Imogens Feder kratzte eifrig weiter. »Dieselben Anschuldigungen wie in der Zeit von Francis' Beförderung. Aber ich erinnerte ihn daran, dass es sich gewiss nicht schickt, dem Außenminister mit einer Pferdepeitsche nachsetzen zu wollen. Guter Gott, der Prince of Wales musste bemüht werden, um die Sache zu beschwichtigen! ›Wir wollen nicht, dass sich ein derartiger Aufruhr wiederholt‹, sagte ich zu ihm. ›Du kannst nicht gegen den Premierminister

des Landes antreten, solange du keine unwiderlegbaren Beweise hast.
Und leg dabei um Himmels willen etwas mehr Würde an den Tag. Mit
solchen Störungen der allgemeinen Ordnung machst du dich in kultivierten Kreisen zum Narren!‹ Aber er ist nicht zur Vernunft zu bringen.«

»Was hat er vor?«, fragte Vincent. Er hatte eine Zigarette aus seiner
Innentasche geholt und rauchte angespannt.

Stuart ging mit den Händen in den Hosentaschen über die Terrasse
und blieb bei einem mit Fuchsien bepflanzten Blumenkübel stehen.
Dann drehte er sich um zu seinem Bruder.

»Was gut ist für seine Familie, das steht im Vordergrund. Er liebt
seine Söhne, täusche dich darin nicht. Ich habe ihn schon kurz in London gesprochen. ›Wenn er nur auf mich gehört hätte, wenn er mich nur
ins Vertrauen gezogen hätte, dann würde er jetzt noch leben!‹, sagte er
immer wieder. Es brach einem das Herz; sogar mir ging es so. Aber er
befindet sich in einer Lage, die jeden verrückt machen würde. Er ist nach
wie vor offiziell das Familienoberhaupt, aber seit dieser Scheidung wird
er von keinem seiner Kinder noch als solches anerkannt. Er sieht, wie
sie sich ins Unglück stürzen, und es gibt nichts, was er tun kann. Schon
Geringeres könnte einen Mann zur Raserei treiben.«

Er versuchte Vincent anzublicken, doch der drehte den Kopf weg und
stieß ein Wölkchen Zigarettenrauch aus. »Danach habe ich dich nicht
gefragt, Stuart«, sagte er tonlos. »Ich fragte dich, was er *vorhat*.«

»Etwas Vernünftiges«, antwortete Stuart kurz. »Was ich ihm schon
seit Ewigkeiten geraten habe: den gerichtlichen Weg zu beschreiten.
Damit erreicht man immer am meisten, und ohne das Gesicht zu verlieren. Aber er hat wohl etwas länger zu dieser Einsicht gebraucht.«

»Wird er Rosebery vor Gericht laden?«

»Das sehe ich nicht so schnell geschehen«, sagte Stuart, indem er sich
bückte und Chuckles streichelte, der schwanzwedelnd auf ihn zugelau-
fen war. »Manche Elfenbeintürme sind zu hoch, als dass man sie in die
Luft sprengen könnte. Aber unter die Fundamente anderer Türme wird
Dynamit gelegt werden, dessen kannst du dir sicher sein.«

Vincent sagte etwas, das ich nicht verstehen konnte.

»Nein«, reagierte Stuart scharf, »ich habe nicht vor, dir abermals
die Leviten zu lesen. Du weißt genau, wie ich darüber denke, und wenn

du zu eigensinnig bist, auf meinen guten Rat zu hören, dann brauche ich meinen Standpunkt auch nicht zu wiederholen!«

Sie schauten jetzt beide über die Schulter ins Atelier. Imogen beugte sich über mein Blatt, als wollte sie etwas verbessern.

»Ich möchte dich beschützen«, sagte Stuart zu Vincent, »und das ist auch alles, was John mit Alfred will.«

»Ich brauche nicht beschützt zu werden, danke.« Vincent schnippte die Asche von seiner Zigarette und machte Anstalten, wieder hereinzukommen. »Erst recht nicht auf diese Art!«

Stuart machte eine wegwerfende Handbewegung und entfernte sich über die Terrasse. Vincent schaute ihm nach. Anschließend trat er gereizt seine Zigarette aus. Es war das zweite Mal in kurzer Zeit, dass ich ihn fast wütend sah.

Imogen tippte mit dem Finger auf das Papier vor mir.

WAS MEINST DU, WORUM ES HIER GING?, stand da.

32

Glück im Unglück – Ich bin eifersüchtig auf einen Arm – Die kleine Lotte und eine kleine Nachtigall – Selbstsüchtige Tränen – Alles was ich will

Der Tod von Francis Douglas war bis lange nach seinem Begräbnis ein beliebtes Gesprächsthema unter den Londonern. Es gab Leute, die darin nicht mehr sahen als einen tragischen Unfall, ein viel zu frühes Ende eines vielversprechenden Lebens, aber wie immer gab es auch böse Zungen, die Dramen und Skandale witterten. Sie behaupteten, der älteste Sohn des Marquis von Queensberry habe Selbstmord begangen, weil sein Vater gedroht habe, seine Beziehung zum Premierminister Lord Rosebery, dessen Privatsekretär Francis gewesen war, zu enthüllen. Eine Theorie, die von den Klatschmäulern und Sensationslüsternen, die sich mit Gerüchten begnügten und nicht nach Beweisen fragten, natürlich eifrigst übernommen wurde. Ich mischte mich nicht in die Diskussion, selbst dann nicht, als Trops in Vincents Atelier davon anfing. Ich kannte den Inhalt der Briefe, die ich mit Alf, Bob und William aus Stuarts Schreibtisch gestohlen hatte, und das genügte, um mich den Mund halten zu lassen. Die Klatschmäuler und Lästerzungen hatten höchstwahrscheinlich recht.

Verrückterweise hatte dieses tragische Ereignis einen großen Vorteil für mich: Es hielt Bosie für die Dauer der Trauerfrist von seinen Freunden fern, und mein Geheimnis war für mindestens zwei Monate sicher. Aus diesem und noch weiteren niederen persönlichen Gründen konnte ich wenig Mitleid für Bosie aufbringen. Er war nicht länger der Prinz, für den jeder Wunsch in Erfüllung ging. Er hatte mit einem gähnenden Loch in seinem Herzen an einem Grab gestanden. Nennt mich herzlos, aber ich gönnte ihm seine Portion Elend. Es erschien mir ungerecht, dass ich schon so viel davon gehabt hatte und er bisher noch so wenig. Ich hätte einen ganzen Wochenlohn dafür übrig gehabt, ihn weinen zu sehen.

Wie das manchmal so geht, bekam ich unerwartet – und gratis – meinen Willen, aber wie das manchmal auch geht, war die Erfüllung meines Wunsches nicht unbedingt das, was ich mir darunter vorgestellt hatte. Nach einer etwas in die Länge gezogenen Modellsitzung streunte ich noch etwas durch die Straßen der City, als vor einem hohen Gebäude mit teuren Wohnungen eine Pferdedroschke anhielt. Zwei Männer stiegen aus, von denen ich einen sogleich als Herrn Wilde erkannte und den anderen erst nach einer Weile als Bosie. Klein, schmal und blass in seinem schwarzen Anzug, wirkte er kaum älter als ein Junge von vierzehn, fünfzehn Jahren. Ein erschüttertes Kind mit rot umrandeten Augen und hängenden Schultern. Ich blieb mitten auf dem Gehweg stehen und starrte ihn äußerst unhöflich an. Zum Glück schaute er nicht in meine Richtung. Er sagte etwas zu Herrn Wilde, der gerade den Kutscher bezahlt hatte. Ich konnte nicht verstehen was, hörte aber, dass seine Stimme anders klang als gewöhnlich. Nicht leise und quengelnd oder scharf, mit einem Lachen oder einem spöttischen Unterton, sondern heiser und fragend. Ich sah Herrn Wilde sich ihm zuneigen, antworten und ihm kurz die Hand auf den Arm legen. Danach gingen sie hinein, ohne mich bemerkt zu haben. Ich starrte weiter in dieselbe Richtung, als sähe ich sie nach wie vor auf dem Gehweg stehen. Vor meinen Augen erschien das Nachbild einer schwarzen Hand auf einem weißen Ärmel. Mein Magen verkrampfte sich. Ich fühlte mich ekelhaft. Die Hand war liebevoll, besorgt, zärtlich. Ich war eifersüchtig auf den Arm, auf dem sie geruht hatte. Niemand hatte mich je mit einer solchen Hand berührt. Ich fühlte ein unbestimmtes Gefühl in mir aufkommen, das noch kein »O ... *hell!*«- Gefühl war, es allerdings durchaus werden konnte.

»Ich hasse dich!«, murmelte ich und ging weiter.

Als ich nach Hause kam, war es schon so dunkel, dass ich fast über eines der kleinen Gustavson-Kinder gestolpert wäre, das zusammengekauert auf der obersten Treppenstufe zum Dachgeschoss saß. Ein klebriges Händchen griff nach meinem Hosenbein.

»Musst du noch nicht ins Bett, Lotte?«, fragte ich.

Sie schüttelte den Kopf und verbarg ihr Gesichtchen hinter einem Bündel zusammengeknoteter Taschentücher, die eine Puppe darstellen sollten.

»Mama ist böse auf mich.«

Ich fragte erst gar nicht, weshalb. Die kleinen Gustavsons wuchsen die letzten Wochen wirklich aus ihrem Zimmer heraus. Ihr Geschrei jedenfalls drang in großer Regelmäßigkeit durch die Tür. Ich konnte es fast jeden Abend um die Kinderbettzeit genießen.

»Das ist blöd, Lotte«, sagte ich nur und wollte weitergehen. Ich hatte zu viel um die Ohren, um meine Zeit mit heulenden Kleinkindern zu vertun. Aber Lottes Händchen klammerte sich an meine Hose.

»Lies mir eine Geschichte vor, Ady!« Sie schaute mich mit so traurigen roten Äugelein an, und das hätte sie besser nicht getan. An diesem Abend konnte ich solche Äugelein überhaupt nicht ertragen.

»Na gut, eine«, stimmte ich zu und ging in mein Zimmer, um ein Buch und die Öllampe zu holen. Die kleinen Gustavsons wussten, dass ich Bücher hatte, und hielten das für nicht weniger als ein Weltwunder. Sobald sie hörten, dass ich zu Hause war, standen sie vor meiner Tür und wollten eine Geschichte.

In der Hoffnung, dass es mir selbst auch guttun würde, entschied ich mich für das schönste Buch aus meinem Regal: *The Happy Prince and Other Tales*, ein Geschenk von einem zufriedenen Freier, dem ich, sagen wir mal, einige spezielle Dienste erwiesen hatte. Ich hatte mir etwas – »Was auch immer! Ganz egal!« – aus seinem Schlafzimmer aussuchen dürfen. Meine Wahl war auf dieses Buch gefallen, das offen auf einem Stuhl gelegen hatte, mit einer prächtigen Illustration in roter Tinte gut sichtbar auf der linken Seite. Er hatte es mir geschenkt, obwohl es bestimmt teuer gewesen sein musste. Er hätte mir sein Bett geschenkt, wenn ich es verlangt hätte.

Ich verbannte den Gedanken, womit ich das Buch verdient hatte, aus meinem Kopf und ging zurück zu Lotte, die ungeduldig zappelnd auf ihrer Treppenstufe auf mich wartete. Ich stellte die Öllampe neben uns und zeigte ihr das Buch.

»*The Happy Prince and Other Tales – Oscar Wilde*«, sagte ich, als wäre es ein Zauberspruch.

Lotte rückte vertraulich an mich heran, zog ihre volle Rotznase hoch und steckte sich einen Daumen in den Mund. Ich schlug das Buch auf und suchte nach meiner Lieblingsgeschichte.

Sie war leicht zu finden. Ich hatte Ende August, zu einem Zeitpunkt, als ich mir selbst sehr leidtat, eine Anzeige der Farley-Versicherungen aus der Zeitung geschnitten und sie zwischen die Seiten gelegt. Der Reklameritter erinnerte mich an Camelot, an die *Lady von Shalott*, das Gedicht, das Vincent sich so aufmerksam angehört hatte, und also an Vincent selbst. Diese Anzeige und das Tagebuch blieben der Beweis, dass er nach wie vor existierte, auch wenn es schien, als sei er endgültig aus meinem Leben verschwunden.

Ich seufzte, schob alle Gedanken an Vincent beiseite und begann mit dem Vorlesen. Die Geschichte war bezaubernd und traurig: ein Märchen. Es handelte von einer kleinen Nachtigall, die an die Liebe glaubte und in ihrem Garten einen jungen Studenten seufzen hörte, er wolle so gern eine rote Rose haben. Eine einzige rote Rose nur, denn wenn er seiner Geliebten eine rote Rose gäbe, würde sie mit ihm tanzen. Allein ... in dem ganzen Garten blühte nicht eine rote Rose. Der einzige Rosenstrauch, der dort wuchs, war abgestorben. Es gebe jedoch ein Mittel – nur ein einziges, schreckliches Mittel –, ihn wieder zum Blühen zu bringen, so erzählte der Rosenstrauch der Nachtigall. Der Vogel müsse für ihn singen, eine Nacht lang, seine Brust dabei gegen einen Dorn gedrückt. Und sobald dieser Dorn sein Herz durchbohrt hätte, würde das Herzblut der Nachtigall durch die toten Zweige des Strauchs fließen, und eine rote Rose würde erblühen. Die Nachtigall war einverstanden, denn sie wollte den Studenten so gern glücklich sehen. Also sang sie eine ganze Nacht, während der Dorn immer tiefer in ihre Brust drang. Bei Sonnenaufgang starb sie, und eine prächtige rote Rose erblühte. Der Student pflückte sie und brachte sie voller Erwartung zu seiner Geliebten, aber die hatte schon einen anderen Tanzpartner gefunden und meinte außerdem, die Rose passe nicht zu ihrem Kleid. Der Student warf sie auf die Straße, wo ein Pferdekarren sie überfuhr. Er besann sich, wie töricht die Liebe war, und kehrte in sein Zimmer zurück, um ein großes, staubiges Buch zum Vorschein zu holen und zu lesen. Die Nachtigall lag tot und vergessen im Garten. Sie war umsonst gestorben.

Erst als ich die Geschichte durch hatte, wusste, ich, was dieses unbestimmte Gefühl war, das mich vorhin beschlichen hatte: Kummer. Ich hätte weinen mögen, um Francis Douglas, der für die Liebe und also umsonst gestorben war, und um seinen jüngeren Bruder, der jetzt so viel Kummer litt. Aber stattdessen weinte ich um mich selbst, weil ich nur mehr um das weinen konnte, was in Büchern stand: tote Nachtigallen und verwelkte Rosen. Irgendwo in den Monaten, die hinter mir lagen, war der Adrian Mayfield, der die Tür von Victor Procopius' Herrenmodepalais hinter sich zugeworfen und das Abenteuer gesucht hatte, zu einem Adrian geworden, der nur noch in Büchern und Träumen lebte. Außerhalb dessen war er nicht mehr als ein wachsamer Zuschauer; jemand mit Geheimnissen, der die Leute um sich herum scharf beobachtete, ihre Gespräche belauschte und all ihre Handlungen auf Hintergedanken hin überprüfte. Jemand, der fortwährend sann und trachtete, aber nicht wirklich lebte.

Ich hatte mich betäubt, um die schweren Sommermonate zu überstehen. Die Betäubung hatte gut funktioniert. Ich hatte kaum Schmerzen gespürt, keine geistigen und keine körperlichen. Das Problem war, dass ich auch fast keine anderen Dinge mehr empfand. Trops' Rückkehr hatte mich einen Augenblick lang wachgerüttelt, aber das war von kurzer Dauer gewesen. Als er mir am selben Abend mit einem »Ady, ich sehe, du bist ein unartiger Junge gewesen« einen Klaps auf meinen nackten Hintern gegeben hatte, war ich wieder in meine gebräuchliche Gefühllosigkeit zurückgeglitten.

Ich wusste nicht, was es brauchen würde, um mich wachzubekommen. Den Kuss eines Märchenprinzen? Nein. Ich war mittlerweile dahintergekommen, dass es Märchenprinzen nicht gab.

»Ich finde es schade um die Nachtigall.«

Ich schaute zu Lotte, die mit großen, glänzenden Murmelaugen in das dunkle Treppenloch starrte. Ihr Körper lehnte sich klein, warm und trostreich an mich. Die Lumpenpuppe lag auf ihrem Schoß. Sie streichelte sie wie ein kleines Kätzchen. Das dumme Ding konnte sogar einen Knäuel alter Rotzlappen lieben.

Ich hob sie vorsichtig hoch, um sie wieder bei ihrer Mutter abzuliefern. Und während ich sie zu ihrer Tür trug, wusste ich, was es brauchen würde, mich wieder zum Leben zu erwecken.

Alles, was ich wollte, war einfach eine Hand auf meinem Arm, eine Hand wie die, die Herr Wilde heute Abend auf Bosies Arm gelegt hatte.

Ich wollte jemanden, der mich liebte.

33

Zurück im Café Royal – »Augustus' persönliches Handgepäck« –
Gefährliche Ideen – Eine Übelkeit erregende Diskussion

Inmitten allen Aufruhrs um den Tod von Francis Douglas gab es auch angenehmere Neuigkeiten, zumindest für Vincent. Lilian hatte es über Freunde von Freunden fertiggebracht, dass er eine Ausstellung in Paris haben konnte, in einer guten Galerie, und womöglich würde das seinen internationalen Durchbruch bedeuten. Der einzige Nachteil war, dass alles in großer Eile organisiert werden musste, denn die Ausstellung sollte bereits am siebten November eröffnet werden. Vincent war hin- und hergerissen zwischen unvincentianischer wilder Aufregung und völliger Panik, weil sein Leben auf dem Kopf stand. Zusammen mit Trops traf er eine eilige, aber fundierte Auswahl aus seinem Werk. Er telegrafierte für ein Vermögen nach Paris, packte seine Koffer, die mit jeder unverzichtbaren Hinzufügung voller wurden, und ließ sich auf den Rat von Herrn Wilde hin bei seinem Schneider einen neuen Anzug anfertigen, der ihn mehr nach einem Künstler aussehen lassen sollte, als seine normale, recht unpersönliche Garderobe dies tat. Inmitten von alledem beschloss Lilian auch noch, ein großes Abschiedsfest für ihren Lieblingsschwager auszurichten, womit sie ihm keinen Gefallen tat. Vincent war nicht versessen auf Feste, erst recht nicht, wenn er so viel zu tun hatte wie jetzt, und seine Laune wurde dadurch nicht besser. Er war dermaßen miesepeterig, dass es selbst Trops allmählich auffiel.

»Ich bin der Meinung, Vincent sollte nicht wieder nach Paris fahren«, verkündete er an einem Café-Royal-Tisch. »Seine Nerven werden es nicht aushalten. Und ganz davon abgesehen bleibt immer das Risiko, dass er diesmal *nicht* als Jungfrau zurückkehrt!«

Ich lachte nicht so laut wie die andern, war aber durchaus bereit, mir einige alberne Witze anzuhören, um bloß wieder an einem Café-Tisch zu sitzen.

Trops hatte Wort gehalten und nahm mich regelmäßig mit ins Café Royal, wenn auch längst nicht so oft, wie ich gewollt hätte. Er war sehr beschäftigt, sich das Geld zurückzuverdienen, das er in Brüssel ausgegeben hatte, und ich war meinerseits stärker als drei Tropse damit beschäftigt, auch nur in etwa an die im vergangenen Sommer verdienten Geldsummen heranzukommen. Wir trafen uns zum Lunch, beide mit dem Geruch von Farbe in den Kleidern, oder zu einem späten Abstecher ins Empire, wo ich Trops listig an den Stellen vorbeilotste, an denen William, Freddy und die Übrigen für gewöhnlich ihre Freier aufgabelten.

Während der Lunchs lernte ich mein erstes Französisch von der Speisekarte, auf der die Gerichte mit den ausländischen Namen auch gleich die unbezahlbarsten waren. So bestellten wir meistens einen Teller Makkaroni und tranken einen *Vin ordinaire* dazu, den billigsten Wein auf der Karte, auch er allerdings mit einem schönen, französisch klingenden Namen. Aber genau wie die meisten Besucher kam ich eigentlich nicht zum Essen oder Trinken hierher, sondern zum Schauen. Das Café Royal war der ideale Ort, Berühmtheiten zu sehen, und Trops war der ideale Führer. Er kannte eine unglaubliche Zahl von Leuten – auch wenn *ihn* nicht immer alle kennen wollten – und konnte einem unauffällig die genüsslichsten Klatschgeschichten dazu auftischen.

Aber wie faszinierend die Tische voller Dichter, Maler, Journalisten, Buchmacher und betrunkener Lords um uns herum auch waren, es gab nur einen Tisch, der mich wirklich interessierte: der in der Ecke der Brasserie, an dem der purpurne Hofstaat residierte.

Also bombardierte ich Trops mit Fragen wie: »Weißt du, ob mit Aubrey alles in Ordnung ist? Ich höre so wenig von ihm in letzter Zeit!«, und: »Hat Oscar dieses Theaterstück schon fertig?« Aber weil Trops schon mehr als einmal bewiesen hatte, kein Star im Aufgreifen solcher Hinweise zu sein, erwartete ich mir nicht viel davon.

Entsprechend überrascht war ich, als er sich eines Nachmittags erkundigte, ob es mir vielleicht Spaß machen würde, mich am nächsten Tag mit Oscar und einigen weiteren Freunden zum Lunch zu treffen. Mit dem Gefühl, unerwartet ein Geschenk von jemandem bekommen zu haben, von dem ich mit Sicherheit angenommen hatte, er würde meinen Geburtstag vergessen, sagte ich, dass es mir natürlich Spaß machen würde, und verabredete sogleich mit Trops, wo und wann er mich abholen sollte. Denn einer von Trops' weiteren Mängeln war, dass er nur deshalb Versprechungen machte, um sie nicht einzuhalten.

An diesem Abend stand ich in meiner Dachkammer und verlor mich wie früher in meine Träumereien. Der Lunch würde ein großer Erfolg werden und ich der größte Erfolg des Lunchs. Max, Aubrey und William würden an meinen Lippen hängen. Ich würde ihnen von all den Büchern berichten, die ich diesen Sommer gelesen hatte, den Büchern, von denen ich wusste, dass es genau die richtigen waren.

Ich nahm *The Happy Prince* aus dem Regal und legte das Buch neben die Krawatte und die Manschettenknöpfe, die morgen zu tragen ich bereits entschieden hatte. Als bescheidene Eröffnung des Gesprächs würde ich Herrn Wilde sicher darum bitten können, es zu signieren. Und wenn er dann fragen würde, ob ich es genossen hätte (und ich war sicher, er würde es tun), dann würde ich die Gelegenheit ergreifen und alle am Tisch mit meiner Belesenheit beeindrucken. Ich goss mir eine Tasse Tee ein und lehnte mich auf meinem Stuhl zurück, zufrieden mit meinen Vorbereitungen. Es konnte nichts schiefgehen. Solange ich nur so tat, als sei in den zurückliegenden Monaten nichts Besonderes geschehen und als hätte es Champie Charlie nie gegeben. Solange ich nur log, als würde mein Leben davon abhängen.

Am nächsten Nachmittag trafen wir zu einem selbst für Trops' Verständnis skandalös späten Zeitpunkt im Café ein. Er war gewohnheitsgemäß eine Viertelstunde zu spät am verabredeten Ort erschienen und hatte anschließend beträchtliche Schwierigkeiten gehabt, ein Taxi zu ergattern. Als wir dann endlich mit mehr Eile als Eleganz ins Café stürmten, erwartete ich so halb, alle bereits mit Hüten und Handschuhen beim Ausgang anzutreffen.

Aber die Café-Royal-Lunchs von Herrn Wilde waren eine ausgedehnte Angelegenheit. Die Gesellschaft, die sich um den bekannten geborstenen Marmortisch versammelt hatte, machte nicht unbedingt den Eindruck bereits eingetretener Sättigung. Man aß und trank mit Genuss und unterhielt sich dabei laut genug, um die begierigen Zuhörer an den umstehenden Tischen auf ihre Kosten kommen zu lassen.

431

Aubrey, etwas blasser und womöglich noch magerer, als ich ihn in Erinnerung hatte, kommentierte lautstark eine Serie grausamer, stilvoller Karikaturen, die Max mitgebracht hatte, während Herr Wilde mit dem Kellner eine heftige, aber höfliche Diskussion über die Frage führte, ob ein gewisser Wein nun weiß oder gelb genannt werden musste. Den Ehrenplatz neben ihm hatte diesmal nicht Bosie inne, sondern Robbie, der so fröhlich aussah, als sei heute sein Geburtstag. Er war in ein Gespräch mit Vincent verwickelt, der ihm mit dem üblichen Stirnrunzeln im Gesicht gegenübersaß. Das Thema war offenbar Vincents Kunst.

»Wenn die Bilder dir derart auf die Nerven gehen, dann verkaufe sie doch so schnell du kannst«, hörte ich Robbie sagen, während ich hinter Trops auf den Tisch zuging. »Bestimmt gibt es einen Markt dafür. Sie sind technisch gut, und das Thema wird keinen vor den Kopf stoßen.«

Vincent öffnete den Mund zu einer Antwort, entdeckte dann aber Trops und mich und besann sich. Robbie drehte sich nach uns Neuankömmlingen um.

»Also, wenn man vom Teufel spricht!«, rief er. »Da hast du deine beiden Modelle, Vincent. *Sie* werden dich doch nicht nervös machen, hoffe ich?«

Vincent zog es vor zu schweigen und aß einen Bissen Fasan mit der bedenklichen Miene von jemand, der vermutet, in der Küche könnte ein Giftmischer arbeiten. Er war die einzige Spaßbremse in einer Gesellschaft, die sich ansonsten genauso benahm, wie ich es mir vorgestellt hatte. Ich hatte diesen Lunch gestern Abend bis in sämtliche Details geprobt, und ein übelgelaunter Vincent passte nicht in meine Pläne. Irritiert trat ich hinter Trops hervor, um Robbie breit zuzulächeln.

Ich sagte »Hallo«, aber es gelang mir nicht, dem etwas Intelligentes folgen zu lassen. Vincents Anwesenheit wirkte auf unerklärliche Weise störend. Trops gab mir einen ermunternden Schubs in Herrn Wildes Richtung und sagte: »Ich habe Ady Mayfield mitgebracht, du hast doch nichts dagegen, Oscar?«

Herr Wilde versicherte mir, dass es keine Last, sondern immer ein Vergnügen sei, einen jungen Freund von Augustus willkommen zu heißen, und streckte mir seine Hand hin. In dem Augenblick jedoch, als sich seine Finger um die meinen schlossen, hörte ich Aubrey mit seiner lauten, klaren Stimme sagen: »Ach, aber natürlich haben wir nichts dagegen.

432

Wir reservieren immer einen Platz für Gussys persönliches Handgepäck, er reist nämlich nie ohne!«

Die Worte waren wie ein Messer in meinem Rücken. Nicht dass ich es nicht gewohnt war, dass man seinen Spott mit mir trieb. Das hatten sie vor den Ferien auch getan, aber damals hatte es in meinen Ohren immer anders geklungen. Es waren eher Neckereien gewesen, als würden sie mich nicht einfach nur auslachen, sondern wirklich vergnüglich finden.

Ich beendete meine Begrüßung, ohne auf das zu achten, was ich sagte. Im Hintergrund meinte ich Max lachen zu hören, aber ich war mir dessen nicht sicher. Es rauschte mir in den Ohren, und ich konnte nur an eines denken: Sie wissen es. *Konnte Bosie es ihnen erzählt haben?*

Ich hätte weinen mögen. Ein letztes Mal hatte ich mich auf einen Traum gefreut, ein paar Stunden meines Lebens, die genau so verlaufen würden, wie ich es mir wünschte. Aber jetzt stand ich hier, mit hängenden Schultern und diesem dummen Buch unter dem Arm. Nicht als der belesene junge Adrian, wie ich es gewollt hätte, oder selbst nur als Ady, Gussys Junge. Nein, ich stand hier als Adrian die Hure, als Champie Charlie, denn das war ich und würde ich immer bleiben, ganz gleich, wie viele Bücher ich las.

»Adrian. Hallo, Adrian?«

Ich fuhr hoch aus meinen düsteren Gedanken und sah Robbie mit lächelndem Gesicht zu mir hochschauen. Er zog mich sanft am Ärmel.

»Also, wenn du lieber stehen bleiben willst, auch gut! Aber ich habe eigens einen Platz für dich freigemacht, und wenn ich ehrlich sein will, habe ich lieber dich als Augustus zum Tischgenossen. Die Bänke sind schon schmal genug, findest du nicht auch?«

Ich schaute in seine schelmisch zwinkernden Augen. Es dauerte etwas, ehe mir klar wurde, dass er es ernst meinte. Er bat mich, mich neben ihn zu setzen. Er wollte mich als Tischgenossen.

Völlig überrumpelt von seiner Einladung nahm ich Platz. Mein Buch ließ ich unter dem Tisch verschwinden, wo hoffentlich niemand es sah. Ich fühlte Tränen in meinen Augen stechen und versteckte mich rasch hinter der Speisekarte. Robbies Freundlichkeit war fast noch schlimmer als Aubreys Spott. Sie war nämlich vollkommen unverdient.

433

Ich bestellte einen bescheidenen Teller Makkaroni und einen demüti-
gen *Vin ordinaire* und versuchte, mich möglichst unsichtbar zu machen.

»Was ich nicht verstehe«, setzte Robbie das durch unser Kommen
unterbrochene Gespräch fort, »ist, dass du so plötzlich einen solchen
Widerwillen gegen die Bilder entwickelt hast, obwohl du vor ein paar
Wochen noch so begeistert von ihnen warst.«

»In der Tat, Vincent, es war das Einzige, wovon du überhaupt noch
reden konntest«, pflichtete Herr Wilde ihm bei. »Zu Beginn der Saison
war es so gut wie unmöglich, ein Gespräch mit dir zu führen, das nicht
von alttestamentarischen Königen handelte! Und danach wolltest du mir
wie der erstbeste Tourist deine griechischen Souvenirs zeigen.«

Vincent starrte mit einem erzwungenen Lächeln auf den Fasan auf
seinem Teller, den er, seit ich an den Tisch gekommen war, studiert hatte,
als ob er ihn malen wollte. *Angeschossenes Wild, aufgebahrt auf einem
Bett von Waldpilzen*, etwas in der Art. »Ich weiß nicht, was mich an diesen Bildern stört, Oscar«, sagte er. »Ich weiß nur, dass ich damit nicht
glücklich bin.«

»Hm.«

Robbie nahm einen Schluck Wein. Danach beugte er sich vor, das
Kinn in die Hände gestützt, und musterte Vincent aufmerksam. »Viel-
leicht sind es weniger die Gemälde, sondern die darauf dargestellten
Objekte, die dich unglücklich machen, Vincent!«

Vincent schrak hoch aus seiner Fasanenmeditation. Sein Blick zuckte
wie alarmiert zwischen Robbie und Herrn Wilde hin und her, als hätten
sie ihn bei irgendetwas erwischt. Robbie tat so, als hätte er nichts gesehen,
und fuhr unschuldig fort. »Hörte ich dich vorhin nicht etwas über den
Ursprung dieser Darstellungen auf Vincents griechischem Tongeschirr
sagen, Oscar?«

»Ach ja, wahrscheinlich gehen sie auf bestimmte Passagen in Platons
Phaedrus zurück. Die geflügelte Seele und das Zweigespann. Die Liebe zu
einem schönen Geist in einem schönen Körper, die die Seele in göttliche
Höhen aufsteigen lässt. Kennst du den *Phaedrus*, Vincent?«

»Darauf würde ich mich nicht unbedingt verlassen«, sagte Aubrey,
bevor Vincent den Mund aufmachen konnte. »Wie ich unseren Vincent
kenne, wird er höchstens die Kinderzimmerversion von Platons Werken
gelesen haben.«

Er grinste, als hätte er einen Scherz gemacht, aber Vincent warf sich in die Brust wie einer, der sich nicht ernst genommen fühlt.

»Und wäre das denn so schlimm?«, fragte er heftig. »Meine Lehrer haben mich immer das lesen lassen, was sie für einen heranwachsenden englischen Jungen für angemessen hielten. Und manche der Werke, von denen ihr sprecht, enthalten Ideen, die einen erwachsenen Geist zwar vielleicht faszinieren, einem jungen Geist aber großen Schaden zufügen können!«

Er schnitt Scheibchen von der Fasanenbrust, sodass die dünnen, grauen Rippen des Vogels entblößt wurden. Er zog ein Gesicht, als würde dieser Anblick ihn anekeln, steckte das Stück Fleisch aber dennoch in den Mund.

»Vincent! Vincent!« Herr Wilde hob beschwörend die Hand. »Wenn es etwas gibt, was ein junger Geist dringend braucht, dann sind es gefährliche Ideen! Frag den Jungen, der dir gegenüber sitzt ... Adrian, wenn ich mich recht erinnere, nicht wahr?«

Ich verschluckte mich fast an meinem Wein, als ich meinen Namen nennen hörte. Ich wäre durchaus damit einverstanden gewesen, von ihnen vergessen zu werden, und hatte nicht das geringste Bedürfnis, in das Gespräch mit einbezogen zu werden. Ich war übrigens nicht der Einzige, der erschreckt reagierte. Vincents Messer rutschte ab und bohrte sich in den Brustkorb des Fasans. Hastig zog er es heraus, als würde er glauben, *er* hätte das Tier ermordet.

»Ja, Adrian Mayfield«, sagte ich so ruhig wie möglich. Ich erntete einen zornigen Blick von Vincent und wünschte mir, jeder andere außer Adrian Mayfield zu sein.

»Wenn ich mich recht erinnere, ist er jetzt schon fast ein halbes Jahr lang dein Modell, Vincent. Und ein halbes Jahr in so jugendlicher Gesellschaft zu verkehren, das muss einen doch fast auf gefährliche Gedanken bringen! Ein Junge wie Adrian ...«

Er wurde unterbrochen. Vincent lachte ein lautes, bemühtes Lachen, das auf mich so respektlos wirkte, dass es fast wie Majestätsbeleidigung war. Fluchen in der Kirche. Hinter der Königin herpfeifen.

»Entschuldige, Oscar«, sagte er, »tut mir leid, wenn ich dir ins Wort falle, aber ich denke, ihr alle habt doch eine zu hohe Meinung von diesem Jungen. Was wird es ihn interessieren, was Plato über geflügelte

Seelen oder Zweispänner gesagt hat? Soweit ich weiß, besteht seine einzige Erfahrung mit der griechischen Kultur aus einer Anstellung als Ladendiener bei einem armseligen griechischen Schneider in Soho.«

Der zweite Messerstich an diesem Nachmittag tat noch mehr weh. Besonders weil er mir von jemandem zugefügt wurde, den ich vor den Sommerferien immer heimlich als meinen Freund bezeichnet hatte. *Auch du, Vincent?* Ich verstand nicht, weshalb er immer wieder so auf der Tatsache herumritt, dass ich nichts wusste und nichts konnte.

Über den Tisch senkte sich eine unangenehme Stille. Selbst Herr Wilde schien einen Moment lang nicht zu wissen, was er sagen sollte. Dann erklang Aubreys Stimme: »Ach, aber war es nicht auch Plato, der sagte, dass Eros arm sei? Ein Bettler und Giftmischer, immer hungrig nach Wissen?«

Ich schaute mit glühenden Wangen auf mein Weinglas und sah zu meinem Schrecken, dass alle mich anblickten. Alle außer Robbie, der Vincent mit großen, vorwurfsvollen Augen anstarrte, als wolle er ihn zur Ordnung rufen. Sein Mund bewegte sich, und mir war, als würde ich ihn sehr leise »Vince!« sagen hören.

Mit einem sehr unangenehmen Knoten im Magen wartete ich darauf, wie es weitergehen würde. Ich konnte dem Gespräch nicht mehr folgen. Alles Griechische außer Victor Procopius überstieg meine Hutschnur, darin hatte Vincent recht. Aber wieso kam es mir trotzdem so vor, als würden sie über *mich* reden und nicht über Kunst oder irgendeinen alten Kerl, der Plato hieß?

Herr Wilde lehnte sich zurück und nahm bedächtig einen Schluck Wein. »Ja, du hast recht, Aubrey«, stimmte er zu. »Das ist die Art des Eros: bettelarm und vermögend, weise und unwissend zugleich. Aber vergiss nicht, dass er auch ein geschickter Giftmischer ist. Er wird dir mit einem Lächeln einen süßen, schäumenden Trunk überreichen, der dir Seele, Körper und Geist in so siedende Wallung versetzt, dass du meinst, todkrank zu sein und sterben zu müssen.«

Er schwieg und betrachtete Vincent, um sich zu vergewissern, dass der seine Worte an sich heranließ. Vincent saß leichenblass über sein Fasanengericht gebeugt, als hätte er soeben eine Bekehrung zum Vegetarier erlebt. Seine ganze Körperhaltung drückte aus, dass er seinen Teller stehen lassen, seine Jacke nehmen und das erstbeste Taxi heim nach

Camelot House nehmen wollte, zurück in sein sicheres Atelier. Was fehlte ihm nur?

»Jetzt wirst du sagen, dieser Eros sei sehr grausam, er bringe weder Liebe noch Schönheit, sondern nur Pein und Qual. Aber dann vergisst du, dass das Gift, das er dich trinken lässt, nichts mehr oder weniger als ein Liebestrunk ist. Vielleicht stürzt er deinen Geist in Verwirrung, aber deine Augen werden klarer denn je sein. Sie werden die Schönheit erkennen in einem Gesicht, einem Körper, einer Geste. Schönheit, so schreibt Plato, die eine Seele an die Zeit erinnert, als sie frei zwischen den Sternen und den Göttern umherflog. Und die Liebe, die diese Seele verspürt, ihre Sehnsucht nach Schönheit, wird ihr erneut Flügel verleihen. Sie erkennt in ihrem Geliebten die göttliche Schönheit und wird ihn wie eine Gottheit verehren ... Du schüttelst den Kopf, Vincent.«

»Ja. Ja!« Nach wie vor in seiner verkrampften Haltung schüttelte Vincent jetzt heftig den Kopf. »Ich bin nicht deiner Ansicht, Oscar. Ich bin entschieden nicht mit dir einverstanden. Als moderner, zivilisierter christlicher Mann kann ich die Verehrung des Körpers, die du beschreibst, doch nicht anders beurteilen denn als einen heidnischen Kultus ... Irrsinn!«

»Ja, das ist es«, nickte Herr Wilde feierlich. »Heidnisch. Irrsinn. Göttlicher Wahnwitz!«

»So wie du es sagst, klingt es nicht, als fändest du diese Dinge schlecht.«

»Das sind sie auch nicht. Plato zufolge ist jeder Wahnsinn ein Göttergeschenk und bringt großartige Dinge hervor: Kunst, Zukunftsvorhersagen, Liebe, Wissen. Er veranlasst einen Mann zu göttlichen Taten. Merkwürdigen Taten vielleicht in den Augen der Philister, aber göttlichen Taten. Er wird seine Familie vergessen, weil er niemanden über seinen Geliebten stellen will. Er wird sein Vermögen sorglos vergeuden, weil es ihm gleichgültig ist. Er wird lachen über Benimmregeln und gute Sitten und wie ein Sklave vor der Tür seines Geliebten schlafen, nur um ihm möglichst nah zu sein. Denn das Gesicht, das Lächeln, die Worte dieses Geliebten sind das einzige Gegengift gegen die Schmerzen, die der Liebestrank des Eros verursacht.«

»Das ist mir eine schöne Romanze«, sagte Vincent, der offenbar genug gehört hatte und Anstalten machte, sich zu erheben, »eine Liebe, die Familienstreit, Bankrott und Wahnsinn nach sich zieht. Wenn ich es sagen darf, Oscar, in meinen Augen gibt es zwei andere Worte für das, was du Schönheit und Liebe nennst, nämlich Sünde und Verbrechen!«

»Wessen Judas spielst du jetzt, Vincent?«

Vincent erstarrte, als habe Herrn Wildes Frage ihn an seinem Sitz festgenagelt. Die Serviette, die er auf den Tisch hatte legen wollen, noch in der Hand, antwortete er: »Nicht meinen eigenen Judas, Oscar. Ich werde nicht dasjenige, wovon ich glaube, dass es gut ist, einzig und allein deswegen verraten, weil ich neugierig auf das Böse bin. In meinen Augen ist Sünde immer noch Sünde und Tugend immer noch Tugend. Und nie, niemals wird man die beiden gegeneinander austauschen können!«

»Und was ist Tugend? Und was ist Sünde? Was Sünde genannt wird, ist ein wesentliches Element des Fortschritts. Ohne sie würde die Welt stillstehen oder überaltern oder farblos werden. Welcher Künstler hat je ein großes Kunstwerk durch Tugend geschaffen? Die Heim- und Gartentugenden bilden nicht die Grundlage der Kunst, obwohl sie einem zweitrangigen Künstler vielleicht trefflich als Reklame dienen können.«

Es war heraus. Nach mir hatte auch Vincent zu hören bekommen, wie der purpurne Hofstaat wirklich über ihn dachte. Dies war offenbar ein Nachmittag der harten Wahrheiten.

Ich hatte erwartet, dass Vincent jetzt gehen würde. Ohne ein weiteres Wort seinen Hut und Mantel aus der Garderobe holen und uns in eisiger Stille zurücklassen würde. Wer Vincent kannte, hätte sein Geld darauf verwettet. Aber Vincent war heute nicht er selbst. Anstelle eines stillen, würdigen Rückzugs folgte eine Tirade, wie ich sie noch nie von ihm gehört hatte.

»Also was möchtest du mir mitteilen? Dass ich, wenn ich Blut durch meine Farbe mische, ein besserer Maler sein werde? Dass ein Schriftsteller, der seine Feder in Gift taucht, wie von selbst große Literatur schreiben wird? Dass ein Mensch, der sich aus Verzweiflung eine Kugel in den Kopf jagt, auf poetische Weise an sein Ende kommt?«

Die unangenehmste Stille des gesamten Nachmittags senkte sich über den Tisch. Das hätte Vincent nicht sagen dürfen. Ich schaute in die Runde und sah, dass selbst Max nicht unberührt wirkte.

Vincent beugte sich vor, auf beide Ellbogen gestützt. Er machte einen verwirrten, fieberhaften Eindruck und atmete schwer, als sei er plötzlich krank geworden. Mit der rechten Hand fuhr er sich über seine feuchte Stirn und wollte gerade etwas sagen, als sein linker Arm vom Tisch schoss und er beinahe mit der Nase in seinem Fasan gelandet wäre. Er machte ein würgendes Halsgeräusch und lehnte sich zur Seite, das Gleichgewicht verlierend und mit der Hand vor dem Mund.

»Sag, Vincent, geht es?«

Aubrey schob ihn mit gestrecktem Arm zurück, um seinen makellosen Anzug fürchtend.

Vincent nickte und schluckte. »Ich fühle mich nicht so gut ...«

Sein Blick streifte verschwommen an unseren erschrockenen Gesichtern entlang, dem von Robbie, dem von mir, dem von Trops und wieder dem von mir. Danach irrten seine Augen wieder zu dem Fasan auf seinem Teller.

»Dieser verdammte Vogel«, murmelte er. »Hat eine Ladung Schrot in den Leib bekommen. Ist mausetot ...«

Der Kopf sank ihm auf die Brust, und er drohte abermals zur Seite zu fallen, diesmal in die andere Richtung. Robbie, der sich als Erster von seinem Schrecken erholt hatte, sprang auf und konnte Vincent gerade noch auffangen, bevor dieser Herrn Wildes Weinkaraffe vom Tisch stieß, setzte ihn gerade auf seinen Stuhl, den Kopf zurückgelehnt, und schlug ihm leicht auf die Wangen. Vincents Kopf taumelte auf seinen Schultern hin und her. Er stöhnte. »Ich fühle mich nicht gut«, wiederholte er.

Mittlerweile waren alle am Tisch aus ihrer erschreckten Betäubung erwacht und versuchten, jeder auf seine Weise, zu helfen.

Während Robbie Vincents Hemdskragen aufknöpfte, um ihm etwas Luft zu verschaffen, drückte Trops ungeschickt-nervös ein Glas Wein an Vincents Lippen: »*Mon dieu*, Vincent, Junge, trink etwas, dann wirst du dich besser fühlen!« Max war einen Kellner holen gegangen, und Herr Wilde und Aubrey führten eine medizinische Diskussion über die Ursache von Vincents Schwächeanfall, wobei Letzterer Vincent gespannt im Visier behielt, auf der Hut vor neuerlichen Brechneigungen.

»Es kann ein Schlaganfall sein. Er hat sich den ganzen Nachmittag schon so eigenartig benommen.«

»Hm, es ist auch möglich, dass das Gesprächsthema ihm buchstäblich Übelkeit bereitet hat, Oscar.«

Ich blieb nutzlos auf meinem Stuhl sitzen und fragte mich, wie das merkwürdige Gespräch von vorhin zu diesem Melodrama hatte führen können. Max kam mit zwei Kellnern zurück, von denen einer eine Kanne Wasser trug und der andere sich erkundigte, ob man ein Taxi rufen solle, das den Herrn nach Hause brächte.

»Nein, nein, das wird, denke ich, nicht nötig sein«, sagte Robbie, während er ein Glas Wasser entgegennahm und Vincent davon trinken ließ. »Aber falls Sie oben einen Privatraum frei hätten, wo sich der Herr ein Weilchen ausruhen könnte, ehe er nach Hause fährt und ... Vincent, sollen wir dir einen Arzt rufen?«

Vincent schob das Glas von sich und schüttelte den Kopf. Er sah nach wie vor verwirrt aus, aber nicht mehr so, als könne er jeden Moment das Bewusstsein verlieren.

»Nein ... nicht nötig ... es wird gleich wieder gehen ... eine kurze Kreislaufschwäche ... nichts mehr ... als das.«

»Im ersten Stock hätten wir ein Speisezimmer für Sie frei,« sagte der Kellner mit der Wasserkaraffe und beugte sich dienstfertig über Vincent. »Sobald Sie meinen, dass Sie gehen können ...«

»Wir werden ihm helfen«, sagte Robbie, »Adrian, würdest du ...«

Ich stand auf, automatisch gehorchend. Robbie schien zu wissen, was getan werden musste. Ich klemmte mir mein Buch unter den linken Ellbogen und schob meinen rechten Arm unter Vincents Achsel hindurch. Er stand wackelig, noch ein wenig schwankend, aber doch aufrecht, zwischen Robbie und mir. Ich fühlte sein Herz unter seinen Rippen pochen, leicht und schnell und unregelmäßig wie das eines kleinen Vogels, den man gefangen hatte und der einem jeden Moment vor Angst in den Händen wegsterben konnte.

»Herzanfall?«, fragte ich Robbie leise, als wir Vincent gemeinsam die Treppe hinaufhalfen. Ich konnte es ihm nachfühlen: Vincent hatte auch mir einen Schrecken eingejagt.

»Nein, das glaube ich nicht«, antwortete Robbie mit einem Lächeln, das ich nicht recht begriff. »Obwohl es durchaus sein kann, dass sein Herz etwas aus dem Tritt ist.«

Vincent versuchte, uns von sich abzuschütteln: »Lasst mich! Ich kann das schon noch allein.«

»Nein, das kannst du nicht!«, sagte Robbie ziemlich scharf. »Sei froh, dass du Freunde hast, die dir helfen. Eigentlich solltest du es besser wissen, als sie so gegen dich aufzubringen, wie du es heute getan hast. Ich habe dich fast nicht wiedererkannt, Vincent!«

Es war komisch, Robbie mit Vincent reden zu hören wie einen Schulmeister mit einem ungezogenen Kind, aber mir war nicht nach Lachen zumute. Der Lunch hätte nicht katastrophaler verlaufen können. Ich bezweifelte, ob ich mich noch jemals im Café zu zeigen wagte. Aber das galt auch für Vincent...

34

Gift oder Wasser – Dokter Robbies Diagnose – Laudanum –
Eine griechische Schönheitskönigin – »*Alles wird gut*«

Robbie und ich manövrierten Vincent gemeinsam durch eine Tür, die
ein Kellner uns aufhielt und die in einen der privat zu mietenden Räume
im ersten Stock führte, und setzten ihn in einen bequemen Lehnstuhl.
Robbie bat mich, ein Fenster zu öffnen und etwas frische Luft hereinzulassen. Er selbst zog von einem für zwei Personen gedeckten Tisch
einen Stuhl herbei und setzte sich zu Vincent. »Und jetzt werden wir
mal *wirklich* miteinander reden«, sagte er.

Vincent stöhnte und strich sich mit der Hand über Gesicht und Stirn.
»O nein, nicht jetzt, Robbie, ich kann es nicht! Gib mir noch etwas
Wasser.«

Robbie bedeutete mir, noch ein Glas einzuschenken. Ich tat es und
brachte es Vincent. Er schaute mich an, bevor er es entgegennahm. Einige
Sekunden lang wiesen wir eine lächerliche Ähnlichkeit mit dem König
und dem Mundschenk in dem Gemälde mit der Amphore auf.

Vincent schien es ebenfalls zu bemerken. Er lachte dieses laute, gezwun-
gene Lachen, das ich heute schon einmal gehört hatte. »Gift!«, sagte er.

»Es ist Wasser«, sagte Robbie sachlich und ein klein wenig irritiert.
»Mensch Vincent, hör auf, dich so anzustellen!«

Ich ging ein paar Schritte zurück und setzte mich an den gedeckten
Tisch. Ich war mir nicht sicher, ob sie mich noch dabei haben wollten,
aber ich war neugierig; neugierig auf die Probleme von Sir Vincent-Parzi-
val von Camelot, der sonst nie Probleme zu haben schien.

»Es tut mir leid«, sagte Vincent, nachdem er einige kleine Schlucke
getrunken hatte. »Ich weiß nicht, was mich überkam.«

»Ich schon«, sagte Robbie mit einer Entschiedenheit, die mich wunderte. Und mich nicht allein. Vincents Mund blieb vor Erstaunen ein
kleines Stück offen.

»Du schon?«, fragte er misstrauisch.

»Ja. Du bist verliebt!«

Vincent blinzelte mit den Augen und wandte sich mit einer raschen, brüsken Bewegung ab, als hätte Robbie versucht, ihm ins Gesicht zu schlagen. Ein großer Schluck Wasser schwappte durch die unkontrollierte Bewegung über den Rand des Glases.

»Das ist Unsinn!«

»Ist es keineswegs!«

Bevor Vincent etwas erwidern konnte, klopfte es an der Tür. Ein Kellner kam mit einem Tablett herein, auf dem ein kleines Glas mit einer dunklen Flüssigkeit stand. »Wir dachten, der Herr würde vielleicht etwas Beruhigendes zu sich nehmen wollen«, sagte er.

Er stellte das Tablett auf den Tisch. Das Getränk roch wie der Hustensaft, den Mary Ann und ich früher bekamen, wenn wir erkältet waren und nicht schlafen konnten.

»Kann ich sonst noch etwas für die Herrschaften tun?«

Robbie schüttelte den Kopf und bedankte sich beim Keller. Sobald dieser die Tür hinter sich geschlossen hatte, stand er auf und holte das Glas.

»Hier, Vincent«, sagte er. »Hier hast du dein Gift. *Laudanum.* Ich weiß, dass du Betäubungsmitteln nicht zugetan bist, aber ich glaube, es wird dir jetzt durchaus guttun. Es wird dir dein Herz etwas leichter machen.«

Es kostete Robbie noch einige Überredungskunst, ehe er Vincent überzeugt hatte, aber zuletzt nahm der das Glas von ihm an und trank seine Medizin wie ein braver Junge.

Robbie beobachtete ihn aufmerksam wie ein Arzt seinen Patienten, darauf wartend, dass das Medikament anschlug. Es dauerte nicht lange, bis Vincent sich etwas entspannte. Er rutschte etwas vor auf seinem Sitz und legte die Wange gegen den weichen Lehnstuhlbezug, rosig und verträumt.

»Ich fühle mich wirklich besser«, sagte er.

Robbie nickte lächelnd. »Du hast es gebraucht. Verliebt zu sein ist ja nicht immer angenehm, das weiß ich. Manchmal fühlt man sich dabei, als wäre man sich selbst der ärgste Feind.«

Er wartete vorsichtig auf eine Reaktion von Vincent, und als die nicht kam, fuhr er fort.

443

»Du hättest Oscar vorhin nicht unterbrechen sollen. Er hätte dir noch sehr viele sinnige Dinge hierzu sagen können. Er kennt den griechischen Geist, und was du auch davon halten magst, Vincent, die Griechen kannten den menschlichen Geist besser als sehr viele Professoren heutzutage.«

Robbies Worte schienen eine gewisse Zeit zu brauchen, um Vincent zu erreichen. Er fuhr sich mit einer schlaffen Hand durchs Haar und lächelte Robbie zu.

»Aber kannten sie auch den *englischen* Geist?«, fragte er, sich langsam durch die Frisur wühlend. »Kannten sie auch *meinen* Geist? Ich bin kein Grieche. Ich habe keinen einzigen Tropfen griechisches Blut in mir.«

»Die Menschen sind und bleiben Menschen«, sagte Robbie, »und verliebte Menschen haben sich schon immer und zu allen Zeiten eigenartig aufgeführt. Plato hat dafür eine Erklärung. Weißt du noch, wie wir vorhin von dem Zweigespann gesprochen haben? Für Plato ist das eine Metapher für den menschlichen Geist: ein Wagenlenker mit zwei Pferden. Eines davon fügsam und schön und nobel, eines plump, wild und eigensinnig. Ein ungleiches Pferdegespann, das ist nicht leicht zu lenken, Vincent.«

Vincent nickte vage. Halb sitzend, halb liegend in seinem Lehnstuhl wirkte er wie ein von einer Krankheit Genesender, das erste Mal aus dem Bett, dabei aber noch schwach: nickend zu allem, was geschah, und einverstanden mit allem, was man zu ihm sagte. Er schien überhaupt nicht zu bemerken, dass Robbies Worte sich auf ihn bezogen.

»Das ungestüme Pferd ist dasjenige, das uns unvernünftige Dinge tun lässt«, fuhr Robbie fort. »Uns Streitigkeiten vom Zaum brechen lässt, die wir später bereuen, uns Dinge sagen lässt, die wir so nicht meinen. Und wenn wir verliebt sind, sagt Plato, ist dieses wilde Pferd erst recht nicht mehr zu bändigen. Wenn es den Geliebten sieht, möchte es ungestüm davonspringen, auf ihn zugaloppieren und etwas Unverzeihliches tun, ganz gleich, wie sehr sich das andere, gehorsame Pferd auch widersetzt. Der Wagenlenker wird seine ganze Kraft benötigen, um es zu bezwingen, denn sonst ...«

»... wird es einfach so in einen Abgrund springen«, ergänzte Vincent, nach wie vor mit diesem Laudanumlächeln auf den Lippen.

»Das ist nicht undenkbar ... Aber wenn der Wagenlenker stark und vernünftig ist, wenn er sich von Liebe und Respekt leiten lässt, kann er das wilde Pferd zähmen. Und was dann folgen kann, ist eine ruhige Begegnung mit dem Geliebten, eine Liebe, bei der sie das Glück in ihrer gegenseitigen Gesellschaft finden sowie Schönheit und Weisheit in ihren Gesprächen. Und nach ihrem Tod werden ihre Seelen zusammen in den höchsten Himmel fliegen; so jedenfalls steht es geschrieben.«

Robbie stand auf und holte sich ein Glas Wasser. Er hatte gesagt, was er hatte sagen wollen. Er blieb am Tisch stehen, während er Vincent fragte:»Verstand, Mäßigkeit und Ruhe, das müssen doch Werte sein, die einen englischen Geist wie den deinen ansprechen, Vincent? Sie sind nicht unvereinbar mit Liebe und Schönheit. Sie sind vielmehr eine Voraussetzung für diese.«

Vincent versuchte, sich aufzurichten, ungeschickt, als wären seine Gliedmaßen mit Kapok gefüllt. Als es ihm nicht gelang, blieb er sitzen und klatschte in die Hände.

»*Hear, hear!*«, rief er, als hätte Robbie soeben eine glühende Rede im Unterhaus gehalten. Ich musste lachen. Robbie drehte sich zu mir um. Zu meinem Erstaunen sah ich, dass seine Miene vollkommen ernst war. Ich verbarg mein Lachen hinter meiner Hand.

Robbie ging auf Vincent zu und kniete sich vor ihn. Er warf noch einen Blick auf mich – einen warnenden, meinte ich zu verstehen – und stellte Vincent leise die Frage:»Und wer ist er, dein Geliebter?«

Hüh!, dachte ich. Warte mal! *Er?* Aber Vincent schien diesen Versprecher, oder was es auch war, nicht bemerkt zu haben. Geistesabwesend streichelte er die Armlehne seines Sessels, über dem im Sonnenlicht eine Wolke aus feinem Goldstaub schwebte.

Ich wartete darauf, dass Robbie seine Frage wiederholte, neugierig, ob dieser Versprecher wirklich ein Versprecher gewesen war. Wenn Robbie ernsthaft glaubte, dass ... dann hatte Vincent ihn wohl noch nie so angeschaut wie Trops und mich an besagtem Morgen im Garten von Camelot House.

Robbie wollte gerade wieder den Mund öffnen, als Vincent, behutsam seine Worte wählend, zu sprechen begann.

»Sie ...« Dieses erste Wort jedenfalls war deutlich.»Sie ist eine Griechin, eine griechische junge Dame. Ich kenne ihren Namen nicht. Ich sah sie in einem Dörfchen auf Korfu. Sie war wunderbar, eine wahre

Aphrodite. Weiß wie der Schaum des Meeres. Ein herrlicher Hals. Sanft gerundete Hüften. Füßchen klein wie eine Hand. Die schönsten roten Lippen. Sie hat mir Modell gesessen. Ihre Eltern waren arm, habe ich gehört. Eine Liebe zwischen uns war unmöglich.«

Vincent schaute Robbie mit einem Blick an, den ich schwer deuten konnte. Es war fast triumphierend.

»Das ... das klingt nach einem sehr schönen Mädchen«, sagte Robbie nach einigem Zögern.

»Das ist sie gewiss. Ich sehe sie in all meinen Träumen, und meinen Albträumen dazu. Selbst hier in diesem Zimmer sehe ich sie vor mir.«

Robbie rutschte unbehaglich hin und her, als ob er aufstehen wollte. »Ja ... dann musst du wirklich verliebt sein ...«

Er schien sich nicht gerade über die griechische Schönheitskönigin zu freuen, die Vincent für ihn aus dem Nichts gezaubert hatte. Für einen Moment kam mir der Gedanke, als hätte Robbie erwartet oder gewünscht, selbst derjenige zu sein, in den sich Vincent verliebt hatte. Wenn man ihn so sah, hingekniet wie ein junger Mann, der seinem Mädchen einen Heiratsantrag machen wollte, hätte es einen nicht verwundert. Aber gleichzeitig wurde mir bewusst, wie unwahrscheinlich das wäre. Vincent und Robbie waren immer nur gute Bekannte gewesen und niemals Busenfreunde. Obwohl ich Robbie nicht besser kannte als Vincent, kam es mir vor, als würde er bei einer Liebeserklärung diskreter vorgehen und sich nicht in einem Oberzimmer des Café Royal auf die Knie werfen, erst recht nicht im Beisein eines Zuschauers wie mir.

Vincent schien sich nach seinem Liebesbekenntnis wieder völlig wohlzufühlen. Er gähnte und streckte sich behaglich, als wollte er sich schlafen legen.

»Lies mir etwas vor«, sagte er zu Robbie, »eine Liebesgeschichte! Hol mir einen dieser albernen französischen Romane herauf, die sie unten im Kiosk verkaufen.«

Robbie erhob sich, froh, dass Vincent insoweit wiederhergestellt war, dass er ein Interesse für Angelegenheiten wie »alberne französische Romane« aufbrachte, und begann, in seinen Taschen nach Geld zu suchen. Dann entdeckte er mein Exemplar von *The Happy Prince* auf dem

446

Tisch. Er erkannte es sofort und streckte die Hand danach aus. »Darf ich?«

»Ja, natürlich«, sagte ich etwas verwundert.

Robbie blätterte darin herum, bis er zu der Illustration mit dem jungen Studenten kam, der sich weinend ins Gras geworfen hatte, weil er keine rote Rose für seine Geliebte fand. Auf diese Seite hatte ich mein Lesezeichen gelegt, die Anzeige der Farley-Versicherungen. Noch bevor ich mich zurückhalten konnte, war meine Hand schon vorgeschnellt und hatte das Stück Papier zwischen den Seiten weggezogen. Zu spät natürlich, denn Robbie hatte es gesehen. Wütend zerknüllte ich den Zeitungsausriss. Kindisch war es, das Bild eines dummen Ritters in einem Harnisch mit der Aufschrift »Farley bedeutet Sicherheit« aufzubewahren, gerade als würde man glauben, er würde irgendwann an die Tür des eigenen Einsiedlerturms klopfen, einen vor sich auf den Sattel nehmen und nach Camelot entführen.

»War nur ein Lesezeichen ... dummes Ding ...«, murmelte ich in dem ungeschickten Versuch, Robbie gegenüber das Gesicht zu wahren. Die restlichen Worte verschluckte ich, als Robbies Hand sich unerwartet, aber vollkommen ruhig um die meine schloss. Er kniff leicht hinein und ließ sie dann wieder los.

»Alles wird gut«, flüsterte er so leise, dass ich nicht sicher war, ihn richtig verstanden zu haben. Danach drehte er sich um und rief munter: »Sieh mal, Vince, Adrian hat ein Buch mitgebracht, das dir bestimmt gefallen wird. *The Happy Prince and Other Tales*, kennst du es? Ich werde dir daraus vorlesen.«

Er setzte sich auf Vincents Sessellehne. Mir ging ein Stich durchs Herz, als ich ihn lesen hörte: »*»Sie sagte, dass sie mit mir tanzen würde, wenn ich ihr rote Rosen brächte‹, rief der junge Student, ›aber in meinem ganzen Garten gibt es keine einzige rote Rose.‹*«

Ich hörte zu, wie ich schon den ganzen Nachmittag zugehört hatte, diesmal nicht nur gegen Verwirrtheit und Demütigung ankämpfend, sondern auch gegen meine Tränen.

»Alles wird gut.«

Ich hatte keine Ahnung, was Robbie damit gemeint hatte, aber seine Worte hatten mir durch ihre Wärme, ihre aufrichtige Besorgnis wehgetan.

Eigentlich wollte ich ja nur das: eines Morgens aufwachen und hören, wie jemand zu mir sagt: Alles ist gut. Der Weihnachtsmann ist da gewesen und hat dir eine Mutter gebracht, die dich liebt, und einen Vater, der kein Alkoholiker ist, ein Haus, in dem du bleiben kannst, genug Geld für den Rest deines Lebens und einen lieben Freund, der auf dem Kissen neben dir die Augen aufschlägt. Doch ich wusste, das würde nie, nie geschehen. So war das Leben nicht – erst recht nicht meins – und genau das tat so weh. Es durfte ab und zu den Anschein haben, als wäre das Leben gut, doch ich wusste aus Erfahrung: Lange so bleiben würde es nie.

Mit genau diesem Bewusstsein beobachtete ich Vincent und Robbie, die mit roten Herbstlichtflecken im Haar über das Buch gebeugt saßen. Robbie hielt es Vincent hin, sodass er wie ein Kind die Bilder betrachten konnte. Nach allen Gesprächen, halben und ganzen Streitigkeiten des heutigen Nachmittags wirkten sie beide jetzt vollkommen entspannt. Vincent schien es sogar nichts auszumachen, dass Robbie auf der Armlehne direkt neben ihm saß und seine freie Hand auf Vincents Schulter ruhen ließ. Er lauschte verträumt den Märchen von der Nachtigall und der Rose, dem glücklichen Prinzen und dem selbstsüchtigen Riesen, als hätte er den vorhin stattgefundenen Wortwechsel mit dem Autor derselben schon vergessen. Alles war jetzt ruhig und gut. Die Sache musste ein Ende haben.

Aber der Nachmittag nicht. Als Trops mich holen kam, weil der Lunch vorbei war, waren Vincent und Robbie immer noch die besten Freunde. Jetzt war es mein Buch, das Vincents betäubten Geist beschäftigte. Nur sehr widerwillig ließ er es mich wieder mitnehmen. Als ich hinter Trops das Zimmer verließ, hörte ich Robbie und ihn sich immer noch darüber unterhalten: »Es sind so schöne, *traurige* Erzählungen. Ich habe sie natürlich schon öfter gelesen, aber bisher war mir noch nie aufgefallen, dass sie so traurig sind.«

»Nun, genau das könnte man als das Vorrecht des Lesers bezeichnen, Vincent, oder als das Vorrecht des Zuhörers oder Kritikers. Oscar hat einmal etwas darüber geschrieben. Jedes Mal wenn wir eine Erzählung lesen oder ein Musikstück hören, entdecken wir andere Empfindungen darin. Meistens sind es unsere eigenen.«

Dieser Satz blieb mir im Ohr, während ich die Treppe hinabging und Trops durch die Lobby folgte.

Meistens sind es unsere eigenen Empfindungen.

Was hatte ich empfunden, als Robbie vorlas? Nicht viel. Ruhe und eine vage, dumpfe Trauer um all die Dinge, die anders waren, als sie hätten sein sollen. Eine ebenfalls vage Erinnerung an meine Demütigung am frühen Nachmittag.

Das war alles, und es genügte nicht, die Tränen zu erklären, die nach wie vor in meinen Augen stachen.

35

Rum – Ich hebe das Glas auf Pa, Vincent und mich selbst – Tanz mit
einem Adler – Vom tiefsten Abgrund in den höchsten Himmel
und zurück – Stimmen

Wieder in meinem Zimmer beschloss ich, mich zu betrinken. Ich hatte
noch eine Viertelflasche Rum irgendwo im Regal, die ich im Sommer für
Verabredungen gekauft hatte, bei denen ich nicht allzu nüchtern hatte
sein wollen. Wollte man so schnell wie möglich beschwipst sein, dann
gab es nichts Besseres als Rum. Ich schenkte mir eine halbe Teetasse ein
und setzte mich aufs Bett. Das Zimmer war heiß. Die rote, sinkende
Sonne schien durchs Dachfenster herein und machte die Luft noch
stickiger als sonst. Ich zog die Jacke aus und krempelte meine Hemds-
ärmel hoch, als hätte ich ein hartes Stück Arbeit vor mir. Ich dachte
an Pa, für den das Saufen eine Aufgabe geworden war, die ihn den ganzen Tag über auslastete. Natürlich war das so. Man musste immerfort
tüchtig weitertrinken, wollte man alle Sorgen vergessen, von denen
einem der Kopf schwirrte. Und das war harte Arbeit, jawohl, die Herrschaften!

Ich hob meine Teetasse und brachte den ersten Toast auf Pa aus
und den zweiten auf mich selbst, einen Sohn, der ganz auf seinen Vater
herauskam. Danach goss ich mir nach und trank auf Vincent, dessen
griechische Affäre Trops im Taxi nach Hause veranlasst hatte, sich vor
Lachen den Bauch zu halten: »Ach du lieber Himmel, unser Vince! Verliebt! Wie närrisch von ihm!«

»Auf unseren Vince!«, sagte ich laut und nahm einen großen Schluck
Rum, der mir in der Kehle brannte. Nach diesem dritten Schluck vergaß
ich die Teetasse und trank einfach aus der Flasche.

Innerhalb einer guten halben Stunde hatte ich mich bewusstlos getrunken. Ich lag mit gespreizten Armen und Beinen und mit einem tausend-
fach zerknitterten Hemd auf dem Bett ausgestreckt, weggesackt in eine

schweißnasse, tiefrote Dämmerung, in der ab und zu grellbunte Zauber-laternenbilder auftauchten – ein kleiner Vogel mit einem langen, schar-fen Dorn in der Brust, ein Mann, der sich über mich beugte, die beiden großen Staffeleien in Vincents Atelier, Frau Procopius, die sich wie ein Schulmädchen kichernd den Hof machen ließ – und manchmal ein kom-pletter Traum.

Ich hatte Flügel. Lange, ranke, weiße Flügel wie die einer Möwe, nur waren diese nicht dazu geschaffen, um damit mühelos auf dem Wind trei-bend übers Wasser zu schweben. Sie eigneten sich ausschließlich für eine Sache: einen schwindelerregend raschen Sturzflug. Mit eng an den Kör-per gelegten Flügeln und dem donnernden Wind in den Ohren stürzte ich mich in einen Abgrund. Ich schrie vor herrlicher Angst. Noch nie war ich so schnell gewesen. Das hier war eine Geschwindigkeit, die selbst das wildeste Pferd nie erreichen würde, die Geschwindigkeit eines Raub-vogels oder einer Gewehrkugel. Unhaltbar sauste ich auf den Grund der Schlucht zu, auf Felsbrocken, an denen ich zerschellen würde. Doch jedes Mal wieder öffnete sich zwischen den Felsen ein neuer Abgrund. Tiefer und tiefer fiel ich, ohne dass an meinen Sturz je ein Ende zu kom-men schien. Ich würde den Rest meines Lebens fallen, so schnell, dass niemand mich stoppen konnte. Vogelfrei und so frei wie ein Vogel.

Ab und zu klammerten sich andere Vogelwesen an mich. Manche flatterten lebhaft umher wie Spatzen mit kleinen, graubraunen Flügeln, andere stiegen mit dem kräftigen Flügelschlag einer Krähe immer höher, und wieder andere umkreisten mich verspielt auf Flügeln so bunt wie die eines Papageis. Sie umarmten mich oder strichen mir lediglich mit der Flügelspitze über die Wange. Für einen kurzen Augenblick fielen wir dann in einem Wirbel aus Federn und Liebkosungen zusammen, bis sie mich wieder losließen und davonflogen, wohin immer sie wollten, und das war nie der Boden des Abgrunds.

Währenddessen fiel und fiel ich weiter, denn nie waren ihre Flügel stärker als die meinen, sodass sie mich mit hinauf hätten führen können. Es war mir einerlei. Fallen war angenehmer als Steigen, und so gefiel es mir auch überhaupt nicht, als sich eine Gestalt mit den starken Schwin-gen eines Adlers an mich klammerte. Der Adler schlang die Arme um mich, zögernd und schüchtern, aber seine Schwingen waren kräftig und führten uns mit zwei, drei Flügelschlägen nach oben, hinaus aus dem Schatten der Schlucht und hinein in das grelle Sonnenlicht.

Ich konnte nun sein Gesicht sehen. Es war schön, aber so unpersönlich und weiß wie das einer klassischen Marmorstatue oder eines Engels. Um ehrlich zu sein: Es war fast schon ein wenig gruselig. Es schien ohne eigene Mimik zu sein und lediglich die Stimmung der bunten Sammlung der uns umflatternden Wesen widerzuspiegeln. Jetzt war sein Gesichtsausdruck todernst und etwas ängstlich. Seine weißen, leeren Augen, die wie blind schienen, es aber nicht waren, starrten aus unangenehmer Nähe in die meinen.

»Fort mit dir!«, schrie ich und versuchte, ihn von mir zu stoßen. »Wer bist du? Warum guckst du so?«

Aber dann sah ich, dass sich sein Mund ebenfalls öffnete und er mich ebenso böse anblickte, wie ich ihn anschauen musste. Dann verstand ich es. Ich grinste und streckte ihm die Zunge heraus, und er tat genau dasselbe, und als ich auflachte, tat er es auch. Wir lachten, bis uns schwindelig wurde. Gemeinsam torkelten wir durch die Luft, als wären wir betrunken. Ich kam auf die Idee, seine Hand zu nehmen und mit dem Arm seine Taille zu umfassen, sodass aus dem wilden Schwanken ein Tanz wurde, ein festlicher Tanz in einem blauen Ballsaal. Hier war der Himmel voll Fröhlichkeit: rote Luftballons, geflügelte Harlekine mit Masken und bunt karierten Anzügen wie Teilnehmer an einem italienischen Karneval, Cupidos, die händeweise glitzerndes Konfetti über einem verstreuten, Feuerpfeile, die Liebeserklärungen an den Himmel schrieben, fliegende Geburtstagstorten mit Silberglasur, Sonnenstrahlen, die einem wie herrlich warme Wasserstrahlen über die Haut rieselten, Spieldosen, die Lieder klimperten, auf die man einfach tanzen *musste*, selbst wenn man zwei linke Füße hatte, Masken mit lachenden Mündern, die einem die allerbesten zotigen Witze ins Ohr flüsterten.

Noch nie in meinem Leben war mir so gut und fröhlich zumute gewesen. Und all das hatte ich meinem Adler zu verdanken. Also lachte ich hell auf, um ihn hell auflachen zu lassen, und küsste seine Lippen, um Küsse zurückzubekommen. Ich war glücklich, und das bedeutete, auch er musste glücklich sein. Das hier war das Leben, wie es zu sein hatte: ein Fest.

Liebend gern hätte ich weiter hier zwischen den Harlekinen und

Cupidos herumtanzen wollen, doch die kräftigen Flügelschläge des Adlers brachten uns höher und höher in ein dünneres Blau, wo die Spieldosen andere Melodien spielten: eine feierliche, langsame Musik, die schön klang, auf die man aber nicht tanzen konnte. Musik, die man sich still dasitzend in einem Konzertsaal oder einer Kathedrale anhören musste, während ein nicht zu unterdrückender Hustenanfall sich durch ein erstes Kratzen im Hals ankündigte. Ich zog sacht an dem marmorweißen Arm um meine Taille und flüsterte:»Los, komm, wir wollen zurück! Lass uns feiern!«

Aber die Augen in dem gemeißelten Gesicht suchten nicht länger die meinen. Sie starrten hinauf zu einer Sonne, die hoch über uns ein hellweißes Licht ausstrahlte, als wäre sie ein Stern aus Schnee. Die leeren Augäpfel warfen das Licht so grell zurück, dass ich den Arm hob, um meine Augen zu schützen. Sofort spürte ich, wie auch sein Arm mich losließ. Abermals schoss ich in die Tiefe, doch der Fall dauerte nicht länger als einen einzigen panischen Herzschlag. In einem Reflex griff ich um mich und hielt mich an seinen Füßen fest. Herabbaumelnd wie ein totes Kaninchen, ein hilfloses Beutetier, ließ ich mich immer höher führen. Eigentlich wollte ich überhaupt nicht mit hinauf in diesen eisblauen Himmel, aber jetzt fürchtete ich das Fallen, das mir vorhin noch solche Freude gemacht hatte. Es war viel zu schnell, und mit Sicherheit würde ich zuletzt irgendwann zerschellen.

Ich schrie dem Adlermann zu, er solle mich wieder in seine Arme nehmen, doch er sah und hörte nicht auf mich. Er hatte nur Augen für den schönen, kalten Schein der Sonne und versuchte, mich mit Fußtritten von sich abzustreifen, als empfände er mein Gewicht als Hindernis bei seiner Himmelfahrt. Zwischen den Sonnenstrahlen schwebten andere geflügelte Gestalten, ebenso schön und kalt und weiß wie er. Sehnsüchtig streckte er die Arme nach ihnen aus. Ich sah sie auch, und sie machten mir Angst. Ihre Schönheit war genau wie die des Lichts eine Schönheit ohne Freude. Sie waren so schön wie die Gipsabgüsse in Vincents Atelier: Ihre Gesichter und Leiber hatten exakt die richtigen Proportionen, aber ihnen fehlte alles Menschliche. Sie kannten keine Gefühlsregungen, keine Lust, Liebe oder Trauer, sondern nur versteinerte, ewig währende Ruhe. Sie waren tot und wollten nichts anderes als tot sein. Sie hatten nichts mehr zu schaffen mit den kleinen, grüblerischen Menschen

453

am Grund der Schlucht, die ihre Pennys zusammenkratzen und bei den Pferderennen verwetten konnten, oder sich verlieben und zum Narren machen. Alles was für sie noch zählte, war die leblose Schönheit eines eisigen Sonnenlichts.

Böse, weil er mich zu einem Ort mitgenommen hatte, an dem ich nicht sein wollte, begann ich erneut zu schreien: »Bring mich hinunter! Ich hasse das hier! Wieso bringst du mich hierher? Die da oben sind alle tot! *Tot*, hörst du mich? Alte, kalte, starre Leichen!«

Meine Stimme übertönte allerdings nicht die Musik der Spieldosen, die jetzt wie Harfen und Zithern und Trompeten klangen; die Instrumente der Engel. Das weiße Licht wurde immer greller, und ich musste die Augen zukneifen, um nicht geblendet zu werden. Mir taten die Arme weh. Ich wusste, dass ich nicht mehr lange durchhalten würde.

»Willst du mich fallen lassen?«, schrie ich hinauf. »Soll ich am Boden zerschellen? Ist es das, was du willst?«

Ich bekam keine Antwort. Die Flügel des Adlers schienen sich im Licht aufzulösen. Sein Körper wurde durchscheinend, als würde er sich in einen Geist verwandeln. Plötzlich war er nicht mehr als ein Lichtstrahl, ein das Auge blendender Schein in Form eines Mannes oder Vogels. Mein einziger Halt zerfloss mir unter den Händen. Ich schoss in die Tiefe, von dem silbernen zu dem goldenen Licht, vorbei an den Harlekinen, deren fröhliche Anzüge nicht mehr als bunte Streifen waren, hinein in die Dunkelheit. Der Boden des Abgrunds schnellte auf mich zu. Scharfe, harte Felsen, die diesmal, ich wusste es sicher, nicht weichen würden. Sie würden mich aufbrechen wie eine Nuss. In zwei, drei Sekunden würde ich nichts mehr sein als ein formloser Brei aus Fleisch, Blut und Federn, ein klebriger rotweißer Fleck auf einer Matratze aus Felsen. Ich sperrte die Augen weit auf und öffnete den Mund zum letzten Schrei und … landete mit einem weichen Plumpsen auf meinem Bett in meiner Dachkammer in Soho.

Ich schreckte hoch. Mein Kopf wackelte auf meinem Hals, als wäre er viel zu schwer. Desorientiert schaute ich mich um. Das Zimmer war warm und voll rotem Sonnenlicht, aber ich wusste nicht, ob es Morgen oder Abend war. Mein Hirn schien sich festgefahren zu haben, als wäre der Traum irgendwo zwischen den Rädern in meinem Kopf stecken geblieben und hätte alles stillgelegt. Die Welt sah fremd, unwirklich aus.

»Also: besser, du hättest es einfach getan!«, klang eine Stimme in meinem Kopf.

»Ja, du hättest es ihm erzählen sollen!«, pflichtete eine andere Stimme ihr bei.

»Was? Was soll ich wem erzählen?«, rief ich, doch es kam keine Antwort.

»So wird nie etwas daraus!«, war das Einzige, was ich noch zu hören meinte.

36

Österreichischer Wunderkaffee – Ein verlassenes Atelier – Tom Beady,
Informationsquelle – Das Geheimnis des Malers – Sag es mit Bildern –
Feigheit und Stolz

In dieser Nacht durchzog eine ganze Prozession von Träumen meinen
Kopf, und die meisten hatte ich beim Aufwachen bereits wieder vergessen. Die Träume, an die ich mich erinnerte, verbannte ich aus meinem Gedächtnis, weil sie zu genierlich gewesen waren. In nahezu jedem
Traum hatten Trops, Bosie und Vincent eine Rolle gespielt. Sie waren
in ein kompliziertes Verkleidungsspiel verwickelt gewesen, wobei sie
die Kleidung und Gesichter der jeweils anderen trugen und manchmal auch mit vertauschten Stimmen sprachen. Ich hatte sie fortwährend miteinander verwechselt und mir dutzende von Ohrfeigen ein-
gehandelt, indem ich die falschen Dinge zu den falschen Personen
sagte.

Als ich mit dröhnenden Kopfschmerzen gegen neun Uhr die Augen
öffnete, machte ich hierfür zunächst die Ohrfeigen verantwortlich. Als
ich dann aber eine leere Rumflasche in meinem Bett fand, wusste ich,
wem ich meinen Holzkopf zu verdanken hatte. Ich musste dafür sorgen, ihn schnell wieder loszuwerden. Es war Freitag. Um halb elf wurde
ich in Vincents Atelier zum Modellsitzen erwartet, in den Händen die
Amphore, deren Geschichte ich inzwischen kannte.

Also stand ich vorsichtig auf und ging (ganz vorsichtig) auf den Flur
hinaus. Dort klopfte ich (immer noch ganz vorsichtig!) an die Tür von
Klaus, einem der österreichischen Kellner, die am anderen Ende des
Dachgeschosses wohnten. Er besaß eine geradezu monströse Kaffee-
Urne aus einem Wiener Kaffeehaus, aus der er vor Stolz strahlend seinen
eigenen österreichischen Kaffee servierte. Was er nicht wusste, war, dass
dieser Kaffee bei seinen Mitbewohnern vor allem wegen seiner heilsamen
Eigenschaften bei Katern und anderen Folgewirkungen eines fröhlichen

Lebens Absatz fand. So hoffte ich, dass Klaus' Wunderkaffee auch mir wieder auf die Beine helfen würde.

Drei Tassen schwarzen Kaffee und ein rohes Ei (eine Notfallmaßnahme) später befand ich mich einigermaßen nüchtern, aber mit mürrisch protestierenden Eingeweiden auf dem Weg nach Camelot. Ich saß mit geschlossenen Augen im Omnibus und versuchte, weder auf das Rattern der Räder noch das Geplapper zweier Büromädchen zu achten, die neben mir saßen. Um die Zeit, als wir Kensington erreichten, leerte sich der Bus zum Glück ein wenig. Ich stieg aus und ging in dem angenehmen Schatten einer Allee mit Platanen, die alle noch eine Krone aus gelbem Laub hatten, zu Camelot House.

Das Haus lag ruhig da. Ein paar Gartenarbeiter schnitten gerade die Rosen zurück. Aus einem offenen Fenster tönte Klaviermusik. Imogen hatte Besuch von ihrem Klavierlehrer. Er versuchte ihr auf Lilians Ersuchen hin schon seit einigen Wochen eine Nocturne von Chopin beizubringen, die sie beim Abschiedsfest ihres Onkels zu Gehör bringen sollte. Mehrere falsche Töne verrieten mir, dass Imogen noch keine großen Fortschritte gemacht hatte. Rasch ging ich weiter zum Atelier, wo diese miserable Chopin-Darbietung hoffentlich nicht mehr zu hören war.

Die Gartentüren zum Atelier waren abgeschlossen. Ich drückte meine Nase gegen die Scheibe, entdeckte aber niemanden im Innern. Die Staffeleien standen ordentlich nebeneinander, auf der einen das große Bild von *Saul und David* und auf der anderen das kleinere des *Mundschenks*. Der Arbeitstisch war säuberlich aufgeräumt, und selbst das grüne Zelt, das Vincents Atelier in den zurückliegenden Wochen einen ungewöhnlichen exotischen Akzent verliehen hatte, war abgebaut. Nichts deutete darauf hin, dass Vincent am Morgen bereits gearbeitet hatte oder überhaupt in seinem Atelier gewesen war.

Er ist krank, durchfuhr es mich, und kurz darauf: Nein, er ist schon fort. Er hat alles aufgeräumt und ist nach Frankreich gefahren, ohne sich von uns zu verabschieden.

Ich wusste nicht, welcher Gedanke mir unangenehmer war, aber beide bedeuteten jedenfalls, dass ich wieder einen Monat lang aus Camelot verbannt sein würde, obwohl ich doch gerade erst zurückgekehrt war. Das an sich reichte schon für ein mieses Gefühl, aber hinzu kam noch eine Unruhe, die ich mir nicht ganz erklären konnte. Was, wenn Vincent gestern tatsächlich etwas gefehlt hatte? Angenommen, er hätte *doch* einen Arzt gebraucht und wäre zu Hause doch noch zusammengebrochen? Oder war er trotz des Gesprächs mit Robbie immer noch böse auf uns und wollte uns nie mehr wiedersehen?

Trotz der drei Tassen Kaffee von Klaus begann es in meinem Kopf jetzt wieder zu hämmern. In der Hoffnung, dort zu erfahren, was los war, eilte ich zum Personaleingang.

Ich hatte Glück. Tom Beady öffnete die Tür, ein junger Bursche mit einem aufgedunsenen Vollmondgesicht und quasi das Mädchen für alles, dem das übrige Personal sämtliche Drecksarbeiten aufzuhalsen pflegte. Seine Rache bestand darin, dass er alle im Haus, von hoch bis niedrig, ausspionierte. Und seine Entdeckungen teilte er jedem Metzger oder Krämer mit, wer immer an die Tür kam.

»Ha, das Modell!«, sagte er, als er mich auf der Schwelle stehen sah. Sein Gesicht war von hochroter Farbe, was meistens darauf hindeutete, dass er eine gute Geschichte zu erzählen hatte. »Wetten, dass du wissen willst, was hier passiert ist? Hab ich recht?«

»Ach, na ja«, sagte ich, als würde es mich nicht allzu sehr kümmern. »Die Gartentüren zum Atelier waren verschlossen. Ist der Herr Vincent nicht da?«

»O doch, er ist da«, antwortete Tom und versuchte gleichzeitig, sich eine Spur Schuhkrem von der Nase zu putzen. »Der Herr Vincent ist da. Will aber keinen sehen, das ist es.«

»Ist er denn immer noch krank?«, fragte ich. »Im Café Royal ist ihm gestern plötzlich übel geworden. Ist er ...«

Tom warf einen Blick über die Schulter zur Küchentür, hinter der sich die Köchin Frau Blackwood – seine Erzfeindin – verbarg.

»Nicht krank, nein«, flüsterte er sensationslüstern. »Obwohl er sich heute beim Frühstück unheimlich angestellt hat. Wir mussten den Bacon und die Eier und die Würstchen alle vom Tisch holen, weil er behauptete, ihm würde davon schlecht. Alles das reinste Kasperletheater. Wenn du mich fragst, schmollt er einfach immer noch.«

»Er ... schmollt?«, fragte ich, nicht wenig erstaunt.

Ich hatte mir einen zutiefst beleidigten, kranken und in einem ängst-

lichen Augenblick sogar einen toten Vincent vorgestellt, aber keinen, der
wie ein verwöhntes Kind dasaß und schmollte.

»Jaaa …! Haben sich unheimlich gestritten gestern Abend, der Herr
Vincent und der Herr Stuart. Das ganze Haus in Aufruhr! Fräulein
Imogen hat sich die Augen aus dem Kopf geweint.«

Tom war vor Erregung etwas lauter geworden und schaute jetzt scheu
hinter sich, um festzustellen, ob das in der Küche unbemerkt geblieben
war. Nachdem keine zornige Frau Blackwood in der Türöffnung erschien,
beugte er sich zu mir und zischte mir ins Ohr: »Willst du mehr davon
hören?«

Ich nickte.

»Also, gestern Nachmittag, als der Herr Vincent heimkam, war alles
noch in Ordnung«, legte Tom los. »Hat gesagt, ihm wäre nicht so gut,
der Herr Vincent, und er müsste sich etwas ausruhen, aber dann am
Abend kam Besuch für den Herrn Stuart. Dieser schottische Lord, der
immer so aussieht, als käme er gerade aus dem Pferdestall, wie heißt er
noch?«

»Queensberry«, sagte ich automatisch. Queensberry. Natürlich. Wo
Stunk war, da war auch der Marquis von Queensberry nicht weit.

»Queensberry, genau der. Na gut, wenn der vorbeikommt, dann weiß
ich schon: sitzen sie den ganzen Abend und paffen Zigarren, zusammen
mit Palmtree. Na, der scheint an so einem Abend sehr wichtig zu sein.
Darf mit den Herren mitreden. Darf das Zimmer nicht verlassen. Und
ich habe dann die ganze Lauferei. Karaffen auffüllen, Aschenbecher
leeren und so weiter. Und dabei fängt unser Tom schon mal was auf!«

Er schenkte mir ein vielsagendes Augenzwinkern, das mich auf-
fordern sollte, »Was? Was?« zu fragen. Tom Beady liebte ein begieriges
Publikum.

»Als ich meine Lauscherchen aufmachte, redeten sie über … Was
meinst du? Rate mal. Nein, besser nicht! Du errätst es doch nie! Dem
Herrn Vincent sein Abschiedsfest! Ehrenwort! Und sie redeten darüber,
als würde er 'ne orientalische Haremsorgie geben. Dieser Marquis zumindest. ›Nun, eins steht fest: Da müsste schon einiges passieren, bevor ich
diese Leute an meinen Tisch laden würde‹, hat er gesagt. ›Du lässt dir
auf der Nase herumtanzen, Farley.‹ – ›Das habe ich noch nie getan‹, antwortete der Herr Stuart. ›Lilian war diejenige, die sie eingeladen hat, und

zwar für nach dem Dinner. Sie werden also nicht bei uns am Tisch sitzen. Ich sehe nichts Böses darin. Außerdem fährt Vincent doch für mehrere Wochen nach Paris? Er wird sie eine Zeitlang nicht sehen. Das wird ihm sicher guttun.< Willst du wissen, was der Marquis da gesagt hat? Ja?«

Er winkte mich nach draußen, um mir dort etwas mitzuteilen, was offenbar nicht auf der Türschwelle erzählt werden konnte.

»Hör zu, ich werde dir sagen, was es war: ›Vier Wochen in der Sodomitenhauptstadt Europas. Ja, bestimmt wird ihm das guttun! Ich gebe es dir schriftlich, Farley, in weniger als einem Jahr wirst du wieder eine Überfahrt für den Burschen bezahlen müssen, weil sein guter Name hier in England endgültig gelitten hat. Und du darfst noch von Glück reden, wenn du seine Begräbniskosten nicht bezahlen musst!< Das waren seine Worte, und ich lüge nicht. Kannst du dir das vorstellen? Der Herr Vincent in einen Skandal verwickelt?«

Nein, das konnte ich nicht. Ein Skandal, in den Vincent Farley verwickelt war, konnte allein in Queensberrys krankem Geist existieren.

»Also, der Herr Stuart hat auch gesagt, er solle nicht übertreiben, aber dieser Marquis, der hört überhaupt nicht mehr auf über die Leute, mit denen der Herr Vincent Umgang hat, und über ein gestohlenes Tagebuch. Diesen Sommer ist hier bei uns eingebrochen worden, wusstest du das? ›Glaubst du wirklich, es könnte keinen Schaden anrichten, Farley?‹, fragte er. ›Weißt du, was Vincent da hineingeschrieben hat? Kennst du deinen Bruder wirklich so gut, wie du ihn zu kennen glaubst?‹«

Ich dankte dem Himmel, dass Tom Beady zu sehr in seinem Bericht aufging, um auf mich zu achten. Als das Wort »Tagebuch« fiel, war ich sofort schweißgebadet. In meinem Kopf begann es wieder zu pochen und zu hämmern. Vincent hatte Stuart also erzählt, dass er sein Tagebuch vermisste, und Stuart wiederum hatte es Queensberry weitererzählt … und wenn Palmtree nun auch noch erzählt hatte, was er wusste …

»Tom Beady!«

Eine laute Frauenstimme ließ Tom etwa zehn Zentimeter in die Höhe springen. Hinter ihm wurde die Türöffnung nahezu ganz von der tonnenrunden Gestalt von Frau Blackwood eingenommen. Sie war mit einem mordsmäßigen Nudelholz bewaffnet.

»Ich habe dir schon Gott weiß wie oft gesagt: kein Tratsch an der Haustür! Hinein mit dir! Wir sprechen uns später noch!«

Tom zwängte sich an ihr vorbei, die Arme schützend vors Gesicht erhoben, um einen möglichen Hieb mit dem Nudelholz abzuwehren.

Frau Blackwood schnaubte wie ein Rhinozeros, das gerade einen Großwildjäger in die Flucht gejagt hat. Sie schaute mich wütend an. »Das Modell, wie? Und was hat der dumme Kerl dir alles weisgemacht, frage ich mich. Etwas über die Herren von hier oben, oder? Glaub ihm kein Wort! Der Herr Stuart hat mit Herrn Vincent gesprochen, wie ein älterer und weiserer Bruder das tut, und mehr ist nicht passiert. Und lass mich nicht erleben, dass andere Geschichten die Runde machen! Ist das klar?«

Ich nickte brav, weil mir das im Hinblick auf die Schlagwaffe am vernünftigsten schien. Bei dem Streit zwischen Vincent und Stuart musste es ziemlich hoch hergegangen sein, wenn selbst das Küchenpersonal sich alle Mühe gab, ihn mit dem Mantel der Liebe zu bedecken.

»Sehr schön! Und jetzt sieh zu, dass du ins Atelier kommst. Wirst spät genug dran sein, wenn du dich von Tom Beady hast aufhalten lassen.«

Ich eilte durch den Gang an der Küche vorbei und die Treppe hinauf zur Eingangshalle. Dort blieb ich direkt vor der Tür zu Vincents Atelier stehen, die Hand schon auf dem Holz, um anzuklopfen.

»Du bist wohl verrückt«, sagte ein kleines Stimmchen in meinem Kopf. »Stehst hier am frühen Morgen mit einem Kater von hier bis Hongkong in einem Haus, in das du letzten Sommer eingebrochen bist, *am Ort des Verbrechens*.« Warum? Wenn ich meinen Verstand gebrauchte, dann ließ ich mich hier nie mehr blicken. Aber es war nicht mein Verstand, der in letzter Zeit das Sagen hatte. Eine quengelnde Stimme in meinem Hinterkopf wusste haargenau, was los war, aber ich wollte nicht auf sie hören.

Ich klopfte an die Tür und hörte kurz darauf Vincents vertrautes »Komm nur herein!«

Das Atelier war ebenso sonnig wie beim ersten Mal, als ich es betreten hatte. Genau wie damals tat mir das grelle Licht, das von den weißen Wänden zurückgeworfen wurde, in den Augen weh, aber die Wärme und der nur zu bekannte Terpentingeruch vertrieben jedes unangenehme Gefühl. Das hier war ein Ort, wo ich hingehörte und erwartet wurde, was immer ich auch getan haben mochte.

Vincent lag auf dem Sofa, das mit dem Rücken zur Gartenfront stand, was erklärte, weshalb ich ihn nicht gesehen hatte. Er hielt ein Buch in der Hand und trug eine Rauchjacke aus bedruckter Seide. Er schaute mit dem gleichen freundlichen, vagen Blick aus seinem Buch auf, den er gestern im Obergeschoss des Café auch gehabt hatte. Vermutlich hatte er noch weitere Beruhigungsmittel zu sich genommen.

»Ach, Adrian, ich hatte vergessen, dass du kommen würdest!«

Verlegen zog er seine Rauchjacke ein wenig zurecht, als hätte ich ihn hier in seinem Nachthemd vorgefunden. »Ich hatte nicht daran gedacht, dass heute Freitag ist ... Nun, das macht nichts. Ich werde heute ohnehin nicht malen ...«

»Nein?«, fragte ich und versuchte, es so klingen zu lassen, als wüsste ich von nichts.

»Hm, nein, ich fühle mich nach wie vor nicht sehr fit ... Jedenfalls nicht fit genug, um zu malen. Entschuldige, dass ich dich umsonst habe herkommen lassen, Adrian.«

Ein unsinniges Lächeln, das nichts mit dem Gesagten zu tun hatte, blieb ihm um die Mundwinkel hängen. Ich drehte mit der Schuhspitze eine Kuhle in den Teppich. Dieses Lächeln ging mir auf die Nerven.

»Das heißt ... dann gehe ich wohl besser wieder?«, schlug ich vor.

Vincents Blick schweifte ab auf sein Buch. Er las einige Zeilen, ehe ihm bewusst wurde, was ich gesagt hatte.

»Ach ... ja ... in der Tat, du kannst gehen ... oder ... trink erst noch etwas ...«

Ungeschickt schenkte er mir aus einer Kanne, die auf einem Beistelltisch stand und von einem Stövchen warm gehalten wurde, einen Becher heiße Schokolade ein.

»Es tut mir leid, dass ich nichts anderes für dich da habe ... außer ein paar Keksen ... aber mein Magen verträgt noch nicht viel.«

»Macht nichts. Ich mag heiße Schokolade«, sagte ich der Wahrheit gemäß.

»Richtig ... das trifft sich gut, also ... hier.«

Er schob mir den Becher hin. Ich nahm ihn und setzte mich damit auf den Rand des Modellpodests. Die Ruhe in Vincents Atelier hatte auch mich wieder etwas ruhiger gemacht. Was Stuart oder Palmtree auch wissen mochten, Vincent jedenfalls schien mich nicht als Tagebuchdieb zu betrachten. Zwar konnte man unser bisheriges Gespräch nicht unbedingt als vor Herzlichkeit überschäumend bezeichnen, aber zumindest begegnete er mir das erste Mal seit Wochen wieder freundlich.

»Was liest du?«, fragte ich, damit er nicht in Schweigen verfiel.

Er hielt das Buch in die Höhe. »*The Picture of Dorian Gray*, Oscars Roman.«

»Aha.« Ich nippte an meiner heißen Schokolade. Warm. Süß. Sehr viel besser als schwarzer Kaffee oder ein rohes Ei.

»Ich kenne das Buch. Das heißt, Trops hat es mir irgendwann geschenkt. Aber ich habe nie angefangen es zu lesen. Wovon handelt es?«

»Von einem jungen Mann ... diesem Dorian ... der einen Künstler beauftragt, sein Porträt zu malen ... und den Wunsch äußert, immer so jung zu bleiben wie auf diesem Bildnis ... und der Wunsch geht in Erfüllung. Das Bildnis altert, aber nicht er.«

»Das klingt nicht schlecht. Mal doch auch mal so ein Bildnis von mir!« Ich wollte versuchen, ob ich Vincent nochmals zum Lachen reizen konnte, so wie früher. Es gelang mir nicht.

»Das halte ich für keine gute Idee«, sagte er sehr entschieden und klar für jemanden in seinem betäubten Zustand.

»Wieso? Nimmt es denn kein gutes Ende?«

»Der Kunstmaler wird von Dorian ermordet, und Dorian ermordet sich selbst, als er das Bildnis in Stücke zerschneidet.«

»Oh«, sagte ich, von dieser blutigen Wendung der Handlung überrumpelt. »Und wieso?«

»Das Bildnis verrät, was verborgen bleiben soll«, erzählte Vincent, während er aus einer kleinen Flasche einen Schuss einer Flüssigkeit in seine Schokolade goss. Es hätte mich nicht gewundert, wenn es wieder Laudanum war.

»Sie haben beide ihre Geheimnisse ... der Maler und der Porträtierte ... und Dorians Geheimnis ist, dass nicht nur seine Falten, sondern auch alle seine Sünden von dem Bildnis abzulesen sind ...«

Er trank und lehnte sich bequem auf seinem Sofa zurück, als würde ihn sein Trunk die kleinen Unbilden, die sich in unser Gespräch einzuschleichen drohten, vergessen machen. Er schien wieder wegzuträumen. Um ihn wach zu halten, stellte ich ihm abermals eine Frage: »Und was ist das Geheimnis des Malers?«

Vincent kniff die Augen zu Schlitzen zusammen, genüsslich wie eine Katze, die ein sonniges Plätzchen auf der Fensterbank gefunden hat. Er lächelte unbestimmt, ohne jemand im Besonderen zu meinen, ausgenommen vielleicht König Trops auf dem Gemälde gegenüber von uns.

»Das Geheimnis des Malers ... ist das Geheimnis des Malers«, antwortete er mit einem zufriedenen Grinsen.

Ich wusste nicht, was ich von dieser Antwort halten sollte, außer dass Vincent ein äußerst kindisches Gefühl für Humor entwickelt hatte. Ich trank meinen Becher Schokolade aus und stellte ihn neben mich auf das Modellpodest. Vielleicht sollte ich jetzt lieber nach Hause gehen, dann konnte Vincent die Staffeleien mit seinem unsinnigen Geschwätz unterhalten.

»Ich glaube, ich sollte jetzt doch besser g...«, begann ich, aber Vincent unterbrach mich.

»Hast du die Bilder, die ich im Sommer in Griechenland gemalt habe, schon mal gesehen?«, fragte er.

»Nein, noch nicht«, sagte ich. »Hast du viele gemalt?«

»Fünf insgesamt. Die meisten sind draußen entstanden ... *en plein air* ... Das geht immer schneller ... zwei kommen mit nach Paris ... die besten.«

Er stand auf und schwankte zu der Wand, an der zwei kleine, eingepackte Bilder standen.

»Komm, setz dich an den Tisch, dann schauen wir sie uns an.«

Ich tat gern, was er sagte, neugierig, was unter dem braunen Packpapier zum Vorschein kommen würde. Das geheimnisvolle Gesicht von Vincents griechischer Geliebten!

Vincent packte die Bilder eins nach dem andern für mich aus, vorsichtig, als sei es ein besonderes Vorrecht, sie betrachten zu dürfen. Für mich war es das auch. Vincent hatte mit Farben gemalt, die er sonst nie verwendete, den Farben des griechischen Sommers.

Das erste Bild, das er mir zeigte, war ein Spiel aus Licht und Schatten: ein Hain voll hoher, jahrhundertealter Olivenbäume mit knorrigen Stämmen, die im Lauf der Jahre in die merkwürdigsten Windungen gewachsen waren. Im Schatten ihrer graugrünen Blätter sammelten Bauernmädchen Körbe voll Oliven, die sie auf die Rücken kleiner, mit rotledernen Halftern aufgezäumter Esel luden. Das Sonnenlicht, das zwischen dem Olivenlaub hindurchfiel, spielte wie liebkosend mit ihren fröhlichen, runden Gesichtern, ihren dunklen Augen und dem blauen Stoff ihrer Röcke. Ich suchte zwischen diesen jungen Bäuerinnen nach dem Mädchen mit den roten Lippen und den kleinen Füßchen, das Vincent verhext hatte. Es fiel mir nicht leicht. Alle Mädchen waren mit Aufmerksamkeit und Hingabe gemalt, doch nicht eine war darunter, auf die er mehr Aufmerksamkeit verwandt hätte als auf die andern. Aber das besagte noch nichts. Wenn Vincent ein Geheimnis bewahrte, dann tat er es gut, so viel war sicher. Wahrscheinlich betrachtete er jetzt das Gesicht seiner Geliebten und genoss es, als Einziger zu wissen, wer sie war.

Ich war froh, dass das Mädchen, wer sie auch sein mochte, weit weg auf einer griechischen Insel wohnte, und betete insgeheim, dass es noch lange dauern möge, bis eine reiche Erbin Vincent aus seinem Atelier in Camelot House herauslockte.

Am Tisch, eingelullt von der Wärme und der heißen Schokolade, war ich meinen Kater, mein »O ... *hell!*«-Gefühl und die Angst vor Stuart, Palmtree und dem Marquis losgeworden. Vincent saß neben mir, erzählte mir unzusammenhängende Anekdoten über Griechenland und die Griechen und beobachtete mich aufmerksam, während ich seine Bilder betrachtete, so als legte er großen Wert auf mein Urteil. Die Schokolade köchelte in der Kanne auf dem Stövchen. Jenseits der Tür erklang undeutlich Imogens Klavierspiel: eine noch immer nicht fehlerlose, aber schon beträchtlich melodischere Nocturne, Musik von Mondenschein und plätscherndem Wasser und schlaflosen blauen Nächten.

Wie glücklich wäre ich, wenn ich einfach für immer hierbleiben dürfte, dachte ich. Der Gedanke allerdings machte mich traurig, denn ich wusste, meine Wünsche würden sich doch nie erfüllen. Ich konzentrierte mich auf das Hier und Jetzt.

Vincents zweites Bild war anders als das erste. Es war nicht in den Farben eines griechischen Sommertags gemalt, sondern in denen der Nacht. Und im Gegensatz zu dem anderen Werk hatte es auch einen Titel. »Warten« stand auf eine kleine Kupferplatte graviert.

Auf einem Kliff mit Blick über das Meer, auf der Ruine dessen, was einst ein Tempel oder ein Turm gewesen war, saß ein junger Mann, der nicht aussah, als sei er nach der Natur gemalt worden, sondern aus der

Phantasie oder Erinnerung. Obwohl er wie ein gewöhnlicher Bauer gekleidet war, hatte er etwas Unwirkliches und Schauriges, als würde er, sobald er sich umdrehte, einem die Ziegenhörner und die kleinen, scharfen Zähne irgendeines heidnischen Gottes zeigen. Unter seinem Gürtel steckte ein Dolch, und in seinem offen stehenden Hemd trug er eine rote Rose, die aus einiger Entfernung betrachtet wie eine klaffende Wunde wirkte. Er wartete auf die Liebe, oder auf den Tod. Ich folgte seinem begierigen Raubvogelblick nach unten ins Meer, in dem noch das Rot der soeben untergegangenen Sonne badete, und zum Strand, wo eine nichtige, dunkle Gestalt wie verzaubert in die Höhe starrte.

Es war ein prachtvolles Bild, auch wenn es mir in Kombination mit Imogens Nachtmusik kalte Schauer entlang des Rückgrats besorgte.

»Und?«, fragte Vincent, gespannt durch den Mund atmend.

»Das ist *so was* von schön!«, sagte ich.

Vincent senkte den Blick in falscher Bescheidenheit. Geschmeichelt, dass er sich so über meine Komplimente freute, beschloss ich, noch etwas draufzusatteln.

»Du musst glücklich gewesen sein, als du das gemalt hast. Weißt du noch, was du vor den Ferien einmal gesagt hast? Glücklich sein hieße das zu tun, was man gern tut, und das so gut wie möglich.«

»Ich war nicht glücklich, als ich das hier gemalt habe«, sagte Vincent. »Ich fühlte mich miserabel.«

»Ach ... äh ... aber wieso?«, stotterte ich. Seine brüske Antwort hatte mich überrumpelt.

Vincents blaue Augen wirkten wässrig. Er gähnte hinter vorgehaltener Hand. Trotzdem sah ich, dass das Laudanum nicht verhindern konnte, dass er wieder die Nerven verlor. Sein Mund bewegte sich, als wollte er tausend Dinge sagen und wüsste nicht wie.

»Ich hätte nie gedacht, dass ich einmal genau wie Imogen sein würde«, sagte er, als er Worte gefunden hatte. »Stuart hat recht, wenn er sich Sorgen um mich macht.«

»Was meinst du, genau wie Imogen? Willst du auch nicht mehr essen?«

Er schüttelte den Kopf. »Nein, es war anders ... Imogen wollte überhaupt nicht mehr essen. Mir wird nur bei dem Anblick bestimmter Nahrung schlecht ... Fleisch, Wild insbesondere ... alles, was geschossen ist ...

und außerdem … Imogens Problem ist, dass sie nicht sein kann, wer sie ist. Mein Problem ist, dass ich bin, was ich nicht sein will.«

Ich spürte einen Stich in meiner Brust. Es war, als hätte Vincent mein Problem und nicht das seine in Worte gefasst. Was hätte ich gestern Nachmittag darum gegeben, nicht der zu sein, der ich war: Champie Charlie.

»Ach verdammt, Vince«, sagte ich so leise, dass er es zum Glück nicht hörte.

»Erinnerst du dich an das Gedicht, das Imogen uns damals vorgetragen hat?«, fragte er plötzlich. »*Die Lady von Shalott?*«

»Äh … ja«, antwortete ich und fragte mich, was *das* damit zu tun hatte. Wenn Vincent einem etwas erzählen wollte, schien er sich immer hinter Romanen, Gemälden oder Gedichten verstecken zu müssen.

»Ich habe es zum ersten Mal im Internat gelesen. Ich glaube, ich war der Einzige in meiner Klasse, dem es gefiel.« Vincent nahm das Bild, das vor mir lag, beiseite und begann umständlich, es wieder einzupacken.

»Ich konnte verstehen, weshalb die Lady in ihrem hohen Turm glücklich war. Sie konnte da tun, was sie am allerliebsten tat: schöne Dinge herstellen, ohne von Lehrern abgelenkt zu werden, die ihr französische Verben beizubringen versuchten, oder von Freunden, die Kricket spielen wollten, während sie sich am liebsten ihrer Kunst widmete.«

Vincent warf mir aus dem Augenwinkel einen scheuen Blick zu, um festzustellen, ob ich ihn verstand. Das tat ich. Der kleine Vincent Farley, zwölf Jahre alt, hatte sich hinter einer Dame in einem hohen Turm versteckt.

»In der Schule hatte ich nie viele Freunde. Ich war schüchtern, reserviert, ein bisschen ängstlich … Das sind keine Eigenschaften, die einen Jungen beliebt machen … und die Freunde, die ich hatte …« Er wägte seine Worte. »Nun … ihre Freundschaft erwies sich nicht als das, was eine Freundschaft zu sein hat. Stuart war besorgt, genau wie er es jetzt ist …«

Vincent schnitt ein Stück Schnur ab und wickelte es um das eingepackte Gemälde. Ich befürchtete, dass er auch seine Geheimnisse wieder einpacken und mir nichts mehr erzählen würde.

»Warum?«, fragte ich beinahe flüsternd, um ihn zu ermuntern und nicht zu verschrecken.

»Er sagt, ich hätte ein auffälliges Talent, mir die falschen Freunde auszusuchen«, antwortete Vincent, während er die Schnur nachlässig verknotete. »Und er hat recht, meine heutigen Freunde *sind* schlecht für mich ... Ich bin eine ganze Zeit lang glücklich gewesen in meinem Turm, Adrian ... Ich sah alles durch den Spiegel meiner Kunst ... aus sicherer Entfernung ... aber was ... aber was, wenn nun Kunst und Schönheit ... wie Robert sagt ...«

Er fand zunächst nicht die richtigen Worte. Seine Finger hatten sich in der Schnur verwickelt, und er unternahm lächerliche Versuche, sie loszubekommen, die auf mich jedoch keinen komischen Eindruck machten. Ich konnte nur an die Lady denken, die mit in den Fäden des Webstuhls verstrickten Händen entsetzt auf ihren zerborstenen Spiegel starrte.

Mein Gott, dachte ich, es ist Robbie! In *ihn* ist Vincent verliebt! Deshalb hat er sich bei Tisch ihm gegenüber so schrecklich benommen und ihm diesen Unsinn mit der schönen Griechin erzählt! Deshalb das ganze Gerede von Zweispännern und geflügelten Seelen! Deshalb das Tuscheln von Bosie und Robbie damals im Garten von Camelot! In meinem verwirrten Kopf schien sich alles zusammenzufügen. *Das* also war es, was ihn störte! Ein Lancelot war in Vincents Spiegel getreten!

Obwohl ich Vincents letzte Sätze nicht verstanden hatte, konnte ich ihn jetzt mühelos verstehen.

»... die Lady muss ihre Liebe mit dem Tod büßen ... und jetzt fürchte ich ... dir wird es wahrscheinlich lächerlich vorkommen ... jetzt fürchte ich, dass mir auch etwas Schreckliches zustoßen wird ... Dass ich nicht mehr malen kann ... oder etwas noch Schlimmeres ... Was Stuart mir von Lord Queensberrys ältestem Sohn erzählte ... die Geschichte hat mich krank gemacht, Adrian ... Der arme Bursche ... ganz allein, niemand, dem er sein Herz ausschütten kann ... so verzweifelt, dass er sich selbst *niederschießt*! O mein Gott, Adrian!«

Vincent schaute mich an, als erwartete er von mir ein tröstendes Wort, aber ich hatte nur stumme Worte, die ich nicht auszusprechen wagte.

Mein Armer, sagte ich in Gedanken zu ihm. Mein Armer! Ich weiß es, Vince, mir kannst du alles erzählen. Ich verstehe das alles. Ich habe es selbst schon einmal durchlebt.

Ohne noch an die eisige Reserviertheit zu denken, die unseren Umgang in den zurückliegenden Wochen charakterisiert hatte, nahm ich Vincents Hand und umschloss sie mit der meinen. Ich nickte ihm zu. Ich wollte ihm helfen. Niemand verdiente dieses fortwährende »O ... hell!«-Gefühl, das mich jahrelang verfolgt hatte.

»Ich werde nie etwas verraten«, flüsterte ich Vincent zu. »Wenn etwas ein Geheimnis bleiben muss, kannst du darauf zählen, dass es ein Geheimnis bleibt.«

»Adrian, bitte, versteh mich nicht falsch ... ich l...«

»Sir? Entschuldigen Sie, dass ich Sie stören muss, Sir.«

Vincent zog seine Hand aus der meinen, als hätte ich einen Skorpion darin versteckt. Palmtree war, sehr gegen seine Gewohnheit, ohne anzuklopfen ins Atelier getreten und stand jetzt vor uns mit einem Blick in den Augen, der dermaßen tödlich war, dass die britische Armee ihm gewiss schweres Geld dafür bezahlt hätte. Vincents Reaktion hätte selbst für einen weniger argwöhnischen Menschen als Palmtree genügt, um aus einer vollkommen unschuldigen Geste der Freundschaft etwas Verdächtiges zu machen. Denn mehr war es nicht gewesen. Oder doch?

Vincent sprang auf und wischte sich die Hand an seiner Rauchjacke ab, als glaubte er, ich hätte ihn mit irgendetwas infiziert.

»Das macht nichts ... Es ist in Ordnung, Palmtree. Was möchtest du?«

»Der Herr Stuart hat mir aufgetragen, etwas Tabak zu kaufen. Da wollte ich fragen, ob ich Ihnen auch welchen mitbringen soll.«

»Ach ... lass mich kurz nachdenken ... Ein paar Zigaretten vielleicht, Palmtree. Die Auswahl überlasse ich dir. Du weißt, welche Marken ich gern rauche.«

Palmtree zog sich mit einem kurzen, steifen Nicken aus dem Atelier zurück. Ich blieb kerzengerade auf meinem Stuhl sitzen, fürchtend, mich zu bewegen oder auch nur Atem zu holen, aus Angst, ich könnte es auf eine verdächtige Weise tun. Vincent starrte entsetzt auf die geschlossene Ateliertür. Er war, falls überhaupt möglich, noch schlimmer erschrocken als ich.

»Vincent?«, fragte ich beklommen.

Er schien mich zu überhören.

»Vincent?«, wiederholte ich.

»Ja?«

Seine Stimme klang dumpf, mechanisch.

»Alles in Ordnung mit dir?«

»Ja, alles in Ordnung.«

Es war, als würde man sich mit einer sprechenden Maschine, einer Phonographenaufnahme unterhalten. Die Wärme, die ich vorhin in Vincents Hand gespürt hatte, war vollkommen verschwunden.

»Vincent, was du vorhin sagen wolltest ...«, beharrte ich wider besseres Wissen.

»Was ich dir vorhin sagen wollte ...«, Vincent drehte sich steif zu mir um, »... ist, dass ich dich vorläufig nicht mehr brauchen werde, Adrian. Ich höre eine Zeitlang mit dem Malen auf. Es geht mir schlecht von der Hand, und es bringt mich nicht in eine bessere Stimmung. Vielleicht wird es nach ein paar Wochen Ablenkung in Paris wieder besser gehen. Das lasse ich dich dann wissen ... Aber bis dahin scheint es mir das Beste zu sein, du suchst dir einen anderen Arbeitgeber.«

War es *das*? War es *das*, was er mir hatte sagen wollen? Ich glaubte es nicht eine Sekunde lang. Vincent musste nicht meinen, dass ich verrückt war. Er hatte mir etwas ganz anderes sagen wollen. Wenn Palmtree nicht hereingekommen wäre ... Aber was für einen Sinn hatte es, »wenn, wenn, wenn« zu sagen? Tatsache war, dass ich wieder mal auf die Straße gesetzt wurde. Zum soundsovielten Mal.

»Und was ist mit *Saul und David*? Und dem *Mundschenk*?«, versuchte ich noch. Schließlich hatte Vincent sich immer mehr aus seinen Bildern als aus Menschen gemacht.

»Ich weiß nicht, ob ich diese Bilder jemals noch fertigstellen werde. Aber das macht nichts, es waren ohnehin keine Werke, die ich ausstellen wollte. Sie sind ziemlich ... persönlich.«

Ich hörte ihn an und hätte vor Frustration mit den Füßen aufstampfen können. Diese Bilder waren für Monate Vincents *Leben* gewesen, und jetzt ließ er sie unvollendet stehen, nur weil ein Hausdiener die Nase gerümpft hatte. Er war kurz davor gewesen, mir sein Geheimnis, das Geheimnis des Malers zu enthüllen, und jetzt sah er aus demselben Grund davon ab. Wegen einem wie Palmtree würde er selbst die Liebe seines Lebens laufen lassen.

Feigling!, dachte ich. Ich brauche dich nicht mehr. Keiner von uns braucht dich. Du kannst mich mal. Ja, du kannst mich mal! Aber bestell mich bitte wieder zu dir, wenn du aus Paris zurück bist.

»Gut. *Also dann auf Wiedersehen*«, sagte ich mit Nachdruck und streckte ihm die Hand hin.

Vincent sagte nicht »auf Wiedersehen« und schüttelte mir auch nicht die Hand. Er ging zu dem Schrank mit Malutensilien, kramte etwas darin herum und kam mit einer Handvoll Shillings sowie einem Gipsabguss zurück. Es war ein ranker, zierlicher Fuß, klein wie eine Hand. Er steckte mir beides zu.

»Hier ... ich muss dich noch bezahlen ... es würde mich stören, wenn du heute früh ganz umsonst gekommen wärst ... und das hier ist ...«, er deutete kopfnickend auf den Gipsfuß, »... das ist ein Dankeschön für ... alle die Male, die du mir Modell gesessen hast ... du warst ausgezeichnet ... ich kann mir vorstellen, dass das etwas Schönes für dein Zimmer sein kann ...«

Ich nahm weder die Shillings noch den Gipsabguss an. Geld, Geschenke! Noch vor wenigen Wochen war ich so versessen darauf gewesen. Ich hatte sie angenommen, ohne mich je mit dem aufzuhalten, was ich irgendwie schon immer gewusst hatte: dass jedes Pfund seinen Preis hatte. Geld war nie einfach nur Geld. Es war Schweigegeld, Bestechungsgeld, Schmiergeld, Lohn für erwiesene Dienste. Und mit Geschenken war es dasselbe: Man musste immer irgendwie dafür bezahlen. Ich hatte die Nase voll davon. Ich brauchte von Vincent weder eine Heimkehrprämie noch eine Wiedergutmachung.

»Hier ... es ist für dich«, drängte Vincent, offenbar in der Unterstellung, ich sei zu bescheiden, es anzunehmen. Zu bescheiden! Nein, das war es nicht. Zum ersten Mal war ich zu *stolz*. Zu stolz, mich ein weiteres Mal zu verkaufen. Ich schüttelte den Kopf.

»Nein, weißt du was, Vincent? Behalte das schön für dich selbst.«

Und ehe er die Gelegenheit fand, es nochmals zu versuchen, machte ich, dass ich aus dem Atelier kam. Ich ging durch den Flur, verfolgt von Imogens falschen Tönen. Ich drehte mich nicht einmal mehr um.

37

Bluthund Palmtree – Ich kaufe einen Lebensmittelladen leer –
In die Enge getrieben – Eine noble Tat, mit besonderem Dank
an meinen Stuhlgang

Erhobenen Hauptes und mit dem aufrechten Gang eines tapferen Soldaten marschierte ich die Auffahrt hinunter. Gut, ich war abermals aus Camelot verbannt, und diesmal vielleicht für immer, aber es war anders als im Juli. Ich hatte jetzt auch andere Arbeitgeber und genug Geld, mich zumindest am Leben zu erhalten. Es war leichter, stolz zu sein, wenn man abends ohne Hunger ins Bett ging.

Ja, das würde ich von jetzt an sein: stolz. Genau wie Charles hatte ich eine ehrenvolle Entscheidung getroffen. Fortan würde ich unerschrocken, pflichtgetreu und eifrig sein, genau wie er. Ein treuer Diener Ihrer Majestät der Königin, der seine Ehre über sein Leben stellte. Dass Charles jetzt wahrscheinlich in einer überfüllten, stinkenden Kaserne seine Socken wusch und für ein paar Shilling jedes beliebige Feldbett teilte, entschied ich mich vorübergehend zu vergessen. Menschen brauchten nun einmal gute Vorbilder, und wenn sie diese nicht in ihrer Umgebung fanden, dachten sie sich welche aus. Es gab hunderte von Romanen mit Helden und Heldinnen, die es so einfach aussehen ließen, das Gute zu tun. Solange man nur daran glaubte, war es das auch. Wenn man sich nur genug Mühe gab ...

Ein gutes Beispiel ist die beste Predigt. Ein unbescholtener Name ist besser als Reichtum. Redensarten von Ma, die zu einem grimmigen Marschlied wurden, während ich die Platanenallee entlangging, mal im Schatten, mal in der Sonne.

Reue ist gut, aber Unschuld ist besser. *Eins-zwei, im Takt ...* Wer zwischen den Hunden schläft, wacht mit ihren Flöhen auf. *Links, rechts, Schritt, Schritt ...* Achte auf die Pennys, und die Pfunde achten auf sich selbst. *He, Soldat Mayfield, im Takt bleiben!* Ein ruhiges Gewissen schläft durch jedes Gewitter hindurch.

Ja, hm, ein ruhiges Gewissen ... Mein Gewissen war alles andere als ruhig. Es gab einen Grund, weshalb ich weitermarschierte, als müsste ich heute Abend noch Khartum erreichen. Menschen mit einem schlechten Gewissen sahen vielleicht in jedem Schatten einen Polizeiinspektor, aber ich wusste sicher, dass ich verfolgt wurde; so sicher, als hätte ich Augen im Rücken.

Ich hatte einen Schatten, einen schwarzen Schemen, den ich aus den Augenwinkeln gerade noch sehen konnte, wenn er genau zugleich mit mir die Straße überquerte. Und mehr noch: Ich hatte auch ein Echo. Jeder Schritt, den ich tat, wurde eine Sekunde später hinter mir wiederholt, in exakt dem gleichen Marschtempo. Es war keine Einbildung. Sobald ich schneller ging, beschleunigten sich die Schritte hinter mir ebenfalls. Wenn ich aufs Geratewohl die Straße überquerte oder nach links oder rechts abbog, tat der Schatten es auch. Jemand folgte mir, und ich hatte auch eine Vermutung, wer das sein konnte. Obwohl es ein frischer Novembermorgen war, geriet ich ins Schwitzen. Verdammt, Bluthund Palmtree hatte meine Fährte aufgenommen!

Der Kater, der vorhin in Vincents Atelier verschwunden zu sein schien, kehrte in aller Heftigkeit zurück. Na großartig, jetzt hatte ich es geschafft! Den ganzen Sommer lang hatte ich es mit Kerlen hinter geschlossenen Vorhängen und unter dem Tisch getrieben und mich dabei kein einziges Mal erwischen lassen. Und jetzt, wo ich nicht mehr getan hatte, als einem Freund die Hand zu halten, wurde ich von einem Hausdiener verfolgt, als hätte ich seinen Herrn voll auf den Schnabel geküsst. Konnte man für Küssen zwei Jahre Zwangsarbeit bekommen? Für Händchenhalten? Nein. Aber wohl für Einbruchsdiebstahl.

Ich musste mich dazu zwingen, nicht loszurennen. Ruhig bleiben, Mayfield, ruhig bleiben! Gelassenheit kann deine Rettung sein. Einfach weitergehen, als hättest du nichts bemerkt. Nicht zurückschauen, nicht stehen bleiben! Was auch geschieht, nicht stehen bleiben! Nachdenken, das musst du. Du hast doch schon aus misslicheren Situationen herausgefunden? Na also. Denk nach! Denk nach!

Fieberhaft überdachte ich meine Möglichkeiten. Ich konnte natürlich heimlich über meine Schulter schielen und mich vergewissern, dass es tatsächlich Palmtree war, der mich verfolgte, aber mir fehlte der Mut. Schon der Anblick des Mannes – langer, schwarzer Mantel, gelbliche Leichenfarbe – würde genügen, mich wie eine erstklassige Melodrama-Heldin auf dem Gehweg zusammenbrechen zu lassen. Nein, das Beste war, einfach weiterzugehen und auf den ersten Omnibus aufzuspringen, der vorbeikam, ganz gleich wohin er fuhr.

Ich bog um die Ecke. Die Straße, die vor mir lag, war wie ausgestorben, bis auf zwei Dohlen, die sich um das faulige Kerngehäuse eines Apfels stritten. Von beiden Seiten schauten imposante Häuser mit ihren hohen Fenstern arrogant über mich hinweg. Der leere, graue Himmel spiegelte sich in den Scheiben. Ich konnte mich nicht mehr bezwingen und beschleunigte meinen Schritt. In einer Straße wie dieser konnte alles Mögliche stattfinden. Eine Verhaftung, ein Mord am helllichten Tag, ohne dass jemand irgendetwas gesehen haben wollte. Ein Hausdiener konnte hier einen Jungen am Kragen fassen und in ein Taxi zur nächstgelegenen Polizeiwache stoßen, und niemand würde vor die Tür treten und fragen, was los sei. Alle würden es hinter ihren Gardinen versteckt beobachten und schweigen. »Das geht uns nichts an, Mildred!«

Die Schritte hinter mir hatten ihr Tempo beschleunigt. Mein Verfolger schien auch zu wissen, dass dies ein geeigneter Ort war, mich einzuholen und anzusprechen.

Wenn ich jetzt losrannte – ich wusste, ich sollte nicht rennen, aber *falls* ich jetzt losrannte –, konnte ich ihn dann abhängen und hinter mir lassen? Palmtrees Chancen bei einem Sprint schätzte ich nicht allzu hoch ein. Aber angenommen, es war nicht Palmtree, sondern jemand anderer? Der Kerl mit der Melone und dem Polizeiknüppel zum Beispiel, oder einer dieser anderen Gorillas, die Queensberry anmietete, damit sie die schmutzige Arbeit für ihn übernahmen? Konnte ich nicht ein einziges Mal ganz unauffällig hinter mich schielen? Nur ganz kurz, sodass es ihm nicht auffiel? Ein Blick und dann wieder weg? Oder war es dumm, und konnte ich lieber ...

Es war zu spät. Ich hatte schon zurückgeschaut. Und ich wünschte sofort, ich hätte es nicht getan. Es war Palmtree, von Kopf bis Fuß. Gut ein Meter achtzig gelbsüchtige Verdrießlichkeit in einem unheilverkündenden schwarzen Mantel. Er hob den Arm und öffnete den Mund, um etwas wie »Stehen bleiben!« oder »Haltet den Dieb!« zu rufen. Alles ging auf einmal sehr langsam ... und dann wieder sehr schnell. Der Omnibus Richtung Soho kam wie von Gott geschickt um die Ecke gerollt, ausnahmsweise einmal genau pünktlich. Ich nahm einen Anlauf, hielt mich an dem Geländer fest und kletterte die Treppe an der Rückseite hinauf, wo ein Schaffner mit einem großen Schnurrbart mir den Durchgang versperrte.

»Wohl zu sehr in Eile, um zu bezahlen, was?«, knurrte er.

Wie barsch er mich auch fixierte, ich freute mich, ihn zu sehen. Ich bezahlte brav meine Karte und ließ mich hinten auf eine Sitzbank fallen. Mein Herz raste, als würde ihm jetzt erst bewusst, wie sehr ich erschrocken war. Ich holte ein paarmal tief Luft und drehte ich um. Ich war nach wie vor nicht sicher. Den Trick, den ich mir hatte einfallen lassen, konnte Palmtree mir jederzeit nachmachen, falls er nicht allzu ungelenk war. Ich konnte nur hoffen, dass er es für unter seiner Würde hielt, auf einen fahrenden Omnibus aufzuspringen.

Ja! Er hatte das Nachsehen. Palmtree stand stocksteif vor Staunen auf dem Gehweg. Ich war schon versucht, ihm eine Kusshand zuzuwerfen, sah aber davon ab. Wenn ich ihn provozierte, würde er die Verfolgung vielleicht doch noch fortsetzen. Man sollte das Schicksal nicht herausfordern. Diesmal war ich entkommen, aber wenn es an Palmtree lag, würde es gewiss ein nächstes Mal geben. Das nächstbeste Mal, wenn ich mich wieder in der Nähe von Camelot House zeigte. Ach ... lieber Gott im Himmel ... wie sollte das künftig gehen? Zwar war ich jetzt für einige Monate bei Vincent abgesagt, aber ich wollte wiederkommen – ich *würde* wiederkommen –, und was, wenn ich jetzt jedes Mal einem Palmtree ausweichen musste, der aus Schränken hervorsprang und sich im Uhrenkasten versteckte, nur um mich zu sprechen?

Auf einmal fühlte ich mich todmüde. Ich hatte die Nase voll. Voll von allen Geheimnissen, Decknamen, Doppelleben und Leichen im Keller, die mein Leben so kompliziert gemacht hatten wie das eines Doppelagenten. Wie hatte ich mir nur so den Teufel auf den Hals laden können? Einfach indem ich etwas mehr gewollt hatte als das, was mir Leuten wie Palmtree zufolge von Rechts wegen zustand.

Eine Seele von einem Penny ist noch nie eine von Twopence geworden.
Noch so eine von Mas Redensarten. Obwohl sie immer auf andere Leute und nie auf Ma oder Mary Ann und mich gemünzt war, musste ich doch zugeben, dass sie als Einzige ihrer abgedroschenen Phrasen eine Binsenweisheit beinhaltete. Nicht dass mir das gefallen hätte.

Ich hatte ein ganzes Pfund werden wollen, aber Twopence war schon zu hoch gegriffen gewesen. Einen Sommer lang hatte ich alles getan, was der liebe Gott verboten hatte, um zu werden, was ich niemals sein konnte, und jetzt war ich müde. Ich hatte die Nase voll von allen Problemen, aber ich wusste, es würden nur noch mehr werden.

Während der Fahrt nach Soho schaute ich immer wieder hinter mich. Kein Palmtree. Wohl eine Pferdedroschke, die ich jedes Mal, wenn ich mich umdrehte, dem Omnibus hinterherfahren sah. Nicht, dass das etwas bedeuten musste. Es gab hunderte von Pferdedroschken in London, mit hunderten von Kutschern, die sich genau wie dieser in ihre Mäntel duckten. Gut möglich, dass ich Gespenster sah und es jedes Mal ein anderes Taxi war. Nur ... warum hatte der Fahrgast dann seinen Kragen in einer Weise hochgeschlagen, als wollte er nicht erkannt werden?

Der Omnibus näherte sich der Haltestelle am Rand von Soho, wo ich für gewöhnlich ausstieg. Ich wollte eigentlich lieber sitzen bleiben und noch drei, vier, fünf sichere Runden durch die Stadt drehen, aber der Schaffner sah mir nicht aus wie einer, der einen fünf Fahrten zum Preis von einer machen ließ.

Der Omnibus kam ruckartig zum Stehen. Ich stieg hinter einem Mann die Treppe hinunter, der eine Rolle Stoff für den Schneider unter dem Arm trug. Wieder auf der Straße kam ich mir sehr angreifbar vor, als könnte mir jeden Augenblick ein langer, knochiger Finger auf die Schultern tippen. Nervös schaute ich mich um, aber es war nichts Besonderes zu sehen. Die Pferdedroschke, die dem Omnibus gefolgt war, bog in eine Seitenstraße ein. Na also, Mayfield: Gespenster. Alles nur Einbildung.

Ich machte mich auf den Nachhauseweg, im gleichen Marschtempo wie vorhin in Kensington. Ich hatte wenig Lust, den restlichen Tag in meiner engen Dachkammer zu verbringen. Trotzdem war es genau das, was ich vorhatte. Dort war ich sicher. Palmtree würde mich dort nicht finden ... ausgenommen natürlich, er hatte in der Korrespondenz seines Herrn geschnüffelt und so meine Adresse herausgefunden ...

Hüh!

Ich verbot mir, noch weiter zu denken. Ich durfte mich nicht selbst verrückt machen. Palmtree war ein großer Fiesling, aber auch nicht allmächtig. Der Kerl mochte zwar aussehen wie das Gespenst von Kensington, aber das besagte noch nicht, dass er einfach so überall auftauchen konnte ... So wie da ... in der Schaufensterscheibe!

Diesmal fiel ich wirklich beinahe in Ohnmacht. Es war unverkennbar Palmtrees bleiches Gesicht, das sich da zwischen der Aufschrift M. FRA-SER – LEBENSMITTEL widerspiegelte. Suchend schaute er sich unter den einkaufenden Frauen und den Laufjungen mit Körben und Paketen um. Mich hatte er noch nicht entdeckt. So schnell ich konnte, schoss ich in das Geschäft. Die Ladenglocke schellte, als müsse sie die Königin selbst ankündigen. Ich konnte nur hoffen, dass das Geräusch Palmtree nicht in meine Richtung hatte blicken lassen. Wenn ich hier eine Weile herumtrödeln konnte, bis er weitergegangen war, dann ...

»Und was darf es sein, junger Mann?«

Ich erschrak. In meiner Eile, Palmtree zu entkommen, hatte ich vergessen, dass in einem Lebensmittelgeschäft immer ein Lebensmittelhändler zu finden war, der erwartete, dass man etwas *kaufte*.

»Ähm ... 'n Pfund Zucker bitte«, murmelte ich, während ich in Gedanken durchging, was ich daheim noch an Vorräten hatte. (Stand Palmtree da noch, oder war er schon weitergegangen? Nein, verdammt, er stand noch da!)

Der Verkäufer wog mir ein Pfund Zucker ab und war viel zu schnell damit fertig. »Sonst noch etwas, der Herr?«

Lieber Himmel, was für ein Moment, seine Einkäufe zu erledigen! Ich peinigte mein Hirn, aber mir fiel nichts ein. Mein Vorratsschrank war die letzten Monate immer gut gefüllt. Aber wenn ich aufhörte zu kaufen, musste ich hinaus auf die Straße ...

»Äh ... ja ...«

Ich ließ mein Auge über die Schränke hinter dem Verkaufstresen streifen. Was noch? Es musste etwas sein, womit er eine Weile zu tun hatte ... Gewürze! Das war es!

»Muskatnuss. Genau zwanzig Gramm. Gemahlen bitte.« Ich verwendete nie Muskatnuss, aber das Mahlen und Abwiegen würde ihn eine Weile beschäftigen.

Der Verkäufer holte eine Muskatnuss aus einer Schublade, und in dem Moment öffnete sich die Ladentür. Ich wäre fast an die Decke gesprungen, aber es war nur eine Frau, die hereinkam. Sie schob angestrengt stöhnend einen schweren Kinderwagen vor sich her. Ich sah den vorwurfsvollen Blick des Verkäufers auf mich gerichtet und fühlte mich genötigt, mich wie ein Gentleman zu betragen und ihr die Tür aufzuhalten. Ich nutzte die Gelegenheit, noch rasch nach draußen zu schielen. Ein fataler Fehler, wie sich herausstellte. Angetrieben von einer soliden, altmodischen Höflichkeit hatte Palmtree die Straße überquert, um der Frau ebenfalls eine hilfreiche Hand zu reichen. Als ich die Tür offen hielt, standen wir uns quasi Nase an Nase gegenüber. Seine Miene verriet mir, dass er nicht weniger überrumpelt war als ich.

Noch bevor einer von uns etwas hatte sagen können, tönte es hinter dem Verkaufstresen: »Ist das alles, junger Mann?«

Ich rannte zurück zu dem Verkäufer, wo es sicher war.

Nein, Herr Lebensmittelhändler, das ist nicht alles! Kaufen muss ich! Kaufen, um so lange wie möglich den Fängen dieses Vampirs fern zu bleiben, der jetzt vor Ihrem Geschäft steht. Kaufen, bis jemand kommt und mich rettet. Die Kavallerie, Sherlock Holmes, der Farley-Reklameritter, wer auch immer!

Während ich in Panik eine Dose Sardellen bestellte (Sardellen! Was wollte ich mit Sardellen? Ich *mochte* überhaupt keine Sardellen!), betrat Palmtree gelassen das Geschäft. Er postierte sich neben einem Turm aus Keksdosen, die Hände hinter dem Rücken verschränkt wie jemand, der alle Zeit der Welt hatte. Ich bestellte nacheinander Tee, Zimt, Streichhölzer, Grießmehl, ein Heft Stopfnadeln, ein Glas Marmelade, Pfeffer und eine Dose Kondensmilch. Ich ignorierte die Frau mit dem Kinderwagen, die ungeduldig kleine, beruhigende Geräusche machte und Palmtree gegenüber beiläufig bemerkte: »*Es gibt* Leute, die auch noch anderes zu tun haben!« Den Verkäufer hörte man nicht meckern. Er notierte säuberlich die Preise von allem, was ich kaufte, und ich sah, dass ich nicht noch viel mehr ausgeben durfte. In einem äußersten Versuch, Zeit zu gewinnen, bestellte ich lächerlich kleine Mengen von allem, was mir nur einfiel: »Ingwerkekse, fünf bitte. Hätten sie auch saure Drops da? Wie viel? Tja ... sechs.«

Die Frau hinter mir lief allmählich puterrot an vor Ungeduld, aber Palmtree stand nach wie vor mit einem erhabenen Gesichtsausdruck neben den Keksdosen. Was ihn anging, durfte ich mit meinen Bestellungen bis ins Jahr 1900 fortfahren.

Nachdem mir nach hundert Gramm Rosinen wirklich gar nichts mehr einfallen wollte, holte ich mit einem Seufzer meine Geldbörse hervor. Auf dem Ladentisch lag eine beeindruckende Anzahl an Päckchen und Dosen. Ich bezahlte und begann meine Einkäufe zusammenzulesen, ohne einen Blick hinter mich zu wagen. Es waren viel mehr, als ich allein würde tragen können.

»Ach, junger Mann, lasst mich Euch dabei helfen.«

Eine große, bleiche Hand mit schwarzen Haaren auf dem Rücken griff ungefragt nach der Tüte mit dem Zucker. Ich roch den Mief von Tabak, Pflichterfüllung und im Regen getragenen Mänteln. Palmtrees Schulter berührte die meine. Ich erstarrte. Ich wollte nicht von ihm angefasst werden, auch wenn ich wusste, dass ich auf dem Gebiet von ihm noch das Geringste zu befürchten hatte.

»Das ... das ist wirklich nicht nötig, der Herr. Ich schaffe das schon alles selbst nach Hause.«

»Es macht mir keine Mühe! Ich wollte dich ohnehin sprechen, also passt es eigentlich sehr gut.«

Palmtrees blassgraue Augen bohrten sich in die meinen. Ihr Ausdruck war erheblich weniger freundlich als seine Worte.

»Ich kann dich begleiten, und dann können wir ... hm, wo immer du wohnst, einige Worte miteinander wechseln.«

Ich nickte und versuchte die Angst hinunterzuschlucken, die wie ein klebriger Mehlklumpen in meiner Speiseröhre steckte. Er hatte mich in die Enge getrieben, und das wusste er. Ich konnte nicht nein sagen, ohne den ganzen Lebensmittelladen in Aufruhr zu versetzen. Die Frau mit dem Kinderwagen hatte dessen Räder in meinen Kniekehlen geparkt.

»So, wenn ich denn jetzt auch mal dürfte!«, rief sie über meinem Kopf hinweg dem Verkäufer zu. »Ein Pfund Haferflocken für mein armes, hungriges Kind bitte!«

Palmtree ging wie ein schweigender Gefängnisaufseher neben mir durch die Straßen. Ich denke, er wollte mich, indem er den Stummen spielte, noch nervöser machen. Es gelang ihm großartig. Ich schwitzte schon Blut und Wasser, als wir die Haustür erreichten. Palmtree wusste jetzt, wo ich wohnte, obwohl ich das überhaupt nicht wollte. Von jetzt an würde er mich immer zu finden wissen.

»Ich wohne ganz hoch oben ... Fünf Treppen hinauf ... falls Ihnen das zu viel ist ...«, versuchte ich schwach, aber Palmtree schüttelte den Kopf und wartete, bis ich ihn einließ.

Als wir die breite Treppe mit dem verschlissenen dunkelroten Läufer hinaufstiegen, durchfuhr mich ein schrecklicher Gedanke. Vincents Tagebuch! Normalerweise verbarg ich es jeden Morgen in meinem Kopfkissenbezug, aber hatte ich das heute früh auch getan? Ich wusste es nicht mehr. Mir war noch so elend gewesen, dass ich mein Bett bestimmt nicht gemacht hatte. Mein Gott, angenommen, ich öffnete gleich die Tür, und das Erste, was Palmtree sehen würde, wäre das Tagebuch seines Herrn Vincent zwischen *meinen* Bettlaken? Das wäre in seinen Augen ebenso schlimm wie Herr Vincent *selbst* in meinem Bett. Ach du lieber Gott, ich war geliefert! Ich kam ins Gefängnis, für zwei Jahre, mindestens!

Ich schleppte mich die letzte Treppe hoch. Oben inspizierte Palmtree naserümpfend die wehenden Spinnweben und die fettigen Bodenbretter des Dachgeschosses. Im Flur hüpfte die kleine Lotte Gustavson über ein mit Kreide gezeichnetes Hüpfspiel vom Himmel zur Hölle. Die Zunge hing ihr vor Anstrengung aus dem Mund.

»...lo, Ady«, lispelte sie.

»Hallo, Lotte«, grüßte ich lustlos zurück.

Ich holte meinen Schlüssel hervor. Es war sinnlos, noch auf einen Aufschub der Exekution zu hoffen. Ich öffnete die Tür. Ein schwerer Dunst von Rum und Schweiß schlug uns ins Gesicht. Ich hörte Palmtree leise, aber vielsagend schnauben. Zweifellos würde dieses Zimmer all seinen Erwartungen entsprechen: der Schweinestall eines Säufers. Prima, dann würde ich mich auch wie ein Schwein benehmen. Es war meine einzige Chance, zu retten, was noch zu retten war.

Ich feuerte meine Päckchen auf den Boden, boxte mich an Palmtree vorbei und machte einen Hechtsprung, der mich auf meinem knarrend protestierenden Bett landen ließ. Ich spürte den harten Deckel von Vincents Tagebuch am Oberarm und schob es geschickt und von Palmtree unbemerkt unter mein Kissen. Danach schaute ich mit einem schafsähnlichen Grinsen zu ihm hoch. An Palmtrees Gesicht war abzulesen, dass ich seine Erwartungen diesmal noch übertroffen hatte. Vermutlich war er davon überzeugt, dass es das Ziel eines jeden Sodomiten war, jeden Mann schnellstmöglich ins Bett zu bekommen, aber meine Eile, in die Federn zu hüpfen, musste selbst ihn bestürzen.

»Dachte, ich hätte eine Ratte gesehen«, sagte ich zur Erklärung.

»Möchten Sie sich nicht setzen? Auf den Stuhl, meine ich«, fügte ich hinzu, als ich Palmtree eine Augenbraue hochziehen sah.

»Nun ... ja ... danke«, sagte er und schaffte es, die Worte klingen zu lassen wie: »Lieber würde ich tot umfallen«. Aber er stellte die Einkäufe auf den Tisch, zog seine Hosenbeine gerade und setzte sich so vorsichtig, als hätte ich ihn aufgefordert, auf einem Distelstrauch Platz zu nehmen. Er schaute sich im Zimmer um. Ich sah, wie er meine teure Kleidung und den hohen Bücherstapel neben meinem Bett musterte.

»Modellsitzen muss eine gewinnträchtige Beschäftigung sein«, bemerkte er.

»Hmwah ... geht so«, antwortete ich ausweichend. Ich wusste haargenau, was er eigentlich meinte: Das Geld für diese Sachen kann man sich *nie* mit Modellsitzen zusammenverdient haben!

»Herr Vincent bezahlt seine Modelle immer sehr großzügig. Zu großzügig, sage ich manchmal.« Palmtree schnippte einen vertrockneten Brotkrümel vom Tisch und bohrte dann seine Augen in meine. »Wenn man einer bestimmten Sorte von Leuten mehr als genug bezahlt, kommen sie immer für noch mehr zurück.«

»Ich weiß nicht, wovon sie sprechen«, sagte ich so überzeugend, wie ich nur konnte.

»Ich halte nicht sonderlich viel von Erpressern, junger Herr Mayfield.«

»Ich bin kein Erpresser!«

Ich bereute es schon, kaum dass ich es gesagt hatte. Ich hatte mich verhauen. Jetzt wusste er, dass ich sehr wohl begriff, was er meinte.

»Ich sage nicht, dass *du* ein Erpresser bist, Mayfield. Ich sage nur, dass derlei Gelichter mir zuwider ist. Sie säen Unruhe in guten Familien. Familien, denen das Land mit Hochachtung begegnen müsste, anstatt über sie zu klatschen.« Palmtree sog mit einem schlürfenden Geräusch seinen Atem ein. Er würde jetzt zur Sache kommen. »Ich hatte gehofft, du könntest mir bei einer Sache helfen, junger Mann.«

»Helfen?« Ich versuchte, sowohl unschuldiges Interesse als auch Wohlwollen in meine Stimme zu legen, aber es gelang mir nicht recht. Meine Stimme fiepte, als säße mein Hemdkragen zu eng. Ich wusste, was jetzt kommen würde.

»Vielleicht hast du schon gehört, dass diesen Sommer in das Haus der Familie Farley eingebrochen wurde.«

»Ja, Tom hat es mir erzählt«, sagte ich.

»Ah, Tom.« Die Falte über Palmtrees Nase verriet mir, was er von Tom Beady hielt. »Dann wirst du ja alles schon haarklein wissen. Hat er dir auch erzählt, was entwendet wurde? Ein Tagebuch. Herrn Vincents Tagebuch.«

Ich runzelte die Stirn, als wäre das eine Überraschung für mich. Es gelang mir, äußerlich die Ruhe zu bewahren, aber die Nerven sorgten dafür, dass es in meinem Bauch gewaltig rumpelte. Ich musste so dringend, wie ich noch nie im Leben gemusst hatte.

»Was wollen Einbrecher denn mit 'nem Tagebuch?«, fragte ich, während mir ein leiser Furz entwich. Ich hoffte nur, Palmtree würde nichts riechen.

»Ich wüsste nicht, was Einbrecher damit anfangen sollten«, antwortete Palmtree, »aber Erpresser können damit eine Menge anfangen.«

»Tatsächlich?«

Trotz aller Nervosität brachte mich das doch fast zum Lachen. Vincents Tagebuch war für einen Erpresser ungefähr ebenso interessant wie *Bradshaw's Railway Guide*. Palmtree glaubte jedoch, ich würde Interesse zeigen. Er hielt mich wahrscheinlich für einen Erpresser vom Kaliber Bob Cliburns. Er hob beschwörend die Hand.

»Versteh mich recht, ich sage nicht, Herr Vincent wäre erpressbar – so lange ich ihn kenne, ist an seinem Verhalten niemals auch nur das Geringste auszusetzen gewesen –, ich sage nur, dass er sich in einer angreifbaren Position befindet. Er pflegt Umgang mit Leuten, deren Gesellschaft für den Ruf eines jeden Gentlemans schädlich ist.«

In meinem Bauch blubberte es, und ich kniff den Hintern zusammen. Palmtree fuhr fort, als hätte er nichts gehört.

»Herr Stuart ist lange Zeit sehr tolerant gewesen, aber jetzt ist er unter dem Einfluss eines vernünftigen Freundes zu dem Schluss gelangt, dass es so nicht länger weitergehen kann. Herr Vincent ist sein jüngerer Bruder, und er fühlt sich verantwortlich für dessen guten Namen und geistiges Wohlergehen. Kurz und gut ...«, er räusperte sich kurz wie ein Richter, der bei der Urteilsverkündung angekommen ist. Ich kniff jetzt auch meine Zehen zusammen.

»Du kommst gern nach Camelot House, nicht wahr, junger Mann?«, fragte Palmtree mit einer vor Honig und Essig triefenden Stimme.

»Ja, Sir.«

»Dann fändest du es bestimmt sehr schlimm, wenn Herrn Vincent etwas Unangenehmes zustoßen würde ... wenn sein Name in einem unerquicklichen Gerichtsprozess erwähnt würde ... wenn er das Land verlassen müsste und nie mehr zurückkehren könnte ... Solche Dinge würdest du doch nicht wollen, oder?«

»Nein, Sir«, sagte ich kleinlaut.

»Dann nehme ich an, dass du alles tun willst, um das zu verhindern, nicht? Nun, worum ich dich bitte, ist nicht viel. Nur um die Adressen der Leute, die Herrn Vincents Tagebuch gestohlen haben. Doch, ja, ich vermute, dass du sie kennst. Es muss für dich eine Kleinigkeit sein, herauszufinden, wo sie wohnen, falls du mir das nicht sogar schon jetzt erzählen kannst. Das ist alles, was ich wissen will, ihre Adressen ... Dann können wir sie finden und ... ihnen ein paar Fragen stellen. Man wird dich natürlich dafür bezahlen«, fügte er hinzu, als bräuchte es nicht mehr als das, um mich zu überreden. Ich öffnete den Mund, brachte aber keinen Ton hervor. Palmtree hatte mich an der Gurgel. Das wusste er, und das wusste ich. Er brauchte überhaupt kein Geld, um mich das tun zu lassen, was er wollte. Widersetzte ich mich, zeigte er mich bei der Polizei an. Er wusste, dass ich in jener Nacht einer der Einbrecher gewesen war.

»Alles-was-wir-wollen-ist-ihnen-ein-paar-Fragen-stellen«, wiederholte er mit solchem Nachdruck, dass ich mir sicher war, dass er log oder jedenfalls nicht die ganze Wahrheit erzählte.

»Fragen über was?«, fragte ich, als ich meine Stimme wiedergefunden hatte.

»Ach, nicht viel Besonderes ... einige Dinge in Bezug auf das Tun und Lassen gewisser Herren aus Herrn Vincents Bekanntenkreis ... Du kannst deinen Kumpanen ausrichten, dass man auch sie großzügig dafür belohnen wird, genau wie dich. Das kannst du ihnen versichern.«

»Wem? Ich weiß nicht, wen Sie meinen!«

»Auch nicht für sechzig Pfund?«

»Se... sechzig Pfund?«

Einen Augenblick lang vergaß ich, wer mir gegenübersaß und wovon dieses Gespräch handelte. Sechzig Pfund war ein Vermögen. Im Sommer noch wäre ich für diese Summe einer ganzen Herrengesellschaft zu Willen gewesen. Dann aber fielen mir wieder Vincents Shillinge ein, die ich heute früh ausgeschlagen hatte. Ich wollte mich nicht mehr verkaufen, selbst nicht für sechzig Pfund. Denn diesmal würde ich nicht nur mich selbst, sondern auch Vincents falsche Freunde verkaufen, die Freunde, die ich selbst hätte haben wollen.

»Junger Herr Mayfield, stellen Sie sich einmal vor: sechzig Pfund! Und, wer weiß, noch mehr ... Meine Herren sind reich. Was sagst du? Ja?«

Ich sagte nichts. Ich wollte nein sagen, wagte es aber nicht. Sich für seine Freunde aufzuopfern war zwar enorm nobel und tapfer, aber dafür musste man ein weniger großer Egoist sein als ich. Ich mochte meine Freunde, aber ebenso sehr mochte ich mich.

Vorsichtig, um Palmtree keinen Furz ins Gesicht zu blasen, stand ich auf. Großer Gott, wie dringend ich musste! Wenn der Kerl nicht schnell Leine zog, dann kackte ich mir hier noch die Hosen voll. Ich musste ihm eine Antwort geben. Jetzt.

»Nein!«, schoss es aus meinem Mund.

»Nein?«

Palmtrees kalte, graue Augen wurden groß vor Verwunderung. Er war sich sicher gewesen, dass ich begierig anbeißen würde, wie eine Ratte, die ein leckeres Stück Käse in einer Falle findet.

»Nein! Ich weiß nicht, von welchen Leuten Sie reden. Ich weiß nichts von diesem Tagebuch, und ich möchte auch nichts damit zu schaffen haben!«

Mich vor Bauchschmerzen krümmend, hüpfte ich zur Tür.

»Gehen Sie bitte!«

Palmtree erhob sich (es gab kein anderes Wort dafür) von seinem

484

Stuhl. Er schien zweimal so lang geworden zu sein, an die vier Meter würdige Empörung. Jetzt gibt es zwei Möglichkeiten, dachte ich, *entweder* er schleppt mich zur nächstgelegenen Polizeiwache, *oder* er erwürgt mich gleich an Ort und Stelle. Ich ließ Palmtrees skeletthafte Hände nicht aus den Augen. Sie schlossen sich nicht um meinen Hals, sondern verschwanden in der Innentasche seines langen, schwarzen Mantels.

Verdammt, er wird mich abknallen!

Ich schiss mir beinahe, aber nur beinahe, die Hosen voll.

»Bi... bitte ...«

Unglaublich, ich flehte ihn schon um Gnade an. Heldenhaft, Mayfield, heldenhaft!

Palmtrees Hand kam wieder zum Vorschein. Sie hielt keine Pistole, sondern ein gut gefülltes Portemonnaie. Er holte vier Fünfpfundnoten und eine Visitenkarte daraus hervor und drückte sie mir in die Hand.

»Ein Vorschuss. Und falls du deine Meinung doch noch änderst, dann weißt du, da ist noch mehr. Dieser Herr ...«, er tippte mit einem knochigen Finger auf die Visitenkarte, »... hat mir die Erlaubnis gegeben, alles Geld in diesem Portefeuille auszugeben, falls es nötig sein sollte.«

Er raschelte verführerisch mit den Banknoten. Es waren bestimmt fünfhundert Pfund.

»Und bedenke wohl, Mayfield, reiche Leute sind gefährliche Gegner. Gegen Geld oder gegen alten Adel kann man nicht gewinnen, schreib dir das hinter die Ohren!«

Palmtree tippte an seine Hutkrempe. Ein steifer, mechanischer Gruß. »Wir wissen, wo wir uns finden können.«

Ich knallte die Tür hinter ihm zu, als wollte ich den Sensenmann persönlich hinauswerfen. Danach stolperte ich, so schnell ich konnte, zum Tisch und zog den Nachttopf darunter hervor. Ich schaffte es gerade noch rechtzeitig.

Während meine Därme sich blubbernd entleerten, dachte ich über das nach, was ich gerade getan hatte. Ich hatte Palmtree die Stirn geboten, war aber nicht sehr stolz darauf. Ich hatte eine noble Tat verrichtet, einzig und allein, weil ich so dringend hatte kacken müssen, dass ich fast zerplatzt wäre. Na großartig, dieser Heldenmut! Wenn ich dafür keinen Orden bekam ... Geringschätzig überlegte ich, was für eine Ratte ich war: feige, raffgierig, hintenherum und jetzt auch noch ein schmieriger Stinker. Ich suchte nach etwas, um mir den Hintern abzuwischen. In dem Plumpsklo unten lag immer ein Stapel alter Zeitungen, aber hier gab es nichts. Dann fiel mein Auge auf die Fünfpfundnoten und die Visitenkarte, die ich in der Eile auf den Boden geworfen hatte: MARQUIS VON QUEENSBERRY war in Schnörkelschrift darauf zu lesen. Ich hob sie auf und wischte mir zuerst mit dem Geld und anschließend mit der Visitenkarte den Arsch ab. Danach fühlte ich mich etwas besser.

Ich hatte mir bewiesen, dass ich nicht länger für Geld zu haben war.

38

Trübsinn – Kuchen von Trops – Aus einem Penny werden nie Twopence –
Verbotene Gedanken – Auch gebrochene Herzen schlagen noch

Es konnte an Palmtree gelegen haben oder an dem rohen Ei von Klaus,
jedenfalls verbrachte ich den nächsten Tag nahezu gänzlich auf dem
Abort. Alles, was ich aß, nahm entweder den kürzesten Weg hinaus
oder ergoss sich eine Viertelstunde später schon wieder ins Plumpsklo.
Wenn ich nicht dort saß, lag ich auf dem Bett, klamm vor Schweiß und
mit erhöhter Temperatur, und dachte an das, was Palmtree zu mir gesagt
hatte.

»*Wir wissen, wo wir uns finden können.*«

Das hieß, dass er mich in Kürze mit einer Adressenliste des gesamten
Little-College-Street-Klubs in Camelot House erwartete oder, falls ich
sie ihm nicht vorbeibrachte, diese sonst holen kam.

Ich würde umziehen müssen, aber das war nicht das Schlimmste. Viel
fürchterlicher war, dass ich nie mehr nach Camelot House zurückkehren
konnte. Gestern hatte ich Vincent zum letzten Mal gesehen. Wir würden nie mehr in seinem Atelier zusammen sein, und er würde mir sein
Geheimnis nicht mehr verraten. Wenn er aus Paris zurückkehrte, wäre
ich verschwunden, unauffindbar, untergetaucht in einem grauen Londoner Armenviertel, unter falschem Namen vielleicht. Ein Junge, der
wieder da war, wohin er gehörte: auf der Straße, genau einen Schritt von
der Gosse entfernt.

So endet es also mit unseren Träumen, sagte ich zu mir. Mary Ann hatte
der größte Star des britischen Varietétheaters werden wollen und würde
jetzt für den Rest ihrer Karriere ein hübsches, aber unauffälliges Gesichtchen im Hintergrund sein. Pa hatte die berühmteste und meistbesuchte
Kneipe in ganz Ost-London haben wollen und versuchte sich wahrscheinlich gerade in einer Kaserne der Heilsarmee bei einer Tasse Tee
weiszumachen, er käme jemals vom Alkohol weg. Und ich? Ich hatte die

interessantesten Freunde und den schönsten Liebhaber der Welt haben wollen und stattdessen den einzigen echten Freund verloren, den ich besaß.

Irgendwo hatte ich es immer schon gewusst. Träume waren nicht gut für einen. Träumer waren Verlierer. Der Boden eines jeden Abgrunds lag voll mit solchen Nichtskönnern, die irgendwann geglaubt hatten, sie könnten fliegen.

Schade für dich. Versager! Pech gehabt.

Nach noch einem halben Tag voller Durchfall und Selbstmitleid war ich so trübsinnig, dass ich nur mehr zwei Möglichkeiten sah, meinem Grübeln ein Ende zu bereiten: mich vom Dach aus auf den Gehweg stürzen oder Augustus Trops besuchen. Letzteres war die am wenigsten rigorose Lösung, und so entschied ich mich dafür. Trops konnte selbst noch auf einem Begräbnis für eine fröhliche Note sorgen. Außerdem wollte ich ihn gern noch einmal sehen, bevor ich zu einer neuen Adresse abtauchte. Schließlich war er es gewesen, der mich mit seinen losen Händen in den Bann des purpurnen Hofstaats gezogen hatte. Ich wollte ihm danke sagen oder ihm die Hucke vollschimpfen.

Trops war in seinem Atelier mit einer typisch tropsianischen Kreation beschäftigt: einem Bild, auf dem eine Harpyie sich an der Leiche eines in einen Anzug aus bunten Fasanenfedern gekleideten jungen Mannes gütlich tat. Er sagte, die Inspiration dazu wäre ihm bei unserem Lunch im Café Royal gekommen. Ich warf mich auf das Sofa, wo ich keine Aussicht auf Trops unappetitliche Schöpfung hatte, klagte, dass ich krank sei, und verlangte, verwöhnt zu werden.

Trops spielte das Spiel ausgezeichnet mit. Er legte seine Hand auf meine schweißnasse Stirn. »Du fühlst dich tatsächlich heiß an. Ich hoffe nicht, dass du es Vincent gleichtust, Junge! Bestimmt geht wieder irgendwas um, meinst du nicht auch?«

Ich gab ihm der Einfachheit halber recht.

Trops verschwand hinter dem Vorhang zum Kostümschrank und kam mit zwei dicken Kissen zum Vorschein, die er mir in den Rücken steckte, und einem roten Mephistomantel, den er wie eine Decke über meine Knie ausbreitete.

»Nein, nichts sagen!«, rief er, bevor ich protestieren konnte. »Ich weiß, was du sonst noch brauchst!«

Er eilte aus dem Zimmer und kam fünf Minuten später mit einem Glas Himbeerbrause und einem großen Stück Schokoladenkuchen wieder, garniert mit dicken Marmelade- und Sahneschichten. Wenn es etwas gab, das meine Eingeweide jetzt nicht vertrugen, dann war es Schokoladenkuchen und honigsüße Limonade. Ich zog ein angeekeltes Gesicht.

»Was? Ist es nicht gut? Magst du es nicht?«, fragte Trops und blieb mit vollen Händen in der Tür stehen.

Ich versuchte zu lächeln. Ich liebte ihn in diesem Augenblick dermaßen, dass ich hätte heulen mögen.

»Na, Ady, hast du wirklich keine Lust? Ich dachte, ein Stück Kuchen ...«

»Nein, das ist es nicht, Trops ... Es ist einfach ... du bist so ein lieber Tollpatsch.«

»Ha, der ist gut!« Trops stellte lachend den Kuchen und die Limonade auf den Tisch. »Ich nehme mal an, dass das ein Kompliment ist. Los, Ady, koste mal den Kuchen. Ich schwöre dir, er ist wunderbar! Ich habe ihn aus einer französischen Patisserie in ...«

Ich hörte ihm zu, während er eine Kuchengabel hervorholte und selbst einen Bissen nahm. Es war angenehm, ihn reden zu hören, während er meinen Kuchen aufaß, aber Trops' Stimme und sein umfangreicher Leib schienen schon jetzt eine Erinnerung zu sein, etwas, woran ich nach Jahren zurückdachte. Auch Trops konnte meinen Trübsinn nicht vertreiben.

Es lag nicht daran, dass er sich keine Mühe gegeben hätte. Er ersann immer wieder neue Dinge, um mich aufzumuntern, und manchmal schenkte ich ihm ein schwaches Lächeln für seine Mühe. Er brachte das, was er für meine Lieblingsbücher hielt, aus dem Salon, aber die Gedichte von Tod und Liebe machten mich nur noch schwermütiger. Trops' Geplapper im Hintergrund half ebenfalls nicht. Offenbar war er der Ansicht, nichts sei so lächerlich wie das, was er »Vincents griechische Liebe« nannte, und verwendete eine geschlagene Stunde darauf, spontan ein Heldengedicht zusammenzureimen, in dem Vincent wilde Meere befuhr und mit allerlei Monstern kämpfte, um zu seiner Geliebten zurückkehren zu können. Mir entging der Humor all dessen, und nach

der dreißigsten Strophe flehte ich ihn an, doch bitte damit aufzuhören:
»Es ist nicht witzig!«

»Du hast recht«, bestätigte Trops mit bierernster Miene. »Es ist nicht witzig, es ist *zum Schreien komisch*!«

Er begann wieder zu grinsen, hörte aber damit auf, als er meine gerunzelte Stirn sah.

»Irgendwas liegt dir im Magen, richtig?«

Ich zuckte mit den Schultern. Mir lag alles Mögliche im Magen – Palmtree, Queensberry, Vincents Tagebuch, meine Vergangenheit –, aber weshalb ich Trops' romantische Reime nicht ertrug, konnte ich mir nicht wirklich erklären. Ich wusste, dass Vincents griechische Liebesgöttin eine Lüge war, möglicherweise war es das. Aber ganz gleich ob echt oder erfunden, ich konnte das Weib nicht ausstehen!

»Es ist nichts«, sagte ich distanziert, denn ich sah, dass Trops seinen Malpinsel hinlegte und Anstalten machte, sich neben mich zu setzen. »Ich habe nur etwas Kopfschmerzen ... und du laberst so viel ...«

Die letzte Bemerkung ging an Trops vorbei, weil er zu sehr mit Reden beschäftigt war, um zuzuhören. Er konstatierte, dass ich tatsächlich etwas blass aussähe, und fragte sich, ob es vernünftig sei, mich am Abend durch die Kälte nach Hause gehen zu lassen.

»Vielleicht solltest du heute besser hier übernachten, Ady.«

Ich stöhnte verärgert. Ich versuchte, so abweisend wie möglich auszusehen, wusste aber, dass das ebenso wenig bewirken würde wie Worte. Ich mochte Trops, aber nicht die krumme Manier, in der er immer wieder seinen Willen durchsetzte.

»Es wird sicher gemütlich sein. Ich koche etwas für uns beide, und am Abend können wir zusammen im Salon vor dem Kamin sitzen.«

Er presste seinen dicken Leib neben mich aufs Sofa und legte mir seinen Arm um die Schultern. Seine Achselhöhle verdampfte Schweißgeruch und Wärme. Sein Atem, der immer leicht nach Wein und Mundwasser roch, kitzelte mich im Ohr. Ich drehte den Kopf weg, weil ich das nicht vertragen konnte.

»Und wenn du dich morgen wieder etwas besser fühlst, habe ich eine nette Überraschung für dich, Ady.«

»Adrian«, verbesserte ich ihn automatisch und zugleich wissend, dass es keinerlei Sinn hatte. Die Dinge würden genauso gehen, wie sie immer gingen, und ich musste nicht denken, mein ach so nobler Entschluss, das Geld von Vincent und Queensberry auszuschlagen, würde daran etwas ändern. Adrian die Hure blieb Adrian die Hure. Aus einem Penny wurden nie Twopence. Meine edlen Taten von vorgestern waren nicht viel wert. Ich hatte weder den Mut noch den Mumm, mich an meine Versprechen zu halten. Wenn ich Trops gegenüber schon nicht nein sagen konnte, wie sollte ich das dann gegenüber Palmtree fertigbringen, falls ich ihm eines unglücklichen Tages nochmals über den Weg lief? In meinem miserablen Zustand konnte mich das jetzt nicht wirklich aufregen. Es war ziemlich lange her, dass ich mit jemandem im Bett gewesen war. Es wäre schön, mal wieder ein paar warme Arme um sich zu spüren und einen anderen Körper zu genießen. Nur wünschte ich, dass es nicht Trops' Körper war, sondern ...

»Du lieber Gott!«

Ich schlug die Hand vor den Mund. Was ich gerade gedacht hatte, war tabu: absolut verboten! Freunde waren Freunde, und Liebhaber waren Liebhaber! Trops schien beides zwar nach Belieben miteinander verwechseln zu können, aber wenn ich damit anfing, würde ich noch mehr Schwierigkeiten bekommen, als ich ohnehin schon hatte. Die Tatsache, dass dieser Gedanke überhaupt in mir aufgekommen war, war schon besorgniserregend genug. Das Einzige, was ich tun konnte, war, ihn tapfer zu ignorieren, wie ich es dieses Frühjahr mit jedem Gedanken an den hübschen Italiener gemacht hatte; diesmal aber hoffentlich mit mehr Erfolg.

»Ady, was ist los? Du bist blass wie ein Leintuch. Was fehlt dir?« Trops starrte mich besorgt an. »Wo brennt es? Erzähl es mir!«

Ich fuhr mir mit der Hand über die Augen. »Nein, nichts. Nichts Besonderes, Trops.«

Ich konnte ihm nicht erzählen, was ich gerade gedacht hatte. Unmöglich!

Es war schon weit nach Mitternacht, die Stunde, in der man weiß, dass wenn man *jetzt* nicht einschläft, man die ganze Nacht kein Auge zutun wird. Trops' Kopf lag schwer auf meinem mittlerweile gefühllosen Arm, dem einzigen Teil meines Körpers, der *wohl* eingeschlafen war. Ich starrte ins Dunkel. Wenn man das nur lange genug aushielt, tanzten einem von allein allerlei Figuren vor den Augen: staksige Puppen, storchbeinige Insekten, fliegende Adlermänner, die einen in ihre Arme schlossen, und bunte, Walzer tanzende Buchstaben: LIEBE IST WIE DIE MASERN ... Es war ein Spiel, das ich schon als Kind gespielt hatte, wenn ich ganz leichtes Fieber hatte, so wie jetzt.

Ich konzentrierte mich auf den turbulenten Karneval an der Wand, nur um nicht denken zu müssen; nicht an die Vergangenheit und nicht an die Zukunft. Seit heute Nachmittag war mir erst richtig klar, was ich in Camelot House zurückgelassen hatte und auf was ich in Zukunft verzichten musste. Ich legte meine freie Hand auf meine Brust und fühlte mein Herz schlagen. Ich fragte mich, wie das sein konnte, wenn man doch sicher wusste, dass es gebrochen war.

39

Guy Fawkes Night – Der Scheiterhaufen – Ein kleiner Sieg –
Das Dümmste, das Vincent Farley je getan hat – Drei Versprechen

Trops wollte mir nicht erzählen, was seine große Überraschung war, sondern schob mich mit einem geheimnisvollen Lächeln in ein Taxi, als wäre er der Kutscher von Aschenputtel.

»Wohin fah...«, begann ich, aber er legte seinen Finger auf meine Lippen.

»Pst. Ich sagte doch, Ady, es ist eine Überraschung!«

»Ähm ... und wird mir die Überraschung auch *gefallen*?«

Das Gespensterbild eines weiteren demütigenden Essens im Café Royal tauchte vor mir auf.

»Ja, bestimmt! Und jetzt den Schnabel halten, Ady. Ich werde dir absolut nichts mehr verraten!«

Das Taxi rollte durch die Straßen von Soho, die heute noch lebhafter waren als sonst. Kinder fuhren Puppen aus Lumpen und Stroh auf Karren oder den Untergestellen von Kinderwagen herum und sangen: »Einen Penny für den Guy! Einen Penny für den Guy!« Aus Hauseingängen wurden Knallerbsen vor die Hufe der vorbeikommenden Pferde geworfen, und das Pferd vor unserem Taxi wieherte nervös.

Ich hatte vergessen, welcher Tag heute war; der Tag vor *Guy Fawkes Night*. Jedes Jahr feierte London mit großen Freudenfeuern und viel Knallerei ein Ereignis von vor ungefähr dreihundert Jahren, als der Versuch vereitelt werden konnte, das Parlament mit Schießpulver in die Luft zu jagen. Anstelle der Parlamentsbauten war der Anführer des Aufstandes, Guy Fawkes, in Flammen aufgegangen, und zwar auf einem Scheiterhaufen. Noch heute warf man jedes Jahr am fünften November überall Leiber aus Stroh und Köpfe aus Lumpen ins Feuer, zusammen mit den Puppen anderer Prominenter, die die Londoner gern hätten brennen sehen, darunter Verbrecher ebenso wie in Ungnade gefallene Politiker.

493

Paddy, Marcel und ich hatten uns letztes Jahr noch mit einer Puppe beteiligt, die Victor Procopius so ähnlich gesehen hatte, wie wir nur gewagt hatten. Normalerweise freute ich mich immer auf *Guy Fawkes Night* und kaufte schon Wochen im Voraus Feuerwerk ein. Dieses Jahr hatte ich das Fest zum ersten Mal in meinem Leben vergessen. Ich hatte auch genügend andere Dinge um die Ohren gehabt. Außerdem verband sich der fünfte November für mich diesmal mit noch etwas anderem. Was war das noch gewesen? Der fünfte November ... der fünfte November ...

»O verdammt!«, ließ ich mir entfahren.

»Was ist?«, fragte Trops, der gerade seine kunstvoll geknotete Krawatte in der spiegelnden Fensterscheibe des Taxis bewunderte.

»Du ... du nimmst mich doch nicht mit zu Vincents Abschiedsfest, oder?«

Der fünfte November. Ein Tag bevor Vincent nach Paris fuhr und der Tag des Fests, das so viel Zwietracht in Camelot House heraufbeschworen hatte.

Trops' Mundwinkel fielen herab. Ich konnte sehen, dass ich recht hatte.

»Ach, verflixt! Das hätte noch eine Weile eine Überraschung bleiben sollen, Junge!«

»Ich will da nicht hin!«

Meine Stimme schoss panisch in die Höhe. Um meiner selbst und meiner Freunde willen hatte ich beschlossen, mich nie mehr in Camelot zu zeigen, und jetzt saß ich in einem Taxi, das mich demnächst genau dort vor der Tür ablieferte!

»Aber weshalb um Himmels willen denn nicht, Ady? Alle unsere Freunde werden da sein! Wir müssen Vincent doch anständig Lebewohl sagen und auf das nächste Wiedersehen anstoßen, nicht?«

»Ich will ihn nicht mehr sehen! Er hat sich mir gegenüber so hässlich benommen, damals im Café Royal!«

Ich war so außer Fassung, dass mir noch nicht einmal eine Ausrede einfiel, die Augustus Trops überzeugt hätte.

»Wirklich?«

Vincents schneidende Bemerkungen an diesem Nachmittag waren Trops entgangen. Er überging sie auch jetzt wieder, wie er das mit allen unangenehmen Dingen tat.

»Ach, Ady, unser Vince hatte es schwer, musst du bedenken, mit seiner armen Penelope da auf der fernen griechischen Insel und den scharfen Pfeilen des Eros im Herzen. Ach, ach!«

Er lachte über seine dramatischen Worte und legte seine Hand auf mein Knie, so als wolle er mich auf meinem Platz halten.

»Nein, mein guter Junge, wir *müssen* gehen. Wir sind es unserem vom Liebeskummer verzehrten Liebhaber schuldig, ihn etwas aufzumuntern. Du und ich, Ady, wir werden heute Abend die Hofnarren von Camelot sein!«

Es gab kein Entrinnen. Mit Trops' schwerer Hand auf meinem Bein, die langsam ein Stückchen höher kroch, erwartete ich das, was kommen würde. Es war, als würde ich von einem recht zupackenden Humpty Dumpty zum Schafott geführt.

Als Trops und ich eintrafen, hatten sich die Gäste nach dem gemeinsamen Dinner über die verschiedenen Räumlichkeiten des Hauses verteilt. Lilian hatte die Damen in den Salon geführt, wo sie sie nun mit kandiertem Obst und fehlerlos einstudierten Anekdoten über Vincents Kunstfreunde vergnügte, die den Eindruck erwecken mussten, dass sie deren große Vertraute war. Stuart war mit seinen Geschäftsfreunden im Speisezimmer geblieben, wo jetzt Zigarren geraucht wurden. Ich sah Palmtree im Vorübergehen Hochprozentiges einschenken und schoss wie eine Ratte an der halboffenen Tür vorbei. Der Feind hatte sich ins eigene Lager zurückgezogen. Meinetwegen durfte das den ganzen Abend so bleiben.

Die Kinder vergnügten sich derweil im Garten. Lilian und Stuart hatten ihre eigene *Guy Fawkes Night* für die jüngsten Gäste organisiert. Es waren viele Neffen und Nichten mitgekommen, die, ihren Kindermädchen entronnen und aufgeregt, dass sie so spät noch auf sein durften, johlend durch den Garten rannten. Auch Herr Wilde hatte seine zwei kleinen Söhne mitgebracht, die Trops mir anwies: Cyril und Vyvyan; lebhafte, fröhliche Jungs mit dem Haar und den Augen ihres Vaters. Die Kinder standen jetzt alle in großer Erregtheit um einen Ring aus Steinen, innerhalb dessen die Gartenarbeiter einen tadellosen Scheiterhaufen aufstapelten, und flehten darum, diejenigen sein zu dürfen, die ihn anzündeten. Imogen stand auch dazwischen, warm bekleidet mit einem

Mantel, einem Schal und einem Barett und mindestens ebenso aufgeregt wie alle andern. Sie sah mich nicht, beschäftigt wie sie war, einen kleinen Cousin auszuschimpfen, der gerufen hatte: »Da, Immies Haare stehen schon jetzt in Flammen!«

Das Herz des Fests jedoch war Vincents Atelier. Als Trops und ich dort eintraten, hing schon ein dichter Rauchteppich im Raum, und der Arbeitstisch war übersät mit leeren Weinflaschen. Stuarts Einwänden zum Trotz waren alle von Vincents Freunden anwesend. Unter den Gästen erkannte ich Aubrey, bleich und offenbar kurz vor dem Ersticken, was ihn nicht davon abhielt, mit einem Journalisten ein Gespräch über eine Ausstellung grafischer Kunst zu führen, in der seine Poster neben denen berühmter Künstler wie Toulouse-Lautrec und Walter Crane gehangen hatten. Max stelzte mit der Grazie eines Storchs zwischen den Gästen umher und verteilte unauffällig Feuerwerkskörper an einige von Vincents Neffen, um jedes Mal, wenn ein Knallfrosch explodierte, in gespielter Entrüstung die Stirn zu runzeln. Frank Harris und ein leicht errötender William Rothenstein waren in ein Gespräch verwickelt, das nur für Herren bestimmt war. Herr Wilde trank Likör mit Robbie. Sie betrachteten eines der Geschenke für Vincent: einen modischen, aber grundhässlichen Lampenschirm, den Lilian mit viel Liebe für ihn ausgesucht hatte.

»Wenn du der armen Frau weismachen würdest, es wäre die letzte Mode, würde sie ihn mit Sicherheit auch als Hut tragen«, bemerkte Robbie.

Herr Wilde sagte, er würde ausgezeichnet zu Lilians Stil passen, und beide mussten lachen.

Vincent in seinem neuen Anzug (beige, weil er sich geweigert hatte, Weiß oder Hellgrün zu tragen) stand da und betrachtete alles, als sei das Ganze nicht sein Fest. In der Hand hielt er ein unangerührtes Glas Wein. Trops schlug ihm auf den Rücken und nannte ihn »alter Junge«, aber davon taute er auch nicht auf, sondern verschüttete Wein auf das Revers seines neuen Anzugs und verschwand dankbar in sein Zimmer, um einen Diener die Flecken entfernen zu lassen. Er schien sich nicht gerade gefreut zu haben, mich zu sehen.

Ich ließ mir von Trops ein Glas Punsch einschenken und suchte mir dann ein unauffälliges Plätzchen in der Ecke des Ateliers, wo ich auf einem Hocker Platz nahm. Am liebsten hätte ich mich unter dem Tisch verkrochen. Ich beobachtete die Gäste und wünschte, es gäbe zwischen all den Menschen einen, der es *wirklich* nett fand, dass ich gekommen war. Aber weshalb sollten sie? Wer freute sich schon, Adrian die Hure zu sehen?

Selbst Imogen hatte keine Zeit für mich. Sie kam mit rotem Gesicht ins Atelier gestürmt, auf der Suche nach ihrem Onkel Vincent, der einen Guy für die jungen Gäste gebastelt hatte. In ihrer Eile stieß sie gegen Herrn Wilde, der eine Locke ihres langen, feuerroten Haars zwischen die Finger nahm: »Du hast die Haare von Sarah Bernhardt, Kind. Vergiss das nie!«

Imogen sah ihn an, als ob er verrückt wäre, war aber zu aufgeregt, um sich länger mit ihm aufzuhalten. Heute Abend war sie zu sechst, siebt, neunt, zu zwölft mit ihren Cousinen und Cousins. Genau wie sie hatte sie keine Lust, sich über ihr Äußeres oder gutes Benehmen oder all die anderen Dinge zu ereifern, die einem das Leben schwer machten.

»Wo ist Onkel Vincent?«, wollte sie wissen. »Wir wollen den Guy anzünden!«

»Ich bin hier, Imogen«, sagte Vincent, der soeben erfrischt und gesäubert wieder hereinkam. »Sollen wir nach draußen gehen?«, fragte er seine Freunde in fast entschuldigendem Ton.

»Wir folgen Euch, Herr!«, posaunte Trops, der seine Narrenrolle ernst nahm und blutrünstig mit einer Streichholzschachtel herumfuchtelte. »Wir werden ihm die Hölle heiß machen, diesem wohlfeilen Subjekt, diesem papistischen Hundsfott, diesem mörderischen Halunken! Wir werden ihn rösten wie Toast, Männer, räuchern wie einen Aal, sage ich euch!«

Die Gespräche und Weingläser waren vergessen, und die Gäste strömten ins Freie, durch den ganzen Alkohol lausbubenhaft genug, ein ordentliches Feuer genießen zu können. Ich folgte ihnen, obwohl ich lieber drinnen geblieben wäre. Im Haus hielt es alle in ihren jeweiligen Räumen, und damit war die Gefahr, von Palmtree angesprochen zu werden, weniger groß. Ich wollte jedoch nicht allein zurückbleiben, weil ich mich inmitten der Leute sicherer fühlte.

Auch Stuarts und Lilians Freunde hatten sich schon um den Scheiterhaufen herum versammelt, warme Mäntel um die Schultern gelegt und Gläser mit wärmendem Punsch in der Hand. Herr Wilde wurde von seinen Söhnen mitgeschleppt, und Robbie fuchtelte wie ein verfrühter Weihnachtsmann mit Christmas Crackers über ihren Köpfen. Aubrey schlotterte in seiner untadeligen, aber viel zu dünnen Abendkleidung. Ich suchte mir einen Platz am Rand des Geschehens.

Vincent trug unter lautem Jubel seinen selbstgemachten Guy zum Scheiterhaufen. Er hatte einen seiner alten Anzüge dafür benutzt und mit Stroh gefüllt, und oben war auf einen Leinensack ein stirnrunzelndes Gesicht mit einem Spitzbart gemalt. Den Abschluss bildete eine Lockenperücke aus schwarzer Wolle.

Die Kinder schrien und klatschten, als die Puppe auf den Scheiterhaufen gepackt wurde. Herr Wilde rief, ihr stehe noch das Recht auf einen letzten Wunsch zu, und bot ihr seine Zigarette an. Imogen trat vor. Sie verlas mit gespieltem Ernst das Urteil: »Herr Fawkes, Ihr habt Euch eines ernsten Verbrechens gegen König und Vaterland schuldig gemacht! Das ist unverzeihlich! Deshalb verurteile ich Euch zum Scheiterhaufen!«

Danach traten zwei ihrer Cousins vor, um in ihrer Funktion als Henker mit Streichhölzern die Zweige anzuzünden. Wir jubelten alle, als die ersten Flammen in die Höhe tanzten.

»Jetzt *hat* er was zu rauchen!«, rief einer von Stuarts Freunden.

Ich sah zu, wie der Guy Feuer fing, während die Kinder zu seinen Füßen Kastanien rösteten. Strohhalme und glühende Stoffteilchen wirbelten durch die Luft. Etwas abseits von der übrigen Gesellschaft stand Vincent und runzelte die Stirn, als hätte er Mitleid mit der Puppe.

»Ähem!«

In Höhe meines rechten Ohrs klang höflich ein papiertrockenes Hüsteln. Ein Hüsteln, wie es einzig ein Hausdiener wie Palmtree zu produzieren vermochte.

Ich starrte weiter gerade vor mich in. Obwohl mindestens drei Dutzend Menschen um mich herumstanden, fühlte ich mich allein. Alle schauten ins Feuer und nicht zu Palmtree und mir.

»Es hat eine gewisse bittere Ironie, findest du nicht?«, bemerkte Palmtree. »Sie ahnen noch nicht, wen sie im nächsten Jahr verbrennen, aber die Chancen stehen gut, dass es ein Gast sein wird, mit dem sie heute Abend das Glas gehoben haben.«

Ich schaute zu Herrn Wilde, der neben seinen Kindern hockte und Scones auf einen Stock spießte, um sie zu rösten.

»Also du hast deine Meinung geändert«, fuhr Palmtree sehr leise fort.

Imogen kam mit einer Handvoll Esskastanien angelaufen, die sie mit Cyril und Vyvyan teilen wollte, und kicherte, als deren Vater sie wieder »Sarah« nannte. Robbie zeigte ihr, wie man die Kastanien mit einem Messer einschneiden musste.

Nein. Ich wollte nicht derjenige sein, der das hier vernichtete, selbst wenn feststand, dass jemand es vernichten würde. Ich sammelte meinen ganzen Mut und schaute Palmtree an.

»Ja, ich habe tatsächlich meine Meinung geändert«, sagte ich, »und ich bin nicht länger käuflich.«

Neben mir blieb es für kurze Zeit still. Ein erster Feuerpfeil schoss über die Häuser der Stadt hinweg in den Himmel. Er beschrieb einen triumphalen Bogen am nächtlichen Firmament und zerplatzte in einen Regen aus Goldfunken, die sich rasch wieder in der Dunkelheit auflösten. Auf seine Art schien er einen sehr kleinen, sehr ungewissen Sieg zu feiern. Meinen.

»Ich tue es nicht.«

»Dann wirst auch du brennen«, sagte Palmtree so ruhig, dass es schien, als konstatiere er lediglich ein Faktum. »Und das wird nicht mehr lange dauern, glaub mir. Wir finden auch andere Zündhölzer für den Scheiterhaufen. Wir brauchen dich nicht. Du bist von keinerlei Belang.« Über sein Gesicht huschte ein dünnes, widerwärtiges Lächeln. »Nein, du bist von keinerlei Bedeutung!«

Danach drehte er mir den Rücken zu und marschierte zurück zur Terrasse, mich mit der ohnmächtigen Angst vor all den Dingen zurücklassend, die geschehen würden und die einer wie ich nicht verhindern konnte.

Als das Feuer allmählich erlosch, machte ich mich auf die Suche nach gewissen Zigaretten, um meine Nerven wieder etwas zur Ruhe zu bringen. Ich schaffte es, einem schmuddelig aussehenden Dichter, der offenbar ein Freund von William Rothenstein war und sich hauptsächlich wegen des kostenlosen Alkohols hierherbemüht hatte, zwei Stück abzuluchsen.

Bei dem Rhododendronbusch fand ich eine ruhige Stelle zum Rauchen. Das Fest lief auf vergnügte Weise zunehmend aus dem Ruder. Die

Kinder hatten beschlossen, den *Gun Powder Plot* nachzuspielen, und rannten jetzt kreischend durch den Garten, wobei sich Verschwörer und Königsgesinnte gegenseitig verfolgten. Zwei Neffen hatten sich Krocketschläger besorgt und hauten jetzt Knallerbsen und Knallfrösche durch die Gegend, sodass es lebensgefährlich war, sich in einem Umkreis von zehn Metern in ihre Nähe zu wagen. Trops sang derweil aus einem Grund, den außer ihm keiner kannte, *Auld Lang Syne*.

Mir war gerade nicht nach dem Trubel. Ich grübelte nach über das Gespräch von vorhin und fragte mich, was Stuart und Queensberry mit mir anstellen würden, wenn Palmtree ihnen erzählte, dass ich ihr Angebot ausgeschlagen hatte. Vielleicht würde ich den Guy sogar noch beneiden, der jetzt auf dem Scheiterhaufen dahinschwand.

»Und, gefällt es dir?«

Ich drehte mich um und entdeckte Vincent hinter mir. Er hatte einen Mantel über seinen beigen Anzug geschlagen. Genau wie ich hielt er eine Opiumzigarette in der Hand, deren Ende im Dunkeln aufleuchtete.

»Gefällt es dir?«, wiederholte er.

Sein Ton und seine Erscheinung befanden sich in völligem Widerspruch zu seiner Frage. Er sah aus, als hätte er eine Stunde lang im Regen gestanden.

»Doch, es gefällt mir. Und dir? Es ist dein Fest.«

Ein Knallfrosch explodierte hinter dem Rücken eines weiblichen Gasts und verursachte fast eine Ohnmacht.

»So ganz sicher bin ich mir da nicht«, antwortete Vincent. Danach zog er ein paarmal tief an seiner Zigarette.

»Wie benebelt machen einen diese Dinger?«, wollte er wissen. »Das hier ist meine zweite.«

»Ziemlich benebelt!«, versicherte ich ihm.

»Gut, dann rauche ich noch etwas weiter. Bleibst du so lange bei mir, Adrian?«

Ich nickte, und wir rauchten schweigend weiter, während das Fest in aller Heftigkeit fortwütete. Trops hatte die letzte Strophe von *Auld Lang Syne* erreicht und war in Tränen ausgebrochen.

»Meinen Glückwunsch noch zu deiner Ausstellung«, sagte ich, weil mir einfiel, dass ich das noch nicht gesagt hatte.

Er nickte.

»Sehr schön.«

Weil er nicht reagierte, wusste ich auch nichts mehr zu sagen.

Vincent rauchte seine Zigarette auf.

»Weißt du, dass ich die Skizzen für *Saul und David* auch mitnehme?«, fragte er dann. »Eine Art Premiere sozusagen.«

Das wunderte mich. »Du wolltest dieses Bild doch überhaupt nicht ausstellen?«, fragte ich. »Es wäre zu persönlich, hast du gesagt.«

»Darüber denke ich inzwischen anders.« Vincent inhalierte tief und blies den Rauch mit einem langen Seufzer wieder aus. »Ich finde, es ist ein wunderbares Bild. Meine beste Arbeit. Jeder darf es sehen.«

Die Zigaretten hatten tatsächlich ihre Wirkung nicht verfehlt. Vincent warf den Stummel ins Gras und zertrat ihn.

»Weißt du, vor ein paar Tagen dachte ich noch, dieses Bild zu malen sei das Unvernünftigste gewesen, was ich je getan habe.« Er suchte in seiner Innentasche nach einer weiteren Zigarette, diesmal einer gewöhnlichen, und zündete sie an, was ihm beim dritten Mal auch gelang.

»Aber es ist nichts im Vergleich zu dem, was ich jetzt tun werde.«

»Was?«, fragte ich, lachlustig vom Opium.

»Ich will dir etwas sagen. Ich war froh, als Augustus dich mitbrachte. Ich hatte schon seit Monaten nach einem geeigneten Modell gesucht. Und du warst perfekt. Vollkommen ungeeignet: blondes Haar, graue Augen, blasse Haut, aber haargenau die richtige Person. Und dann stellte sich auch noch heraus, dass du ein angeborenes Talent zum Modellsitzen besitzt. Für mich warst du ein wahrer Fund. Und außerdem mochte Imogen dich. Für sie schienst du die beste Medizin zu sein, zumindest habe ich mir das die ganze Zeit über weisgemacht. Ich habe dich öfter zum Modellsitzen bestellt, als nötig gewesen wäre. Ihretwegen.«

Er klopfte die Asche von seiner Zigarette, und sie fiel auf den Saum seiner Hose. Es schien ihm nichts auszumachen.

»Meinetwegen. Du interessiertest mich. Als Maler. Ich konnte einen ganzen Morgen lang dein Gesicht betrachten und dann in einem letzten Blick etwas entdecken, das mir noch entgangen war. Eine Falte zwischen deinen Augenbrauen. Ein Zug um deinen Mund. Das war überraschend, und ich genoss es jedes Mal wieder. Ich mag schwierige Modelle; Modelle, bei denen ich genau hinsehen muss.«

Das weiß ich, hätte ich fast gesagt, in meinen Gedanken die Passagen aus seinem Tagebuch. Aber ich konnte mir noch rechtzeitig auf die Zunge beißen und fühlte mich zum ersten Mal wirklich schuldig wegen dem, was ich getan hatte. *Vincents Tagebuch, ich Schuft!*

»Und zudem warst du auch noch ein angenehmer Gesellschafter. Ich versuche immer, gut mit meinen Modellen umzugehen. Ein Modell, das sich wohlfühlt, kann einem so viel mehr geben. Aber du warst ehrlich gesagt außergewöhnlich. Ich freute mich jedes Mal wieder auf dein Kommen. Du überraschtest mich mit deiner Intelligenz und der Art, in der du sprachst, zu sprechen wagtest. Du warst in Ost-London aufgewachsen, doch du hattest Talente. Du wusstest etwas über Kunst ... du mochtest Gedichte ... ich dachte, vielleicht können wir ihm etwas beibringen. Es wäre nett, wenn er etwas lernte. Aber ... darüber will ich jetzt eigentlich nicht sprechen ...«

Er schaute sich unruhig nach den Kindern um, die jetzt dabei waren, sich zwischen den Sträuchern zu verstecken.

»Es machte mir nichts aus, dass du zu Augustus gehörtest, am Anfang nicht ... ich wusste es zwar, aber ich konnte es aus meinen Gedanken verbannen, genau wie ich es bei Oscar und Bosie und Robbie tue ... und ich glaubte auch nicht daran, dass du dich von ihm umgarnen lassen würdest. So ist er nicht, sagte ich zu mir. Er ist vernünftig. Aber eigenartigerweise fiel es mir zunehmend leichter, mir vorzustellen, dass es *doch* so war.«

Ich sah ihn eine kraftlose Gebärde mit der Zigarette machen. Ich dachte wieder an das Tagebuch und den Kuss im Garten. Dort und damals hatte Trops alles verdorben. Seither wollte Vincent kaum noch in einem Raum mit mir sein. In seiner eigenen, kultivierten Art ekelte er sich vor mir.

»Ich sah euch, als du am letzten Tag vor den Ferien bei mir warst, und der Schock war so stark, dass er mich an allem zweifeln ließ. An dir, aber auch an mir selbst, an meiner Arbeit. Woher rührte meine Faszination für dich? War es einzig die Neugierde eines Künstlers, die Herausforderung, die du für mich darstelltest? Oder war es nicht so erhaben, sondern im Gegenteil niedrig, tief am Boden ... fleischlich? Es war eine fürchterliche Selbsterforschung, der ich mich unterwerfen musste. Ich kam zu der Schlussfolgerung, dass ich dich hasste. Alles, was ich liebte, was ich für himmlisch, für unstofflich hielt, das zogst du hinab, zerrtest du in den

Schlamm. Vergib mir, wenn ich etwas dichterhaft klinge, Adrian, aber ich habe meine Gedanken erst aufgeschrieben, um sie zu ordnen.«

Natürlich, das Tagebuch. Das neue Tagebuch, das weiterging, wo das alte so abrupt aufhörte. Ich hätte meine Hand dafür geopfert, es zu besitzen, und jetzt wurden mir seine Geheimnisse einfach so enthüllt. Aber ich konnte sie nicht begreifen. Das Opium hatte mein Hirn betäubt, und ich konnte nicht denken, sondern nur zuhören, ohne zu wissen, was kommen würde.

»Ich wusste, dass es für meine Ruhe besser wäre, wenn ich dich nicht mehr kommen ließe, aber ich brachte es einfach nicht fertig, dich wegzuschicken. Imogen mag ihn so gern, hielt ich mir vor, sie würde außer Fassung geraten, sollte sie ihn plötzlich nicht mehr sehen dürfen. Also habe ich dich weiter bestellt, ließ dich sogar Modell für ein neues Gemälde sitzen. Ich tat es für Imogen. Für meine kleine Nichte Immie.«

Er musste lachen, ein heiseres, an Hustenreiz erinnerndes Lachen, das ich nicht von ihm kannte.

»Nein, Adrian, ich tat es für mich! Ich habe mich selbst sehr überzeugend hinters Licht geführt, mich über alles geärgert, was du sagtest, es nicht mehr fertiggebracht, dich *anzusehen*. Gott, fand ich dich unausstehlich!«

Er lachte immer noch, nur dass es jetzt nicht mehr wie Lachen klang, sondern wie Weinen.

»Ich liebe dich«, sagte er. »Es tut mir leid.«

Ich starrte ihn an, während er so dastand, ein Bild des Jammers. Die Worte versuchten, eine dicke Opiumwolke zu durchdringen.

»Das ... ist ... nicht dein ... Ernst«, sagte ich, als ich etwas von dem begreifen konnte, was er gesagt hatte.

Vincent fuhr sich mit der Hand über die Augen. »Doch, es ist mein Ernst.«

»Aber ... Gott ... lieber Himmel ... ich ...«

Im selben Moment raschelte es im Gebüsch, und Vyvyan, Herrn Wildes jüngster Sohn, kam auf allen vieren und mit Zweigen im Haar unter dem Rhododendron hervorgekrochen. Er legte die Finger an die Lippen: »Pssst! Ich bin Guy Fawkes, und die Männer des Königs sind hinter mir her.«

»Geh irgendwo anders spielen, Vyvyan!«, sagte Vincent scharf.

Ich musste immer noch verarbeiten, was ich soeben gehört hatte, hämmerte mir die Worte wie Nägel in den Schädel. Es war ganz und gar unmöglich und genau das, was ich wollte. Das Opium musste sich einen Scherz mit mir erlauben. Vincent war in eine junge griechische Bäuerin verliebt, oder in Robbie. Nicht in mich.

»Ich liebe dich auch«, sagte ich laut, um an seiner Reaktion abzulesen, ob ich ihn richtig verstanden hatte oder nicht.

Vincent reagierte nicht, aber ich sah an seinem offenen Mund und den roten Augen, dass er weinte. Hinter uns klang das Lachen und Kreischen der Gäste und das Knallen der Knallfrösche. Nichts stimmte an diesem Moment: das Chaos, der Krach, die Ausgelassenheit und dazwischen ein weinender Vincent, der sagte, dass er mich liebte. Es war ein solcher Schlamassel, dass es wohl wahr sein musste. Das Leben. Das verdammte Leben.

»Ich liebe dich auch«, sagte ich noch Mal, jetzt unsicher, leise.

Ich wusste es. Ich liebte ihn, schon seit jeher tat ich das. Aber genau wie er hatte ich nie an die Liebe glauben wollen. Jetzt allerdings war es an der Zeit, es *doch* zu tun. Zeit für die Masern.

Vincents Zigarette entfiel seinen Fingern, als er den Arm nach mir ausstreckte. Der Stummel landete im nassen Gras und erlosch. Ich nahm Vincents Hand und drückte sie. Ich liebte ihn. Sein liebes Gesicht, seine ruhige Art, seine Schüchternheit, die Farbflecken auf seinen Händen, jede einzelne seiner dunklen Haarlocken ... *Er* war mein Retter, mein Adler, der Märchenprinz auf dem weißen Ross, der Liebhaber, den ich nicht anzuschauen wagte. Ich hatte es nicht gewusst, bis es mir gestern Nachmittag in Trops' Atelier plötzlich aufgegangen war. Jetzt, im dunklen Garten von Camelot House sah ich es so deutlich wie am helllichten Tag.

Das ist es, dachte ich, und Gott stehe mir bei.

»Ich will dich küssen. Darf ich dich küssen?«, fragte ich ihn.

Er schaute sich um, sah, dass wir im Schatten standen, verborgen hinter den Rhododendronzweigen, und nickte.

Ich war es nicht, der ihn küsste, sondern eigentlich küsste er mich. Sanft auf meinen offenen Mund. Kein Zungenkuss, aber ein Kuss, der meinen Mund mit seinem Atem füllte. Ich blieb stehen, so lange, wie er den Kuss dauern lassen wollte, und ich glaube, er tat dasselbe, sodass es eine ganze Weile dauerte, ehe wir uns losließen.

Als ich ihm in die Augen sah, entdeckte ich nichts anderes als eine blinde, ratlose Panik. Auch ich befand mich zum ersten Mal in meinem Leben am Rand eines hysterischen Anfalls. Das alles haute nicht hin. Vincent. Ich. Dieses Fest. Die lauten Knallfrösche. Die Leuchtraketen, die über den Häusern zerplatzten. Der ganze Lärm. Sein Mund. Sein Atem. Die Ruhe. Es *ging* nicht, passte nicht zusammen, kollidierte in meinem Kopf. Ich würde verrückt werden. Losschreien.

»Wieso hast du es mir jetzt erst erzählt? Wieso nicht früher?«, fragte ich fast vorwurfsvoll. Ich erkannte meine eigene Stimme nicht wieder. Sie schoss in die Höhe, als käme ich zum zweiten Mal gerade in den Stimmbruch.

»Ich wusste es nicht früher, Adrian. Nicht sicher jedenfalls ... Vorgestern erst, nachdem ich dich weggeschickt hatte, da erst wurde es mir bewusst. Ich wollte dich überhaupt nicht wegschicken. Ich wollte dich bei mir behalten.«

»Aber jetzt fährst du nach Paris!«, schrie ich viel zu laut.

Er machte die gleiche ohnmächtige Gebärde wie vorhin, jetzt ohne Zigarette in der Hand.

»Ich werde dir schreiben. Ich verspreche es, Adrian, ich werde dir schreiben. Auf dem Schiff schon fange ich mit dem ersten Brief an.«

»Versprichst du mir das?«

»Ich verspreche es. Ich verspreche es.«

Wir waren jetzt beide völlig durchgedreht. Vincent warf abwechselnd unruhige Blicke auf mich und auf die Festgäste. Ich schielte um den Rhododendronbusch herum. Palmtree stand auf der Terrasse und betrachtete die Kinder, die ihren Guy zu fassen bekommen hatten, oder er schaute zu uns. Ich verbarg mich im Schatten.

»Es war Palmtree, richtig? Du wolltest es mir vorgestern schon sagen, aber dann kam Palmtree herein, und du musstest mich wegschicken. Ist es nicht so? Ist es nicht so, Vince?«

Er nickte, schüttelte den Kopf, fasste sich an die Stirn. »Lieber Gott, was für ein Chaos!«, murmelte er nur.

Ich wusste nichts anderes zu tun, als wieder seine Hand zu nehmen. Das hier war echt. Wir waren echt.

»Wir müssen zurück zu dem Fest. Man wird uns vermissen. Erzähl noch niemandem etwas, Adrian, auch Augustus nicht. Ich kann es noch nicht erklären. Ich kann nicht darüber sprechen. Bitte, gib mir dein Wort!«

»Ich verspreche es dir. Ich schwöre es dir, Vince.«

»Komm noch Mal her.«

Er umarmte mich, ohne mich zu küssen. Ich spürte seine Tränen auf meiner Wange.

»Ich komme so schnell wie möglich zurück«, flüsterte er. »Vor Weihnachten bin ich wieder bei dir.«

»Auch ein Versprechen?«

»Auch ein Versprechen.«

Er ließ mich los, um sich das Gesicht abzuwischen. »Wir gehen zurück«, sagte er beherrscht.

Wir trennten uns mit drei Versprechen, verteilt auf uns beide. Zwei für ihn und eines für mich.

Dramatis Personae

DIE MAYFIELDS:
Adrian Mayfield – Hautperson dieser Erzählung
Mary Ann Mayfield – seine Schwester
Jack Mayfield – sein Vater
Elspeth Mayfield – seine Mutter

DIE FARLEYS:
Vincent Farley – Kunstmaler
Stuart Farley – sein älterer Bruder
Lilian Farley – Stuarts zweite Frau
Imogen Farley – Stuarts Tochter aus erster Ehe

DAS HAUSPERSONAL:
Palmtree – Hausdiener
Tom Beady – Mädchen für alles
Frau Blackwood – Köchin

DIE QUEENBERRYS:
Alfred (Bosie) Douglas – der Geliebte Oscar Wildes
John Sholto Queensberry – sein Vater
Lady Sybil Queensberry – seine Mutter
Francis und Percy – seine Brüder

DER PURPURNE HOFSTAAT:
Aubrey Beardsley – Zeichner
Max Beerbohm – Cartoonist, Schriftsteller
Frank Harris – Zeitungsredakteur
Robert (Robbie) Ross – Journalist, Kunstkenner
William Rothenstein – Kunstmaler

Augustus Trops – Kunstmaler, Freund von Vincent
Oscar Wilde (der Mond) – Schriftsteller, Dichter, Persönlichkeit

DIE HERREN AUS DER LITTLE COLLEGE STREET 13:
Alfred Taylor – teurer Zuhälter
Bob Cliburn, William Allen, Alfred Wood, Freddy Atkins – Prostituierte, Erpresser
Charles Parker, Sidney Mavor, Nettles – Prostituierte

UND WEITER:
Bertie – Besitzer eines Rennpferdestalls
Thomas Coombes – erster Freier Adrians
Ein würdevoller Doktor
Peter (Gloria) Durmond – früher Adrians bester Freund
Rita Goodenough – früher eine Freundin Adrians
Frau Gustavson – Adrians Nachbarin
Lotte Gustavson – eins ihrer Kinder
Ein italienischer Radfahrer
Leo und Walter – Schauspieler, Zimmergenossen von Adrians Vater
Samuel Norris (der taube Sam) – Hauswart
Paddy und Marcel – Kollegen von Adrian
Victor Procopius – Adrians Arbeitgeber
Frau Procopius – Frau von Victor Procopius
Eine Handvoll Bücher, Träume und Gedichte
Einige Großereignisse, die noch eine Fortsetzung erfahren werden.

Die kursiv gedruckten Namen sind historische Figuren.

Quellenverzeichnis der zitierten Gedichte, Lieder und Erzählungen

Seite 60: Harry Hunter, *Go my Darling Boy*. In: *Mohawk Minstrels' Magazine Nr. 77, Bd. 26*. Aus dem Englischen von Rolf Erdorf.

Seite 67: Aus dem Musical: *A Gaiety Girl* von Harry Greenbank und Henry Hamilton. Aus dem Englischen von Rolf Erdorf.

Seite 73/144: George Leybourne, *Champagne Charlie*. Aus dem Englischen von Rolf Erdorf.

Seite 130 ff.: Charles Baudelaire, *Le Goût du Néant/Liebe zum Nichts*. Aus dem Französischen von Therese Robinson. In: Charles Baudelaire, *Die Blumen des Bösen*. München 1925.

Seite 185 ff.: Alfred Lord Tennyson, *The Lady of Shalott/Die Lady von Shalott*. Aus dem Englischen von Gabi Zöttl.

Seite 226: Alfred Douglas, *A Ballad of Hate*. Aus dem Englischen von Rolf Erdorf.

Seite 235/340: Edward Lear, *The Book of Nonsense*. Aus dem Englischen von Rolf Erdorf.

Seite 339: Edgar Allan Poe, *The Imp of the Perverse/Der Geist des Bösen*. Aus dem Amerikanischen von Hedda Eulenburg. In: Edgar Allan Poe, *Erzählungen in zwei Bänden*. München 1965.

Seite 396: Lord Alfred Douglas, *Take Wing, Relentless Light*. Aus dem Englischen von Rolf Erdorf.

Seite 405: Lord Alfred Douglas, *Two Loves*. Aus dem Englischen von Christa Schuenke. In: Caspar Wintermans, *Lord Alfred Douglas. Ein Leben im Schatten Oscar Wildes*. München 2001.

Seite 447: Oscar Wilde, *The Nightingale and the Rose/Die Nachtigall und die Rose*. Aus dem Englischen von Nadine Stark.

Floortje Zwigtman wurde 1974 in Terneuzen in den Niederlanden geboren. Schon als Kind schrieb sie Geschichten. Sie arbeitete einige Jahre als Lehrerin und ist heute als freie Schriftstellerin und Lektorin tätig. Floortje Zwigtman gilt als eine der herausragendsten und eigenwilligsten Stimmen der niederländischen Jugendliteratur. Ihre Bücher wurden mehrfach ausgezeichnet, für *Ich, Adrian Mayfield* erhielt sie gleich zwei große Literaturpreise – den belgischen Jugendliteraturpreis Golden Owl und den niederländischen Jugendliteraturpreis Golden Kiss. Eine Fortsetzung ist in Vorbereitung. Bei Gerstenberg ist bereits von ihr erschienen: *Wolfsrudel.*

Wir danken dem Nederlands Literair Productie- en Vertalingenfonds für
die Förderung der Übersetzung ins Deutsche.

Bibliografische Information der Deutschen Nationalbibliothek
Die Deutsche Nationalbibliothek verzeichnet diese Publikation
in der Deutschen Nationalbibliografie; detaillierte bibliografische Daten
sind im Internet über *http://dnb.d-nb.de* abrufbar.

Die Originalausgabe erschien erstmals 2005 unter dem Titel
Schijnbewegingen bei De Fontein, Baarn.
Copyright © 2005 Uitgeverij De Fontein, Baarn
Copyright © 2005 Floortje Zwigtman
Deutsche Ausgabe Copyright © 2008 Gerstenberg Verlag, Hildesheim
Alle Rechte vorbehalten
Umschlag von Anne Baier
Satz: psb, Berlin
Druck und Bindung: GGP Media GmbH, Pößneck
Printed in Germany

www.gerstenberg-verlag.de

ISBN 978-3-8369-5200-2

08 09 10 11 12   5 4 3 2 1